21世纪年度报告文学选

2018报告文学

2018报告文学

李炳银 编

21世纪年度报告文学选

人民文学出版社

图书在版编目（CIP）数据

2018报告文学/李炳银编.—北京：人民文学出版社，2019
（21世纪年度报告文学选）
ISBN 978-7-02-015073-1

Ⅰ.①2… Ⅱ.①李… Ⅲ.①报告文学—作品集—中国—当代 Ⅳ.①I25

中国版本图书馆CIP数据核字(2019)第042639号

责任编辑　樊晓哲　李　宇
装帧设计　李思安
责任印制　任　祎

出版发行　人民文学出版社
社　　址　北京市朝内大街166号
邮政编码　100705
网　　址　http://www.rw-cn.com

印　　刷　三河市中晟雅豪印务有限公司
经　　销　全国新华书店等

字　　数　352千字
开　　本　880毫米×1230毫米　1/32
印　　张　13.25　插页2
印　　数　1—3000
版　　次　2019年6月北京第1版
印　　次　2019年6月第1次印刷

书　　号　978-7-02-015073-1
定　　价　45.00元

如有印装质量问题，请与本社图书销售中心调换。电话:010-65233595

出 版 说 明

　　二十世纪八九十年代,我社曾编辑出版过小说、散文、诗歌、报告文学等各种文学体裁的年选本,其后,这项工作一度中断。进入新的世纪,我社陆续恢复编辑出版短篇小说年选、中篇小说年选、散文年选,对当年我国中短篇小说及散文创作实绩进行梳理、总结,向读者集中推荐,取得了良好效果,也为新世纪的文学积累做出了贡献。

　　报告文学敏锐及时地把握时代脉搏,反映社会生活。根据文学界人士和读者的建议,同时与小说年选、散文年选形成系列,我社又恢复编辑出版报告文学年选;编选范围原则上为当年全国各报刊上发表的报告文学作品,入选篇目的排列以作品发表时间先后为序。

　　我们希望年度报告文学选能够反映当年报告文学的创作概况,使读者集中阅读欣赏当年最优秀的报告文学作品。我们的努力是否达到了这样的效果,期望得到文学界和读者的批评和建议。

人民文学出版社编辑部

目　　录

山神(节选) …………………………… 何建明　1
最后的龙爪沟(节选) ………………… 孙翠翠　49
祖国至上
　　——战略科学家黄大年"飞行记录" …… 刘国强　78
大国重器(节选)
　　——中国火箭军的前世今生 ………… 徐　剑　144
天开海岳(节选)
　　——走近港珠澳大桥 ………………… 长　江　205
国宝大熊猫"团团""圆圆"的故事 ……… 赵学敏　249
妈妈,快拉我一把(节选) ……………… 张雅文　272
留守知青,你在他乡还好吗
　　——纪念知青上山下乡50周年 …… 朱晓军　杨丽萍　331
漩涡里(节选)
　　——1990—2013我的文化遗产保护史 …… 冯骥才　381

山　神(节选)

何　建　明

1992年,对中国来说,是个有故事的年份。因为在这一年,中国改革开放的总设计师邓小平走出京城,到了南方巡视,并发表了影响整个中国几十年发展进程的"南巡讲话"。之后的中国,如春风沐浴,一片万物复苏之景象,到处生机勃勃,万马奔腾……

1992年的贵州山区,其实还处在极其闭塞和落后的状态,外面的世界对这些地方而言,仍然是遥远而不可及的"童话世界"。

1992年的草王坝,更是封闭、落后甚至有些与世隔绝的。当广东人和苏州人在讨论要不要将南海划出一块海面让美英德日等国的勘探船进入、新加坡人可不可以直接管理我们的园区时,贵州遵义草王坝的村民们,还在为能不能吃上大米饭而誓志上山浴血奋斗呢!

同一个时间,同一个地球,人与人却活得差异如此之大,宛若两个世界,这就是贫穷与富有、落后与发达之间的区别。

1992年的黄大发,并不知道北京的共产党领袖们正在酝酿一场更加波澜壮阔的改革大潮。那时的草王坝还没有电视,也没有电话,连广播也没有,全村没有一台收音机,黄大发手上的是一本《毛主席语录》,还有就是他心头熟烂了的入党誓言。毛主席说的话和入党誓言,黄大发多数能倒背如流,但最重要的两句话他一直放在胸口上,一句是"共产党员要为实现共产主义奋斗终生",另一句是"全心全意为人民服务"。合在一起,现实中的他,要做到的就是让草王坝人吃上大白米饭。吃上白米饭,就得靠上山筑渠引水……这是黄大发的信念与理想,也是他当村支书的"第一要务"。那个时候,人们还不会说"第一要务"这话,只是黄大发心头压着这样一件"头等大事"。

是头等大事。天塌下来,最多脑壳破了流点血,但草王坝没有水的日子是要命和断命的日子,解决水源是百姓甩掉贫困帽子的必经之路。黄大发认准了这个方向,矢志不渝。杨春发说得对,他黄大发再披战袍上阵开山劈岩筑水渠时,已经是吃尽人间辛酸苦辣、根根筋骨弯折数遍的60多岁的老汉了,但没有一个人能挡住他前行的脚步,他事无巨细地管理与指挥着整个筑渠工程的每一个环节。

许多事如果按照今天的市场价值和劳动标准来看,你无法想象黄大发是如何运筹与管理着这样一个几乎一无所有的水利工程的。

上山劳动再苦再累,再险再难,一律没有报酬,所有上山投入开山辟道的劳动,都是义务与公益的。你不用喊吃亏还是占便宜,因为在这个水利工程上干活的人,除了那个县上派来的"监工"黄文斗外,其余人员一律完全的志愿劳动——像第一次上山筑渠的战斗一样,按全村每家每户的土改水稻田面积决定你该完成多少工程。提前完成和保质保量完成者,依然没有任何报酬,只有继续挥汗帮助那些家中劳力少的和老弱病残者。黄大发与所有村干部更不用说,他们除了干好干完自己家的那份活外,更多的精力和时间是指挥协调整个工程的进度,还有安全、要求与每个细节。1992年时的草王坝是个什么样,到目前为止还没有一张照片留存、一段文字作过记录;1992年再上水利工程的黄大发是个什么样,我们更无任何影像与照片可看。1992年的草王坝经历了一场有史以来的惊天大事——从螺丝河直通草王坝的14.4里长的水渠,将穿越数座悬崖峭壁,如一道映照天际的长虹,划破仡佬族人居住的沉默大山,成为镌刻在名城遵义历史上的又一部光辉史诗。

依然叫人不可思议的是黄大发此次再上大山深处筑渠,同30年前的那次一样,没有一张照片,没有一段公开的媒体文字作记录与记述,就如秋叶落地一般,轻轻地流逝于时间的长河之中,走得无影无踪。唯有那些山的躯体上留有记忆——石渠的痕印。

在采访的时间里,我细细观察了如今被百姓称之为"大发渠"的石渠,除了张发奎他们完成的勘察测量的设计工作之外,在实际施工时至少要完成炸山、搬运石块、凿垒渠道、砌壁防渗几大步骤,而所有这些貌似简单的工作对悬在高山峭壁崖谷上的黄大发他们来说,每向前延伸一米,都是一场惊心动魄的生死之战。

我们先来看看炸山——

"轰隆隆——"

"轰隆、轰隆——"

这是炸山的声音。一次炸山的声音可以让太阳山、太阴山和整个野彪乡的山脉都在回响,也就是说这方圆十里的人都可以听到黄大发他们在山上开山筑渠的每一次炸山的爆破声。

那炸山的声音,最初听上去像是一阵闷雷,然后是大山发出的一连串回声,回声虽不如闷雷脆响,但其"隆隆"不绝的声响,给人的心理感受是可怕的,因为这种声音会酥碎人的神经,听多了会感觉大地在颤抖,大山在摇晃……

从螺丝河到草王坝的直线距离也就10余里路,但绕山而行的水渠线却足足多出了20余里,这中间隔着几座大山,有十几个峰。黄大发他们的开山筑渠施工就在这中间展开。

炸山是第一场战斗。

那些日子,炸山是草王坝人最想听到的声音,又是草王坝最怕听到的声音。草王坝的一位老人如此对我说,六几年到七几年的那十几年时间里(他说的是二十世纪六十年代到七十年代),黄大发带领村上人上山挖渠,每天都有轰隆声,那时我们一点儿不怕,因为我们等水的心情比啥都迫切,不知困难,不怕死亡，只一心想把螺丝河水引到村里来。后来失败了，失败了再听炸山声就感到心里发闷，闷得有点胸口疼。唉，说老实话，百姓对自己流些汗、淌几摊血也不太在乎，在乎的是我们会不会再白干！其实白干也没啥了不起的，咱农民，咱山里人，白干的事还少吗？一场雨下了，我们赶紧栽种禾苗，结果一个来月，老天滴水未下，所有的禾苗成了一把燃不着的枯草；春天来了，全村人忙着整坡地，一场山洪下来，一转眼又啥都没了，连石头都滚到了山下……白干，几乎是山里人的家常便饭。但这还不是问题的根本，根本的是像我们草王坝已经没了像样的男人了。但草王坝的人最可怕的还并不是这个，最可怕的是草王坝有一天连光棍的男人都少了、没了时。老人闭目低语，像尊泥塑。他的嘴里仍在喃喃地嘀咕着——

开山挖渠，村上的光棍们一时成了香饽饽。黄大发动员男人们上山挖渠对草王坝来说，应该是可以保证最高的出勤率的，因为我们的劳动力里多数是光棍和老男人们。男人们有的是力气，只是需要用在合适的地方。上山挖渠是个好去处，因为男人们想的是有朝一日把清清的泉水引到村里后，等地里的水稻种熟，再产出大米，就可以蒸出香喷喷的白米饭了。那个时候，邻村的女人就会跑到咱草王坝村来。草王坝的男人们其实愿意跟着黄大发上山，那山上可以撒野，可以跟大山，可以跟山里的野猪野驴，甚至可以跟自己野。男人们在工地上，几百号人在一起，不像在村里时各家各户，躲在大山的弯弯角角、边边缘缘，有时几个月谁也不见谁，就是你死去了十天八天，如果不是发丧，估计也没有人知道你是活着还是死了。没有了集体劳动的时候，山里人就像荒坡上的野花，艳了还是衰了，都不会有人关注和在乎你。上山挖渠，几百人在一起抢锤挥钎，比试高低，男人们就爱显耀自己的力量和勇气，所以苦和累成了次要，每天干劲冲天，梦里打呼噜都在喊我要当第一。开山辟路，男人们就爱干这样的事，就爱在这样的地方显示自己的肌肉与豪气。家里的女人们也愿意男人们上山，男人上山后女人就可以跟着上山。

山上的男人和上山的女人，这是草王坝人最出彩、最有生机的人。筑渠引水,让草王坝人重新有了做人的尊严和做人的意义。老人说这是黄大发的本事所在,也是他为什么能通过修渠引水这件事让全村人劲往一处使、心往一处想,因为草王坝人实在不想过没有水的日子了。

但现在草王坝的人都有些害怕上山了,因为第一次十几年上山挖渠没成,黄大发筑渠的事把大家弄怕了。十几年哪!大伙流了多少汗?吃了多少苦?没有算过这笔账,但我们这些弯了的腰杆、蜷曲的手指,还都记得那些年里上山吃的苦和累。老人弓着九十度的腰,伸出无法直挺的十指,告诉我当年他们在冰天雪地用双手扳动石块的筑渠生涯……

那个时候我们连苞谷秆都吃不上了,满山的树皮能啃的都啃光了,剩下的草根都被当作佳肴,只有在炸大石头的紧张劳动后才能吃到。老乡张开嘴巴,让我看一腔早已脱落了牙齿的牙根肉,那是一圈紫黑色的U形牙床,肉根是塌陷的,看上去很可怕。老人说,都是那段时间留下的苦根,吃不饱肚子,还要干要命的活。

全凭了一腔想吃到白米饭的信心。几百年没有吃上白米饭的草王坝人,其实都是些有信仰的人。老人这样总结道。

"轰隆隆——"

"轰隆!轰隆——"

"轰隆隆!轰隆隆——"

山上的爆炸声,以前所未有的声势向世人再一次宣言:草王坝的水渠又要开凿了!

这黄大发真是个人物,他人不死,开山筑渠的心也不死啊!大山深处七邻八乡的人都在这样议论黄大发,议论他的水渠。30多年了,草王坝人再次成为人们议论的对象。

30多年了,黄大发从一名20多岁的愣头毛小伙,到60来岁的小老头,风雨交加、岁月磨石,山头的老树几多折枝残断,但人们发现,一上山的黄大发,依然双脚生风,抡起大锤,双臂仍然有力如初。

老伯,这里有我呢!你在一边指挥指挥就是了。快躲躲吧!

26岁的村委会主任张元华,是黄大发前几个月才看中提拔上来的年轻干部,这回被任命为引水工程的前线指挥长。第一天放炮的当口,张元华发现老支书黄大发不知什么时候也出现在了炮眼跟前,便赶紧掩护他后撤。

小子,你甭担心你老伯。我的命硬着呢!再说,这回炸山,我不到现场瞅两眼,哪能放得下心嘛!黄大发双手叉腰,昂着头,左右环顾一串刚刚凿好的炮眼,对张元华说,你现在是现场指挥长,要特别注意布置好几个关键环节,一是清点好炮眼数,二是记住炸山炮声的响声,两者都全时证明爆炸全部成功,没有隐患。如果两者数字不对,就要一一排查。排查时绝不能有两个人,只能是一个人,这时人越少越好,因为要以防万一。谁去呢?当然是我们当干部的,做指挥长的。

记住了吗?黄大发说完后用一双锐利的目光死死地盯了一眼张元华。

记住了!你放心,肯定我上。张元华说。

好样的,小子!黄大发满意地点点头,又说,如果心里有些嘀咕时,你马上叫我,听明白了吗?老伯毕竟比你大几轮呢⋯⋯

嗯。张元华感激地点头,眼眶有些发红。

黄大发将右手重重地搁在26岁的年轻村委会主任肩上,颇为感慨地说了一句,第一次上山炸山挖渠时,我也是你这个年岁⋯⋯

懂行的人知道,炸山前需要有两个重要的步骤:一是凿炮眼,二是装炸药。凿炮眼,要的是力气,但光有力气也不行,尤其是在悬崖上凿炮眼,人需要系上一根绳子,被吊在半空,再左右臂膀轮锤凿洞,力气和技巧必须统一协调,才可能将一串串炮眼凿好。这样的炮眼,凿一个就可能一小时甚至两小时才能完成。许多人不是因为力气支持不住,就是半空中的身子不停地摇晃而被石头撞得头破血流,浑身青一块紫一块,伤痕累累。难免有些年轻人紧张和害怕。黄大发知道了,便带着徐开伦、杨春友和黄大明几位"老把式",干在了前头——

一二三！哎哟嗨！
拿稳钎，抡准锤！
四五六，加油干！
加油干个抢准锤！
抡准锤个拿稳钎！
拿稳钎个凿炮眼哟嗨！

开山的钢锤击打着岩石，劳动的号子在大山里回荡。有人曾说过，要看世界上劳动最有热情的人群，唯中国；要看中国劳动热情最高的时代，唯20世纪50年代到60年代。黄大发第一次领着村民们凿山筑渠的那种劳动干劲，可以说是中国式劳动的杰出典型场面。但相对于60年代、70年代的那场开山筑渠战斗，90年代的那回再度开山筑渠的施工现场，你看到更多的是草王坝人更有目的、更有方向的劳动激情。

60岁的黄大发一到劳动现场，你很难想象他是一个年已花甲的老人，因为他的个子不高，因为他的身板总是挺得直直的，因为他骨子里有股不屈的精气神儿，又因为他走起路来风尘仆仆，所以工地上的黄大发永远像一个愣头小伙子，什么事，他总在前头。炸山前的放雷管和点响是最危险和关键的事，早年这些事都是他黄大发亲自干，决不允许别人碰。为什么？有人不服，非要替他。黄大发就急，说，把你炸死了我向谁交代？别人就跟他横，反问他，那你炸死了谁向你交代？黄大发便拿出一个小红本，有些骄傲地扬扬，说，我有组织，有党啊！你们谁入了党，就能与我有一样的资格。当年第一回开山筑渠时，他黄大发就这样吸收了一批村骨干分子入了党。这回第二次与"大山决战"——动员大会上，黄大发也这么说过，他黄大发依然用上了这一招：火线入党。村委会主任张元华就是一例。这小伙子有些文化，人正直，又实在，也舍得为他人做事出力。黄大发看中了他，便着意培养他。1992年初的村委会选举前，黄大发介绍小伙子入了党，后又被推荐并被选举上了新一届草王坝村村委会主任。新的开山筑渠战斗打响后，村里成立了"八人指挥部"，黄大发任总指挥，张元华任施工现场指挥长，另有六人，分别是会计保管员黄大明和各路负责人杨春友、孙开成、徐国泰、夏时刚、杨洪伦。炸山前的放置雷管和点爆是非常危险的工序，这回由张元华负责。但在点爆前，黄大发必到。

老支书，我的腿脚比你灵活些，这里的事由我负责，你就尽管放心。张元华看着满头白发的黄大发仍然在山崖上爬来爬去，不忍心地劝道。

黄大发摆摆手，说，这里的活不仅是靠腿脚灵活，更多的是要靠心细和脑子清醒。

我在北京看他的事迹材料时就想着见面时一定要好好问一问黄大发这一"不解之谜"——

黄大发听我的问题后，竟然轻松地微微一笑，说，真的可能是我的命硬，几次都没让我死成……

他说有几次快"碰鬼"了。一次是在点炮时，发现少响了一眼炮，后来检查时就是查不出来。炸药眼响了后再去检查是最危险的事，有一次就碰到这种情况，一般情况下，我不会让别人去检查的，都是自己去的。这次也是，明明点火的时候是21眼，可响的时候只响了20响，还有一响查不出来。最后查到时已经超出了规定的时间，也就是说其他爆炸点都响过十来分钟后，你才能去检查那些没有响的炸眼点，早了不行，太晚了也不成，必须在一定的时间限度内去检查。那次我也是按照这个限定时间内去检查，在我一个个检查完那些已爆点后，刚走出来不到10米时，突然身后发出异常声音，我知道"后生炮"——我们称那些晚爆的眼点叫后生炮，快要炸了，我下意识地就用眨眼的工夫一个"驴打滚"，躲藏到一块岩石后面，又把背篼套在头上，那背篼刚套上脑壳，炮眼就"轰隆"一声炸开了……我的头上、身上至少落了十几块飞石，好在背篼保护了我的头才没受啥大伤。黄大发说，这样的事他遇上好几回，有一次爆完炸药眼点后，就是觉得还有一眼没响，可怎么检查就是发现不了。后来发现，是自己把一处残眼点也列了放炸药的爆眼点之中。有了这几回"有惊无险"的经历后，我就把这项最危险的工作揽在自己手上，也就是说只能由我来做。其二，在点爆炸眼和点爆炸这个环节上,不能仅凭一个人的工作仔细和现场清点的记录,因为一个人再精细和认真,总有"万中漏一"。后来我就在这些环节上安排了至少三个人一起来完成,也就是说,你清点一次,我再清点一次,再派一个人清点一次,汇总起来再核对是多少,这样就不会出现盲点和盲记的情况。咱农民掌握不了高新尖的技术,但心细不细是可以掌握的、练就的,既然女人能细到绣花,我们男人就不能把几个炮眼点数清核对好?你问整个筑渠砸了多少炮眼?一万次反正不止,几万次里没砸死过一个人……黄著文曾经对我说过这样的话,黄大发了不起的地方很多,其中干了这么大的一个工程,在那么长时间里,开山辟路,轰轰炸炸,竟然没死一个人,这本身就是奇迹。

但石头是不长眼的,尤其是在山上,一炮响起,石头飞溅几十米甚至上百米远,它才不管你张三李四。几十里筑渠工地,沿线数个村庄非草王坝之地,在别人的地盘施工,踩坏一棵树木花草,大度者笑笑而已,计较者理所当然要出来与你理论一番,轻则叫你客气一声,重则赔款出血也属正常。但草王坝人穷得连自己都是饿着肚子上山的,赔钱的事,几乎做不到。做不到你别伤人坏地呀!邻村人的话完全在理。但确实黄大发弄的这个水利工程大到天边,绕过数个村庄、数个山头,你整天"轰隆""轰隆"的已经够烦人,你还石头乱飞,谁受得了?

黄大发又上山挖沟了?他20年前干的臭事烂沟没灭他心气儿?邻村的人一听山上不断的轰鸣声,心头就来火。来火也没用,人家草王坝搞的这个水利工程是"国家"批准的,"国家"批准的,对老实的山民们来说,就好比"皇帝"的旨意,不能公开反对呀!上级,不管你是大队还是乡镇,别说是县里省里,在老百姓心目中这都是"国家"。"国家"是神圣的,但你黄大发也不能因为你这事是"国家"批准的,你就在我们头上拉屎呀!20世纪90年代初的中国百姓还是很厚道很善良,也不懂啥叫"国家赔偿",所以黄大发的水利工程经县上批准后,乡里一道指令,沿途各乡、各村立即无条件"配合执行"。但沿途老百姓有气存在心里,到了"气候"时就会爆发。这不来了嘛——你黄大发炸的石头飞到我头顶,炸坏了我房顶,而且竟然还砸到了屋顶最不该撞坏的地方……

黄大发,你给我出来!一日,邻村的一老一少拿着铁棒木棍,凶神一样地来到工地,说非要见黄大发。那架势就是要打架,拼个死活。

坏了,老支书,我们的石头砸在他们家的房顶,而且砸到里面去了。草王坝的人急呼呼地向黄大发通风报信,说,你赶紧躲一躲吧,否则人家一定饶不过你的!

瞧你说的!我能躲到哪儿去呀?黄大发脸一横,说,再说本来就是我们不对,是我们没管住石头,它不长眼,乱飞一通,砸了人家的房顶,谁碰到这样的事不生气!

黄大发说完就主动从另一工地赶过来,一脸和颜悦色地见了主人,拱手道歉,赔了一万个"对不起"。

少说废话,黄大发不是有能耐吗?说吧,这事你到底想怎么办!主人不买他账,怒发冲冠地用棒棍对着黄大发,逼他说出"条件"。

还是对不起,是我们错。你们说个数,看需要我们赔多少。黄大发依然和颜相对。

黄大发啊黄大发,你也是一把年岁了,你给我说说,有人砸了你祖宗牌位,你说给我出个价,到底你家的老祖宗值多少钱吧!对方不仅没灭怒火,反而更加火上浇油道。

坏了!黄大发心里暗暗叫苦:这石头怎么就这么不长眼嘛!飞到哪里不是,非飞到人家祖宗的牌位上……唉!这事麻烦了。

真不该!我们错,一万个错!黄大发有些不知说啥好了。

光说错有啥用?我祖宗不答应!对方不罢休,举起铁锤和树棍就要往黄大发头上砸……众村民一见不妙,纷纷冲上前去劝说阻拦,黄大发方躲过一劫。砸破房顶的主人在一片骂骂咧咧声中暂时离开工地,但事情并未平息。

当晚,黄大发立即召开干部会议,商量对策。大家一致认为,既然错在我方,确实应该主动去赔礼道歉,做应有的补偿。

我完全赞同大家的意见。现在你们全体一起跟我走。黄大发说着随手拎起一个纸袋,对几位干部说。

一个村的全体干部集体整整齐齐地跑到邻村的一户百姓家赔礼道歉,这面子应该是给足了,问题是下面还有两出戏:一是黄大发率全体村干部一起向那家的祖上牌位鞠躬磕头,二是他自己拿出一罐装得满满的蜂蜜放在桌上,对这家主人说,这是我自家产的蜂蜜,本来是你老婶子留给我补身子的,一直没舍得吃,正好送你家人补补身子,算我一份心意……

山里人最实在,也最要面子,这回黄大发他们草王坝人又给面子又给礼物,让人咋整嘛!这家主人硬邦邦的心一下给软化了,拉着黄大发的手连声说,黄书记,你带领大伙修渠引水的事我们早知道,你是一个好干部,真党员,我们佩服你。瞧一点小事你这样认真,叫我们多不好意思!

不好意思的是我们,明儿我再派几个木匠瓦工把你房顶补好归拢,保证今后不再发生类似的事,你尽管放心,我们再不让石头飞到你房顶和院子里了!黄大发乘势说道。

唉,这也不是你黄书记的错,是它石头不长眼嘛!

那不行呀,老哥,我们搞这么大的工程,已经给你们沿途的乡里邻里带来那么多麻烦,还弄坏你们的院子和房子,这是绝对不允许的。我们要管住石头,做好施工安全,就是石头也要让它长眼!黄大发说。

你真是个好书记!主人紧握黄大发的双手,万分感激道。

第二天,施工现场,安全会议再次召开,黄大发讲了一大通安全方面的基本要求外,最后强调说,我们在山上修渠,等于在别人的祖宗头上动土,在老天爷身子上拉刀,时时处处要小心翼翼,谨慎再谨慎,尤其是在爆炸和施工中,不能让我们的石头不长眼,要做到每一块经我们手、因我们施工原因而动过的石头,必须长着眼睛,绝对不能伤人家,伤人家的地,伤人家的院子,伤人家的房子,当然也不能伤我们自己!绝对不能!记住了吗?

记住了!施工的干部和所有施工人员后来确实全记住了,再没有出现过炸山炸到人家的头顶,石头做到了"有眼有耳"地飞……这事说起来一句话,做起来太不容易,黄大发说,为这事他至少短了3年寿。

闹心的事何止这！

开山筑渠一直在向前延伸，碰到的事也越来越意想不到——

一日，黄大发带着唐恩良等几个年轻人到乡里背炸药回来的路上，在快要到村口前时，被气喘吁吁赶来的村委会主任张元华拦住，说，今天老支书你不能回去了！

啥事你弄得那么紧张？黄大发觉得奇怪，估摸着工地又出大事了，便放下筐子问。

张元华垂头丧气地报告道，炸山时又捅了"马蜂窝"……

我不是说让你们炸山时一定要让石头长眼睛吗？怎么又没长眼呢？黄大发有些火了，问，炸死人家了？

那倒没。可比炸死人还麻烦。张元华说。

炸坏了院子、房子？

炸坏了院子、房子是可以修的，倒不是问题了。张元华又说。

那到底炸坏了人家啥呀？黄大发问。

把人家的祖坟炸出了一个窟窿……

我的小祖宗啊，这还不是问题？是捅破天的大问题哟！黄大发连拍大腿，心里直叫苦。问，现在怎么样了？

人家来了十几个人，非要跟你论理，扬言说，这回绝不让你老站着回家……张元华没敢把话说透。

啥意思？黄大发的眼珠子瞪得圆圆的，问。

就是……

走，是祸是福，躲是躲不过去的。黄大发拔腿就要去闹事的地方。

张元华一把将其拉住，说，我看能躲还是躲一下好。

躲过初一躲得过十五吗？黄大发的鼻孔里"哼"了一声，重新背起筐篓，挥挥手，走，好心去跟人家赔不是去！

山路上，背着沉甸甸炸药的黄大发，望了一眼远去的唐恩良等人的背影，迈着吃力的步子，走在回工地的路上……

喏,不是嘛,他回来了!这时的张元华已经远远地站在一个山崖上,跟十几个前来闹事的邻村村民们站在一起,指着从山脚下正缓缓而来的黄大发的身影,说。

　　果真是他哟!这个黄大发真不简单嘛!有人窃窃私语道。

　　好啊,他有本事嘛!有本事我们就找他呗!更多的人说。

　　现在,所有的目光都聚焦到了身材矮小的黄大发身上。

　　大伙儿咋啦?还不过来搭一把手啊!想看我这个小老头早点去见阎王爷呀!黄大发一边喘着粗气,一边这么说着。看得出,他是想缓解一下现场的紧张气氛,当然他佯装啥都不知。

　　你就是黄大发?闹事者中有人冲到黄大发跟前,责问道。

　　是呀,有事找我?黄大发以笑相对,在放下背篼的同时,用手做了个手势说,这儿没有凳没有椅,只能请客人在还没有修好的石渠沿上坐坐了⋯⋯说着,他抹了抹额上的汗珠,先在石渠沿茬上坐下,然后一边招呼一边自语道,瞧这年纪,你不服不行啊!老了——

　　你是个老王八了!突然,闹事者中有人这么吼了一声。

　　你这人怎么张口就骂人啊?张元华等草王坝人愤怒了,上前要跟那个出言不逊的人论高低。黄大发赶紧站起来吆喝道,谁敢耍野?咋啦?黄大发冲草王坝村民呵斥道,人家是骂你了?骂你又怎么样啊?你在人家地盘上动土,你们有啥耀武扬威的?啊?

　　张元华等人被黄大发训斥后,很不情愿地退下阵来。但黄大发这一顿劈头盖脸的批评草王坝人的气势,让那些闹事者反倒一下感觉有些不知所措了。领头闹事的那个人似乎不甘这种结局,便站到黄大发跟前,说,你是黄大发?

　　嗯,我是。大兄弟,你看我们有啥做得不妥的地方你多包涵⋯⋯黄大发一副笑脸和诚恳。

　　包涵?你口气轻轻的,这事能包涵得了吗?闹事者的火气一下升高了,你把我们家的龙气给震散了知道吗?

　　哎哟!真有这事?黄大发惊叫一声,立马站起来,连鞠三躬,表示万分致歉。

别来这一套!不管用!你几个鞠躬顶屁用!我家的龙气冲坏了,你们必须抵冲!闹事者道。

咋个抵冲?黄大发仍然笑言相对。

我问你呢!闹事者勃然大怒,把透着粗气的鼻子差不多已经对上了黄大发的鼻尖——现场气氛骤然紧张。

其余的双方人员都已捏紧拳头与"家伙"……一场血拼眼看着就要爆发。

兄弟息怒,息怒!千万别在这儿恼怒了山神,有话我们好说。黄大发还未把想要说的话说完,怎知对方有人带头抡起铁锤,就朝草王坝人刚刚筑好的石渠沿上猛击一阵,顿时那砌好的渠壁"稀里哗啦"地倒塌一片……

你们怎么能毁掉我们的水渠?你们想干什么?张元华等草王坝人急了,举起钢钎、扁担等欲上前拼个死活。

不许动!黄大发突然一声吼,那声音之大、之威,令在场的所有人一怔。但,这并不能制止闹事者欲达到的目的,他们说,黄大发,我们知道你草王坝穷得除了想挖渠道外,一点儿狗屁的东西都搬不出来!今天你不说出个赔金山银山的道道来,我们就叫你的狗屁水渠翻个个你信不信?

说话间,这些闹事者继续一阵狂砸张元华他们刚刚筑好的水渠……

奶奶的,今天非拼了他个娘的!张元华等草王坝的男人们怎受得了这般耻辱,钢钎与扁担组成的反击队伍,三步两腿地奔到了闹事者面前。

干什么你们?谁也不会想到,年已六旬、身材矮小的黄大发,此时像一头顶天立地的巨兽,以迅雷不及掩耳之势,出现在两阵对立的队伍面前,他的那一声吼,在大山里久久震荡,又迅速被折回,犹如巨雷般击得每一个在场者的胸膛在颤动……还愣什么?滚啊!黄大发用特异的目光给了张元华一个暗示。

我——我走……张元华先是一愣,然后立马折身从紧张的现场"败阵"而撤,一溜烟往山上跑去。那样子,在外人看来,绝对是"落荒而逃"。

你们呢？还想干啥？黄大发又冲自己的村民们斥道。

村民们见自己的村支书如此怒威，只得放下手中的"家伙"。这一下那几个闹事的人觉得自己一下长了威风，随即将黄大发团团围住，责问他，你黄大发今天想把整个事都揽下来可以啊！说吧，你要渠还是要命！

黄大发听这话后，摆摆手，说，都不要说话太绝，是我们草王坝做错的事，我身为草王坝的支部书记，我承担全部责任，与其他村民无关……

那好，既然你承担，你们现在把我们的龙气冲坏了，你说怎么个弥补、赔偿吧！闹事者又把圈子围小了一圈，几乎所有人喘出的气都可以喷到黄大发的头顶——不是他个子矮嘛！

弥补和赔偿肯定都得做，都得有。可你们都知道，我们草王坝穷得那个样，现在真是赔不出啥东西来。只有等我们的水渠修好了，大伙的日子富了，我保证加倍给你们赔偿、弥补……

别他妈的净说好听的废话！现在就问你一句话，是要命还是要渠？还没等黄大发把话说完，几个闹事者已经上手将黄大发的一双胳膊架了起来，他们像老鹰抓小鸡似的将他悬吊在半空。

我——我啥都想要。黄大发的声音听上去没有一丝颤抖，非常镇静。他喘着气，继续说，可你们不会让我啥都想要的呀，所以今天我只能选渠道，这渠道是我们草王坝人的命根子，也是我黄大发梦想了一辈子的事，我不能把渠道丢了。剩下的我只有一把老骨头了，只要你们能保证这渠道顺顺当当地通过这里，我愿意把老命给你们任意处置。

黄大发啊黄大发，你真是嘴比山崖还硬！再问你一句，到底你要命还是要这破渠道？

命只能听天、听你们诸位了！渠道绝对是要留住的。悬在半空的黄大发闭着双眼这么说。

好嘛，那也不能怪我们了，你不是要渠不要命吗？好，看我们怎么着你——来人，把他绑起来！

干什么你们？快放下老书记！就在这当口，突然不知从何处跳出五个穿制服的民警,而且还是带着"家伙"的民警。

命悬于一线的惊险场面,一下变了另一种气氛。

现在正式向你们宣布:据现场勘察证实,你们几个寻衅闹事,蓄意破坏和危及工程及相关人员的生命与公共财产的安全,我所决定拘留你们!

"咔咔""咔咔……"几个带头闹事的,被公安民警毫不含糊地铐上手铐,从施工现场带走。

黄大发"以命抵渠"的消息不胫而走。水渠沿途原本想捞一把的那些人这回纷纷前来与黄大发和草王坝人"热络"起来。这时的黄大发又是鞠躬又是拱手地对人说,咱草王坝修渠给邻居和周围的村民带来不少麻烦,该还的情,该赔的物,我们一分一毫不会少的。只求好邻居容得草王坝一点时间,我黄大发说话算数,若有半句谎言,雷劈山压!

而且,就在修渠当口中,黄大发几次带着村委会主任张元华等干部,到修渠沿途的那些家庭困难的农户,送食送衣,掏家底进行慰问。

山里人本就实在,黄大发一片热心热肠的行动,如春风沐浴冰寒大地,很快解开了沿途因为施工而产生一些矛盾的邻村村民的心结,石渠在一声声激昂的劳动号子与如雨的汗水中向前延伸着……

现在你们该明白为啥我总说,既然我们想让渠道通水,能吃上白米饭,那就得让石头也要长眼睛。在漫漫的背炸药路途上,黄大发一边迈着沉重的双腿,一边低着头,向走在他后面的几位村民唠叨着。

老支书,你就是太英明伟大了!我寻思着,如果不是你几番出场,他们才不会轻易放我们过他们的山崖与地盘呢!唐恩良说。

人心都是肉长的,你给人一份温意,人家就会心里高兴。再说,我们修渠跑到了人家的地盘,人家本来好端端的,可你去闹人家、砸人家,人家不生气才怪!换了我们不也一样嘛!没准比人家更凶,更要别人命!黄大发这么一分析,草王坝人没有一个再怨天怨地怨他人了。

唐恩良更是感动道,老支书,我这辈子算服你了!跟着你走,就是跟着党走!一走到底,走到水渠通水,走到吃上大白米饭!

你这个小子,就这么点出息啊!黄大发半弯着腰,捡起路旁的一块小石子,往一溜烟走在前面的唐恩良扔过去。

哎哟哟,扔痛我了!扔痛我了!唐恩良佯装受了大伤似的在前面叫喊起来。

你个龟儿子,不给你点疼才不知道别人的恩呢!黄大发带着几分疼爱之心,这么说道。脑海里却泛起了一段让他感到温暖的往事——

在草王坝村,他黄大发喜爱的后生有几个,唐恩良便是其中的一个,这孩子是初中毕业生,在村里算是绝对的"高级知识分子"了!关键是唐恩良还是个不怕吃苦、善于动脑筋的年轻人。

想当年,第一次黄大发领人到山上修渠时,他唐恩良还只是个跟着大人到工地玩耍的娃娃,如今已是草王坝村的壮劳力和年轻骨干分子。黄大发喜欢他的另一个原因是,唐恩良他在国家允许包产到户的第三年,也就是二十世纪八十年代,那个时候他就把自家门口的一块地上开垦成稻田,想成为草王坝第一个吃上白米饭的人家。这事引来村里不少人的嘲笑,因为就在唐恩良种稻前几年,黄大发带领的上山开筑渠道而没有成功后,多数草王坝人对吃白米饭这个梦想已经不抱希望了,现在他唐恩良在没能解决水源的情况下站出来种水稻,确实也不得不让人怀疑和觉得可笑。

唐恩良种水稻的理由是:咱们贵州一带山区的降雨量还是不错,让田来储水,以供稻子用水问题。

田整成后,确实唐恩良赶上了好天气——连续几场雨下来,囤积在稻田里的水盈盈一片,这让唐恩良心中欣喜若狂了好一阵。但好景不长,随即的干旱天气断断续续,"唐氏水稻田"立即露出失败的痕迹——稻苗成了一撮撮可以点火的干柴草……

其间唐恩良夫妻俩也做过努力,小夫妻俩到山下挑水灌田,结果每天人累死,稻苗仍然一撮撮地死去,最后只得拔掉重耕。

村里人开始大笑他了。

有啥好笑的!我早就准备失败他三五载,但到了我吃上大白米饭那天你们可别眼馋啊!唐恩良是个有理想有信仰的人。第二年种稻之前,村上人见唐恩良小两口在去年种的稻田上方,打了口小窑井,并且靠这座小窑积储了不少夏前的春雨水。新秧再度插入稻田,下雨时稻田喝的是天上水,干旱来临,小窑打开,取出积储的春雨水,稻苗一寸寸往上长……但老天靠不住,雨也曾下过,但一到夏季后,干旱的日子远多于雨水天,这样稻田里喝不上天下的雨水,小窑也供不出多余的积水,结果再一次苦渴了稻田里的秧苗……唐恩良再次失败,只是这回没有完全失败,还收割了几十斤稻谷。

这一年,村上有人嘲笑,有人不再吱声,因为毕竟唐恩良他靠自己一年辛辛苦苦,到头来,他确实给三个儿子端出了几碗大米饭,那香喷喷的、颜色特别好看的米饭,还是让草王坝人着实眼红了好一阵。

有啥稀奇的!这么大的一块地,种啥不好,非要弄稻田想贪吃白米饭!说唐恩良的人,不是别人,而是与他同做"白米饭梦"的妻子。

说起唐恩良的这位妻子,黄大发心里就想笑。我当然要笑,因为她是我硬给"挟"来的。那天我在采访黄大发时,他谈起了唐恩良娶妻的趣事——

他唐恩良的媳妇是我介绍的。黄大发自豪地说,他媳妇的娘家在凤凰村,我有亲戚在那个地方,否则也不会有这门姻缘。因为四邻八村都知道我们草王坝村穷,吃不上白米饭,所以好姑娘不会找我们村的男人。我当村支书着急啊!总不能看着自己村上好端端的男娃们一个个都成光棍吧!尤其是像唐恩良这样的后生,初中毕业生,这在村上都是大知识分子了,我们草王坝村自古以来——我指的是水渠通水之前,初中毕业是最高文化人了!唐恩良就是属于这样的文化人,我能忍心让这样的好后生当光棍?真要他唐恩良当了光棍,那咱草王坝真的完蛋了,啥都没前途了!想想看:如果传出来说草王坝穷到连上过中学的都找不到对象,你想想还让绝大多数连学校门都没进过的人怎么活呀?加上唐恩良不仅有文化,人长相又俊,脑子又活络,这样的人再找不到对象,天理不容啊!所以给村上的年轻小伙子找对象也成了我的一份责任。唐恩良这门亲是我去提的,对方开始碍于我面子,答应了。答应了就要按照习惯送彩礼,唐恩良也做了,当然因为我们草王坝穷,他唐恩良虽然做了人家也没当回事。后来对方对我们草王坝的情况了解多了一些后,有些后悔这门亲事了,有一天唐恩良去女方家里,人家给他难堪,说你们草王坝穷,这我们也知道。既然你们村穷,那我们给你点钱,你帮着去你们村买100斤大米回来。唐恩良拿着买米的钱,回到村里却愁死了,为啥?因为我们村上根本就没有大米,我们连水都没有,还种啥稻田!没稻田,哪来大米?这不明摆着瞧不起我们草王坝人嘛!明摆着是想休这门亲事嘛!唐恩良急得团团转,找我商量咋办。我说你就别管了,等着在家准备娶媳妇便是。我就出面,跟凤凰村那边说这门亲事不能退,退了对我们草王坝的后起之秀唐恩良不利,对你们家女孩了也不好,传出去你还咋嫁人嘛!因为我黄大发三村五邻知道我呀,女方也怕得罪我,所以最后没有办法,唐恩良娶到了一门好媳妇。黄大发得意道。

  唐恩良也是个有志气的人。当年拿着老丈人家给他买大米的钱回到村里却没处买到大米,这耻辱的一页在他心头久久地烙上了印记。妻子也是个要强的人,既然跟着唐恩良到了草王坝,也想给自己挣回些面子,于是当唐恩良提出率先在草王坝种水稻一事,她不仅没有反对,而且是积极而坚定的支持者和参与者。但一季水稻种植下来,失败了,她忍着;第二年虽然苦了些,但毕竟吃上了一碗大白米饭,而且为了在娘家人面前挣回一些面子,她特意把自家种的稻谷,提了一小口袋回去,并且告诉娘家人,这米是她和唐恩良在自家地里种出来的。磨出来的米做成饭,能香到十里外!

唐恩良的媳妇是这样一个人。但即使是这样一个通情达理的女人，在草王坝这块缺水的土地上，她也不赞成自己的丈夫舍全家之劳力，去为吃上一碗大米饭而奋斗、挣面子。面子有啥用？穷就穷，没白米吃，即使丢了脸面，总比乞丐强吧！妻子为了种不种水稻一事，与唐恩良没少吵架。

当年你家嫌我穷得给了钱都买不到白米饭吃，现在你又整天嚷嚷种水稻亏死了、冤死了，你到底想让我唐恩良咋个活法？唐恩良最受不了的是家人的埋怨。

我再不嚷，你老唐家这么下去，穷得一家人合穿一条裤子都快穿不起了！还种水稻，吃白米饭？不让外人笑死才怪！我家嫌你穷，嫌你吃不上白米饭，可我嫌了吗？当年你信誓旦旦地说只要我肯嫁到草王坝，你让我一辈子都吃白米饭，你有那本事吗？妻子回敬说。

不是已经吃上几天的白米饭了吗？唐恩良不服。

你那叫让我吃白米饭？妻子火气更大了，明明一年可以收几百斤苞谷的地，你却才收了几十斤稻谷！知道你这让我吃的白米饭是啥滋味吗？

啥？

像喝自己的血一样难受！

你……唐恩良气得直想吐血。最后没话发泄，怒道，我休了你！

妻子一听，跳了起来，你个王八蛋！休就休！休了更好，回凤凰村吃大白米饭去！

结果小夫妻把架打到介绍人——村支书黄大发家。

黄大发一听，沉默片刻，问唐恩良，你还记得当年我们村第一次修水渠的事吗？

唐恩良点点头，记得。

那个时候你还是娃娃。黄大发抬起头，仰望星空，回忆道，那天我记得你从家里摘了些菜，跟着学校的老师到工地来慰问大伙，还七手八脚地给我们煮饭。这事你记得吗？

记得。唐恩良说。

你当时对我说,大队长,红旗水利渠修好了我们是不是就有白米饭吃了?我当时拍拍你的小脑壳,说,是。我记得那天你高兴地对我说,等水通了,我要在草王坝第一个种上水稻,第一个吃上大白米饭。你还记得这句话吗?黄大发问。

记得。唐恩良的眼里已经盈着泪花,然后喃喃道,后来我们的水渠没有来水,可我幼小的心灵里一直有愿望要在自己的地里种上水稻,让家里人吃上大白米饭……

黄大发感慨地说,大伯我今年一大把年纪了,可让我佩服的事、佩服的人没几个,但你唐恩良小辈子是我佩服的一个人!因为你是我们村上第一个种水稻,第一个靠自己的本领让家人吃上大白米饭的人!相比之下,你大伯我惭愧啊!我没你本事大,也没给你兑现当年的话,所以是对不起你们的人哪!

说到这儿,黄大发老泪纵横……

大伯,不是你的错!支书,你千万别这么自责……

唐恩良夫妻被黄大发这番话深深地感动了,他们不仅不再为自己种不种水稻、能不能吃上大白米饭而吵架,反而一致在黄大发面前保证:坚决支持重修水渠,等水渠修好后继续争做全村种水稻第一名的农户!

好啊!有你们这番话,我真的是为村上修渠死而瞑目。黄大发再次感动。

这是在漫长的背炸药的路上让黄大发感到几分温暖和难忘的往事。

老支书,你这把年纪了,把背炸药的事交给我就得了,干吗非要亲自干呢?唐恩良几次看着黄大发弯着腰、背着竹筐篓,整个人儿都快擦山岩时,心疼地劝道。

从水渠工地,到取炸药材料的地方,来回一趟就是三四十里路,且都是崎岖的山间羊肠小道,每一筐炸药材料,都有五六十斤重,就像唐恩良这样年轻力壮的村民走一趟也得三五天才能缓过劲。而在施工爆破最紧张时期,黄大发每三五天就要去背一次。有人说,干吗不用车用马去驮一次多拉些回来嘛!黄大发告诉我：一是当年对炸药材料的管理是非常严格的，不会一下让你多取，也就是说只能根据你的施工量来定量供应；二是黄大发知道炸药雷管等这类危险品是不能有丝毫的丢失与缺斤少两，这关系到的面就更多了，甚至是生命安全问题、工程安全等等。

所以他才坚持要自己亲自去。村委会主任张元华说。

你可不知道，当时政府对炸药一类的材料管得不是一般的紧，而且一般搞运输的人又不敢揽这活。平正乡原乡长商顺模至今还记得，有一回乡里为草王坝修水渠批准给50件炸药材料，过路的汽车没有一辆敢拉。要等村子里的马车来拉，得绕路多走几十里，会影响工地开山爆炸的施工进度。黄大发二话没说，背起两件就走。那得几十斤重哪！商乡长说起这事，满是感动。我有几次都是亲眼所见，黄大发到乡里背炸药，都是赤着脚的，我问他为啥连鞋都不穿？他笑笑，说，走长路、山路，光脚是最好的。我一瞧他的脚板，全是血痕血迹和血斑……看着心疼和难过啊！

这算啥事！黄大发听我问他这事时，淡淡一笑，说，当时我一心想的是赶快把水渠修起来，通上水，能把这事做成，我苦点累点算啥？就是搭上这条老命也值得。我就是这么想的，所以不觉得苦。

黄大发说这话时，脸上的皱纹都像乐开的花一样，丝毫没有作秀和假意，是那种从内心泛出来的情感。

而我知道，为了修这水渠，黄大发吃的苦，所干的事，有些是他人无法想象得到的——开山筑渠，两样物资最离不开：炸药与水泥。这两件物资在当时的贵州遵义，属于紧缺物资。前者我们已经说过，它不仅紧缺，且又涉及安全诸多方面工作；水泥相对简单，但水泥在水利工程特别是黄大发的高山悬崖上修渠，其用量之大，其使用标准和要求之高，又是一项十分繁重而艰巨的物资与技术问题。黄大发说，对此他必须亲力亲为。

因为第一次修渠道失败，根本上讲就是因为没有水泥这个基本材料。黄大发说，这回修渠时，上级政府给了我们条件和水泥等物资供应,这对草王坝人来说,水泥好比我们的生命一样金贵。我得把好这一关,用好这金贵的东西。

为了用好这"金贵之物",黄大发可是做到了倾心倾力——

几乎每次到区里拉运水泥,他都要亲自赶着马车去。一则他去后人家能够保证及时给他。黄大发修渠,精神可嘉,他的名声好,供应商不会压他拖他为难他,所以他亲自去拉能够节省施工时间,保证前方用水泥不耽误工程进度;更关键的是,他亲自去拉能够做到尽量不浪费一斤半两水泥。

他黄大发每回来拉水泥,眼睛瞪得最圆,生怕我们少给他半斤一两;回到村上,卸货时他要把车厢内打扫得干干净净,哪怕一丁点儿也要入库。给他供货的人和村里的群众都这么说。有一回拉水泥的马车陷在离草王坝30多公里的一个水坑里,怎么也出不来。此时天已黑,这对前不着店、后不着村的黄大发来说为难了,赶车的并不是草王坝人,人家一甩手就去找附近的农家借宿了,剩下黄大发一个人无计可施,问题是他怎么能舍下一车子水泥而不管呢?无奈的他,丝毫不犹豫,这一夜,他在水泥包上来了个露宿,与野山里蚊子"搏斗"了十来个小时,直到第二天找来帮忙的人,才让黄大发的一车水泥和他本人完成了"突围"……

说起水泥的事,黄大发的老伴徐开美说,你问修渠道时他背水泥的事?他就这么个人,凡是困难的事,凡是要紧的事,凡是别人不愿干的事,他就抢着去干,甚至一个人去干了。两次修渠道,都是靠人拉肩扛的。不只拉水泥,还有钢筋啥的,都是从几十里的外面背到工地上的,那时通草王坝的路只有小山路,就是有汽车也进不来的。都是他带着大伙靠两只肩膀挑进来和扛进去的。我心疼他的是,跑几次脚上就全是血泡了,都破了,后来结痂的伤口还没有好,他又去了。有一次回来,给他脱鞋时怎么也撕不开,后来泡了热水才撕开的,那脚再往水里一放,水一会儿全变成红的了……我这心疼哟!叫他能不能休息两天,他就朝我瞪眼珠,说你知道我不去工地两天会出啥事嘛!要是出了啥事,我黄大发能对得起谁嘛!几十年的修筑里,他每天早上出工是第一个，收工又是最后一个。没有一天不是这样，碰到山上施工困难时，干脆他就几天几十天不着家。我就给他送吃的换的，他根本不顾家，也顾不上。我不埋怨他，只是心疼老头子。

徐开美老婶子开始是笑着跟我"闲说老头子"，后来是声音凝重地"诉说老头子"——

拉水泥、背炸药时双脚留下的伤口还没有愈合，他又在山上天天踩在水泥和黄沙里盯着拌水泥、砌渠壁的事。老婶子说，那些活本来是各家各户、别人的事，可他不放心，几乎所有拌水泥的事都要在现场看着人家怎么放水泥、放多少，是不是缺斤少两，是不是拌和搅匀了，多数时候他就踩在水泥和黄沙里自己拌，那一双脚，天天红肿得像条烫伤的猪腿，我管他，不让他再干那些活，他又瞪着眼对我说，知道为啥我第一次领着大家筑渠失败了吗？就是没有水泥，就是光用了黄泥巴砌渠壁，它不管用，照样渗水漏水。可你知道，现在用水泥是好，但如果比例不对，黄沙和水泥拌和的比例和时间不对的话，照样还会渗水漏水，如果这回渠道修到了草王坝，可到时水仍然进不了村里，你让我怎么向村民交代？我这条腿算啥？就是这条命都不算啥。可水泥与黄沙拌不均匀，拌不合格，那可比我黄大发的命不知要紧多少倍啊！老伴你说说我的腿算啥？算啥呀！

老婶子说到这些事，已经在抹眼泪了。但说起水泥的事，还有让她更不愿提起的事——家里的老灶头有个地方掉了砖，我就想抓一把水泥再拌点泥巴，给老灶头补块缺，也能做顿好饭给老头子回来吃或招待个上面来的干部啥的。水泥就放在我家里，我这么想着，就让唐恩良小辈子帮我抓一小把水泥，结果被老头子看见了，冲过来把我手里的水泥抢走了，还不罢休，还臭骂了我一通。我好冤啊……

他几十年都在山上修渠道，自己累成那个样不算，家里的事从来不管，我整宿整天地提心吊胆，最怕山上传来话说出啥事了。可为了一把水泥，从来不向我发火的他，竟然骂了我……

年近80的老婶子在我面前哭泣，实在是一件叫人心酸、心痛和无奈的事。

这一天,徐开美到后来竟然收不住哭泣了,我惊愕而又不知所措。旁边的几位老村民,悄悄地朝我示意,意思是说不宜再问老人家了,由此我赶紧断了采访。

何作家你可不知,我们的黄大发为了修这条渠道,他的二闺女23岁就死了,13岁的孙子也夭折了……

啊!我惊得张了半天嘴。不是说黄大发带领村民靠一手一锤修渠30余年,在千米高山上挖了几十里路长的"大发渠",竟然没死一个人、没重残一个村民嘛!

是这样。这个是奇迹。但在修渠中间,他黄大发第一次修渠时,那1961年出生的大闺女在他修渠最紧张的岁月里病死了。如果说那时是因为穷、因为孩子的病没及时治,而让黄大发失去了一位亲人,这是那个年代许多家庭都可能会遇到的不幸,作为活着的人也许还能有些理由安抚内心的伤痛的话,那么第二次修渠时,黄大发一连失去最疼爱的23岁的二闺女和13岁的大孙子,这般打击与痛楚,让一位铁石心肠的大山汉子差点崩溃……

黄大发修筑天渠,何止皮肉之苦、筋骨裂碎和精神劳累,他的心、他的神、他的情,更无时不在经受着常人难以想象的痛苦与折磨,那种痛苦与折磨,有时如狂风暴雨的鞭抽,有时如抽筋扒皮的钻心切肤,有时如烈焰燃烧般焦煮,有时则如惊天巨雷在头顶突然爆响……黄大发,一个150多厘米高的小个头男人,30余年里,他为修渠而经受的这类打击与摧残,岁岁月月都有,有时甚至一天一次、一天几次!

关于黄大发二闺女黄彬彩的死,草王坝村的人不愿意多提,因为这是黄大发家最痛的一件事。

在与黄大发相识的几天里,我感觉这位82岁老汉的性格与山岩一样硬,什么事在他那里根本不是事。他个子不高,但能顶扛泰山般的压力;他没有啥文化,但能道出中国最朴实和最经典的真理；他没有出过大山、见过世面，但他精通人世间的所有交往的礼仪和道理，我们在一起的时候，像是亲人一样，又如朋友一般，两个男人坐着或走路时能长时间地手拉着手，那种亲密无间、相见恨晚的感觉，竟然发生在我们俩之间，而在此之前我根本不知道贵州的大山深处有个叫黄大发的老人，他黄大发也从未看过什么文学作品，也从未知晓过任何一个中国的作家。我只能这么理解，在采访的那些日子里，他从我愿意跟着他走险道、看谁都不敢去的悬崖上他修的那些渠道，以及我时时刻刻都在认真倾听他对往事的诉说，也许就是这点点滴滴中，他老人家认为我是一个信得过的人，一个京城里来的作家，一个他的"远方亲人"第一次造访他这位长者和老亲戚……是的，我想应该是这样，不然他不会这样时不时地拉着我的手，而且那么自然，那么有力，那么温暖。即使与自己的老父亲，我也不曾有过这样的事，更不用说手拉着手很久很久地在一起畅谈与倾诉、交心与对话。我以为了解黄大发，我以为什么事他都不会在意——只要是与他修渠道的"光辉往事"相关，他老人家都接受我的询问与采访，但唯独关于他23岁女儿去世这件事我拿不准，到底是否该直接问他，让他将几十年在修渠过程中一件最割心的事讲出来，讲给我们这些不曾经历过那般痛苦的人听听，讲给这个世界听听……

我是那么希望有这个机会和可能，所以有多少次与黄大发手拉着手、脸对着脸很近的时候，我把问话已经搁到嘴边了，但就是没有说出口。我很怕我的提问让一个因我的到来而高高兴兴、精神爽朗的老人，一下因为我的提问又让他陷入极端痛苦之境。

我多么想问，可又始终难以启齿问这样的事。

以我几天与这位老人的对话与神交中，我知道世界上再大的困难和危险，在黄大发眼里都不会是困难和危险，只要这样的事在他草王坝、他身边的大山深处，他可以踩平它、征服它、战胜它。然而我就是无法估量他黄大发能不能再把那个他最心疼的姑娘的事和盘托出来……我感到困难，甚至有些思维上的窒息。

采访快要结束了,有一天在采访黄大发和十来位村民时,我想借这样的机会提他闺女的事会不会稍稍的轻松与自然一点?于是我没有直截了当,但是十分有意地轻轻问身边的黄大发,能不能带我上山去坟地看一看?

我看到黄大发的眼睛先是一愣,然而又迅速扭过头去,竟然若无其事地把话题彻彻底底地扯到了一个毫不相干的其他事上,喂喂,你们跟何作家再说说嘛,说说当年我们如何把那几个悬崖攻下来的嘛!

于是座谈会又开始了东拉西扯,你一句我一言地"神仙侃谈"。那瞬间,我突然为自己的唐突与失礼而内疚。同时也明白了确如村民们一再提醒我的那样,不要去碰黄家那个死去的闺女的事。另一方面,我又不得不敬佩黄大发老人家非凡的智慧与超人的应变处理能力。他做到了既不让我难堪,也不让自己陷入被动的境地……

他就是这样一个了不起的人!那一刻,我对黄大发的认识有全新的一种境界:他是一个大山里的人,他又与大山一样,他是属于众山之魂的一个有血有肉有生命的山神——

我们来说说黄大发的一家。关于黄大发小时候的事前面已经说过,现在讲的是他与徐开美结婚后的状况。

当年新娘子徐开美进黄大发家时,黄大发身后有个"拖油瓶",而且还是个残疾的"拖油瓶",就是黄大发与去世的前妻所生的儿子黄彬孝。就是这么个残疾儿,黄大发为了山上修渠道,他可没少让缺"手"的大儿子黄彬孝在工地和村里之间奔跑。

孝儿,村上的人都在山上挖渠,你干不了大活,但还有两条腿,你就负责往山上报个信,给山下的家里传个话。黄大发对儿子说。

儿子点点头,嗯。这样就算是把任务接了。这任务并不轻松,那会儿全村人都上山干活去了,村上的事也就少不了彬孝来回奔跑,比如谁家的老人病了,谁家的小孩有个发烧感冒的事,彬孝都得走十几里路往山上去报。这还不是他主要的活儿,主要的活儿是负责给做"指挥长"的父亲当施工"通信员",那事就更没完没了。有时一天要跑两三回,腿都快断了。黄彬孝手不灵,嘴又笨,智力不强,对父亲的怨恨在心底里存了不少。有人问他水渠的事还记得多少,他就一脸生气样儿,埋怨自己的父亲"不情面"。我也是为修渠干事,可他就是不给我记工分。黄彬孝对这事耿耿于怀。其实他不知,全村的人参加上山修渠都是义务劳动,从没人拿过啥工分工资和补助。只觉得父亲像驴子一样用他。驴子拉活,还给好食吃,他啥都不给我吃,只知道让我跑来跑去。

黄大发的二儿子黄彬权,是徐开美所生,现年52岁。第二次修水渠时,他已经是村上的壮劳力。父亲从不惜疼自己的儿女,也从不徇私,他分配我的事都交村民组长安排我。有一句话他在家里常讲,说是集体的事怎么硬都行,自家的事怎么软都成。意思是公家的事不能有一点儿马虎,家里的事随意怎么办都行。我们修渠的时候,除了水泥雷管等材料上面补贴外,其他的基本全是我们村上自己解决,所以别说没有一分工钱,多数事情还得靠村民们自己来解决。比如每天上山到工地要走一个半小时,下山也同样,为了一天不少干活,父亲要求我们必须早出晚归,也就是说,一头一尾的上山下山三个多小时,是不能算你劳动时间的,在工地上你必须干满十个小时,这就等于我们每人每天都得拼出十四五个小时来。父亲在村里威信高,一般没人跟他顶嘴,我是他儿子,有时会把心里的不满跟他嘀咕。他就说,你就不想吃白米饭?就不想找个媳妇?我回答说这些我都想,他就说这不就得了嘛!他没有啥大道理,但他只要开口,就会把事情和道理说得清清楚楚,你就再没有啥可跟他顶牛的。他心里就装着村上的事,我们全家人都习惯了,只要他说的、干的事,我们没有人反对,还会全力支持他。母亲经常跟我们讲,你们爹不容易,一个人要顶全村这么大的天,那山上的渠道要绕过多少峰多少峦,他不拼命谁拼命!父亲的这种言传身教,对我们影响极大。我们就是在他这种精神影响下长大的。

他啥都有理,但他对彬彩的死要负责!初中毕业的二儿子是个有文化的人,他认为父亲几十年来为集体干了一千件事,件件都可以称道,让家里舍去了一百件事,也是每一件都可以理解,但唯独在二女儿彬彩的事上,二儿子黄彬权至今谈起仍然不能原谅父亲黄大发。

彬彩23岁就死了,真正的花季年龄,一个活脱脱的大姑娘,转眼就没了……这是我们全家人最痛的一件事,现在谁都不愿提起彬彩她。哥哥黄彬孝说起比他小5岁的妹妹黄彬彩时,忍不住流下眼泪。

妹妹不行的那一天,我一边哭一边赶到山上的工地,对正在开山凿岩的父亲说,爸爸,二妹走啦!他开始没有听见我的话,我连喊了几声,说妹妹死了!没了!他这才突然回过神似的反问了一句,啥?你说啥?我提高声音说二妹彬彩没了!这时父亲手中的铁锤一下从空中落下,愣了半晌,他竟然又重新举起铁锤,开始更加猛烈抢锤,抢锤的当口,他对我说,你先回去,我随后就来!我哭着就折回身子往山下走。后来听山上的人讲,父亲抢着抢着铁锤,就一屁股坐在岩石上默不作声很长时间。村上的人害怕了,赶紧过去安慰他,说老支书你要节哀啊!过了好一会儿,父亲才转过头,对徐国泰老伯说,麻烦你给我裹支旱烟。村上的人都看到父亲一边抽烟,一边掉眼泪,到后来竟然呜呜呜地伏在岩上痛哭起来,哭得全身都在发颤……

因为上有哥哥,长得又俊,所以彬彩姑娘从小就深得黄大发的宠爱,姑娘也特别灵巧懂事。还记得上面提到的张发奎一行来帮助勘察测量时,彬彩特别手工纳鞋垫的事吧,彬彩就是这样的一个通情达理、心灵手巧的姑娘。但这位黄大发的"掌中明珠",命运却对她很不公平。就在父亲黄大发为再度上山修渠东奔西忙的1991年,一向健健康康、活蹦乱跳的黄彬彩,那一年下半年就感觉身体出现了一些不对劲,四肢无力,面色焦黄。山区穷,走出大山看病又得两天时间,就是一个好端端的人怕也受不了如此路途遥远之苦,故彬彩的病就这样一天一天地拖,后来大姐接她到自己家养病。大姐家也是个穷户,加上又不知如何给妹妹瞧病,所以彬彩的病越来越严重。黄大发第二次修渠开始后的1992年底,彬彩回到了草王坝自己的家。看着心爱的女儿一天比一天消瘦和病态,黄大发心急如焚,他几次张口说就是背也要将闺女背到遵义城的大医院去,让医生好好看看到底是啥病!彬彩姑娘也是一次又一次地含着泪光地期待着,但父亲忙啊忙,就是不见他来病榻头"背"她。后来彬彩听说父亲要到遵义去了,她高兴得事先端了一盆从黄泥坑里勺来的水,然后沉淀了半天,再将清一些的干净水用来擦洗了一下自己的身子,等待父亲背她到遵义的大医院瞧病去。但后来却一直没有等到,直到几天后父亲进家门才知道他已经从遵义回来了。对不起啊彩儿,村里修渠是大事,我这回跑了两天才到的遵义,总算把这个项目跑下来了!这回我们草王坝有希望通水了,有了水就能吃上大白米饭,吃了白米饭我看你的病也会好起来的!看着父亲兴奋的样儿,彬彩苦涩地笑笑,啥也没说。是啊,让村上人吃上白米饭是父亲一生的愿望,她彬彩作为女儿不能亲自跟着父亲上山修渠已经很愧疚了,再不该因为自己的病拖累和影响父亲为村上修渠的大事吧!

然而,求生的欲望也始终让彬彩没有放弃父亲"背"她上遵义看病的希望。她在等,一天一天地等……她听到山上"隆隆"的炸山爆破声,心头充满着期待和希望,同时又极其痛楚——她感觉自己的身体在告诉她,日子已经不多了……

妈妈,你问问爸爸啥时候背我去遵义呀?女儿一次又一次地催促母亲。

你看他山上忙得连家都十天半月不着,唉!母亲徐开美拉着女儿越发枯瘦的手,心如刀割,又无可奈何,只得暗暗摇头和落泪。

姑娘都成这个样了,你能不能落空三五天,带她到城里医院赶紧看一看嘛!妻子徐开美不知对黄大发说过多少次这样的话了,而黄大发也没有一次说不行,说话时都是点着头"好好"的,可就是没见真行动。

别说三五天,就是一天你不让他上山到工地上去,他都会急出病来。儿子黄彬孝这么说,也因此一直认为父亲为了修渠,舍了女儿一条命是万万不该的。如果站在黄大发家的立场上,站在一个儿子和一个哥哥的立场上,黄彬孝的埋怨是在情理之中的。

对于这个问题,我侧面问过黄大发。他如此说,山上每天在爆炸,几百个人在山崖上抡锤打钎,在悬崖边走动搬东西,那都是些重活、险活。你想想,我是村上的支部书记,工程总负责人,你就是天天在现场盯着、唠叨着,你都不能保证安全,哪个地方、哪个人在哪个时候稍不留神就可能出大事,出人命关天的大事呀!我咋敢分心哪怕是一分钟嘛!在工地,我想着背炸药的人别在半路出啥事,于是我想还是自己去背吧;背了炸药,我想拉水泥的事不能马虎,所以我还是亲自去拉更好一些……背炸药的时候,一路上我想着山上的事,怕有啥三长两短,心一直悬着。那个时候没有手机、没有对讲机啥的,只有我的一颗心在远远地想着、念着、惦记着山上山下的事,想着年岁大的人在山上别出啥闪失,想着年轻的人别过于显摆力量,想着女人黑暗里上山下山的路上别出事情……我真是唯独没有时间想自己的事,没有时间想自己家里的事。你想想,假如哪一天山上出点事,出个人命,那我这渠道还咋修啊?我咋向村上的人交代啊?我黄大发不就是罪人、罪该万死的人嘛!

黄大发说这些话时,我发现他的声音很轻很轻,很软很软,轻得我必须凑到他的跟前,软得我必须拉着他那布满老茧、布满伤疤的老手。那时我感觉那只老手在抖动,剧烈地抖动,一直到我用双手握住它的时候仍然不停地抖动……那种抖动,叫人心痛,令人害怕,更让人心酸。

呵,黄大发啊黄大发,你这小老头儿——那一刻我不知如何称呼眼前这位个子不及我肩膀的山里老人,我内心既有一分埋怨,又有百分心痛之情地如此称呼他。你黄大发小老头儿实在太不易、太伟大、太有情有义,你其实对家人也充满崇高而无尽的情意,尤其对二闺女彬彩姑娘。这一点,山知道,天明白。

那天儿子来工地报讯彬彩姑娘去世消息后,黄大发在山上一个劲地抽着闷烟,他背着乡亲们在抽这闷烟,但所有人都知道他黄大发那光景是一直在流泪,一直在低声哭泣,一直在拍着胸口……

那抽闷烟的当口,他黄大发的思绪跟着一缕缕浓烈的烟雾飘飞,想着小时候的女儿,想着长成花一样的女儿——

爸爸,你又要上哪儿去呀?那是第一次修渠时,有一天彬彩抱住他的腿,问。

爸爸要上太阴山去。他摸摸女儿的小脸,告诉她。

去太阴山干啥呀?

去修渠道。

修了渠道干啥呀?

让太阴山那边的水通到我们草王坝来。

有了水,彩彩是不是可以天天洗脸了,能吃白米饭了?

是是。彩彩真聪明。

那我跟你一起上山去。

彩彩还小,等彩彩长大后爸爸就带你去工地上好吗?

好的。彩彩长大后就跟爸爸去山上修渠道……

行。等你长大后爸爸就带你去山上修渠。

父亲和女儿各自伸出一根小拇指,然后拉钩许诺——那是多么幸福温馨的一幕啊!

十多年之后,彩彩长大了,出落成亭亭玉立的大姑娘!

父亲没有失约,真的带着她上了山,参加了修渠道战斗,但这不是第一次修渠,而是第二次施工战斗。而就在这之前的一年多,按照山里的传统,20岁的彬彩姑娘已经到了谈婚论嫁的年纪,而且作为村支书的女儿,这个年龄在当地已经算是晚定亲的了。又是黄大发的女儿,又长得那么水灵,彬彩姑娘的婚事很快定了,是邻村代姓人家的后生看好了她,黄大发对这件婚事是满意的,因为这个村子可以让他的掌上明珠顿顿吃上白米饭,这很重要,毕竟是自己的心头肉嘛!订婚那天,父亲黄大发甚至这么对女儿说,姑娘啊,爸爸无能,至今没有让草王坝人吃上大白米饭,你年后嫁到代家,也算了了爸一桩心事。

黄大发说这话时眼睛里含着泪水,他其实舍不得女儿离开自己,离开草王坝。

爸爸,我们的引水渠已经快修一年多了,用不了多久咱草王坝村一定也会有水、有白米饭吃的。女儿亲昵地把小凳子移了一下,身子靠近父亲,然后将头轻轻地搁在父亲的腿上,说,爸你要注意身体,你都60好几了,千万不要再不分白天黑夜地拼死拼活干了好吗?草王坝不能没有你,妈和家里也不能没有你……

父亲一手抚摸着女儿的秀发,一边抽着旱烟,说,爹晓得晓得的,彩儿啊,过年你要嫁到代家了,这边工地上的事你以后少操心,不用再三天两头地上山了,修渠分给我们家的那些活有我和你哥呢!再说,我还欠你一笔嫁妆钱呢!爸穷,你自个儿想法做点小手艺,帮爸爸一把,免得你正式过门时,显得我黄大发家穷巴啦叽的让人笑话。

爸——瞧你说的!女儿知道父亲说的啥事,一年多前,修渠的事重新启动后,村里不是搞了一次集资嘛!他黄大发带头从手里拿出200元,这200元是黄家积蓄了好几年给彬彩结婚用的嫁妆钱呀!那个紧要关头,黄大发为了重新实现修渠的事,逼着全村人交那1.3万元"保证金",他支部书记不带头谁带头?

彩彩,爸爸对不住你啊!黄大发每每提起此事,总觉得愧对女儿。

瞧你说的,爸爸,你为了村里人吃上白米饭,差不多贡献了好几回命了,我是你黄大发的女儿,如果需要,我也可以为了你的修渠舍出一条命来!女儿仰起头,说。

胡说!父亲用粗糙的手捂住女儿的嘴,然后说,你是爸妈的心头肉,你的日子过得好、过得彩,才是爸妈的全部希望。

女儿感激地点点头。

然而——

然而今天的彩彩,他们黄家的黄花大闺女,23岁待嫁的姑娘,却悄然走了……

那一天草王坝黄大发家的宅内宅外,撕心裂肺的哭声震荡着太阳山、太阴山和十里外的修渠工地的群山,甚至连螺丝河水都跟着在呜咽。

　　黄大发记不得自己是如何下山,又如何走到自己家的。他走进家门时眼神是直的,面部像山岩一样没有一丝表情。村里人见他步子缓缓地走到已经用白布盖住的闺女跟前,沉默许久后他轻轻地掀开白布,久久地凝视着已经不能像往常一样开口叫他"爸爸"的女儿。他突然跪了下来伸出了那双粗糙的手掌,小心地捧起了女儿冰冷的两颊,久久地凝视着、凝视着……时间似乎凝固了,有村民在悄悄啜泣,大山似乎也在悄悄啜泣,有人搬过来一只小凳子,劝他坐下,但黄大发像雕塑般仍然一动不动地就这样跪着,长久地凝视着女儿。又过了许久,他站起来,回头在人群里找老伴徐开美,你让人把我的那口棺材擦擦干净,给彩儿用!再找两块干净的毛巾,把那缸里的干净水端过来……徐开美都依着做了,那口棺材是前些年黄大发为自己准备的,现在竟然给了女儿用,白发人送黑发人,没有比这更割肉割心的了!徐开美端来的水让村里人都很吃惊,因为那水特别特别干净,村里人都有些蒙了,为啥他家有这么干净的水?

　　黄大发轻轻地朝在场的人挥挥手,示意他们暂时离开一下,他要与老伴一起给女儿最后一次擦脸、擦身子……老两口用的是那盆特别干净特别干净的水。

　　关于那盆特别干净特别干净的水,只有黄大发的老伴——彬彩的母亲徐开美知道,那是彬彩定亲后有一天黄大发到山外去拉水泥时顺便从底下的一湾清泉里舀回的,他是专门给姑娘留的,留给她哪天出嫁时洗身子用的……现在,他将把积攒的这点特别干净特别干净的水端出来,用在为女儿擦洗那已经冰僵的身体上……此时父亲的动作,一定比天下的女人的动作还要柔软、仔细,像在给一块宝玉擦洗,生怕一丝失闪。

　　后来父亲端着水出来了。他手里端着那积攒了很久的满满的一盆水,但那水已经变了颜色……那变了颜色的水里多半是年迈的父亲那混浊的老泪。

　　出殡的时候到了。太阳山和太阴山突然被乌云裹得密不透风,那凄凉的唢呐、小号、二胡组成的送葬声乐,伴着一束束飞扬在通向山丘小路上的纸钱,吹奏得整个草王坝都在颤动,吹得十几里外的修渠工地上一片悲恸……那情形,草王坝人至今记忆犹新。因为那情形,是草王坝村历史上少有的全村人一起为一位年仅23岁的姑娘去天堂送行。或者说,这庄严肃穆和悲痛的送行,其实也是对他黄大发的致敬——致敬他为了实现开凿一条可以让清泉流到草王坝的心渠的理想和壮志,还有常人难以做到的牺牲精神!

安葬女儿的第二天,黄大发再一次按时上山——天蒙蒙亮时便从草王坝出发,从1962年第一次他带领乡亲们上山修渠就定下了这个时间出发,这个时间山路还看不太清,大伙还必须举着火把。这一天的黄大发步履比平时沉重了许多,十几里路,他中间歇了三次,以往即便是一个来回,他黄大发根本不会停一步、歇一歇。这一天,他心里想着工地上的事,腿却一直像被女儿彬彩拖住了……怎么像挂了石头那么沉嘛!他对张元华说。

不行啊,老书记,你在发烧了!张元华一摸黄大发的额头,惊呼起来。

嚷啥?有啥嚷的?黄大发竟然发脾气了,山里人头疼脑热的算啥事嘛!叮嘱你一句啊,不许对他人乱嚷嚷!这都是啥时候?擦耳岩过不了,整个渠道就等于又是白干!明白吗?

张元华皱着眉头,说,知道。可你老的身子支撑不住,整个工程都受影响不说,彬彩才刚刚走……

你小子说啥呢?黄大发真生气了,你咒我死啊?我死得了吗?我能死吗?

我——我不是这个意思!不是嘛!张元华赶忙纠正,说,我怕你一病倒,这关键时刻咋弄嘛!

所以嘛,你不得嚷嚷,我上山后稍稍吹点凉风,兴许就好了!黄大发说,这擦耳岩是最险的一道难关,攻破了我们整个水渠就胜利在望,这个时候你我绝对不能马虎,必须时时处处盯着才行。我估摸着,要干掉这险岩,没有两三个月怕不成!

你放心,我一定全力以赴……张元华说。

虽说黄大发是硬汉一条,但毕竟年岁摆在那里,又几十年如一日在拼命、拼力地干活,血肉之躯,岂能没有不病不弱之时!然而对黄大发来说,小痛小病他根本不放眼里。即使得了大病,他也绝对不轻易叫喊一声,最多让妻子徐开美"泡一碗生姜汤""宰一个鸡",那算是他最高级别的"养生康复"之道。所以,村上人说他们的老支书记是铁打的汉、岩石般的筋骨,似乎从来没有听说他病过、病倒过,其实很多时候黄大发是靠着那股精气神硬把病给顶了回去。人不可能不生气、不生病,但人若是大气了、大胆了,这气和病就跑远了。瞧瞧,多么充满哲理,与道学经典如出一辙!

然而,巍巍群山则从来不屈服于弱者,通向草王坝的每一座峭壁悬崖,都需要黄大发他们这些开山辟路者付出超乎想象的代价。此间有三座悬崖最险、最难,而这三座悬崖中擦耳岩是最险峻、最难啃的"拦路虎"。根据设计,水渠必须经过此处,而且渠道的基准线高度恰好在这座悬崖的"脖子"部位。也就是说,黄大发他们必须在这座悬崖的"脖子"底下开山凿渠道——采访头天我到过擦耳岩那段水渠,所以明白其势峻峭与渠道通过那里的险况,而我走的时候虽然提心吊胆,但毕竟是在已经修好了的渠道上行走。当年黄大发他们是在无任何辅助条件和特殊设备的情况下在此开山凿挖,其险其难可想而知。

黄大发给我讲过两件事可以让读者形象地了解一下他们当年在擦耳岩施工的险情:

一件事是在定桩基线时,需要有人在悬崖上插标记、凿炮眼。这么险的地方谁见了心里都发毛,黄大发说我去吧!年轻的村委会主任张元华觉得这样的事不能让一个60岁的人干,所以拦住黄大发,说还是他去合适。黄大发一把夺过绳子,往自己腰间系上,对张元华说,你还嫩,上这崖我比你经验足。再说,一旦出啥事,我活的岁数比你多,你还要带大伙继续往前走,草王坝村不能断了你这样的后生。黄大发的话说得张元华和在场的人泪汪汪的,因为大伙心里有数,这跟战争年代董存瑞抱起炸药包去炸敌人的碉堡情形差不了多少,绝对不是闹着玩的！

那天，黄大发一个人从擦耳岩的山顶上靠一根绳子吊到悬崖的"脖子"部位，也就是说，人顺着绳子垂直下去后，再需要荡秋千似的吊到凹陷部位，那样才能触及崖石。而在这样的倾斜和半倒立的悬空下即使吊在绳上的人一动不动也是非常困难的，更何况黄大发他还必须挥锤舞钎，一寸一寸地在绝壁悬岩上凿出一条能够过水流泾的渠道。

黄大发从山顶吊下去已经过去半个多小时了，怎么连人影都不见，连个动静都没有？张元华等急得大声喊了起来，老支书——你人呢？

你在哪儿呀？快回应——

就这么喊了十几分钟山崖下仍然没有任何声响，再往下看……啥都看不到。老书记啊，你可不能有个三长两短啊！有人瘫在岩石上哭泣起来，张元华气得胸脯像抽风箱似的吼道，你们这是干吗？想咒老支书？哭泣的人这才停止。

下面的黄大发到底咋样，山顶上的人确实无法得知，张元华在上面扯扯绳子，下面没有反应，好像绳子被缠在什么地方了……这让张元华他们更紧张了：莫不是他老支书被撞在崖上？还是……上面的人尽在胡猜乱想。

怎么办？张元华急得不知如何是好。突然，他抓起另一根粗绳的头，猛地朝自己身上系了几圈，然后对身边的人说，我下去看看！

不行啊，村委主任，老支书到底啥情况还没弄清楚，你这要下去一旦有事就更麻烦了呀！大伙儿坚决不同意。

我们总不能在上面等啊！老支书年岁那么大了，要是他撞在哪个地方哪块岩上动不了啦，我得去帮他嘛！张元华说。

大家觉得再没有理由制止村委主任的行动了。

啊呜……又不知是谁，突然呜呜大哭起来，而且一边哭一边喊，你们要是都走了咋办呀？呜呜……

你个娘的哭啥丧嘛！老子还没死你哭个鸟？张元华简直气晕了，直骂那个村民是"丧门星"。

也就是在这个时候,有人见系着黄大发的那根绳子在动。于是山顶上的这帮人手忙脚乱地一齐使劲将绳子往上拉——这是黄大发下崖之前与张元华他们的约定,在他完成任务后所发出的讯号。

经过一番接力,黄大发被拉了上来。被拖到山顶的黄大发已经不像个人样:上衣和裤子成了许多"飘带",蓬乱的头发里夹了不少树枝与树叶,脸上一道又一道划破的血迹……总之一看就知道下面的情况太危险了。狗日的,老子一辈子没有见过这么险的崖! 半晌,黄大发有气无力地这么说。

擦耳岩的真正之险,只有在众多人一起在这绝壁上施工的时候才是真险,因为你无法进也无法撤,你无法上也无法下,700多米长的悬崖成了修渠战斗的一段难啃的硬骨头,黄大发他们只有绳子、锤子、钎子这三样东西,除此就是汉子命一条。怎么办?经过多次勘察与触岩,黄大发他们意外发现在擦耳岩的渠道基准线上有一个"岩窝",也就是一个浅浅的凹坑。能待上三五个人,如果都站立着的话还可以多一些,但要躺倒的话只能三四个人,那也是叠肉饼了! 黄大发说。

这个所谓的"岩窝"我在前面提到过,采访黄大发的第一天他就领我去擦耳岩,我和他就在"岩窝"里待过,黄大发的个子在里面不成问题,但我一直是弯着腰、低着头,因为里面不足1.8米高,而且顶壁是外高内低。

我和几个骨干先到那里立足,再慢慢地像蚂蚁啃骨头似的一点点沿着渠道基准线向岩崖两边开凿。黄大发说,因为那里进出必须从山顶上悬绳子,所以凡是待在"岩窝"里工作的人,吃住都得在那。白天我们干活,晚上我们几个人就像包饺子似的每人一条被子或大衣裹在身上,躺在里面,一夜下来,四肢麻木,筋骨酸痛,在里面无法伸直胳膊伸直腿,特别是躺在两边的人,一不小心,脑壳就跟岩石"亲嘴",晓得那惨劲吗? 黄大发有时也很幽默,他这么形容"岩窝"的狭小。整个擦耳岩的战斗用了半年多,黄大发在"岩窝"里面前后住了三个多月,张元华等年轻人,住的时间更长。

白天大伙儿干活,不知时间。一到晚上有些惨,那洞里你点个油灯,熏了自己,还有那么多虫和飞蝗、飞蛾啥的往里面跑,不小心蛇啥的也会溜进来,胆子小的人根本不敢闭眼,你胆子大的也不能说蛇钻到被子里不害怕呀!所以说,夜宿"岩窝",每晚都要提心吊胆。苦的是你不能丝毫放松警惕,别说踩空一步,就是朝外摇晃一下身子,外面就是万丈深渊,后果不堪设想啊!张元华这样回忆。

大山里的人缺乏想象,也没有写日记的习惯,否则黄大发和张元华他们的"岩窝"经历,说不准也能成为一部中国版的《无人荒岛探险记》。

但黄大发告诉我,在那半年的"苦战擦耳岩"战斗日子里,他每天除了向各个工段的小组长们开会布置任务和提安全要求外,每天开工前他要做一件事:拿些纸和香,在洞口前的岩石上烧一下,烧的时候他一边嘴里不停地喃喃着谁也听不清的什么话,然后再睁大眼睛左右上下瞧一阵。张元华等年轻人会嘲笑他,说老支书你是党员,还讲迷信啊?黄大发就回敬道,别瞎寻思,有些道理你们不懂!

我问黄大发为何每天要搞这么个"仪式"?他告诉我,山上太危险了,每天几百个村民在这么危险的悬崖上锤钢钎、搬运石块,你说险不险?如果有个三长两短,我这工程还咋弄?我身为支部书记是跳崖还是撞石头?不能有半点闪失呀!我求谁?只能求老天保佑,求山神显灵啊!你问灵不灵?当然灵了!这样至少每天我心里提醒自己一件事:必须保证不能一丝一毫的马虎,必须保持随时随地检查安全生产。这事情让年轻人看了觉得我有些迷信,其实是对自己内心的一份警示。

再一个我告诉你,我们施工在近千米的半山腰的悬崖上,这每天的风向与风力是防止危险的一个十分重要的判断,风向和风力把握好了,一是可以让大家在施工时把握好自己的身体与风力和风向之间的平衡,二是放炮、搬运石块也要借助风力与风向,什么时候逆风而行,什么时候顺风而动,在悬崖上太不一样了!这是我们山里人用命换来的经验与知识哩!

原来如此!

听完黄大发的解释后,我方才恍然大悟:其实真正的知识与经验,确实来自于劳动的实践。人类从最初的凿石取火,到现在上太空寻找与自己一样的生命体,其实就是像黄大发他们当年在山之巅峰上凿岩筑渠一样,靠的是千年万载点点滴滴积累起来的知识。唯独不同的是,草王坝村黄大发他们上山修筑的年代和他们所用的原始的施工方式,实在令人感觉大山里的农民们是多么的叫人同情,1992年,中国早已有了火车、飞机,早已有了原子弹和潜艇,早已有了能开凿几百米几千米深的挖掘机、旋钻机,甚至也能在海上、高山间铺设与搭建铁道、码头等等现代化的工具与技术,然而黄大发他们一群山民,却只能依靠最原始的工具以及人的生命在铺设一条即使现代化机械设备都很难完成的山渠,这是何等的悲壮与伟大!在我结束采访黄大发回到贵阳时,有个专家他所在的单位现在已经参与对草王坝村的扶贫工作,他去过黄大发那里,见过那条山上的"天渠",他说那条渠道,即使由现在由比较好的技术和能力的施工单位来做,完成它也要花几千万元甚至上亿元钱。而黄大发他们当时手头仅有不到30万元的"工程费",除此之外,所有一切都是他们的义务劳动和血汗!

对此黄大发多次向我申明,不能怪上级不支持我,那时贵州整个省和遵义地区都穷,我们一个乡、一个区要修的渠、要干的事就很多,上级支持我们二三十万元钱,已经尽力了,我们已经得到天大的帮助和支持了,我们感恩不尽!

这就是一个大山深处的村支书的境界。在他教育和影响下的山村百姓也是这样的境界。他们认为,除此之外所有"改天换地"的事,必须依靠他们自己的力量,即便是死了一个又一个,也必须前仆后继,而且这也是应该的,值得的。

山渠就是在这种精神和意志下一寸寸、一米米地向前延伸,向前挖进……

擦耳岩的战斗,每天如与死神搏斗。一日,黄大发和另一位村民合成一个劳动小组,这也是擦耳岩地段只能这样施工作业的最小战斗团队,即一人搬石,另一个砌垒、善后。一个工段、一个工段地连接起来,形成穿越悬崖的渠道段块。这一天黄大发负责砌垒,另一位村民则站在渠壁负责搬运石块,哪知在作业时,那位村民突然脚底一滑,整个人儿"噌"地往下滑去……那下面是几百米深的深渊啊!黄大发说时迟那时快,伸出右手,一把揪住那村民的头发,并且牢牢地抓住不放,然后用尽力气,一点点地将那村民从悬崖上拖了上来……

我要死了!我要死了!那村民得救后,号啕大哭。

你没死!没死!一旁的黄大发也瘫坐在那里,说。

揪住头发真能把一个人吊起来?采访黄大发时,我问。

他笑笑,我也不知道,反正那次我把他吊了起来。那一瞬间根本抓不住啥啊!也不可能考虑其他的,抓住啥就是啥了!头发长在他身上,如果抓衣服还可能救不了他呢!黄大发的话有道理。

在擦耳岩的战斗中,每天都可能遇到这样的险情,但黄大发他们就是这样啃掉了几百米长的险崖。

不是几百米,其实擦耳岩最险的那一段总长是 170 米。开山挖渠老功臣杨春友纠正说。一起参加座谈的另一位老功臣徐国泰也说,是 170 米,我量过。

170 米,用了半年时间,难怪草王坝人称擦耳岩是"上甘岭"。

与擦耳岩相似的险崖大的有三座,小的不计其数。黄大发他们靠铁臂铜牙,靠意志决心,竟然一一搬掉、扳倒,让理想的渠道从这些"鸟不飞"的地方安然通过,且没有重伤死亡一人。关于这一点,几十年后的今天,所有专家和领导干部们在现场见了那条如天河般从空而降,又宛如玉带系在山巅之上的水渠,无不惊叹和敬佩,留下的几乎都是这样的疑问:不知黄大发是怎么做到的?

他做到了。他的精神和意志让村民们越干越来劲——

  天设险境嘞,我就想法哎!
  三座绝壁嘞,我要搬开哎!

悬崖让路嘞,我筑水渠哎!
筑了水渠嘞,我吃米饭哎!

  劳动的号子一天比一天响亮,开凿的渠一天比一天更接近草王坝。黄大发没有多少文化,却能随口编出这样的劳动词曲。而论在现场的鼓动能力他也是位天生的高手。你听他在完成擦耳岩的工段后怎么对乡亲们说的:

  老的小的们,最硬的骨头被我们啃掉了一块又一块,而且没有伤一颗牙,这说明啥?说明我们草王坝人牙口好嘛!现在剩下的都是些碎块渣子了,我只要嚼嚼就往肚子里吞!同志们,加油干哪!白米饭就在前头等着我们啦——

  加油干哪——

  吃白米饭啦——

  群众的干劲就是这样被一次又一次鼓动起来,而千米高山上的石渠就是在这样的激情中一米一米地继续向前延伸……

嗨哎嗨!
嗨哟哟哎!
鼓足干劲争上游哟!
鼓起劲来冒起神哟……

  山上的歌声在回荡,山下的人急匆匆地向黄大发走来。这样的情景每天都会发生,但这一天又不一样,因为从山下跌跌撞撞而来的是黄大发的老伴徐开美。

  又出啥大事了?山上的歌声戛然而止,大家都在看着徐开美一脚高一脚低地撞跌到黄大发身边,然后打了个晴天霹雳:我们的大孙子没啦!

  "哐当——"大伙儿看着黄大发手中的铁锤掉到了岩石上……人直挺挺地愣在那里,像一根被雷劈过的枯木。

  昨——昨晚还好好的,怎么说没就没了?半晌,黄大发摇着头,问老伴。

  你——你就只晓得修渠修渠,怎么个好好的呀?他前天和昨晚一直在喊脑壳痛、脑壳痛……徐开美根本无法再说下去。

黄大发无语。

老支书,出啥事了?众人围过来问。

孙儿没了。黄大发嘀咕了一句。

啥?天哪!村民们无不震惊与悲恸,都来劝黄大发赶紧下山回家。哪知黄大发朝大家挥挥手,说,孩子已经没了,早回去也救不了啥。再干一会儿,我早点收工。

唉!村民们知道谁都拿老支书没办法,而他们其实也并不知道黄大发心里的痛已经痛到了有些麻木——23岁的女儿刚走,现在又是13岁的大孙子离他而去,离黄家人而去,他能不悲吗?

他的心此刻早已被悲酥了……

大孙子是患急性脑膜炎而亡的,在城市里这种病已经不算什么致命的病了,但在离医院几百里的大山深处,它仍然是夺命的病魔。13岁,刚刚少年青春,黄家又痛失一位亲人,悲切至极兮!

当晚,黄大发从工地回到家,默默地给孙子整理完衣衫后,把孙子的父亲黄彬权叫到身边,说,你是家里的顶梁柱,又是工地上的壮劳力,两边都离不开你。儿子没了,不能复生,你要坚强些。

父亲的话不仅没有起到安慰作用,相反让儿子像刀扎在心尖上,黄彬权"哇"的一声,扑到父亲怀里,号啕大哭起来。

你——你哭啥?你要哭也别当着众人的面哭嘛!你是男子汉,是男子汉就得坚强!你没听说毛主席给我们建立新中国死了多少亲人啊?我们修一条渠道,也算是村里的一件大事,你是我村支书的儿子,你得坚强起来,你得支持我工作,我们才可能把渠道修好,让村里人都过上好日子、吃上白米饭呀!

可你孙儿他吃不上白米饭了呀!

你吃上,村里的人都吃上了不也是我们黄家人的福气,我想我孙儿也会开心的嘛!

可孙儿才13岁。13岁是实在太嫩了,嫩得让爷爷我心疼啊……当年孙儿出生的时候,你爸把起名的权利让给了爷爷我。

我黄大发在旧社会,是个独儿,现今子孙满堂,也算是有福之人了！孙儿你出世了,爷爷我高兴,起个吉利点的名吧,就叫全福,希望孙儿一生全部都是幸福生活啊！爷爷我高兴啊,家里有个叫全福的孙儿！你知道吗,孙儿,爷爷和你爸给你起的这个名里还包含了另一个意思:就是希望我们黄家全家都幸福啊！可孩子你苦命啊,徒有一个好名字,却连一碗白米饭都没吃上你就永远离开了我们……

爸——你就节哀吧！

可我觉得对不住孙儿呀！

黄大发父子在已经冰凉的孙子躯体面前的对话,让村里的人都纷纷落泪。那一夜,黄大发坚持要给孙儿守灵。

那一夜,黄大发又跟孙子说了一夜的话。

那一夜黄大发说的话,通篇是让孙儿明白爷爷几十年来所有的心事——为什么要在山坳坳里筑这条山渠道……

一直到第二天天亮,黄大发从孙儿的身边站起,对天长叹一声后,说,我孙子是个好娃,他听懂、听明白了爷爷的话。

埋葬孙儿后,黄大发仍然像往常一样上山去了。人们只是发现,老支书的腰不像以前那么板直,头发也白了许多……

1995年的端午节,对草王坝村来说,是开天辟地的一天,因为这一天他们祖祖辈辈没有盼成的事,在这一年的这一天盼成了——那就是清凌凌的山泉水流到了他们的家门前,流进了他们的田地里,也流进了他们的锅盆碗勺里,流进了他们每一个人的心里……

这一天,乡亲们都醉了,全村都在杀鸡宰猪,放鞭炮,比过节过年还要隆重十倍地热闹。

这一天,草王坝那些上学的孩子们都向老师请假,说要去看山上渠道里的水怎么流到地里,要尝山上的水是怎么个甜,甚至要在水里清清爽爽地洗个澡。老师笑着说,这一天的课不上了,你们回去写一篇通水后的作文。

　　这一天，村上的姑娘最想做的一件事是，盛上满满的一缸清水，然后在锅里烧得热热的，再端到闺房里，脱光身上的衣服，从头到脚，痛痛快快、彻彻底底地洗个澡，让细皮嫩肉滋润个够……

　　这一天，草王坝的男人们则想端起美酒喝个痛快，喝个一醉方休……

　　这一天，草王坝真的"霸"了一回。

　　这一天，草王坝的人在四乡五邻面前第一次那么扬眉吐气，豪情万丈——这世界上最难的事，我们草王坝做成了，干成了！

　　老支书，快来干一杯！

　　快来呀老支书，一起干一杯吧！

　　没有你老支书30多年的苦心经营，没有你老支书一辈子不歇的雄心壮志，我们草王坝怎会有今天有水的日子啊！

　　来吧，老支书，我们要敬你！敬你一百杯！

　　老支书，老支书你在哪呢？你在哪儿啊？

　　我——我在这儿啊！全村人等着要给黄大发敬酒，却到处都找不到他，黄大发竟然独自躲在一个角落，呜呜呜地哭个不止，呜得整个人儿缩成一垛……我——我黄大发没有本事，没有能力，我让乡亲们、让我自己家里人吃了那么多苦，受了那么多累，我对天发誓：我尽力了啊——

　　等大伙找到他的时候，发现黄大发一头埋在双膝间，瘦小的双臂在不停止地抽抖着……后来大伙儿把他扶起来时，发现他的手里捏着一个小红本本，眼尖的一看，原来是本《中国共产党章程》。

　　我——我记着，永远记着：我志愿加入中国共产党，拥护党的纲领，遵守党的章程，履行党员义务，执行党的决定，严守党的纪律，保守党的秘密，对党忠诚，积极工作，为共产主义奋斗终生，随时准备为党和人民牺牲一切……黄大发抖动着嘴唇，这样喃喃着。

　　老书记啊，你说到做到，你真正做到了，你是个好党员，我们的好支书啊!

  这是喜极而泣。这是一个老共产党员的心声与诉说。黄大发不是那种可以用大段大段的理论言说自己经历与事迹的高谈阔论者,他只是一个普通山村农民,他几乎不能用一句像样的话来表达他一生所做的事的目的,他用30多年的巨大付出,带领村民修了一条"天渠",这样一件平凡而伟大的事,在他嘴里,也是极其平凡而朴素:就是为了村民能够吃上白米饭,不让村里再出那么多光棍!为了这目标,他耗尽了全部的心力与可能。他的全部支撑点,就来自他唯一能够倒背如流的中国共产党党员的入党誓词……当我第一次见到他时,有人告诉我黄大发从来就没有上过学,但他能倒背如流入党誓词时,我有些怀疑,于是请老人家背一遍时,82岁的老人家朝我笑笑,然后像唱山歌似的清晰而动听地将入党誓词背了出来……

  我当时非常震惊和意外,问他如何有这本事,他说,我一生懂的道理不多,入党和当干部后也不知道咋干,但我知道,党员就要想着人民、想着百姓,把自己的一摊事做好,对得起组织,对得起父老乡亲。

  这是黄大发所理解的"入党誓词"和做党员的责任。中国共产党有8000多万党员,如果我们都像黄大发所理解的那样,中国又将会是怎样呢?面对群山,面对大海,面对我们生活着的这个世界和社会,我们是不是该从黄大发这样一位普通而伟大的中国农民、中国共产党人身上,思考和反省一些问题?

  我们的一生做了什么?

  我们的一生是不是也像他那样把一个为人民做点好事的理想永远地奋斗到底?

  我们的一生是不是也在为党的事业倾尽了所能?

  黄大发倾其一生的所能,以惊天动地的魄力与勇气,以钢铁和比钢铁还要坚硬百倍的意志,撼动了群山,征服了群山,让清泉潺潺地流到了村庄,流到了草王坝的每家每户,灌溉和滋润了每寸土地……

　　他让千年枯朽的山岩上、坡地边飘起了稻谷香,他让端起白米饭的孩子与老人念叨着共产党就是好,他让人民和百姓知道怎样的人才是真正的共产党人……

　　他黄大发知道,在这世界上,一条水渠可以改变一个村庄的旧貌,让一方的百姓过上好日子。他更知道,要让一个村庄、一方百姓永久地幸福和美满下去,就必须让这条流淌着希望和现实的水渠永远坚固与不枯涸。为此,他黄大发从1995年水渠流通之后,依旧像当年火热的施工战斗一样,每天上山察看水渠……这一走,又是20余年,一直走到新世纪的今天!

　　他黄大发知道,在这世界上,有情感、有思想的人,并不像大山那样一成不变,因此他在水渠之水流通之后,又把目光投向了孩子身上,在村庄最好的地方盖起了一座崭新的学校,当他每天从水渠上巡察回村的时候,他总要去学校瞅一眼,听一听孩子们清脆悦耳的琅琅读书声,那个时候他醉了,真正的醉了……

　　　　他是黄大发。
　　　　共产党员黄大发。
　　　　贵州大山深处的农村支部书记黄大发。
　　　　用一生只做了一件伟大壮举的黄大发。

　　　　黄大发是个普通中国人。
　　　　黄大发是个让全世界都不会忘记的人。

　　　　黄大发与一条大山上的水渠连在一起。
　　　　这条水渠将留在世上一千年、一万年。

　　黄大发就是这样一位普通人,将比我们所有的人都有可能更长地活在历史长河里。
　　　　黄大发是人。
　　　　黄大发更像一座山。

黄大发就是一座山。

黄大发更像一个山神。

黄大发永远让我们感到神的力量、神的威仪和神的尊严……

(节选自《山神》,原载《中国作家·纪实版》2018年第1期)

最后的龙爪沟（节选）

孙翠翠

我在一个炊烟袅袅的清晨离开，龙爪沟的人们像送走自己的孩子一样，把最好的东西给我带上：煮好的笨鸡蛋，早起到山里摘的山里红、山葡萄、圆枣子……他们给我披了厚实的衣服，又在腿上盖了一条厚厚的毯子，然后用他们最方便的交通工具三轮车送我去客车站。疾驰的三轮车将寒凉的空气撕开，风再一次猛烈地吹过我的耳旁。这个季节，城里的人才刚刚穿上厚丝袜，而龙爪沟已经进入了深秋，万物以萧条的姿态等待着即将来临的寒冬。

我坐在回长春的客车上，看着一排排大树，在眼前疾驰而退，突然想起一句话："中国很大，在这个很大的国家里，似乎只有两个地方，一个是城市，一个是农村。中国人很多，在这个十四亿人口的国度里，也似乎只有两种人，一种是城里人，一种是农村人。"

一批一批农村人奔涌着进入城市，奔涌着脱下农村人的外衣，换上城里人的衣装。有的人成功了，在城里定居了；有的人失败了，他们撕裂了血肉后，又回到了农村，安安分分地留在了土地上。

一

找到李明红的时候，她已经在长春市当上了小老板，记忆里那个柔弱善良的打工妹,如今变得十分干练,甚至有些泼辣。李明红开着一辆手动挡的面包车拉着我到了她的工作地点——火车站附近。这是物流公司集聚的地方,有人需要人工搬运的时候,李明红的生意就来了。她组织了十几个壮汉,给别人搬家、扛货,每个人每接一个活儿给李明红提取20%的分成。下工以后,李明红开车送工人们回宿舍,她的面包车如同一辆泥坦克,在下过雨的水泥路上,溅起一路水花。

李明红现在算是城里人了,她在长春买了房子,买了车,孩子一直在城里读书。去年,孩子考进了长春理工大学,李明红把全家的户口都迁到了长春市。

在城里安家落户,李明红足足奋斗了十五年。

当年,李明红是家里唯一一个考入重点高中的孩子。因为上学的压力过大,得了偏头疼,每天要靠吃"脑清片"才能坚持上课。高考落榜后,她只身一人在通化地区打工。她做过很多工作:给私立幼儿园打扫卫生,在建筑工地做饭,推销洗发水、卫生巾,等等。到了婚配年龄,李明红面临着和其他打工妹一样"在城里谁肯娶我,回村里我能嫁谁"的尴尬。高不成,低不就,一蹉跎就过了好年华。

29岁那年,由于家里"逼婚"逼得太紧,李明红就从城里回到家乡相亲、结婚、生子。

李明红的表姨房喜荷在省城长春开了弹棉花、做被子的店。不论从人手上考虑还是从资金上考虑,房喜荷都需要一个合伙人。李明红识文断字的,人又勤奋,自然成为最合适的人选。于是,李明红在孩子四岁时,和房喜荷来到了长春。

我找到李明红的这个中午,她买了二斤肉让厨房给工人们炖上,厨房的掌勺就是李明红刚到长春打工时的老邻居——小曾。当年,我一直叫他曾叔叔。

说起当年李明红刚来开店的事儿,曾叔叔直摇头。

2002年,长春南部还没有完全开发,黑嘴子附近有一大片平房。一些从农村来打工、做小买卖的人很多都集中在这附近,形成了一个"城中村"。两个女人在那种乱哄哄的地方挣钱,确实是很不容易。有做了被不给钱的,有干完活了挑毛病的,还有半夜敲门骚扰的。最让她们头疼的是那些工商、税务、电业部门的人。

  李明红和房喜荷开的是一家"黑店",啥手续也没有。"税务"来了,给"税务"买两条烟,"税务"可能一年不会再来了。"工商"来了,再给"工商"做两床被子,说点可怜话儿,"工商"小半年儿也不会再来了。电力部门收电费的人来得次数最多,也最难对付。收电费的小哥儿第一次来,是让她们把民用电改成商用电。房喜荷和李明红每天并挣不了多少钱,每一分成本都要算计,如果把民用电改成商用电,每个月要多交不少钱。

  收电费的人第一次来,二人依然用老办法,给他们做了几床被子,说一些好话算是应付过去了。过了一段时间,负责这个片区的电表员换了,二人又用老办法维持着现状。可这一次,电表员提出了一个更为严重的问题:李明红租的房子是一个棚户区的小院儿,院里一共有五套小平房,房东把他们分别租给了五家人,原本这五家人和房东都走一个电表,电费大家平摊。但是李明红做被子用电比较多,所以房东让她们安装了子电表,这样每个月的电费就很容易算清楚。老百姓是不允许私自安装子电表的。这个问题的发现,让李明红和房爱荷又损失了两条不错的香烟。没过两个月,抄电表的小伙子又来了,还是私搭电表的旧事,他要求李明红三天后拆除子电表,不然就要罚款。

  这件事我依稀还记得。那是2003年,我在长春读大三,正在一家媒体做实习记者。我去看望李明红,正赶上李明红坐在炕上生气,她把这事原原本本向我学了一遍。

  第二天,我上班的时候,又把这件事原原本本讲给带我的老师,老师是跑公安线的记者,他说,这哪是罚款,罚款是要有单据的,连个凭证都没有的罚款,就是变相勒索。他把单位的录音笔借出来给我带上,并告诉我,等电表员来了,就把录音笔打开,他说的话就都能录进来。

  房喜荷并不同意我的计划,她不想在这个陌生的城市惹事,她害怕即使录了音也没有地方说理,而且还会引起对方的报复。

电表员再来的时候,她依照惯例给对方塞了500元钱了事。

可是过了两个月,电表员又打来电话,说自己要结婚了,让房喜荷给他做五套新被褥。五套?李明红简直不敢相信自己的耳朵,谁家结婚用那么多被褥,这无休止的索要让李明红觉得毛骨悚然。

这一次,李明红和房喜荷的意见发生了严重分歧。李明红不打算让这样的人牵着鼻子走,她觉得这种勒索,没有尽头。而房喜荷执意不要惹事,毕竟,自己有把柄在人家手里,自己的店面没有办理任何手续。

李明红给我打电话问我有什么办法,我只能向我的老师求助。老师出面,找到电力公司的一个部门主管,把这件事儿解决了,从此,李明红再也没有因为电的问题而为难过。

二

李明红拉着我从城市的一端穿越到另一端,足足用了一个小时四十分钟。她在一个药店门前停了下来,然后用手一指眼前林立的高楼说:"还记得不?这里就是以前的黑嘴子,我刚来这里打工时,这里全都是平房。"李明红指着面前的饭店、银行、高高的居民楼回忆当初的样子。当初,她的隔壁是回收废品的,前屋是卖烧烤的。

李明红进城那年,女儿星宇只有4岁。想孩子,比生活困难更煎熬百倍。每次给女儿打电话,只要星宇在电话一头奶声奶气地叫一声妈妈,李明红的眼泪就唰地流下来。然后是整夜整夜睡不着。睡不着的时候,李明红甚至有些后悔,后悔自己太执拗,为啥非要到城里,把那么小的女儿扔在家里。每年春节临近,李明红都掰着手指数日子,想着盼着和女儿团聚。

李明红进城第三年的暑假,她把女儿接到长春过暑假。快开学的时候,星宇死活也不肯离开妈妈回到农村去,李明红打算开学前一周送女儿回去,可是一提回农村,女儿就哭着抱着她的腿不撒手。李明红心软了,又让她在身边住了一周,直到开学的前一天,李明红不得不狠下心,把女儿送回农村。从村子赶回长春时,星宇趴在窗子上号啕大哭,鼻涕流下来好长好长,李明红不敢听女儿的哭声,更不敢回头看女儿,她怕这一回头,就失去了离开的勇气。

进城第四年的时候,李明红发现女儿长期和老人在一起生活,性格变化很大,爱哭,任性,没礼貌……李明红心里有些着急,于是,计划着把女儿接到身边来。

收破烂老王家的孩子已经接到长春上学了,李明红更着急了,每天吃完饭,换上干净衣服到各个学校去打听政策。城里的学校和农村的不同,农村的学校可以随便进出,城里的学校都是封闭的,李明红连老师的影子都看不到,只好每天等着上学和放学的时间,在学校门口和家长打听学校的情况,再把这些碎片化的信息一一整合。

附近的学校,都收择校费。以李明红每年的收入,择校费根本无法承担。后来,有人告诉她,幸福小学不收择校费,很多农民工的孩子都在那里上学。幸福小学离李明红住的地方有些远,倒一趟公交车才能到。李明红去幸福小学看了几次,并不满意。幸福小学坐落在破败的街边子,学生在一排平房里上课。冬天,教室里没有其他取暖设施,学生们只能靠生炉子取暖,学生的精神面貌和卫生状况都和那些收择校费的学校差得很远。但李明红没有别的选择,要么把孩子丢在农村,由爸爸和奶奶宠着,任由发展,要么,带到身边来,在城里的街边子上学。最后,李明红还是下了决心把女儿接来,接受城里的教育。

办理完极为繁琐的入学手续后,星宇正式入学了。每天早上,李明红把早饭做好,等女儿吃完,再把饭盒装好,带上中午吃。天蒙蒙亮,李明红就骑着自行车送星宇上学,等星宇放学,她再骑着自行车把女儿接回她的住处。一次,李明红去学校接星宇放学,走到半路,大雨如瓢泼一般,自行车已经骑不动了,李明红就推着自行车往家走。两个人湿得像落汤鸡一样,星宇哭着求妈妈打车,李明红气汹汹地说:"打什么车,坚持一会儿就到了。"水从星宇的头发上流下来,流到脸上,分不清是眼泪还是雨水。如今,当李明红想起那个雨天,仍然觉得心酸。

幸福小学虽然当时在长春市教育系统里是比较一般的学校,但城市教育和农村山沟的教育仍然有着天壤之别。星宇来了第一周,李明红就发现,她的各个科目都跟不上,特别是英语,老师上课讲什么她都听不懂。老师知道她是新来的,也格外关照她,叫她回答问题时,却没想到,刚被点到名字,星宇就哇的一声吓哭了。

请不起家教,也上不起课外班,李明红买了一块小黑板,每天教女儿英语发音和单词。教一遍不会,教一遍还是不会,连续教多遍还是不会。李明红态度越来越不好,态度越不好,星宇越不会,越不会就越不学,李明红急眼了,伸手打了女儿两个大耳光,打完女儿,李明红也跟着哭了。

无论是经济上还是精神上,星宇的进城,给李明红造成了极大的压力,也正是这种压力,让生活看起来更加有动力,无论他们遇到什么困难,李明红必须坚持下去,哪怕是撕裂了血肉,也必须在城市里坚守下去。

幸运的是,2016年,星宇如愿考上了大学,城市对于李明红来说,从此便有了不一样的意义和情感。

三

李明红进城以后,我的母亲李廷梅更是按捺不住了。农村的钱,太难挣了。再加上我读大学,弟弟读初中,家里的开销已经远远超过了父亲的工资。母亲李廷梅本来就不甘于命运的安排,她似乎在用一辈子的时间,与命运折腾。我很小的时候,村里的人都忙于种地收粮时,镇上来了一个种香菇的技术员,号召大家种香菇。母亲第一个报名了,她虽然文化不高,但她十分相信科学,甚至迷信科学。她在技术员那里买了蘑菇菌,严格按照书上的方法种。当时我和弟弟还小,但为了家里增加点收入,也被拖着起早贪黑地干活儿。谁也没有想到,本来说好等蘑菇长好了技术员以高价回收,可是技术员一次也没来过。村子里很多人都种了香菇,本来很金贵的东西,一下子泛滥起来,变得一文不值。李廷梅只好把香菇都晒成了香菇干和亲属们分着吃了。

母亲不甘心,又开始在电视上学习养小洋鸡。小洋鸡怕冷,只能在室内养。因为家里没有多余的房间,母亲就把它们放在我们睡觉的屋里,她把鸡窝吊在半空中,又做了一个小木梯,供小鸡踩着梯子回窝。平时鸡在地上来回行走,只有到了晚上或者要下蛋的时候,它们才会回到窝里。母亲给每只鸡编上号,并仔细观察它们下蛋情况,每只鸡下完蛋,她都会把鸡蛋标上号码,并记在本子上。满一个月后,哪些鸡下蛋又大又好,就留下来,哪些鸡产蛋又小又少,就淘汰。后来,母亲听说光照促进产蛋,每天天一放黑,她就赶紧把日光灯打开,把房间照得亮如白昼。产蛋率果然提高了,可是蛋却越来越小,再后来,昼夜忙于产蛋的鸡,全都累死了。鸡死了,我和弟弟高兴了好一阵子,终于可以关灯睡觉了,终于可以不用整日担心半空中掉下来鸡蛋或者鸡屎了。

养鸡失败,母亲又开始养牛。小牛犊刚长大,镇子里流行起了牛蹄疫,因为疫情严重,镇里唯一一个黄牛交易市场被镇政府封了。那一年,所有养牛的人都赔了。

母亲不甘心啊,这么大一片土地,怎么就不给她一条活路呢?

一气之下,她就谋划着离开土地,到城里来打工。可是,进城哪那么容易?

我读大二那年,母亲以一种极为强硬的态度,离开了家乡。把父亲和还在上初中的弟弟扔在了家里。母亲的理由很简单,一是来长春陪女儿,二是来长春挣钱。父亲一辈子也执拗不过母亲,这一次,仍然是依了她,并且给她借了些钱,支持她来长春和远房亲戚王二秀合伙开缝纫店。

王二秀的店坐落在离长春市的城乡接合部,但对于一辈子都想进城的母亲来说,已经很满足了。她第一次走在城里的柏油路上,如同走在长长的红地毯上,心里甭提多幸福了。道路两旁的灯太美了,那光芒都是七彩的。就连在她身边"嗞"的一声停下来的公交车,都那么温馨而且生动。长春对于她来说,太大太繁华,即使是这样一个破旧的到处堆满破烂的小杂院,李廷梅也觉得好。她来的第一天,就高兴地在心底默默地说了好几次:"我终于来了!我来了就不走了!"

她第一次听到电动缝纫机哒哒哒地响起来,看着那些旧毛衣被还原成毛线,再被织成毛毯,心情好极了。她在心里暗暗感慨,做了一辈子农民,终于可以做工人了,做工人真好,工人是先锋,是先进生产力的代表,是比农民高级很多很多的阶级,她为自己踏入这个新阶级而自喜。

每天早上,母亲都到街上走一圈,那些城里人不要的东西都那么好。木板,她要捡回来烧火。旧盆子,她捡回来洗洗涮涮。附近大学里,大学生们扔掉的坐垫、旧书,有时候还有一些过时但却很新的衣服,母亲都把它们捡回家。

2008年的秋天,店里的活儿特别少,王二秀要到外地学习新技术,把店面交给了母亲。这一天,附近大学的保洁员杨贵荣给母亲打电话称,有一位出家师父要来长春,普通人供养师父会积德,更能心想事成。杨贵荣有意要把她安排在母亲的店里住,一来,可以给母亲带来好运,二来住在平房里,谁来看望师父都比较方便。

王二秀出门,一铺大炕上就只有母亲一个人,比较孤单。最重要的,女师父来住几天,没准儿这店里的活儿能好些呢!母亲欣然应允。没过几天,女师父真的来了。师父一来,上门看师父的人络绎不绝。小院子里热闹极了,连房东都来过好几次,让师父给看这,给看那。母亲这才第一次知道,原来出家人是如此受尊重。母亲越发相信师父的能耐,所以,她把自己的亲朋好友全都通知了一遍。

师父要走的时候,母亲给师父拿了200元钱,专业术语叫"供养",母亲觉得还不够,又给女师父做了拜佛用的蒲团以及毛毯。师父在的几天里,每天有人来拜会师父,母亲也没办法干活儿,只能暂时把活儿收下放在那里。

把师父送走后,母亲换上工作服,准备干活儿。这时,她突然发现,装钱的布袋不见了。那是一个灰色的布袋,有两层格子,里面的格子装整钱,外面的格子装零钱。布袋两端是一个松紧带,白天干活时,王二秀就把它套在腰间,晚上,二人数完钱对完账目就把它藏在枕头上方的柜子里。柜子没有锁,里面装的都是破烂,王二秀曾经开玩笑说,就算家里进了贼,贼也想不到,在这堆破烂里,会藏着"宝贝"。王二秀走了以后,母亲收的钱一直没存,都放在布袋里。母亲回忆了一下,最后一次数的时候,里面大约有3000多块钱,再加上这几天的收入,应该接近4000元。母亲一下子蒙了。

钱,的确是不见了。母亲躺在炕上发呆,她想不出这钱会去了哪儿,谁能拿走这钱。除了这几夜和她睡在一个炕上的师父知道这堆破烂里有钱之外,没有第二个人知道。可是,师父是出家人,出家人拿人财物是有"大罪"的。再说邻居和亲友们,给了师父那么多钱,她又对师父那么好,那么恭敬!母亲刚刚动了怀疑师父的念头,就劝说自己打住,不要瞎想,诋毁出家人是要遭到报应的。母亲赶紧打消了自己的怀疑。

母亲一夜没睡,第二天就病倒了。

曹大姐来找母亲玩,发现母亲眼神呆呆的,打不起精神,问怎么了。母亲边哭边说,这个月挣的钱全丢了,母亲详细讲了这几天的细节。但她始终不敢说出自己的怀疑。曹大姐是附近的能人,曾经在一个很不错的单位做小领导,后来不知什么原因下岗了。在母亲心里,曹大姐依然具有领导的睿智和风范。曹大姐听完后很镇定,说,没事儿,我有办法,你安心在家等着。

曹大姐的心里早已断定那个自称师父的人,是个假尼姑。但无论真假她都会去"大庙"。于是,曹大姐打车去了"大庙"。"大庙"坐落在长春市人民广场附近,名字叫"般若寺",因为有了些年头,当地人习惯叫"大庙"。曹大姐赶到"大庙"时,"假尼姑"正与"大庙"的人聊天。曹大姐和"大庙"的人都熟识,她看到"假尼姑"后,马上告诉工作人员,把"大庙"所有的门全部关闭,暂时不让任何人出入。随后,曹大姐向辖区派出所报案。

派出所的民警告诉曹大姐,这个案子并没有在派出所立案,所以他们不能来抓人。曹大姐马上通知母亲去南关区派出所报案。很快,两辆警车驶来,将"假尼姑"抓获。此事引起了当地媒体的关注,当晚"假尼姑"就上了吉林省电视台守望都市栏目,第二天,《新文化报》《巷报》等各都市媒体都报道了这件事。

虽然破了案,但母亲并没有挽回自己的损失,假尼姑收到的钱款和偷走的钱款都已不知道去向,至于那些东西,警方也没提起,也没人再问。在很多人眼里,母亲所失去的那些东西,轻贱得完全不值得一提。母亲的精神状态一直不好,想起损失的4000块钱,心里就懊悔。我放假回去看她时,劝了几次,但依然无法排解她心里的自责。王二秀回来的时候,曹大姐和王二秀详细地讲了事情的全过程,言语间不免有一丝轻蔑和嘲讽。母亲打算一人承担这次的损失,王二秀没有同意。但这次损失,对于二人来说,确实太大了。曹大姐来家里的次数更多了,她们跟王二秀走得更近些,没事儿的时候,也会拿"假尼姑"的事儿调侃。她们并不知道,"假尼姑"对母亲的伤害并未结束,母亲对此一直耿耿于怀。

没人知道母亲的痛,每次曹大姐来店里,她都觉得她们在嘲笑她,特别是曹大姐和王二秀开怀大笑的时候,母亲就会觉得她们又在编派她什么。或许,她们正鼓励王二秀赶走她呢!

王二秀发现母亲精神恍惚,干完活常常忘记关机器。有一次,水开了,母亲去灌暖壶,竟然把一壶开水都倒进了一双棉鞋里。王二秀和母亲大吵了一架,又捎信让我的父亲把她接走。父亲一来,吓了一跳,从前那个神采奕奕的母亲不见了,眼前人竟瘦得皮包骨,一双眼睛黯淡无光。

父亲把母亲接回了老家,谁也没有告诉我实情,只是说,母亲想弟弟了要回家看看。一个月左右过去了,在父亲的日夜陪伴和安慰下,母亲才渐渐好转。这一场进城风波,算是过去了,但到底她也没有靠自己的努力进得城来。

十年后,弟弟大学毕业后考上了公务员。我经历了十年波折和努力,也考了事业编制。随后把父母接到了长春定居。至此,父亲的两块"心病"算是全好了。在父亲心里,只有成为国家的人,只有国家给开工资,一个农村人,才算真真正正脱胎换骨了。

那一年,给爷爷烧纸的时候,父亲首先"汇报"了这件事儿:孩子们都在城里有了稳定工作,成了城里人。他们也跟着进城了。虽然,父亲的进城,似乎晚了30多年,但终究算是圆了爷爷的遗愿。

四

龙爪沟的人通过各种方式渐渐离开曾经生养过他们的土地,大于两口子却下定决心老死于此。大于一共有三个闺女,老大在通化市打工,出嫁后,就不打算再回农村了。老二两口子在牡丹江包了几百亩地,实行机械化种植,一年保守也有几十万的收入。老三在外地读完大学后,嫁到廊坊,并在那里定居。

三个女儿最知道父母的辛苦,总是劝老两口去城里和他们一起住,却谁也劝不动。大于觉得,男方都是独生子,人家也有老人要养,大于要是住了闺女家,男方的家长怎么办,哪有养娘家妈不养婆婆的道理。若是一对小夫妻,养了四个老人,这日子可怎么过?再说,他们老两口还能动,就不去给儿女添麻烦。上个月,女儿以怀孕没人照顾为由将老两口哄了去,没想到,才住了两个星期,老两口全病了。

大于回忆说:那城里,热咕嘟的,到处都是怪味,光那汽油味,让人走路都觉得晕。人那个多呀,就不用提了。到多晚,天也不黑,路灯成宿成宿亮着,大马路上乱糟糟全是车,一天到晚响个不停。城里人住的那楼房,又高又小,像些鸟笼子一样。大于有时候甚至会可怜这些城里人,挣多少钱有什么用呢?像犯人一样整天关在监狱里。

那些厨房电器,大于媳妇都不会用,掌握不好火候也控制不了水分。姑爷做饭的时候,大于媳妇趴在卧室的窗子上往楼下看,忽悠一下,差点没从床上摔下去,这12楼也太高了,掉下去,整个人都得摔成泥酱,这样一想,大于媳妇一看到大酱就恶心。自从往下看了这一眼,大于媳妇的心总是发慌,她明明知道掉不下去,但还是不敢走不敢睡。大于去买菜,到超市走一圈,吓了一大跳,那干吧死叶的菜还标那么高的价。几次去早市,大于都空着手回来。

头一个星期,大于和他媳妇谁也吃不饱,闺女家的电饭锅太小了,每人分一碗大米饭就没了。姑爷和闺女每次盛饭就一碗底儿,老两口也不好意思再盛,三根肠子闲着两根半。闺女家的马桶是让大于两口子最难以接受的,每天早上心急如焚地进去,只要往马桶上一坐,就啥感觉都没了。去了一周,两口子谁也不上厕所,所以每天晚上,大于都会问媳妇,今天你拉了吗?"没有,拉不出来!你呢?"大于无奈地摇摇头。

周末,姑爷张罗着包饺子,一大早就去早市采买,大于媳妇和好面、馅,全家热热闹闹包饺子。饺子煮出来以后,大于媳妇习惯性先盛出一盘,打发姑爷在吃之前,先给邻居送去。姑爷目瞪口呆:"啥邻居?您认识咱们邻居?"

"那对门的邻居,你们不认识?"大于媳妇很吃惊姑爷的冷漠,住这么多年,怎么连邻居都不认识呢?要是谁家有个灾有个急啥的,没邻居怎么行?大于媳妇让姑爷去送饺子,姑爷觉得不认不识的,突然送饺子多尴尬。大于媳妇对姑爷这种为人处世很担心,决定自己去帮闺女把邻居处好。当大于媳妇按响了邻居的门铃时,对门果然盘问了好一会儿才把门打开,邻居好像没睡醒的样子,就连他们接饺子的动作,都那么让大于媳妇吃惊,她在对方的眼神里看出了太多疑虑。

下午,对门送来了半个西瓜。渐渐地大于媳妇和对门果然熟络起来。对门的夫妻40多岁,没生养孩子。这事儿大于媳妇一直觉得遗憾,就问了原因。原来,小两口从结婚的那天起,男方就提出了要求,这一生,永远不生孩子。女方也就同意了。男方不养孩子主要是因为在他很小的时候,父亲遗弃了他和母亲,很快,他的母亲就去世了,他成了孤儿,从此过上了流浪的生活。在他生活最艰难的时候,他发誓,如果这一生他能有一个家,他一定不要孩子,不让孩子受同样的罪。女方的观点更让大于媳妇吃惊,生了孩子的女人老得快,身体也会走形,生了孩子会滋生很多家庭矛盾,影响两个人的生活质量等等。大于媳妇很难理解这些年轻人,一个家没个孩子,不就断后了吗?现在这年轻人怎么能如此自私不负责任呢?连她这没上过学的农村人都知道,不孝有三无后为大,他们这些读了书的年轻人,怎么就不知道这个理儿呢!

大于媳妇彻底病了,头晕目眩、恶心气短。大于说,这病是活活憋出来的,他们都是林子里的鸟,进了城就如同被关在笼子里。不仅是媳妇病了,就连大于自己也觉得气不够用。于是,大于不顾姑娘和姑爷的挽留,带着媳妇回来了。汽车一进龙爪沟的沟门,一周不排便的大于媳妇就憋不住了,大于陪她提前下车,找了一块玉米地解决了一下。排完便的大于媳妇和大于并肩走在路上,看着眼前熟悉的草木、庄稼,呼吸着干净又熟悉的空气,两人的病也都好了。

五

本来,大于两口子是龙爪沟最能干的人。春种秋收的活儿,他家从来干得最早,家里鸡、鸭、鹅、狗、猫、猪、牛样样不缺。春天,大于媳妇从山菜一出芽就开始跑山,一直跑到6月末,山上一根山菜也没有了才会下山。秋天,核桃、葡萄、梨、李子、圆枣子,啥能卖钱,就往家里背啥。

有一次,一棵山葡萄丰收了,大于媳妇一个人硬是把这200多斤葡萄全摘了,又走了好几里山路,生生把它们全都背了回来。所有人都惊讶,她一个瘦小的干巴老太太到底是怎么背回来的呢?大于媳妇只是憨憨地笑,就是不回答。

盖房子、修墙、刮大白,大于和大于媳妇全都自己干,哪怕是挣了一分钱,都得全部攒起来。对大于家来说,攒钱没啥明确的目的,更不是为了买啥,攒钱仅仅是一种成就感和根深蒂固的生活习惯。当龙爪沟的大多数人每年只能剩5000到10000块钱的时候,大于家每年能剩5万块。谁也不知道大于家有多少钱,但从他的房子,他的衣服,特别是他们吃的饭菜上看,他绝对不是龙爪沟最有钱的富户,如果单从生活水平衡量,大于家完全可以被评上贫穷户,甚至可以享受捐助或者资助。

回到家,大于两口子立即觉得如鱼得水,神清气爽,家里的一切一切都很好!赶上中午,大于媳妇点上火,顺手在园子里掰两穗苞米,磴成糊状和在白面里,蒸了一锅两和面馒头,又顺便蒸了十根茄子一碗辣椒酱,馒头出锅后,大于媳妇摘了几个西红柿,切成块,撒上白糖。午餐就算妥了。

大于吃午饭的时候,大女儿大霞从城里回来了,这次回来得突然,也没提前打招呼,大于媳妇估计,她是在工作上又受了气。大霞1983年出生,念完初中后,在家里没什么可干的就进城打工,一直在"集贸"(通化市较大的综合商场)卖家电。大霞长得好,有气质,到了谈朋友的年纪,亲戚们都劝她,一定要利用自己的好条件,在城里找一个有工作、有房子的好对象,大霞也铁了心思永远不回来种地,因此,农民自然不在她的选择范围内。

在大霞的观念里,农村姑娘处一个城里的对象也许是个很自然的事儿,农村人怎么啦?大家不都有一份可以谋生的差事嘛?谁也不比谁低一等!可是,一到实际的谈婚论嫁,又变成了另一码事!婚姻在现实生活中,就如同一个天平,男女双方必须各有优势,以保持天平的平衡和稳定,只有这天平平了,婚姻才会成立才可能持久。而大霞的外表优势还不足以弥补她的农民身份、农民家庭和她深深隐藏的那些和城里人并不一样的生活方式及价值观。它们总会在那些小事儿上,言谈中流露出来,提醒着别人也提醒着大霞,你来自农村,你仅仅是个漂亮的农村人而已。

后来,大霞终于还是嫁了。丈夫和她一样,也是在城里打工的农村人,两个人生了孩子以后,根本无法在城里养活孩子,所以直到孩子13岁,依然寄养在住在镇子里的婆婆家。孩子上小学一年级的时候,大霞给孩子在城里找过学校,就算是最不好的小学,她想进去都很难,而且大霞两口子都上班,接送孩子上学、放学就是个难以解决的问题,城里的孩子都上课外班,那课外班都是按小时收费的,大霞听听收费标准,就举手投降了。从此再也不敢妄想着让孩子进城念书了。

这个下午,大于和大于媳妇都没舍得带大霞上山,一家人就在阳光下,把种在园子里的苞米棒子掰下来堆在院子晾晒,那些失去了果实的玉米苞叶,空荡荡地站立在玉米秸秆上,像失去了孩子的母亲一样。这让大霞若有所失。她感觉自己像极了那失了孩子的苞叶,即便是毅然站立在土地上,却早已失去了坚守的理由。

大霞是来和父母商量回来的事,她实在是在城里待不下去了。一个月挣的钱,除了吃住就只够"人情往份"。

一说起这件事,大霞心绪难平,大学生开学的那个月,一天的时间,她们随礼就随了1400元,两个大学生的升学宴,每人500,一个朋友家的孩子看眼睛200,一个同事家的老父亲过生日又200。大霞当晚吃完喜宴就急眼了,回家抱怨,考上个什么破学校也办答谢,孩子眼睛疼都要通知朋友,这城里的礼份子又大,这日子还怎么过?还不如回农村种地。当然,这些都是气话,不到万不得已,哪一个年轻人还会回来种地呢?自从大霞上小学,就没种过地,上完中学她就去打工,再也没摸过农具。现在,怕是连一些庄稼苗都认不准了。她和那些走出去的孩子们一样,早就丧失了种地的技能了,最后,怕是连对这土地原有的感情,也一点点淡薄下去,甚至于消失殆尽了。

大于媳妇给女儿煮了两个鸭蛋,大霞边吃边嘟囔:孩子渐渐大了,上了初中得有人看着学习,而父母也渐渐上了年纪,孩子们都不在身边也不放心,城里生活挣得不多花得却不少,很难攒下钱,还不如回镇里做点小买卖,总算是能维持着生计,又能照顾老小,最关键的是,她在城里活得不开心。城市,像一碗水,而她大霞,无论多努力,她都是碗里的一滴浮油,永远永远地也无法消融在这碗水里。

大霞在硬邦邦的火炕上睡了一觉,睡得浑身疼,悻悻然订了一张回城的车票,还是走了,就像她从来没回来过一样,刚刚说过的那些话,也仅仅成了一种发泄。她把心头火,泄在这生她养她的大山里,总好过泄在冷冰冰的城里,泄在工作岗位上,那定然会生出什么祸端的。

六

"老蒯"死了以后,原来打在她身上的棍棒,落在了吴华的身上。

参场的劳力们去参地开荒刨地,赵思还是那个老"德行",帮别人家干活儿时,一身的牛劲儿,一个人能顶三个普通人,而自己家的活儿,手都不伸。吴华一个人要干两份活儿。替自己干一份,再替赵思干一份。牲口一样的劳作,并不能换来什么。稍有不顺心,赵思就打她。有一次在参地,赵思追着吴华打,连续打折了两根新镐把。

人们在茶余饭后分析吴华挨打的原因时,一致认为是赵思听了另一个女人——老董婆子的挑唆。老董婆子比赵思大10多岁,丈夫老实巴交,农村话说,十扁担打不出一个屁。赵思总是把自己收拾得干干净净去老董婆子那里,对老董婆子言听计从。每周四,镇里有集,赵思就放下手里的活儿,骑着自行车驮着老董婆子去赶集,一路上二人有说有笑。吴华就在车子后边,走着去集市上卖些果子和菜换点生活费用。

吴华是从来不反抗的,她就那样等着,等着有一天,赵思老了,赵思打累了,也就不打了,不闹了。后来,老董婆子举家搬回了山东,赵思也真就不再打吴华了,再后来,赵思对吴华也越来越依赖,家里的钱以及大事小事,都让吴华管着。

吴华的好日子还没上一年,"老蒯"在山东的儿子突然找上门。这个吴华从未谋过面的哥哥,是来接"老蒯"回山东老家的。风水先生算过了,"老蒯"生在山东,也得埋在山东,只有"老蒯"和第一任丈夫合葬,才能庇佑后代。

吴华平时也不信神不信鬼的,但哥哥说得也有道理,再说如果"老蒯"能埋到风水宝地,对吴华和柱子来说都是好事。就这样,在"老蒯"死后的第十个年头,她的尸骨被孩子们从龙爪沟送往山东。

吴华护送"老蒯"去山东的那天,赵思很不乐意。吴华出门,家里就没人做饭了,而且去那么远的地方,还不知道多少天才能回来。"老蒯"走了,老董婆子也走了,赵思年岁也渐渐大了,他也离不开吴华了。但最终,吴华还是去了。谁也没有想到,吴华和哥哥把"老蒯"埋进了山东祖坟,一切都办理妥当后,吴华乘坐的小轿车,一头撞到大树上,吴华当场就死了。

赵思接到信儿后,根本不敢相信自己的耳朵,那么壮实的媳妇,那么结实的身子骨儿,怎么能说没就没了呢?一棵树怎么就能要了她的命呢?

"老蒯"的尸骨起走了,起坟的人,浮皮潦草地填了几锹土,原地上,仍然留下了不深不浅的坑。吴华的坟,就立在坑边,一凹一凸,十分鲜明。每逢节日,或者干活儿路过的时候,赵思就会踏着"老蒯"的坟坑,去给吴华的坟上填土,吴华的坟堆,看起来比其他的坟高出半截,土也总是新的。

吴华死后,30多岁的柱子好像一下子就疯了。赵思生气的时候,操起铁棍子一顿胡抢,柱子仅有招架之力,从来不敢还手,有时候他甚至连正眼看赵思一眼也不敢。至此,赵思的铁棍和拳头,彻底控制了这一家人的命运——

"老蒯"和棍棒斗了一辈子,最终还是在赵思的棍棒拳脚下离开了;吴华一辈子都在等待命运的改变,可是赵思刚刚不打她了,她却被母亲"带"走了;而柱子,"老蒯"最疼爱的外孙子,才刚刚立事,就向赵思屈服了。

深秋,龙爪沟的人都忙着秋收了。柱子媳妇带着孩子和柱子上山秋收。晌午,柱子媳妇先回家给全家人做饭。

那一天,阳光很足,晃得人睁不开眼,赵思回家的时候,柱子媳妇正做饭。赵思看到牛圈的门开了,一只小牛犊跑了出去,便骂骂咧咧地赶牛犊回圈。柱子媳妇出来叫赵思吃饭,赵思看到她更生气了,破口大骂,那难以入耳的言辞活脱脱另一个"老蒯"再生。

柱子回来的时候,赵思已经和柱子媳妇扭打在一起,柱子媳妇披头散发,胸罩带儿也断了,半只胸裸露在外边。柱子上前拉架,赵思连柱子一起打,两个人的战争瞬间演变成了三个人的。赵思操起墙角的铁棍,柱子儿子看这架势不好,连忙去夺铁棍,赵思一巴掌打在柱子儿子的后背上,顿时,血从孩子的两个鼻孔渗了出来。孩子边哭边去张景林家喊人。

在龙爪沟,除了张景林,没有谁敢来老赵家拉架。张景林拉架的方式很特别,直接参与了战争。这是张景林和赵思相处30多年来,总结出的经验,只用拳头说话,谁的拳头硬,谁才可以张嘴。

一场战斗结束了,张景林用尽了浑身的力气,回家就瘫软在火炕上。晚上,柱子来张景林家串门,张景林好言相劝:"柱子,以后把牛圈门关好,每次牛一跑,你爸就骂你媳妇,骂得太砢碜了,你看看,现在谁家公公还骂儿媳妇,谁家公公还打儿媳妇。"柱子看了看张景林,毫不在乎地回他:"没事儿,闲着干啥?打着玩呗!"张景林气得满脸通红,发誓再也不管柱子的事儿了。

张景林被柱子气得睡不着,想着,这柱子到底是个啥人?怎么就不知好赖呢?

整个龙爪沟的人都不搭理柱子家,像躲瘟神一样离他们远远的。特别是柱子,他在赵思的铁棍下,暴烈的天性,被压抑成一身的戾气。不对,应该是阴气加戾气,比之于暴烈,这种特殊的气息更让人毛骨悚然,因为这是一种似乎与鬼相通的气,它永远也不会消散,总让你心里阴森森。

那一年,大刘家养猪创业,刚在外地抓回来50只特殊品种的小猪崽,准备大干一场,邻居们都来祝贺他。柱子也来了,他斜着眼,到新猪圈里看了一圈,说:"你这50头东西,过不了几天,就得死40头,不信你等等看,这都是些祸害,非赔掉你裤衩不可。"大老刘气坏了,在家骂了好几天。那一年,大老刘家的猪真的就得了病,打针吃药也仅仅救回来几头。虽然没像柱子说的那样,把裤衩赔上,但几年的积蓄都搭了进去,还欠了一屁股的债务。

五年前,王大下巴家的女儿嫁到了城里,回龙爪沟办答谢宴,柱子全家都来坐席。一对新人正挨桌敬喜酒、点喜烟,柱子在一旁悻悻地说:"破锅自有破锅盖,王八自有王八爱。别看今天好,明天都得做王八,戴绿帽子。"王大下巴当时脸就气青了。现在提起这事儿,王大下巴心里还在犯膈应,说,要不是当天是女儿的好日子,非得打得柱子满地找牙不可。

柱子,就是喜欢看到别人被他的话噎得满脸通红的样子,他喜欢看到别人气得一句话也说不出来的样子。龙爪沟的十几户人家,几乎每个人都有一片林地,林地人人有,就不显得那么金贵,这林地虽然是自己的,但他们要想砍一棵树,需要很多手续,而且砍了树,根本也卖不上什么好的价钱。所以,龙爪沟的人,除了每年冬天烧柴会到山上砍一些够粗了又不直的树,回家锯成段,再劈成柴,垛成垛,准备过冬天用之外,基本也不会上山砍树。而且,在他们心里,总有一种期盼,当年国家号召把林地承包给自己,现在几十年过去了,总有一天,国家会有用场的,只要国家能用上,就一定有赚头,所以,他们都在等一个机会,能把满山的树变成钱的机会。

柱子家也有一片林地,面积还不小,柱子一身力气,从来也不会缺柴烧,但他从来不砍自己家的树。他专门在别人的林地里砍树,专挑那些又粗又直,长得壮实的大树、好树砍。一想到别人看到自己林地里,那棵最宝贝的树不见了踪影后的表情,他就高兴极了。

说着说着,张景林和李明娟竟然替柱子担忧起来。就像担忧朋朋和庄子一样。早晚有一天,龙爪沟的第二代人会一个一个地离开人世,单靠柱子、朋朋、庄子,能撑起龙爪沟的未来吗?

日子一天一天过去,一条宽阔的高速公路在龙爪沟的不远处,从天而降,把这个原本封闭的小山沟与城市间的距离一下子缩短了十几倍……公路两侧的山坡地被政府做成了好看的梯田。在土地的问题上,农民决不愿意改变自己土地的原样,政府承诺每亩地每年补贴给农民500元钱,一共补贴五年,大修梯田一事才得以顺利进行。

笨重的推土机轰隆隆爬上山坡那天,龙爪沟的人就站在一旁观看。

柱子问:"修梯田有毛用?"

施工队的人说:"修了梯田,以后这山坡上就不用牛或者人种地了,都可以上机械!"

柱子说:"扯你爹的淡!这大铁家伙把长庄稼的黑土都翻到底下,把不长庄稼的黄土翻上来,这庄稼还长个毛啊?这土地早晚被你们这帮混账杂种折腾得不打粮了,你们就等着把人饿死吧!"

施工队的人斜着眼,看了看柱子,用极为不屑的口吻说,你就该受穷!你就该穷死在这山沟里!

七

施工人员的话,并没有在柱子心里留下什么,却刺痛了张景林。让他想起很多年前进城的那段经历!

那一年,李明红走了以后,李明娟在龙爪沟也待不住了,也想着要出去闯一闯。张景林疼爱妻子,在苦劝无果之后,就和妻子一起去了山东临沂。

二人进城后,直接在校园食堂里租了档口卖麻花。李明娟从小就是个买卖人,草莓熟了卖草莓、青菜下来卖青菜、山货下山卖山货,无论是镇上的人还是沟里的人都信她,有时候山沟里的农民有啥吃不了的,都求她到街上卖了,只要她出手,没有卖不了的东西。而让李明娟万万没想到的是,在城里卖点东西,并不是件容易事儿,光办手续就要跑断腿。更奇怪的是,卖点麻花的手续太难办。她按照卫生部门、税务部门、工商部门的要求,一步一步进行着,时间一个星期一个星期过去了,二人数算着,每天几十块钱的档口租赁费就像打水漂了一样,所以,他们去办各种手续都得小跑着去。

排队、填表、缺手续,工作人员不在,工作人员下班了。一个月过去了,白白拿了租金,手续还没办下来。后来,一个好心人告诉他,有专门办手续的人,花几百块钱,三天就办下来了。李明娟找了"掮客",果然三天后就可以正常营业了。这是城市给他们的第一个印象:表里不一,桌子上面一套事儿,桌子下面另一套事儿,想成事,还得去桌子下面办。

城里的钱确实好挣,但在城里生活,两人实在不习惯。张景林在农村那些心灵手巧的优势全然派不上用场。在家里,他什么工具都有,就算自己没有,邻居也会有,在城里没工具也没料,无论多么简单的东西都需要花钱买。他怎么也忍不住的口头禅就是:这破玩艺儿还花钱?我在龙爪沟,随便修一个树枝做一个就比这个好用、好看。每当这个时候,卖五金器材的老板娘都会狠狠地看他一眼,那一眼,是深深的蔑视。这蔑视张景林完完全全解读到了,并且放在了心上。

在山里,他是众星捧月,威望极高。在城里,他渺小得如同鞋里的一粒沙,不仅没用还有些硌脚。

在城里,张景林一个月挣的钱,和他在山里一年挣的钱差不多。可挣钱的快乐仅仅在第一个月还算明显,他和李明娟月末数钱的时候,心里乐开了花,这城里的钱,太好赚了。可是,他渐渐地发现,挣钱并不能让他快乐很久,城里挣钱快,花钱更快。无论在哪里,挣多少钱,也仅仅是维持生活而已。张景林一个人的时候,常常会想,人活着到底是为什么?人应该以怎样的方式活着?他想了很久没想明白,至少是没想透彻。

从前,张景林太自信了。他以为自己就是一粒种子,是一粒扔到哪里都会发芽的种子,就算他被扔进了水泥路上,只要日子久了,再经历两场春雨,他也能找到一个缝隙扎下根,或许会发出比在龙爪沟更好更油绿的小芽。可是,才在城里待了半年,张景林就知道自己想错了,城里是没有土的,就算是他把全身都长满了小绿芽,也无法在这坚硬的水泥地上扎下根,更无法长成一棵树。

那天,学校放假,学生们都纷纷回家了。张景林也给自己放了个假,换了一身干净的衣服,去街里买碟片。自从进城,他很少这样仔细打量这座城市:高楼林立,人群熙攘。他发现自己能说得清整个通化县的每一个镇子,能数清自己镇里的每一个村子和每一个村子的特点,甚至那些有点名气的农民,他也能说清他们的过往故事。而他在这座城里生活了一年,却并不知道自己在哪一个区,所在的那个学校名字也总是说错。这一天,他细细地打量了这座城市的某一条街,街上迎面走来的每一个人,黄头发、红头发、绿头发,竟然还有白头发,张景林在心里笑了笑,鼻子里不小心哼了一下。这些怪异的装扮,让他着实欣赏不了。但他也意识到,也许就在此时,正有人也同样用鼻子哼了他。

走到卖碟片的摊位前,张景林被吸引了,他想买一盘轻音乐,这是他的最爱。在龙爪沟时,干完农活,妻子去串门了,他一个人关上所有的灯,把音乐放开,一个个音符缓缓流过他干瘪的心,缓缓流过他全身的每一个细胞,当他的视觉在黑暗中失灵时,他整个人就进入了另一个世界,静谧、安详、没有疲倦。

卖碟的老板娘打量了他一下,把那些广场舞、的士高、小品相声等散装碟子扔给他。张景林看了看对方,没作声也没接,径直走到放高档碟片的架子上。"班德瑞的还有别的吗?"老板娘并没有回答张景林的问话,只是低低地说了一声,那些都很贵,不买别动。张景林强忍气愤回头看了看她。终于,他挑了两个碟子:中国古典音乐和班德瑞。

"给我试试。"

"这里全是曲子,没词儿的,你能听?"老板娘接过两个碟子后,直接放回架子上,连看他一眼都没看。

"我就要没歌词儿的!你给我试试!"老板娘的不屑让张景林很生气,就算是他真的不想听这些,为了治气,他也是要买的。

"这一本儿100多块钱呢!拆了封,没有质量问题可不能不要!"老板娘看着他。

张景林顿时火冒三丈。"妈的,狗眼看人低!"他暗骂着转身到了隔壁音响店,没挑没试也没讲价,花了150元买了两张。不为碟片,为尊严!

对,尊严!这一次,让张景林突然就明白了人为什么活着,人应该以怎样的方式活着,就是这两个字——尊严!

虽然，张景林住在小山沟里，但是镇上那几个卖碟片的店都认识他，他不仅是那里的上宾，就连那些小店进货，也要来问问"张哥"想要些什么碟，进货时一起给他进回来。两年的城市生活，让张景林实实在在地认识到，想要顺顺利利地在城市生活，你必须拥有三个要素：身份、单位、关系。这三个要素，是一颗种子在城里发芽的土壤。如果你没有身份，又没有单位，再没有关系，你就永远是一个漂泊者，一颗扎不了根的种子，要么在这个世界的某个角落腐烂，要么成为别人的食物。

农民，农民是什么，除去词汇的颜色，中国农民至今还是一个与身份相关的社会等级，种不种地、务不务农，是不是以非农业为生，都不重要，重要的是你的名字叫农民，就算你兜里有钱，也没有任何办法撕掉你身上贫穷、愚昧的标签。

张景林似乎明白了，农民的脸面，都长在那块土地上，离开了土地，哪里还有什么脸面可言。张景林庆幸当年进城时，没有像其他人一样，把房子和地都卖了，只要他还有块地，他就能在农村很好地活着。张景林决然地从城市回到了山沟里。两年的城市生活，至少让他明白了一个道理，他的脸，他的命，都在庄稼地里。他离开庄稼地，活不好，也活不了。

八

就在我结束采访的两周后，李明红又回了一次沟里。这一次，不是串门，也不是走亲戚，更没给任何人带礼物。她带了一枚要炸还没有炸的"炸弹"。

她要离婚！

李明红的母亲和婆婆年岁大了，又都是一个人寡居多年。李明红打算把母亲接到城里养老，丈夫打算把婆婆接来养老。接谁不接谁，养谁不养谁呢？二人小争执后，把两个妈一同接到了城里。娘家妈自己有儿子却住在姑娘家，心里总感到理亏，每天总是不得闲地做饭、打扫卫生，有时候还给老亲家洗洗涮涮。婆婆觉着自己是住在儿子家，理所当然心安理得，所以每天坐吃等喝。李明红嘴上不说,心里却生了几分不快。秋收时,婆婆要回农村帮大儿子收地,李明红就买了车票送她回去。秋收结束时,李明红打电话问婆婆啥时候回来,这次来还打算住多久?这一问,婆婆就"炸了庙儿",电话里质问李明红是个啥意思?她住在儿子家,想住多久就住多久!他儿子能养老丈母娘,凭什么不能养自己的妈?

李明红本是无心一问,却遭来婆婆的"炮轰"。这还不算,婆婆竟然变本加厉,提出了进一步挤对条件:"我以后不去了,你每年给我交2000块钱的养老费吧!"

正在气头上的李明红"借坡下驴",顺势答应了婆婆的要求:"行!两千太少,我每年给你三千,以后,你就不用再登我的门啦!"

本都是话赶话的气话,婆婆哭哭啼啼找儿子评理,一场家庭大战就此引发。丈夫完全站在婆婆一方,要求李明红道歉。李明红越想越委屈,把十几年在城市里打拼的委屈一同倒了出来,并要求丈夫替婆婆给自己道歉。二人互不相让,战火越烧越旺,直到"离婚"两个字从李明红的嘴里蹦了出来。

在城市,没有人关注一个小人物的聚散离合,就算李明红喊破了嗓子,她的声音也无人能听得见。只有在家乡,她是否离婚才可能受到关注,她才可以进行充分的表达。所以,那天一大早,李明红开着新买的小轿车拉着丈夫回龙爪沟评理。

李明红本想找着村长铁军、小队长吴利宇、原场长李建成、大姐李明娟、姐夫张景林、邻居白永军等等。

可是,当她回到龙爪沟时,她彻底失望了。当年的旧友,一半以上都走了,有威信的老人们没的没、老的老,龙爪沟已经不再是李明红心里的龙爪沟,它早已经失去了原有的理性、威望和力量,它已然在岁月里苍老得如一个昏聩而羸弱的老者,再也无力关注和理会自身之外的一切事情。李明红义愤填膺的评理之行颓然变了味道。

还没等李明红夫妇动身返程,于长龙就赶到了龙爪沟。一年多的相处,于长龙已然是半个龙爪沟人了。大家就着夜色,在当院里支起了桌子,边吃煮花生边聊天。

　　高速公路修好之后,龙爪沟一下子和外部打通了,往日的闭塞感荡然无存,想一想心里都敞亮。于长龙在全国周游了一圈后,思路更加清晰了,虽然流转土地的事情最后还没有谈拢,这会儿,他已经开始像龙爪沟的新主人一样,大模大样地和人们谈起他对未来的规划。他说:"以后啊,咱们把旅游发展起来,咱们家家都盖小洋楼,收拾得干干净净,做民宿。农民以土地入股,做老板,我给你们操盘。孙振全那套兔子、打野鸡的手艺,都别扔了,咱们做个狩猎场,你专门负责养动物,指导游客狩猎。柱子、小庄儿、朋朋也都来入股……未来的农村都得是这个样子啊!农民?以后,哪还有农民?农民早早晚晚是要在这片土地上消失的!"于长龙一副预言家的样子。

　　李明娟看着于长龙唾沫星子横飞的样子,心里莫名生出反感。她清楚,这于长龙又来给张景林和孙振全"洗脑"了,于长龙想要的无非就是龙爪沟的这片土地而已,而张景林、孙振全就是他达到目的的最大"绊脚石"。李明娟煮了苦苦的"红菇娘"水,这东西又撤火,又消炎。此时,在座的人似乎都需要来一点儿这个东西。

　　张景林喝了一口红菇娘水,满脸的不屑:"你说的那些,都不属于龙爪沟,你那是祸害龙爪沟呢!我们一辈子都生活在这,现在这个样子没什么不好。"在张景林心里,城市就该有城市的样儿,而农村也有它本来该有的面貌。农村,是农民的家园,它不能成为城市人的"玩物"。

　　于长龙被当头泼了冷水,心里有些恼怒,但表面并看不出什么,只是说话的语气从兴奋变成语重心长:"我也是农民出身,我很敬重农民,但说句你们不爱听的话,这个社会的发展,靠农民真不行。你们没事的时候看看《动物世界》,很有趣的。人性的根本,就是弱肉强食,谁不行,就淘汰谁!"

　　这话激怒了在座的所有人,让一场闲聊变得火药味十足!

　　"我一个农民,就想好好种地,把地种好,那才是本分!"孙振全语气强硬。

"靠本分能种好地吗？社会已经发展到什么样了？地里的虫子都发展成超级虫子了，你们还用老方式种地？"于长龙用手里的花生敲击着桌子，情绪也激动了一些。

于长龙的话并不是无据可依。今年夏天，整个龙爪沟的菜都遭了虫。谁也不认识这种虫子，试了很多药，有的农民连敌敌畏都用上了，还是药不死虫子。最后还是于长龙求助了省城的专家，专家说这是棉铃虫，给开了药方，才保住了整个村子的菜。

张景林一时答不上于长龙的话，但他心里笃定，于长龙设计的未来，和他张景林心里的未来，风马牛不相及。

九

夜渐渐深了，于长龙开着小轿车走了，刺眼的车灯在无边无际的黑夜里穿出了两个幽深的洞。不知道顺着这洞，能通往光明，还是通往更深的黑暗。

龙爪沟的平静，彻底被于长龙打破了。张景林和孙振全有些心烦意乱，谁也睡不着。二人商量着去"小队长"吴利宇家。二人撞开吴利宇的家门时，吴利宇正拿饺子喂家里那条毫无用处的宠物狗。这是一条来自城里的狗，之所以说它毫无用处，是因为无论家里来了什么人，什么动物，这条狗都不咬也不叫，反倒热情地摇着尾巴做欢迎状，这样的狗在农村，完全失去了他应有的作用和价值。

"队长"这个称呼随着20世纪80年代生产队的解体，包产到户的农村改革，已经成为一个历史名词，吴利宇的准确职务是村民组组长。对于龙爪沟的人来说，叫"队长"是一种习惯，在这种习惯背后，更有着他们对这个"带头人"的诸多期许和隐藏在期许背后的要求。

吴利宇当了9年的"队长"，是张景林和孙振全等全龙爪沟的人用自己手里的选票一票一票"投"出来的。他们巴望着这个老实人，能给龙爪沟带来不一样的天地。

"你说咱这沟里可咋整？"孙振全坐在吴利宇的炕沿上，好像完全失去了往日那些主见,声音低低地自言自语,像是在问吴利宇,更像是问自己。

"其实,于长龙说的也有他的道理。沟里的劳动力真就是年老力衰,思想、眼光、技术,都跟不上时代了。况且这种子、化肥都在涨价,粮食价格却不涨,种地的收入越来越少了。"张景林眼神暗淡。

话题就这样开始了,不需要任何铺垫和解释,吴利宇完全知道张景林和孙振全在说什么,在愁些什么,这也正是他每日烦心的事儿。

"我听说富江那边,政府号召种的中草药,今年已经见着效益了。据说,他们都没少挣钱。当年要是听我的,咱们全都跟着一起种,现在也能挣上一笔呢!"吴利宇用脚碰了碰宠物狗,脸上露出深深的遗憾。宠物狗吃饱了,懒洋洋地趴在地上并未理他。

"现在,各个村都在想挣钱的道儿道儿。听我妹夫说,他们村种了不少山芝麻籽。"

"你看光华镇里的蓝莓庄园,那多火啊!城里人来采摘,80多块钱一斤啊。采剩下的,人家都做成蓝莓汁和蓝莓酒了。"

"这些咱们这儿都能种,而且质量也会不错。"三个人你一言我一语,屋子里的气氛也由压抑变得活跃起来。

"还种这种那呢!咱们种了那些东西上哪卖去?我听人家说了,人家种的那些玩意儿,还没等种呢,已经说好了买家。"吴利宇媳妇给牲口布完夜草,见三个人谈得起劲儿,也忍不住插嘴。

"你个女人家懂什么?头发长见识短!"吴利宇把媳妇训斥一顿。

吴利宇媳妇并不恼,笑呵呵地给三个人拿杯子倒热水。

是啊,吴利宇媳妇的话直,可是她说得一点儿没错。不论他们要种什么,怎样卖出去是最大的难题。这一点,他们三个人心里都很清楚。

龙爪沟的深夜隔外安静,吴利宇媳妇到另一个房间睡下了,只留下三个大老爷们在这昏暗的灯下狠狠地吸着烟,那烟火突明突暗。

"他们的头脑确实比咱们厉害,钱又冲,样样咱们都比不了!怕是早晚胳膊拧不过大腿啊!再说,有几个富起来的村子,都是这些城里的有钱人帮着带起来的。"孙振全又狠命地吸了两口烟,让刚刚暗淡下来的烟头再次发出火红的光。这话,孙振全早就想说了,但是他不敢说,他担心这话一出口,就动摇了张景林和吴利宇守住这片土地的决心。

也许,他们两个人的心早就动摇了,而且比孙振全动摇得更早,更厉害。

从2015年开始,来龙爪沟谈土地集中流转的商人一拨接一拨,规划一个比一个做得好。

村里每次开会都要大张旗鼓号召集中流转土地,谋求更好的发展。大伙儿的心,也被这些人给搅和乱了,原本很平静的日子,也似乎飘忽起来,不知道该何去何从。继续种地,还是拿钱离开?他们迷茫,心里有一种隐隐的恐惧。他们祖祖辈辈在土里刨食,一旦离开土地,未来将会怎样?无地可种,他们要去干什么呢?进城打工?他们都老了!对于农民来说,种地,有时候不仅仅是为了种出粮、卖出钱,种地,是一种营生,也是一种心理和情感寄托。就像我们养孩子,你生他、养他、盼望着他出息,自然也希望他孝顺。可是,你生他的时候,就是为了他孝顺你吗?不仅仅是!这是个复杂的伦理问题。土地是农民最基本的保障,是农民最后的精神栖息地。农民一旦失去了这最基本的保障,最终会怎样呢?

高速公路通车了,龙爪沟离城市的距离一下子近了好几倍,城市像一个巨大影子,渐渐地压了过来,压得他们透不过气来。

吴利宇沉默了,吴利宇早已经清楚地认识到自己并不能改变或者掌控什么!他只是一个被改变者,一个老实巴交的听命者、承受者,他仅仅是一个农民,普通得不能再普通了。

屋子里一片死寂,连三个人手指里夹着的烟都灭了。

第二天一早,李明红带着满心的失落和迷茫,离开了龙爪沟。

那天,龙爪沟一带起了好大好大的雾,能见度不足50米。在这样的大雾里,人不仅视野会受到遮蔽,辨识不了方向,连心也会变得迷离、恍惚。

李明娟和张景林拎着两袋子菜,一直把妹妹李明红送到公路边。就在挥手告别的那一瞬,李明红心里突然涌起了无限的忧伤和迷惘——她甚至怀疑,这大雾是不是永远也不会散去了,或者,即使这大雾散去,龙爪沟再也不会是从前的那个龙爪沟了……

(节选自《最后的龙爪沟》,原载《时代报告·中国报告文学》2018年第1期)

祖国至上

——战略科学家黄大年"飞行记录"

刘国强

导航:朝向是"大战略"

涂抹在孩子身上的"第一笔",往往决定整个人生的基调和定位。很多人总是挑选站位,其实最能左右人生大局的是"朝向"……

每一个惊世骇俗的人生都有弱小的童年。

黄大年生长在营养不良的时代。1958年出生便遇浮夸风导致"诚信饥饿"的"大跃进",三岁遭遇"肉体饥饿"的全国"粮荒",上学赶上"文化饥饿",将十二年学制缩短到九年,"文革"闹剧充斥学业全程……

令人深思的是,这并不影响他后来成为世界最优秀的顶尖科学家。

黄大年的出生地和求学经历也同样"营养不良",多年生活在广西乡下,穿行在荒野和大山里。父亲黄方明和母亲张瑞芳都在广西第六地质队工作,居住地要随着探矿队转移而"随时搬家",黄大年便"打游击"式求学,小学读五年书,他去三个地方读了四所学校。

广西地矿局为了照顾地质队流动性大、居无定所,解决孩子们上学困难,在远离南宁600公里的柳州罗成县小长安公社

"牛毕大荒原"要块地,建所"子弟学校"。从地图上看,这里是广西壮族自治区的中心,"方便"散落在全自治区四面八方的地矿孩子上学。学校前不着村后不着店,离此最近的一个村子六七公里。学校要开荒种粮、种菜、养猪,满足自身生活。初中一年级,黄大年便告别父母,从家乡南宁郊区出发,转两次火车到柳州,再在一个没有站台、只停两分钟的地方下车,徒步穿越荒原十多里路到学校上学。一个学期只能回一次家。

困难一下一下锉疼了肉体,包在厚锈里的意志才有机会闪闪发光。老师若说"这次考试只有一个同学得了满分",同学们就知道,那一定是黄大年。

1975年,17岁的黄大年参加招工考试"一战成名",在200多名竞争者中夺冠,荣幸地成为广西地矿局第六地质大队的一名"物探"地质队员。此后"物探"二字便紧紧跟随他一生,再也没有离开……

不可思议的是,黄大年几乎在渊陷的"坑里"起步却又"一跃而起",登上全球卓越战略科学家的高位。

1996年12月,黄大年以排名第一的成绩摘取英国利兹大学地球物理学博士学位,成为该系获评优秀学生中唯一的海外学生。

黄大年在英国剑桥大学旗下ARKeX的航空地球物理公司,出任高级研究员和研发部主任、博士生导师、培训官。他从包括外国院士在内的300多人"高配"团队中脱颖而出,牢牢坐稳首席科学家的交椅,这是剑桥大学历史上首位登峰的黄种人。该科技能够在海洋和陆地复杂环境和条件下,通过快速移动方式实施对地穿透式精确探测的技术装备,广泛应用于油气和矿产资源勘探。这项技术是当今世界各国科技竞争乃至战略部署的制高点,是强国展示实力的重要风向标。

黄大年回到祖国后,很快成为中国航空地球物理领军人,为"航空重力高精度测量技术"项目首席科学家,"深部探测关键仪器装备研制与实验"项目首席科学家,威震一方的"国际号"战略科学家。美国航母舰队在南海演习,惊悉黄大年回到中国,整个航母编队后退100海里……

黄大年的儿童和少年时代"沦陷在坑里",已经"输在起跑线上",何以创造这样惊世骇俗的奇迹?尽管原因很多,父母和启蒙老师的"朝向引导",立了头功。引导得好,最差的时代和环境很有可能激发人的雄心壮志,相反,最好的时代和环境很有可能令人不思进取。同样是"借力",正向借力与反向借力却大相径庭。

孩子只是一张白纸,好画最新最美的图画,好做最新最美的文章。

第一任老师父母处处以身作则。父亲锄草不小心弄断了邻居的旧锄头把,立刻买柄新的换上。"损坏东西要赔",春雨一样滋润着幼童黄大年的心灵。母亲在土路上捡到一张两元面额钞票,马上交给单位,而后给大年讲"拾金不昧"。弟弟黄大文推倒了邻居孩子,母亲领着两个儿子去向人家道歉。

在人的身上,美好和丑陋总是苗草混杂,一不留神会草比苗茂盛。培植美的嫩芽实在是个漫长而艰辛的过程,但是显示丑陋的现象往往是一瞬间的事情。特别是孩子们可逆性强,一阵风吹来就会使他们像根不牢的草一样随风倒去。

父母的身教宛如看不见摸不着的空气,却能过滤毒素和污浊,留下清爽;似无形的刀子剃掉多余枝杈,让小树成材;像阻挡浊流的堤坝,拒绝泛滥。语言可能是声音导师,也可能是污染源。行为是辅导,也可能是误导。在孩子这张洁白的人生白纸上,父母要三思而行,怎样"落下第一笔"?这是家庭的长远大计,也是孩子一生的长远大计。近景看,这是自己的孩子。中景看,这是孩子的人生。远景看,这是国家的未来。

黄大年的初中部主任叫杜冠宇,班主任叫黄仙荣,二人是夫妻。他们都是东北长春地质学院李四光的学生,满怀激情响应"到祖国最需要的地方去"的号召,从北京来到广西扎根。

杜冠宇激昂地讲述:新中国首任地质部部长、长春地质学院第一任院长李四光老师当年告诉我们,物探,就像神话中的"金钥匙",只要电极指向哪里,哪里就会从地下冒出宝藏。

杜冠宇讲的故事太生动了：同学们，你们知道吗？提起大庆油田，我们的班主任李四光老师是头号功臣啊！毕业时，李老师带领我们全班学生到北大荒去实习，李老师亲自指挥工人们在大荒原上钻探，我们全体同学都编进工人里，同吃同住同劳动，要多苦有多苦，要多甜有多甜哪！我们亲眼看见打出石油了！当天晚上激昂庆功，同学们全喝多了，我们唱啊跳啊蹦啊……

黄仙荣老师补充道：日本侵华时期，他们发现了大庆油田。但他们的钻探技术不行，差200米，没找到油。所以呀，同学们，你们要好好学习，尽快掌握专业技能！

那是黄大年头一次听说"物探"二字，从此，这粒种子便种进心田。

二位老师的声音录进心底，从未忘却，黄大年知道该接力传承。2010年夏天，吉林大学启动"名师班主任计划"，设立了"李四光班"，觉得黄大年是最合适的人选，却又难以开口。黄大年承担着数亿元的重大项目，哪有空闲当本科班的班主任？地探学院党委书记黄忠民试探性地问问，黄大年竟毫不犹豫地回答："我非常愿意。"

首席科学家当起了本科班主任，很多人不理解。黄大年却觉得顺理成章。在国外，越是名师越要给本科生上课，学生在本科阶段就聆听一流教授授课，会受益终身。黄大年的感悟刻骨铭心，他在读本科时，地球物理学家滕吉文院士的一次讲座，让他一下子打开了眼界，从此他下决心要"走出去看一看"。

黄大年把班主任当成"重头戏"，管授课，管交流，还关心学生们的生活。一位学生的家长病重，他知道后，亲自安排最好的医生治疗，替其交了几万块医疗费。得知24名学生大多来自农村，生活条件普遍较差，他自掏腰包给大家每人买个笔记本电脑。这件事震动了校内外，学生教师议论了好长时间。黄大年说："一个笔记本不算什么，但对这些热爱地球物理专业的孩子，能有不小的帮助。"是的，时光已至21世纪，手工画图设计不光速度慢，质量也差得太多。别的班同学向学校提意见：为什么只给"李四光班"的同学买笔记本，没有我们的份儿？得知内情,万般惊讶……

这些善举和求学精神,得益于亲爱的"老师们"。

黄大年拜课本为老师。他的小学同桌蔡琼至今记得,每当发新课本,黄大年都兴奋得手舞足蹈,赶紧找来牛皮纸包上书皮,左看右看,爱不释手。

黄大年拜课外书为师。上班后,勘探队十天半月就搬家,黄大年总是背上一个防潮的炸药箱子,随身带着走,里边全是书。黄大年多次讲述"箱子的故事",大科学家李四光当年回国遭遇限制,绕道法国终于回到祖国,唯一的"财物"便是一箱子书。

黄大年拜师傅为师。工作后第一个师傅郭桂年调走后,黄大年大半年时间跟师傅通信十多封,请教勘探技术。

黄大年拜人生为师。他不知道前路有多少陡坡和险途,他却清楚,逢山开道,遇水架桥,勇往直前。

黄大年崇尚英雄。

一个民族没有英雄,将被小看。一个国家没有英雄,会挺不直脊梁。人生少了英雄基因,必然"缺钙"。

"向英雄人物学习,随时听从祖国召唤,为祖国而献身!"父亲黄方明将课堂上的话"搬"到家中,小大年便拉着父亲的手,央求"再讲一个"……

文史教员黄方明讲了岳飞精忠报国,讲了黄继光、雷锋、董存瑞、王杰、麦贤得还不够,又讲他的学生们的故事。黄方明"扫盲班"的学生何其了得,好多师级团级干部,缺胳膊少腿的战斗英雄数不胜数,其中"塔山英雄阻击战"中的"塔山英雄团"的英雄们,都是黄方明的学生。黄大年羡慕哪!父亲母亲发现,每当黄大年听英雄故事时,眼睛发亮,腰杆拔得溜直,仿佛个头也比平时高了。

多年以后,黄大年一次从英国回来,他和好友孙伟两家一起到长白山旅行。回来的路上,孙伟不经意提起"这附近不远就是靖宇县了"。黄大年立刻说:"我一定要去看看!"当即改变行程,拉着两家人去拜谒杨靖宇将军的牺牲地。

这天雨后,第六地质队附近的"七里桥"下的水面上,突然有人"喊救命",两只手在水面上突然伸出来,又突然沉没。

几个五年级的孩子吓得哇哇叫,不敢下水。

黄大年二话不说,扑通一声跳下去营救。

水面汪洋阔大,两米多深。游泳遇险的正是黄大年的五年级同学。他平素自认水性不错,前提是脚能碰到水底。这次下去水太深"脚不落地",立刻慌了……

黄大年划破水面快速近前,刚要伸手拉他,却被求生心切的同学紧紧扯住,藤一样缠住黄大年。二人在水里"厮打"开来,两个小脑瓜时沉时浮,都喝了不少水。黄大年拼尽全力,才气喘吁吁地将他拖上岸……

黄大年的班主任杜冠宇说:向英雄学习,落实在行动上,就是热爱祖国、热爱家乡、热爱学习。祖国让干什么就干什么,干了就要干好。我是国家的一块砖,东西南北任党搬,什么困难都难不倒。就说我的班主任李四光吧,当年他在英国时,周恩来总理让郭沫若先生给他捎信,请他回到新中国。敌对势力不让他回,他冲破重重阻力还是回来了。在我老师的主持下,先后发现了大庆油田、胜利油田、大港油田、华北油田和江汉油田等,为新中国石油工业建立了不朽的功勋。连毛主席都说:"地质部是党的地质研究工作部。"毛主席又指出:"地质部是地下情况的侦察部,它的工作搞不好,一马挡路,万马不能前行。"我老师的工作做到这份儿上,这,就是英雄壮举。

那个火热的年代,物资匮乏却尊崇正义,崇拜英雄,爱国爱岗,讲求奉献。孩子们的理想很务实,长大了当医生、科学家、教师、军人等。

当代的"媒体导师""世风导师"和"家长老师"却误导成风,调查显示,多数孩子们的理想竟然是"当明星"!

我在电视上看个节目,电视台播放某歌星签售光盘的火热场面,一位即将分娩的孕妇撩开衣襟露出滚圆的大肚子指了指,歌星"意会"她期待孩子出生也当歌星,欣然在孕妇肚皮上签了名。

黄大年很幸运,他将英雄情结和务实精神攥成一个拳头,才无坚不摧。因为,物质贫乏只是表层瘦弱,内心结实才强筋壮骨。

英雄不只是一个词,也不是符号,更不是僵化的偶像,而是智勇结合的形象代言人。称得上英雄的人,都是对祖国对民族有突出建树的杰出代表。那么,将英雄内化于心,便会迸发出巨大的潜能。

黄大年的潜能用在学业上,便是拔尖试卷,便是奖状上的三好学生、优秀团干部;用在工作上,便是年年摘取先进生产者称号;用在每一天每个细节上,便是令人钦佩的分分秒秒……

常年住在学校,黄大年成了"学生铁人"。为学校挑煤、挑砖,扛收获的果实。雨天一身泥,晴天一身汗。肩膀上的皮破了长,长了再破。手掌的泡鼓鼓平平无数次,结成厚茧。每年"农忙"支农20天,吃住劳动跟农民在一起,种水稻、种玉米、种花生。七八月份"双抢"(抢收抢种)更加紧张,十四五岁的黄大年咬紧牙关,在摄氏40度的高温中打拼……

不满17岁的"物探员"野外作业非常艰苦,整天在雨水多、地貌危险的密林大山里穿梭,带上罗盘、地质锤、放大镜"三件宝",背袋里装着沉重的"矿石样品","晴天两头湿(上午衣裤被露水打湿大半截,中午晒干,后背又汗水淋淋),雨天一身湿。"

"搬家"是常态,地质队最多在一个地方待半年。在山坡搭个简易"竹搭房",上边铺上油毡纸,便是家。外边下大雨"竹搭房"里下小雨,常常被风掀翻顶盖,大家浇成落汤鸡。若找到老百姓废弃的牛圈,算是"最好的房子"。

吃饭自己烧,早上煮好大米饭,带上咸菜上山。夏天太热,天天中午吃"馊饭"。多年以后,在英国,在中国长春,亲友们都知道,"黄大年教授烧一手好菜!"

不管在哪儿,黄大年最引人注目的便是,保护好装书的炸药箱子。干劲像一架小马达不知疲倦,苦活累活抢在前。

槽探、浅井、坑探,测量岩石方位,看山脉走向,观察石头斜度,黄大年"像绣花一样细致"。每平方公里,将勘探地划成"豆腐块",十个平方一大块,五个平方一小块,再分成小格,一个格一个格找矿。

每天120个测点,扛着沉重的磁秤仪跋山涉水,黄大年严格依规勘探,遇山过山,遇水过水,决不绕行。记录好每一个数据后,还要分析地质,计算好参数,再工工整整抄在表格中。面对"天天都是挑战",黄大年偏向苦中行,力争上游,创造了一天观测160个点的纪录。

为了最大化地获取信息,黄大年尽量多背石头,在树丛、陡坡、险崖间艰难穿行。师傅见他身上那么多划伤,心疼地嘱咐他"少背点",黄大年总是笑着回答:"师傅,我不累的。"

大家一年365天工作在山上,节假日不休息,过"革命化春节"。每年12天探亲假,多数人都"加班了"。徒工没有探亲假,黄大年常年不下山。

地质队搬家频繁,往山上抬机器又累又危险,黄大年"阵阵少不下"。平素赢得口碑,年底赢得奖杯。

黄大年和伙伴们热血沸腾,豪迈激昂,影响几代地质人的《勘探队员之歌》嘹亮地在丛林穿梭,在山岗萦绕:"是那山谷的风,吹动了我们的红旗。是那狂暴的雨,洗刷了我们的帐篷。我们有火焰般的热情,战胜了一切疲劳和寒冷。背起了我们的行装,攀上了层层的山峰。我们满怀无限的希望,为祖国寻找出富饶的矿藏。是那天上的星,为我们点燃了明灯。是那林中的鸟,向我们报告了黎明……"

起飞:"振兴中华,乃我辈之责!"

难度决定高度。格局决定视野。心胸有多宽阔,世界才有多大。

1978年春节前,人们正忙碌着置办年货,手快的人家门上已有气氛热烈的春联,花花绿绿的窗花频频眨眼,年味儿翩翩而来。这天上午,邮递员送来一件特殊的信件,广西第六地质大队一下子"炸营"了,人们兴奋地奔走相告:黄大年考上大学啦!

仿佛整个地质系统扎了一针兴奋剂,成为寒冷时节"最热"

的消息。

中国高考停招十年,突然考试上大学,多数青年大脑"卡壳"、一片空白。黄大年却在地质系统300多位考生中拔得头筹,被长春地质学院(现吉林大学朝阳校区)录取,成为天之骄子。

黄大文告诉我,当年哥哥能考上大学太不容易了。得到消息就剩三个月复习时间,白天上山工作,晚上挑灯夜战。租住老百姓的简陋平房,没有电,只能在冒黑烟的油灯下学习。顾不上油味儿呛人,顾不上熏成"花脸",顾不上蚊虫叮咬,心中的"大学梦"光芒灿烂,第二天照常上班。考试前,黄大年一天班都没耽误。

没有复习大纲,父亲向邻居借一份,当天晚上将十几页纸手抄下来又还人家,这便是黄大年的"考试指南"。

复习没有技巧,大年便让小时候喜欢背诵的习惯"挑头",把政治、历史、地理复习题内容,考前三天就背完了。

小时候,黄大年和父亲下象棋,父亲训练他背棋局。读书至半,父亲会合上书,让儿子复述刚看的内容。眼前有一堆纸,父亲将顺序打乱,让黄大年找出哪里是改过的……

高考的前一天,黄大年走了近一天的山路,才到广西容县杨梅公社高中考点,随600多名考生,兴奋而紧张地拥进考场。这是一场秋风扫落叶般的较量,考生吵吵考题太难,考到后半段只剩不到百人。黄大年岁数最小,最终以杨梅公社高中考场第一名的成绩夺魁,超出当年我国最好学校的录取分数线。

第一志愿,黄大年脑里"闪回"了大科学家李四光得意门生杜冠宇、黄先荣二位老师的激情澎湃的演说,毫不犹豫地填写了"长春地质学院"。

1978年2月,东北长春寒风凛冽,雪霰纷飞,冻得行人缩脖佝腰,有人背朝前走路。第一次来东北的黄大年却满面春风来长春地质学院报到,他以高出录取分数线80分的成绩,成为应用物理系的学生。

在大学学习,黄大年像当年做"物探员"一样不放过任何一个学业的"山包",不拿下山头决不收兵。当年同学们人手一本《吉米多维奇数学分析题集》,因为攀"山头"太陡太难,同学们只做了一小部分,唯独黄大年比当年负重跋涉勘探还累,攻克了"整座山头"。

1982年,黄大年连年三好学生和学业最优,成为当年学院750名毕业生中唯一留校的业务教师。校领导征求他的意见,南方人在东北能否生活习惯?黄大年说:"祖国哪里需要,我就在哪里安家。"硕士研究生毕业后,他曾获得学校教学成果一等奖、地矿部科技成果二等奖,1991年破格晋升副教授。

本科毕业时,黄大年与同学们依依惜别前,在毕业赠言册上豪迈地表达心声:"振兴中华,乃我辈之责!"

志向的霞光照射辽远,前路一片光明。

1992年,国家教委仅有30个公派留学名额,在"中英友好奖学金项目"全额资助下,佼佼者黄大年远赴欧洲求学。在英国,人际环境和生活、学习环境反差很大,难题一大堆。这反倒激起黄大年的斗志:"我是中国人,我要为中国人争气,为祖国争光!"

像蛟龙那样征服滔滔剑河,必须游在蓝眼珠们前面;网球、足球都达到高水准"横扫对手",就是树立中国人的品牌形象;像少时父亲要求背诵象棋棋谱那样洞穿一个个困难,哪有拿不下来的难题?

四年后,黄大年再创奇迹,他以排名第一的优异成绩获得英国利兹大学物理博士学位,刷新了历史纪录,成为该系获评优秀学生中唯一的海外学生。回国才半年,再次被派往英国从事针对水下隐伏目标和深水油气的高精度探测尖端技术研究工作。至今,同学们仍记得当年与他依依惜别的情景,黄大年举起右拳道:"我会回来的!等着我,我一定把国外的先进技术带回来!"

我在前边叙述过,黄大年少年时代,爱国情怀就深深地溶进血液中,长在骨子里。29年前,黄大年在入党志愿书中写道:"人的生命相对历史的长河不过是短暂的一现,随波逐流只能是枉费一生,若能做一朵小小的浪花奔腾,呼啸加入献身者的滚滚洪流中,推动历史向前发展,我觉得这才是一生中最值得骄傲和自豪的事情。"

黄大文告诉我,哥哥当年在欧洲留学,最牵挂年迈的父母。可父母对大儿子最牵挂的却是:"儿子,你要永远记住,你是有祖国的人"。

2004年3月20日晚上,在中国广西南宁,父亲突然生病奄奄一息,黄大年正在北大西洋神秘莫测的"海底"。身为英国剑桥麾下英国ARKeX公司派出代表,正与美国专家在1000多米深的大洋潜艇里,进行"重力梯度仪"技术攻关。这机会来之不易,美国人相信了英国导师的鼎力推荐,才允许中国科学家参与。

黄大年正在美国潜艇里工作,突然有人通知他家属来了电话。

在地球的东方,父亲虚弱的声音让人心疼,也格外拨动心弦:"大年,你……还好吧?估计我们见不到最后一面了。"

"爸,您怎么了?"黄大年万般焦急。

"儿子,我理解你的处境。但是,你要记住,你可以不孝,但不可以不忠,你是有祖国的人!"

舰长闻知,紧紧握着黄大年的手,同情地说:"我们可以破例上浮,送你去见你父亲最后一面。但是你所从事的实验计划不得不中断。"

黄大年清楚,航空重力梯度仪研究正处在军转民的攻坚阶段,如果放弃,将永远错过攻关尖端技术的机会,与这门绝技失之交臂。

"我不能放弃,"黄大年强抑泪水,咬着嘴唇说,"放弃,就意味着前功尽弃。"

坚持做完实验黄大年急匆匆奔回老家,在父亲的坟前长跪不起……

两年后,母亲病危时,黄大年正在云雾腾飞的"天上"。美国空军基地将上述同样的试验,从潜艇搬上飞机。母亲的越洋电话几乎同父亲一样:"大年,你在国外工作,一定好好照顾自己。早点回来,给国家做点事情……"

父母的嘱托,也是黄大年的心声。

2017年10月27号,我在广西南宁风采宾馆506房间采访黄大年的弟弟黄大文,他回忆当年与哥哥相见的情景仍泪流满面:"哥啊,爸爸妈妈一直心疼你,你这辈子离家太远。爸说你是干大事的人,不要因为小事打扰你。妈妈临终前还嘱咐我和妹妹,千万不要怪罪你。"

在老人的坟前,兄弟俩相拥而泣。

2002年参加南宁的同学聚会时,有位同学问黄大年:"你已经是功成名就的大科学家,早就入了英国籍吧?"

黄大年坚定地回答:"我绝不会入英国籍,回国是早晚的事。"

同学们请黄大年唱歌,黄大年婉言相谢。当一名同学唱起《我爱你,中国》,黄大年的情绪立刻被点燃,泪流满面。激情高昂时,成了黄大年的"主场",接连唱了《垄上行》《我的中国心》《祖国,慈祥的母亲》《我的祖国》……

他哪里是唱歌,他在借歌抒发豪情!这哪是普通的聚会,他在向同学表露心声!他手中拿的不是麦克,而是向祖国汇报的传声筒!

黄大年热爱音乐,嗓音浑厚洪亮。他的歌单里,只有歌颂祖国的歌曲。那首《我爱你,中国》,他百听不烦,百唱不厌。

吉林大学统战部组织留学人员艺术沙龙,黄大年第一次进了KTV,主持人要求每个人唱一首歌,黄大年激昂澎湃地唱了五六首爱国歌曲,大家笑称他"麦霸"。有人问黄大年知不知道"麦霸"是什么意思?黄大年天真如孩子:"麦霸?那是一种荣誉吧?"

大家意外又感动,大科学家竟然这样率真。

2014年学校举办中秋晚会。艺术学院副教授姚立华演唱的一首《我爱你,中国》,感动得黄大年热泪滚滚。姚立华走下舞台,黄大年立刻迎上去:"姚老师,听了这首歌我感动得落泪,请理解,我们常年在国外的这些人,对祖国的爱很深、很深。"

在英国ARKeX的航空地球物理公司,作为300多名外籍科学家的首席领衔人,舵手黄大年呼风唤雨,春风得意,坐拥"首席"高薪和股份待遇,奇迹般地完成了该领域的华丽转身,由追赶者成为被追赶者,令人仰慕。突然,黄大年作出一个令整个团队"惊骇"的决定:"我决定回中国。"

蓝眼睛黄头发们万般不解:怎么可能呢?

返航:为了你,我的祖国

2009年12月24日,平安夜。

飞机刚刚着陆,迎着久违的烂漫雪花,一位魁梧健壮的汉子迫不及待地走出机舱,站在舷梯眺望中国长春的夜空——刹那间血流加速、心潮起伏,他深情地说:"祖国,我回来了!"

祖国啊,隔着18年时间,我们的双手凌空一握!

黄大年果决告别了他奋斗了18载的英格兰,告别了让人艳羡的高位,一头扑进祖国的怀抱!

他用徐志摩的诗抒发豪情:挥一挥衣袖,不带走一片云彩。

此刻,人如其诗,别了,剑桥!别了,剑河!

剑桥大学是他的工作所在,剑河边就是他的家啊!

吉林大学发来的邀请函,像春风吹醒休眠的暗火,"呼"地燃烧起来!国家呼唤天涯游子们踊跃加入"千人计划",报效祖国。母校盛情邀请,黄大年再也按捺不住,恨不能借双翅膀,一下子飞回祖国,飞回大东北长春……

黄大年兴冲冲地把这个消息告诉妻子张艳,妻子愣愣地看了丈夫半天,什么都没有说。张艳太了解丈夫了,看那放光的眼神,看那激动得红霞飘飞的脸庞,她已经知晓丈夫心中比混凝土浇筑还结实的答案。

可是,这事不那么简单啊!

他们已经在剑河边生活了18年啊!高档别墅、大花园,张艳两家诊所生意正红火,女儿刚上大学,丈夫那么好的工作,说放弃就放弃么!

这剑河水,这弧形桥,这阔大的绿草坪和比甩出的鞭弯还美的林荫路,已经成为他们家园的一部分,也是生命的一部分,怎能说走就走?

女儿黄潇从小生活在这里,连汉语都说不好,回国不可能(正上大学),不回又不放心,一颗心突然掰成两瓣儿……

妻子张艳的两家诊所,声望如日中天,现在关闭等于"割了青苗",太可惜了!她更放不下女儿黄潇。女儿出生那年国内发大水,黄大年为她的名字加了三点水,希望女儿过得潇潇洒洒。只要有空,他陪女儿在剑桥校园走走,讲爱国故事;在郊区的花园骑马,玩数学游戏;见女儿学中文费劲,他答应课后陪女儿打羽毛球,哄她上中文班;抽空给女儿炒几道拿手菜……

上高中时,黄潇选修美术课,他指导她素描。女儿惊喜地知道,爸爸像爷爷一样有艺术天赋,手巧着呢!

上大学前,黄潇瞄准了利兹大学,那是印着爸爸求学脚印的地方!黄大年特别支持爱女的工程与建筑专业,无论到哪儿出差,都会为女儿背回来专业书。每遇精美的建筑设计,他会兴奋地拍照,发给女儿。

现在,为了亲爱的祖国,黄大年只能割爱——将女儿一个人留在英国。

父亲的话响在耳畔:"知识就是力量,知识精英是民族脊梁。"父母从小教育自己向钱学森、邓稼先、李四光那些大科学家学习,向英雄学习,现在国家需要他,他必须回去!上大学没花家里一分钱,出国也是公派,现在,报恩的时候到了!

见妻子还在犹豫,黄大年将话题挑明了:"我一定要回去,你要在这里过优越的生活,我们只好分开。"

张艳一愣,眼圈红了。黄大年上前轻轻拍按着妻子肩膀:"你不跟我回去,我没法全心投入工作啊。"

剑河悠悠,月光如水。夫妻俩的内心波涛翻涌,就要"出堤"。张艳心上坠块石头,沉沉的。二人悄然无语,默契地凑到钢琴前,妻弹夫唱,他们恋爱时的歌曲《爱在深秋》悄然飞荡:"有日让你倚在深秋,回忆别去的我在心头,回忆在这一刻的你,也曾流泪……"

爱女回家了,黄大年说:"潇潇,有这样一个机会,爸爸等了很久,我想回到中国去。"

女儿早就知道爸爸的心思,虽然心里"咯噔"一下,却装作无事地微笑着说:"爸爸,我支持你!请放心,我一个人在这里没问题。"

黄大年感动地拍拍女儿肩膀:"潇潇真懂事,真是爸的好女儿!"

黄大年迫不及待地给时任吉林大学地球探测科学与技术学院院长刘财回复邮件:"多数人选择落叶归根,但是高端科技人才,在果实累累的时候回来,更能发挥价值。现在正是国家最需要我们的时候,我们这批人应该带着经验、技术、想法和追求回来。"

剑桥的宁静,康河的柔波,激荡着黄大年的心。他强力控制不舍的情绪,告别苦心经营的美丽家园,告别他的科研团队。

黄大年离开英国 ARKeX 公司将"天缺一角",领导立刻将黄大年请到他的办公室:"黄,你有什么要求尽管提,我都能满足。"

"不是因为这个。"

"嫌工资少,你说个数,我不会还价的。"

闻听黄大年回国主意坚决,得知他回中国还要从事此项工作,总裁板紧了面孔:"如果你离开这里,必须承诺不使用这里的研究成果,否则公司有权追究你的责任,这一点你清楚吗?"

"我非常清楚。我会递交辞职报告、签署保密协议,终生恪守我的承诺。"

"可是黄,请给我一个让我信服的理由,为什么非要离开?公司很需要你,你还可以有很多发展机会。"

"就一个理由,"黄大年洪亮地回答,"我的祖国更需要我。"

总裁当即派人来黄大年家,收了黄大年的所有工作材料和笔记本电脑。张艳急了,指着笔记本电脑:"那可是大年十多年的心血呀,请别拿走。"

黄大年轻轻拉了一下妻子的手,又向来人挥了挥手,示意拿走。

黄大年被同事团团围堵在走廊,诚心诚意地挽留他:"伙计,你别走,领我们一起干吧。""我们是冲你来的,你在这里,我们会取得更多成果呀!""留下来吧!"

一位获得过诺贝尔奖提名奖的科学家走过来,依依不舍地跟黄大年告别。一位毕业于剑桥大学的青年科学家闻知黄大年放弃这么好的位置要报效祖国,激动得热泪双流。

国际航空物理学家乔纳森·沃特回忆当年的情景:"当黄教授离开英国返回中国的时候,我们特别悲伤,对他的为人和事业的成就都非常尊重,许多人想让黄教授留下。"

黄大年麾下有300多人的"多国军团",个个都是精兵强将。他们掌握了当今世界顶尖的科技,可用舰船、飞机等快速移动工具,对深海、深地、深空进行精确探测,用潜艇进行攻防和穿透侦察。这个团队掌握的核心技术,能用于油气和矿产资源勘探,更是军事上的一支战略奇兵。

黄大年深情告别他管理多年的"尖峰团队",放弃了令人艳羡的公司股份,匆匆辞职、卖掉别墅,办好回国手续,惜别剑桥和康河……

妻子张艳以最快速度、最便宜的价格匆忙卖掉两个诊所,看着那些浸透多年心血的散乱药柜,像被自己打残的伤兵东倒西歪,张艳蹲在一堆医疗器械里失声痛哭。原来,买家只看中了位置,这些她一件件精心购置的物品,在漫长的日月里与她相依相伴,成为她生命的组成部分。现在,却成了无家可归的弃儿。张艳伤心极了,亲手撕碎了自己的事业前程……

黄大年见状一下把妻子搂在怀里,两位在此生活了18年的夫妻相互依靠,一句话都没说。多年后,黄大年回忆此景仍痛彻心扉:"她是学中医的,那是她一辈子的梦想啊!"

回国前,他们像"落荒而逃",东西物品丢得乱七八糟,几辆汽车扔在停车场,迫不及待地赶往机场……

"必须立刻走,我怕多待一天都有可能改变主意。"

人生许多事情,正如船后的波纹,总是过后才觉得美的。可黄大年相信,"过后"一个接一个,美也一个接着一个……

"对我而言,我从未和祖国分开过,只要祖国需要,我必全力以赴!"

"在这里,我就是个花匠,过得再舒服,也不是主人。国家在召唤,我应该回去!"

"作为一个中国人,国外的事业再成功,也代表不了祖国的强大。只有在祖国把同样的事做成了,才是最大的满足。"

黄大年永远记着物理学家彭桓武的话:"回国不需要理由,不回国才需要理由。"

吉林大学党委统战部副部长任波也提起这个话题,黄大年说:"任波啊,我虽然在国外生活,但我每时每刻都在等待祖国的召唤。很多人选择年老体弱落叶归根,我认为作为高端科技人员,应该在果实累累的时候回来,报效祖国更有价值。"

不是世界选择了你,而是你选择了世界。

多年以后,黄大年在一份呈报学校的工作自述中,披露了当年回国时的根源:"我的父母属于那一代历经了诸多磨难的中国知识分子,无论对国家还是儿女,以吃苦耐劳、兢兢业业、只讲奉献不图回报的优秀品质著称于世;以为国家培养和献出自己的优秀儿女为荣。他们在人生最后时刻仍然表现出对祖国自始至终的忠诚、朴实和包容、傲骨和责任,令人由衷敬佩和永远怀念。父辈们的祖国情结,伴随着我的成长、成熟和成材,并左右我一生中几乎所有的选择。这就是祖国高于一切!"

吉林大学领导担心黄大年"外流",京津沪浙都向他抛来橄榄枝,条件一个比一个好,黄大年说:"我是国家培养出来的,是从东北这块黑土地走出去的,吉林大学是我梦开始的地方,我就一定会回到这里!"

对于一位英国剑桥麾下 ARKeX 公司的首席科学家,率领 300 多位包括院士在内的"外国军团"的"大教头",回国后安排什么职位,确实是个不小的问题。黄大年知道后回答:"你不知道啊,我出国就是从长春这个地方出去的,在外面漂了很多年,也确实得到了各种各样的培训和机会。现在想回来,就是为了报效祖国。我什么职务也不要,什么待遇也不求,就是帮助祖国做一些事情。"

黄大年与吉林大学签约5年,唯一的头衔便是:地球物理探测科学与技术学院教授。

满怀激情的黄大年回国后,像压在枪膛的子弹渴盼呼啸而出,恨不能立刻扑向目标。2009年12月30号,在他回国的第6天,就与吉林大学正式签下全职教授合同,成为第一批、第一位回到东北发展的国家"千人计划"专家。

像悬崖上飘荡的根须,像天空中断线的风筝,像失灵的罗盘,一直在失控迷失中。回到母校地质宫,黄大年长长呼出一口气,脚落地了,心踏实了,精神安稳了。

不是命运给了你怎样的生活,是你为自己选择了哪种生活。

他一口气爬上117级台阶,快步走到顶层的五楼,站在幽深的走廊上,任想象和回忆的翅膀展翅飞翔……

地质宫原为伪满皇宫,由著名建筑学家梁思成设计,当时只建了地基部分,建成后为长春地质学院所用。"地质宫"三字为郭沫若题写,大科学家李四光曾任学院首任院长。巧合的是,学校为黄大年准备了507办公室,与他当年入学时的自习室仅仅隔了15米。为了这熟悉而又梦牵魂绕的地方,他远隔重洋,整整走了18年!

地质宫正对着操场。站在507室窗前,能看见高高飘扬的五星红旗。每一次看见那抢眼的一抹鲜红,黄大年都热泪盈盈。

黄大年心潮起伏,悄悄地在心里感叹:母校,我回来了!祖国,我回来了!

黄大年在脑子里将要做的事"过一遍电影",要做的太多太多,时不我待,一天都不能等!

他把行李往学校安排的公寓一放,安顿好正沉浸在丧父之痛中的妻子张艳,买张机票立刻飞往北京。

黄大年要摸清北京相关科研院所的"家底",为即将组建的交叉学科科研团队铺路。

很快,黄大年面前至少有15个大项目在排队,从立项阶段对技术思路和关键环节的讨论,到每个课题任务的细化和推进,每一步都要通盘考虑,细致规划,具体实施。

在同样的地方,以更加成竹在胸的拼力,黄大年分秒必争。

2010年元旦刚过,黄大年就急急火火地上班了。见地探学院组织文体活动,不少同事聚在乒乓球室操练,黄大年也跟着练了起来。其实,他另有心事。

刚从加拿大留学回来的于平正在候场,闻听人们议论"那就是黄大年,新回来的科学家",她顺着目光一看,觉得有些诧异,一位魁梧的中年男人大步流星走来,身着暗绿色棉服,背个黑色双肩包,厚底大皮鞋落地有声。

于平毕业于地探学院,早就知道黄大年这个如雷贯耳的名字,惊喜的是,轮到她上场时,竟和这位老校友同台竞技!

场间休息成为活跃的交流平台,黄大年招手把于平叫到场边,微笑着说出他来球场的初衷:"于老师,我是黄大年。我从英国回来,现在计划在咱们学院创设移动技术平台中心。我查阅了你的资料,很需要你的帮助。"

这几句话,像最先亮起来的启明星,引来众多星辰相继亮相,很快,于平与一批青年学者都被黄大年招到麾下,众星捧月一样,将"吉林大学移动平台探测技术研发中心"的牌子挂了起来!

2010年2月,长春滴水成冰,寒风凛冽,一个"热点项目"找上门来。国家科技部一位负责大项目的同志开诚布公地说:"黄老师,我们领域正在部署一个重力梯度仪的项目,计划在'十二五'时期取得突破。"

国家酝酿的"高精度航空重力测量技术"项目,是"十二五"的主题项目,现在,团队、仪器、设备都已备齐,只缺一位领军人物。有科学家向科技部推荐了黄大年。

黄大年当即说了他的思路,如何管理,用什么路线,怎样保证核心部件质量。来人更加兴奋,请求黄大年牵头。

"没问题。"黄大年慨然应允。

"黄老师,"来人表情略带羞涩,"我得和您说明一下,现在这个项目的情况是,您拿不到一分钱,因为……"

"没问题。"黄大年抢先回答。

来人愣住了,一时竟不知道说什么好。

"这是关系到国家战略安全的重大研究,我愿意做。"

"可是做了项目的牵头人,意味着这些项目和课题的评审、论证、验收,您可能都需要参与,需要额外占用您很多时间。"

"只要国家需要,我就干!这没什么好说的。"黄大年豪放而坚决地表态,"我有一肚子的想法和本事,只要国家需要,我就和盘托出。"

这位掌握财政大权的官员非常感动,过后曾这样评价:"像黄大年这样的专家就是我们国家急需引进的专家,只谈贡献不谈钱,他需要多少钱我都支持他。因为他是为事业而回来的,是为国家的发展而作贡献的,不是为了赚钱回来的,我们应该全力支持。"

航空重力梯度仪是一项战略尖端技术,能透视出地表下几百米深度内一辆大卡车大小的目标。它不受地形的限制,能在一天内完成传统方法几个月的工作量。关键的突出点在于,这种先进技术要比传统方法好上千百倍!打个比方,就像在飞机、舰船、卫星等移动平台上安装"千里眼",看穿地下深埋的矿藏和潜伏的目标。另外,能给地球做 CT 和核磁的仪器装备,让地下两公里甚至更远都变成"透明的"。早在 20 世纪 70 年代初,美国人就不惜耗资十多亿美元研究它。至 90 年代,英美等发达国家已正式开始应用此技术进行军事防御和民用资源勘探。这种被发达国家严格封锁的技术,人称"非卖品""地球重力武器"。国外已经探明深海大型油田、盆地边缘大型油气田等,应用"一跃千里",成为前沿科技领域的"大利器"!

一句话:这是花多少钱也买不来的技术!

黄大年在英国工作,每年回国讲学两次。英国军情五处曾派员跟踪到中国,直接找到黄大年,告诉他什么该讲,什么不该讲。

黄大年太清楚了,航空重力梯度研究是一项"颠覆性的技术"。它牵涉材料、电子、软件、机械、大数据等多种交叉科学。

向深海进军,向深空进军,向深地进军,这是我国科技发展的战略方向。

从踏上祖国土地那一刻起,黄大年作为首席科学家,组织全国400多位来自高校和科研院所的优秀科技人员,力推"高精度航空重力测量技术"和"深部探测关键仪器装备研制与实验"两个重大项目攻关研究,总投入5亿多元。那么,这两项技术到底有什么用?

关于重力梯度仪器,早已是全球性的公开科技话题,在网上搜索会多达11万个结果。问题的关键在"精度高门槛",许多国家都在攻关,只有个别国家拿到入场券。黄大年团队后来居上,实现了登顶梦想。

资料显示:地球表面上正常重力垂直梯度大约为3086重力单位/米(3086E)(E为"厄缶"的符号,$1E=10^{-9}/秒^2$),它随纬度和高度的变化而有微小变化。要测定精度为10.5米/秒^{2}重力的话,就要求梯度测量达到大约百万分之一的精度。另外地形的起伏也会引起梯度发生很大的变化,使梯度测量复杂化。

这"百万分之一"的"精度高门槛"足以将众多研究者挡在门外,因此,黄大年团队的科研成果才举世瞩目。

我国有300多万平方公里的"海洋国土",有了这项技术,才能扭转"海洋国门大开",任人"来去自由"的局面。

我国当时的勘测水准相当落后,地图比例尺为1∶20万。国外早已达到1∶5万,1∶2万,1∶1万。

换句话说,没有这项科技之前,人家在我们的海洋里放了什么,做了什么,捣了什么鬼,我们只能"听之任之"⋯⋯

黄大年回国后,一直是被外国人"盯"着的人物。最大的压力在于,黄大年回国研究重力梯度仪是不可以复制,复制是侵权的。他必须从零开始,升级开发。

重力梯度仪用途广泛。

比如,传统方法找潜艇只能靠"声呐"识别。人家潜到水下几百米,或是关闭了声音,磁力消掉,你就没有办法找到,想防都防不住。

重力梯度仪则颠覆了"声呐辨别",只要你入了海,就能找到你。因为,"重量是永远没法消失的"。因此,美国海军闻听黄大年回到中国,在南海演习才将整个航母编队后退 100 海里。

向深空进军,用飞机、无人机、卫星等搭载的重力梯度仪,能"实时传输"信息,地面实时掌握侦察内容。传统的美国 U2 侦察机曾经很先进,但飞机摔下,资料信息也随之毁掉。

向深地进军,重力梯度仪的民用功能更加重要。过去 100 年来,我们找矿只能局限地表。我们的探测水平落后欧美 30 年,矿产资源平均探测深度 400 多米,那些地形复杂的国土至今从未勘探过。那么,5000 米以下呢?一万米以下呢?在能源危机日益加重的时代,高科技深度勘探迫在眉睫。

黄大年 17 岁就是跋山涉水的找矿人,他非常清楚,辛苦不算什么,好多心怀理想的找矿人辛苦一辈子也没找到一座矿。现在,用上重力梯度仪,一小时等于一个月,就能精准勘测矿源。"在遮阳伞下悠闲地喝一杯咖啡,数据就出来了。"

云朵之上:地质宫不灭的灯光

掉头一去是风吹黑发,回首再来已雪满白头。

面对一个又一个技术瓶颈,黄大年把自己关进办公室,抓紧每一分每一秒,恨不能把 365 天黑夜都当白天用!

地质宫晚上 10 点熄灯封楼,黄大年办公室的灯光经常亮到后半夜两三点钟。他不离开,门卫大爷就不能锁门,抱怨没见过工作这么"着魔"的。得知黄大年是位大科学家,大爷敬佩地说:"黄教授太了不起了,无论多晚下班,告诉我一声就行。"

一次黑夜,地质宫装修材料横七竖八地堆放着,"砰"的一声响,黄大年磕在硬物上,当即伤了腿,门卫大爷赶过来,手电光下血淋淋的伤口格外刺眼,心疼又吃惊。第二天早上又一次心疼又吃惊,黄大年一瘸一拐地准时来上班……

听碧窗风快,疏雨半卷帘。地质宫装修时,外边下大雨,屋里下小雨,黄大年坚持在顶层五楼闷热难奈的渗水办公室工作。时任地探学院党委书记的黄忠民去检查修缮进度,一下子惊呆了:507办公室许多地方用塑料布蒙上了,屋里摆放着塑料桶和脸盆接水。黄大年穿着T恤衫、大短裤,键盘噼里啪啦打连发,如若不知地在电脑前工作。于平、王郁涵在旁边替他打伞,核对数据。

"黄老师,这屋站不能站,坐不能坐的,咋还工作啊?"

"忠民哪,"黄大年边敲字边说,"我们手头要做的事情很多很多,一天都不能耽搁啊!"

黄大年肩上的担子更重了,这位首席科学家,肩上又担起国家863计划资源环境技术领域主题专家的重任,还要负责策划、协调和组织中科院、数十家高等院校的高科技联合攻关团队。

黄大年提出了新的科研思路,"搞交叉""搞融合",与机械领域专家合作研发重载荷物探专用无人机,与探测仪器专家合作研发深地探测仪器装备,与计算机专家合作研发地球物理大数据处理与解释……

作为世界很有影响力的战略科学家,黄大年深知,要在碰撞中寻求突破,在差异中做大增量。在交叉、融合中碰撞的火花,能产生单项、顺向所没有的"化学反应"和"裂变反应"……

黄大年激情四射,要让枯枝发芽,要让陈灰复燃,要让平湖翻浪……

"'云端远程控制'技术发展很快,能不能开发野外作业医疗看护车?这个项目在国内还是空白啊。"

"咱们学校有学者参加南极科考,能不能研制全地形车,完成在极寒、沟壑、全时段极限条件下的通信、交流和作业?"

"目前还没有任何一个国家能够在南极内陆地区钻取冰下基岩岩心,能不能在海洋资源与安全领域跟建设工程学院、环境与资源学院联合做些事情?"

黄大年类似的"想象与设计"像河里奔腾的水花那样密集……

回国仅仅半年时间,黄大年就统筹各方力量,绘就一幅宏大壮阔的吉林大学交叉学部的蓝图。

要在全世界科学家中脱颖而出谈何容易?

一个瓶颈钻过,又一个瓶颈到来。

成片的问号,成排的犹豫不决,成摞的死结,成行的假象,都要一个一个理顺,将它们拆分,将它们组合,将它们以一对多、以一对一、以多对一、以多对多地"调试",逐一类比、梳理、导引、计算,再放进成堆的数字大熔炉里"冶炼"、提纯、变异、升华……

黄大年将时间一秒一秒押长,将思考一沓一沓装订成册,将睡眠收藏起来,将和家人团聚"串后",将飞机当成流动办公室,时间还是不够,只能五加二,白加黑……

月亮归巢了,夜空像块墨黑墨黑的大绒布。只有地质宫507室那颗星星眨着眼,仍在值守……

黄大年向来勇于挑战。从小抓鳝鱼,就被伙伴们称作"智多星"。一起去的,在同一个地方抓,黄大年抓得又快又多。伙伴们羡慕却又学不了。黄大年发现躲藏在水洞里的鳝鱼后,用手指送进鳝鱼嘴边挑逗,鳝鱼"嗖"地一咬,手指刹那间后退,不等鳝鱼逃跑,便被黄大年顺利俘获。

伙伴们不敢效仿,怕碰到蛇。黄大年说别看水混,他一眼就分得清鳝鱼和蛇来。抓鳝鱼要学会辨识、引诱、快捕技巧。

黄大文告诉我,大年抓鳝鱼是一绝呀。

在地质宫,黄大年的"一绝"只剩下难为自己。

饿了,吃两个烤苞米或面包,困了用浓咖啡提神,再困,用冷水啪啪啪拍拍脑门,馋了去吃两碗老友米粉,以最简单的生活待遇,攻克最复杂的当代科技……

广西老家的老友米粉和东北的烤苞米,是黄大年的"就餐伴侣"。

一次从国外回到广西,弟弟妹妹们为他找了家"像样"的大酒店。黄大年坐下就要米粉。服务员说小饭馆才有米粉,我们大酒店没有。黄大年不乐意了:"我好几千里地回来,吃顿米粉就那么难?"

黄大义和黄玲领他去小饭馆,看见米粉他乐了:"这才是我要的。"一连气吃三碗米粉,才心满意足。

黄大年每次回家,都要找老友米粉店,每次至少吃两碗。

树高千尺根扎大地。这种接地气的简朴,将与事业无关的繁复约分掉,便于集中火力攻坚克难。

快些!再快些!

黄大年总是嫌时钟走得过快,嫌天太短,嫌日历太薄,只有抓紧分分秒秒,才能将日子"加厚"。他来不及跟为他丢掉诊所赋闲在家的妻子说说话,来不及给远在英国的女儿打电话,来不及换套已经很旧的衣服,人们总是听到他快而坚实的脚步笃笃响,背着黑色双肩包,像一位着急赶车的旅行者。

白天开会、洽谈、辅导学生,忙得团团转。黄大年唯一自由支配的时间便是晚上。一年有一少半时间都在出差,别人休息时,他正在飞机上。秘书王郁涵已经习惯,黄大年总是让她"买最晚一个航班"飞来飞去,在流动办公室继续办公。

有人看他太累了,"质疑"这些事情你在国外都做过,为什么回国受这份累?黄大年回答道:"作为中国人,无论你在国外取得多大成绩,而你所研究的领域在自己的祖国却有很大的差距甚至刚刚起步,那都不是真正意义上的成功。只有在国内把同样的事做成了,才是最大的满足。"

快些,再快些!

早起要快,用冷水快速洗脸,快速喝一杯黑咖啡,转头便扎进小山似的资料中,仿佛他就是材料的一部分。

中午要快,大家都去食堂,他仍在电脑前噼里啪啦敲击,眼睛盯着电脑屏幕喊一声:"两个烤苞米!"没有苞米,他便从书包里掏出两片皱巴巴的面包。

下午要快,他用最简洁最能解决问题的语言,将办公室门口的长队"缩短",认真回答校内校外的科研机构专家学者向他请教的问题。

半夜要快,不管是飞机上,还是加班,黄大年永远脑不停、手不停。那些星星透过玻璃跳了进来亲近黄大年,在屏幕上不停地眨眼。前半夜很快过去,后半夜,则是他解决突发重大事件和"疑难杂症"的专用时段。比如,我国投入120多亿的海上油田出现外国"蛙人"捣乱,他立刻"支招"。比如某某军事基地出现"异常",黄大年迅速转达解决办法……

他主抓的国家大项目,共计有400多位跨行业的专家,分布在全国各地——千条线一根针,都要他亲自协调、支招、解决……

国土资源部、教育部、科技部、中船重工、浙江大学……数十个部门和机构,都有和黄大年熟识的专家。他的"额外工作"究竟有多少,连黄大年的团队也搞不清楚。那么多涉密的,只有黄大年本人知道。

黄大年还应邀担任国家"千人计划"联谊会科技创新工作组副组长,领衔发起成立鲲海创新研究院,担任首任副院长。组织"千人计划"专家与国家战略发展需求进行有效对接,建立前沿技术与军民整合发展的公益平台。

黄大年被推选为吉林大学"留联会"会长,任波怕他太累:"大年老师,您那么忙,具体工作可以由我来做,您出面就行。"

"那可不行,"黄大年很严肃地表态,"我从不做挂名的职务,我既然当了会长,就要尽我所能把它做好。"

有一阵子,刘财陪同黄大年外出争取经费,发现"大年到了人家那儿,从不谈钱"。一次跟财政司司长谈了两个多小时,黄大年只讲当前国际上有哪些尖端技术,在中国有什么用,早把钱的事忘诸脑后。刘财暗暗焦急,却有劲使不上。意外的是,财政司司长还没听够,中午留他们吃盒饭,痛快地批了经费,还一反常态地"颠倒了主次顺序","追"着黄大年做项目……

黄忠民见黄大年把手头的项目大多给了外校,不解地问他:"我说大年老师,你为什么要把自己搞得这么忙?你忙我们地探学院的事情我当然大力支持,忙吉林大学的事情,我也支持,但是你帮其他高校和研究机构出谋划策,帮他们设计项目,他们是我们的竞争对手,他们要争取到一大块,可能意味着咱们这边要少一部分经费了。"

"忠民,"黄大年和蔼地解释,"咱们不能那么狭隘,我们要站在国家层面来考虑问题。我们能力之外的,就应该联合国内更多高校共同把事情做好。"

地探学院领导、吉林大学领导,都曾单刀直入地指出:还是要把精力用在项目上,用在吉林大学业务上,为什么要做那么多与我们无关的工作?

黄大年没有时间一个一个解释,却说:"虽然不是我们的项目,但都是国家的事,国家的事我们不能袖手旁观。"

"人家有困难,咱们一定要帮。现在不是合作伙伴,不定什么时候就成了合作伙伴。即使永远不合作,也要帮。"

工作千头万绪,黄大年的工作助手于平教授,工作秘书王郁涵,24小时都要开机。也许星期天正跟家人团聚呢,黄大年一个电话,必须赶到单位。她们也埋怨过,那些上报的材料,跟团队无关,跟学院无关,跟吉林大学无关,黄大年却要求她们"认真上报,决不允许有差错"。

于平经常半夜接到黄大年的紧急电话,让她组织团队即刻进行数据分析、组织材料,许多事情跟团队毫无关系。怕累坏了他,建议道:"咱能不能少管点闲事?"

黄大年嘿嘿笑着说:"都是国家的事,哪有闲事。"

一般人干完自己的工作就满足了,生怕活多。向国家某个部门提交一些东西,还要找人,还要解释,费力不讨好。黄大年说:"哪怕你不理解,哪怕你埋怨我耽误你的时间了,对国家有利的事,必须办。只要数据交上去了,对某些部门,对一些决策有帮助,都是值得的。我不需要别人认可我什么。"

"商女不知亡国恨哪!当然了,不单单是你们不知道,我们有很多大科学家,也没有意识到这事情有多么严重,也没意识到这事是自己'责无旁贷'的义务,不单单是你们!"

"将来的战争不会是冷兵器时代,靠什么大块头。将来有可能就是你端着一杯咖啡,然后摁一个按钮,战争成败就决定了,所以你们要时刻做好这种准备。"

老故事越来越老,可是战争不是离我们越来越远。导演战争的人越来越年轻,我们必须时刻警惕。旧故事死亡,新的为什么还没有诞生?

"关键时刻不能掉链子,能说我需要你的时候,你说这时候过节呢,这怎么行?这个时候需要你,你必须第一时间过来。平时没事的时候可以在家休息,我不要求你跟我一块儿加班。但是如果有事叫你的时候,必须第一时间赶到。"

一些看重本位利益的单位,提防同行。在某个项目竞争上的确是非你即我的对手,即便如此,"对手"有问题请教,黄大年也"实打实地支招"。多少次,他真诚地向同场竞技的单位致以真诚的祝贺。在黄大年心中没有单位界限,只有水准界限。

这是战略科学家该有的胸怀。

战略是大方向、大格局、大前景。只有战略正确,细节才有意义。我们往往过于重视细节而忽视战略,等同于"方向歪了"仍在盲目执行,相当于只见树木,不见森林,只见浪花,不见河流。如果犯了战略错误,细节再完美也无济于事。很有可能,在细节上下的功夫越大,越是背道而驰,在错误的道路上越走越远。浪费的不仅仅是财力物力人力和时间,还有躲之不及的"社会危害"……

大失误是战略,小失误是细节。细节错了还有改进的机会,战略错了却无力回天。

黄大年正是一位极为稀缺的高站位、宽视野的战略科学家。大科学家,就要站位于国际最前沿,以国家利益为第一要素,集约多种力量,共同登顶世界科学高峰。

全局观,是黄大年发挥超强组织才华的根本所在。

首席战略科学家黄大年,在知识分子成堆成群、各有见解的科学领域,威望和人气扶摇直上,"一呼百应"。大家佩服他的科技水准和组织能力,更钦佩他的崇高人格。

在他的感召下,多项"顶天立地"的大项目顺利推进。

在他的感召下,许多科学家回到祖国,王献昌、马芳武、崔军红等一大批在国外享有较高知名度的"千人计划"专家纷纷加入黄大年的团队,现在,吉林大学已有32名"千人计划"专家。

黄大年的办公室常常高朋满座,大家不时被一个话题"感染",谈得眉飞色舞,争得口干舌燥。

"我最骄傲的,就是入选了'千人计划'专家,因为有一群赤胆忠心的'千人'和我一样回归祖国,一同前行。"

2016年9月,黄大年的团队再次"出彩",一个辐射地学部、医学部、物理学院、汽车学院、机械学院、国际政治学院、计算机学院等非行政化科研特区初步形成,黄大年任吉林大学新兴交叉学科部首任学部长。

副学部长马芳武说:"大年的这个战略设想涉及卫星通信、汽车设计、大数据交流、机器人研发等领域的科研,可在传统学科基础上衍生出新方向,有望带动上千亿元的产业项目。"

工作密度越来越大,工作节奏更快,黄大年恨不能"凿穿黑夜""让太阳永远亮"。午夜回家太早,那就干到两三点钟。时间还不够,"抓急了"熬个通宵。"抓紧"的事太多太多,地质宫507室的灯光便彻夜通明⋯⋯

腹部疼痛,他理都不理。自己是个"准运动健将",娇气什么?疼得厉害了,他掏出几片药吞下,又继续工作。心律不齐,他塞几粒"速效救心丸",腹部突然剧痛,他便加大了药量。这天,黄大年突然晕厥,"砰"的一声倒在地上。秘书王郁涵吓得半死,赶紧跑了过来,黄大年清醒后吞了几粒药,很严肃地叮嘱她:"不要告诉别人。"

几位好友打电话多次,黄大年都用短信回复:"在忙,稍后联系你。"十多天后的后半夜终于接通电话,黄大年抢先说:"我真的很抱歉,这段时间我有个研究内容很关键,我吃饭都在以秒来计算。"

"以秒来计算!"黄大年为了祖国科技实现"弯道超车",豁上了!

清华大学副校长、著名科学家施一公最了解好友黄大年:"在科学的竞跑中,任何取得的成绩都将马上成为过去,一个真正的科学家总会有极其强大的不安全感,生怕自己稍微慢一步就落下了。"

黄大年的话响在耳畔:"一公,我们身在海外,真切感受到祖国的差距,你是不是也忍不住想要回来,想要撸起袖子大干一场?"

"是啊!"施一公回答,"科学研究不全身心投入,根本不可能有重大突破,不足以解决重大问题,不足以对国家作出同样级别的贡献。"

看看这名字吧,"一公",寓意"一心为公"。作为世界著名结构生物学家,被誉为"离诺贝尔奖最近的华人科学家",施一公已是美国普林斯顿大学生物学系建系以来最年轻的终身教授、美国艺术与科学院院士、美国国家科学院外籍院士,连同500多平方米的独栋别墅、一英里的花园尽数抛弃,义无反顾地回到祖国……

真正的潇洒是孤独的,即使奔腾千里,也难以和另一条江河会面。

"孤独"的黄大年不再孤独,他不时到微信朋友圈里"散散心"。

2015年12月31日凌晨0:10:"今夜难眠,六年前的今天,2009年12月30日,我从英国剑桥回到母校所在地长春,与吉林大学正式签下全职教授合同,因为吉大是长春地质学院合并后的大学。我有幸成为第一个回吉大、第一个去吉林省,也是第一个去东北的国家'千人计划'特聘专家。我是南方人,回归时,可以自由选择地方和单位,但我毫不犹豫地选择了母校和这片留下青春印迹以及大学梦想的地方。还记得回归时的信誓旦旦,竭尽全力、鞠躬尽瘁、不计得失,为母校的发展贡献力量。从海漂到海归一晃18年,得益于国家强大后盾,在各国才子强强碰撞中从未言败,也几乎从未败过!有理由相信,回归到具备雄厚实力的母校,只要大家团结和坚持,一定能实现壮校情、强国梦。大跨度的经历难免遭遇各种困难,拼搏中聊以自慰的追求其实也简单——青春无悔、中年无怨、到老无憾。"

2016年2月22日晚11:24。一张吉林大学朝阳校区教学大楼图片,楼门口停辆小汽车,高天一轮悬月,月晕光芒四射。

"元宵节夜晚,办公楼内灯稀人静,楼外正是喜气洋洋。我们被夹在地质宫第5层,夹在'十二五'验收和'十三五'立项的接合部,夹在工作和家庭难以割舍的中间。没有强迫,只是自找,总想干完拉倒,结果没完没了,公事家事两难全。我驱赶完恪尽职守的同仁,让他们回家吃上一碗迟到的汤圆,享受团圆,之后从办公大楼后门离开。忽见,正下瑞雪,空气清新,明月高悬,一幅月下银霜自然美景,让人在空旷的停车场上心旷神怡,不忍离去。经历完喧嚣和热烈,宁静、孤独甚至寂寞,原来也是难得的享受。"

世界科技的竞争往往没有第二,只有第一。地球深部探测技术,即是如此。

可这样拼命干,"铁打的也受不了啊!"

同一个团队的"千人计划"专家王献昌很担忧:"你这是拿命在做科研啊!这么下去,铁打的身体也扛不住啊!"

黄大年拍拍胸脯,嘿嘿嘿笑几声,示意自己的身体棒着呢!

黄大年知道自己"是怎么回事",他在微信朋友圈中写道:"是的,和大家一样,没有'深厚的感情'就不会回来并喜欢上这块零下二十多度的黑土地;没有科研精神就不会有财政部追着咱吉大砸下好几亿的纳税人的血汗钱;没有'心情的阳光'和聊以自慰的'艺术陶醉'就不会有始终如一的坚持、初衷不改、童心难改。幸运的是,回归母校与诸位知根知底的伙伴们为伍,一路走来开心愉快,走多远算多远吧,我是活一天赚一天,哪天倒下,就地掩埋……"

白露收残月,清风散晓霞。残酷的现实却是,病魔在他的身体里一点一点扩大领地,健康细胞每分每秒都在后退、减少,恶细胞已经"政变"得逞,呈合围之势……

"下次你路过,人间已无我。"于平感叹道:"直到今天,我每次走过地质宫前,都不由得望向5楼那个熟悉窗口,黄老师在的时候,通常灯会一直亮到后半夜。可是我再也看不到那灯光了,因为点亮它的主人太累了,一狠心给自己放了一个没有期限的长假……但他在我们每个人的心中,都点亮了永不熄灭的灯火。"

也有人说,507室的灯光转世再生,在它熄灭前已经化作天上的星星。

气流颠簸:"他不食人间烟火"

潮平两岸阔,风正一帆悬。

两个5亿多元的大项目下来后,涉及很多单位交叉合作,该项目第九分项首席专家黄大年"权很大"。可多数人不知道,黄大年就一个想法:谁水平高请谁做。这让许多人不理解,你黄大年是吉林大学的人,怎么能肥水流向外人田?

老校友找上门来,要求参与。黄大年开诚布公地表态:你和你的团队做不了这个。没有同意。老校友用社会上惯常那套"拉关系",黄大年严厉拒绝:"你没跟我套近乎都不行,你套近乎就更不行了。"

老校友拂袖而去。

这天,黄大年刚到家,一位数十年一直有联系的老同学登门拜访,黄大年特别高兴,热情地留他在家吃饭。老同学拿出提兜,里边还有礼物,黄大年觉得气氛不对劲。得知还是向他要项目,黄大年毫不留情面地严厉拒绝了他。老同学以"老朋友要给面子"进一步"争取",黄大年火了,他拎起提兜递给老同学,伸直胳膊指向门口:"在科学方面,我没有敌人,也没有朋友,只有国家利益。"

找上门来的不行,黄大年却主动将项目"送给"素不相识却有实力的科研单位,他直接将电话打过去:"我有个上亿元的项目,你们的技术符合我们的要求,我可以提供经费,一起合作完成这个项目。"

接电话的人不屑一顾,认为黄大年是"骗子"。这年头,拉项目多难,托亲靠友甚至要有"潜规则",怎么会有人把项目送上门来?

我闻知特别悲哀,谁能干让谁干,本是人之常情,现在却被人当成"骗子"!从什么时候开始,正事开始"歪办了"?

后来真的与这家研究所"结秦晋之好",人们惊讶黄大年的真诚为人,"世界上还有这样的人?"

这话更加令人深思:原本像黄大年如此办事的应该是"多数人",现在怎么变得"稀缺了"?那么,"多数人"又是如何办事呢?

黄大文向我分析大哥的思维和行为形成原因:"大年一直上学、留校任教,又是在90年代初期出国。那时中国的社会风气比现在纯净多了,外国人也不搞这一套。他在国外待了18年,国内的社会风气污浊不堪,大年仍旧坚持原则,碰了不少钉子。"

黄大文的话令我反思,当今中国,把"友谊"都弄反了,早就丧失了本意,成了同流合污的挡箭牌,成了一块办事的敲门砖。多数人办事(包括我)不走直线,而是先绕弯儿,找到朋友再"绕回来"。那么,一个人绕弯儿,一个单位绕弯儿,一个国家绕弯儿,要浪费多少"无用功"?原本简单的事情,越绕越麻烦!

国土资源部科技与国际合作司副司长高平这样评价黄大年:"大年对待科学是很'任性'的,他不唯上不唯权不唯关系,不允许'你好我好大家好'那一套,如同一股清流。"

然而,这股清流却不被人认同。

指挥如此庞大的项目,如何高效率组织科研力量,让项目在一个统一的目标下科学有序地推进至关重要。

黄大年站出来,提出"公司化""绩效化"的管理方式,"借鉴欧洲大公司的相关管理经验,在总目标下,赋予相关负责人具体任务,层层落实,责任全覆盖。"

黄大年干脆引介一套项目管理系统,把工作任务分配到每月、每周甚至每天,以计算机记录工作。把资源问题、智力问题和人为阻碍分门别类,他会实时监督、干预,实施询问、催办、指导。

春天的不少芬芳,正被一些人扒进私囊。

针对丝丝入扣、不能耍滑偷懒的紧张工作,有人直接提出抗议:"我们是科学家,不是工程师!"

"我们这里是大学,不是办公司!"

"我们是科学家,又不是机器人!"

有人背后议论黄大年"不食人间烟火"。

项目启动要先制订规划,有些专家承担的科研任务比较多,不能全程参加,黄大年无论名头大小,一律通报:"如果想要点卯挂名,就不用来了。"

开论证会,黄大年发言从不寒暄客套,更不绕弯子,而是直面问题,一针见血。他只对工作不对人,但被他"涉及的人"却暗中抵触。

晚上11点,黄大年登录管理系统,按时核验进度与质量,诊断问题对症开方,拧紧管理螺丝。

黄大年恨不能把自己分成两个人、四个人、八个人,出现在各个科研环节,加速推进。可不少人却因为他"不食人间烟火"暗中抵触,说他"外来的和尚乱念经"。

项目评审,黄大年态度和善,却刀子一样剜问题,数据引用不准,标示参数不清晰,他不予签字。PPT里有错字,他也要一一纠正。

"技术指标不能模棱两可",任何一项说不清楚,他都不予通过。他要求所有提交的材料都要"无懈可击",经得起推敲。有人说这套管理"太不近人情了",黄大年说:"在工作上,不要和我讲人情!"

杨长春劝黄大年:"你刚回来,人生地不熟,你这干的全是得罪人的事。"

"这都是按科学规范做事,为什么有人不理解?"

杨长春说国内不比国外,黄大年说:"我就是想干成事,不这么干不行啊!"

黄大年以为"纲举目张"就行了,他不知道,有人背地在悄悄地拆网绳;他以为加大油门就能提速,不料油质标号不够;他只顾拧紧螺丝,却不知螺丝已经"滑扣"了……

有人暗中议论,搞重力梯度仪哪有那么容易?那只是"大年童话"罢了。

进度上不去,黄大年万般焦急。自己在地质宫加班干到后半夜两三点钟,回家却焦虑、失眠,患上带状疱疹。他满身劲使不上,拳拳打在枯叶上,步步迈空,甚至萌生了辞去首席科学家、只当普通教授的念头。

国土资源部科技与国际合作司副司长高平非常清楚,现在真理在少数人手里,却又不能打击别人,便对他直言:"大年,你不能走,你不能轻易把这片刚刚看到的阳光撤走。"

"我再考虑考虑,"黄大年说,"我没有想到,真的很难。"

他一个人面对幅员辽阔的残酷现实。

黄大年在学校操场跑道上飞跑,在靠边的石头上独坐,扶着树干思索,团队的师生们心疼他,不忍去打扰他,"黄老师一心想干事,可国内的环境就这样,他太难了!"

很深的声音是听不见的。

我和你只隔一页纸的厚度,为什么,翻了这页还有那页?消极者的串串谗言像被风扯碎的旋律,听不清一句歌词。黄大年已经感觉到彻骨的寒冷牙齿,狠狠啮咬着他,一下一下又一下……

黄大年很清楚:爱你的人和不爱你的人,总会像玫瑰花和蒿草一样混杂着长在一起。更多的事物深隐在它们背后,很难判断来历和去向。

好端端的一团毛线,暗中却打了许多个结。

2010年7月,北戴河花香蝶舞,海浪奔涌,白鸥飞翔。随同70位"千人计划"专家来此疗养的黄大年,心胸大海一样开阔起来,仿佛有了海浪的激情。海鸥的翅膀,一扫工作不畅带来的不快,一下子开阔了思路,增强了底气。

相逢何必曾相识,初见清华大学副校长施一公仿若知心故交,"大家有一样的想法,一样的情怀,回国后遇到不少类似的苦恼"。专家们在一起如老友重逢,相互激励着,为祖国的科学事业而不遗余力!

意外的是,习近平总书记率党和国家领导人亲自来看望他们,亲切、和蔼、真诚,倾听大家的想法和建议。"国家领导人那样有眼光、有想法",黄大年喜不自禁!

心情畅爽,时时都是春天。站在大海边,黄大年极目远眺,心随潮涌,像战马渴望疆场,像雄鹰渴望蓝天,恨不能立刻投身到科研一线!

黄大年被许多指向错误的道路围困,现在,要抓紧分分秒秒,把正确的路分拣出来。

回到长春,黄大年发现电视里播放了新闻,"周围的环境很快发生了改变",黄大年激情澎湃,找来锤子和铁钉,亲手把在北戴河与习近平主席的合影挂在办公室里,对身边的团队成员说:"士为知己者死。国家这么一搞,大家对我们'千人'专家的认可度提高了,我得努力啊!"

希望是在风雨之夜所现的晓霞。

黄大年像一叶鼓满风的帆,飞速前进。每个夜晚,都是黄大年勇猛拼搏的黄金时段。

面对路上的拦挡物,他的决心气冲霄汉:即便逼下深渊,也要发现辽阔坦荡的渊底大平原!

他对工作更加严谨,丁是丁卯是卯,认事不认人。

黄大年告诫自己,要迅速进入话语体系。如果真的有人推陈不出新,那么,就必须端出自己的话语体系。

2011年4月,东北长春春意融融,暖风习习。黄大年却"制造"一股寒流。昨天就通知了,今天上午,按惯例进行每个月的项目课题组长视频答辩会,黄大年事先早早准备好,会前要预览交来的答辩材料。

约定10点开会,现在已经9点50分,材料没交上来,人也没来,多个视频会场的人也没到齐。

制度像失去秩序的花名册,大大小小的名称零乱错落。

"怎么回事?"黄大年问秘书王郁涵,"小王,你催过了吗?"

"我催过了啊,黄老师!"王郁涵偷偷瞄着时间,心里怦怦跳。

"人浮于事!"黄大年气愤极了,突然一扬手,"啪"地把自己手中的手机狠狠摔在地上,屏幕立刻粉碎,他大声吼道:"我们拿了纳税人的钱,怎么能草草做事?汇报材料不做好,汇报的PPT也不好好做,开会不按时到,有这么干事的吗?我们要遵守契约啊!"

身边的人一下子惊呆了,从未见过黄老师发这么大的火。

事后他对助手说:"于平啊,我实在无法忍受有人对科研进度随意拖拉,我担心这样下去,中国会赶不上啊!"

"大年,你要服水土,"中国地质科学院原副院长董树文好言相劝,"许多事情要慢慢来,跟你的想法渐渐对接。"

"那不是我!"黄大年执拗地说,"要是那样,我就不用回来了!"

黄大年坚持以项目管理的方式抓科研协同。提出了"滚动中淘汰","前期给了500万,干得不行,下期钱就收回来。""千人专家"王献昌非常吃惊,"钱都给了,怎么可能要回来呢?"

黄大年硬是按章办事,在管理中形成了开中国科研先河的"倒逼制"。

第九项目斥资超过3亿元,如石击水般"浪花朵朵",很多机构和单位都争相"采摘"。黄大年不看介绍材料,也不提前通知,而是直接钻进人家的实验室和车间,查验对方的资质水平。有自以为与黄大年不错的专家来找他,想替某研究所拉点经费,黄大年一句"我没有敌人,也没有朋友,只有国家利益",把人家"噎个半死"。后来对方发现,就连黄大年就职的吉林大学,也没有多拿一分钱。

黄大年就像一架永远力足的马达,调到最高转数,飞速向前。深探专项经常开会,往往今天通知、明天开会。身在东北长春的黄大年是"出勤率最高"的专家组成员。

"你累不累啊?"高平直言道,"你前天刚走,今天又来。"

"这么重要的会我一定要来。"

会议讨论时,黄大年只考虑议题本身,开始连董树文也"受不了"。董树文在台上还没说完,黄大年就"接茬"了:"院长,这个目标我认为有点儿太不科学!"

"大年,"董树文强抑心中的不快,"你等我讲完再说行不行?"

"不行!你们不能这样说!"

只有呼吸过两种空气的人才会懂得两种空气的差别。

董树文后来意识到,黄大年的直言原本就是"最好的方式",此后凡是深探项目的会议,大家都直来直去把事情摆在桌面,不再"弯弯绕",也没了桌面下的"小动作"。

当代中国,许多人的屁股正日益取代双脚成为身体的权威部门。尽管进化到门好进、脸好看、话好听,却丝毫撼动不了"一头沉"的职权天平。

2014年9月,地质宫外秋叶微红,鸟儿鸣唱。地质宫507室突然"嘭"的一声响,黄大年的手狠狠砸在桌子上:"别说了!"

黄大年焦急建无人机库,向院里打报告层层签字盖章。事情交给于显利去办。大半年过去了,签章只完成了一半。

按规定,每个部门必须一把手签字。签字顺序也要按部门的职能排序。问题是,每个部门的一把手都有不少杂事要处理。哪怕跟某个部门约好了,如果有事晚来几分钟,就只能下次再约。如果恰逢一把手出差,还要等上十天半月。这么低的办事效率,要耽误多少事?

"黄老师,您先消消气。"王郁涵送进来一杯咖啡。

"是啊,您消消气,"于显利说,"您看咱们都走到这步了,现在不干太可惜了。"

于显利手里攥着一张纸,那是搭建无人机库的审批申请。移动平台探测技术研究关键硬件便是无人机,研制与存放必须有无人机库。在选址、搭建、管理、消防等涉及学校多个部门审批。

为了推进"重载荷智能化物探专用无人直升机研制"项目,黄大年一连好几个月日夜打拼,无数次跑无人机模型销售商店,左选右挑,自己掏钱买回模型样机,赶紧建好机库,便可大显身手!哪承想,事前以为没有任何难度的校内审批,竟这样曲折难办!

陈腐的陋习,如同一方过期无用的旧闻占据着头版头条,谁看谁厌却又无可奈何。

"我回来五年了,我现在这些成果也好,或者说进展也好,我在国外也许一年就能达到。我非常不满意,但是又没有办法!"

一波未平一波又起。

这天,几位大爷大妈打破地质宫的寂静,吵吵嚷嚷地上楼来,一位瘦高个往前一指:"这,就是黄大年的办公室。"

黄大年闻声走出来:"你们有什么事吗?"

几个人根本不听劝,以挡光为由,你呼我喊,跳着脚,指着黄大年的鼻子,连训带骂,一起群攻。他们三番五次闹到学校,工作根本做不通,没有办法,只得在地质宫旁边的空地上,强挤出一小块地方。

被挤跑的还有时间。折腾到10月,东北封冻季节已大举逼近,总算批下来机库手续,在东北最不适宜施工的季节破土动工。

黄大年分身无术,便请先期去北京进修学习无人机技术的退休教师、"动手大王"王永泉组织施工。

王永泉相当敬业,天天盯在工地,严格按要求施工。黄大年自己掏了千把块钱给王永泉,每天给施工人员买吃的,熬红糖姜水暖身子。又叮嘱道:"王老师,如果施工太晚,就请大家吃顿饭,钱不够千万跟我说。"

黄大年一有时间,就来工地检查质量。冷风飕飕刮,和大家一起顶着零下20多摄氏度的严寒,给工人们递工具,帮忙搬建材。冷得扛不住,他便找来棉大衣,套在羽绒服外。

2015年3月,眼见机库就要竣工,机库临街的大门上贴了一张告知书:限该建筑所有权人于2015年4月2日前自行拆除。逾期不拆除我局将依照有关规定申请管辖权的人民政府依法强制拆除。

于显利看到告知书立刻报告给黄大年。黄大年当即向学校作了汇报,又给有关部门打了报告:这是搞科研的临时建筑,用后我们会自行拆除。主管单位回复"收到了",转危为安。

这天正午刚过,一位学生慌慌张张地推开507室的门:"黄老师,有人要拆机库!"

黄大年跑下楼时,一辆大铲车正轰隆隆威武地奔向机库。

黄大年一下冲上去:"不能拆,我们打过报告的!"

"我们不知道什么报告,这是违建,必须拆!"

眼见大铲车饿虎扑食般向前冲,黄大年突然大步向前,"腾"地倒在地上,直挺挺地一躺,司机慌忙狠踩刹车、停住,车头前盖悠悠地抖动。

我们的大科学家,就这样躺在冰冷的地上,迎着刺眼的阳光,以满腔报国志和装满顶尖科学的肉体对抗大铲车……

工人们傻眼了:原来这个"帮手"是位大科学家啊!

悲哀啊!黄大年看似"意外"的举动,却在"情理之中"。这等杂事用得着一个大科学家以命相抵吗?这事该由谁来干?为什么拖了大半年,却遭遇如此境地?这样的效率赶超国际先进,"我们来得及吗?"

无人机库保住了,黄大年却被人称作"疯子"。黄大年毫不理会:"中国要由大国变成强国,需要有一批'科研疯子',这其中有我,余愿足矣!"

"能让中国立足于世界民族之林,有一帮人在拼命,不是我一个人。"

黄大年甘当铺路石:"为了理想,我愿意做先行者。我已经五十多岁了,生命也就这几年了,能做出点儿事情,让后来人有一条更好走的路。"

没有这样的"科研疯子",怎么带领中国物探科技"弯道超车"?

提速:实现"弯道超车"

不是棒槌的敲击,而是水的载歌载舞,才使鹅卵石如此光彩亮丽。

2011年,作为国家"863计划"资源环境技术领域的主题专家,黄大年负责策划协调和组织中科院、高校等高科会资源形成高科技联合攻关团队,承接科技部"863计划"航空探测装备主题项目,开发军民两用技术研究。

满天的翅膀都在飞翔,多而有序;多条激流奔腾向前,各抒豪情;一条线串引多个风筝,在严谨的约束里豪情万丈……

黄大年将时间的油门踩到底,高速前进。在首都北京,在南国广州,在北国哈尔滨,在巴蜀四川,在江南苏州水乡,在大西北新疆乌鲁木齐……在英国伦敦,在美国华盛顿,在澳大利亚悉尼,在日本东京,到处都有黄大年的身影。他与探测仪器专家合作研发深地探测装备,与计算机专家合作研发地球物理大数据处理与解析,与机械专家合作研发重载荷物探专用无人机,涉猎地学、信息、军民融合等多个领域。

攀登科学高峰的距离在缩短,地质宫507室的灯光在延长;他与家人的接触日渐疏远,乘坐最后一个航班的频次在加密;睡眠的时间迅速减少,吃药、晕倒的次数日益增多……

每一个迷失又找到归宿的科研数字,每一组由生疏到默契的科技组合,每一次从抽象到具象的艰难裂变,都多瓜儿累秧一样在耗损母体,黄大年的健康……

黄大年团队的科研进度震惊了世界,超高精密机械和电子技术、高温和低温超导原理技术、纳米和微电机技术、冷原子干涉原理技术、光纤技术和惯性技术等多项技术进步显著,快速移动平台探测技术装备研发也首次攻克瓶颈,突破国外封锁。

令人兴奋的是,黄大年的团队在航空重力测量研究上有重大突破,重力梯度仪已研制出工程样机。在数据获取的能力和精度上,我国与国际的研发速度相比至少缩短了10年,而在算法上,则达到国际先进水平。"航空移动平台探测技术装备项目是精确探测的高端技术装备,我们用5年时间完成了西方发达国家20多年所走过的艰难路程,取得的进展成果填补了我国空白,将意味着中国又成功抢占了一个国际前沿科技制高点,对推动国防安全建设和深地资源具有支撑作用和重要意义。"

黄大年在国际同行中威望极高,有着非凡的影响力。有一次,黄大年带队考察,国外的研究机构为了专门接待中国考察团停止工作半个月,不惜成本将处于零下200摄氏度的产品解冻,并拆开细部让中国考察团仔细观察。随行考察团的中国科学院院士罗俊震撼又感慨:"我从事这项工作这么多年,这是第一次受到西方发达国家如此隆重的接待。"

深探专项答辩进入最后的倒计时,黄大年和团队主力们连续夜战3个通宵,黄大年还在紧张地工作。他清楚,这是团队苦干了6年的项目,决不许有丝毫错误,必须来个漂亮的冲刺!

去北京答辩前,他见还有一点富余时间,关上门,在沙发上躺20分钟,才匆匆赶往机场。晚上11点到北京,黄大年把师生们汇总的材料拷贝出来,一头钻进房间,又熬个通宵!

瘦月弯成一把老镰刀,收割着仅仅剩下的那点余晖。黄大年敲完最后一个字,插上筒状"渔网"一样的U盘,新组建的"科技军团"整建制挥师前进……

第二天答辩前,黄大年像压子弹一样吞服几粒速效救心丸,步入答辩席。历时两个半小时的答辩发言,黄大年仍像刚刚加足油的赛艇,马力正旺。

惊骇世界的伟大超越性结论,终于写在专家组的鉴定书上:项目成果整体达到国际先进水平!

这是国内同类项目评审中的最高评价!

这标志着中国重型探测装备技术研发实现了弯道超车,完成了跨代飞跃!

晚上,很少沾酒的黄大年一口气喝掉半瓶白酒,在微信朋友圈写下深情的感言:"我和我的团队成员5年多来没轻松过,最后一段时间没睡好过,有累倒的,有因委屈而忧郁的,有半道放弃的,还有失去家庭生活的……我在最后一刻也终于没撑住,终于倒下,是吃着救心丸上验收场的,别人替代不了。但是,正是这些项目能为吉大培养出一帮'疯子'和'狂人',一批能打硬仗的精兵。"

迅猛刮起的"大年旋风",以第九项目的结题为标志,深部探测能力已达到国际一流水平,局部处于国际领先地位。国外专业期刊艳羡而惊异地报道:中国已正式进入"深地时代"!

7年间,黄大年带领400多名科学家创造了多项"中国第一":地面电磁探测系统工程样机研制取得显著成果,为产业化和参与国际竞争奠定基础;固定翼无人机航磁探测系统工程样机研制成功,填补了国内无人机大面积探测的技术空白;万米大陆科学钻探工程样机"地壳一号"横空出世,超深井大陆科学钻探工程向前迈进;无缆自定位地震勘探系统工程样机研制突破关键技术,为开展大面积地震勘探提供技术支持……

黄大年清楚,在大宗矿产资源领域,中国的矿产资源探明程度仅为1/3,那么,没有探明的2/3究竟在哪里?自己办不到,依赖进口又严重威胁国家安全。明明知道陆地下500米至4000米乃至更深的地方有矿产资源,就是找不到!"在入地探测装备上,如果说人家是导弹部队,我们还是'小米加步枪啊!'"黄大年能不着急?

董树文说:"美国人管这个叫地球重力武器,对中国是绝对封锁的,探测深度很大。比如在阿富汗战场上,重力梯度技术可以找到所有的洞。"这个"千里眼"能看穿地下每一个角落。

2009年4月22日,第四十个"世界地球日"到来之际,我国"深部探测技术与实验研究专项"正式启动,该项目计划设置九大项目49个课题,集中了国内118家机构,1600多名科学家和技术专家,破天荒地叩响"地球之门",吹响了中国地学界嘹亮的"集结号"!第九分项首席科学家黄大年,有多少事要做啊!

2016年9月,在黄大年的倡议下,经过一年多的酝酿讨论,吉林大学新兴交叉学科学部筹备初期工作宣告完成,一个辐射地学部、物理学院、汽车学院、医学部、机械学院、计算机学院、国际政治系等的非行政化"科研特区"初步形成。黄大年当选为吉林大学新兴交叉学科学部学部长。

专业扶摇而上,黄大年的健康却每况愈下。

2016年11月29日凌晨两点,救护车急促地响着警笛直接开进机场,北京飞往成都的最晚的航班刚一落地,医护人员便七手八脚地将黄大年抬上车。

半个小时前,黄大年突然满脸是汗,浑身抽搐,连忙塞嘴里几粒速效救心丸也无济于事。晕厥前,他叫来空姐:"如果我不行了,你要将我怀里的电脑交给国家,里边的资料很重要。"

躺在救护车里,他怀里还死死地抱着电脑。

他被抬进成都市第七人民医院的急诊室内,黄大年第一件事仍是告诉医生保护好他怀里的电脑。

1968年12月,科学家郭永怀在青海基地急于将重要的数据带回北京研究,便搭乘了夜班飞机。不料飞机在北京坠毁。大家从机身残骸中找到郭永怀,吃惊地发现他同警卫员牟方东紧紧抱在一起。烧焦的两具尸体中间,紧紧夹着装有绝密文件的公文包,完好无损!

无须多言,这一个细节,足以感天动地!

人们想不到的是,第二天,黄大年又出现在会场。他塞嘴里几粒药当"后盾",英姿勃发地发言,精神爽朗,看上去毫无倦意。

"拼命黄郎"将自己的生命发挥到了极限,昏厥和痉挛的频率日益加快,同事们劝他去体检,他总以"太忙"一推再推……

2014年7月,在水下通讯和水下网络领域备受瞩目的吉大校友崔军红从美国回来探亲,朋友引荐后认识了黄大年。

"中国水下国门洞开,"黄大年直言不讳,"祖国特别需要这类人才。咱们学校的新兴交叉学科部正在筹备,你可以申报'千人计划',回国创建智慧海洋研究中心,大家集中合力,一门心思把这件事做好。"

崔军红内心波翻浪卷。在美国,她的平台已足够大,回来即便和黄大年联手前景可期,可她已在美国生活16年,回来能否适应国内环境,心里没底。黄大年热情地邀请她看自己团队的项目成果,崔军红仍有疑惑:"黄老师,咱们要搞海洋探测,可是吉林没有海啊?"

"这没关系啊,"黄大年胸有成竹地说,"哪里有出海口我们就向哪里去啊!"

崔军红深深被黄大年的爱国情怀和智慧所感染,2016年6月,她作为"千人计划"专家,签约吉林大学。

"地壳一号"是我国完全拥有自主知识产权的"庞然大物"。将它从四川运到黑龙江大庆时,用了50辆六轴大货车运送,一举创下了6000米钻探的亚洲纪录,并且还在向地心进发。被国外一直垄断的设备终于换上"中国芯",中国成为继俄罗斯、德国后,世界上第三个掌握地下万米钻探技术的国家。这让太多"老外"刮目相看。同行友善地送他个外号叫"黄大牛"。

"深部探测关键仪器装备研制与实验",是为黄大年量身定做的。他回国后,在前八项"名花有主"时,追加了第九项。董树文召集几家单位共同商定,时任中科院地质与地球物理研究所所长朱日祥院士同意请黄大年主持这个项目。

谁料,在掌控专项第九项目的首次讨论会上,黄大年一张口就引起一片哗然。"既然我们落后很多年了,就不能从零开始,而是要把国外最先进的设备买过来,对关键部位和插件进行升级改造,让我们的'蓝军'直接进入'红军'的心脏,一举站在巨人的肩膀上。"

黄大年所说的"红蓝军路线",就是通过红军、蓝军之间的比拼,借用西方已有的技术升级换代,再一举超越西方。

尤其是"把人家的后台数据库买过来,进行插件升级再卖回去"的想法,可谓惊世骇俗。黄大年却毫不在意众人异样的目光,从容地说:"好比一场马拉松,别人已跑了半程,中国要从头起跑,恐怕很难赶上,我们也等不及,必须另辟蹊径!"

黄大年翔实的调查和数据,深深感染了董树文,他相信"从大年嘴里说出来,一定有着深远的考虑"。

2014年下半年,黄大年主持的"第九项"传来捷报,移动平台综合数据处理解释一体化平台的24组插件全面完成,整个系统实现了升级换代。"大年童话"逐一实现……

由"大年童话"孕育的"科研特区",即将拉动上千亿元的产业项目。人们又有猜测,"挖黄大年的地方太多,吉林大学留不住了。"

"我没想走啊,"黄大年说,"要不这样,我直接签到退休。"第二次签约,黄大年在一次聘任签5年的基础上又延长两年,一直签到退休。

经停:为了祖国的未来

爱因斯坦指出:"如果把学生的热情激发出来,那么学校所规定的功课就会被当作一种礼物来领受。"

在黄大年看来,学生们都是"待飞客"。他们飞得高不高远不远,起飞冲力大不大,有没有长劲,遇到突发困难有没有办法?"问题在现场",根源却在教育方法,在引路的导师。

"慈父"和"严师"黄大年格外器重他的学生:"作为老师,不能亏待了孩子,不能耽误了人才。"实验室和科研平台位于地质宫大楼的顶层,冬天冷夏天热,黄大年自费给每个房间配备了电风扇和电暖气;伏天,师母张艳亲手做了绿豆汤为学生们祛暑;雾霾天,黄大年给学生们买口罩;周末和"五一""十一""端午""中秋",几乎每个节日,学生们都是在黄大年家里度过的。黄大年还尽量挤时间,和学生们打羽毛球,徒步走,南湖沿岸走,鼓励学生们多多锻炼身体。

"我的成长离不开那么多国内外好老师的关怀、指引,我的成长道路经历让我对学生有着特殊的感情。"

"优秀人才的成长,必须以优秀的传统文化、爱国情怀为补充,一代代的经历或许有差异,但是血液中流淌着的自强不息、勇为人先的民族精神却得以延绵不绝。"

教育的本质意味着,一棵树摇动另一棵树,一朵云推动另一朵云,一个灵魂唤醒另一个灵魂。

在黄大年眼里,每一个学生都是一块璞玉,只要因材施教都能成才。在为学生设计研究方向时,他都要以学生的前途和国家的发展为重,而不仅仅从他个人的项目考虑。

碰上同频的一块儿共振,碰上异频的也要指引他频共振,这才是好导师。

这与当代中国普遍的"唯分至上"的误导式教育大相径庭,明明是千人千面的人才,各有其长,为何只上一个"流水线",把社会所需的各式各样人才"拘"成"千人一面"?

面对比比皆是的高分低能、低分高能的现状,我们的教育工作者情何以堪?

黄大年首次招研究生,居然不问考试成绩,而是依据每名同学的个性和兴趣爱好,为他们一对一量身打造专业,制订学业的远景规划。

每一条道路都寄生在一个人的身上,一一对应。道路使我们感到谦卑和惶惑,我们必须选择其中一条。选择太重要了,我们面对的是均等的机会,而一旦作出决定,就会押上整个人生。

关键时刻,黄大年就是那个因人而异扳道岔,精准点拨的人。

黄大年让学生们接触世界前沿技术。他为吉林大学引进了世界上技术最前沿的地球物理综合分析平台,剑桥与斯坦福大学的参观访问学者看过这套软件后十分震惊,因为就连这两所世界顶级的学府都没有引进如此先进的软件。对学生,黄大年有自己的评价标准,入学时根本不看学分,而是了解学生有哪些专长。入学后,绝非仅仅以论文和学分为标准,更关心学生们学到了什么,具备哪些能力。

每个青春都有一副好牌,不会出,照样会输掉。

"要树立远大的抱负,不要只以国内的佼佼者为目标,真正的对手在发达国家的一流大学。要开阔视野,做'出得去,回得来'的科学家。"

社会犹如一条船,每个人都要有掌舵的准备。

但是,有学生作业"欠火候",黄大年决不迁就,批评严厉。学生们知道,他的话像一股冷风掠过,然而感觉却是暖的。

学生耿美霞说:"第一次与黄老师见面的情景就在昨天,敲了您办公室的门,您正在书架上找资料,回头看见我,脸上绽放出温暖和慈爱的笑容,这个笑容一直陪伴着我至今。还记得博士毕业离校那天,您给我各种叮嘱,从工作到生活,你说这里永远是我们的家!"

移动平台团队的肖峰说:"是黄老师给了我机会,帮我规划好方向,引领我走入软件开发领域;当程序调试遇到瓶颈,他拿出自己珍贵的手稿,给我讲解原理和概念;当遇到挫折想中途退出,他和我促膝长谈,打开了我的心结。"

姚永新道:"黄老师针对我跨学科的特长,利用丰富的知识底蕴把我带入了航空地球物理探测的领域。从那一刻起,我就坚定了从事航空平台研究的方向。黄老师,我一定继承你的遗愿,不忘初心,在移动平台和交叉学科的道路上拼搏一辈子!"

周文月早已泪花闪闪:"他走进实验室,总会先问我们'吃饭了没有';他怕我们节假日想家,邀请我们去他家里做客;他出差的时候,都会带着我们的作业本,远程指导我们学习;他住进医院ICU,还在嘱咐我们好好学习。"

马国庆和李丽丽家在农村,黄大年看好他们的专业潜质,创造各种机会送他们学习英语、参加国际交流。两人谈恋爱,他帮他们争取留校。毕业结婚,他帮他们张罗租房。

周帅痴迷无人机操控,黄大年觉得他是个"好苗子",当即把他选入"重载荷物探专用无人机"项目做操控手。尽管进步很快,还需深造。到更高的平台需要2.4万元费用,周帅拿不出来,"不用为钱的事发愁,"黄大年说,"你只管安心学习。"黄大年掏出3万块钱,让他进京学习。两个月后,黄帅成为国内第四个获得了100公斤重量级无人直升机机长执照的学员,黄大年开心得像个孩子!

这天,黄大年闻知一位学生的母亲住院,却怎么也凑不上十几万元的手术费用,立刻拿出自己的工资卡,领着这名学生去银行取出20万元,及时办理了入院手续。医生们得知手术费是老师的工资垫付,万般感动,他们"爱心接力",想办法为患者节省医疗费用。

黄大年早在少年时代就侠肝义胆。那时物资短缺,一年也吃不到几次肉。商店偶尔有肉了,黄大年和弟弟黄大文天黑蒙蒙就赶到商店排队,凭肉票一次买上半斤肉。非过年过节,根本吃不上肉。

母亲见孩子们太熬苦了,这天,一狠心买回来一只烤鸭。全家人"点到为止"只吃半只,留下半只。傍晚,黄大年在地矿局大院里玩,碰上同学被母亲打后,躲在防空洞里,已经饿了大半天肚子,黄大年立刻跑回家,取来半只烤鸭送给同学。母亲回家后见烤鸭没了,问哥儿俩谁吃了烤鸭。弟弟黄大文说没吃,"火力"便集中在黄大年身上:"肯定是你哥哥吃了!"黄大年称自己也没吃时,母亲生气了,狠狠打了大儿子。黄大年没有退路,这才实话实说……

2014年国庆节,黄大年和学生徒步走,发现张代磊、张冲和周帅有心事,知道他们在为学费的事发愁,第二天就让秘书王郁涵交给他们每人一万块钱,说是从经费里节省出来的。第二年的学费也是这么解决的。直到黄大年去世,学生们才知道,这钱是老师用自己的工资交的。

我在前文说过,得知"李四光班"的学生多数家在农村,经济条件普遍太差,他为学生们每人买台笔记本电脑。

黄大年的办公桌旁有两把椅子,两台电脑。这是专门为学生们准备的。学生们坐在黄大年身边,一人一台电脑,高效又方便。每逢学生们碰上公式或计算方面的难题,黄大年随手拉过一把椅子,手把手地教起来。

黄大年非常繁忙,时间"用秒来计算",可无论他走到哪里,心里都装着他的学生。他在笔记本电脑为每个学生建了学习笔记和读书报告文件夹,利用开会休息时间通过邮件进行批阅。他还经常利用出差的午休时间,召开电话、视频会议,给学生们解答问题。出差回来的第一站永远是实验室,检查学生们的学习近况,答疑解难。

有人觉得黄大年太累了,劝他带学生别管那么细。黄大年认真地回答:"我们国家需要人才。现在多用点心,他们中就有可能出大师。"

黄大年深知育人比教书更重要,这关乎人生的"大战略"和祖国的"大战略",时刻把祖国利益放在首位。

在黄大年手术前一天的凌晨一点钟,周文月意外地收到了黄老师的微信,说他已经向剑桥大学发送了邮件,推荐她去攻读博士学位。周文月眼泛泪光,一遍一遍地告诉别人黄老师的叮嘱:"你们一定要出去,出去了一定要回来;你们一定要出息,出息了一定要报国!"

同学们的耳边,始终回响着黄大年的话:"科学家要有骨气,报效祖国的科学家才是我们的榜样。"

谁能忘？黄大年老师讲述的科学家的故事——李四光绕道回到祖国;美国高官当年阻挠钱学森放出"狠话":钱学森无论走到哪里,都等于5个师的兵力,我宁可枪毙他,也不让他回到红色的中国!

邓稼先26岁便以优异成绩成为美国最年轻的博士,博士毕业第9天便放弃优厚待遇回到一穷二白的中国。"只带回来国内没有的尼龙袜和一脑袋核武器知识"。钱三强找他,请他领衔设计核武器制造方案。因为要保密,只能告诉妻子许鹿希说"工作要调动,又不能说是什么工作,不能照顾家和孩子,通信也困难",从此便销声匿迹8年,过着单身汉的生活。中国成功爆炸的第一颗原子弹,就是由他最后签字确定了设计方案。

一次航投出现事故,原子弹坠地摔裂。周围的人要上前,邓稼先知道核辐射很危险,首次以院长的身份下命令:"你们还年轻,你们不能去!"邓稼先亲自去安装雷管,因辐射患癌症离世。

黄大年眼含热泪继续讲述:"去世前,组织上为他个人配备一辆专车,他只是在家人的搀扶下,坐进去并转了一小圈,表示已经享受了国家所给他的待遇。邓稼先终生报效祖国和人民,不图任何个人私利。你们能想象得到吗？这位'两弹元勋'只有20元奖金,原子弹10元、氢弹10元。"

钱学森、钱三强、王淦昌、郭永怀、彭桓武、朱光亚、邓稼先等一大批"老海归",在罗布泊无人区"干惊天动地事,做隐姓埋名人",没有他们,我们国家和我们的人民,将无法在世界挺直腰杆！而今,这些巨星一个一个陨落,我们仍在享受他们留下的福祉!

黄大年告诫他的团队和学生们,"报效祖国,才是最大的成功。"这不是一句空话,而是身体力行、以身作则的行动。榜样的力量如此之大,黄大年的学生们同样有情有义,都装有一颗"中国芯"。

2016年12月5日下午,黄大年出差回来,同学们和往常一样排队去问问题,排到王泰涵时,已是晚上9点多钟了,见黄老师神态十分疲惫,身体紧靠椅背,王泰涵不忍心再劳老师辛苦:"老师,您回家休息吧,我明天再问。""没事。"黄大年向他摆摆手,示意王泰涵过去。一个多小时后,四个问题解答了两个,"剩下那两个问题我再思考一下。"黄大年问,"你吃饭了吗?我请你吃饭吧。"王泰涵这才意识到,老师从机场回来就讲课,到现在还没吃饭呢。

黄大年入院的第二天,点名让王泰涵过去。王泰涵以为是让他去陪护,刚一进病房,打了一天点滴的黄大年就从床上坐起来,"我这两天一直在思考你的后两个问题,现在就在这儿给你讲讲。"

黄大年手腕还埋着针管,胳膊也有些颤抖,因体虚而不停地喘着粗气,仍坚持着给学生讲课……

黄大年总是千方百计让学生接触世界前沿技术,他出资26人次出国参加学术会议,邀请国外优秀专家来学校交流访问。2016年10月,黄大年带着学生乔中坤去美国达拉斯参加SEG国际会议,这是地球物理领域的高端会议,黄大年成为"热点专家",多国专家围着他讨论问题,乔中坤极为振奋,那一刻他特别骄傲,感觉自己是和高山站在一起!

7年来,黄大年指导了18名博士研究生,44名硕士研究生,共有14人获得省部级奖励,8人获得国家奖学金,3人获得"李四光奖",其中马国庆多次获得省部级奖励,现在接过恩师黄大年的教鞭,留在吉林大学任教并破格提拔为副教授。耿美霞曾在国际顶级专业期刊发表多篇学术论文,美国地球物理勘探学会邀请她去做报告,获得国家全额奖学金,已赴加拿大留学深造。

近看,黄大年把学生当成是"自己的孩子",慈父一样爱着他们。远看,黄大年把他们当成是祖国的明天,未来的大科学家,他有责任将一块块璞玉雕镂成精品。学生们也一样,感情上,把黄大年当成慈祥的恩师。事业上,把黄大年当成是专业上的舵手,人生的航标。他们尊敬恩师,热爱恩师,也依赖恩师。从未想到,他们最敬爱的恩师会突然离开他们……

新华社记者去采访,黄大年说:"你看我们家,没什么东西,空空的。我生活很简单,我的钱都用在什么地方?用在学生身上,资助他们出国,干科研的事情。那么大的项目,吉大一分钱也没有,我一分钱也没有,你见过吗?首席科学家一分钱也没要,别看项目上亿元。我就是喜欢这个事情,就是一种享受。钱什么的没多想,国家给我的够用了。"

2017年1月4日傍晚,于平教授的一条微信原子弹爆炸一样惊骇了同学们:大家都快来医院!

刹那间,医院的四面八方都响起急切的脚步声,大路、小道和宿舍边,都有同学们奔跑的声音。每个人心都快要跳出来,他们边跑边为黄老师祈祷:"苍天哪,保佑我们的黄老师!""我宁可替黄老师遭罪,放过黄老师吧!""黄老师,你可要挺住啊!"

同学们守候在重症监护室门口,ICU的门突然开了,医生说黄老师马上需要手术,一刻也不能耽误!

同学们见他们敬爱的黄老师戴着呼吸机,眼睛半闭半睁,哮喘得非常厉害……大家心都碎了,多想扑上去抱住心爱的老师,告诉他,我们在门外等他醒过来!多想告诉他,我们真想替换他做手术,让他歇歇啊!可是,同学们什么都做不了,只能眼睁睁地看着他们心爱的老师孤单单地承受生死考验……

同学们担心控制不住要扑上去的冲动,只好手攥着手,紧紧的,紧紧的。此刻静极了,没有一人说话,没有一点声音,有人咬着嘴唇,有人攥疼了同学的手,个个泪流满面,在撕心裂肺的疼痛中,每个人都在心底呼唤:"老师,您一定要平安地回来啊!""老师,我们等您呢!""老师,您身体那么好,一定能渡过难关!"

黄大年进入手术室后,上百名学生到场,没有一人离开。走廊窄小,他们便到别的楼层,在楼梯口、在大门外等候……

等待老师手术的时刻,每一秒都是一把刀,一刀一刀拉在同学们的心上。每一个小时都是重锤,锤锤敲在心窝……

真相如此残酷,黄大年整整昏迷了四天,同学们心爱敬爱的黄老师再也没能醒来!

2017年1月8号,得知黄大年老师去世的消息,已经离开的学生再次赶到医院,边跑边哭。黄大年的遗体尚未送走,不知谁泣不成声地说:"黄老师,我给您磕个头吧!"病室前的走廊便响起一片"扑通""扑通"的声响,学生们跪了一大片,刹那间,整个走廊一片唏嘘。所见之人,无不动容……

每个学生专业不同,年龄不同,性格性别也不同。相同的,却是对黄老师的透心彻骨的疼痛和深深的感恩,"黄老师,我还没报答您,您就走了啊!""黄老师,您说过,还有一身本领要教给我们。""黄老师,我连声谢谢都没说呢,您就突然离开了!""黄老师,别丢下我们,求求您醒过来吧!"……

强气流颠簸:国殇

螺丝已经拧紧了,还在加力、加力;油门已经踩到底了,还在加速、加速;肩膀上的负重已经到极限了,还在加高、加高……

步入地质宫507室,我一下被北墙上的巨幅日程表震撼。像将军的作战指挥图,上边画了密密麻麻的图表。地球是圆的,任意一点都是中心。黄大年就是以此为原点,以赤道为半径,放眼世界,胸怀祖国。

他的办公桌像个巨大的飞行器,上边的两个液晶电脑,则是一双展开的翅膀,从这里起飞,飞向深地,飞向深海,飞向深空……

"作战图"上每一日的格子里,都有密集的工作安排,北京—宁波—长春—北京—长春—北京—长春—北京—成都……

最后填写的是:2016年11月29日"第七届教育部科技委

地学与资源学部年度工作会",记录戛然而止。

2016年11月29日,黄大年在北京至成都的飞机上晕倒。会后回到长春,在同事们的强烈要求下,他入院检查。

检查结果阴云密布,病情令人惊骇。第二天,黄大年又去北京出差。

黄大文告诉我,手术方案确定后,哥哥给他打了电话:"大文,我这边要做个小手术,需要家属签字,你能不能请假过来一下?"

"行,"黄大文回答,"我过去。"

2016年12月12号,黄大文飞抵长春。黄大年见了弟弟和妹妹黄玲很高兴,告诉他们自己没什么大事,小毛病。

黄大年精神极好,病房里喜气洋洋。如果不是在病房,如果不是手臂上插满了管子,这里跟地质宫507室功能相同。

13号上午,黄大文几乎没能在病房落脚,插不上话,也插不上手。病房已经变成办公室,讨论科研,部署工作,检查学生作业,给学生讲课,在一沓一沓文件上签字,黄大年一刻不停地忙碌。就连助手于平、秘书王郁涵也爱莫能助,想要劝黄大年休息,根本靠不了前。黄大文告诉我,哥哥进病房那天,第一句话便是:连通互联网,把电脑架上。人家本来来看望他,他却主动跟人家谈工作,话题一个接一个。第二天就是残酷的风险莫测的大手术,黄大年却"没事人一样"。

下午,黄大年偷偷跑回地质宫工作。任波和几位老师去看他,劝他早点回医院休息,黄大年说还有些工作没有忙完。

回到病房,马芳武和王献昌两位"千人专家"到医院看他,黄大年将他们让到沙发上,自己坐在小板凳上,聊了两个半小时"交叉学部",黄大年热烈激昂,新创意火花四溅,两位专家也忘了他是一位即将要推上手术台的病人。

黄大年对秘书王郁涵说:"小王,来,这件重要的事,要交给你来办。"他从枕头旁边拿出一个硬盘,递给王郁涵,"这里面是一些需要妥善保管的资料,收好了。万一我不在了,要把它交给学校,交给国家。"

"黄老师,"王郁涵当即红了眼圈,赶紧低下头掩饰,"您身体这么好,医生说手术很简单,您别多想,不会有事儿的。"

病房很快又热闹起来,焦健、孙勇等来看他,黄大年又热情地聊起来工作,分别布置任务。一聊就两个多小时,焦健怕黄老师累着,张罗着离开病房。

黄大年说:"你们别走,我想和你们在一起。"

护士进来要做术前肠道准备,黄大年又催着大家:"回去吧,明天手术完了又见面了。"大家相拥而去,黄大年顿感寂寞,他痴情地看着窗边学生们送来的鲜花若有所思。

晚上,黄大年开车将弟弟送回家,妻子张艳和妹妹黄玲早已将一桌美味准备好,一家人吃个团圆饭。黄大年谈笑风生,丝毫没有"怯阵"感觉,只是专门嘱咐家人,不要把他手术的消息告诉女儿黄潇,小外孙即将出世,怕女儿分心。饭后,黄大年自己开车去医院。

医院静极了,黄大年内心却翻江倒海,身在医院,心系科研,惦念学生,辗转反侧想着心事。他在微信上告诉黄忠民,嘱咐王献昌跟通讯学院的学生见个面,他们在无线电认识上有些想法。"我住院了,你代我去跟他们聊聊。"又叮嘱道,"聊了以后千万不要来看我,你也别来。"

每隔两小时来做例行检查的护士长谷玥,觉得黄大年"可真不一般,人缘好"。

"黄老师,您是不是哪里不舒服?"护士长谷玥问。

"没事,我就是有点儿急。"

"急?您急什么呢?"谷玥不解地说,"明天就要手术了,从上海请了最好的肝胆外科手术大夫来主刀,您的病一定会很快好起来的。"

"我知道,我说的不是这个。我手头,还有很多事情没有做……"

"您别急,黄老师,您出院以后很快就可以继续工作了。"

黄大年向谷玥笑了笑。

半个多小时后,完成了两次灌肠,一切又安静下来。

晚7时59分,黄大年在朋友圈感慨道:"人生的战场无所不在,很难说哪个最重要。无论什么样的战斗都有一个共性——大战前夕最寂静,静得像平安夜。无聊中翻看我的第一页微信相册,记录了2009年圣诞节后,把英国剑桥十多年的家移到长春南湖的日子。在湖边的上班路上奔忙,一晃又要到第七个圣诞节了。脑子里满是贺卡、圣诞歌、圣诞礼物、圣诞树,是忙碌后的放松感和浓浓的节日气氛。他提醒职场拼搏的人们,事业重要,生活和家庭同样重要,但健康最重要!"

晚8点53分,黄大年在朋友圈中又写了一句话:"谢谢大家鼓励,明天上午开始,暂时失联一小段时间。"

凌晨1时,人们大多已进入梦乡,黄大年却想着他的学生。他给周文月发去微信,说他已经给剑桥大学发送了邮件,推荐她去攻读博士学位。

黎明时分,黄大年用最喜欢的《再别康桥》中的诗句,改写了微信的签名档:

"轻轻的我走了,正如我轻轻的来。"

这一夜没有睡好,黄大年知道病情后,隐隐有些不安。肿瘤是恶性还是良性,要术后切片才知道。

14日上午9点半,手术室离病室很远,黄大年快步走了20多分钟,连他身后的弟弟黄大文都跟不上他的步伐。黄大年脚步噔噔有声,精力旺盛,神态威武,毫无大病将至的感觉。黄玲和王郁涵将黄大年送进手术室。

手术室的大门即将关上那一刻,黄大年突然和医生说:"再看看我的学生们。"他又回到门外,跟他们一一握别。

手术室的门像个立式铡刀,将他和亲人们切开。

手术外、走廊里,很多人在焦急地等待。好多领导、专家和朋友都在关注黄大年,期盼手术成功,期盼黄大年早点康复。

时间一分一秒地过去,分分秒秒都那样揪心!

三个小时过去了,手术室的门紧紧关闭!

五个小时过去了,手术室的门紧紧关闭!

七个小时过去了,手术室的门仍在紧紧关闭!

妻子张艳的心都要跳出来,在走廊里来来回回走。

妹妹黄玲、弟弟黄大年坐立不安。

于平、王郁涵和团队的伙伴以及学生们,都在"候场",一刻都不离开。更多的学生和同事、朋友们,互相打电话,焦急地等待手术结果……

手术进行了8个小时!

晚上6点钟,手术室的门终于徐徐打开,医生们将黄大年推出来,数十双目光刹那间扫过去,焦急而充满渴望……

当医生悄悄地告诉大家"手术很成功",人们当即长长呼出一口气,笑容灿烂,张艳紧紧拉着黄玲的手,两人喜泪缤纷。

一片云彩散了!

天晴了!

听医生说,黄老师的身体很好,住几天院就可以上班了。手术的第三天,弟弟黄大文和妹妹黄玲离开长春回到南方。

2017年1月1日元旦,黄大年手术的第18天,病房里洋溢着喜气。在青年教师焦健的帮助下,黄大年胳臂上插了很多管子,在专心收看习近平主席的元旦贺词。头一天晚上,黄大年嘱咐护士将这段视频录下来,拷贝进电脑。

2016年是中国科学扬眉吐气的一年,"中国天眼"落成启用,"墨子号"飞向太空,"悟空"号已经顺利运行一年,神舟11号和天宫2号遨游星汉……

聆听着习近平主席的讲话,黄大年很激动,回想在北戴河意外地受到习主席的亲切接见,他说:"国家对科学创新这么重视……有了国家的决心……我们的技术马上就要派上用场……你们都要准备好,加油干哪!"

一阵剧烈的咳嗽,黄大年满脸通红,泪光闪闪。

焦健忍着泪,出了门才哭出声来。病榻上的黄大年,无时无刻不想着赶超科技前沿、超越极限啊!

2017年1月4日,黄大年突然内脏大出血,转氨酶升高、肝功能快速衰竭、屏幕上呈现的心电图线条动荡起伏……

于平赶紧打电话,黄玲和黄大文再次连夜从南方赶来,黄大年再次转入重症监护室。不大工夫,医生刘凯走了出来,没等人们问他,他就像个孩子一样"哇"地哭出声来:"希望很渺茫了!头一次感觉到自己不想当医生了!我从来没有这么难受过,看到黄老师这样一个大科学家走到这一步,自己却一点办法都没有……"

医生们热泪奔流地按压、按压……丝毫不见效准备放弃,黄玲见医生摇头了,"嘭"地跪下了:"我求求你们,求求你们了!一定还有希望的!"

几位医生继续轮流按压,奇迹却躲得远远的……

此刻,在万里之遥的欧洲英格兰,黄潇在临盆的阵痛中挣扎。或许这个混血小外孙急着向姥爷报到,伴母亲一起努力,终于降生了!

"快!"虚弱的黄潇不顾大汗淋淋,告诉她的英国丈夫,"拍一张孩子的照片,赶快给我爸爸妈妈发过去!"

黄潇知道,爸爸最关心这孩子,早就把名字起好了,叫"春伦",长春的春,伦敦的伦。这是黄大年最牵挂的两个城市,春和伦像两颗星,一颗亮在长春,一颗亮在伦敦。可是,世事太残酷啊!小春伦的照片传过来时,姥爷黄大年的手机正静静地躺在病房的柜子里。

黄玲听到柜子里"嘟"地响一下,见到春伦照片的第一时间,立刻冲进了抢救室,把手机举过去:"哥,哥!你快醒醒啊,潇潇生了,是个男孩子……"

黄大年已经失去意识,脸色苍白,双目紧闭,毫无反应。

"哥,哥——你快睁眼看看啊,这是春伦,你的外孙啊!"

黄大年沉沉地睡去,仍然毫无反应。

上次手术后第三天,黄大年已经正常进食,弟弟黄大文便回到广西。哥哥病重他又赶回长春,见哥哥已经病危,黄大文术前签字的手都抖了,一连签了十多张单子,满脸是汗。张艳毕业于吉林中医学院,知道丈夫病情已经很难回天,一下子蒙了,她接受不了这突如其来的打击,不吃不喝,目光发呆,站都站不稳。

于平含泪发出一条微信:大家都快来医院!

学生们正在食堂吃饭,赶紧扔下筷子跑向医院,万般焦急地守候在重症监护室门口。他们神情紧张,大气都不敢出。突然,ICU那道神秘的门开了,医生说黄老师的病情严重,一分钟都不能耽搁!随后,黄老师被医护人员推了出来。看见心爱的老师戴着呼吸机,眼睛半闭着,呼呼呼哮喘,学生们的心都要碎了!他们自觉地退后一步,手攥着手,为老师拉起一道通向手术室的保护人墙。

目送黄老师进了手术室,一种不祥的预感袭上心头,学生们万般心痛,却只能在心底呼唤:黄老师,您一定要醒过来啊!您不能丢下我们啊!

我们要向您学习您的满身本事!

我们要报答您的恩情!

我们要做个像您那样的科学家!

可是,他们敬爱的黄老师一直昏睡不醒!

1月7号,时逢"千人计划"联谊会换届。施一公介绍完候选人黄大年的基本情况后,忍不住说了一句:"大年病危,正在和病魔殊死搏斗。"全场立刻肃然,泣嘘一片,大家不约而同,高票推选黄大年为副会长,每一票都是祈祷,每一票都是挽留啊!

1月8日13时38分,人们惊悉噩耗,敬爱的黄大年老师永远离开了!

妻子张艳听了医生的通报,立刻傻了,脸色蜡黄,仿佛一脚踩在棉花上,身体摇晃随时要散架。黄玲大声号哭着一把拉扶住她,感觉嫂嫂瘦弱的胳膊瞬间冰凉冰凉。

突然,张艳使劲挣脱开,疯魔般冲进抢救室,一头扑在丈夫身上,紧紧抱住他,脸贴在他的胸膛上,"大年,你不能走,别丢下我!"

为了丈夫开心,她放弃了自己的医学梦;为了丈夫开心,她将心爱的女儿独自留在英国;为了丈夫开心,她甘愿独守空房;为了丈夫开心,她为他弹琴……可这一切都是值得的,她边哭边说,"为了你,我什么都愿意!可你……你不能丢下我啊——"

张艳是长春人,她在医学院上大学认识了黄大年,两人一见钟情。从此天南地北,海角天涯,这对伉俪从未分开过。

"大年啊,"张艳悲痛欲绝,一次一次地重复着,"你……你不能离开我……"

悲伤漂光了色彩,此刻,全世界都是黑白片。

张艳特别牵挂丈夫,也曾心生埋怨,饭做好了,大年不回来。盼到后半夜,大年仍然不回来。在朋友圈中偶然发现丈夫的一条微信,只剩下感动:"可怜老妻一再孤独守家,周末、节日加平时,空守还是空守,秋去冬来,在挂念中空守,在空守中老去……我6年前安慰她,再有一年就忙完,再有一年就是剑桥的生活节奏……"

有人提示要不要将黄大年去世的消息告诉黄潇,"不要发,"黄玲阻止道,"潇潇还不知道。"可是,黄潇已经看到了!

坐在产床上,黄潇疯狂地拨打父亲的电话,她要"证实"这不是真的!

"为什么不告诉我真相啊!"黄潇号啕大哭,"我为什么相信你一直在出差啊……"

上一次和父亲见面,还是在自己的婚礼上。父亲请假匆匆赶到英国。那一天,父亲既高兴又不舍,搂着穿洁白婚纱的女儿,在优美的旋律中父女翩翩起舞。很久没有这样近距离看女儿了,原来女儿已经长大了,漂亮了,要嫁人了。女儿感动地看着父亲含泪的微笑。他送给女儿一块老旧的手表,那是父亲和母亲结婚时姥爷送给他俩的传家宝。父亲亲手把表给女儿戴上,便匆匆回到中国。

黄潇非常喜欢爸爸送的礼物,她知道,"父亲永远让我记住根在中国"。黄潇把手表调成"北京时间",心便与祖国"同步"。她将手表放在耳边,"能听到祖国的心跳"。

谁知,这竟是最后一面,太痛心了!

黄潇一口东西都不想吃,可又担心幼小的孩子。丈夫哄她,喂她饭,黄潇味同嚼蜡地下咽,脸上热泪双流……

妹妹黄玲和秘书王郁涵到家里整理黄大年的遗物,打开床头柜,她们愣住了:三个抽屉装满了肝病药。"他早就知道……"王郁涵几乎泣不成声,"黄老师啊,您把我们都骗了!"

熟悉黄大年的人都知道,他从不在钱上计较。大哥离开,妹妹黄玲拿着卡去银行销户才发现,几个卡加起来才几十万元,要知道,他可是手里"有特权",经手几亿元大项目的科学家啊!在一旁的于平见了吃惊又感动,泪流满面。

若非亲眼所见,谁能相信,在利益至上的时代,在一些人为了钱可以"不顾一切"的时代,竟然还有这样的人?

黄大年去世,牵动着千万人的心。

在军方引起很大的震动!因为,他所做的事情"太大了"!顶尖战略科学家,高科技团队领袖突然去世,国家的损失太大了!

在企业界引起巨大震动!黄大年领衔的高科技"前卫军"有的进行过半,有的刚刚开始……

在科技界引起巨大震动!黄大年协调组织了400多人的科技攻关团队,许多项目都是"半截子工程"啊!

与黄大年朝夕相处、共同打拼的科学家和学生们,简直痛得肝肠欲裂,不敢相信这是真的……

黄大年团队科学家和学生们更是哀痛不已,他们不相信体育健将黄大年老师会倒下,一定是太累了歇一歇,他不会丢下我们不管,他一定能醒过来的!

1月8号将黄大年的遗体送往殡仪馆,至出殡前六天,学生们一直陪伴着老师,昼夜坚守。许多学生明显挺不住了,撵都不走,一直在坚持。"连我都内疚,"黄大文告诉我,"我实在坚持不住了,还回去歇歇。学生们一直在昼夜坚守。他们发乎真情,每来一个都为我哥磕头。"

1月12日,在长春长白山宾馆,全国各地来了很多人。多数人从未见过黄大年,完全是慕名而来,送大年最后一程。

北京大学的教授们,那些交叉学部的合作伙伴,从未与黄大年谋面,更没有直接联系,也来送别这位领袖式的人物。

1月13日送别黄大年,苍天却用寒冷"考验"人们,零下23摄氏度的严寒,冷风呜咽,举世哀伤。天若有情,大片大片的雪花飘飞起舞,像洁白的纸钱,像化身的精灵,每一朵都是深情的悼文,字字入心;每一朵都是象征,赞美黄大年的清纯、清透和清洁……

焦健和黄玲捧着黄大年的遗像从黄家出发,按照当地民俗,青年教师焦健以"长子的身份",把火盆高高举过头顶,冲天大喊一声:"黄老师,一路走好!""咣"地摔在地上,泪水瞬间奔涌而出。

许多人都在擦拭眼角,仿佛摔碎的不是火盆,而是他们的心!

眼泪是透明的水,掉在地上也会破碎。不破的是映在泪里的灵魂。

送行的人拥向长春市殡仪馆,任缤纷泪雨和雪花扑簌簌坠落,在头顶、肩膀和手上、袖头绽放冰花。800多人神情肃穆,素色衣服的胸前白花垂首,像星星缀满夜空。哀叹、痛惜、啜泣,如暗夜中翻卷的悲伤漩涡……

学生们知道黄老师生前爱吃烤苞米,特意摆在遗像前。

国失栋梁,学术界失去领军人,科研团队失去领袖,学生们失去导师……

张艳面容憔悴,瘦脱相了,仿佛几根骨棒支撑着衣服,随时要倒的样子,所见之人无不垂泪……

不知谁失控哭出声来,多少个压抑的悲伤瞬间决口,这里决口,那里也决口,刹那间许多处决口连成片,一派汪洋……

主持黄大年追悼会的马芳武说:大家一定要忍住,不要哭。黄老师离开我们,大家觉得非常悲伤,非常痛心。但是如果我们哭成一团的话,这个场面就不好控制了,我们要共同歌颂黄老师升天了!现在,让我们一起唱他生前最喜欢的歌曲《我爱你,中国》。屏幕上播放黄老师生前的照片、视频,黄大年正在生龙活虎地游泳,激情澎湃,动作潇洒,一遍一遍地播放……仿佛黄大年就在身边。

歌声代替了哭声,动感代替了宁静,可人们大声唱着歌,却热泪如洗!有人边哭边唱……

"我爱你森林无边/我爱你群山巍峨/我爱你淙淙的小河/荡着清波从我的梦中流过//我爱你中国/我爱你中国/我要把美好的青春献给你/我的母亲/我的祖国……"

唱着这首歌,人们感觉黄大年没有走,就在身边。祖国的崇山峻岭里有他,祖国奔腾的江河上有他,祖国一马平川的大地上有他,祖国辽阔的海洋中有他,祖国的彩云高天之上有他……

追悼会上,清华大学副校长、中科院院士施一公满含热泪如泣如诉的演说再发一枚"催泪弹":"从2010年认识起,我和大年学长就经常沟通交流,每一次接触,我都能真切地感受到他对祖国和科学事业深深的热爱。在祖国需要时回国,毅然决然、义无反顾。他是一名赤胆忠心的海归科学家,为推动祖国科学的发展全心全意、殚精竭虑;他是最单纯的科学家,单纯到为了祖国、为了祖国科学事业的发展不计个人得失,倾注全部精力。大年学长将是我永远崇敬、怀念的榜样和典范!他是一代人的楷模,是中国知识分子的楷模,是460万留学生的楷模!他的精神感染、激励和鼓舞的绝不仅是一个团队、几届学生、一所学校,而将是一个领域、一批学子、一代人。大年兄是我的好兄弟,是当代的邓稼先!"

最后的离别即将到来,黄大年团队和学生们更加悲痛,每一秒都是锉,一下一下锉着亲人的心。人生最大的悲伤莫过于不想离别却又不得不离别,而且是永不见面的诀别!

当程序进行到家属们作最后的告别时,马国庆说了声"我们就是黄老师的家属",便站到家属行列。很快,一个、两个、二十个、五十个……很多学生加入家属队伍,唏嘘一片……

黄大年团队青年副教授马国庆,是黄大年回国带的第一批博士研究生,也是学生们的师兄。最后时刻,马国庆泪流满面:"我们都是黄老师的学生,现在我们向老师作最后的告别,跪下——"

"轰!"的一声巨响,几百双膝盖同时砸在水泥地板,惊天动地!

"哐!""哐!""哐!"几百个前额同时砸在地板上,连砸三下……

目睹之人无不震惊,无不动容!

刹那间,整个大厅号啕一片——

"我多么希望这是一场梦啊,我多么希望用我生命的十年二十年乃至后半生来换回您!"

"让我真诚地叫您一声——'爸爸'!"

"做您的学生真的很幸福,来生我还做您的学生!"

"老师,一日为师终身为父,我这辈子都是您的孩子,您未完成的事业有我们帮您完成,老师您好好休息吧,我们不会让您失望!"

……

在同一个时刻,曾做过大手术的吉林大学植物科学学院副院长李荣茂,正高烧40度,病榻上得知黄大年不幸去世,当场号啕大哭,他浑身发抖,脸上虚汗淋漓,仍坚持创作了抒情长诗《黄大年,一盏永不熄灭的爱国明灯》,他在诗中呼唤:"请上帝带我走吧,留下大年兄!"

在同一个时刻,36位从全国各地专程赶来的"千人"专家垂泪如雨,忍不住抱头痛哭。

在同一个时刻,网友们感慨"黄大年是浮躁年代的定心丸""让我们认识了一位伟大的科学家""国之大匠""已看哭,民族脊梁""游子绩高如浮萍,归乡报国根泥深"……

马克思一个世纪前似乎早有"预见":"我们的事业并不显赫一时,但将永远存在,而在将来,面对我们的骨灰,高尚的人们会挥洒下热泪的。"

续航:再出发

一叶红枫飘落,引爆整个秋天。

中共中央总书记、国家主席习近平知道黄大年的事迹后,当即号召全国人民学习黄大年心有大我、至诚报国的情怀。全国"时代楷模"、全国道德模范、全国优秀教师、全国"至诚报国楷模"等数十项荣誉实至名归。全世界有上千名华裔科学家受到震动,纷纷踏上报效祖国的归途。

"黄大年热"迅速升温。

2017年1月13日,刚刚告别黄大年的当天,于平和其他两位团队成员不顾疲惫和忧伤,连夜坐火车去北京申报课题。那是黄大年生前就布置好的,一定要完成。申报顺利通过,三人去了黄大年生前常去的一家米粉店,点了五碗米粉,另两碗留给老师黄大年。饭店依旧老样子,人还是这些人,唯独缺了黄老师。他们紧紧盯看着那两碗热气腾腾的米粉,静静地等待,仿佛黄老师还能回来……

黄大年的话又在耳边响起:"吃东西可以汤汤水水,但做事千万不能汤汤水水,唯有认真对待每一个细节,才能成就最好的结果。"

"你来不来都一样,感觉每朵莲都是你。"王郁涵每星期都会修剪黄老师办公室中的绿植。黄老师看到哪片叶子枯萎会不开心,认为花长得不好,不是花的问题,是养花的人没用心;事情做得不够好,同样是因为做事的人没有全心投入。

在地质宫大楼,507室的灯光再也没亮,黄大年团队办公室的灯光却早早亮、晚晚熄。同事和学生们把怀念黄大年的悲痛,化成勤奋的攻关行动。这样,他们会离黄老师近些。

马国庆一口气领了多个科研项目,要像老师一样,拼尽全力科技报国。

黄大年曾经工作的英国科研团队领衔人说:"黄大年教授虽然离去,但我们承诺他的科研项目不会终止,我们全力支持黄大年的团队。"

中国工程院院士、吉林大学校长李元元郑重承诺:"学校将在人力、物力、财力等方面全力支持黄大年同志生前所在学院的团队,围绕国家重要需求和科技创新,将他未竟的科技事业全力推进,争取在短时间内,将黄大年同志所开辟的重要方向和课题实现重要突破。"

"千人计划"特聘教授殷长春领衔的移动平台探测技术研

发中心,2017年度国家级科研项目申报再次取得重大突破;李桐林教授负责的国家"十三五"重点研发计划"深地资源勘查开采"重点专项"移动平台地球物理探测技术装备与覆盖勘查示范""航空重力梯度仪研制"项目,已经正式实施;杜晓娟教授负责的国家"十三五"重点研发计划"深地资源勘查重点专项"等多个课题顺利启动;刘财教授、李桐林教授、于平教授、冯晅教授、于显利副教授和马国庆副教授各自负责的高端项目,都层楼更上,令世界瞩目。

黄大年生前"建设一流学科、一流平台、一流团队"的设想,正开足马力,全力冲刺,向国际顶尖科学高峰攀登。

黄大年的学生们有的入职全国各大科研机构,继续项目研究;有的放弃优厚的工作机会,像黄老师一样在吉林大学任教。

那些已经散布在世界各地的学生,他们按照黄大年结合每人特点设计的专业特长、兴趣方向、性格特点,种子一样播在科研土壤里,期待破土萌发,让祖国下一代多学科交叉研究的科研人才,茂盛成长。

出国的学生们所学不同,异居各地,但有一点是相同的,他们永远牢记恩师黄大年的教诲:"一定要出去,出去了一定要回来;一定要出息,出息了一定要报国。"

(原载《北京文学》2018年第7期)

大国重器（节选）
——中国火箭军的前世今生

徐　剑

1. 甲子一梦，钱学森第一个提出"火军"构想

1956年新年，天气很冷。2012年夏，李旭阁在北戴河海滨回忆起来，记忆难免有误，但他非常确定地对我说，那年元旦，北京城里落了一场大雪。

雪是从凌晨下起来的，纷纷扬扬一夜。第二天清晨，铲雪之声将沉睡的城郭唤醒。

李旭阁说，昨天晚上离开中南海居仁堂时，黄昏泛起，1955年最后一抹夕阳落照于中南海居仁堂红墙黄瓦的林苑里。时任军委作战部特种兵处技术组参谋的他，将最后一页台历撕下来，夹进自己正在补习的代数书里，且作书签，长舒了一口气，并将目光透过古老花格窗的玻璃，投向红墙内外。

一元复始春将至啊。

明天就是元旦了。李旭阁目光从窗外收了回来，站起身来，将桌上文件和保密本收拾干净，送回保密室，正准备离去时，特种兵处处长杨坤上校突然走了进来。

旭阁留步。杨坤推门而入，说还有一件要紧事与你商量。

要紧之事？李旭阁有些不解。

是啊！杨坤扬了扬手中一张入场券，说明天下午三时新街

口排练场有一场很重要的科学技术讲座,让你参加。

什么讲座?

我也不知道。杨坤处长颇有几分神秘地说,涉密程度很高!作战部王尚荣部长点了你的名,据说,听讲座的都是驻京各大单位的上将、大将,可能你是最小的官。

啊!李旭阁一脸骇然,规格这么高呀。

作战部就发了两张票,王部长和你一起参加,有什么困难吗?

没有!李旭阁摇了摇头。

我找管理处,给你要辆车。

不用了,杨处长。李旭阁摇了摇头,说,武衣库到新街口不到3里路,我骑自行车去。

好!杨坤点了点头。

暮霭落了下来,西天最后一抹紫阳被中南海冰湖暮霭融尽。李旭阁骑车从居仁堂出来,右拐,从六部口,绕着红墙北行,过毛家湾,从国管局和宗教局门口向西,穿过红楼电影院,往如今全国政协所在地武衣库总参作战部宿舍骑去。身后,夜色如潮水泛起,街灯昏黄如豆,在薄暮中犹如一只只夏夜里的萤火虫,将北京城郭的万家灯火引燃了,灿然一片灯海。

有灯火处,必有人间炊烟。李旭阁骑车横穿缸瓦市,往兵马司胡同拐去,身前身后,便是一片灯河,一条人间天河。北京城隅渐次沉落于宁静之中。

从战争中走来的军人,最喜欢这种安详与静谧。李旭阁喜欢这样的和平之夜。

大雪无声,不知不觉中落了下来。

丰年好大雪啊!那天早晨,李旭阁推开武衣库小院里西厢房的门,只见一夜瑞雪落下,院子里飘雪成堆,侵至石阶间、窗台上,甚至拥门而伏。雪后一片天光,太阳不知什么时候升了起来。晨曦初照,瑞雪丰年,天行健,人间正道,紫气冉冉,古老中国因了一群年轻的理想主义者,竟然老树新枝,犹如朝阳,重曜东方。

扫完了积雪,不知不觉已经中午了。李旭阁转身到长廊一侧去开自行车锁,独自骑车朝新街口排练场缓缓而去,不是看演出,而是听一场涉密程度极高的学术讲座。这场讲座的主角是谁,他并不知道,不该问的坚决不问,不该说的坚决不说,这是他到作战部报到时,处长交代他的第一条铁律,但是对于今天这个讲座主讲人是谁,他还是充满了好奇与期待!

下午3时,李旭阁踏雪而来。跨进排练场时,会场已座无虚席,且多是一水的马裤呢将官服,上将、中将居多,个别大将亦坐在其中。李旭阁放眼望去,好多都是熟悉的面孔:空军司令员刘亚楼上将、海军司令员肖劲光大将、装甲兵司令员许光达大将、工程兵司令员陈士榘上将、铁道兵司令员王震上将、炮兵司令员陈锡联上将等,还有总参副总长、总政副主任和总后副部长,以及相关部队的二级部长,唯一的少校军官便是自己。他有点瞠目结舌,都是领导啊,今天来的人是何方神圣,居然吸引了如此众多的高级将领。可曾知道,在刚刚落幕的抗美援朝的战场上,他们率领一支神勇的军队,在朝鲜雪野与美国军队较量、摊牌,赢得了尊严和尊重。然而今天下午,每个人都戎装在身,静静地坐在小排练场里等待着,等待一个传奇人物的出现。

电铃响起,国防部副部长兼哈尔滨军事工程学院院长陈赓大将陪着一位中年学者走了进来,宽脸庞,白皙的肌肤,一副江南子弟模样。两个人刚刚坐定,陈赓大将便介绍道,今天的课叫"导弹概述",是一堂先进的军事技术讲座,我们有幸请到了刚刚归国的钱学森教授给大家讲课。钱教授是世界著名空气动力学家。美国海军次长金贝尔曾说,一个钱学森值五个海军陆战师,他回红色中国,绝不是去种苹果,我宁可枪毙他,也不让他回去。钱教授在美国的一座孤岛被关押五年后,在中华人民共和国政府的多方交涉之下,终于于去年10月8日回到了祖国,我代表国防部,对钱学森教授的归来,表示热烈的欢迎!

掌声响起,一群在战争大学速成的新中国军方高级将领们,将好奇与热情之眸,投向这位大海归。

钱学森频频躬身致谢。那一种从容自信的钱氏微笑,倾倒了这些从枪林弹雨走出来的高级将领。时隔多年,李旭阁还清晰地记得当时这一幕。

那天下午3时,李旭阁摊开一个笔记本,写下1956年元旦,主讲人:钱学森,题目《关于导弹武器的概述》等一行字,这是他入京城当军委作战部参谋后,听到的第一场关于世界尖端武器概述之课。这是一个全新领域,也是战争的前沿地带,他聚精会神地听,一丝不苟地记,什么叫导弹,导弹飞行力学原理是什么,内部结构如何,作战用途……最后,钱学森饶有兴致地说,世界上新兴的军事大国,其重要的标志之一,便是拥有导弹核武器。虽然新中国刚从战争的废墟里走出来,一穷二白,可是凭着中国人的智慧与勤劳,完全有志气、有能力自力更生,制造出自己的火箭来,并建议中央军委成立一个新的军种,名字可以取为"火军"。

这个火箭军的"始作俑者",自然是钱老莫属。然,中国战略导弹部队更名火箭军的道路一波三折,20世纪80年代中期,主管国防科技和第二炮兵的军委副秘书长、国务院副总理张爱萍,就萌动过兵种改军种的建议,成立中国战略火箭军。因时机不成熟,此议被一次次地搁浅了,直到2015年的最后一天,才梦想成真。

李旭阁觉得自己很幸运,这样的尖端技术讲座,由世界知名的科学家来讲,可谓千载难逢!学者与少校,先生与学生,都未曾想到,这一堂讲座,对于彼此一生的改变与影响是潜移默化的。年轻少校一生从此与导弹结缘;而钱学森教授也未曾料到自己的一堂讲座,会在新中国一位年轻军官的成长之旅中画下一道深深的历史之痕,会与一支战略军种的成长壮大密切相连。当时听他课的人很多,但是将来其中走出一位中国战略导弹的司令员,或许令后来的他有点始料未及。尤其是钱老当时提出的火军的建议,六十年之后,就在2015年最后一天,正式成军,而向世界宣布的日子,竟然是第二天下午,与钱学森讲课的时辰不谋而合。

六十年一个甲子,一枕火箭军之梦。历史于冥冥之中,在辞旧迎新、一元复转的时空交接之中,预示和影响了中国火箭军的前世今生。

2004年4月,已经解甲的李旭阁整理过去的卡片资料时,竟然意外地发现了当时的导弹概述笔记本。当时钱老的三堂讲座,李旭阁工工整整抄了一个满格满页的笔记本。耿素墨阿姨还专门打电话来,让我去看。

斯时,李旭阁早已看淡世事,对着我说,这个记录本身很有意义,可以送给上海交大钱学森纪念馆,这是最好的礼物了。果然,钱学森的儿子和秘书得此消息后,先后赶到李旭阁司令家中,将原件重新拍照和复印,以便捐赠上海交大图书馆。

2005年11月12日,钱学森归国五十周年座谈会在北京举行。钱夫人蒋英女士特意叫李旭阁司令作为出席嘉宾参加此纪念会。蒋英握住李旭阁的手说,钱老生前让我转告你,未曾想到,当年听他讲课的一位少校,居然走上了第二炮兵(火箭军旧称)司令岗位,远远超出了他那堂课的意义和影响,钱老始料未及。

李旭阁笑了,说从听钱老的《导弹概述课》开始,他的命运便与中国战略导弹事业连在一起了。

2.满洲里,一级警卫的导弹专列驶过来

我站在满洲里中俄铁路的界碑前,时间是2012年6月28日。离苏军导弹营102名官兵携带两枚导弹装备驶入中国,已过去整整55年。

往事如风。将近一个甲子,许多激动人心的事件,皆被从西伯利亚刮来的雪风吹得一干二净,唯有剩下几个名人的照片和故事。

那天上午,中国作家走边防采访团流连于满洲里车站中俄交界零公里处,边防站政委不无自豪地对我说,当年,虽然日军封锁甚严,但是满洲里一直是中共中央要员出入苏联的一个重要孔道。他指着不远处的一座桥隧说,通常是千里冰封的晚上,

北风卷地,大烟炮儿呼啦啦地刮过,延安来的同志便乔装成商人,坐在四轮马车上,趁着夜暗,先抵达隧道里,避过日本关东军的巡逻队,悄然过哨卡。

偷渡?我问了一句。

在当时,就是这个意思。

你知道吧,1957年12月20日,一列苏军的导弹专列和102名导弹官兵,从满洲里入关,拉开了组建中国战略导弹部队的序幕。

这样的大事,我们不知道啊!史馆里没有记载啊。

当时高度保密,沿途都是一级警卫,路口都有警察站岗,边防检查站的领导估计也不知情。他答道。

那天下午,天晴得好,呼伦贝尔大草原的彩云垂得很低,那种云纹,我只有在敦煌石窟见过。祥云缭绕,我一直踯躅于满洲里的41号界碑之前,久久不愿离去。不远处,便是那条古老的中俄铁路。彼时,偶然会有一列车从关口驶过,但已经非常稀少了,铿锵之声,犹如一种历史回响,将我拉回那激情的年代。

1957年12月9日,经军委研究决定,正式组建我军第一个"一揽子"导弹专业培训机构——中国人民解放军炮兵教导大队,由军委炮兵参谋长陈锐霆少将和国防部第五研究院院长钱学森共同负责。主要任务是接收从苏联引进的P-2地地导弹装备、C-75地空导弹装备和技术资料;请苏联专家任教,培训导弹部队指挥员、参谋人员和技术军官。

陈锐霆少将,山东即墨人,身材伟岸,是一位颇有传奇色彩的开国将领,1925年考入济南师范学校,毕业后成了青岛一位小学教师,济南惨案后,天下容不下一张课桌,他愤然扔下教鞭,考入黄埔军校7期,毕业后从一名炮兵排长干起,日军的炮弹4次在身边爆炸,九死一生,后成为李仙洲部的一名团长。1937年秘密加入中国共产党,皖南事变后,汤恩伯率9个师围攻新四军四师,在这关键时刻,陈锐霆率部起义,后担任新四军炮兵处处长兼炮兵司令员,1947年任华东野战军特种兵纵队司令员。渡江战役打响前,四艘悬挂米字旗的英国海军护航舰公然闯入我军防区猖狂挑衅,陈锐霆指挥炮群奋力反击,把"紫石英号"等英舰打得落花流水。

军委一纸命令下达后,陈锐霆立即草拟了炮兵教导大队名单,大队长孙式性上校、政委宋杲上校、副大队长郭升九上校、葛林少校,技术副大队长黄迪菲中校,参谋长魏梦军中校,副参谋长高雁翎、李甦中校。名单很快送到了炮兵司令员陈锡联的桌上,陈司令员俯首一看,几乎都是炮兵机关的部长、处长,感叹道,陈参谋长下手真准啊,炮兵才俊,一网打尽。

陈锐霆笑了,手心手背都是肉。反正培养出来,都是陈司令麾下的人啊。

马上通知报到。为保密起见,不要谈话,不要交代任务,到了长辛店圈起来,动员时再讲。陈锡联交代道。

陈锐霆点了点头说,苏军导弹装备20日到满洲里了,我意派孙式性同志带50个人过去接装。孙式性过去留学苏联,会说一口流利的俄语。

好!考虑得很周到啊。陈锡联询问,总参装备部谁去,炮兵还需要谁陪着?

已经协调好了,请总参装备计划部万毅部长带队去满洲里。陈锐霆答道,今年10月在莫斯科签协议时,就是万部长跟着陈赓大将谈的。

……

20年前,我采访万毅中将时,他已经从总后勤部副部长的岗位上退下来多时,赋闲在家。当年这位张学良少帅的副官,一直在东北军中从事地下党工作。西安事变之后,率东北111师起义,后随林彪入东北,任一纵司令员、政委、42军军长等职,抗美援朝任志愿军炮兵司令,1953年9月起,任总参装备计划部部长,授中将军衔,是当时满族将领中军衔最高的。

此时,万毅中将眼睛几乎失明,戴了一副眼镜,工作人员将他扶至沙发上落座。问及当年随陈赓大将,直接参与引进导弹技术的谈判,还有风雪天直驱千里,进抵冰天雪地满洲里接装的往事,他的记忆仍清晰如昨。

万毅老人说,当苏军导弹营102名官兵携装备从中国边境口岸满洲里入境之时,国防部部长彭德怀元帅特别指示,让万毅中将带人去接装。临行前,彭老总又将他召至办公室,郑重交代,千呼万唤,山重水复,苏军导弹营装备和官兵终于要进满洲里了,你代表我去接装,以示重视。

万毅说,彭老总放心,我会将这桩事情办妥的。

我对你办事怎么能不放心啊。彭德怀慨叹道,我所以派一位中将去接装,是因为人民解放军对于高尖端武器太渴望。你跟我打过抗美援朝战争,又是炮兵司令员,实事求是地说,我们并不是志不如人,而是器不如人,与美军的空中支援、坦克大炮相比,我们的炮兵远远不行,后勤弹药供给也仅仅打一星期的战争。只能靠牺牲,靠血肉之躯拼出一条胜利之途来,但是,代价太沉重了。引进苏联老大哥的导弹、原子弹技术,就是要缩短这种差距,不然,将来我们解放台湾,如何跨海作战啊!

万毅默默地点了点头,心情怎么也轻松不起来。一代名将,军中元戎,带领一支刚刚翻身解放的农民军队,与世界上最强大的军队较量,将联合国军固定在了三八线上而不可逾越,最后迫使美国人坐到板门店的谈判桌旁,在一场没有赢得胜利的停战协定上签字。彭老总是大功臣啊,为中国军队赢得了荣光,可是回国之后,却极尽反思,反省战争的得失,力主人民解放军实现国防现代化,向一支职业化、正规化的国防军迈进,其诚可感,其忠可鉴日月天地啊。

万毅说,苏军导弹专列是10日到中国边境。他与总参装备部的二级部长、处长,还有炮兵教导大队大队长孙式性上校提前一天抵达满洲里。孙式性曾经留学苏联,会一口流利的俄语,有过与苏联人打交道的经历,知道他们的习性和爱好。苏军官兵入境的第一顿饭要在中国境内就餐,因为两国的列车车轨标准不一,换轨便有一个过程。

那天,天公并不作美,满洲里的天气骤降至-40℃,对于在雪国西伯利亚长大的苏军官兵算不了什么,而对中国军队却是奇寒天气。为了保持人民解放军中将的威仪和尊严,万毅只穿了一件佩戴军衔的马裤呢长大衣。站在站台上,毛毛风吹过,大烟炮儿在雪原上刮过,有一种千针万箭的刺痛感,年轻时代虽然在东北大地驰骋,却也没有见过这样冷的天。

终于,苏军的导弹专列缓缓驶了过来,跨下站台的是苏军导弹营营长莎尔曼·邱克中校和技术工程师马克·普列奥布拉任斯基中校。

中将同志,苏军导弹营营长莎尔曼·邱克中校,率102名官兵前来报到,我们已经踏上中国的土地。

欢迎,欢迎!万毅还了军礼,我是中国人民解放军总参谋部装备计划部部长,我代表国防部部长彭德怀元帅来迎接大家。同来的还有你们的同行,也是学生——炮兵教导大队大队长孙式性上校,副参谋长李甡少校。军供站已经为你们准备好午餐了,请官兵下车就餐。

孙式性甫一张口,一口俄语,顿时让苏军的官兵有了一种亲切感。虽然好久不用了,但是还可翻译一般生活工作之事。

一声哨响,102名苏军导弹官兵哗哗地跳下车来,除留下警卫的,皆下车到餐厅吃饭。那天,万毅专门带来了北京的二锅头,他知道此酒与苏联的伏特加齐名,浓度高,酒烈。当孙式性示意服务员给苏军营长和军官斟上时,莎尔曼·邱克摆手拒绝了,说,上校同志,我们有军务在身,导弹装备尚未交给贵军,不能喝酒。

孙式性说天太冷,喝口酒暖暖身。

上校,等将来教会你们操作导弹装备之后,再摆酒,我们大醉一场。

呵呵!听莎尔曼·邱克中校的,万毅中将摆手制止了,等到了北京,我再为苏军官兵接风。国防部部长彭德怀元帅让我转告,到时他会为你们举行欢迎宴。

万毅老人回忆道,苏联导弹列车在当时中国最大陆路口岸换轨过境(苏联铁轨宽于中国标准铁轨85厘米)。一排排背对列车、荷枪实弹的哨兵,使静谧寒冷的边境口岸增添了几分神秘和肃穆。换过轮轨之后,导弹专列横穿呼伦贝尔大草原,穿越辽东大地,由山海关入北京,整整开了4天。一路上,可以说完全按中央主要领导出行一级警卫,导弹专列所过的车站,铁路沿线和城市路口,都全路封闭,有警察和民兵站岗,荷枪实弹,且昼伏夜行,为的是高度保密,搞得非常神秘。

回首这段往事,万毅老人说,虽然后来中苏关系起起落落,一度剑拔弩张,核大战在即,但是客观地说,中国的导弹事业能有今天,是离不开苏联人帮助的。我们聚集在长辛店炮兵教导大队的学员共六百余人,有从全军百里挑一的莘莘学子,青年才俊,还有回国不久的航天、航空专家学者。中国的航天工程就是从苏联人的第一枚解剖弹起步的,我们的反设计很厉害,很快拿出了中国的"1059"。

英雄已矣,故事和歌皆被风雪淹没。那天,我流连于满洲里边防检查站史馆里,并没有这段历史的记忆和影像资料。伫立窗前,远眺着不远处的铁轨,记忆像轨道一样长,可是那辉煌的岁月,却没有像铁轨一样,延伸至中国人的记忆深处,反被岁月漠风吹干了,不曾留下一点痕迹。

远处,有铿锵的轮轨声传来,是欧亚大通道的国际列车驶过满洲里。

直至近半个世纪后,这趟专列才向世人掀开神秘的面纱:车上装载的,正是从苏联引进的两枚P-2地地训练导弹(含一枚解剖弹),以及45台件测试、发射、横偏校正、加注和运输等特种装备。随车来华执教的苏军官兵共102人,其中军官37人,士兵65人。P-2导弹是使用液氧和酒精作推进剂的单级火箭,最大射程590公里。这一切均属核心机密,列车上装的是什么,别说担负警戒的哨兵和警察不知道,铁路部门不知道,甚至连中方前去接装的官兵大多也不知道。只有一位领导心里明白,那就是万毅中将。

列车一声笛鸣,响彻云霄。享有一级警卫规格的特种专列一路南下,穿越隧道、桥梁、车站,于24日18时51分抵达北京西南长辛店车站,又经专用线直接开至9公里外的原东方马列学院二分院院内,刚成立半个月的炮兵教导大队的官兵在此翘首迎候。

3.陈毅说，导弹上了天，就是狮子吼、老虎啸

哈萨罗夫上尉是苏军导弹营的发控师，在战略火箭军里，素有第一号手之称。每每选人，他都按天之骄子般地挑选，要求文化程度最高，人精干至极，反应敏捷，非常人可比。

那天上午，哈萨罗夫上尉将马靴擦得锃亮，步履铿锵，走进炮兵教导大队队部，只见技术副大队长黄迪菲和副参谋长李甦正在那里说事。已经拼过一场酒了，中苏两国军人对彼此都非常了解，友谊因酒而燃烧成火一般的热烈。

可此时，哈萨罗夫上尉的蓝眼睛在喷火，黄迪菲心里咯噔了一下，又是哪里冒泡了，看这年轻上尉不可一世的孤高，一定有什么事情令他不爽。他连忙倒上一杯祁门红茶，将一盘最好的国光苹果，推至上尉跟前。

喝口红茶，有事慢慢说。

黄中校、李少校，恰好你们在。哈萨罗夫将名单扔到桌子上，指着导弹发控号手张元庆的名字道，这位导弹发控号手不行，文化程度太低，必须换掉。

换掉，上尉，你说什么？出生河北冀东，与小日本拼过刺刀的李甦不干了，他身材高挑，说话一急，偶然会有一点点口吃，小张是初中文化程度，在我们这支军队里已经是大知识分子了。

哈萨罗夫摇了摇头道，李少校，你不懂，发控号手是整体导弹上的中枢，是大脑，加注、发动机、控制、弹头遥控综合测试时，每个指令、每个动作、每个元器件的参数，都最终要反映到控制台上，需要发控号手有深厚的专业理论和敏捷的反应能力，在我们苏联，那是中国人说的人之龙，要百里挑一，张元庆不是可造之才。

不！张元庆就是百里挑一来的！李甦摇头道，上尉，我了解张元庆，考核过他，他的灵敏度、反应度没有一点问题。

少校，恕我直言，我说的是张的文化程度。他受的学校教育

太短,当发控员禀赋不够好,哈萨罗夫摇头,高等数学、大学物理、电工等知识,他都没有学过,难以胜任。

中国是一个农业大国,一个农家子弟,能读一个初中毕业,已经很不错了。

可我说的是现在。

我也说的是现在。

不要争了。黄迪菲一直没有吭声,默默地看李甦与哈萨罗夫的争论,他阻止了自己的部下。李甦笑着说,上尉,能否给我一个月时间?

做啥?

专门给张元庆开小灶,重点培养、训练他,1个月以后,你来组织考试,如果他的专业拿不了第一,就换掉他。黄迪菲的手咔嚓横了一下。

1个月太长,我们所有的训练才3个月时间。

20天?

半个月。

成交!

好!黄中校,一言为定,我相信你。哈萨罗夫说道。

中国有句古话:"君子一言,驷马难追。"

哈萨罗夫点了点头,又摇了摇头,带着一丝狐疑走了。李甦问黄迪菲,黄主任,他仍然以军委炮兵办公室黄迪菲的职务相称,你对张元庆有信心?

我对中国军人有信心!

哈哈!李甦仰天大笑,说得好。

你通知张元庆吧。黄迪菲交代道,让他跑步来大队部。

一会儿的工夫,张元庆来了,喊了一声报告。

进来吧!黄迪菲指了指座位,让张元庆坐下。

脸庞圆圆的少尉排长,拘束地坐了下来,看了看屋里坐着的一位中校、一位少校,多少有些胆怯。

是四川人吧?黄迪菲单刀直入。

是,首长!

那是巴蜀之地。唯巴蜀之人最能吃苦,能培养出一位中学生,不易啊。

坐在一旁的李甡点头称道。

黄迪菲以守为攻,直奔主题,刚才苏军对口的发控师哈萨罗夫上尉从我这里走了,人家的意见是要让你下课!且很坚决。

要换下我?!张元庆瞪大眼睛,直逼黄迪菲。

是的!苏军导弹营教官组经过全面考核,认为你不合格,不适合担任控制号手一职。

啊!张元庆的眼泪哗地涌了出来,脸色通红,似乎受到了奇耻大辱。

锤子!此时的黄迪菲不再文质彬彬了,军人的另一副面孔清晰凸现,把眼泪给我擦了,一个男人,一位真正的军人,一生只能哭两回,一回母亲死了,一回国家亡了。我哭过一回,就是日本人全面占领了华北、江南、华南,一国之都沦陷了,所以我从东南亚跑回来,参加新四军,报国救亡。你看现在新中国像八九点钟的太阳,正冉冉初升,一个男儿唯有报国强军啊。

张元庆顿时被黄迪菲的一番话给镇住了。

读过一个典故,知耻而后勇吗?

张元庆点头道,读过。

知道破釜沉舟的典故什么意思吗?

知道!置之死地而后生。

对头!黄迪菲击节叹道,现在是中苏两军对口教学,从某种意义上就是两军对抗竞赛,你张元庆现在代表的不是自己,也不是炮兵教导队,甚至不是军委炮兵,而是中国人民解放军,你甘心这样败下阵来吗?

副大队长,我……我当然不甘心呀。张元庆怯怯地答道。

对,就是不甘心,而且还有信心、雄心打一回翻身仗,让老毛子瞧瞧,我们这支军队不是吃素的,我们这辈军人,敢和日本鬼子拼命,敢与美国佬摊牌,一比高下,你这代军人,也不能输给苏联红军啊。这个脸,你张元庆丢不起,我们炮兵教导大队官兵也丢不起啊。

黄大队长,我明白了。

明白什么?

知耻后勇,破釜沉舟,背水一战,置之死地而后生。

对头!为自己而战,为炮兵教导大队而战,也是为军人的荣誉而战。

这不是你一个人的事情了,而是整个炮兵教导大队的事情。黄迪菲心里非常清楚,苏军导弹营官兵对口教学中国官兵,只有3个月时间,且教官课堂上讲,翻译现场翻,有些技术名词和原理,并不是一句话两句话能说清楚的,而且苏军战略火箭军的保密规程又极严格,下课必须将教材和笔记都收到保密室里,一个人也不允许再看,因此复习成了最大的困难。

困难再大也难不倒中国官兵。黄迪菲将此事报告给孙式性大队长和宋昊政委之后,决定举整个教导大队之力,来保张元庆闯关成功。

于是,导弹控制号的操作再不是张元庆一人的事情了,苏军教官在讲这个专业时,其他学员也记,下课之后,再来整理笔记,大家一起来做操作,一个操作规程,一个口令流程,无数次复述、记忆。最厉害的一招,是一位技术专家出的主意,背导弹线路图,就像记一座城市的地图一样,一个口令下达,各种车辆行驶至哪个街口、巷道,背了导弹电路图、液路图和控制线路图之后,便一目了然了。若将此三路图全部默背下来,默画下来,就一步功成了。

我能够背。张元庆喃喃答道。

于是,那一个个不眠之夜,熄灯号吹响之后,张元庆就捂在被窝里背,拂晓时分,起床号尚未吹响,他已经在北方凛冽寒风吹拂的过道之上默背多时了。

数学课、大学物理和电工课程,不懂的就去向学员中的大学生请教,请他们帮着开小灶。更多的时间,他用硬纸壳做一个控制台,一个口令、一个操作流程地在那里练习导弹程序操作。

一天、两天过去了。

一周、两周,最后的考核时间逼近了。

15天之后,苏军导弹工程师普列奥布拉任斯基中校和哈萨罗夫联袂组织的第一轮考核之中,张元庆过关了。

好!初战成功,没有给炮兵教导大队丢脸。黄迪菲伫立一旁,看到苏军教官的打分,犹有意味地说,君行健,更须自强不息。张元庆,锤子,你这一买卖砸得皮实,加油,最后苏军走之时,与他们比一比默背电路图、液路图、线路图,这一招赢了老毛子,才算英雄。

是,大队长同志。

副的!黄迪菲扶了扶自己的眼镜,重复一遍!

是!黄副大队长同志。

黄迪菲挥了挥手,微笑着目送这位年轻的少尉出门。

1958年的春天姗姗来迟。

过了三月天,苏军导弹营官兵便要撤回俄罗斯大地了,然而,有一场默背线路图的对抗赛,一场由教导大队炮兵组织的P-2导弹点火试验,在等着他们,观看者是中国军方的3位元帅。

临近月末了,首先展开的是哈萨罗夫上尉与中国军方最年轻的少尉张元庆之间的对局。一边是先生,一边是学生,两个人站在大黑板前默画电路图。甫一开始,先生尽占娴熟之功,频频领先,可是到了中段,渐次落后了,张元庆迎头赶上,最后反超先生,将近时间节点,哈萨罗夫频频出错,改正之后,已经落后于弟子了,最后张元庆以百分之百正确、提前15分钟超越哈萨罗夫完成了默画任务,赢得第一个回合。

普列奥布拉任斯基与黄迪菲一起伫立于后,感慨万千道,了不起的中国军人,他本是一个要被踢出局的人,反而转败为胜,赢了自己的教官,赢得很漂亮啊。

知道中国有一首吟蜀道难的唐诗吗?

不知,普列奥布拉任斯基摇头。

是我国唐代一位大诗人李白写的,他出生于碎叶城,就是你们今天的贝加尔湖地区,他吟道,蜀道之难,难于上青天。张元庆就是大巴山走出来的孩子,他就是从这比上青天一样难的蜀道爬出来的。一个人唯有以坚韧不拔的毅力,才能够攀登抵达蜀山、秦岭之顶,最终走向盆地,走向辽阔的大平原。

你是说唯有登山之巅的勇气和毅力,方能成为英雄战士。

是这个意思!万水千山,山重水复,只要有信心,胜似闲庭信步。只有这样才能赢。

看来张元庆赢在精神层面了。

当然!黄迪菲自豪地说,一种大巴山人特有的坚韧性格和毅力。

这支军队是有希望的,这群年轻中国火箭部队的军官是有希望的。普列奥布拉任斯基喃喃说道。

谢谢,老普同志!

哈哈!黄迪菲仰天大笑。

人间三月天,对于北方中国来说,仍旧蛰伏于寒凝大地之中,永定河里的冰凌尚未有解冻的迹象,但是春天已经不远,风吹过来,有了些许暖意。

苏军导弹营官兵就要回国了,行前,一场重要的导弹操作演示如期举行。

那天,操作大厅不过是在长辛店马列主义学院大院里一个大操场上,四围用军用帆布围了起来,以防外人窥视。转运排长江绍华带着导弹拖车,将一枚P-2导弹用导弹转运车拖至操场正中央,全体发控号手集合完毕,齐装满员,只待3位元帅贺龙、陈毅、聂荣臻和总参谋长黄克诚、副总参谋长张爱萍来视察。

下午3时许,贺龙、陈毅和聂荣臻元帅的吉姆牌黑色卧车鱼贯而入,黄克诚、张爱萍的座驾也紧随其后。

炮兵教导大队已经集合完毕,贺龙、陈毅、聂荣臻步出卧车时,大队长孙式性上校跑步向前,向走在前边的贺龙元帅报告,元帅同志,军委炮兵教导大队发射连、技术连正在操作,请您指示!

继续操作!贺龙元帅下达了指示。

是!

孙式性转身跑步回去,向演示部队下达了指令,继续操作!

贺龙、陈毅和聂荣臻元帅皆一身戎装,穿着一色元帅服。落座之后,炮兵教导大队点火演示。此时导弹早已经起竖,一剑冲天,昂然神武,液氧和酒精按点火的程序,只加了少量,够发动机在发射台做喷火之状,而不必起飞。彼时,导弹已经进入最后的发射程序,张元庆在发射车里做最后的操作。

5分钟准备。

3分钟准备。

1分钟准备。

最后是10秒的倒计时。

按转电……

弹上电池工作正常。

点火!

张元庆按下了点火按钮。

烈焰燃烧,一只铁鸟浴火重生,尾翼呈喷薄欲发之状,黄色的烈火轰的一声,卷地而出,像一朵朵火烧云团一样冉冉而起。如果不是剂量不够,如果不是导弹发射基座的保险开关紧紧闭环,它会浮冉而起,扶摇九霄的。

然,那惊天动地的呼啸之声,也将猝然临之的三位元帅给震动了。

至此,说明炮兵教导大队的官兵已经初步掌握了P-2导弹的发射能力。

烈火渐灭,烟火散尽,贺龙、陈毅、聂荣臻和黄克诚站起身来,向经过点火之后的P-2导弹发射台走去。陈毅元帅与总参谋长黄克诚大将边走边聊。

黄克诚戴一副深度的近视眼镜,边走边问陈毅元帅,陈老总,你是元帅外交家,见多识广,看了今天炮兵特种教导大队的点火试验,有何感受?

嘿嘿,克诚同志可是抓得紧哟,不会让我主持记者会吧?陈毅果然是一副外交范,随口应答。

自然不会,这高度涉密,只是想问问陈老总看了这么大的家伙有什么想法。

震撼！陈毅从来都是口若悬河，侃侃而谈，随机应变，却句句敲在鼓点之上，我们向金门打炮，美国人说是蚊子叫，等我们的导弹一响，原子弹一爆，那就是狮子吼、老虎啸……

今天初闻狮吼、虎啸？

当然！

哈哈……

三位元帅一同仰天大笑。

4.西去铸剑，总理壮行

写下这个章节题目时，我却对使用"东方第一枝"和"总理壮行"，一直纠结和存疑，此亦非一天两天的事情了。

新世纪的第一个10年，我去素有"亚洲第一旅"的老部队采访，甫入营门，只见办公楼前，一块巨大的岩石，犹如屏风一样突兀于眼前，上边镶有毛体集字"东方第一枝"，阴刻为红色。接我的副主任说，这是周恩来总理为我们旅题的词。我笑了，毛字周题，有点不伦不类。

可是心虽这么想，我却不愿点破，因为我对这支部队的历史浸润研究已深，知道彼从永定河边的长辛店出发，无中国战略导弹部队，便有"亚洲第一营"，无第二炮兵，便有这株共和国的独苗苗。以"东风第一枝"自许，没有什么不好。

下午，旅政委陪我看旅史馆，此乃彼任上的一个杰作，一个亮点。入旅史馆过厅，又是醒目的"东风第一枝"铜雕镶嵌于此，政委说，这是总理为我们旅题的字。

我一愣怔，此为本旅政治委员所云，不能虚构。我连忙委婉问道，杨政委，此种说法出于何处？

旅里的老人啊！

是第一任老营长，第一任老团长李甡，还是葛东升等老首长之语？我追问道。

不是他们。

那是谁？

当然是这个旅的老人,退休的、转业的、复员的,皆这么说,我们便采信了。

一旅政委如是说,我也不便反驳,况杨政委在其任上,党建工作建树甚多,专门到第二炮兵机关大会上作过介绍。但,我还是委婉地说,"东风第一枝"出处,最早源于东方歌舞团访问亚非拉演出归来,郭沫若先生有感于斯,填词一首《东风第一枝》,周恩来总理后将其正式赠予东方歌舞团。我国之重器"东风",又从长辛店零公里处出发,将近一个甲子,一直以亚洲第一个导弹旅称雄于世,鸟瞰地球,慑镇寰宇,故我们官兵以"东风第一枝"自誉、自傲、自豪,取其风骨、神秀,未尝不可。只是"东风第一枝"非彼即我,题词乃张冠李戴,不可安于我们头上。

徜徉于旅史馆之中,一张照片引起了我的注意。一个神似李甦的少校军官,伫立于排头,接受周恩来总理和贺龙、陈毅、聂荣臻元帅等检阅,画面上是总理与李甦在握手,照片的说明是1959年7月15日,导弹第一营移防大西北著名古城武威(古称凉州),总理来送行。

我知道这张照片。火箭军军史馆展板收入时,曾经查遍了周恩来年谱,没有那一天总理送行的记录,倒像是一次大的比武过后,总理接见的画面。但是最终拍板之时,时任第二炮兵副政委的邓天生中将还是默认了这张照片。

我当年写作《大国长剑》一书时,只知道这个故事是许多一旅的老人讲给我听的,但见到这张照片还是第一次。

那是一个光荣与梦想的年代,至今回想起来,依旧令人怦然心动。

1958年4月,首批来华任教的102名苏军导弹官兵圆满完成培训,依然从满洲里出关,返回苏联。炮兵教导大队以第一期学员为骨干,承担新学员教学任务。5月,大队组建第一教导营,主要培训地地导弹部队专业人员,并承担战役战斗训练演练任务。营长黄毅,政委穆洪军。8月,炮兵教导大队转隶国防部第五研究院,第二期培训班正式开学。

国庆节过后,教导大队成立以空军技术骨干为主的第二教导营,负责接收从苏联引进的 C-75 地空导弹全套装备,并承担地空导弹培训任务。营长张建华,政委张思聪。时任总参作战部少校参谋的李旭阁,再度入炮兵教导大队,参与第二营的对口教学和轮训。翌年 4 月,该营如期完成训练任务归建空军,随后,李旭阁随杨成武副总参谋长先后到通州、南口和西边模式口等地选址,布点防空导弹,在东西北三地,多次创造击落美制 U-2 高空侦察机的辉煌战果,被中央军委授予"英雄地空导弹营"荣誉称号。

1958 年 12 月,教导大队成立第三教导营,主要负责培训地地导弹专业教员,营长李甦,政委罗殿英。同月,第三期培训班开学。翌年 3 月完成培训任务后,该营建制撤销。

翌年 3 月底,教导大队又组建新的第三教导营,为国防科委某地地导弹试验大队培养操作手和技术骨干,5 月底结业,归建国防科委某导弹试验基地。

在圆满完成 3 期地地导弹专业培训和 2 期地空导弹人才骨干短训任务后,1959 年 7 月 24 日,炮兵教导大队奉命撤销。在中国战略导弹的历史上,它只存活了 19 个月,五百多天,但却是火箭军真正的"人才摇篮"和"黄埔军校"。

一个临时性的番号消失了,但却成为中国火箭军的前世。

在撤销炮兵教导大队的同时,总参谋部一纸批复,中国第一支地地战略导弹部队——"亚洲导弹第一营"于 1959 年 7 月 6 日在长辛店正式组建,营长李甦,政治委员张克俭,行使团级职权。中校当营长,完全仿照苏军战略火箭军的编制。8 月,该营移驻武威炮兵学校。10 月,总参谋部授予该营"中国人民解放军炮兵第××A 营"番号。

A 营一度成为 B 营,后来,总参下命令时,再改了回来,依然 A 营,后来,成为 A 团,A 支队,最终为 A 旅,一直是中国战略导弹部队之中一字号打头的部队,素有"亚洲第一旅"之称。

人民解放军炮兵第××A 营成立后的第十天,即 1959 年 7 月 15 日,炮兵技术部的一个电话打到了营里,指名李甦接电话,通知他一件重要的事情,下午有一位中央领导要来导弹第一营看望部队。

李甡连忙吹响紧急集合号,布置任务,迅速整理内务,打扫卫生,迎接首长视察,但是到底是谁来,他也不知道。其实当时队伍还未成军,只有长辛店炮兵教导大队学习分配过来的几十号人和一枚苏军留下来的解剖弹,万事开头难。

然而,就在他们盼望上级支持之时,却迎来了中央领导的视察。

下午3时许,一队黑色吉姆牌轿车驶入长辛店炮兵教导大队的原址,李甡早已经列队以待。车门打开之时,全体官兵顿时一片怔然,只见周恩来总理健步走下车来,身后紧随着贺龙元帅、陈毅元帅、彭真同志和罗瑞卿总参谋长。

目睹这些熟悉的身影,一营的官兵怦然心动,李甡跑上前去报告:总理同志,我是人民解放军炮兵第××A营,集合完毕,请指示,营长李甡。

请稍息。总理走到了队列之前,仍然是那样的春风大雅,秋水长天,神情轻松地说,看到你们站在这里,我感到中国战略导弹部队的独苗苗发芽了,钻出了大地,这是一个光荣的起点,也是导弹部队事业创建零的起点。虽然现在装备缺乏,人员也不齐,但是我相信过不了多久,我们就会有自己的国产导弹,不但会有导弹第一营,还会有第二营、第三营,乃至很多的导弹营。地地导弹是国防尖端武器,你们要牢记党中央和毛主席的重托,认真学好技术,稳准严细,确保万无一失,培养过硬的作风,为以后新组建的导弹营输送人才和骨干。

随后,周恩来总理走到一营排头,与李甡等人握手,并问道,李甡同志,还有什么问题需要军委解决的?李甡大着胆子说,总理,地地导弹营刚搭起架子,家底薄,人丁也不旺,家伙不全啊。

这事情好办!总理向陪同视察的炮兵司令陈锡联上将招手道,锡联同志,这难题交给你,导弹第一营,对应是苏军编制,就按照苏军导弹营的编制与权限走,既然他们这没有,那没有,说明是有根据的,关键是装备要到位。

我们按总理的要求落实,不妨照搬苏军导弹营的编制用一用,陈锡联说,请总理放心,装备人员很快配齐。

好! 李甦同志,听到了吧,陈司令给我拍胸脯了,不会有问题的。

谢谢总理!

果然,总理走后,炮兵技术部决定按苏军编制调拨了 AT-C 型车 1 辆、吉斯 151 卡车 3 辆、电台车 4 辆、修理车 4 辆、电焊车 1 辆、5 吨吊车 1 辆、雷达车 1 辆,并调 280 名官兵补充到了导弹第一营。

然,对于这张照片是否是视察第一营所留,至今我仍然纠结,但是故事与照片是对上号了,既然已经上了第二炮兵军史馆的展板,便无可厚非。我驻足于前,那段已经褪色的激情岁月,风云际会,浮现于我眼前。

那一年,李甦老人已经在长安灞桥洪庆干休所里赋闲了,人过七十古来稀,耳朵有点背,交流起来多少有些困难,可是,对于我的提问,只要声音吼得大一些,他仍然能够听到,可以清晰作答。

那天,采访将近结束之时,我突然抛出一个问题,8 月份,第一营官兵从长辛店出发,当时有中央领导相送吗? 或者说周恩来总理为你们出征壮过行吗?

或许是李甦老人没有听清。他说了一件事情,当时总参的命令下达之后,中校当营长,他到京西宾馆参加了一个团以上干部会议,被卫兵堵了门口,不让入内,说这是团以上干部参加,一个营长怎么能够与会。

李甦淡然一笑,说我们执行的是导弹营编制,行使团的职权,但是任凭他怎么解释,哨兵就是不让其入内。这时,一位带班的参谋来了,他看到李甦的军衔中校营长,也不免纳闷儿,问道,首长,你是不是犯错误了,团级干部被贬职当了营长。

放屁! 这是军委和炮兵真正的重视才对啊。

然,周恩来总理送行、壮行出征之事,他只字未提。我不知道此时的老人是不是倚老卖老,故意隐去真相,而不愿点破。

2015 年夏天,原第二炮兵政治部启动了"亚洲第一旅"的大型宣传活动。第二炮兵首长和政治部领导点名让我参与。彼时,在撰写人民大会堂演讲稿时,我们遇到的第一难题,就是"东风第一枝"是否为总理所题,导弹第一营出北京入大西北,屯兵河西走廊,西去铸剑,是否有总理壮行的故事。我如实地讲了自己当时所了解的情况,第一旅以"东风第一枝"自誉,取其神秀,志存高远,但不能将出处落在周恩来总理身上。但是总理视察的照片,毫无疑问,那是老营长李甦的身影,只是7月15日这个日子,总让我有点存疑,那是北京的盛夏之时,总理却是一身中山装,李甦则是春秋常服,持枪,扎腰带,时间和节令上有些对不上号啊,政治部首长最终拍板,为慎重起见,此故事不写入演讲主报告。

历史的真相便在那一刻还复了本真。

壮哉,一支西去铸剑的劲旅。由文明步入荒凉,由繁华走入闭塞,等待他们的又是什么样的命运呢?

5. 武威满城子兵营

北京的早晨是从东方开始的。

黑黝黝的燕山,像褪一件套头的黑衫一样,渐次露出一点、一簇、一片烟岚,当一抹晨光辉映于永定河浅浅的水面之上时,河床几近干涸,芦荻悠悠,于婉风之中摇曳生姿,仿佛是在为出征的将士作最后的送别。

芦花白,秋草黄。一列秘密的军列停在长辛店东的王佐车站,即将西行,在京畿之地神秘消失。然后一路向西,西出乌鞘岭,朝着河西走廊上的著名古城武威开拔。

长辛店东王佐车站上的喧闹从黉夜时分便开始了,先是履带车的轰鸣,后来,则是一台台大卡车刹车时的响动,再后来是一队队官兵跑步而来的铿锵之声。

已经是拂晓时分,李甦扬腕看了看表,指针指向了清晨5时许。东方的天幕已经露出了一片鱼肚白,渐渐地,朝霞满天,犹如一面猎猎旌旗,在天空之中飘荡。他仰首看天,一片氤氲晨霭如轻纱一般,笼罩在王佐站台和周遭的玉米地里。清晨6时,出发时间到了,他向值班参谋示意,吹登车哨子,全体官兵上车,准备出发。

一阵急促的哨声过后,王佐站台上导弹第一营官兵,像潮汐退潮一样,迅速登车,刚才还一片熙熙攘攘的车站,突然寂静下来了。

列车一声鸣笛,轮轨铿锵,徐徐启动,导弹第一营的官兵在上不告父母、下不告妻儿的情况下,秘密向西开进。

李甦坐在车窗前,望着晨光之中北京城郭渐渐远去,东边地平线上,那一朵朵、一簇簇、一片片早霞汇作一片红色的狂潮,托着一轮朝日浮浮冉冉而起。这是一个民族的等待,一个国家百年的等待。极目远眺,那红霞满天深处,就有他的亲人,这座生活工作将近十载的城市,总让他心里有一种无法割舍的牵挂。那个时代,时兴的是人走家搬,虽然导弹第一营的官兵是从全军遴选的,但是营里的领导大多是炮兵机关的干部,在北京城刚筑起一个个小小的香巢,可一营一经远征,妻子老小也都要跟着自己到祁连山下的武威城里,从此与北京的生活绝缘。

前天晚上,李甦特意回了一趟炮兵大院,悄悄与妻子告别,说我要去执行一项秘密任务,等部队安定下来后,再接你们过去。

妻子问,去何处?

保密!李甦用一个指头嘘地堵了一下嘴,说你就做好吃苦准备吧。

我得知道带孩子们去什么地方。

我不能说,到时候你就知道了。

妻子摇了摇头,她已经习惯这一年多丈夫神神秘秘的行事了。

秘密的军列犁开晨霭,穿行于青纱帐之中。车窗开着,李甦嗅到了玉米将熟的清香。当年在冀中平原上打鬼子时,他就穿行于青纱帐之中,然后更多的时候,是遇上鬼子的大扫荡和清乡,他们被追逐得唯有钻进青纱帐中,才有一丝安全感。而今夜,同样的秋凉之时,同样的青纱帐中穿行,他的心境却完全不同了,携着中国最尖端的武器装备西行铸剑,铁甲载剑走西域,谁怕?那种光荣感和神圣感是难以言表的。

虽为导弹第一营,但是他明白,在今后一段很长的时间里,自己率领的导弹营官兵,其实就是武威炮校的教学训练营,将来,到武威炮校学习的导弹官兵,都要到第一营来实习受教,学会导弹的训练、操作和发射。

李甦总也忘不了受命之时,也是这样的清晨,也是这样的夏日霞光,他与张克俭政委被召至军委炮兵司令部,由炮兵参谋长陈锐霆谈话。

那是1959年8月上旬的一天上午,军委炮兵技术部电话通知他和政委张克俭到炮兵参谋长办公室。李甦是陈锐霆参谋长的部下,到炮兵教导大队之前,他任炮兵司令部军务处副处长,直接受陈锐霆少将领导。首长熟悉自己,率一营西去铸剑,某种程度上也是陈锐霆少将所荐。

他们刚走进办公室,陈锐霆便从座椅上跃起,为他们沏了一杯茶,第一句话便问道,受命之时,有没有如履薄冰、食不甘味之感。

有啊,首长!李甦说,已经有好几个晚上睡不好觉了。

这就对了!陈锐霆笑了,得有点压力感,然而,压力是可以变动力的。我们中国人崇尚的就是,穷且愈坚,不坠青云之志。

李甦说地地导弹第一营的架子是搭起来了,但是机构小,人员不齐,装备不全,开展独立建设还相当困难。

这也正是今天将你们营长、政委召来谈话的缘由。陈锐霆笑着说,炮兵党委决定,第一地地导弹营将从北京开赴祖国大西北的河西走廊,暂由武威炮兵学院代管。

啊!这……

李甦和张克俭都觉得突然。

有些转不过弯来吧,从繁华大都市去西北偏僻之地,没有一点想法,就不正常了。陈锐霆感慨地说,东汉名将马援曾经说过,马革裹尸。清朝诗人龚自珍将其发挥为"青山处处埋忠骨,何须马革裹尸还",卫青、霍去病十七八岁就在那里打仗,建功立业。我不要你们埋骨青山,而是要你们奉献青春。光荣啊,你们一营西去铸剑,建国之重器,只待国家有用之时。那是多么神圣的使命,环顾全军,几个能担此使命?李甦同志,唯有你幸运。

李甦觉得自己的激情被点燃了。陈锐霆参谋长不愧是年轻时读过师范,当过小学教师,后投身黄埔,口才了得。他将一杯杯茶水推至李甦和张克俭跟前,叮咛道,虽然你们从繁华之地去了荒远的凉州城,但是党中央和毛主席对你们都很关心。这是一件前无古人的事业,你们只是一个开头,我相信有第一营,就会有第二、第三、第四、第五营,人民解放军炮兵的历史将在你们手中改写。事业何其光荣,人生如此有幸,历史将会为你们浓墨重彩地写下一笔——中国导弹事业第一代拓荒者。一定要不辱使命,带好部队,尽快形成作战能力。

感谢首长的信任,正因为如此,我才觉得这副担子沉甸甸的。

依靠组织,你们上边有武威炮校的领导;依靠官兵,第一导弹营的官兵,都是全军百里挑一来的啊。

明白了,首长!李甦此时已经信心百倍。

一张白纸,能画出最新最美的画图。陈锐霆最后交代道,转告第一营的官兵们,你们是共和国的独苗苗,毛主席和周总理对你们都十分关注,寄予厚望,一定不辱使命,练出一身操纵导弹的过硬本领,不辜负导弹第一营这个光荣称号。

西去铸剑,不负荣光。

秘密军列秘密向西。过黄河,入中原,入潼关,下长安,沿着秦岭,一路向西,这是一条高僧西天取经之路,大汉、大唐名将的建功立业之域。

满城子,会是一个怎样的营盘在等待着他们呢?

列车经过5天行驶,于9月1日凌晨时分抵达甘肃武威车站,因为入武威炮校没有铁路专线,只能在站台上卸载。李甦一步跨下站台,只见武威炮校校长刘始明大校、政委贾克上校伫立于站台上,迎接他们的到来。

欢迎,欢迎李中校率队来武威。刘始明向李甦伸出了热情的大手,他没有叫李营长,而称李中校,完全是出于敬重考虑,毕竟李甦曾经是军委炮兵司令部的一位处长。

李甦向刘始明校长和贾克政委行了一个军礼,说,校长,就叫我李营长吧。

我总觉得怪怪的,贾克政委笑了,不过,中校当营长,你可是我军第一人啊。

完全是照搬苏联战略火箭军的。李甦解释道。

我与政委商量过了,刘始明校长说,为保密起见,地地导弹第一营暂时叫武威炮校第四大队。

然而,一个月以后,10月16日,总参谋部正式下达命令,正式授予地地导弹第一营为人民解放军炮兵第A营,并通过总参和总政,从南京、沈阳、重庆、郑州4个炮校和北京、沈阳和济南3个大军区,共抽调221名军官,172名战士充实到了第一营,并下辖1个指挥连、2个发射连、1个技术连和1个运输连及若干保障分队。虽然装备不全,但是已经满员,一个新型高尖端的导弹营,列编于人民解放军的英雄方阵。

终于有一个家了。李甦喜欢暮霭沉沉或拂晓时分,伫立于满城子古老的城墙上,听着熄灯号吹响,忙碌的一天便过去了;听着起床号响起,新的一天又开始了。

中国战略导弹部队的零公里,从武威满城子军营起步,这是一种历史的宿命,更是一种命运的涅槃,李甦说不清楚,但是对于这个有着三百多年历史的古老营盘,他仿佛觉得,冥冥之中有一股历史的信息和大风袭来。

满城子兵营,始建于大清雍正十三年。当时雍正皇帝刚刚平息噶尔丹的叛乱,他看到古凉城乃出西域津要之地,背靠乌鞘岭,俯瞰河西走廊,此地驻军,进可远控张掖、嘉峪关、敦煌等安西以远,退可据祁连山天险,扼守甘青要地。乾隆二年,八旗官兵正式入驻,并提升为将军驻防级别,以后一直为兵营。1931年,成为马步青的骑兵五师军营,1941年马部调入青海,此为国民党中央军的兵营,新中国成立以后,西北炮兵武威炮校在此建校,而地地导弹第一营则从这里,开始了逐鹿天疆的峥嵘岁月。

我曾三度入凉州,每次入武威城,总要去满城子拜谒。如今此地已是甘肃省重要文物保护单位,古城墙上砖已经不见,但是厚厚黄土夯实的城墙依旧矗立于城郭,历经300年的岁月而不倒,一如亚洲第一营在这里创造的光荣与梦想一样,借东风吹过,镶嵌在万里天疆。

兀自而立于满城子的古城墙上,我感到了一股历史的大风迎面扑来。

6. 老营长李甦

风自长安城吹来。

东风起兮,导弹飞扬,这股惊天卷地的历史大风,却是因了一个老人携来。早已经人近耄耋,可面对他的时候,仍然可感受到一股英姿勃发的朝气。

李甦活着的时候,我曾经采访过他两次,一次是90年代初,写《大国长剑》一书时,一次是新世纪大门骤然打开之时,地点仍在西安城北灞桥洪庆干休所里。灞桥烟云,河水涓涓,早已没了当年波涛汹涌之状,安静如处子。而此处洪庆堡村,便是当年始皇焚书坑儒之地,具有莫大讽刺意味的是,后来唐明皇建了一座旌儒庙,尊儒奉儒。而今这里成了中国战略导弹部队的最高学府所在地。

李甦作为导弹先驱之一,从北京出发,西去铸剑,后调至林海雪野之中一个导弹基地,任过后勤部长、基地副司令,在北中国绕了一大圈,晚年的归隐之地,居然还是大西北。80年代初,他调到西安城下,任第二炮兵工程学院顾问,就在此离休终老,家住在洪庆镇上。

两度采访,头一回为笔录,最后一次则带了一个摄像组,留下影像资料。然,在我采访的过程之中,总有一个三四十岁的女子,仰着头,似乎脖子不会转,傻傻的,不时来缠着老人,说一些不着边际的话。明眼人一看,这是一位生活几乎不能自理的女子。她叫二丫,是李甡最心疼的孩子,也成了老人晚年挥之不去的伤痛。

谁道男儿不怜情。当年李甡带领导弹第一营的官兵进至满城子兵营时,一个天灾与人祸的年代挟着大西北凛冽的寒风吹来了。

祁连山下的秋天很短暂,弱水悄然从古凉州城环绕而过,一阵朔风一阵秋草黄,很快,刀割般的西北风迎面吹来,令站在满城子的城垛之上眺望燕赵之地的李甡慨然无语。这真是一个多事之秋啊。

最先真切感受到的是政治上的冷秋。国内政治上反右运动如火如荼,国防部部长彭德怀元帅的战盔被放上了祭坛,一代敢爱敢恨敢说的元戎,黯然失色。随后,历时十载的中苏政治蜜月戛然而止。因为意识形态的分野,中苏论战一轮高过一轮,调门越拉越高,舆论之战愈演愈烈。1.2万名援华的专家和军事顾问撤出中国本土。李甡总也忘不了一位叫巴托夫的炮兵顾问,在撤离时非常不屑地对他说,中校同志,不是我们张狂,我可以非常坦率地告诉你,离开了苏联的帮助,中国导弹永远上不了天……

李甡没有金刚怒目,此刻他并没有可资还击的底气与资本。导弹第一营离开北京前,他已感到一股股冷风飕飕刮来,是从西伯利亚刮来的。先是中苏新技术协定确定援助项目被搁置了,原子弹根本就没有按协议交货,导弹装备除了那两枚P-2导弹之外,再无新装备到货。西行之时,李甡原以为会让他带着一枚P-2导弹,以便展开教学和训练,可是军委炮兵技术部却说,要运到西安高级炮校去,他最后落得一个两手空,既无导弹,亦无控制设备,只有一些配属的电台车、修理车和大卡车。到了武威炮校,除了苏军留下的勤务指南,苏军什么导弹教材也没有留下。

没有教材也要教学啊。李甡将在长辛店培训过的军官召集在一起,说,将你们当时做的笔记找出来,分专业、分门类、分系统,一个环节一个环节地抠,一个程序一个程序地复述,原理要讲清,电路、气路、液路图是怎么走向的,要标识清楚,编导弹专业教材。

营长振臂一呼,响应者众。后成为我的老领导的边明元,是当时为数不多的高中生,被调出编教材。大西北的冬天,对这个巴蜀之地成长的年轻学子,无疑是巨大的挑战,手上、耳朵上都起了冻疮,一边写字,一边流脓水。李甦看罢,心疼不已,说艰难玉成。导弹第一营闯过这一关,必人才济济。果然多年之后,这一代人中,出了三十多位将军。边明元自然位列其中,此乃后话。

终于,半年之后,老营长的话应验了,几十部导弹专业教材编齐了,透着油迹的墨香,整整齐齐摆到了桌子上。李甦视如孩子,说依此可以进行理论教学啦。

迈出了第一步,但多少还是有点纸上谈兵的味道。新来的学员看不见导弹,不知长剑何物,重器臧否。发射训练无法进行,但,这也难不倒第一营的导弹官兵。

李甦说这好办,开诸葛亮会,三个臭皮匠,凑成一个诸葛亮。于是大家群策群力,出主意,想办法,发挥各自优势、特长,有力的出力,有主意的出主意,纷纷献计献策。新兵不知导弹为何物,老兵就找一个个大萝卜,刻成导弹造型,哪里是发动机位置,哪里是液氧贮箱,酒精放在哪一级,清清楚楚,一目了然,拉近与导弹武器装备的距离。新来的控制员没有见过发射台,就用纸箱糊成发射控制台,按程序要求,练指感。技术阵地上没有测试设备,就用铁皮敲成测试台,各种显示灯齐全。到了训练操作现场,粗麻绳当作电缆线,练跑位,帆布消防管当作加注管,练加注动作。就这样土法上马,完全是一副地道的中国风,一个高尖端的武器,被一营的官兵弄得风生水起。

刘始明校长来视察,有些不解,说李甦啊,你这是不是在玩小孩子过家家啊?

当然不是。李甦摇头道,校长,我们这是土法上马,增加兴趣,减少训练疲劳,目标只有一个,没有装备能训练,有了装备就能发射。

说得好啊,李甦。刘始明将拳头重重地擂在了他的肩上,有一种超前意识。

导弹第一营,既然是一字打头,就什么事情,都得干第一、争第一、创第一。李甦想起了行前陈锐霆参谋长对自己的叮嘱,不负初心,不负使命。

然而一个饥饿的年代一步一步向他们逼近了。

1960年春节刚过,一场春荒从大西北燎原于中国。大食堂崩溃了,去岁的放卫星,虚报增产,终于遇上连续3年的自然灾害,一群龟裂土地上的饥渴的影子,被干热的太阳拉得长长的,由西向东,从北至南,覆盖了中国大地。

第一个信号是老司务长跑来告诉李甦的,粮站买不到粮食,部队的减半,定量供应,蔬菜站自然也无菜可供,附近村庄里的榆树皮、野枣花,全被剥光、打光了。

这是一个危险的信号,国家陷入了困难,部队唯有自救。李甦将目光投向更远的地方,离武威几十公里远的山丹军马场。

组织大家去开荒吧。李甦眺望着祁连山以北的广袤的土地,呢喃道,都是农家子弟,春播一把种,秋收一大片。度过春荒,就有吃的了。

于是,军用大卡车载着一营官兵,走向山丹军马场,一下子开垦了五百多亩土地,荞麦籽、青稞籽、油菜籽,全都撒下去了,留下一个生产排在那里耕种,部队全部撤回继续训练。

但官兵们肚子里的油水越来越少了。有参谋告诉李甦一个消息,酒泉基地的工程官兵开车入祁连山打黄羊了,干了十几卡车回去。

馋死人啦。李甦沉吟片刻,有初一就有十五,他们能打,我们也能打,组织一次射击比赛。

做什么用?

选神枪手啊。

于是,全营最好的射手组成了一个神枪手班,入祁连山里打黄羊。虽然没有陈士榘上将麾下那些工程兵凶猛,可是每天总有斩获。半个月后,一些黄羊拉回去了,足足让官兵们解了好些天馋。

谈至此,我坐在一旁,感叹道,这可是一群神性的精灵啊。

是啊!李甦仿佛听到了,说人命与黄羊之命,哪个更贵,哪个更贱,说不清楚啊!在当时那种饿死人的情况下,当然是救人要紧了,只有牺牲黄羊,是我下令开枪的。

我顿时无语,沉寂了好一会儿,喃喃道,这是一个生物链,黄羊亡,人类的生存环境更差。

李甦点点头,颇有些悔意,祁连山里的十几万只黄羊,就是60年代初那场大饥荒绝的种。黄羊没有了,狼也没有了,雪豹就不见了。

但是黄羊也仅仅是解一时之饥。幸好,营里养的二十多头猪出栏了,掐指一算,司政后机关,加上连队和附属分队,一家可分两至三头肥猪,这可是很诱人的啊。

有的战士对李甦拍了拍肚子,营长,玉米面拌骆驼刺粉,肚子里油水全都榨干了,杀猪吧,打顿牙祭。

也有军官说,营长,该给大家解解馋了。

这事,得开一次营党委会。

杀猪也要开党委会?

对!李甦说,非常时期,大家投票决定。

那天晚上第一营党委会上,只有一个议题:杀猪,还是卖猪。

我倾向卖给国家。李甦说,同志们,国家面临这么大的饥荒,老百姓逃荒要饭,饿死人,有的村庄绝户了。我们是人民子弟兵啊,此时不与人民同舟共济,共渡难关,更待何时啊?

有人说营长,这猪是我们自己养的,不少官兵亦饿得患了浮肿病。

比起老百姓,我们那点定量,还不至于要命啊。李甦转向政委张克俭说,你是党代表,你说说。

我同意营长的意见。从情理上说,杀猪,分给连队,让官兵解解馋,一点也没错,且无可厚非,但是国家这么困难,投资这么大,欠了这么多债,我们不能只想自己,不想国家,要为国分忧啊。

政委说得好啊！李甦说，其实，区区二十多头猪，对一个国家而言，帮不了什么忙，但众人拾柴火焰高，位卑不敢忘忧国，表明的是我们的态度和境界，帮国家还一点是一点啊。

就是，交给国家。

我赞成，我们宁愿扎紧裤腰带，也不能让国家受穷，百姓挨饿。

好！李甦击节而叹，现在是最困难的时候，但武威的老百姓比我们还困难，规定一条铁的纪律，不与老百姓争利，坚决不准到附近打野枣花，更不能剥榆树皮，可以上百里外的戈壁滩上去找骆驼刺，磨成面，掺到粮食里增加分量。

然而，不断有战士饿倒，甚至牺牲在发射场上。消息传到了北京，传到了中南海紫光阁周恩来总理办公桌上，他叫上秘书，去三座门。

此时，军委扩大会正在召开，各大军区的司令政委皆在会上，总理闯入会场，令大家一阵窃窃私语，是不是发生什么大事了，让周副主席亲自出马。

我是来化缘的。总理落座后，神情严峻地说。

化缘？

对！总理伸出双手，我虽手无衣钵，但是要向你们化缘，要粮食。我们的导弹部队正在挨饿，宁可自己不吃猪肉，将养的猪全部交给国家，宁可自己吃骆驼刺研成的面，也不与老百姓争食，这是一支多好的部队，一群多好的战士啊。

见总理如此动情，军委扩大会场一片沉默无语。

你们是各大军区的司令、政委，一方诸侯，我知道你们也很困难，挤一挤吧，挤出一点粮食来，给我们战略导弹部队，这是国家的独苗苗，不可遇饥荒而夭折哟。

总理化缘，谁会无动于衷，谁会袖手旁观呢。

我们给！于是，一车皮接一车皮粮食往西部运去。

一场饥荒解除了，该回家去看看了。李甦已经有半年多未回家了。

政委张克俭说，营长，你该回去看看老婆孩子了吧？

李甦说忙完这一段吧。

政委坚决将他赶了回去。一进家门,李甦觉得有点不对劲,只见小女儿二丫躺在床上,脸色蜡黄,精神一点也不好。

这孩子怎么了？李甦急切地询问妻子。

连着发了几天高烧,打针吃药,高烧不退。妻子答道。

为什么不送医院。

医生说高烧太久了,这孩子可能会留下终身残疾。

是什么病？李甦问道。

医生说,烧坏了神经,可能是小儿麻痹症了。

啊！这回轮到李甦着急了,他抱着女儿想往医院冲去。

晚了,晚了。妻子内疚道。都怪我没有将孩子照顾好。

不怪你,是我没有尽到父亲之职。

后来二丫渐渐地可以下床了,可是颈项僵直,眼睛只能往一个方向斜视,走路一拐一跛的。

这怎么能行,这样下去,以后会影响她的一生,必须得矫正。

于是,官兵们在大院的家属区经常会发现这样一幕场景：每个清晨的晓风残月之时,起床号尚未吹响,李甦就带着二丫走出家门,用一根背包绳,将她的两条小腿,捆在自己的腿上,拽着双手,大声喊着齐步走,一二一,一二一。

晚上熄灯号吹过,又是一个小时。

女儿一脸泪痕。哭着闹着喊着。

你走啊,走啊！挺胸抬头,齐步走啊。从春到夏,从秋至冬,李甦就这样大声喊。

两三岁的孩子,岂能理解父亲的一片苦心。

二丫始终没有能够像爸爸希望的那样,像一个正常的孩子,迈开齐步走的步伐。

云淡风轻,英雄垂垂老矣。二丫跟着爸爸走南闯北,最终落脚于灞桥之畔。灞柳烟云早已经消失得无影无踪,但是历史的遗恨和女儿之痛,却让李甦刻骨铭心。二丫没有受过教育,没有正式职业,没有收入,只能跟着父母啃老。

我总有见马克思的一天啊。李甦仰天长叹,得给女儿找一个归宿吧。

经人撮合,李甦准备了一份厚厚的嫁妆,将女儿嫁给了洪庆村一个哑巴,可是出嫁的第二天,二丫跑回家来了,说爸爸,别抛弃我,我还是跟你过吧。

李甦听罢,无语,瞬间老泪纵横。

7. 第一批学兵,杨业功从这里起步

1963年之夏的高考落幕了。

彼时,湖北省应城县应届高中毕业生杨业功接到了两份高考录取通知书,一份重庆气象学院的,一份是某通信学院的,都是好专业。对于一个农家子弟来说,自然是进了一个保险箱,有了一个金饭碗,读大学不用掏钱,全由国家负担,毕业后,国家统一分配。可是,杨业功似乎志不在此,当时金门炮仗激战犹酣,杨业功觉得唯有投身军旅,报效祖国,才是一个热血男儿的最终选择。

班主任劝他三思,说你已经金榜题名了,跃过了龙门,还想去当什么兵啊。如果提不了干,复员回来还得脸朝黑土背朝天种田,重复祖辈的生活轨迹。

然,杨业功似乎已经认定了从军之路,觉得那才是真正的大学校。

恰好这时,导弹第一营以武威炮校的名义,来湖北招特种部队学兵,杨业功一看,积淀于胸中的报国之志瞬间被点燃了。这所炮校开出来的条件,都要清一色的中学生,尤其是政治上要求特别严,查遍祖宗三代,声称只招贫下中农的子弟,社会关系有一点瑕疵都不要。于是乎,一大群报名的有志青年,稀里哗啦刷掉了一大片,入围者寥寥无几。

杨业功就在那一刻被镇住了,也觉得太有吸引力了。放言道,唯这支部队,否则我哪里也不去。最终他如愿以偿,梦想成真。

1963年之秋,杨业功穿上一身国防绿,跟着一支学兵队伍,

登上了西去列车,过秦岭,穿越三秦大地,而入大西北,看着夜间车窗里闪烁的灯火,仿佛觉得青春的火炬照亮了这片莽野。

身后是锦绣家园,渐行渐远,前方是戈壁沙漠,越来越近。然而,在这里,杨业功却寻找到了真正意义上的精神的原乡。

甫一走下列车,杨业功认识了来自荆楚之地的一批青年才俊,有靖志远、葛东升、陈友国等一批人,个个英姿勃发,人人踌躇满志。登车进了满城子兵营,另是一个酷烈之景,显然楚天辽阔的巫术文化,与这里游牧融合的农耕文明,已经截然不同。虽然少了长江流域的烟雨和温婉,却多了西北莽原的苍凉与雄阔。

第一次踏进导弹营的营盘,有两件事情令杨业功终身不忘。

第一件事情是与老营长李甦中校的见面。他看着站在队伍前边的一大批高中毕业生,高兴得合不拢嘴。说你们是我们导弹第一营第一次从地方招来的中学生,高中毕业的居多,这是一笔无价的财富啊,我记得小时读私塾时,先生说过一句对联,唯楚有材,于斯为盛。前几年我到岳麓山,看到了这副对联。我改几个字,唯我用材,于斯为盛。导弹第一营将来一定会盛,你们就是种子,是播种机,会开遍导弹部队。有人对我说,天上九头鸟,地下湖北佬。无非是说湖北人聪明,我喜欢聪明人,尤其是我们地地导弹知识系统庞大,技术复杂,门类又多,可以说是集人类科学之大成,就得聪明人来学习驾驭和操纵。

掌声响了起来,李甦营长的讲话博得了学兵们一阵阵暴风雨般的雷鸣之声,杨业功在那一刻觉得自己理想的火炬被点燃了,他感到这才是他要来的地方。

影响杨业功一生的另一件事情,便是参观国产的地地导弹。1963年3月,中国仿制的第一枚"争气弹""1059",已经开始装备部队,军委炮兵技术部安排第一营于当年9月份举行实弹发射。此前,已有一枚训练弹运到了部队,提供给第一营导弹官兵教学和训练之时专用。杨业功迈进了导弹部队的门槛之后,一直未见过真家伙,他很想一睹尊容。

左顾右盼,始终不见君登场。

有一天,李甦来检查学习训练,学兵们缠着他问导弹的长短和模样时,他长舒了一口气说,是到时候了,不该再向新兵们保密了。

其实,"1059"仿制弹装备部队后,恰好是杨业功这批新学兵展开导弹理论学习不久,每天就理论讲理论,容易产生学习疲劳效应。李甦觉得,这群湖北学兵,文化程度高,悟性极好,可走速成之路,大可不必三年五载才培养一个导弹号手,可以让他们尽早上位。

于是,导弹发射前夕,李甦带的发射分队,并没有直驱酒泉卫星发射基地,而是给新学兵们进行一场操作演示。

那天,杨业功和他的战友们早早地来到库房里。导弹拖车上帆布被揭开了,一个墨绿色的庞然大物横亘于前,强烈地冲击着他的眼球。

李甦营长伫立于导弹前,说,同志们,这就是我们的"1059",为什么以这个数字作为导弹代号?就是记住这个日子,1959年10月,苏联人撕毁合同,撤走专家的日子。苏军在炮兵的一位顾问巴托夫曾经对我说过,离开苏联人帮忙,中国的导弹上不了天。他们走了不到4年吧,我们的国产导弹造出来了,今年9月,我们就要发射上天。同志们,"1059",是一枚争气弹啊。

一阵热烈的掌声过后,李甦命令发射连进入30分钟准备。

发射连长刘宗舜立即进入指挥位置,操着指挥话筒,向发控台上的第一号手下达一个个指令。

15分钟准备!

10分钟准备!

5分钟准备!

发射连长刘宗舜每下达一个口令,发控台上的号手便一边揿动按钮,一边重复口令。那潇洒的英姿令杨业功很激动。也许就从那时起,他决心要从一名发控号手开始自己的导弹人生。

杨业功堪称如愿以偿。

在亚洲第一营里,他从一名学兵开始了自己的导弹生涯,继而成了发控技师,发射排长,发射连长,作训参谋,作训股长,一步一步地走向了导弹司令的辉煌人生。

8.秋季发射,初试剑锋

1963年的春天来得早。

三年自然灾害将近尾声,中国人终于走出了这场炼狱般的劫难,全国各地开始恢复生机。然,死寂般的大西北,仍旧渴望春风一度。

这年的阳春三月,中央军委向炮兵党委下达命令,军委炮兵第一营、第二营参加"1059"导弹抽检发射,打中国的第一枚"争气弹"。

炮兵党委很快将军委的指示传达到了导弹第一营,让他们赶紧准备,完成好导弹发射任务。

文件传到满城子,李甦有些难抑心头的激动。整整4年了,他们一直在河西走廊之上铸剑、砺剑,就等这一天啊。

那天上午,他与新任政委张汉杰一起,召集司政后机关和发射连、技术连长开会。

磨剑四载,只为一朝。李甦在会议室来回踱步,说,我总也忘不了苏军驻军委炮兵顾问巴托夫少校临走时对我说过的一句话,离开苏联的帮助,中国的导弹上不了天。我当时底气不足,但是豪情犹在,不能输啊,撤走吧,撤走了专家,撕毁了合同,中国人的"争气弹"——"1059"照样造出来,非但造出来,中央军委还第一次授予我们作战部队进行发射,这是实战能力的一种标志啊。打争气弹,我们更要争气啊,我只对大家说一句话,下一道死命令,争气弹不能打瞎了,必须一弹成功。大家有没有信心?

有! 会议室的呼喊声震天响。李甦志在必得,而他的下属的志气也令他大为满意。

然而,信心归信心,志气归志气,最终还是要靠本事说话。李甦迅速整合技术连和发射连,组成了两套测试和发射班子。他有话在先,最终花落谁家,幸运归谁,看考核的结果,谁好谁上,谁得分高,谁就去发射。这样的竞争一展开,两支队伍嗷嗷叫,一个个比着学,比着训练,看谁的技术最过硬,能够拔得头筹,代表第一营去发射。

于是,两个发射班子很快总结出了"两预一找"的好经验,预想薄弱环节,预想可能出现的问题,找出解决问题的措施。营里一收集,全营官兵提出的建议和措施居然有一百多条,在技术上根据官兵的建议,突破了薄弱环节247条,完善操作规程一百二十多处。

好啊!李甡击节而歌,群众的力量是巨大的,基层官兵中间隐藏着无穷的创造精神。有此,我们什么人间奇迹都可以创造出来。

这是一个激情和奇迹不断发生的年代。

是年7月,第一营接到了军委炮兵党委的正式命令,拟定于初秋时节举行"1059"首次发射,命令指出:"上级赋予炮兵首次抽检发射任务,是为了考核和提高炮兵特种部队的训练质量,特别是发射技能,这是一项光荣的战斗任务,请炮兵特种部队立即动员起来,以战斗姿态完成党交给的光荣任务。"

于是在短短的一个月之中,一场训练大比武又在满城子军营里展开。

彼时,恰逢盛夏,冀东大平原上却发生了百年一遇的大水灾,许多农家被淹被泡被洪水冲倒,快成熟的玉米倒在了泥水之中颗粒无收,刚刚从大饥荒之中走出的河北乡村又遭遇一次劫数,包括营长李甡在内的一批河北籍官兵家里都受了灾,家人无家可归。一时间,受灾的电报、家书纷至沓来,一营的官兵心理波动不小。

训练一刻也不能停,导弹官兵一个也不能放。家乡受灾,人心不能散。李甡与政委张汉杰商量,作出一条铁的规定。然后,派出政治处副主任穆玉明、宣传股汤广琚各率领一个慰问组,赴天津和石家庄地区慰问,了解受灾情况,联络当地政府,具体帮助河北、天津籍受灾官兵解决实际问题。数日之后,家里来信了,平安无恙,不必挂念,好好在部队上干。

一场虚惊悄然度过。

9月9日,地地导弹第一营收到了向靶场开进的命令。

我住弱水头,君在弱水尾,共饮一河水。当时的靶场就是位于额济纳的中国航天城,部队行进专列须穿狭长的河西走廊地带。由酒泉转载,入清水的一条专线,入当时的酒泉卫星基地。

部队尚未开进,八一电影制片厂军教部带着胶片摄影机赶来了。持中央军委的任务书时,知此为中国战略导弹部队第一次发射,既是打争气弹,更是开天辟地第一遭,必须有带战略和战术背景的演习和开进,他们要用胶片拍摄下来,留下历史的影像资料。

一周之后,导弹第一营从武威满城子军营登车,沿着弱水,顺流而下,向着东西居延海的额济纳旗而去。也许是因为武威的海拔没有酒泉高,当时装载之前,本应该在弹体里注入氮气的,以保证大气压力压下之时,正负可以抵消,然而,导弹第一营毕竟没有这种经验,行前没有在弹壳里加注氮气,结果到了额济纳之后,突然大气压力压下来了,将起竖的导弹拧了脖子。

这是一枚坏弹,李甦当时很激愤,说航天部给我们造了一个坏弹。

可是专家一检查,笑了,这是导弹第一营缺乏大气压力常识造成的。无可奈何之下,只好将这枚"1059"导弹返回北京的厂家,入航天工厂再度校正了。然而这一来一往,就是一个多月,直到9月底了,才运回酒泉卫星基地。

而彼时,号称第一营的西安高级炮校的训练营第一营也带着军事专列赶来了,由营长董永清少校带队,从西安城下的灞桥乘坐一列军列,一路向西,朝着河西走廊的最远处,酒泉发射基地赶来。

两个导弹营会师了。所有的营长、连长甚至排长,皆出自长辛店炮兵教导大队,4年不见,格外亲切。于是在等待李甦营那枚返厂导弹的日子里,他们在胡杨林里进行了带战术背景的多次演习。履带车碾轧入胡杨林中,隆隆的车轮声,像铿锵的旋律,鼓荡着一批批的导弹官兵。彼时的李甦大显身手,一次次挥

183

动指挥话筒,下达开进和测试的命令,最后30分钟、15分钟准备时,那惊动天地的时刻渐次来临,令每个导弹号手都有一种紧张感和使命感。

一个多月的时光匆匆掠过,还是拧了脖子的那枚导弹,重又回到了酒泉卫星基地。

但是,第一发导弹不能让李甡营发射了,而是由董永清带的第二营,即西安炮校的训练营来发射。

天不助我,时不济运。李甡仰天长叹,热泪纵横道,中国战略导弹部队第一枚导弹发射轮不上我们了。

然,最后的时刻,军委炮兵党委还是觉得这枚导弹的第一发,应该由亚洲第一营来发射。

李甡听到此消息,喜极而泣,喃喃说道,还是首长知我们一营的心哟。

10月24日20时,担任营值班员的作训股长张树彬,接到了上级的命令,A营22时进入发射阵地,次日7时为发射零时。

于是,李甡下达了进入阵地的命令,并和政委张汉杰带着部队直奔4号发射阵地。

21时10分,全营紧急出动,整装向发射阵地开进。庞大的车队,由一辆履带车牵引,向戈壁飞驰,李甡营长蓦然回首,蔚然大观也。那阵势,真的像当年成吉思汗的铁骑一样,踏风而来。A营所有的官兵激动不已,等了四载时光,终于等到了这一晚,这一夜,这一天早晨。

车队进入发射阵地,李甡命令所有的发射单元立即投入测试、起竖、加注、瞄准等工作之中。这是一个不眠之夜,深邃的夜空下,星河铺向远天,银河之下,人们忙碌着,口令声在夜空里飞荡。

历史永远记住这一刻,1963年10月25日清晨6时30分,随着发射连长刘宗舜一声"30分钟准备"的口令下达,所有的车辆、人员都向预定区域撤退,发射场上只剩下发射连长和3名排长做最后的检查。

彼时,一轮红日从东方地平线冉冉升起,天地之间一片死寂,寂静得只能听到自己的呼吸声。一枚墨绿色的导弹,犹如一柄大国长剑,傲然兀立于大漠之上,弱水之滨。

刘宗舜率先向李甡报告,营长同志,检查完毕,一切正常。

听到,准备发射!李甡下达了最后一道发射营长的口令。

是日早晨7时。零时到了,晴空万里,一点云彩也没有了。随着发射连长刘宗舜一声"按转电,点火"的口令下达。一枚墨绿色的长剑,犹如巨龙一般,呼天撼地,腾空而起。弹体尾部的发动机,液氧和酒精混合急剧燃烧,产生了巨大推力,长长的火焰喷吐着长长的火舌,扶摇直上九重天,30秒之后,开始倾斜、拐弯,最终消失于漫漫云天之中。十几分钟之后,远方的遥测站传来了电讯号,导弹命中靶区。

寂静戈壁滩上沸腾了。导弹第一营的官兵忘记了4年的辛苦、疲惫,每个人的眼睛里都噙满了泪水,他们将帽子抛向空中,最后居然将导弹发控师、一号手和发射连长刘宗舜抛向了空中,悠了好几次,才算过瘾。大家禁不住地高呼,中国共产党万岁!毛主席万岁!

斯时,广播里传来了军委炮兵陈仁麒政委的声音,他在扩音器里传达中央军委和总部发来的贺电,今天发射的导弹,是我们导弹部队组建以来的第一枚,它标志着我们的作战部队已经开始掌握导弹发射的技能,意义非常重大。你们这次发射成功,为我国的导弹事业立了一大功,希望你们发扬成绩,再接再厉,为我国的导弹事业做出新的贡献。

接下来轮到西安炮校的训练营发射了,个子高大的董永清营长向发射连长张永福下达了发射命令。

30分钟准备。

15分钟准备。

5分钟准备。

3分钟准备。

1分钟准备。

10、9、8、7、6、5、4、3、2、1……

点火!

一只雄睨云天的铁鸟,喷着烈焰,像一只血色凤凰一般,一飞冲天,在西部大漠的天空,划过一道银色的导弹轨迹。"1059"争气弹,终于将东方的梦想带入了九霄之上,大国重器横空出世了。

好事成双,在1963年秋天,历史在这一时刻,被永远地定格了。

秋季发射,初试剑锋。中国战略导弹部队长大了。

9.导弹A团拱卫京畿

葛东升是导弹A团的老人了。

1963年秋,从武威炮校一名学兵开始,他在这个素有亚洲导弹第一营、第一团、第一旅之称的老部队里,由排长、参谋、连长、股长,干至发射团长,他的观念、血脉、情感、思考,皆积淀于这支导弹劲旅的魂魄之中。

而今,将军已经归隐,隐没于西山垂虹,俯瞰北京城郭的灯火煌煌、霓虹闪闪,纵有一怀激情、抱负,皆付于燕岭的落照,赋闲于身后那一排排书架和案上的宣纸。军人就是在这和平年代的等待中一点点老去的。

我们每年总有与葛东升老首长相聚的日子,每每见面,总会被他点燃,他那股激情、那份坦荡、那种豪迈、那些真实、那种对文人墨客发自内心的尊重,在今日这个世道,仍属罕见。

2015年夏,因为要写"东风第一枝"故事,我不止一次地请教于他。

导弹第A团是经过战火考验的。他壮语一出,我一时怔然,葛副院长此话怎讲?第二炮兵部队生于1966年,第A团的历史却比第二炮兵还早了7年,亦不过一个甲子事,哪来战争,哪有兵燹?

中、苏珍宝岛之战后,百万大军对峙,导弹核武器已经瞄准对方,手已经触到了核扳机之上,算不算战云飞渡?

算!算!我连答两个字。

导弹第 A 营千里驰援,拱卫京畿,算不算经历了战火考验?

对于他长江大河般奔流的激情,我又被淹没了。

彼时,北方塞外已经是滴水成冰的季节。可是在江南,烟雨连天,还有几许温婉。

1969 年 12 月 21 日,第二炮兵某基地突然传达中央军委的正式命令,导弹第 A 团迅速移防至塞外小城宣化。

官兵沉默如山,似乎早已习惯了这一切。从 1966 年 12 月离开西北凉州城开始,这支部队已经三度移防了,先是江城武汉,后入烟雨江南,如今又将去塞外孤城……

会不会是一次长途野营拉练?有的士兵问排长,排长问葛东升,那时他已经是一名转运连长。他摊开军事地图,手执一支红蓝铅笔,从江南往塞外小城画了一道红箭头,然后在三北地区画了一个圈,做出红方防御之态,说道,准备打仗。

打仗?战士们愕然。

葛东升点了点头,三北地区是重点防御地带,苏军坦克若从中蒙边境而入,如果边境为一线的话,这是第二道防线,重兵把守,北京军区的几个军都放于此。我们过去,从某种意义上,就是为了实施核反击。

苏联人会扣动核扳机?

谅他不敢!

接到移防预令之后,政委王鹏月与新任团长黄文彬碰了一下头,决定马上召开团常委会,动员全团干部战士,以饱满的政治热情和战斗姿态,移防塞外,做好战斗准备。

副参谋长高振远刚带队参加点火试验回来,黄文彬团长就找到他,老高啊,还得辛苦你打一次前站。

去哪儿?

你的老家,风萧萧易水寒之地。黄文彬团长说,不过这次不入易水,却要挺进塞外,三北重镇宣化。

哦!高振远没有片刻迟疑,这个军务参谋出身的副参谋长,3 次移防,多次转隶,都在打前站之列,会将一切事情办得妥妥帖帖。

黄团长交代,你的任务就是打前站,这是一个导弹团千里转进,跨越数省,社情复杂,线路要保密,你的任务就是踏勘,部队装备公路行军走哪条路线、封闭哪些路口、哪几个县市的公安局和民兵须配合警卫、在哪里装载铁路专列,都要一一考虑到。行进之后,哪里宿营、哪个站吃军供,以及到了三北地区,何处铁路专线卸载、如何与地方取得联系,抵达目的地后部队住哪里等等,这些都要一一考虑周详。

团长放心,这事情就交给我了。高振远坚决地回答。

老高,打前站的任务交给你,我是最放心的。

什么时候出发?

准备一下,明天早晨就走。

好!高振远行了一个军礼,受命而去。

12月15日,高振远带着打前站的小组,悄然离去。

很快团里铁路行军的计划出来了,全团官兵和武器装备分别乘坐N个专列向塞外小城挺进。

12月23日,副参谋长井奎率六、七营各一个班组成的装载小组,抵达了铁路转运车站,完成了铁路装载、物资保障、车皮调配等事务的协调工作。至此,全团千里迁防铁路和公路行军工作全部就位。

翌日18时,第一列车梯队行军编组完成,18时06分,随着列车一阵长长的笛鸣,第一梯队出发。为保密起见,所有的行动,皆在夜间铁路行进。

随后,第二梯队、第三梯队,皆在夜间悄然而行,穿越江南大地。而在行军途中,值班分队皆全副武装,60式车载高射机枪仰首天空,对空观察哨不时发来报告:

0号观察哨没有发现目标……

3号观察哨没有发现目标……

在中国的天空已经卫星飘移,谍眼洞洞,大幅面扫描之际,一支战略导弹劲旅千里转场,拱卫京畿的秘密行动,并未被对方的卫星发现。

一路上,战前教育已经在行进的列车上进行。当年,有人说离开他们的帮助,中国的导弹上不了天,可是我们照样上去了,打出了争气弹,现在他们又向中国人的头上抡起了核大棒,威胁首都北京的安全,我们怕不怕?

不怕!如果敌人胆敢按动核按钮,我们就长剑出鞘,千里弯弓射天狼,好好教训一下侵略者……

这就是那个时代的语言,那个时代的激情,无不打上一种浓烈的年代烙印和痕迹。

经过90个小时的铁路行军,第一列车梯队抵达塞外一个小站,然后再换成陆路行进。此时,蒙古高原朔风猎猎,山包隆起,路边的积雪厚达半人深,大烟儿炮掠过荒原,气温骤降至零下三四十摄氏度。导弹官兵登高望远,大漠茫茫,但使龙城飞将在,不教胡马度阴山,古来征战,大多无定河边埋白骨,没有几人可还,他们做好了决一死战、保卫京畿的决心。第A团的官兵向塞外小城挺进,一下子拥进了这么多的部队和大型武器装备,小城无法安置,于是,县粮站、铁厂宿舍、建筑队、消防中队和福利社,都驻扎了导弹官兵,但是大型装备无大型库房,只好露天存放,极不保密。后来,经第二炮兵出面协调,最终集中住进了某陆军师的营盘,部队才结束了分散管理。

部队刚刚驻扎下来,春节还没有过完,一道秘密命令便传来,第二炮兵作战会议决定,A团执行带实战背景的作战演习,要求进行夜间发射。

塞上挽雕弓,夜黑舞长剑。

多年来,A团打过无数枚导弹,但是大多在白天进行,甚至有时还有航天部作拐杖,专家和技术人员把关,如今要按照实战要求,进行夜间操作,具备全天候的作战能力。夜间拉动,夜间训练,夜晚发射。此举正是因为三北防线战略纵深短,若制空权不在我手之时,能够避开对方的战略轰炸与打击,实施战略核反击。

一切围绕全天候的作战能力展开。发射第一枚导弹,按下发射按钮的刘宗舜,此时已经是副团长了,他亲任训练革新办公室主任,号召全团官兵围绕夜间训练发射,探索小发明、小创造、小改革,掀起夜训练兵热潮。

然,第一步要做的事情是将导弹发射战车开出去。刘宗舜副团长带着上路,可是天一黑下来,司机就不敢开了。于是,深夜里,一声紧急集合号响起,司机一齐跃上战车,开进茫茫黑夜,极目之处,皆是深不可测的黑暗。有的司机两眼盯着前方,却不敢踩油门,刘宗舜从指挥车上跳了下来,大声吼道,他娘奶奶的,开,给我踩油门啊。

副团长,不让开大灯,看不见前方,不敢走啊。

我的车在前边,跟着我走。

于是,刘宗舜指挥车在前,缓缓而行,庞大的车队紧随其后,1公里,2公里,5公里,10公里,后来,干脆将小灯也蒙了起来,记熟每段路的弯道,一米一米地走开了。

黄文彬击节叫好,夜间训练,每个号手都多学一手,开进、占领导弹阵地的驾驶员过关了,打着小手电操作起步了。到了后来,白天用黑布将眼睛蒙起来,练跑位,练操作动作,就在那一个寒风凛冽的夜晚,终于将每个操作动作都练得非常熟练。

随后,小革新、小发明,一下子搞出了25项,仿制12项,全都用在夜训、夜战上了。

冬去春来,荒原渐绿,百灵晨唱,到了一显身手的时刻了。

1970年6月26日,酒泉卫星基地的发射坪上,东风第A团三营、四营相继开进发射场待命。是日午夜时分,随着团长黄文彬一声令下,占领阵地,三营官兵率先出击,发射拖车载着导弹,控制车、电台车、加注车、瞄准车紧随其后,铁流滚滚。尽管天高夜黑,伸手不见五指,可是三营官兵却精确地进行操作,接好电缆插头,拧紧加注管道,进行瞄准,导弹发射。

黉夜时分,大漠上一片死寂。深邃的天穹里,唯有几颗星星眨着诡谲之眼。

黄文彬向三营营长下达30分钟准备。

10分钟准备!

5分钟准备!

按转电!

弹上电池供电。

随着倒计时数到最后 10 秒,发射连长一声点火的命令下达。只见一枚"东风二号"导弹喷着黄色的火焰,风卷大漠,犹如一只浴火的凤凰,一鸣冲天,向着茫茫夜空飞去,又似一道闪电,穿云带雾,直上九霄。数分钟后导弹准确命中了目标,打出的精度与有光条件下一样精准。

两天之后,在同一个发射场上,同样的夜暗条件下,四营再度出手,扬眉剑出鞘,打出了最好的历史精度。

第二炮兵有关部门据此宣布,导弹第 A 团具备了全天候的发射能力,随时可以闻令出征。

随后,一营、三营又携带一百多套武器装备,公路行军数千公里,在山东某县进行了长达 33 天的战备训练,检验摩托化行进、闭灯行驶、夜间操作、公路行军、铁路转载等课目。沉默的雷霆在握,随时可以横刀立马,做镇国之器,擎天之柱。

在塞上孤城拱卫京畿一载之后,中央军委一声令下,导弹 A 团由铁路转载,公路行进,移防别处。在离开北京十三载春秋之后,这支从长辛店出发的导弹劲旅又环绕京城一圈,一直向东驶去。

东临碣石有遗篇,面向大海,继续拱卫京畿,导弹 A 团新的历史一页掀开了。

10. 沙场秋点兵

1983 年元旦的钟声刚刚敲响,冬天里厚厚的积雪,仍覆盖在冀东平原上。

老兵刚走不久,新兵还没有来得及补人,导弹 A 团的营盘多少有些冷清,部队正准备开训。周边的乡镇已经开始酝酿过春节了。彼时,一份绝密电报从基地发至了 A 团,转发第二炮兵党委命令,要 A 团火速展开突击训练,准备参加今年秋天第二炮兵举行的一次战役大演习。

数天之后,基地司令的电话打到时任导弹 A 团团长葛东升的办公室。东升啊,你们要有充分的思想准备,引起足够的重视,这是华北大演习之后,三年培训大区领导战略意识和指挥的收官之作,军委和总参的首长都会前来观看。

明白!葛东升了解这一历史大背景,1981年,中央军委决定举办全军高级干部战略研究班,叶剑英提议,由张震协助杨得志具体筹备。在讨论确定了新时期战略方针之后,总参向老帅们建议,经过邓小平同意,确定了总部集训大军区正副职3年规划,拟定在华北、西北和海上3个方向,分别组织一次较大规模的实兵演习。华北大演习,刚担任军委主席不久的邓小平选中了最大方案,空地一体,11万兵力参演。一经登场,便取得了圆满成功,震惊了世界。

而这大演习,则最后以导弹发射为压轴戏,堪称倚天万里须长剑,大国重器闪亮登场。葛东升知道,参加此次演习的不仅有他A团,还有C团,都是几支老牌的导弹团队,当年皆以天下五个营著称。

团党委会已经开了N次了,大家对参与突击训练,如何突击训练,皆无异议,可是对于究竟该派哪几个营参加训练发射,却出现了分歧。团长葛东升和参谋长杨业功心里明白,这几年搞减量加注点火试验,几个营比较,各单位均衡发展,成绩皆在伯仲之间,分不出谁差谁好,孰优孰劣。

有位副团长系一营营长出身,感情上对一营有倾斜,率先开了一炮,说,一营,在哪一个导弹团队,都是排头兵,老大,自然应该在入选之列。

二营长不干了,说副团长,你现在是团副了,屁股怎么还坐在一营的位置上啊,你说一营好,二营、三营就不好了吗?比武、打擂台,是骡子是马,拉出去遛遛。

好了,好了,政委彭振国看了看团长葛东升,想阻止大家没完没了的争论。

葛东升此时38岁,却少年老成,他扯了扯政委的袖口,你让他们吵,吵够了我们再定。

对!三营长嗖地站了起来,二营长说得对,不能暗箱操作,领导定终身,有本事训练场上见高下。

比就比,一营什么时候当过孬种,一营长一点也不示弱,从来都是一营扛红旗,拿金牌。

说够了吧? 见大家都不吭声了,葛东升张口了,看你们这样争着上大演习,我身上都来劲啊,心里更有谱了,我知道这些年减量加注点火试验,还有完成训练发射任务,大家比着干,各个营均衡发展,大家都不错,可以说势均力敌,比赛,分不出高下,各有优势,各有长处。

说着葛东升眼神转向彭振国。

彭振国政委非常默契,知道团长想要自己说什么。我也认为不要比了,分不出高下怎么办,弄不好还闹不团结,影响 A 团的战斗氛围。

政委说得对! 葛东升接过彭振国的话,我看还是用一个最土、最古老也最公平的办法,抓阄,谁抓上算谁的,这样公平得很。

团长这么一锤定音,抓吧。

各营派出代表,结果一、三营抓到了参加。

一营、三营高兴了,没有抓到参加的几个营,嘴噘得老高,说自己运气不好,怨派出的代表手气太臭,与这样大的演习失之交臂,终身遗憾啊。

遗憾什么?! 葛东升团长发话了,你们几个不参加演习的营队任务也同样重着呢,按年度大纲组织训练啊,在发射场与不在发射场一个样。这才是老 A 团的作风。

于是,年不过了,一营和三营的官兵纷纷投入了突击训练。这次演习要将伴随了他们 20 年的导弹统统发射出去。这些导弹装备是最早一代的国产导弹,已经严重超期服役,且一而再、再而三地延寿,可以说是退出现役之前的最后一搏,检视一下宝刀老否,重器还能否镇国。从这次演习之后,这个型号的导弹将走向博物馆,走进历史橱窗,成教学、科普和展览参观之物。毕其功于最后一役,一柄老刀能否扬眉出鞘,如何判读技术指标超差,而不影响关键性判读,显然是最关键的环节。

首先是测试、发动机和控制骨干尖子的培训。24年间,这个导弹团已经积累了丰富的培训经验,导弹换型时超前集训,工厂跟班追踪,发射场上当二岗、三岗见学,等等,一系列有力的举措,使出浑身解数。

再就是装备的整修和测试,毕竟已经超期服役多年,要在已有的装备之中,挑选一千多台套武器装备,以最好的技术状态,实施核反击作战。因此,他们逐一对装备进行了检修、校表,有的还重新刷漆,以外观良好整洁的状态,迎接中央军委首长和总部机关检阅。关键是两枚发射弹,既然已经数次延寿,就要挑状态最好的。一营和三营都在西北发射场发射过多枚导弹,第一发争气弹就是一营发射的,因此将所有库存的导弹测试过后,一营选择了D批导弹,三营则挑选了F批导弹。

万事俱备,只差中央军委和第二炮兵首长一声令下。可是,到了7月,却发生了意外之事。中央军委向全军发布了精简整编命令,导弹团向支队体制转变,而恰好这时又进行了基地领导班子调整,迈出了年轻化之后的重要一步。导弹A团团长葛东升连提三级,成为最年轻的基地参谋长,彭振国政委也受到重用,团参谋长杨业功调到基地作训处当处长,而新的支队长是董春儒,政委李再堂,给他们熟悉部队的时间仅有一个多月。8月中旬,部队就要向西北发射场开进。

然而,在这支导弹劲旅的营盘里,冥冥之中,始终有一个英雄之魂踽踽独行,那就是"东风第一枝"的精神灵旗,敢为天下先,永不服输。他们迅速完成了由团升支队的精简任务,并展开训练发射的各种事故和故障预想,提出132条建议。部队出发前夕,原A团老团长,第一个发射争气弹的刘宗舜副参谋长带着基地工作组来升格后的A支队检查演习准备情况,并参加了当时发射故障和问题预想。会上老团长的话可谓苦口婆心,一个好汉三个帮,上下左右协同,才是完成任务的前提,工作上要一丝不苟,层层发动,不断发动,严格管理,精心准备。关键时候,要敢于下决心。该定不定,该拍板不拍板,就会贻误战机。

1983年8月中旬,第二炮兵下达了演习日程安排。

8月21日至24日，第二炮兵组织机关进行战略输送。

箭在弦上，随时都可以挽雕弓射天狼。

长河落日圆，大漠秋点兵。

1983年9月15日清晨，一枚红色的信号弹划过天幕，两支导弹劲旅迅速占领阵地，起竖导弹。四枚深绿色某型号导弹，宝刀不老，犹如刺破苍穹的青锷，立于弱水之畔的胡杨与戈壁滩上。导弹A团在对两个导弹完成加注之后，阵地指挥员紧急报告，导弹的液氧泵呈线状漏液，采取紧固螺丝无效，请求派专家前去观察处置。

面对发射场上的突发情况，前指处变不惊，立即派技术人员前去观察，技术人员抵达现场，经过分析认定，得出了一个难以置信的结论，由于加注液氧后，温度变化而引起泵体壳变形漏液，并不影响发射。

前指迅速报告了演习指挥部，请求按时发射。

你们有绝对把握吗？现场观看发射的可是有军委和总部首长。演习指挥部如此询问，自然是事关重大。

我们对此有绝对的把握，请领导放心！A团对这种型号的导弹烂熟于心，已经不止一回预想和碰到此类情况了。

指挥部同意了他们的请求。

是时，夜幕退尽，戈壁再次恢复了亘古的寂静，遥远的地平线尽头，天蓝如海，一轮秋阳冉冉升起，拂照在直插天穹的导弹之上。

四枚青锷兀自而立于发射台上，昂然欲发。上午8时许，只见发射连长一声，转按电，开拍，点火口令发出。一枚镇国重器啸天而起，喷薄着烈焰，一鸣冲天，向远方飞去，留着一粒粒星星般的银色亮点在闪动。

30分钟后，另一枚扬眉出鞘……

随后远方的末区，发来了导弹准确命中的报告，发射场上一片沸腾。

核反击的第一个回合，导弹A团圆满完成任务。

随后，导弹C团倚天仗剑。这是一个从林海雪原里数千公里转进而来的老牌团队,过去也曾经创造辉煌,这一次核反击过后,他们将与A团一起,转隶大型号导弹基地,换装最新型号的战略重器。

随着A团第一个波次的核反击落下帷幕,C团官兵也会挽雕弓,蓄势待发,按照30分钟打一枚的间隙,另外两发战略导弹已经仰首矗立于发射架上。

A团的第二枚刚扶摇天外,C团已经发出30分钟准备的命令。

谈笑之间,盘马弯弓,导弹C团连发两枚导弹也同样取得了圆满成功。

演习结束后,军委杨尚昆副主席、三军总长杨得志分别发表讲话。杨尚昆说,导弹事业的发展,体现了毛主席等老一辈革命家对导弹部队的信任和关怀,体现了社会主义的优越性。这次演习任务的圆满完成,体现了第二炮兵经过十多年的建设,已经完全能够胜任核反击作战了。

弱水做证,当年人民解放军的独苗苗已经长成,像戈壁滩上的胡杨一样,成为不倒的参天大树。

11. 卢沟桥的日子,葛东升和杨业功重当普通学员

列车穿越远山,江南烟雨村落在车后渐渐隐没成一个墨点,一道绿痕。

这是1992年9月20日,21名集训队的官兵踏上开往北京卢沟桥的列车。从去年8月1日正式组队,他们已经等了整整一年。那几本常规导弹晒蓝说明书,早已背了个滚瓜烂熟,甚至于可以倒背如流;那几张有限的导弹电路图,早已默画得天衣无缝,无可挑剔。现在最迫切的是见一见朝思暮想的导弹装备,亲自操作一个发射流程。

几回回梦中相见,这一天姗姗来迟。

车厢里回眸一看,带了一年多的10名大学生军官和刚刚训了5个多月的11名士兵,感慨良多。他们是种子啊,在可以想

见的未来,他们会在这块未有人走过的大荒上蹚出一条路来。像种子一样,钻出地面,发芽成长为一棵棵参天大树,撑起中国常规导弹的天空。

4天之后,第二批经过严格挑选的34名骨干,再度出发。其中军官14名,士兵20名,于国庆节前抵达北京云岗。与高队长带去的第一批骨干会合,扩编成为55人的骨干集训队。

冥冥之中,高队长觉得云岗曾是中国战略导弹部队成长壮大的福地。部队等了一年多,开训时间定在10月7日。第一阶段10天,学习导弹理论;第二阶段10天,进行实装操作。

开训那天可谓盛况空前。部队来了55个人,军代表和第二炮兵研究所参加集训的有20多人。

然而,我多次采访高队长和他麾下的骨干,都未曾提及时任基地司令葛东升也参与第一阶段的理论学习。

军代表王薇是那批参加集训的学员之一。2011年2月的一天,在我的办公室,她突然提出一条线索,说,当时参与导弹理论学习的最大的官是葛东升司令员。

那还会有假?我认识葛司令员啊。高个,方脸,脸色红红的,恰似关公。王薇描述道。

杨业功呢?

与电视上成了英雄的他极似,小平头从来没有改变过。王薇说,葛东升当时着装与高队长带的官兵一模一样。也是左肩右斜,挎一个绿色军用挎包,扎着腰带,穿一双解放鞋,极简朴的一位军队高级将领。坐在那里与大家一起听课,直至工厂跟岗见习结束。

我有些骇然,也有点茫然。一个基地司令员日理万机、要务缠身,怎能抽身出来参加常规导弹理论集训啊?

怀着这种疑惑,我见到已解甲归去的葛东升时,问的第一句话便是,有一位女军代表说您参加过常规导弹在云岗的第一期集训,这是真的吗?

当然是真的啦。葛东升很认真地说。当时,我知道他们有一发弹在技术阵地测试,就向第二炮兵打报告,希望派骨干集训队去到云岗学习,开始工业部不同意。后来经过做工作,他们同意了,可是不安排住宿。我说这哪能成啊!特意去了云岗,找到沈院长和设计总师,说了一番热情激昂的话,让他们很感动,彻底敞开了大门。

我说,你说了什么话,竟让对方一路绿灯。

葛东升记忆犹新地说,我当时的态度很诚恳。对工业部门的领导和专家说,作为基地司令员,经常使用科学家、科技人员和工人师傅设计制造的导弹武器,使中国拥有了大国地位。这种地位,渗透了科学家和工人师傅的智慧和汗水。而导弹武器发展到今天,第一代近程武器退出了现役,中程超期服役,我马上成了空炮司令。我们盼望你们智慧和汗水结晶的先进导弹武器,可以说嗷嗷待哺。虽然我们在山沟,但是对你们很有感情,是使用科学家、技术人员和工人师傅生产的武器装备为国家站岗放哨呀。你们生产的导弹武器,定型之后,不是最终成果,装备部队,拥有大国地位,才是最终目的。我们作战部队想以你们为师,学习、掌握、熟悉、使用它,在党和国家需要时,取得战争的胜利,才是你们的真正成果。

毫无疑问,当时葛东升的公关之语,不乏真诚、真情,对方不知不觉被他所感染了。

末了,见沈院长的神色由淡漠变得热烈起来,目光炯炯地望着自己,葛东升说,我们没有过多奢望,只要给一间大仓库就行,哪怕空置的车间也成。北京的天还不冷嘛。

哪能让子弟兵睡仓库、车间啊。沈院长笑了,转头问部下,还有什么地方的房子空置着?

幼儿园空着。一位下属答道。

那就让部队住到幼儿园去吧。

没有床板,只给我找了一张床板。葛东升说,余下的官兵全都打地铺。

我仍然有些不解。喟然感叹,你当时多忙啊!基地有多少事情等着你去办,怎么能走得开?

你说什么最重要?葛东升反问我,环顾基地,当时最重要的事情莫过于常规导弹集训啊！抓住它，就抓住了基地今后发展的龙头，才会有前途。

我默默地点点头。

集训队进驻后，葛东升向高队长交代，要一对一地对口学习。当一个恭恭敬敬的弟子，老老实实的学生，当一个勤勤快快的勤务员，把专家师傅笔记本里的东西掏出来，尤其是设计闪光的东西，不能遗漏。我的主攻方向是沈院长，而马总师则由你们来攻克。

葛东升说，第一天吃饭时没有桌子，大家蹲在一起，围着一盆菜和饭吃。突然一阵秋风起，吹了一盆的沙子，吃在嘴里吱吱地响。

几天后，我采访女军代表康莉，她的话题仍然是从云岗说起。她说，自己与葛东升、杨业功、高津、李天、孙金明等一批军官也是第一期学员。不过，时间过去很久了，有一幕情景至今仍然难以忘怀，当时从葛东升司令、杨业功副参谋长，到高队长那批学员，个个身上背一个绿色军用挎包，左肩右斜，扎一条腰带，脚蹬一双解放鞋。不仅他如此，所有的大学生也如此。

有一次，康莉开玩笑说，高队长，在航天工厂学习，没有必要这么正规。

高队长的回答却让她有点意外，那不行！我们这是一支队伍。作风的养成和打造重在平时，要随时随地。

李天、孙金明、夏小平、周晓林、李青春，还有最近一批加盟常规导弹方阵的张宏、李正连、韩金豹、孙世泽、黄成飞等年轻的导弹军官，则以新一代导弹人的真情真诚打动对方。到工厂里追踪设计时，面对工人师傅，他们提前去打水，打扫办公室卫生，展示当徒弟的另一个虔诚面孔。知道工人师傅喜欢集邮，就送上自己珍藏的邮票。平时一起分享掌握常规导弹的欢欣，说到动情处，对方感叹，觉得遇上了一批好弟子，便不吝赐教，将自己珍藏多年的导弹设计笔记拿出来，交给这些弟子，你们去看吧，这里有几十次、上百次成功与失败的记录，对于你们掌握导弹操作发射，会很有帮助。

于是,他们便将这些资料拿回来,分头去抄。第二天再还给工人师傅。

白天听课,晚上高队长再组织开会。他让张勇去通知,由各专业组长参加,汇报当天的学习进度,掌握到了什么程度,拿到了多少导弹技术资料,明天将学习哪些内容。张勇负责记录,每天晚上要记好几页纸。当天晚上,再由高队长进行总结,而这个作风,在常规导弹第一旅一直保持至今。

几阵秋风几分凉,北京的天气渐渐变冷了。

这时,第二阶段实装操作开始了。11名大学生军官,第一次看到常规导弹发射车,虽然指挥操作指南早已背得滚瓜烂熟,但是触摸实装还是第一次。那发射战车造型奇特,如一只钢铁巨兽,虎虎生威,雄视前方,有气吞云象、席卷天下之势。骨干集训队的官兵们一看,今生自己的荣辱沉浮进退升降,将与这辆发射战车融为一体了。

12. 金号手康平再展国器神威

康平坐在我的面前。凝眸一望,他身材瘦削,皮肤黧黑,戴着一副眼镜,满脸的书卷味,与他佩戴的五级士官肩章,似乎有些不搭界。

你是这次大型号导弹发射的发控师?这是我问他的第一句话。

是的!首长。康平的普通话里带着浓浓的湖湘辣椒味,我第一句便听出来了。

发控师不是由军官担任吗?

过去是,现在改由士官担任。康平答道。

你是湖南人?

首长怎么知道的?

听出来的。我笑道,湖南哪个地方的?

娄底新化县。

一入伍就到亚洲第一旅吗?

没有啊！梦都没有梦到。刚当兵时在郑州一支高炮部队，康平答道。1996年调到这个劲旅来的。

你一到这支高科技劲旅，学的就是发控专业吗？

与控制有关。康平说。

打过几发弹？

四发。康平说，不过第一次发射时，是作为副操作号手。而从那以后，我成了主发控师。

幸运啊！我感叹道。在第二炮兵部队，过去都说千人一颗弹，百人一杆枪，能按下点火按钮，成为驾驭战略导弹发射升空的第一号手，堪称凤毛麟角。你是为数不多的幸运者之一。

是。康平沉吟了一会儿，讲起自己第一次上发控台的故事。

康平说，第一次上发控台，心情既激动又紧张。发射排长下了一道道口令，他找了半天，手指才按到开关上。后来，他就下功夫熟悉发射台，直到闭着眼睛也能快速准确拧到发控台的每一个开关时，发射营长秦泽海对他说，康平啊，你不能仅仅满足于会扳开关，而应该知道每个开关代表什么意思，工作原理是什么，相互之间是如何作用的。

康平这才觉得当个发控师并不容易。

好好啃这几部大书吧！过了几天，秦营长找来几部导弹发控教材，放到康平跟前说，如果有一天你对弹上控制系统每个零部件的作用和工作原理都能倒背如流，能够默画这几张大电路图，就说明你修炼到家了。

果然，康平从那时起，蛰伏四载，气沉丹田地背了四载。原理可以背讲了，控制电路图可以默画了，感觉自己坐在控制台上操作不会有任何问题，就等着一剑惊天下。

四营终于等到一次实弹发射的机会，康平觉得自己一鸣惊人的时刻来临了。

可是那天发射营长秦泽海将他叫到办公室，拍了拍他的肩膀说，我知道你蛰伏四载，只为这一剑。可是时运不济啊！兄弟。现在上边有规定，必须由军官担任主发控师，旅里给你找了一名学生，作训科参谋王会峰，你认识吧？是西安第二炮兵工程学院控制专业毕业的。你必须将自己的本领毫无保留地传授给他,不准闹情绪,不得有别的想法。

我不会的,请营长放心。到这支部队后,才真正感觉到这是一名军人应该待的地方,让干什么都成。康平的回答出乎秦泽海的意料。

有你这句话,我就放心了。秦泽海满意地说。

第一次见面时,王会峰就敬称康平为师傅,一下子拉近了彼此之间的距离。此时,王会峰刚从西安第二炮兵工程学院毕业两年,在作训科当副连职参谋,戴中尉军衔。而康平已经是一名十年士官,两个人取长补短,互相学习。王会峰年轻,脑子活,且受过专业训练,基础又好,学起发控师专业来可谓八面来风,游刃有余。康平苦学四载才出师,他三个月便掌握了。

康平说,王会峰学专业方法独具一格,让他深受启发。王会峰找来一张大白纸,画下发射控制台上的面板,放在自己的床头,每天就站在那张图纸前默背。哪个开关按下去是什么现象,会与哪个导弹元器件产生联动,引起哪些现象,他一点军官的架子也没有,不耻下问。有些现象问题,康平也回答不了。王会峰就记录下来,他知道在基地训练中心进行操作合练时,可以见到一批第二炮兵专家,到工业部门学习时,可以直接向他们请教导弹装备上的问题。

于是,在导弹装备生产厂家,王会峰每天都在提出各种问题,一步步逼近设计思路,记了厚厚的一大本,解了当年康平学习专业之惑。短短三个月时间,王会峰就已经成为一名合格的发控师。

那次发射,王会峰站在主控台上,而康平则站在一旁,帮他记录参数,一起感受大型号战略导弹啸天的辉煌与荣耀。那次发射成功后,王会峰立了二等功,在部队崭露头角。不久,他从旅作训科调到基地,之后又调去第二炮兵机关。可是不论时间过去多久,只要与康平见面,王会峰总是对人介绍说:这是我的师傅!

还是上过大学,受过专业学术训练好啊!康平慨叹道,今生他与大学无缘了,可是王会峰留下的那一本厚厚的笔记,则成了他专业学习中最好的教材。康平抚摩良久,找出了自己的差距。他将教材找来,从头学起,见缝插针地进行学习。

翌年,蛰伏于万山之中的共和国倚天长剑,阵地进行了五次调试,康平作为发控台上的技术把关,带着新的发控师一次次地进行操作。由此,他的士官人生也步入一个新境界。

第二炮兵在一片亘古大莽林里举行首届军事技术比武,康平拿了液体型号士官组第二名。

在基地组织的比武中,他又频频夺冠。

十年磨一剑,只等一个证实自己的时刻。

是年秋天,第二炮兵党委和首长交给亚洲第一旅在两种状态下进行大型号战略导弹发射的任务悄然来临。

康平终于站在发射控制台上,可是他却与原旅长李华当年一样,经历了一场磨砺之痛。

发射的零时定在了11月18日中午11点。

那天晚饭后,李华旅长特意将康平叫到跟前,交代他回去早点睡觉,不要有压力,明天就要看你扬眉出鞘了。

此时康平已经36岁,为五期士官,年龄比营长还大。仍然与发射排的官兵挤在一间大屋子里,听着屋里此起彼伏的呼噜声,他怎么也无法入睡。

4点钟,部队就起床。吃过早餐,7点钟正式进入发射准备。康平走进控制室前,仰首望了望天,只见一轮红日喷薄欲出,紫气浮冉东来,天穹祥云飞绕,心里更有底了:今天是一个好日子,天润东方第一枝。

他信步走进地下控制间。

1小时准备,唯有控制间还在忙碌着,进行状态运行。康平反倒一点也不紧张了,与平时的操作一模一样。每扳动一个开关,他都准确到位。

进入5分钟准备,康平还有50多个参数要报。

1分钟准备。

倒计时,10、9、8、7、6、5、4、3、2、1,点火!

康平按下点火按钮时,导弹已经出井了,他虽然听不到群山震荡,战友们的呼喊,但是他预感到国器跃然而出,发射大获成功。而此时的他却站在发射台前,将所有开关的按钮归位。

随后康平又按下了第三枚、第四枚大型号战略导弹,被称之为中国火箭军里的金号手、金手指。

第一号手,五级军士长康平,一个平凡的名字,随着火箭腾飞,已嵌入远山云间,彼手握惊雷,问剑天穹,护佑着人民安康,世界和平。

(原载《中国作家·纪实版》2018年第7期)

天开海岳(节选)
——走近港珠澳大桥

长　江

上　篇

　　直到有一天,我脑子里突然冒出这样的一溜小字——伶仃洋上神奇的脚印,我要写一写中国人,写一群建桥人——一群港珠澳大桥的建桥人,这冲动才变得十分明确,难舍难弃。

　　其实,茫茫大海,谁能把"脚印"留在水面?

　　不可能!不可思议!

　　但,就是这渺小与倔强、浩渺与宏阔、人与自然的反差呈现在一个取景框里,那风景才由"伟大"渐渐透出两个震撼力更大的字——"可怕"。

　　仔细质疑:港珠澳大桥,这是座什么桥?

　　看介绍,它拥有1100个亿的巨额投资,于当今世界是最长、跨度最大、埋置最深、体量最大的跨海大桥;听名字,它是要跨越香港、珠海、澳门。但这三地之间,可是南中国海的珠江口、浩瀚无垠的伶仃洋啊,此桥是梦是幻?

　　从西往东里说,大桥从珠海抬起左脚、从澳门迈开右脚,然后身体有如神助一般飘起来,一路向东伸向香港,弄出个大大的"人"字——之所以说它是"飘",55公里的全长啊,架在大海之上,高处鸟瞰,便是条带子。这条"带子"神龙见首不见尾,22.9

公里从珠海出发还是桥，4公里从澳门出发也是桥，但走着走着就钻入海底不见了身影，接着6.7公里的深海隧道，从隧道再钻出，12公里跨向香港。因此从香港，也就是从东往西看过来，它又是一个颀长无比的大"Y"。

这天早上，珠海，难得的采访间隙，我步行在情侣中路滨海的大道上，太阳拨开云雾，露出笑脸，把金灿灿的阳光洒向海面，印象中一向温婉贤淑的雕像"渔女"竟变得有点风情万种——

为什么，为什么中国人要在伶仃洋上建一座大桥？

这桥建好了以后有什么用途、什么意义？

其实说"桥"，这不仅仅是桥，是一个跨海的集群工程。它由桥、岛、隧三部分组成，是继我们国家三峡工程、青藏铁路、京沪高铁之后又一个重大基础建设项目——费用之大、难度之大、风险之大都令人错愕！

不走近，当然我可以事不关己高高挂起地为"我的国"说一句"乐见其成"，但走近了，走进去了，一连二十天的满负荷采访，我才知道什么叫意义深远、作用非凡，才知道建设者们是怎样如临深渊、如履薄冰。120年的使用寿命，千人走钢丝！毫米级标准！

为了应对这55公里的难题，特别是6.7公里的深海隧道、64项重大创新让世界瞠目，近600项技术已经申请到了国家专利。整个工程，牵一发动全身，一处处暗礁、一次次险情，最后一处"血栓"还差点要了大桥的性命——后怕啊！采访中好几次我睁大了吃惊的眼睛，听着设计者、指挥者以及工地上最普通的工人师傅们给我讲述那不堪回首、并没有空闲说与他人的日日夜夜，一股凉气从后背爬起——咱中国争这世界第一、奇观、举世无双，干什么？

不过采访开始了，故事听进去了，浸透全身的寒气一点点被熨温、蒸热。

我知道，我该写下点什么，不然就对不起大桥的建设者，也对不起我的心——那一阵阵已经久违了的感动……

暗埋杀机的"5·2之夜"

2017年5月2日,不要说中国媒体,就是世界的主流媒体,也都把"长枪短炮",至少是关注的目光对准了中国南部珠江口外的伶仃洋,在这里中国人正在进行着"新现代世界七大奇迹"之一的港珠澳大桥的最后合龙。33节为了铺设海底隧道而特别预制的巨型沉管通过4年里的一次次"海底之吻"已经成功嵌入海底几十米深的海槽,这一天就等着最后一节接头——设计上称为"最终接头"——沉放入海,与一整条隧道连通,从而完成整座港珠澳大桥主体工程的全线贯通。

这一天,安装海域的指挥船——"津安3号"上,全体人员都换上了崭新的工作服。这种工作服肩头绣着鲜艳的"五星红旗",与测量塔上代表着33节沉管的33面红旗交相辉映,惹得来自荷兰的"密封产品设计师"乔尔也开口向总指挥林鸣要了一件。

6.7公里的海底隧道接通了,用老百姓的话说,55公里的"大桥"也就做成了。

但是万一连不上,或者堵在那里,就是"血栓",也就会毁了隧道乃至整座港珠澳大桥!

如神话一般,中国做什么事情还会有失败?在人们的期待中根本不存在!果然,晚上10时30分,作业海域传来捷报,随着最后一段接口装置在海里完成对接,管内没有水,一滴水也不漏。整座港珠澳大桥,这个巨大的海上"巨无霸",以此为标志可以向全世界宣告:"我们成功啦!"

真的?不漏水,到底漏不漏水?!

不漏,就是不漏!

太好了!

漏不漏水是隧道成功与否的最关键指标,对全世界而言,概莫能外。

伶仃洋上烟花绽放,安装船上一片欢呼——叫声、掌声、泪水——大海也跟着沸腾!

新华社迅速向全球发出消息：

时间：2017年5月2日23时52分56秒

导语：2日22时30分许，重达6000吨的港珠澳大桥沉管隧道最终接头在经过16个多小时的吊装沉放后，最终安装成功。至此，经过我国交通建设者6年多的持续奋战，世界最大的沉管隧道——港珠澳大桥沉管隧道顺利合龙。

为了记录下这一辉煌的时刻，有关企业专门为中国中央电视台设计定制了一个有着很多只"眼睛"、外观有点像螃蟹的水下拍摄器——机器人"小黄"。这家伙不仅有一个大广角、超清摄像头，还有4个LED灯和两个卤素灯，可以在水下任意变换角度进行拍摄。与此同时，装在无人机吊臂上的摄像机也于头两天到达安装海域充当"天眼"，指挥船、吊装船、潜水母船也都安装了固定的摄像设备。这一回可以说天空、海上、水下，每一分钟"最终接头"的形态都在被拍摄、被记录——不能失败，不许失败，不敢失败，最后人们就只剩下一条出路——成功！

"新华社广州5月2日电"继续报道：2日22时30分许，重达6000吨的港珠澳大桥沉管隧道最终接头在经过16个多小时的吊装沉放后，最终安装成功。至此，经过我国交通建设者6年多的持续奋战，世界最大的沉管隧道——港珠澳大桥沉管隧道顺利合龙。

2日5时50分许，随着港珠澳大桥岛隧项目部总经理林鸣下达施工指令，起重能力达12000吨的"国之重器""振华30"的巨大主钩缓缓上升、转动，最终接头平稳吊离"振驳28"运输船，悬停在对接位置上空。在相继完成"脐带缆"连接、姿态调整、海洋条件、控制系统、基床回淤等情况复核确认后，最终接头缓缓入水。

随着最终接头逐渐下沉，阻水面积进一步增大，龙口区流速越来越大，操控难度愈来愈大。决策团队、施工团队、保障团队全力配合，控制着最终接头缓缓竖直沉放。10时许，最终接头没入水下。12时许，最终接头在28米深海成功着床。随后小梁顶推、结合腔排水等后续作业相继完成。22时30分许，经初步测量,各项指标满足预控标准,最终接头安装取得成功。

安装成功,已经成功。

这压力! 不是劈头盖脸,是扛在肩上,一分钟比一分钟更重!

然而,这个"最终接头"真的在海底被安装得严丝合缝了吗?

120年的使用寿命,中国人真的可以向世人狠拍胸脯,说我们一点问题都没有了吗?

不!

外界不知道,但建设者不能自欺欺人。"成功"的报道我们说早了,所有的监测指标我们还差一项,那就是……

深夜,其实此时时间已经是5月3日的凌晨,港珠澳大桥"岛隧工程"各路指挥和项目负责人刚刚回到驻地,人们心情大好地放松睡下,几年的心血,连续几天的演练、准备,大家都太累了。只有总经理、总工程师林鸣心里不踏实。他在等一个电话。"他们怎么还没给我来电话?"要是以往——林鸣指的是过去33节沉管每次安装完毕之后,贯通测量人员的"报喜电话"早就打过来了。

林鸣等待的是什么电话?

按照设计,隧道沉管在海底是否实现完美对接有GPS系统、双人孔投点、管内贯通测量以及水下人工复核等四种测量手段。最后一个手段,也就是最后一道监测,技术人员要步行或坐电瓶车进到隧道内,打开"最终接头"的封门,亲眼检查和校验"最终接头"纵向及水平方向的安装是不是按设计要求没有超过对接误差。但是这个电话没有来。

忽然一个激灵,林鸣抄起了手机。

"怎么? 误差有没有?"他把电话打给了具体的检测人员。

开始检测人员还有点不敢说:"有,有一点。"

林总问:"多少? 误差到底是多少?"

检测人员:"八九厘米……十几厘米。"支支吾吾,听着有点战战兢兢,理不直气不壮的。

"十几厘米？"对于这样的汇报，林总心里其实半块石头已经落了地。为什么说"半块"？因为港珠澳大桥全长6.7公里的海底隧道，由33节沉管组成，技术名称是E1至E33。这些沉管说"大"有多大？标准长度180米，有两个足球场的长，宽37.95米，高11.4米，重量将近8万吨，等于一个中型航母的体量。如此巨大的钢筋混凝土的"大家伙"要入海安装，再嵌入20米深的海槽，而且是从两头开始沉放，东、西两头在E29和E30中间找齐，这工程本身就难度极大。"最终接头"虽然体长没有180米，只有12米，但它的重量却也有6120吨，而且与以往的33节沉管不同，它不是和前一个已经在海槽里面安装好了的沉管头尾相连，是要像楔子一样塞进E29和E30之间，漆黑一片的大海深处，暗流汹涌，接头两旁的缝隙只有15厘米。有人形容这在海下简直是"于大风中穿针"。

夸张吗？一点也不。

八九厘米？十几厘米？到底符不符合设计标准？

林总坐不住了，他把电话打给每一个需要商量的工作人员："快，开会，开会，马上开会！"

5月3日早上6点钟，人们接到通知，走进会议室，知道大事不好，但心想也不至于有什么大难临头吧？

在会上，林总通报了刚刚听来的"坏消息"，但耳听为虚，眼见为实。他马上招呼大家："走，上船，我们去现场！"一个小时后，交通船顶着海风抵达头一天晚上的安装海域。人们从"最终接头"上方直挺挺伸出海面的一个50米高、90°角度的"人孔井"鱼贯而下，一个个下到了"最终接头"的肚子里。

残酷的事实暴露在这些大桥人的眼前："最终接头"真的出现了意外，而且它和E29管节的横向对接偏差出现的不是八九厘米，是整整的17厘米。这17厘米局外人并不知道意味着什么，茫茫大海，一个6000多吨"三明治"结构的构件与东西两座"航母们"对接，17厘米算得了什么？开始，至少我就是这么想的。

对，17厘米对沉管结构不造成影响，且纵向偏差仅为1厘米，止水带压接非常均匀，"滴水不漏"，这已经很了不起。设计人员几乎都在"自我安慰"。

可不是嘛,世界上所有的海底隧道,没有一条是不漏水的,我们不漏,已经很牛!

但,设计要求是多少?允许误差是多少?

7厘米。

这7厘米是理论上的,17厘米偏差了出去也就不过只有一个拳头,更主要的是这点"偏差"在深海基槽内根本就没有安全之忧,对于双向六车道的海底隧道来说,也不涉及行车界线,经过后期装饰施工,一点都不会让它看得出来!

怎么办?每个人都皱着眉头,但每个人心里想的也都不一样!

大多数人认为"没问题",这个"大多数"既包括中国的设计师、工程师,也包括外籍的专家,比如瑞士、荷兰、日本的顾问。

来自瑞士的顶级"顶推系统"专家瓦特现场查验后提议"维持原判",理由是如果推倒重来,"最终接头"要被从现在已经卡在E29和E30之间的缝隙里顶出去再推回来,这期间一旦腔里的压力和外面的海水压力不平衡,就可能损坏两侧的止水带和顶推滑道。

荷兰人乔尔,特瑞堡公司派驻港珠澳大桥"岛隧项目"的密封产品设计师,他本来已经订好了5月3日回家的机票,就等着天一亮坐车去机场了,但早上6点接到总部通知,要他马上回现场,"最终接头"有可能会返工,重新调整姿态。乔尔取消了航班,来到海面,也和大家一样顺着测量塔的梯子进到"最终接头"的底部。两小时后他爬出海面,在决策会上发表意见:"压接状态相当好,管内滴水不漏,纵向间距、平面转角、竖向位置、竖向转角、整体线条都已经很好。为了精调一个方向就得将这些来之不易的完美部分都重新置于不确定(因素)中,我倾向于不要再重来了。"

几位外国专家和中国工程师迅速"统战"着,港珠澳大桥"岛隧工程"副总经理、总工办主任高纪兵曾经就当时现场的情况接受过我的采访,他说:"我也不同意推倒重来——'最终接头'是2016年在江苏南通生产的,但2012年我们就到日本去做过调研考察,知道了世界上目前只有两种方式,传统的'海底现浇'和另一种需要创新的'整体式结构'。'工法'共有5种。我们分8大项、将近40个专题,组织技术攻关。随后为了敲定我们的'最终接头'的型式和尺寸,有一阵子我们在会议室连着'吵架',吵了四五天,不断地质疑、论证,质疑、论证。一直到2014年年初,项目团队才达成共识,开始筹备做一个全世界独一无二的、可逆式主动止水的'最终接头'。这期间我们总共组织了十余次专家咨询会,攻关会议更是开了有上百次,先后推翻了十个方案,同时也进行了数十次的验证性实验和调试性演练,最后才形成了港珠澳大桥沉管隧道新型的整体安装方案。所以说,真不容易。当时我就不同意推倒重来,怕麻烦是一个因素,但更关键的还在于我们要为此冒极大的风险。"

"什么风险?这风险有多大?"我追问。

高纪兵答:"很大。

"第一,我们的'最终接头'理论上是可以逆向操作的,但是对逆向操作过程中可能遭遇到的风险并没有实操的预案;第二,'最终接头'和33节沉管一样,不是说什么时候安装就可以在什么时候安装的,必须在允许的'时间窗口'内完成,如果等准备工作就绪,但'时间窗口'错过了,再装就很危险;此外,还有一个巨大的阴影,那就是欧洲的厄勒海峡沉管隧道,施工中,工程技术人员尽管一步一步地也是按技术规程来操作,但鬼使神差,一段管节就是因为'密封门突然破裂'而沉入海底,延误了工期。"

高纪兵说:"后来我们真的推倒重来了,好几次险情真是吓得人手脚冰凉。"

外国专家和中国工程师继续"统战"着,只有林鸣眉头不展。

"不,4年沉管隧道安装,33次深海之吻,我们从没有这么大的偏差数据出现过。这个数据会使港珠澳大桥建设的光辉变得黯淡!"

林总开始问身边的工程副总、设计总负责人:"你们要让这个遗憾永远地留在海底吗?你们甘心吗?"

"副手"们都明白老板这是决意返工,要"一意孤行"了。

但"返工",或者说"精调",把一个已经固定在深海基槽内重达 6000 多吨的"大家伙"重新吊起,对准角度,再放到位置,保证调一次就成功,谈何容易?!

又是 4 个小时的集中"会诊"、务实讨论。

为了以防万一,设计人员事先已经为"最终接头"预设了一种断开装置,这就意味着"返工"是可行的。只不过茫茫大海,海浪冲击,暗流汹涌,"最终接头"一旦重新断开、提起,不成功后果是什么?推顶系统,也就是"最终接头"最核心的部分,由两侧各 27 台千斤顶、顶推小梁及临时止水带组成,一旦腔内与外界(海水)的压力不平衡,脱开时就有可能被损坏乃至完全破坏,那结果可是不堪设想。

"算了吧。"

"还是算了吧!"

几乎所有人都想说服林总罢手。

现在的情况已经是 60 分了,虽有遗憾,但你非要追求 90 分、100 分,那万一失败了,千古骂名,所有功劳都会因为这一处闪失而消弭殆尽,况且新闻已经报出去了,成功的后面还要再来一个"是否成功,尚未知"?

怎么办?不返工,不影响使用,但"17 厘米的偏差"是个心病,留给历史的确是一道永远也抹不去的遗憾;但返工重装,成功了便什么都好说,万一失败,中国人的脸面,整个大桥已经叫响世界的"成功"就可能毁于一旦,我们敢赌吗?!

怎么办?怎么办?怎么办?

决策者迅速思索着、权衡着——千钧压顶,何去何从?

这就是后来为什么有人形容"此一处血栓差点要了大桥的卿卿性命"!

终于等到他接受采访

刘晓东忙。林鸣,港珠澳大桥岛隧工程项目部总经理、总工程师,更忙。

他在上马港珠澳大桥"岛隧工程"之前就是中国交通建设股份有限公司的总工程师,中国在港珠澳大桥之前非常成功地建造了"润扬大桥""南京长江大桥3桥",两桥都有他的智慧和指挥。"中国交建",过去不打交道不知道,这回一打交道才知道,"牛啊"——"交融天下、建者无疆"——这是目前世界上最大的港口、路桥、疏浚、集装箱起重机、海上石油钻井平台的设计和建设公司,港珠澳大桥70%的工程由这家国企承建,其中"岛隧工程"又是整个大桥最难啃的骨头。

就是他,对,在"最终接头"的时候,"众人皆醉我独醒"地坚持要返工重来。后来听说经过几次、十几次的提上来、放下去,提上来、再放下去,一点一点地精调,"最终接头"的安装才达到了他的标准,达到让世界瞩目的精度。

有人背地里为林鸣竖起大拇指,说他是"神人",也有人说他是"魔鬼"。7年施工,他几乎每到关键和危险的时刻,都会像"钉子"一样几小时、十几个小时、几十个小时地盯在工地。

这样的人我们怎么能不采访呢?要采访,而且时间越早越好。

但是采访预约了好几天,林总总是说:"哎,你们多报道报道别人吧,一线的英雄。"

我知道他忙,如此"推",一是忙,二是躲。但"躲"可不行。

林鸣属鸡,1957年出生,不是那种嗷嗷大叫的斗鸡,是咬住对手不撒嘴的那种,颇有鳖性。

港珠澳大桥"岛隧工程"先有岛后有隧,两座人工岛,最多时几千号人马,设计者、施工者、生产者、管理者、后勤保障,人人对他爱、信、服、恨,"大拇指"和"魔鬼"混杂于一处。这其中人们"爱他",是因为这老头对港珠澳大桥的付出,有一条命搭上一条,有十条会搭上十条;"信他"是经过无数次的惊涛骇浪,他带领团队一次次闯过激流险滩,都是"有惊无险";"服他"那是佩服林总对设计和施工工程有一种神人般的直觉,哪条桩、哪个台阶,不直、歪了,他的眼睛就是"尺子",仿佛这个人天生就是上帝派给港珠澳大桥这个海上工程的；至于最后的"恨他"，这位老板爱骂人，施工7年来，除了出差，他几乎每一天都要上岛，进隧道，看着哪儿不合适了开口就骂，骂身边的高管、各工区的大小经理、项目负责人，但是就是不骂工人，什么时候对工人都笑呵呵，满腹柔肠，问寒问暖，从不说硬话。

嘿，这个人！

2017年11月22日，港珠澳大桥东人工岛，已经建好了的最高平台上，一场还差40天、无论如何都要确保大桥到年底要"具备通车条件"的动员大会就要在这里举行，我们摄制组那几天正在每天盯着林总的时间好让他坐下来接受我的采访，此时听说他要来参加大会，还要在大会上讲话，就赶紧扛起摄像机，先开车22.9公里，再乘坐电瓶车穿过6.7公里的海底隧道，然后到了东岛，想拍个林总同期声的"现行"——

到会场，我看到工人师傅们正搬了蓝色的高脚塑料凳整齐地坐下，会场前面有一排简易桌椅，那是给林总和其他与会领导准备的。但一会儿林总沿着一百多个漂亮的高台阶走上来了，他一到会场就让工作人员赶快把简易桌椅都撤掉，为什么？林总说："我站着，不坐，不然坐在我对面后排的工人师傅们就看不到我了，所以我不坐。"——就这样，林总和跟着他出席大会的七八位中层领导就在海风中整整站了一个多小时，而且林总是最后一个发言：

"同志们：近七年来，我们怀揣梦想，坚守目标，随着隧道'最终接头'的成功安装，我们的工程取得了决定性胜利！"

林总高高的个子，身穿和工人一样的白色冬装工作服，头戴和工人一样的白色安全帽，他们的头顶，那天是难得的蓝天白云，身边是干净到透亮的蓝色的大海——

"从5月开始，我们一天当三天用，100天干了大半年的工程。通过3000位建设者两百个日日夜夜的辛勤劳动，目前，我们一条最美隧道和两座人工岛雏形已经呈现在伶仃洋上！

"现在，'七尺男儿，一诺千金'，为了确保年底具备通车条件，我提出4点要求……"

……

终于有一天,其余的人都采访得差不多了,林总突然告诉编导,说:好,今天就给你们一个下午,我来接受长江的采访。

这个下午我们摄制组一行五人都来到了林总的办公室,架好双机,别好胸麦,这是《新闻调查》的标配。编导站一旁,我是记者,和林总面对面地坐下。

林总的办公室,和一般的工程老板的办公室没什么两样,很大的办公桌、沙发、茶几,唯一让我感觉有些不同的是他的办公室里面竖着一块很大的"白板"。又不是课堂,放这干吗?而且那"白板"上面并没有能让人写字的地方,都贴满了 A4 大小的纸片,一层摞一层,上面密密麻麻。记事?备忘?方案探讨?分析研究?看样子什么都有。虽然,现在老板们办公,电脑已经非常普及,但林总还是习惯用这种"又老又笨"的办法,及时提醒自己还有哪些事情没有办完、正在办,需要特别注意些什么。

好,我说,谢谢您终于抽出时间来接受我们的采访。

落座之后我先道谢,其实心里觉得这场采访安排得有点晚了。

上来我就问:"林总,40 天动员大会那一天我听您上来就说:'尊敬的一线工友同志们',而不是通常领导讲话:'尊敬的某某领导'或'某某女士、先生',您平时开会也是这样吗?"

林总笑笑:"平时?平时我们很少开'这样的'大会。"

哦,我反应过来:"港珠澳大桥,大海上的工程,要开大会,没有场地啊?!"

嗨,真是"教条主义",不好意思!

"好,那我就问一个从您这里最想得到证实的事实:听说您在工地经常骂人,而且一点都不给人留情面,是不是确有其事?"

林总点点头,没有回避,说:"是,我是老爱骂人,有时骂得还很难听。最厉害的,我会说:'你,给我从工地上消失!'呵呵,不过骂完了,知道自己不对了,我也会去哄人家,呵呵,会哄人。"

"但您不骂工人,是吗?为什么?"

林总说:"自己情绪低落时,就会到工地上去找工人聊天,交流交流,一说一聊,我的状态就会调整回来,就觉得有这样的一支队伍,我什么坎都能过去,所以我很感激工人。"

林总说话,声不高语不惊,但不少话直抵人心。

"港珠澳大桥'岛隧工程'你们干了7年,现在终于要接近尾声了,我那天听您在大会上说:'七尺男儿,一诺千金',您这7年来,对自己的'承诺'是什么?"我收住笑问,有点严肃,因为这是我笔记本上第一个设计好的正式问题——

"对自己的承诺?"林总一顿,但反应很快,"我对自己的承诺?就是33节沉管,每一节的安装我都要亲自来,我是起重机班班长出身,往大海里安放沉管,然后放进海槽,对准放稳,这是最关键的环节,我都要自己来,这就是我对自己的承诺。"

啊?

我不知道面对中央电视台的采访,林鸣这个"岛隧工程"的最高指挥为什么没有说出7年来他对自己的承诺是"人在阵地在",是"一定要确保港珠澳大桥按国家要求按时建设成功"等等?他对自己的承诺竟是"亲手安放沉管"?这么具体,又这么容易做得到?

但,真的容易吗?

"不容易,国外有沉管沉放时就掉到海里面去的案例,这不是开玩笑。"林总说。我知道他也许就是指厄勒海峡的那一次"意外"。

20年前,林鸣正当壮年,他已经来到珠海,参加高考、读了"工程"之后在珠海建造三座大桥——珠海大桥、淇澳大桥和伶仃洋大桥(项目)。"港珠澳大桥"是他在珠海要参与建设的第四座桥。在他的心里,珠江口、伶仃洋,与他仿佛有着一种天然的亲和、熟悉和缘分。他知道大海的脾性,懂得自己的斤两,像一个老舵手、老渔民。

我对他说:"7年前,当您来到港珠澳大桥的'岛隧项目'总项目部时,您对自己有信心能把这个大桥建好吗?"

林总说:"当然有,不然我就不来了。"

好,自信!

"那对后来遇到了很多的困难,您都想到过,有思想准备吗?"我又问。

这下林总不说话了,至少是没有马上回答我的问题。我知道他心里五味杂陈,那困难、煎熬——欲披星,不见星,想戴月,月不明,多少个不眠不休的日夜啊,霜雨冷风自横行!

港珠澳大桥开工7年,如果算上前期规划设计已有十几年。在这漫长的建设过程中,国家,也包括香港、澳门、珠海三地政府都给予了最好的财力、协调、组织等方面的支持,1100个亿的投资,目前在世界也是投资额最大的,更放开政策让中标单位可以在全球寻找最合适的合作伙伴。但十几年前,外国人看不起中国啊,多少次,为了港珠澳大桥的建设,林鸣面对世界桥梁界的外国企业、外国专家,品尝了足够的自卑、无奈。谁让中国过去穷、落后,这局面非要赶快改变不可!

7年前,林总告诉记者,他曾经带着随行人员多次去与一家外国公司商谈技术合作,谋求建设指导,这家公司开出的咨询费高达1.5亿欧元,相当于当时的人民币15亿元。最后一次商谈,林总交代谈判人员中方的出资底线最多就是:"只能出3亿人民币,你能为我们提供什么样的服务?"对方很委婉但又很决绝地回答:"给你们唱一首祈祷歌吧。"当时的翻译都不明白,都不知道该怎么翻。

这件事、这句话,深深刺痛了林鸣的心。用他的话说:"外国公司的技术保护、技术壁垒与技术歧视,更激发了我自主创新的决心。在港珠澳大桥'岛隧工程'的建设过程中,我们放开手脚,勇于创新,诞生的新技术多达64项,包括深埋沉管、快速成岛、隧道基础、工厂法预制沉管、外海深槽沉管安装等一系列的工程难题,中国人从追在别人的后面跟跑,到并列跑,到最后,没想到我们现在还能很快成为领跑者,为世界海底隧道工程提供了新知识、新技术与新样本!这些都是被逼的,心被逼得有时要流泪加流血……"

为了建好港珠澳大桥,林鸣心里经常念叨:国家把这么重的任务交给了我,这种特大型的工程全世界几乎都没有,如果干砸了,丢的是全体中国人的脸,所以必须战战兢兢、如履薄冰。

每天夜晚,熟悉他的身边工作人员都知道,林总总是睡得很少,清晨还要坚持长跑,这习惯无论在珠海、在国内出差,还是在海外,他都从不放弃,一跑就是7年,每一次出发,目标都是10公里。

这怎么可能呢?您不累吗?采访中我挺不理解地问他。但林总的回答让我更加如堕五里雾中:"不这样,我这7年根本就坚持不下来。"

什么逻辑?

"很多思考都是在晨跑中完善的,跑着跑着,主意就出来了,10公里的路也就不知不觉地跑出来了。"林鸣说。

这是个怎样的人?胆识过人?毅力过人?体力也过人?

2016年夏天,《21世纪经济报道》记者赵忆宁采访了林鸣,林总告诉她:"桥的价值在于承载,人的价值在于担当。"中华民族的伟大复兴,既需要大国工匠向世界输出精湛的中国制造商品,同样更需要大国工程师,将中国复兴的历史像万里长城、京杭大运河一样镌刻在中国的大地!

说得多好啊,林总作为一项超级工程的工程负责人,文采还如此了得!

可是有一天,我在港珠澳大桥工程的人工岛东岛,看到人们正在完成最后的岛面铺装,工人的身后有一条大横幅,写着:担"责"不推,担"难"不怯,担"险"不畏。当时我真不知道工地上所有的口号几乎都是林总想出来的。这些口号包括"只许成功,不许失败","千人走钢丝","毫米级标准",也包括"劳动者最光荣","每一次都是第一次","不安全,我不干"——当时我心说这些口号怎么都是大白话,一点也不艺术、不高大上啊?

采访中我问林总,林总告诉我,这些口号很多都是他儿子提醒他的。比如"不安全,我不干",儿子说"能把你的想法从自己的心里挪到别人的脑袋里去"这是学问,得实事求是,说实话。

港珠澳大桥"岛隧工程"连续施工7年,没有出现过一起与质量和安全有关的事故,几千人啊,茫茫大海之上,最开始施工的时候海上根本就没有岛,没有陆地上的简易工棚,人们都吃住在船上,一条船差不多要挤下两百人,睡集装箱。这种条件下的生活和工作,"不安全,我不干"就直接发挥了作用。这句话把工人的生命与工作紧紧地拴在了一起,而不是"安全第一""坚决杜绝事故"那样的大口号,那些口号高度是有了,但工人视而不见,会觉得与我无关。

看来,作为港珠澳大桥"岛隧工程"的掌舵人,林鸣在管理上还真有他独特的一套。

"我们这一代工程师赶上了国家的好时候,历史赋予了我们特殊的使命,使命怎么完成?一要靠勇气,二要靠对科学的百分百敬畏。"林总一时间很郑重地说。

敬畏?好,林总你终于说到"科学"了。这是一个天然的"气口",谈话的"气口",我不会放过,于是我觉得我可以重提"最终接头"了。对,还记得吗?"最终接头"。

"那我可不可以问问,"我话接得很快,"当'最终接头'安装的时候,17厘米的偏差出现了,大多数人都反对推倒重来,可为什么就您一个人要坚持、要'精调'、要不留遗憾?在这件事上您没有模糊了'自信'和'任性'的边界吧?"这句话就是在那个时候我突然"脱口而出"的。

林总笑笑,没在意我的咄咄逼人,还是波澜不惊地说:"那一刻,从我的内心来讲,四年多的研究,这么好的一个设计方案,我是有可能把它做回来的。只不过逆向操作(把沉管放入海底再提起)没有做过,这条路是个新路。"

我说:"听说推倒重来风险之大,可能会毁了整条隧道?你们当时在现场的一位副总工程师高纪兵,他曾经向我解释过:拖开就有可能造成整个沉管、这个顶推系统出现意外,那样就可能再安不回去。而且很可能永远也接不上了。这个风险您考虑过吗?"

林总说:"对,有这个可能,但是真的就那样放弃了,就这么认了,我觉得特别不甘心。"

林总告诉我:"当时没有一个人支持我,真让我泄气。我那时就问(身边)那个管液压的外国专家,非常好的一个法国人,我问他该不该,不是该不该,而是你能不能做,能不能够配合我,液压要配合,这个很重要。"

我问:"他怎么回答?"

林总说:"他说他们研究了一下,然后就告诉我'液压能行',不过我说,'行,怎么行?你要告诉我如何操作,为什么行?'我是这样才最后下的'精调'的决心。"

哦,是吗?我愿意理解林总,知道他责任在身,分寸必须仔细拿捏。

但"最终接头"到底经历了什么?最后几次"险情"后来我听说差点让林总"功败垂成"。有这事吗?如果有,那我们找机会还得再接着谈!

林总笑笑,没有看透我的心思是不可能的,但他不怕,这条汉子什么都不怕那是名声在外的,这一点我已经十分清楚——

下 篇

拍没拍过桌子? 火星撞地球啊!

常听人说:港珠澳大桥之所以有今天,两个人功不可没。

这两个人,一个是林鸣,另一个是朱永灵。

我写港珠澳大桥,无意为此二人作传,也没这个资格。但走近了这个工程,我发现,的确处处离不开这两条汉子。

英雄的工程论英雄,港珠澳大桥的全体参战人员,两万多人,从前期到后期,从勘探到论证,从设计到施工,从预报到海事,从管理到后勤,甚至包括开船的、潜水的、做饭的、勤杂的,每一个人都有故事,都是豪杰。天开海岳,巨龙出世,林鸣与朱永灵这两条好汉风雨搭档了十几年,一个作为岛隧工程的总经理、总工程师,担当着港珠澳大桥最艰难、决定着成败的工段——海底隧道的设计与施工；一个作为大桥管理局的总当家，舵手一样地随时把控着整个工程的进展、质量、安全、预算和其他一切庞杂的事务。

曾经看过一部美国的片子，片名好像是叫《生死时速》，大巴车的司机拉着一车乘客，道路曲折，人车散布，时速不能低于60迈，如果低了，装在车上的炸弹就会爆炸。不知为什么，走近港珠澳大桥，每一次想到林鸣和朱永灵，我脑袋里就会经常出现这部电影里的这个紧张片段。

终于，关山重重，暗礁累累，哥俩都带着各自的团队闯过来了，英雄相惜，热泪湿巾，该好好地碰一杯了——

2018年1月26日，我在港珠澳大桥的官方微信公众号上看到：

这是一个值得数千建设者铭记的日子，港珠澳大桥岛隧工程暨"第四战役"总结表彰大会在东人工岛举行，宣告了历时半年的"第四战役"建设任务取得了决定性的胜利。珠江口的新地标——东、西两座人工岛在伶仃洋上珠联璧合，熠熠生辉；一条最美海底隧道犹如潜龙出渊，以宏大壮阔之姿展现在世人面前。港珠澳大桥管理局朱永灵局长，中国交建各参建单位的相关领导，岛隧工程项目总部、设计分部、各工区负责人及受表彰的建设功臣、先进个人等，500余人参加了大会。

大会在百人合唱《共筑中国梦》的雄壮歌声中拉开了序幕。全体参会人员精神抖擞、兴致勃勃地观看了"第四战役"的专题纪录片——《不负芳华》，共同回顾了来自"中国交建"的建设者们如何顶住严峻形势、克服酷暑和潮湿的侵袭、经受住了超强台风的考验，争分夺秒地拼抢关键节点，战天斗地挥洒建设豪情，全面推进了"第四战役"的建设任务。

朱永灵局长在致辞中由衷地赞道：

你们为珠江口打造了最美的地标！

为实现从高速发展向高质量发展的华丽转身提供了一个实实在在的样板！

七年来，岛隧工程的建设者敢于担当、攻坚克难、精益求精、不留瑕疵,为港珠澳大桥树立起高标准的质量标杆,成就了世界奇迹。

港珠澳大桥未来120年将向世人传颂中交建设者的丰功伟绩,建设者们以高品质的工程诠释了工匠精神、创新精神和风险精神,用实际行动证明了中国建设者敢为人先的品格。

我要代表管理局向岛隧工程的全体建设者表示最衷心的感谢和最崇高的敬意!

……

关于这场庆功大会,白巧鲜大姐在我没有到达珠海做补充采访之前就向我提起,我到了珠海,她又打开手机给我放了当时她在现场的音频记录。

白大姐说,当时很多人都哭了,她也忍不住掉了眼泪。

更忍不住的是朱局。在庆功之后的会餐大会上,朱永灵局长突然举起杯,走向林鸣,两位豪杰将酒杯郑重地碰在了一起。这一碰,用后来林总接受采访时跟我说的原话就是"什么都没有了",我当时的理解是"一碰泯恩仇",对吗?是吗?

林总不语,内心对朱局的感激溢于言表。

我不知道,林鸣与朱永灵,这两个人在港珠澳大桥建设中的关系怎么样?不好?紧张?合作得不顺?

不,这样的解释不对。我很快否定了自己。

周围的人一样也否定了我,说不是这样。

其实从2005年,港珠澳大桥的前期协调工作刚刚启动,朱永灵就来到北京求助中国交通建设股份有限公司(我在"上篇"中已经说过,"中交建"不仅仅是中国铁路建设的主力军,近年还建造了诸如苏通长江大桥、杭州湾跨海大桥、上海洋山深水港等诸多著名的桥梁和港口,既代表中国的最高水平,也反映了世界的最高水平),想请"中交建"为港珠澳大桥量身制定一份《施工指南》。那时候林鸣作为总工程师,对朱主任深怀好感,下定决心要全力参与港珠澳大桥的前期调研乃至后期的设计与施工。

伟大的时代,伟大的项目,国家有实力,三地有热情,哪个

"搞工程"的会不动心、不参与？

关于他二人的关系，也许在项目开工前曾有过情投意合的"蜜月期"，而后在漫长的设计与施工中，两个人更因为种种问题有过争执且互不相让、各执己见。他们胸中都是只有大桥，一切的争吵都是为了大桥的设计与建造。

我曾经问过港珠澳大桥管理局的工程总监张劲文，说："我听说林总性子很急，经常发火，和你们大桥局的很多人都拍过桌子，他和朱局也拍过吗？"

张总监一边笑一边回答："何止是拍过？火星撞地球啊！不止一次！"

听得我和当时也在我身边的白巧鲜大姐都笑疼了肚子。

后来为拍桌子的事，我还当面问了林总，也问了朱局。

林总说："工程中我们有过很多争执，可以说整个岛隧工程就是我们两个人'吵'上去的。"

朱局说："两个人都动了肝火。但他（指林鸣）对的地方，我最终都会支持他。我认为必须做的，我也会坚持！"

林鸣承认：每次争执之后朱局总会支持我，但你知道"坚持"是"很伤人"的；

朱永灵则认定：两个人都是心中有目标的人，只要有目标，"大家最终都不会伤感情"！

我知道林鸣跟我说"坚持是会伤人的"指的是哪些事，同时我也理解朱永灵说的"两个人心中都有目标"。这"目标"是什么？就是指港珠澳大桥。

所谓"心底无私天地宽"，用这句老话来形容这两位英雄，最恰当不过。

共同的事业让他们在争吵中坚守着国家的利益和国家的声望。朱永灵、林鸣，以及所有能够有机会参加到港珠澳大桥建设中来的建设者们都常说："世界各地有才能的人很多，但有机会的人并不多。我们生逢其时，这个项目是国家珍贵的品牌，一定要珍惜！"

"在历史长河中，港珠澳大桥的建设是一个标志性的事件，是大国复兴的象征。"

"这个项目的特点,注定了它会在世界桥梁史上占据里程碑的地位。"

"港珠澳大桥把我们的人生带入了一个全新的境界,能够参与建设这一伟大的工程是我们职业生涯的荣耀。"

难怪熟悉林、朱二人人品与个性的人听到朱局长在东人工岛上的讲话都会潸然泪下,再看到他们聚餐时碰在一起的酒杯,就更忍不住要热泪盈眶。

不容易,真是不容易啊——

时光,我们再回到2013年5月2日,港珠澳大桥岛隧工程的33节沉管"首节"在这一天安装,之后的72个小时,巨大的沉管被连续下沉了两次,但无论安装人员怎样镇定、细心,安装误差都达不到设计的要求。这件事我在本书的"上篇"已经提到,但重点不在工程的难度和偏差,当时我举这个例子是想说:长达96个小时的磨难,第一截沉管的安装吓跑了很多工程技术人员,甚至连设计总负责人刘晓东都说只要能走,他当时也会当"逃兵"的。

那么,就在这个重要的工程节点,朱永灵局长在哪里?

2018年3月20日,我重访大桥局。当晚和朱局吃过饭后,我强烈要求朱局能否再给我一个整段的时间,不是"非正式的",而是集中一个上午或一个下午。

负责接待我的小唐解释:"晚饭后还可以跟朱局再接着聊一会儿嘛。"

我说不够。这样不行!何况朱局,你看不出来吗,他也是意犹未尽。

这时,和我一起来见局长的白巧鲜大姐提议了,她很善解人意:"其实不如把明天白天要采访的余烈副局长跟朱局调一个个儿,就是一会儿晚饭后,我们先跟余局谈,明天一早,等朱局开过会,我们再接着采访朱局。"

哈,好!我一听,这样敢情好!侧脸一看朱局,他也同意。

白大姐的建议帮了我大忙,我和白大姐后来几乎得到了一整天的时间,真的和朱局"好好地聊了起来"。

这一次朱局跟我说:"每一次工程的节点,每一个重要的施工单元,我都要求自己和承包方在一起。"于是我接着问:"那E1呢?2015年5月2日,岛隧工程第一节沉管安装的时候,您在哪里?"

朱局告诉我,为了让林总获得最大的指挥权威,E1的安装他一开始是守在办公室里,关注着前方施工海域的每一刻进展。第一次沉放嘛,谁都紧张,朱局不在船上是为了避免大家有压力。

但是第一次安装,偏差13厘米,第二次安装,又差了11厘米,这和设计要求"必须控制在7厘米以内"相比,有不小的差距。朱局知道这样"交差"是肯定不行的。

于是在72个小时的时候,时间大约是5月5日的夜里1点钟,朱局来到了指挥船。

"我看到很多人都躺在甲板上,横七竖八的,人们的身体和心理都累到了极限。"朱局回忆当时的情景时说。

"当时,人们都觉得没法再做第三次了?"我问。

朱局说:"对,大家都干不动,也都不想干了。"

"但设计怎么说?施工的监理方又怎么说?"

"都不同意,就是都接受不了这个偏差。"

而此时,媒体早已是长枪短炮,都守在了周围。

第一节沉管,整个世界仿佛都在等中国成功的消息!

朱局说他要说服林总"再来一次"。他分析,第一节沉管需要和西人工岛的"暗埋段"相结合,这一节沉管在海中的姿态不是平的,是要放在斜坡上的。为了使沉管能沉入水中,沉管内部的水箱事先就要灌满水,但这样,水箱遇到斜面,本身就放不平。因此他提出:"能不能再来一次?我们这次先接头,之后再对尾巴。当然,如果大家实在太累了,就先回去,明天下午3点我们再来接着放。"

对于朱总到现场的安慰和支持,林总心里肯定是非常感谢的。

但已经72个小时连续作业了,再沉放一次?

他很担心。疲劳是工程的大敌,就像疲劳驾驶。

人在疲劳时很容易出错。第一节沉管,4.5万多吨的大家伙,一旦操作失当,轻者要接受再次失败,重者可能会把船拉翻,那结果,船毁人亡的悲剧说不定会让每个人都深感恐惧,出师不利,也未可知啊!

怎么办?

放很危险,不放?如果把大家都放回去休息,第二天再来,那他当时很担心:第二天,还会不会有人肯再上船?!

现场的气氛沉闷极了。可乐、咖啡原来都是可以提神的东西,现在不再能发挥一丁点作用。

但朱局很镇静,坚持着,耐心地拜托着大家:"最后再放一次,还不行,我也认了。"

"大实话。您当时就说了这么一句大实话?"采访时我问。

朱局说:"对,我当时说的就是这句话。出了问题,我知道,我也是要承担风险的!"

于是,E1开始第三次安装。

也许是大海无情亦有情,谢天谢地,这一次,成功了——

水下测量,送上来报告结果:第三次安装,E1的沉管偏差只有5厘米,完全控制在了设计要求的7厘米标准之内。

在港珠澳大桥岛隧工程的建设中,大桥管理局和林鸣团队采用了"设计施工总承包"的合同模式,这一点尽人皆知。这种模式,百分百地创新,最好地适应了"摸着石头过河"、边设计边施工、边施工还可以边修改设计方案的现实需要。

其实,按照这种模式,林鸣作为岛隧工程的"总承包",理论上权力和责任都应当是对等的,换句话说,对于任何一项具体的工程施工,林鸣愿意怎样做原则上就可以怎样做。

然而,港珠澳大桥,这个工程实在是太大了,国家的决策,三地政府的投入,国家的期许,三地政府的责任,谁都不敢掉以轻心。因此在朱永灵代表大桥局,也就是代表港珠澳大桥的"甲方"跟林鸣这个施工团队的"乙方"签订了建设标书的同时,朱局还请来另外的一个"乙方",也就是"第三方"的工程监理,和他再签了一份合同。这一点人们也是很清楚的。按照这份合同,工程监理要代表"甲方"的利益,于每一个项目施工的具体操作文件上签字,而且还不是整份文件签,不是原则上的"同意",而是"页签",也就是每页纸的施工方案,监理都要在上面签上自己的名字。

天哪!

林鸣团队在岛隧工程"设计施工总承包"的框架下,尽管可以充分发挥设计、施工的联动效应,但他的每一个动作也都不得不受到来自"甲方"和代表"甲方"利益的"监理"一方的制约。

现在我终于理解为什么林总说"我们整个的岛隧工程"都是他和朱局"吵"上去的,是在互不相让的"较真"中,最终找到了一个"最合理"的方案。

一个人能力再大,再有超人的才智,总是多一双眼睛帮你警惕着为好。

制度的限制,多一份保证,多一分安全。这不仅是出于无奈,更是对国家重大命脉工程负责。

这一点林总其实从一开始就明白,但是他说,"该坚持的时候,我还是会坚持"!

可巧,朱局在我对他的采访中也说了同样的话,"该坚持的,我一定要坚持"!

嘿!这两个人!

两个人的目的,都是服务于大桥,前瞻性地要对得起国家、时代和未来。所以就一路这么较着真,一路这么"坚持着",走过了7年!

HSE,安全保护神器

2016年12月3日,已初见形貌的港珠澳大桥人工岛东岛,出现在蓝天白云之下的伶仃洋上,梦幻得像一座世外小城。四对新人就要在这里举行一场名为"执手港珠澳,传承中交情"的集体婚礼。

苔花如米小,也学牡丹开。

对于东、西两座人工岛,每一个建设者都怒放般地贡献了自己的激情、心血与才智,也都把人工岛看成是自己的家,日后梦中一定会经常出现的"青春的故乡"。

2018年3月23日,我第二次来到珠海,来到了珠海凤凰兰亭小区13栋楼的308室。我要见一个人——随着港珠澳大桥人工岛的建设一起成长起来的青年技术员小莫。对,第一次上岛采访的时候我就曾经采访过他,还记得他告诉我:7年前来的时候,人们都叫他"小莫",后来"小鲜肉"变成了"老腊肉",他也就从"小莫"变成人们口中颇有威严的"莫总"(项目副经理)了。

我时间紧、任务重,可为什么到了珠海还一定要去走家串户地再次拜访莫日雄?原因非常简单,就是上一次他跟我讲起了他和他的爱人小美是在岛上结的婚,他们参加了一场"集体婚礼",让伶仃洋做证,办了人生中这件"最最重要"的大事。

我问小莫,是谁想出了这样一个动议?为什么要到岛上去搞"集体婚礼"?

小莫跟我说,他领了结婚证,但工作离不开,更没有时间回老家办婚礼。岛上像他这种情况的年轻人很多。这些"筑岛人"长年累月在大海上干活,平时根本就没有机会相对象、谈恋爱,找到了合适的"意中人"不容易,有了爱人却没时间结婚,也让领导很挂念。领导一提议,他们当然非常愿意接受,都非常高兴。

小莫在家里打开了他的电脑,一页一页地给我看着他们四对新人那天在岛上的照片。蓝天白云、海风徐来,四位新娘子身披婚纱,美丽动人,即便不看照片,我也是能够想象得到的。倒是四位新郎啊,平时都是一身的工作服,这回穿上西装,一个个都换了模样,没想到好帅、好精神哦!

小莫幸福地给我介绍起他们四对新人谁是谁、谁的媳妇是老家的、谁的媳妇是珠海当地的。其中,只有一对是岛隧工程的"双职工"。

我说那你太太刘小美呢?

小莫说:"她是珠海的,来珠海工作的。"

我问:"你们怎么认识的?"

小莫说:"同事介绍呗,大家互相帮忙。不然像我这样的,还不知要等到什么时候才能讨上老婆。"

我说哪里,国家栋梁、大国工匠,你有一天也会英雄凯旋。

哈哈哈……小莫笑,很开心、很自豪。

看了照片,又看了视频。四对新人在人工岛上拍够了婚纱照,晚上又举行了正式的结婚仪式。岛隧项目总经理林鸣,党委副书记、工会主席、纪委书记樊建华,三航局党委副书记、工会主席王成以及岛隧项目、三航局、三航局二公司的有关领导都来贺喜,静谧的伶仃洋那天忽然变得热热闹闹、喜气洋洋。新人们都没想到来的领导能有那么多!

我问,林总给你们送了什么礼没有?

小莫说:"有啊,送了。"说着放出一段视频,画面上林总正走上主持台为四对新人每一家送了一对大花瓶。送花瓶啥意思啊? 花——欢喜;瓶——平安。取个美意。

我看到主持人在现场采访莫日雄,就问:"他当时在问你什么?"

小莫说:"就是'此时此刻,你当着父母和领导的面,面对为你们做证的茫茫大海,最想对妻子说的是什么话'?"

我问:"你说了什么?"

小莫说:"我说的是,我们因为港珠澳大桥而结缘,我也是因为有了你的陪伴才能够坚持下来。"

他说得很真诚,满肚子都是感激。多么刚强的汉子啊,内心却也有柔软的东西、柔软的地方,那"东西"是情感,那"地方"是人人都需要的情感慰藉的空间。

是啊,千年不变的伶仃洋,时而安静,时而狂躁,如今有了两座美丽的人工岛,从此,你将不再寂寞。

多少人都说喜欢大海,多少文人墨客永不停息地赞美大海。大海风平浪静的时候,是一匹怎么抖也抖不到边际的蓝绸子,但一说变脸,狂风骤雨,海浪翻卷,就完全不把人间世界放在眼里,就会变成一张顷刻之间能够吞天咬地的疯狂大口!

港珠澳大桥施工7年,岛遂工程没有任何伤亡和工程事故,整个大桥也实现了"零事故、零伤害、零污染"的"三零目标",令人吃惊吧?我们国家头一次在外海、深海建一座难度极高的跨海大桥,建设者不仅实现了"三零",还把自己的精神生活安排得如此丰富多彩。怎么做到的?

曾经,在采访港珠澳大桥管理局安全环保部副部长戴希红的时候,他告诉我,海事部门的保驾护航起了很重要的作用。除了"海事保护",工程建设中还有什么充当了工地上的保护神?HSE——大桥局自身制定的安全生产的保障体系,也同样发挥了重要的作用。

过去人们出海,妈祖是保护神。在中国东南沿海,中国南北贯通的京杭大运河,甚至整个东南亚,渔民水工都敬"妈祖"若天降的神明。人们出海作业之前总要跑到遍布各处的"天后庙"里去拜一拜。据说,这位神通广大能够庇护众生的"天后娘娘"原本也是肉体凡胎,是一位年轻美丽的女子,名叫林默娘。有一天,默娘的父兄在海上打鱼,突然遇到狂风巨浪,默娘就拼尽了周身气血幻化成灵,保护了她的亲人,自己却从此羽化升天。

林默娘先后被历代皇帝赐名为"天妃""天后",在华人世界口耳相传,铭记入心。

海上的渔民有"妈祖",港珠澳大桥又靠什么保佑?

HSE。

这个HSE,是三个英文单词的缩写:

H:health(健康)

S:safety(安全)

E:environment(环境)

此三词不能只从字面上的意思去理解,我开始就犯了这样的错误。比如"健康",我开始以为仅仅是指我们身体的健康,不,这里是指"职业健康",也就是你在做工的时候有没有人身伤害或死亡;"安全"是强调对人与工程能够起到保护作用的种种措施;环境嘛,当然是环保,工程与环境的关系,什么时候做什么,都别忘了天时地利和风霜雪雨的变化规律。做到了这三点,大桥建设可保无虞。

这三点是如何说做就能做到的呢?我再次来到港珠澳大桥安全环保部,请教了部长段国钦。

段部长说,我们的安全架构有一张网,这张网的搭建依托法律和法规,同时当然也要服务于港珠澳大桥各个项目的特点。

HSE这个"一体化的管理模式"是从哪里来的呢?

首先是从石化行业搬过来。1991年荷兰海牙召开了全球第一届油气勘探、开发HSE的国际会议,随后这套体系逐渐开始在全球应用。过去,我们搞桥梁,也有自己的安全保障体系,但是港珠澳大桥太特殊了,项目大,工程复杂,工期又长,使用HSE管理模式最适合,我们就从石化行业借鉴了过来。

借鉴,跨行的、同行的,在港珠澳大桥的建设中,创新的他山之石常被人们挂在口中。

"HSE管理理念有三点值得一提。"段部长说——

第一,"安全第一、环保优先、以人为本";

第二,如果按照这套体系进行管理,管理者应该树立起一个理念,那就是"一切事故都是可以避免的";

第三,HSE"源于责任、设计、质量和防范"。

段部长接着说:"您这一阵子通过采访,相信已经知道了我们港珠澳大桥在建设的过程中实行一种特殊体制,就是'甲方'对应两个'乙方',除了10个标段都是'乙方',我们还有一个必须要站在甲方立场、为大桥管理局所聘请的监理单位。这样我们就有了帮手,同时也要求各个承包单位必须在人力安排上配置'环保工程师'。这个部门一定要建立,人也一定要有安排。"

有了安全管理体系,也有了专门的人手,港珠澳大桥管理局还提出了一个理念,就是"预控"。

什么意思?

就是要把安全管理的所有工作都统统前置,提到施工生产之前。

每一个单位的每一个单元作业,施工方在施工一开始,都必须有《施工方案》,这个《施工方案》当中必须要有"安全施工的措施",这些"措施"乙方必须要落实到文字上,要编出来,由监理进行审查,然后再报备给大桥局。海上作业,外海、深海最大的风险其实无外乎就是摔了、砸了、淹了,因此重大工程作业都有一些"死规定",比如浮吊要吊30吨左右的物件,必须要有带班班长签字,50吨的要有项目经理签字,涉及更重、一百吨以上的就一定要有监理人员签字。

监理在现场,不单是说"行",或者说"不行",一旦他检查出施工单位有违反安全操作规程和安全施工方案的,现场就可以开罚单。这个"罚单"是真金白银,一边直接给了承包人,另一边也会报送大桥局。很多小事,比如大家每天都要重复的动作,戴安全帽、戴安全护具、不能够随手往大海里面扔东西(否则一旦砸到过往行船上的人,就会酿成事故)等等,都要打分,定岗定编地派人死盯,绝对不会对任何人哪怕是再大的领导网开一面。

段部长说的这个例子,我可以证明。上一次我们中央电视台《新闻调查》栏目的摄制小组来到珠海进行采访,每一次上桥和上岛,都有人在固定的关口值岗。值岗的人身前还摆着一张桌子,上面放着各种各样的表格。凡是上桥、上岛和进入隧道的人,都要填表、签名,还有专门的人过来检查每一位上桥、上岛和进入隧道的人,是不是戴了安全帽、是不是已经拉紧了扣子。

宋奎和曹琰,在港珠澳大桥东人工岛举行的那场集体婚礼上,他们也是四对新人当中的一对,而且是四个家庭中唯一的一对"双职工"。最开始,宋奎和曹琰是同学,已经确立了恋爱关系。但是宋奎调到珠海,曹琰还在老家湖南,宋奎在岛上不仅管着施工技术指导,还管安全,工作太忙了,一年也就能回家两三次。

为了能让男朋友安心工作,尤其在岛上作业,情况复杂,安全问题出不得一点纰漏,曹琰后来干脆放弃了自己在长沙银行很好的工作，随宋奎一起来到了港珠澳大桥的项目上。

我见到宋奎，是在港珠澳大桥岛隧总项目部的办公楼里，他从照片上一身西服又变回了365天天天如此的白色工作服。

我找他，是为了核实段部长所说的《安全施工方案》，到了下面有没有落实、怎么落实。以他负责的工段为例，是不是在施工之前，各个单位都要写出来、报上去，还要工程监理签字？

小宋告诉我："对对，有。"他们工段，不仅每天、每一个单元的施工都要写出《安全施工方案》，还要做安全生产的《交底书》。

《交底书》？这是怎么回事？我对这个词很陌生。

宋奎告诉我："在施工现场，工人们都很熟悉这份文件。怎么说呢，这份文件什么时候出现？就是当《安全施工方案》都已经过监理人员审查签字之后，我们还要将一些最具体的规定、注意事项一一告知工人。"

我说："能举个例子吗？"

宋奎就说："好，您等等。"他起身跑出我们谈话的会议室，一会儿又回来，抱回来了一沓子A4纸大小的文档。

"来看，人工岛在筑岛的最开始，在岛与隧的接合部位，我们不是要巩固海基、打好几万根'挤密砂桩'吗？我们给工人的《交底书》就要明确施工操作要点——'砂桩砂料'要采用中等沙，颗粒含量不宜大过3%；砂石料的含水量；成桩实验；桩底标高，等等，14条；同时，我们还要告诉工人安全注意事项——水上作业必须穿好救生衣；高空作业必须系好安全带；严禁运输船舶超载、超速，等等。"

我看到他给我的《交底书》中有"扭工字块"，就问："扭工字块呢？什么叫'扭工字块的预制'？"

"我们生活当中，常看到某某江河大堤、某某人工岛的外围有一些形状歪七扭八的巨大石块，那就是'扭工字块'，用来挡浪，是用混凝土预制出来的。"

经宋奎一说，我马上想起，港珠澳大桥两座人工岛的四周，像穿了裙子一样，的确有很多大型的石头块儿。

"对,就是那玩意。我们要求工人必须要懂得操作要点:模板及支撑;混凝土拌制;长度、宽度、平面;平整度必须要保证接缝光洁、严密、不漏浆等十项规定。此外,也是要让他们知道怎么做才安全,然后由施工负责人、技术负责人、安全员、交底人、接受交底的工人师傅,有一个算一个,每个人都要签字!"

"每一个人?"

"对,每一个人!"

我听着,接过《交底书》,"检查"上面的签字,果然密密麻麻,都是手写,没有人代签。

我真的明白了,明白了港珠澳大桥在建设的过程当中,正是由于人们把所有的"小事"都按照"大事"来对待和监督,"三零目标"才得以保证,这么多年下来,让人们心惊肉跳的"伤亡事故"才没有发生。

宋奎很严谨地补充:"当然,除了那些人力不可控的突发意外啊。"说着,他抱着《交底书》走了,临走前和我告别,很规矩、很有礼貌。我忽然想到:"你太太呢?不是说她和你都在港珠澳大桥的岛隧项目上吗?她在哪儿,我能不能也见见她?"

宋奎笑笑,很高兴地说:"这一次您是见不到我爱人了,因为我们刚刚有了个小宝宝,这会儿她正在长沙休产假呢。"

"那可太好了!祝贺祝贺!是男孩还是女孩?"我一边真诚地祝贺一边随口问。

宋奎说:"女孩子,叫湾湾!"

"这名字真好听!是不是因为港珠澳大桥?你们两个在珠海,这孩子也是在珠海……"

宋奎抢过话头:"哈哈,对呀,对。就是因为这个!"

我说:"以后还要不要二胎?现在国家允许了,你们可以再生一个,要是男孩,会不会给他起名字叫'大桥'?"

"哈哈哈,没准会!"

宋奎一边笑,一边回办公室了。

他瘦小的个子,在长长的楼道里,显得很高,脚步尤其显得高兴,噔噔噔的,很有力量。

成大事者，要吃得起亏！

2018年4月26日，《文艺报》特邀著名作家张抗抗朗读世界大文豪雨果先生1878年6月17日在一次"国际文学代表大会"上的开幕词，我偶然听到，陷入深深的沉思。

雨果先生说："工业追求实用，哲学追求真，文学追求美。实用，真，美，这是人类一切努力的三重目标；这样崇高努力的胜利，先生们，就是各国人民之间的文明和各个个人之间的和平——罗马只是一座城市；但是有了塔西佗，有了卢克莱修，有了维吉尔，有了贺拉斯和尤维那利斯，世界充满了这座城市。如果你们提起西班牙，塞万提斯就跳了出来；如果你们谈起意大利，但丁就站立起来；如果你们说起英国，莎士比亚就出现。法国在某些时刻，可以一位天才概括，巴黎的光辉灿烂是和伏尔泰的光芒不分彼此的。"

说得多好！一座城市与文化精英一同成名。

一个工程与建设英雄同生共死。

高山，不仅仅让我们对它"高山仰止"，还要让我们懂得："山高人为峰"！

我知道不管我怎样采访，也不可能把港珠澳大桥的建设者们伴随着大桥的建设而成长的心路历程说得清清楚楚、没有遗漏。但无论如何，有一点得承认：港珠澳大桥靓丽的今天，是从苦涩的昨天走过来的。建设者们希望外界理解，他们的每一项成功，其背后都是"有过程"的，会犯错、会出意外，甚至还会"走麦城"。只不过，他们没有因为苦涩而止步，没有因为一时被质疑、被误解而放弃心中的大目标。那目标就是把大桥建成、建好，建得经得起120年使用寿命的考验，让世界看到我们中国人的智慧、力量与毅力。

心底无私天地宽啊！无欲则刚！

1957年，新中国成立后不久，万里长江上建造起了第一座武汉长江大桥，把武汉、汉阳、武昌三镇连为了一体，极大地促进了"大武汉"的经济和社会发展；60年后，浩瀚的伶仃洋上，中国又架起了一座跨世纪的海上通道,把香港、珠海和澳门连接于一处,不仅实现了当年开国领袖毛泽东在《水调歌头·游泳》中题写的"一桥飞架南北,天堑变通途",而且更上层楼,变成了"一桥飞架三地,粤港澳大融通"——

站在60年后的时间节点上,我知道大桥人感慨万千,我也感慨万千。

为什么我会这样跟着激动、高兴、揪心与不安?有一点原因就是,武汉长江大桥建设的时候,我的父亲参加了这个项目并因为技术发明而受到了国家的奖励。十年国庆,他老人家站到了天安门城楼的观礼台上。我出生时,父亲还在长江岸边,手拿电报,心潮起伏,于是为我起了这个与滚滚长江同样有气势、有抱负的名字。

60年后,当我站在港珠澳大桥上,我不是一个建设者,但我知道我应该做点什么,那就是为建设者们写书,让他们的丰功伟业能够变成文字、流传千载。树碑立传咱不敢说,但多走走、多看看、多听听,对那些没有人关注的细节,特别是建设者成功了以后躲开掌声、鲜花与喝彩,转过身去心里在想什么,内心又如何翻江倒海、五味杂陈,做一点客观的记录。

幌伞顶山下,又一天的早餐之后,港珠澳大桥管理局那个素净平和的院子,我已经相当熟悉。朱局长和我走出饭堂,又沿着弯路散步聊天,继续我们饭桌上没有说完的话题。

这一次我问:"您现在对事业的追求、工作的作风、人生的价值观等等吧,和您从小的家庭出身、成长环境特别是父母的教育,有没有关系?"

我知道在对朱局的采访中,这是最后的一块高地。好在正式的、非正式的采访,饭前饭后,我和朱局聊了很多次,基本的信任已经有了。

果然,朱局听了我的话,很爽快地说:"是啊,有关系,有很大的关系。而且,要是说起我的家,我从小的生活经历,那还真是很有意思。"

朱局说:"我的家在湖南湘潭市,母亲小的时候跟着外公在南京,之后回到湘潭当小学语文老师。父亲也是教语文的,教高中,1959年从湖南师范学院毕业。"应该说,他是在一个教师家庭中长大,从小知书达理,有规划好的人生。

但是6岁那年,家里出了点事情,改变了规划中的人生。

朱局有个哥哥,大他8岁。

哥哥13岁的时候,被父母带着回农村老家。这一次哥哥回家,不知道为什么,一下子就被农村热火朝天的劳动生产,特别是过年时热热闹闹的气氛所打动,尽管他还不到"上山下乡"的年纪,但坚决要求父母把他留在农村。父母认为,哥哥年龄尚小,不是真正的"知青"(那时知识青年上山下乡,到农村插队正掀起热潮),就好说歹说把他先带回了城里。

可是回到城里的学校以后,哥哥还是坚持要再回农村去,并把这个想法跟学校工宣队的领导讲了。

工宣队领导说:"好啊,广阔天地,大有作为!支持!"于是找到家长,说:"面对这么有志气的一个孩子,你们怎么不支持他去农村呢?"

无奈,父母只有依了哥哥的心愿让他走。

就这样,哥哥到了农村。这一走,插队落户,把城里人的户口都改成了农业户口。

哥哥一走,爸妈的工作又离不开。6岁的朱永灵很懂事,就答应跟着哥哥一同去农村。

"你明白了吧?"朱局对我说,"我那时才6岁,哥哥白天到地里去干活,家里的事就都由我来撑着,收拾房子啦、洗衣服、做饭啦,等等,有些活儿本属于大人,但我们'家'里没大人,就自己来做。"

因此,朱局实际上是从6岁开始,就走向社会、独立生活了。

所以后来再吃什么苦、遇到什么困难,都吓唬不住他。

直到1978年恢复高考,哥哥从农村落实政策回城了。朱永灵呢?从小在农村小学里启蒙,上到小学二年级,突然得了一场风湿性关节炎,很严重。妈妈当时还在另外的一个地方当老师,教小学四年级,没办法,就把小儿子带在自己身边,小永灵也就从小学二年级直接蹦到了四年级。好在他从小聪明好学,又懂事听话,就是在连跳两级的情况下,学习成绩还是一路拔尖。到了 15 岁那一年,他的数学老师跟他讲:"其实你不妨去参加参加高考,试一试,就算熟悉考场吧。"于是朱局就去了,没想到一考,分数还蛮高。当时普通高校的录取分数线应该是 290 分,湖南省重点大学的录取线也就只有 341 分,朱永灵一考便考到了 386 分。这就是为什么说当时他的成绩连上北大、清华都可以,只是为了圆母亲从小在南京渴望成为一名"同济大学医学院学生"的青春梦想,朱局才选择了去上海同济,去学道路交通工程。

大学毕业后,他先是在湖南省长沙市交通局有了一份稳定的工作,后来还想深造,就先读研究生,后到广东这块改革开放的前沿地带,一路努力,一路进步——31 岁已经坐到了广东省公路管理局副局长的位置。

"当时我是既管财务又管计划,管着四个很重要的部门,手头的资源很多,所以很多人都争着巴结我,连我每天的行踪都被人知道得一清二楚。"那种情况一直持续到他被公路局派到香港办公司,原来很多认为他有"交换价值"的朋友,就相继离他而去了。

"角色转换"让他看到了社会"其实很现实"。

等到朱局在香港把公司办好了,挣钱了,领导又把他调回到广东省高速公路公司任董事长,这个时候他手里的"资源"又恢复了,过去离他而去的人,有很多又蜜蜂逐花一般地一个一个回来了,再靠近他。三年后,他毛遂自荐来到了港珠澳大桥前期工作协调小组当办公室主任,尽管大小还是个主任,但"有心人"又都离他而去。他又开始四处"寻求合作""求人说好话",甚至有时还不得不"看人家的脸色"。

唉,世态炎凉,这话说起来很容易理解,但命运真要把你放到那种平台上,翻来倒去的,那滋味……

我一边点头称是,一边又问:"您父母给您的影响集中在哪些方面?"

朱局想了一会儿对我说:"哦,回到你问的主题。他们都是能吃得起亏的人。"

"能吃得起亏",这算什么影响?这影响,对于孩子能起到什么作用?我意外,同时也有点不解。

朱局说:"是啊,就是这一句话。"

我问:"什么叫吃得起亏?"

朱局说:"吃得起亏,就是他们从来不去要不属于自己的东西。"

我还是不能完全明白。朱局也不语。

我想,对于身处领导地位的人,"吃得起亏"是不是就是"不贪"?

朱局点头,承认至少有这层意思:"对,不贪。功名利禄,荣誉好处,他们统统都不眼馋。"

哦。看来朱局真是学习了他的父母。在港珠澳大桥,他不仅不要"不属于自己的东西",就连本该"属于自己的东西",他也不要,也让给大家。

最后在历史上,人们只要看到,港珠澳大桥的首任管理局局长叫"朱永灵"就行了。

就这点要求?抱负?当然,我没有说出口。

朱局表示:"我的父母吃得起亏,那是在生活上、待遇上。工作上,他们可是从来都不输给别人。爸妈常说,工作上一定要做到最好,如果说荣誉,这就是最大的荣誉吧!"

人的价值追求决定了他的行动,也决定了他的心胸。

吃得起亏,心胸就开阔。工作要做到最好,这才是最高的荣誉。我忽然明白,这"荣誉"是自己给自己的,最真实、最自然,同时也最高贵。

朱永灵为什么能够在港珠澳大桥的"前期办"从主任做到管理局的局长,十几年踏踏实实、任劳任怨?他的内心一直有一种刚正不阿、荣辱不惊的铁骨情怀。

曾经有一次,他照例到香港去开会,同时拜访新上任的运输与房屋局局长。负责打扫卫生的阿姨看见他"又来了",脱口就说:"呦,你怎么还没走?你是港珠澳大桥的定海神针啊?"意思是说,朱局长你这个人怎么还没有得到提升,没有到其他的什么部门去当更大的领导。

朱局当时笑笑:"我没有地方去啊!"

可不是吗,就他来港珠澳大桥这14年,围绕着大桥的筹备与建设,中央专责小组的组长换了3任,三地委召集人——广东省发改委的主任换了6任,香港首席代表——运输与房屋局的局长换了4任,主要负责技术的香港路政署署长也换了4任,就连珠海的市长都换了6位……

"不属于我的我不要,但工作上一定是要做到最好。"

你所不知的"大湾区"

终于要告别朱局、结束我正式和非正式的采访,分手的时候朱局说:"谢谢你啦,这几天你辛苦了!"而后话锋一转,也不知怎么了,又接着说:"以后我还是不要再见记者了,因为我一说就忍不住,就会说多。我再也不接受任何记者的采访了!"

啊?这又何必?

我说:"朱局,您不必。以后有记者采访,您还是要接受,因为这不是只为您个人,也是在替整个大桥局发声。"

可朱局还是对陪同我的综合事务部的负责人丘文惠说:"不,不,我还是要回到从前的规矩,不再接受任何记者采访了。"就这样,朱局再次把自己内心世界的大门关上了。

我想朱局的"再次沉默",很可能是因为港珠澳大桥(主体工程)已经通过验收,他心底,一方面对工程建设彻底地放下了心,另外一方面,也可能是通车在即,整个大桥管理局的任务从指挥、建设转向运营和管护,又要担起新的担子。大桥一旦投入运营,对粤港澳无疑是里程碑式的重大利好,而对大湾区的建设,也必将产生历史性、坐标式的影响。

大湾区?对,粤港澳大湾区。

这个话题,我还没有展开。

事实上,苏权科从北京开完两会后回到珠海,在接受我采访的时候,我们谈的第一个话题就是"大湾区"。

2018年3月7日,新一届全国政协委员、港珠澳大桥管理局总工程师苏权科,与原交通部副部长黄先耀委员联名,已向大会提案:借鉴"一国两制"下推进港珠澳大桥工程建设的经验,加快做好粤港澳大湾区建设的顶层设计和重大决策。

中国的大湾区,很快就要提到议事日程上来了。

目前在全球,真正能够被人们认可的一流"湾区"其实也就只有3个,分别是美国的"纽约湾区""旧金山湾区"和日本的"东京湾区"。

"湾区",或者说更进一步,"湾区经济",究竟是什么概念,为什么人们要对它格外地推崇?

事实上,"湾区"作为国际重要的滨海经济形态,是当今国际经济版图的突出亮点,更是世界一流滨海城市的显著标志。这些湾区往往以开放性、创新性、宜居性和国际化为最重要的特征,具有开放的经济结构、高效的资源配置能力、强大的集聚外溢功能和发达的国际交往网络,不断发挥引领创新、聚集辐射核心功能,时下已经越来越成为带动全球经济发展的重要增长极和引领技术变革的领头羊。

如果回顾一下历史,2017年3月5日,中国十二届全国人大五次会议,国务院总理李克强就在政府工作报告中提出,要推动内地与港澳深化合作,研究制定粤港澳大湾区城市群的发展规划,发挥港澳独特优势,提升其在国家经济发展和对外开放中的地位与功能。

未来的"粤港澳大湾区"如果建成,它将排名世界的"老四",而且,这个"湾区"因为怀抱起广州、深圳、珠海、佛山、惠州、东莞、中山、江门、肇庆等9市和香港、澳门两个特别行政区,会创建起一个世界最大的"城市群"。

目前国家已经提出了"研究制定粤港澳大湾区城市群的发展规划",但和国际成熟的三大湾区以及我们国家自己的"长三角""环渤海湾地区"相比,"粤港澳大湾区"的战略实施,难度还很大,难点就在于如何在"一国两制"的框架下,协调、处理好粤港澳在三地体制、法律及文化之间的差异与冲突,从而构建稳定、有效和可持续的"三地合作发展环境及协同的决策体系"。

苏总告诉我,他在今年"两会"上介绍说:港珠澳大桥就是充分发挥了"一国两制"优势的一个最佳案例!因此我们完全可以把港珠澳大桥工程作为"粤港澳大湾区"的先导工程,这个先导工程通过在理念、制度、组织和管理等方面的不断创新,已经妥善解决了大桥工程立项规划、投融资、工程建设、营运等决策过程中涉及三地的协调与配合问题,成功实现了粤港澳在重大工程领域的密切合作,经验是丰富的、系统的。这些经验,对今后粤港澳大湾区的建设必将提供极有价值的借鉴!

委员和记者们都听得津津有味呢。

苏总很高兴。我也听得很兴奋。

我们知道,港珠澳大桥在规划建设的初期,就构建了"专责小组—三地委—项目法人",这样的"三级治理架构",培养了一大批跨界的管理人才。

看一组数据,苏总说:我们在建设过程中形成了400多项专利、30多项工法、30多套专用装备,还有一套由63本册子组成的技术标准体系,涉及技术成果、跨界项目建设管理以及标准互认互通等。这些管理架构、跨界人才、技术标准都可以为"粤港澳大湾区"今后的规划和建设提供强力的支撑和保障。

祖国强大,发展日新月异!

三地合作,必将影响世界!

也许人们真的没有想到,艰苦卓绝的港珠澳大桥,每迈出建设的一步,都同步为后来者提供了宝贵的经验。这是"副产品",还是"先见之明"?大桥成了"粤港澳大湾区"的"开拓者""拓荒牛"——用苏权科的话说,至少是一块极有价值的"实验田"。

对,实验田!

2018年2月6日,港珠澳大桥的主体工程已经通过了交工验收,目前,苏总他们正在筹备研发"桥梁大脑",也就是利用人工智能、大数据等来管理养护港珠澳大桥,使大桥的每一块梁、每一个桩都处于监控之中,同时还研发着新装备,用于自动检查、自动测试、自动采集数据,甚至实现桥梁的自动养护维修。这些都将大幅提升港珠澳大桥的安全水平,延长使用寿命,也将彻底把人解放出来。

2018年央视春晚,珠海作为分会场之一,亿万观众在镜头里看到了无人机、无人船、无人车等时尚的科技产品在港珠澳大桥上的精彩展示。苏权科说,还是在"两会"上,还是他和黄先耀先生,在另一份提案中也建议:进一步放宽跨界通行政策,增强三地联动协调互信机制,实现人、车、物能上桥、愿上桥、更方便上桥,真正发挥港珠澳大桥对"粤港澳大湾区"的带动作用。

苏权科为什么要提出这第二份提案?目的很具体,就是想尽快使港珠澳大桥发挥它可以发挥的作用,回答社会上某些对大桥使用效率质疑的声音。

大桥已经建成,通车就在眼前,可这座大桥究竟给谁用、怎么用?面对社会上的这些"担忧",国家早就有了很好的解决方案。港珠澳大桥的车辆行驶方式和英法海底隧道非常相似。英国靠左、法国靠右,且英、法两地的交通规则也如我们中国的香港与内地一样不相同。港珠澳大桥借鉴英法海底隧道,使用了"两端变换出入口"的方式进行桥梁设计,很容易地解决了机动车香港和澳门靠左行驶、内地靠右行驶这一习惯上不同的问题。

从珠海出发去香港和澳门,司机可以一路向右行驶,但是在靠近香港和澳门的时候,会有变道设计,司机根据指示牌、按照标志走就可以调整到靠左行驶;同样,从香港或者澳门前往珠海的司机也是如此。当然很多司机一开始可能会略感不适,但是慢慢地,很容易就会习惯。

说到车辆的牌照问题,目前人们想要从大桥上往返香港、珠海和澳门,确实还需要"两地牌照",大桥车牌的申请也一直备受关注。毕竟,港珠澳大桥一旦通车,尤其随着"粤港澳大湾区"概念的出台,这55公里全长的大桥势必会成为整个"大湾区"的重要交通枢纽。2017年8月底,珠海市横琴新区管委会就已经指出:珠海拟以横琴为中心,构建面积达26平方公里的

"港珠澳大桥经济区",香港、珠海、澳门三地对港珠澳大桥能够带动周边人流、物流、资金流和信息流的作用,都普遍看好,所以,需要两地车牌使用大桥的用户数字也会出现井喷式的增长。

就目前的规定,需要使用港珠澳大桥的人办理"车牌"有两种申请方式:

第一,从香港到内地,条件是"满足3年内在广东省投资纳税额达到10万元以上者";

第二,从内地去香港,条件是"满足在广东省实业投资纳税额达到100万元以上者"。

这样的"门槛儿"猛地一看可够高的吧?但是仔细想一想需求,再看看趋势——

2017年8月25日,粤港两地政府宣布发放3000个港珠澳大桥香港两地牌私家车的配额,之后,申请异常踊跃。粤港两地政府在12月12日又宣布,再增发7000个大桥香港两地牌私家车的配额,使大桥在开通前发出的香港两地牌私家车配额总数达到了10000个。

一万个"大桥两地私家车车牌配额"对于两地社会的需求肯定是太小了,毕竟港珠澳大桥通车后,过去香港到珠海要么水路一小时、要么陆路四个多小时的状况,将要被"30分钟"所取代,小车150元,货柜车115元,货车60元,55公里的长度啊,谁会拒绝这样的"便利"?谁会舍近求远?

有人说:我没有那么大的"投资",但是也想使用港珠澳大桥,难道就眼看着上不去?

这也不是问题,因为港珠澳大桥一旦开通,每天都会有客运大巴,大巴车最密的时候,设计发车时间是每辆相隔只有3—5分钟。

横跨东西、飞架三地的港珠澳大桥,跨越的不仅仅只是一道地理天堑。

对,还有人们的内心。

正像孟凡超大师所说:"我们看待今天的港珠澳大桥,目光为什么不能再放远一点?"

将来随着"大湾区"规划的落实,粤港澳11座城市,注定会形成一个"经济圈"。在11座城市这个"大群""大圈"里,什么问题不好解决?别说汽车牌照、开车习惯、通关便利化等等的问题都将以合理的方案变得"不成问题",就是香港、澳门回归祖国以后的制度"50年不变",到了50年以后,都一体化了,还有什么可变、不可变的?

"湾区"的兴旺肯定要三地社会共同努力,面对国际舞台的残酷竞争,哪一方面"单打独斗"都不如大家团结在一起拥有的实力和信心更强。

2016年,"粤港澳大湾区"的11座城市GDP之和已经达到9.35万亿元,总体经济规模已经与韩国相当。

7月1日,《深化粤港澳合作推进大湾区建设框架协议》在香港签署,正式成为国家战略。

按照协议,粤港澳三地将在中央有关部门的支持下,会逐渐完善创新的合作机制,促进互利共赢的合作关系,共同将"粤港澳大湾区"建设成为更具活力的经济区、宜居、宜业、宜游的优质生活圈、内地与港澳深度合作的示范区,打造出一个国际一流湾区和世界级的"城市群"。

港珠澳大桥,一座凝聚了三地中国人力量与胸怀的跨世纪工程,为世界带来的贡献不仅仅是智慧,还有理想主义的、前瞻性的无限诗意。

二次赴珠海做补充采访的时候,我跟大桥局的余烈副局长要了他14年的工作日记,那时,看到他给我花花绿绿地捧出了一大堆,虽然我只摘录了一篇,就已经感受到日记内容是货真价实的丰满和翔实。那时候我还不知道,除了"工作日记",其实余局还有很多篇"诗记"。

余局经常写诗。我已经领见识过了,港珠澳大桥的很多建设者,都是诗人。

余局的"诗记"有一个名字——《虹起伶仃》。

太感人了。

搞工程的,过去建桥,施工人员就是在大桥现场用钢筋、混凝土"土法上马",所以大凡"建桥的",一般都被人说成是"搞土木的"。搞"土木工程"的,却能有情怀和实力去作诗?怎不让我这个学文科的汗颜!

忍不住顺手拈来几篇。这是余烈2015年5月至12月,半年之内写成的:

6月3日

今年4月至5月,一月半竟有半年的降雨量,工程人总希望一年365天都可以开工;但项目大、影响大、关注度高,其实"安全"与"进度"压力更大:

伏枥远望大江东,金乌西坠满天红。

三十年来洪潮卷,躬逢其盛唱大风。

6月13日

港珠澳大桥青州航道桥两个主塔高163米,主跨径458米,现塔柱封顶,"中国结"吊装焊接已完成:

巍巍双塔扼青州,隐隐长桥枕玉流。

同心已结云天阔,初心不改证通途。

7月5日

才筑高塔结同心,如今崖桥又落成。

龙王惊闻连夜探,伶仃洋上多大神。

12月20日

又到深冬逐鹿时,伶仃风高闻马嘶。

今朝深坞乘潮去,夜半完胜报君知。

冬海寒潮阴雨天,征衣再披鼓重喧。

保九争十真豪迈,潮头擘画迎新元。

……

伟大的时代,中国人抖擞寄予了几代英雄热望的"醒狮情怀"。这一点,正像2017年12月31日国家主席习近平在2018年新年贺词中谈到科技创新、重大工程建设捷报频传时,鼓舞人心的那一句话:港珠澳大桥主体工程全线贯通,复兴号奔驰在祖国广袤的大地上——"我为中国人民迸发出来的创造伟力喝彩!"

喝彩,一座跨世纪的大桥已经出现在中国的珠江口和伶仃洋,宣告了世界桥梁史新的"珠穆朗玛峰"地标;不久的将来,中国还会有一个大湾区——"粤港澳大湾区",这又一个无限风光在险峰的挑战。

没有谁比港珠澳大桥的建设者更合适、更有经验和能力去攀登它了。

很多人接受采访之后很明确地告诉我:他们不想离开大桥,都很想投入到新的"粤港澳大湾区"的建设。

祝福你们——港珠澳大桥的建设者!

盼望看到——粤港澳大湾区的开路先锋!

我已经听到你们的心声,不仅是心声,还有口号、脚步。

很多人已经在迈开步伐,踏上征程——

英雄们又要挥洒汗水,又要出发了?!

(节选自《天开海岳——走近港珠澳大桥》,人民文学出版社2018年8月出版)

国宝大熊猫"团团""圆圆"的故事

赵学敏

引 子

大熊猫"团团""圆圆"定居台北木栅动物园已经十年了。2013年7月,大熊猫"圆圆"产下一只雌性熊猫幼崽——"圆仔",今年"圆圆"又怀孕了,实现了台湾同胞希望大熊猫能在台湾繁殖后代的愿望。现在,"团团""圆圆"和"圆仔"在台北生活得很愉快,已经成为台湾以至东南亚许多国家的旅游"明星",两岸人民往来的信使!它们的故事广为流传,我当时给台湾选送这对大熊猫的往事,也不时在我脑海里萦现,我总想把这些趣事写出来,以飨广大读者。

大熊猫(学名:Ailuropoda melanoleuca,英文名称:Giant panda),属于食肉目、大熊猫科的一种哺乳动物。由于大熊猫濒临灭绝,珍贵稀有,而且形态奇特,体色黑白两色,有着圆圆的脸颊,大大的黑眼圈,胖乎乎、毛茸茸、内八字的行走方式,进食时表现出小孩子样娇憨可爱的姿态。所以,被人们誉为世界上最可爱的野生动物之一。

大熊猫在地球上已生存至今800万年了,被生物科学界公认为"活化石",是世界生物多样性保护的旗舰物种。据主管野生动物保护的林业部门调查,全世界野生大熊猫1864只,全部生活在中国四川省、陕西省和甘肃省的邛崃山脉和秦岭南坡。

截止2017年底,中国圈养大熊猫518只。中国从2003年开始实施人工繁育大熊猫野化培训工程,目前已有7只人工繁育大熊猫成功地生活在野外。

由于大熊猫活泼可爱,为全世界各国人民,特别是少年儿童瞩目青睐,是世界自然基金会的形象大使,中国"国宝"。目前,世界上17个国家,22个动物园,拥有中国的大熊猫58只,是中国联系这些国家和地区人民的友好使者。此外,中国中央政府赠送港澳台地区大熊猫及幼崽达10只。

台湾是中国的一部分,由于长期政治上的隔绝,在2008年以前,台湾还没有国宝大熊猫,台湾同胞特别是台湾的少年儿童,做梦都想在本岛看到大熊猫。从最初的奢望,到在家门口观赏大熊猫,前后经历了20多年时间。其间,许多人都曾为此付出了努力,我是其中参与者之一。至于台湾称大熊猫为大猫熊,那是台湾沿袭过去汉字从右向左读的习惯,大陆按现代汉字从左向右读,其内容没有什么特别。下面在引文中统一称大熊猫。

一、缘　起

1981年12月,台湾人也是大陆台联理事刘彩品,陪同母亲在日本上野动物园参观时,她母亲看到大熊猫憨态可掬,自言自语地说:"要是在台湾家门口能看到大熊猫该多好呀!"母亲的一句自言自语,成了刘彩品的心思。此后的几年里,刘彩品一有机会就向大陆的中央领导反映自己的心声,向国家有关部门呼吁请给台湾赠送大熊猫。经过几年的努力,终于在1987年1月召开的全国台联二届三次理事会上,她联合其他人提出向台湾同胞赠送一对大熊猫的非常建议获得大会通过。同年4月,这个建议作为六届全国人大五次会议台湾省代表团的集体建议,呈交国家林业局办理。1990年,国家林业局责成中国野生动物保护协会,选定了一对人工繁殖的幼年大熊猫"陵陵"和"乐乐",准备赠送给台湾。但当时台湾执政的陈水扁,以各种理由拒绝接收,甚至将大陆向台湾同胞赠送一对大熊猫,诬蔑为"有统战企图"。

但是,向台湾同胞赠送一对大熊猫的呼声并未停止。早在1988年,时任"台湾立法委员"、著名企业家洪文栋先生,在"立法院"大胆地以提案形式,吁请大陆赠送台湾同胞一对大熊猫,并愿意筹措巨资建设大熊猫馆。

在台湾,不仅是上层,就是广大台胞中,特别是少年儿童,希望在台湾家门口看到大熊猫,已经成为一种政治舆论。台北市每年在木栅动物园,举办少年儿童绘画比赛活动。组办方要求小朋友画出自己心中喜爱的动物。几百名儿童参加比赛,结果三分之二的小朋友画的是大熊猫。可见,台湾少年儿童多么渴望看到祖国国宝大熊猫呀!这种来自上层的、民间的热切期望,通过各种渠道反映到了国家林业局,反映到中国野生动物保护协会。我作为当时国家林业局分管野生动物保护的副局长、中国野生动物保护协会会长,怎么能不心动呢!

2005年3月,在全国政协十届三次会议上,我组织中国野生动物保护协会,联络了几名全国政协委员,提出了《关于给台湾赠送大熊猫可赢得台湾青少年心》的提案,并设法将这个提案呈送给时任中共中央总书记的胡锦涛,很快引起了中央领导的高度重视!

2005年4月29日,胡锦涛总书记接见时任台湾国民党主席连战时,宣布中央政府决定给台湾同胞赠送一对大熊猫。5月3日,时任国务院台湾事务办公室主任陈云林,在中央人民广播电台早间新闻公布了这一消息,立即在海峡两岸引起了强烈的反响。

二、选 秀

中央政府已经做出决定,我们马上行动。我立即找时任国家林业局野生动物保护管理司司长卓榕生商量,并征求四川卧龙大熊猫保护管理局局长、我国著名的大熊猫保护繁育专家张和民商量,大家一致认为,要尽快成立专家组,开展赠台大熊猫挑选工作。

2005年8月9日,在我的建议下,成立了以张和民局长为首的赠台大熊猫优选专家组,并召开了专家会议。我出席会议,参加讨论,亲身感受到专家们对给台湾赠送一对大熊猫,表示了极大的热忱。在专家们讨论中,有的专家说要选年轻的,老的大熊猫不爱动,到了台湾气候再一热,更不爱动了,会影响观赏效果。有的专家说要外观漂亮一些,这和看人一样,谁不爱看漂亮的。有的专家说,要选行为习惯良好温顺的,雄性与雌性不和谐不行。我最后着重强调了,基因谱系搭配要合理,有生育能力,所赠送的大熊猫能在台湾产崽。

经过专家们的充分讨论,最后制订出挑选赠台大熊猫的五项技术指标:一、年龄标准:亚成体。二、身体健康标准:各项生理指标正常。三、心理健康标准:无怪异、孤僻行为,无刻板行为,无明显的攻击行为。四、外部特征标准:毛色黑白分明、光顺,无体表寄生虫病,精神饱满,活泼可爱。五、遗传标准:无亲缘关系。这五项技术标准对外公布后,野生动物保护协会秘书长陈润生诙谐地说:"这比挑女婿还难啊!"他把这五项标准简单地概括为"年轻、健康、漂亮、活泼、可爱"!

用这五项标准衡量,在陕西、甘肃和四川三个大熊猫基地,符合五项标准的有17只大熊猫,专家们从这17只大熊猫中又筛选出11只,集中研究它们的基因谱系。其中:雄性,谱系号588,2004年9月1日出生,是一只在国外出生并回国的大熊猫华美的第一胎幼崽,它多数时间是人工哺育,从小和人接触较多,养成了活泼大方的性格,体形俊朗,性格温顺,喜欢同人玩耍。雌性,谱系号587,2004年8月30日生,其母亲大熊猫雷雷来自野外,母性特别强,断奶前一直把它带在身边,因此在妈妈那里得了更多的学习和锻炼机会,喜欢和谱系号588雄性大熊猫玩耍。经过深入仔细研究,专家们锁定了这一对大熊猫,作为赠台大熊猫。

大陆的专家们用科学的办法选出了赠台一对大熊猫,台湾方面是否认同?2005年8月27日,来自台湾的18位专家,同大陆专家会聚在四川卧龙大熊猫基地，对挑选出的这对赠台大熊猫，再次科学论证，取得了一致意见。2005年10月27日，时任台湾国民党荣誉主席连战偕夫人连方瑀，在时任国务院台办主任陈云林和四川省政府领导的陪同下，考察四川卧龙大熊猫基地，听取了我代表大陆方面，对挑选赠台大熊猫的情况汇报，还实地仔细观赏了精选的这对赠台大熊猫。当连战夫妇看到这对大熊猫和蔼可亲地向大家走来，迎接客人，他们激动地连连鼓掌，连战高兴地说："大陆向台湾同胞赠送一对大熊猫，是善意，是友谊和真诚，是大家无法形容的感情。我非常钦佩大陆所做的积极工作，非常希望大熊猫能尽快到台湾去，台湾人民特别是青少年一代，都非常迫切早日见到这对宝贝，更企盼能尽快生下幼崽'一世主'！"

三、起　名

一般大熊猫一生下来，就要起个华丽珍贵的名字。给挑选出的这对赠台大熊猫起个什么名字？两岸一时众说纷纭，有的主张由"娘家"四川卧龙基地命名，有的主张由台湾接收单位起名，在台湾主张"台独"的人，竟然要给这对大熊猫起名"独独"、"立立"！

为了让台湾同胞特别是青少年熟悉大熊猫，更深切地了解大陆赠送台湾一对大熊猫的目的和意义。我们联系大陆和台湾的一些书画名家，分别开展了一系列以大熊猫为主题的诗、书、画文化活动。我邀请时任中国美术家协会主席刘大为，写生了"赠台大熊猫"中国画，请时任中国书法家协会主席张海为这幅画题笺，我书写了说明。这幅画在报纸、网络上公布，并刊印成画册若干份，在两岸同胞和海外侨胞中广为散发，起到了非常好的宣传效果。

当时最有影响的是，组织创作大熊猫散文特写、诗歌和书法作品。2006年初，时任中国书法家协会分党组书记、驻会副主席赵长青带领书画家、诗人等文艺工作者，到四川卧龙大熊猫基地采风。书法家们创作了许多大熊猫题材的书法作品,诗人作家更是群情激发,讴歌大熊猫,倡导生态保护,写出了一大批诗歌、散文作品。这些作品都编印成册,寄发给台胞和海外华侨。其中:赵长青写的《国宝大熊猫赞》诗,我写成书法作品,刊登在大陆知名杂志《新华文摘》2007年第7期上。这首诗的内容是:

国宝大熊猫赞

瑞雪祥兆卧龙山,国宝熊猫盼团圆。
青竹一枝活化石,憨态可掬数万年。
翠岭竞秀气象远,两岸相通生命泉。
天骄何日踏歌行,华夏儿女尽开颜。

(此诗正式发表时作者有修改。)

  这首诗既描写了大熊猫的珍贵和可爱,又表达了台湾同胞渴望早日见到国宝大熊猫和两岸人民企盼团圆的心情。大陆开展的这些活动,大批的书画作品和讴歌大熊猫的文艺作品,都源源不断地传递到台湾岛上,感动了台湾的书画家、作家和广大台胞群众,一时间在台湾也掀起了歌颂大熊猫的书画文化活动。这些都增进了两岸同胞对赠台大熊猫的认同感,希望赠台大熊猫早日赴台的呼声越来越高,原来主张台湾单方面起名的人,也不再吱声了,尤其是"台独分子"主张起名"独独""立立",更不敢公开叫嚣了!此时,两岸共同起名,进而实现赠台大熊猫早日赴台,已水到渠成。

  用什么方式达到这个目的?要选择两岸同胞都能接受的方式和时机。机会终于来了,2006年春节将至,在亿万人民群众观看春节联欢晚会的时候,通过中央电视台春晚联播的平台,向观众包括台湾同胞和海外华侨华人,展示挑选出来赠送台湾的一对大熊猫画像,宣布公开征名,借助央视网络投票。我把这一方案向当时负责宣传工作的中共中央政治局常委李长春作了汇报,他表示赞同支持。在春晚联播热播中,当时任中国野生动物保护协会秘书长陈润生,宣布为赠台大熊猫公开征名时,立即爆发出雷鸣般的掌声,投票的积极性空前高涨。据公布计票的结果,参加投票的大陆居民、台湾同胞和海外华人华侨10751万人,其中8000多万人投票选择"团团""圆圆"的名字,占绝对优势,涉及两岸之间难以协调的问题,就这样迎刃而解了。事后,李长春同志向我们传达,他向中央政治局常委会汇报这件事时,受到胡锦涛同志表扬,赞扬这是很有智慧的做法。

四、突　变

赠台大熊猫科学选秀,又有8000多万两岸同胞起名"团团""圆圆"(后文统一称"团团""圆圆"),这已经为"团团""圆圆"赴台,创造了极好的条件。但办理赴台手续并不那么简单顺利啊!特别是台湾"农委会"中的"台独"分子,不断制造麻烦,从中作梗。他们成立了所谓的"专案组",几次召开审查会议,总是以各种借口,拒绝大熊猫入台,这样一直拖延了两年多。

在这等候办理赴台手续的日子里,正是四川卧龙大熊猫基地抓紧对"团团""圆圆"调教培训的时间。他们专门为"团团""圆圆"修建了1600平方米的独立舍棚,其中包含一个兽舍和两个运动场,在圈舍外修建了管理工作室,挑选有丰富经验的饲养员,制订了调教训练计划。那段时间"团团""圆圆"同食宿,同玩耍,增强了夫妻感情。由于"团团""圆圆"的画像,在中央电视台春晚亮相,海内外慕名前来参观,和媒体采访络绎不绝,我们安排了武警全天执勤,规定了游客参观与媒体采访时间。这样,既保证了安全,又扩大了"团团""圆圆"的影响。一个有趣的事实是,当时台湾不同意叫"团团""圆圆"的人,在会议等各种场合,一提到这对大熊猫,就自动地叫"团团""圆圆","团团""圆圆"这个名字,在两岸同胞中叫顺口了、叫响亮了,也自然地成为赠台大熊猫的代名词!

常言道:好事多磨,一波三折。正当大家积极筹备"团团""圆圆"赴台的关节眼上,2008年5月12日,四川汶川突如其来地发生了大地震,距离震中30公里的卧龙大熊猫基地遭到了灭顶之灾。一时间,天崩地裂,山石飞滚,大熊猫圈舍全被毁坏。

"团团""圆圆"凭着动物天性知觉,在地震到来的那一刹那,冲破了圈舍围栏,逃到了山上。

国宝大熊猫遭难了,"团团""圆圆"不见了!当时,在全国救灾百忙的国务院办公厅,没有忘记四川卧龙大熊猫基地,即将送往台湾的"团团""圆圆"丢失了。如果真的丢失了,或者在地震中死亡了,这将给两岸造成莫大的损失,甚至还会给别有用心的人造成政治攻击的口实!所以,国务院办公厅电话通知我,一定要找到"团团""圆圆"的下落,千方百计把它们救回来!

我接到命令,心急如焚。立即赶到成都市,找到抗震救灾办公室,他们帮助我搭乘去卧龙大熊猫基地救灾的直升机,来到余震不断的卧龙大熊猫基地。一下飞机,我一下子蒙了!眼前昔日圈舍林立的大熊猫基地不见了,看到的是满目疮痍,张和民局长和管理人员都吃住在帐篷里。他们告诉我,在地震后的第二天,"圆圆"自动回来了。当我去看望"圆圆"时,它在那里仰头嚎叫,也不怎么吃竹子等食物。我们这些长期接触野生动物的,很明显地体会到,动物是有灵性的,特别是聪明的大熊猫,地震到来之前,它们会逃跑保命。它们有记忆力,地震过后,会找路回家。"团团"与"圆圆"共同生活,已经产生了感情,它不断嚎叫,是在呼唤"团团",果不其然,过了三天,"团团"也回来了。这情景,我和张和民局长、卧龙大熊猫基地管理人员,至今一提起来,都非常激动!这也使压在我心坎上的一块石头落了地!

于是,我们很快将卧龙的大熊猫,包括"团团""圆圆",转移到安全的雅安碧峰峡大熊猫基地。碧峰峡地方狭小,一下子容纳不了那么多大熊猫,要建设新圈舍,资金从哪里来?保护大熊猫资金本来就相当紧张,我们在争取抗震救灾资金的同时,积极动员社会募捐,特别是香港企业家伸出援助的手,先后集中上百亿港币,恢复重建卧龙大熊猫基地。这种义举,得到了全国人民和港澳台同胞的高度赞扬!

在急需用现金时,我突发奇想,动员几位知名的书画家,创作了一批作品,很快变现。我作为一个全国知名的书法家,为了表达自己的心意,集中创作了一批作品,于7月11至14日,在江苏南京举办了个人专场书法展览,展览后举行义卖。除纳税部分外,我将义卖所得63万多元资金,全部捐献碧峰峡大熊猫基地新建圈舍。在我的带动下,社会上许多爱心人士,纷纷捐资,地震受灾的大熊猫很快在碧峰峡安置下来。

五、送　亲

2008年8月14日晚,台湾"农委会"终于宣布同意台北木栅动物园,接受"团团""圆圆"入园。随后,两岸相关单位都紧锣密鼓地开始进行"送亲"前的准备工作。

按照国际动物保护法规,动物长距离转移,要进行严格的检疫。从2008年9月17日开始,在碧峰峡大熊猫基地,对"团团""圆圆"开始了为期一个月的隔离检疫。隔离检疫是非常科学严格的,工作人员进出必须消毒,停止游客观赏,要提供"团团""圆圆"进入台北木栅动物园,身体各项指标多达125项。光是检查就花了三四天时间,我感慨地说:"这比人体检还要复杂呀!"检查结果表明,所有指标完全符合要求。"团团"体重116公斤,"圆圆"118公斤,都比地震前还增加了许多。

2008年12月23日,是个天气晴朗的日子,更是个喜气洋洋的日子。一大早,雅安大熊猫基地的160位员工,雅安市3000多名各界群众,在马路上排成了长长的夹道,热烈的气氛胜过姑娘出嫁。台湾"迎亲团"规模更是隆重庞大,有台北观光局局长羊晓东,台北木栅动物园园长叶杰生和出巨资兴建了"大熊猫馆"的原台湾"立法委员"洪文栋等等共106人。台湾长荣航空公司派了一架三层大型客机,不仅运送"团团""圆圆",而且装满了"团团""圆圆"在台北适应期间吃的四川毛竹等食物。飞机起飞时,欢送的人群不断地鼓掌、挥手,久久不愿离去,看到这样的场面,我的眼眶湿润,心潮澎湃。

给台湾选送大熊猫是一项敏感复杂的任务。中间又经历了汶川大地震的考验,现在终于成行,我如释重负。谁来担任"送亲团"团长?我心知比我合适的人很多,但中央确定,谁负责选的大熊猫,谁带团。当我得知让我担任团长时,我心中想得最多的不仅是高兴,更多的是责任。我在福建工作17年多,福建与台湾咫尺之隔,往来频繁,我多次申请去台湾,由于政治上的原因,始终未能得到批准。现在带团送"团团""圆圆"去台湾,喜出望外的心情自不必说。但一想到护送的责任不小,尤其是想到前不久国台办领导赴台受到"台独分子"阻拦冲击时,感到肩上的担子沉甸甸的。

当飞机穿越台湾海峡时,我平生第一次看到祖国的海洋如此宽阔清澈,波涛汹涌,一往直前!我激动得诗意油然浮上脑际。这诗句到台北后,经过推敲修改,用书法写给连战、吴伯雄和郝龙斌等台湾政要,并发表在台湾报纸上,《人民日报》和《光明日报》相继转载。这首诗是:

送大熊猫"团团""圆圆"到台湾抒怀

六十年来海峡隔,民情国运总牵魂。
余今衔命过台海,满载团圆一片心。
国宝呈祥添异彩,专机典礼化愁云。
连公企盼圆仔梦,两岸长歌骨肉亲。

(连公指连战,他希望"团团""圆圆"尽快在台北产下幼崽。)

当飞机降落在漂亮的台北桃园机场时,我下意识地看了下表,是17点03分,我记住了这个难忘的时刻。当我踏上宝岛的土地,迎面扑来的是万木丛生,绿色盎然。这同北京已草木凋零,寒风料峭,形成了鲜明的对照。我立刻感到浑身凉爽,头脑清醒,心里踏实,马上意识到新的工作任务开始了。

前来迎接我们的是时任台北市市长郝龙斌,他是台湾国民党元老郝柏村的儿子,我在福建工作时有过接触。郝龙斌一见到我,就称呼我"赵书记",因为他了解我到北京工作之前,曾经担任过中共福建省委副书记、福州市委书记。我按照北京出发前统一好的口径,称他"郝先生"。他私下提醒我,要称呼他"郝市长",这样有利于做反对大熊猫来台湾人的工作。这一下把我们事先准备的套路打乱了!特别是我们从北京出发前,设计要讲14—15次话,讲话稿子事先都写好了。台湾在活动场面上,讲话不习惯念稿子,都是即兴发挥。由于我长期在基层工作,有过这方面的锻炼,所以在后几天的活动中,我都是根据中央对台工作的原则,有针对性地讲话和回答提问。和郝龙斌互称"市长""书记",时而饶有风趣地引喻、打比方,活跃了气氛,拉近了和台湾同胞的距离。就是持"台独"观点,不欢迎大陆赠送大熊猫给台湾的人,说话的口气也比先前客气和蔼多了。

正如郝龙斌市长介绍的,并不是所有的人都欢迎大陆赠送大熊猫给台湾。我们看到,在桃园机场和木栅动物园,就是举行欢迎"团团""圆圆"入园仪式的会场,都挂有反对的标语,甚至恶毒攻击的也有,什么"大猫熊是大陆派来的统战部长",什么"大猫熊滚回去",等等。在场面上讲话,或回答台胞提问,我和郝龙斌市长默契配合。当有人提问,大陆为什么要赠送大猫熊给台湾?我明确回答:大熊猫是包括台湾在内的中国的"国宝",全世界的国家和地区的人民都喜欢。但赠送给台湾的,和世界上其他国家和地区的不同,其他国家和地区是租赁进行科学研究的,到期和产下幼崽要收回的。而台湾和大陆是一家人,赠送台湾就成了台湾的,产下幼崽也是台湾的。一席话说得大家热烈鼓掌!我反问大家,喜欢不喜欢大熊猫?在场的台湾同胞异口同声地表示,大熊猫活泼可爱,给台湾人民特别是少年儿童带来了欢乐,谁不喜欢!我接着又问,那为什么还贴挂出反对的标语呢?问得大家一时语塞,有人站起来说,那是上边让挂的。一语道破,原来台湾人民非常欢迎大陆赠送大熊猫,反对的只是少数持"台独"观点的领导人。我们在台湾听到一件有趣的事情,一位民进党领导人,极力反对大陆赠送大熊猫给台湾,而她家里孙子们吵闹,急着要到木栅动物园,去观赏"团团""圆圆"!这充分说明了两岸人民的心是相通的,作梗的只是那些少数"台独分子"。我们在台湾明显地感觉到,台湾上层某些领导人的言行,同台湾人民群众常常是对立逆反的现象。

六、文　脉

大熊猫"团团""圆圆"进住台北木栅动物园,不仅给台湾同胞,特别是给青少年带来了欢乐和吉祥,更使我未曾预料到的是,在台湾掀起了"熊猫文化热",以"团团""圆圆"为题材的文化和商贸活动多彩多姿。有"团团圆圆诗歌朗诵会""团团圆圆书法绘画展览""团团圆圆专集邮票",还有熊猫图像样式别致的服装、食品和工艺品,等等。在上千人出席,气氛隆重热烈的欢迎"团团""圆圆"入园仪式上,台上表演穿着大熊猫服饰的歌舞,台下唱起了新编的《大熊猫之歌》,那激动人心的场面简直让人陶醉,至今我还记得两句歌词:"认识新朋友,保育向前走!"坐在我旁边的台北木栅动物园园长叶杰生,窃窃私语告诉我,这是他们为欢迎"团团""圆圆"新编排的,他们还要邀请我为动物园题词呢!

我想,他们已经调查了解到,我是学习写书法的。我出生在大陆陕西省三原县,三原是大陆著名的书法之乡,我五六岁上学起,就跟随海峡两岸的书法大家于右任先生的秘书李楚才学习书法,至今没有中断过,恭敬不如从命。况且,这也是进行两岸文化交流的好由头。此行在台湾期间,我应请为台北木栅动物园题写了"大猫熊馆",题写了他们喜欢的歌词"认识新朋友,保育向前走",还为洪文栋先生花巨资兴建的大熊猫馆,题写了"新光特展馆"。时值两岸"三通"(通邮、通商和通航),时任台北市市长郝龙斌,请我就此祝贺题词,我意识到这是场考试,立即凝神静气,思考琢磨拟成一首七绝诗:

割断亲情六十年,炎黄血脉总相连。
劫波渡尽通声气,两岸和谐道路宽。

用于右任标准草书写成展示后,在场的郝龙斌和台湾同胞鼓掌叫好,后来这幅作品刊登在台湾报纸上。

汉字、书法是两岸同胞贯通的血脉,一旦触动了这根血脉,就会调动大脑中枢神经。我给木栅动物园和台北市，题词写书法一经传开，许多台湾同胞登门向我求字，我同台湾书法家进行了几场交流，认识结交了一些台湾书法朋友。同时，应连战先生之请，我给他书写了来时在飞机上作的那首七律诗。按照连战的建议，我给时任台湾国民党主席马英九先生写了"正大气象"四个大字的书法作品，他非常乐意地接受了。

我们赴台湾赠送大熊猫代表团的同志们在议论时，都感觉到中华传统文化在台湾保存传承得比较好。台湾同胞待人接客，言谈举止，礼貌文雅。亲朋好友之间，友爱相助。街道和公众场所，干净安静。特别是市面上的广告标语牌，保留了完整的繁体汉字，而且书体书写规范。在我接触台湾同胞中，从上层政要，到民间普通人，普遍喜欢中国书画，喜欢吟诗举典。尤其是连战接待我们代表团那一幕，真使我惊奇而又受教育了！

连战先生出生在西安市，在西安书院门上过小学。我的家乡三原县，距离西安市只有二三十公里。连战早就了解到这个情况，而且知道我跟台湾国民党元老于右任的秘书学过书法，连战的祖辈又和于右任在大陆和台湾有密切来往，所以，连战开始接触我时，就称我"老乡"，并且用陕西口音开玩笑说："老乡见老乡，两眼泪汪汪！"此次属正式接见大陆赴台湾赠送大熊猫代表团，我们按座次坐定，连战先生引用唐王维《杂诗》开场："君自故乡来，应知故乡事。来日绮窗前，寒梅著花未？"这一下子引起我们的思乡情愫，把我们之间的距离拉近了。但是，我感到突然，一时不知道用什么诗句对接。好在我是学中国语言文学、写书法的，平时背诵了不少唐宋诗词，曾经书写过多遍的李白《客中作》那首诗，浮上了我的脑际。当连战讲完话后，我讲话时巧妙地引用了这首诗。这首诗是："兰陵美酒郁金香，玉碗盛来琥珀光。但使主人能醉客，不知何处是他乡。"连战和在座的台湾同胞、大陆来的代表团同志，脸上都露出了欣慰的笑容，双方交流既自然高雅，又增加了家乡亲情的气氛。后来，在会见台湾国民党原荣誉主席吴伯雄、台湾海基金会原会长江丙坤和台湾国民党元老郝柏村、蒋孝严等时，我都深深感受到了两岸这种浓厚的文脉！

　　正是这条又粗又壮的文脉，承载着中华民族这艘大船，它无论驶向哪里，无论遇到任何大风大浪，都会把中华儿女紧紧地联系在一起。我们在台湾看到，台湾电视台每日讲解一个汉字及书法，每年评出一个人们喜爱的汉字，还连续多年元旦日，在广场举办万人书法笔会。我们离开台湾时，正值元旦前夕，我真惋惜没有亲身感受一下万人笔会！然而，正是在这种文脉氛围影响下，我们同台湾同胞订下了两条"君子协定"：一个是每年在两岸举办一次保护珍稀野生动植物交流研讨会，后来这项活动扩大到保护自然生态，互相赠送珍贵物种，共同抗洪救灾等；另一个是每年举办一次两岸团圆书法笔会竞赛，这项活动很受台湾文化艺术界的欢迎，从书法扩展到绘画，扩展到音乐等表演艺术，最具有影响力的是"梅兰竹菊君子之风"活动。

七、笔　会

　　2010年7月2至11日，第一次"海峡两岸团圆和谐生态文化笔会暨展览"在台北木栅动物园隆重举行。参加人数逾一千多人，两岸知名的书法家和书画爱好者踊跃参加。大陆时任中国书协分党组书记、驻会副主席赵长青亲自动员，几乎所有书协理事和著名书法家沈鹏、欧阳中石、李铎和刘艺等，都创作了作品。由赵长青带队，中国书协组织了二十多人赴台参加。台湾方面，可以说，能参加的书画家都参加了，还组织了两三百少年小朋友参加。大家济济一堂，两岸群众性文化交流达到了空前的高潮。

　　从笔会到展览，活动进行了三天时间，有两岸书画家在一起切磋交流，有展览现场作品赏析点评，有自作的诗歌、散文朗诵，特别是现场指导台北小学生书画创作，等等。同我们在大陆举办的书法或绘画专题活动相比，参加的人员广泛多层次，活动的内容丰富多彩。更重要的是，活动的思想感情色彩十分强烈。两岸同根同文，六十多年来，没有在一起这么大范围的文化交流。所以,参加活动的两岸同胞,不论是属于哪个党派,持哪种观点,都抱着渴望已久、寻根求源的心情。一见面,大家都拥抱在一起,我看见,许多人都激动得热泪盈眶!此时此刻,文脉、血脉都融化在大家感情里了!在场的人,都感受到了中华传统诗、书、画文化的巨大威力!我的诗兴激发,当时就写了这样一首诗:

> 别开生面熊猫会,
> 书画交流最可珍。
> 雅集传承千载事,
> 翰飞墨舞本同根。

活动期间,我们分批组织两岸书画家和台北的小朋友,看望观赏"团团""圆圆"。大家都争着抢着与"团团""圆圆"照相。当我看到,"团团""圆圆"在台北生活一年半后,依然那样可爱可亲,招人喜欢。我异常高兴,有感而发,赋诗以纪念再次来台湾,祝贺两岸人民共同走向和谐与幸福繁荣:

> 台北重来气象新,
> 真情送宝意尤深。
> 熊猫使者安居乐,
> 两岸和谐尽是春。

赠送大熊猫"团团""圆圆"到台湾,举办首届"海峡两岸团圆和谐生态文化笔会暨展览"活动,拉开了两岸民间文化交流的序幕!从此开始,无论在台湾举办,还是在大陆举办,各种多样的文化交流,在两岸之间已成为普遍。而且大陆的中国书法家协会和中国美术家协会吸收台湾书画家参加,有的担任了理事等领导职务。还在台湾金门兴办两所"兰亭小学",两岸共同推进中国书法进中小学课堂。

在这些活动中,使两岸产生了巨大而深远影响的有两场:2011年10月22日,中国书法家协会和台湾中国书法学会在长城,共同举办了"纪念辛亥革命100周年海峡两岸百位书法家百米长卷长城笔会"活动,在海峡两岸产生了较大反响。时任中共中央政治局常委、全国政协主席贾庆林,时任中共中央政治局委员、全国政协副主席王刚,时任全国政协副主席郑万通、钱运录、孙家正等接见了台湾书法家。选择这个时间和地点,两岸书法家创作的百米长卷,被媒体称赞为:"两岸同胞血脉相连的命运共同体的象征,两岸同胞希望祖国和平统一而共同打造的精神长城"!2013年11月11日,由大陆人民画报社策划,中国书法家协会、台北孙中山纪念馆和大陆山西省姚奠中基金会等单位,在台北孙中山纪念馆,举办了"登高望远——海峡两岸百岁书画大家姚奠中、张光宾作品展",两岸许多政要写信、题词祝贺,站在中华民族复兴大业的高度,把两岸书画文化交流推向了高潮!

八、圆　梦

大熊猫"团团""圆圆"到了台湾,不仅使两岸民间往来和文化交流,熙熙攘攘,络绎不绝。而且,在两岸同胞心中,激起了乡情牵挂的浪花。按照中国人的传统习惯,送姑娘出嫁,就盼望早生贵子。当连战先生和我挑选赠送台湾大熊猫时,连战一再表示,希望这对大熊猫,早日在台湾生下"一世主",一代一代地传下去。台湾的少年小朋友,更希望拥抱"团团""圆圆"的幼崽,他们把此看作台湾同胞最大的乐趣,可以在其他国家和地区人们面前,引以为自豪和骄傲!

我们作为大陆野生动物保护部门的"娘家人",怎么能不领会这种心情呢?2011年2月,"团团""圆圆"已经在台北木栅动物园生活了两年多,雌性"圆圆"于2月发情,虽然自然受孕没有成功,但接受了两次人工受精。按大熊猫生育规律,三个月后就能确定是否怀孕。5月17日,大陆方面的专家抵台,与台湾的专业团队合作,观察发现,雌性"圆圆"时而埋头大睡,时而望天发呆,时而在棚栏里踱步蹭痒,进食胡萝卜和竹笋,也不像往日那样香甜贪吃,大家疑判雌性"圆圆"怀孕了。其实,经过超声仪检查,是误判了,空喜一场。

由于大熊猫生殖能力严重蜕化,繁殖难度极大。一年发情期只有一次,并且时间短,稍纵即逝,不容易准确判断。到了2012年3月,当发现雌性大熊猫"圆圆"有发情征兆时,四川卧龙大熊猫基地的研究中心,再次派出专家组奔赴台北,再次操作自然交配和人工受精,到了三个月后检查,仍然没有怀孕。

这个情况,一度引起了台湾"婆家"和大陆"娘家"的疑惑,台湾政要连战、吴伯雄等,包括一些台湾同胞和少年朋友们疑问"团团""圆圆"是否有生育能力,也有的人认为是台湾天气炎热的缘故。两岸大熊猫专家们,再次检查论证,一致认为,这些怀疑是没有科学根据的。

这本来是经常出现的,大熊猫繁殖难的正常情况,由于两岸同胞亲情殷殷,精诚所至,才出现了爷爷姥姥急着抱孙子的状况!

2013年,我趁着去台湾参加文化交流的机会,带着专家组到台北木栅动物园,和动物园一同辅助"团团""圆圆"交配受精。我邀请赵长青、台湾著名书法家张炳煌等人,一起到木栅动物园看望"团团""圆圆"。当我隔着栅栏,大声呼唤"团团""圆圆"名字时,"团团""圆圆"似乎认出了我是送自己到台湾的"团长"来了,仰起头不断嘶鸣,跑到我站的围栏边,摇头摆尾,依偎栏杆,向我示意。我一下震惊了,赵长青、张炳煌和旁边观看的台湾同胞也震惊了,旁边观看的有人认出了我,朝着我大声喊:"熊猫爸爸……"从此,我的这个称谓就在台湾以至大陆叫开了!

我从事保护野生动物工作十多年,在意识中,总认为野生动物是有灵性的。今天这情景,更使我证实了这个意念。也正是在今天,"团团""圆圆"交配受孕成功。我激动地写下了这首诗:

> 三探熊猫胜似亲,
> 隔栏犹识送来人。
> 传承两岸中华梦,
> 争说喜怀宝外孙。

从台湾回到北京后,我时常牵挂"圆圆"是否真的怀孕?何时分娩产崽?这个天大的喜讯终于来到了!7月6日晚7时许,我连续接到连战、张炳煌先生的电话,他们以婆家向娘家报喜的兴奋口吻,报告"圆圆"产下一只雌性幼崽,起乳名为"圆仔"。至此,我们多年企盼的梦终于圆了,我长舒一口气,浑身释然。欣喜之余,写首诗纪念这个难忘的时刻:

耿耿此心几赴台,
熊猫产仔喜开怀。
古园木栅拥新主,
国宝先行统一来。

九、拜　年

"亲戚要好常来往",海峡两岸相隔六十年不相来往,自从"团团""圆圆"到了台湾,打开了两岸乡亲来往的大门。特别是"圆圆"产下了宝宝幼崽——"圆仔",更增添了两岸乡亲之间无限的念想和牵挂。

中国人几千年来风俗,娶媳妇嫁女儿都盼着早生贵子,生下贵子格外亲。由于2011年和2012年"团团""圆圆"在最佳繁殖时间,两度"圆房"和人工受精都未成功。这下急忙了两岸同胞,就这么件具体的事,一般人都难以相信,惊动了台湾政要,引起了大陆中南海有关领导过问。四年来,四川卧龙大熊猫基地先后派出了8批专家16人次赴台协助繁育。可以想象,"团团""圆圆"成功交配,产生幼崽,给两岸同胞带来多么大的欢喜啊!

由于大熊猫生殖能力退化的缘故,生下来幼崽体重一般只有120—150克,浑身赤光无毛,像小老鼠般大,但生长迅速。半年就可以长到2—30公斤。而"圆圆"产下的"圆仔"比正常的幼崽大,体重183.4克,体长15.5公分。在小宝宝"圆仔"半年生长期间里,不能会见游客观众。但台胞和儿童朋友们,急不可耐地想看到小宝宝"圆仔",不断询问和吁请。

台北木栅动物园就在广场设立电视屏幕,不断传播小宝宝"圆仔"成长的图片。当"圆仔"长到10多公斤,经常和"团团""圆圆"戏耍时,台北市观光传播局,在地铁文湖线推出了"圆仔"彩绘列车。这列"圆仔"列车内外都有"圆仔"与动物园的彩绘,车椅上更有3D立体透视贴纸,供台胞和儿童小朋友拍照。当乘客坐在椅子上,拍摄的朋友只要用相机抓到合适的角度,就可以拍下乘客与"圆仔"的合照,或拍拍"圆仔"的头的互动画面,相当有趣,满足了观众想急切见到"圆仔"的愿望。

同台湾同胞心心相印的大陆同胞,此时此刻也十分关注"圆仔"的成长状况。不少朋友不断给我和四川卧龙基地的同志们打电话询问,网上咨询的信息就更多了。台湾同胞的热切心情,大陆同胞应该有所表示与互动。2013年11月9日。适逢中国书协组织代表团赴台湾参加于右任先生逝世50周年书法活动。我们有意识组织了大陆"娘家",看望了刚出生四个月的大熊猫小宝宝"圆仔"。在时任全国政协常委、中国书协副主席苏士澍率领下,举行了隆重的看望礼仪。"圆仔"憨厚彬彬,抱着竹笋一边啃一边向大家示意。台湾儿童唱着《大熊猫之歌》,舞姿翩翩。在场的同胞们都陶醉了,我也记录下了这激动人心的喜悦场面:

  四度赴台情未了,
  新添圆仔美天仙。
  人间疑似迎公主,
  阿里山歌万众欢。

大熊猫天生"人性态",抱着竹笋啃,活脱小孩抱着奶瓶吃奶,抱着甘蔗啃。面部黑白圈,疑似八卦图。胖乎乎,一幅吉祥福态。木栅动物园和四川卧龙大熊猫基地,利用大熊猫这一形象特点,经过一段调教,策划了2014年春节,"团团""圆圆"与"圆仔",向海峡两岸同胞和海外华侨、华人拜年。当大熊猫一家三口,作揖拜年的形象,出现在全球电视屏幕时,全世界看到的人震撼了,图像一时充斥了网络!

我以诗作《甲午除夕大熊猫圆仔向社会公众拜年》,记录下了这个难忘时刻:

  枝头喜鹊噪新春,
  圆仔拜年最可人。
  憨态天生不用学,
  哈腰拱手谢娘亲。

由"团团""圆圆"到台湾后,发展起来的两岸诗书画文化,又浸透着血缘亲情,在两岸之间发挥了血浓于水的作用。台北市观光传播局和有关方面,把这些书法、绘画、诗文汇集成书,在两岸广为散发。

十、君　子

为了适应台胞多种文化需求的需要,特别是更多的吸引高层人士参加的必要,由"团团""圆圆"引发起来的两岸诗书画文化活动,开始向高层纵深发展。时任全国政协常委,已担任中国书协主席苏士澍先生,同台湾中华书法学会会长张炳煌等人商议,在两岸书画交流活动的基础上,开展了"君子之风"活动。

君子,梅、兰、竹、菊之谓也,中国传统文化以此作为做人的道德规范。两岸从书画交流,扩展到吹拉弹唱的艺术表演,尤其是京剧等戏曲演唱,吸引了许多戏迷、票友。参加的人员,除著名的书法家、画家外,两岸许多歌唱家、演员和表演艺术家都先后参加了活动。大陆曾扮演宋庆龄的演员李羚,多次参加活动并主持节目。著名的京剧表演家李维康、迟小秋,琵琶演奏家吴玉霞,苏州评弹表演家盛小云,都在台湾登台表演。台湾的著名画家李其茂、欧豪年和笛子独奏华姵、歌唱家简文秀等,都到场作画、献艺。特别值得笔者描述的是,这种高档书画、表演,吸引了台湾政要郝伯村等人参加。这些足以表明,"君子之风"的文化活动,无疑增加了具有亲和力影响的人文元素。

至今使我记忆犹新的是,2015年6月26日,在台北圆山大饭店举行的第一场"海峡两岸君子之风——梅兰竹菊艺术雅集",一下子轰动了海峡两岸。曾记得,我们6月24日深夜到台北,经过办理出关手续,再乘车到圆山大饭店,已是25日凌晨一点四十分了。但圆山大饭店的董事长李建荣,率领员工,手捧鲜花,满面笑容地欢迎我们。那几年,我因为护送"团团""圆圆"到台湾,开展书画交流活动,常住圆山大饭店,和李建荣董事长及其员工,都熟悉了,看到他们这样热情,感到格外亲切!我顿生诗兴,在车上脱口吟出两句:"落地桃园夜更深,相见依然满面春。"大家齐声说"好诗!"回到房间,我诗兴来了,把刚吟诵的两句诗,联成一首七绝《夜泊圆山大饭店》:

相见依然满面春。
桃园初驻夜更深,
梅兰竹菊成人美,
君子之交日日新。

在第二天举办活动时,我朗诵这首诗,并书写成书法作品,赠送给台胞朋友,一下子把活动引向佳境。在场受到感染的两岸书画家自由组合,经过仔细研究酝酿,合作创作了巨幅大写意山水画,展现了祖国的大好河山,在场众多围观者拍手叫美!年过90岁的两岸颇有影响的老画家李其茂先生,主动上前大笔一挥,题标"君子之风吹两岸",既点题又贴意!在艺术表演时,当著名京剧演唱家李维康表演时,台下观看的时年97岁高龄的郝伯村老将军,激动地自动登上舞台,与李维康对唱京剧《四郎探母》。这样的高龄,对杨四郎的道白,却背得滚瓜烂熟,台下的观众无不惊叹,掌声不断如响雷,一片欢呼!郝伯村既参加过抗日战争,又在解放战争中同人民解放军作战,久经沙场,恩怨莫深,此时能高唱《四郎探母》,其恩怨早已融合成一家亲了!

一个历经两岸坎坷的人,演唱《四郎探母》,声泪俱下,这种亲情的共鸣,文化的感召,使在场的几百名两岸同胞,心灵受到强烈的震撼!同样,京剧演唱、二胡和笛子独奏、琵琶演奏、歌曲演唱和书画笔会展览,都产生了两岸同胞的亲情和文化认同感。

第一场活动结束后,我写了一篇短文,记述这场活动振奋人心的情景。这篇短文发表在 2015 年 7 月 12 日《光明日报》上。同时,还写了一首诗:《第一届海峡两岸君子之风——梅兰竹菊艺术雅集赞》——

  灵花异卉写心声,
  骨肉情深吐赤诚。
  墨韵心香天际绕,
  驱除瘴疠起东风。

"君子之风"第二场活动在北京举行。在全国政协文史馆举行开幕式和艺术表演,在大陆迎接贵宾的钓鱼台举办书画笔会和展览。北京人才荟萃,星光灿烂,无论是艺术表演,还是书画精彩,都是盛况空前。我用诗文记录下当时盛况:《第二届海峡两岸君子之风——梅兰竹菊艺术雅集赞》——

  谦谦君子风,两岸一衣情。
  笑语祥云合,挥毫逸气生。
  登高同感慨,折柳总牵萦。
  隔海无相忘,欢歌寻梦行。
  (诗中"折柳"一词,是指活动在钓鱼台柳苑进行。)

"君子之风"第三场活动,仍然在台北圆山大饭店举行。这次活动除了艺术表演和笔会展览外,精心安排了参加活动的书画家和台湾同胞、少年儿童,看望"团团""圆圆"和宝宝"圆仔"。大家注目"团团""圆圆"和"圆仔"的憨态劲,争相照相,集体合影,留下激动的一幕。国宝大熊猫带来的情愫,文化情结,绵绵悠长。我目睹国宝安居木栅动物园,两代同堂娱乐,思绪万千,即兴写下了一首诗:《第三届海峡两岸君子之风——梅兰竹菊雅集赞》。

  两岸明星荟萃台,梅兰竹菊竞相开。
  吹拉弹唱回梁绕,笔走龙蛇壮志哉。
  一曲清歌情荡漾,几回妙舞意徘徊。

雅兴激起心花浪,共领高风统一来。

"君子之风"今年的活动,在北京举行,台湾中华书法学会和全国政协教科文委员会,正在积极筹办。相信会有更精彩的内容和大家分享!

十一、尾　声

大熊猫"团团""圆圆"和"圆仔",一家三口的故事还在继续。由大熊猫引发的两岸诗、书、画文化交流,不仅只是"梅、兰、竹、菊君子之风"独放,而是多种多样,百花齐放。两岸民间往来,从大熊猫到台湾打破坚冰开始,像走亲戚那样习以为常了。"两岸一家亲",常来常往这本来是自然不过的事,长期以来,由于设置了一道藩篱,隔断了亲情关系。我们在这10多年与台湾同胞交往中,深切感受到这只是少数人为达到私己的政治目的。

在赠送大熊猫给台湾过程中,我和台北木栅动物园十分相熟了。他们不时地向我分享一些"团团""圆圆"和"圆仔"的故事,传达一些有关信息。台北木栅动物园成立于1915年,至今有100多年历史了,在东南亚地区颇有影响。"团团""圆圆"定居木栅动物园后,到木栅动物园看大熊猫的人,每年多达500多万。

熊猫有情性,隔栏亦认亲。人为设置高墙和藩篱,无论怎样阻拦纠葛,都挡不住和平统一的潮流!

(原载《时代报告·中国报告文学》2018年第8期)

妈妈，快拉我一把（节选）

张 雅 文

当今，未成年人犯罪已成为世界性的问题。有学者将未成年人犯罪与环境污染、毒品并列为世界"三大公害"。因此，预防未成年人犯罪已成为世界各国高度重视的社会问题，无论是发达国家还是发展中国家，都是如此。

各国的国情不同，未成年人犯罪情况也不尽相同。中国正处在伟大变革、经济高速发展的特殊时期，未成年人的犯罪也像浓缩的饼干一样，将发达国家几十年，甚至近百年的各种犯罪，都浓缩在这短短的几十年里了。未成年人犯罪就像一台 X 光机，将无法遮掩地透视出孩子身后的背景：家庭、学校、社会乃至整个世界……

校园欺凌探秘

不知从什么时候开始，安静的校园不再安静了，经常传来令人震惊的消息：某某校园又发生了暴力事件，某某学校又发生了打架斗殴。校园里经常会有收"保护费"，三五成群的学生出去"约架"，为一点儿小事就动刀子，甚至发生命案。女学生也毫不逊色，因嫉妒或争强好胜而大打出手，甚者没有任何原因，只是觉得心里不爽，就以强凌弱，找人来发泄，从而引发残忍的欺凌案件。

就在采访期间，媒体报道全国接连发生多起校园暴力案件：

2017年6月19日,广西灵山县中学,一名高一男学生在宿舍里午睡,被同寝室一名男生用水果刀刺伤致死;

2017年11月12日,湖南省沅江市一名高三学生,对班主任老师连刺二十六刀使其不幸身亡;

2018年1月18日,广西北海合浦县公馆中学一名初一女生跳楼自杀。这名刚从广东转到该校五个月、全年级成绩排名第一的女生,在她的遗书及字条中把死因指向了校园欺凌……

2017年11月21日,中央电视台新闻频道法治节目播出北京市西城区法院少年法庭,对北京某职业学校五名未成年女生欺凌两个低年级女学生一案,进行分析批判。

法官说:"其手段,触目惊心! 逼迫两个女生脱衣、下跪、拍视频,极尽人身之侮辱,长达七小时之久! 起因只是因为主犯心情不爽,拉来四个女生,随便找了两个低年级学生来发泄。"法官以寻衅滋事罪,分别判处欺凌者五人有期徒刑十一个月到一年不等。

专家在究其原因时说:"未成年人受到网络等各方面的不良影响,崇尚暴力,接受暴力,在实施暴力中,感到满足。另外,学校和家长都有失职之处。"

为了防止校园欺凌与暴力事件的发生,早在2016年11月1日,中央九大部门,即教育部、中央综治办、最高人民法院、最高人民检察院、公安部、民政部、司法部、共青团中央、全国妇联,联合发布《关于防治中小学生欺凌和暴力的指导意见》。2017年12月27日,教育部等十一个部门又联合发布了《加强中小学生欺凌综合治理方案》。

2018年1月18日,据《中国青年报》社会调查中心联合问卷调查,对二千零二十二名受访者调查显示,百分之五十九点四的受访者都经历或目睹过校园欺凌事件,男性占百分之六十六,高于女性。受访者都希望尽快落实上述《方案》,以制止校园欺凌案的发生。

可见校园欺凌事件,已成为亟待解决的社会问题,已引起中央相关部门的高度重视。

让我感到不解的是:这些孩子到底怎么了?为什么小小年纪却充满了暴力和戾气?动不动就动刀子,这到底是为什么?

带着诸多不解和疑惑,我与多名因校园暴力而入狱的孩子进行了深入交谈,却发现,在他们身上所发生的暴力案件,有的令人震惊,有的令人扼腕,而更多的则是发人深省:一个看似简单的校园暴力案件,究其背后,却存在着诸多深层的社会问题:家庭教育的缺失、留守儿童的孤独、网络的影响、个性的偏执、学校的失责,乃至法律的缺失、社会负面影响等。这些问题都会在欺凌案的犯罪孩子身上有所体现。

在此,择选几个不同类型的校园暴力案件,以供读者思考。

法庭上呐喊的少年

这是一起典型的校园暴力引发的恶性案件。

石帆(化名),十七岁,出生在黑龙江大庆辖区的某小镇,人长得文弱、瘦高,话语不多,戴着一副黑框眼镜,一看便知是一个内向、老实的孩子。入监前正在读初三,学习很好,本该有一个不错的前程。

随着我的一问一答,在他沉稳而缓慢的叙述中,一个从小饱受欺凌,最后在沉默中暴发的少年,渐渐地走到我的面前,走进了我的笔端……

石帆从小身体很弱,性格内向而软弱,别人欺负他,他从不敢反抗。上小学,一帮男生逼着他给他们写作业,不写就打他,他只好忍气吞声地趴在桌子上一个接一个地写下去,直到全部写完为止。他受了委屈从不向别人哭诉,总是咽进肚子里默默地忍受,因为他没人可说。

十岁那年,在外打工的父母离婚了,他被判给了父亲,跟着爷爷奶奶在农村生活,从此再也没有见过母亲。他不知母亲去了哪里,直到他进监狱以后,母亲才第一次来未管所看他。可是,母子俩在未管所的见面却搞得很不愉快。

他第一次见到玻璃窗外的母亲,感到很陌生,七八年没见到母亲,他不记得母亲的模样,更谈不上什么感情。

但母亲却记得儿子,虽然儿子长高了,长成了一米八〇的大小伙子,她却记得儿子的眉眼,更记得母子连心的感受。她看到儿子因杀人被关在大牢里,痛心不已,忍不住失声痛哭。

母子俩只能隔着厚厚的玻璃,用电话来交谈。

母亲像天下许多离了婚的女人一样,犯了一个情绪化的错误,她把对前夫憋闷多年的怨恨像开闸泄洪似的,向铁窗里的儿子倾泻开来,数落起前夫的"罪状",埋怨前夫没有管教好孩子,所以才使儿子走到今天,还说她得了一身病,都是他们爷俩儿造成的……

开始,石帆只是听着,母亲问他什么,他都哼哈地敷衍,并不想反驳。但听到母亲数落父亲的"罪状"他很反感,好像母亲来这里并不是为了来看他,而是为了发泄她对父亲的怨恨似的。

2016年12月,母亲最后一次来看他,母子俩在会见室里一见面,母亲又开始数落起父亲的罪状,又说父亲如何如何不好,如何没有管教好孩子,才使他犯了大罪……

听到这里,这个沉默寡言、很少反驳他人的少年,再也听不下去了。他从小就跟父亲的感情最好,父亲对他的学习管教很严。父母离婚后,全靠父亲一人打工赚钱支撑着这个家,赡养着爷爷、奶奶,还有小叔。小叔得了双侧股骨头坏死,不能从事重体力劳动,爷爷又得了胃癌,他上学又处处需要钱,全家人的生活担子全部压在父亲一人身上。他觉得父亲活得太苦、太累了。所以他从小到大,无论遇到什么难事,从不给父亲添麻烦,没钱从不跟父亲要,他觉得父亲的负担已经够重了。而且,他犯罪以后,法院判决他家赔偿受害人二十二万元,父亲借遍了所有的亲属,仍然凑不够这笔天文数字的赔偿,父亲向母亲求救,母亲却说她没钱!

这些在少年心底沉积多年的怨懑,终于像火山般地爆发了。

"我不允许你这样诋毁我爸爸!我爸爸辛辛苦苦地抚养了我,而你呢?你口口声声说我爸爸没有管教好我,才使我走到今天,那我问你,在我最需要母亲的时候,你在哪儿?当别人欺负我、打我、骂我是没娘的孩子时,你又在哪里?这么多年,你想过你这个儿子的死活吗?我犯了罪,法院判我家向受害人家属赔偿二十二万,我爸爸哭着向受害人家属赔礼道歉,求爷爷告奶奶,四处借钱,借遍了所有的亲朋好友,就差没给人家下跪了,仍然没有凑够二十二万。可你呢?爸爸找到你,希望你能为我出点儿钱,你却说你没钱,一分没出……你现在,有什么资格来数落我的爸爸!我告诉你,请你再不要来了,我再也不想见到你!"说罢,转身向身后的小门走去,把母亲一个人丢在那里。

这是一个让人心情沉重又辛酸的场面,为这个儿子,也为这位母亲。

此刻,我不由得想起另一个少年含着泪,对我说出的一番话:"奶奶,当我走投无路的时候,我总是幻想着爸爸妈妈突然出现在我的面前……"

是的,父母是孩子绝境中的希望,是暴风雨袭来时的港湾,是孩子迷路时引导他们回家的一盏明灯,更是孩子倾诉委屈的温暖怀抱。无论离异父母的心相距多么遥远,彼此多么仇恨,但请记住,他们有一个永远无法割断的脐带相连——那就是他们的孩子!

在此,真希望那些离异的父母,听听这位十七岁少年对母亲的追问,希望离异的父母不要把大人之间的恩恩怨怨,转嫁到孩子身上,更不要以贬损对方来拉拢孩子。父母离异已经给孩子的心灵造成了伤害,希望父母给孩子的幼小心灵,保留一份纯洁而美好的亲情。

母亲诋毁父亲的这些话,使石帆的心里久久无法平静。

夜深人静,他望着铁窗外的残月,回想着自己孤独的童年——

父母离婚之后,他成了没妈的孩子,生性怯懦的他变得越发软弱。同学更加肆无忌惮地欺负他,到县城上中学要住宿,一些调皮学生经常向他收"保护费",把他堵到厕所里逼他交钱,不交就打。吃饭钱经常被他们抢去,他常常饿着肚子。

为此,他找过老师,学校教导主任也曾找过派出所。派出所警察却说,这些学生都是十二三岁,都不到十四周岁法律规定的追责年龄,没法管,只能靠学校说服教育。

可是,对这些调皮捣蛋的学生,老师根本管不了,有的人停课一两个月又来学校捣乱,在学校里打架斗殴,收保护费,搞得校园里乱糟糟的,想学习的学生都无法安心学习。

打他的学生得知他找了老师,越发怀恨在心,变本加厉,四五个人多次把他堵在寝室、厕所或过道里,对他拳打脚踢。他对他们毫无办法,只能把仇恨深深地埋在心里。

其间,学校里发生了一起捅人事件:一个学生拿刀捅了向他要钱的学生,因不满十四周岁没有被判刑,从此以后,再也没人敢欺负捅人的学生了。

这件事在学校里引起了极坏的负面影响,也给了石帆一种错误的暗示:既然靠老师、派出所都解决不了问题,看来只能靠自己来解决了!

石帆爱看小说,尤其爱看网络小说。他看到一篇网络小说中的主人公从小被人欺凌,后来开始反抗,最后变得越来越强大,再也没人敢欺负他了。小说里的主人公说:"一个被欺负的人,是永远不会成功的,必须学会反抗!"他从小说的主人公身上看到了自己,明白了一些所谓的"人生道理"。

时间在他压抑而迷茫的挣扎中,走到了2015年元旦。

1月2日,本是一个新年伊始的大好日子,十五岁的石帆还有半年初中毕业,就要考高中了,他的学习成绩不错,他对自己充满了信心。

1月2日这天,他却在回家的路上遇到一个最不想见的人——一个让他饱受欺凌的同村少年。

这个少年欺人成性,一见到石帆就像猫见老鼠似的,以不屑的口气命令他:"哎!我没钱了,晚上六点,多带点钱去我家,我在家里等你!"

石帆没有回答,他想起了课本上鲁迅说的那句话:"不在沉默中爆发,就在沉默中灭亡!"

"听见没有？你哑巴呀你？"少年又怒斥了一句。

石帆仍然没有回答。

石帆回到家里,在网上看了一会儿小说,看看小说中的受气包主人公是如何开始反抗的。

晚上六点,他带着一把弹簧刀,推开了那个少年的家门。

少年家里,爷爷奶奶不在,都出去打麻将了,只有少年一人趴在被窝里看电视。他抬头瞅瞅石帆,以傲慢的口气问他:"带来钱没有?"

石帆回了一句:"没钱。"

"混蛋！你敢对老子说没钱,你他妈找死啊你！"少年起身破口大骂。

"你再骂一句！"石帆有生以来第一次反抗,同时亮出了手中的弹簧刀。

少年没想到石帆会亮出刀子,越发火冒三丈,挥起拳头冲石帆打过来,石帆举起弹簧刀向少年猛刺过去……

石帆不记得刺了多少刀,只记得弹簧刀刺弯了,只觉得多年来一直压在心头、压得他喘不过气来的石头,随着一阵乱捅之后终于消失了。他感到一种从未有过的释怀。

讲到这里,我与他都陷入了沉默。

好一会儿,我才问他:"孩子,你进来以后后不后悔?"

"不后悔。"他回答得很决绝,"他从小到大一直在欺负我,谁都管不了他。我感到后悔的是,让我家人赔了二十二万。父亲在法庭上痛哭流涕,向受害人家属赔礼道歉,希望求得受害人家属对我的谅解,我觉得对不住父亲……"

显然,他的犯罪并非偶然,而是一种压抑已久、无法释怀的必然结果。

"判了几年?"我问。

"七年。"

"在法庭最后陈述时,你说了什么?"

"法官问我,有没有什么话要说？我说有！我说法官,人生下来,应该是平等的。可是,受害人却从小到大一直在欺负我,打我,冲我要钱,从小学欺负到中学,从村里欺负到县城……直到出事那天,他还在逼着我给他拿钱。我没钱给他,我不想一辈子受他欺负,所以就起来反抗了!他小时候欺负我,我奶奶找过他家,可他父亲因贩毒被枪毙了,他母亲离家出走,家里只有爷爷奶奶,根本管不了他。我奶奶还找过村长,村长对他也毫无办法。我找过学校老师,老师管不了他,学校也找过派出所,派出所说他不够法定年龄……我看到家长、村长、老师、警察谁都管不了他,我不想永远受他欺负,所以,只好自己来解决他了……"

是的,谁听到这番话都会感到震惊。

一个十五岁饱受校园暴力欺凌的小小少年,居然在法庭上呐喊出一个弱势少年无奈的心声,道出了长期被校园欺凌的孩子苦苦寻不到解决问题的途径——求告无门,最后只好采取以暴制暴、以触犯法律的方式,来换取自己的尊严和权利。这无形中向学校、向社会、向法律提出了一个严肃的命题——应该如何解决未满十四周岁孩子校园欺凌问题?不能任其因不够刑事年龄而无法无天地胡闹下去!

但此刻,我却很想对石帆说,孩子,被害人再欺负你,你也没有权利剥夺人家的性命啊!你知道,你为此要付出多么沉重的代价。七年,你可能大学都毕业了。可现在,你将在铁窗里度过漫长的七年。再说,那个被杀死的孩子同样是家庭悲剧的产物:父亲贩毒被枪毙,母亲离家出走,他从小跟着爷爷、奶奶疏于管教……

但我什么都没说,只问他想没想过今后打算干什么。

"想当作家!"他不假思索地说,"我很早就想当作家。我觉得作家的作品能改变人。初中一年级,我就开始写小说,现在也在写小说……"

"哦?想当作家?"我颇感吃惊。

这是我采访中遇到的第四个想当作家的少年,龙江未管所就有两个。我鼓励他们,让他们把自己的经历写出来,将是对社会很有价值的。

采访结束了,我心里却久久地难以平静,很想为两个怀揣作家梦的家乡少年做点什么。

当天晚上,我邀请黑龙江省监狱局的崔利锋处长,又请来《北方文学》的佟堃主编,还有监狱局负责教育的两位处长,一起共进晚餐,对他们谈了两个少年的作家梦,希望各位领导能对两个少年给予支持和关照。如果可能,请《北方文学》杂志发表少年写的文章,这将是对他们的极大鼓励。

我说:"不管他们将来能否成为作家,能怀揣一份美好的梦想,这在他们漫长的铁窗生涯中,将是一种无形的动力。在他们今后的人生道路上,也就有了奔头,有了奔头就有了希望,有了希望就有了动力。这是一种不可小视的正面能量!"

没想到,我的提议得到几位处长的高度赞赏。

佟堃主编当即表态:"他们写完了,我们《北方文学》可以发表!"

崔利锋处长说:"这是好事,为了拯救孩子,我们一定全力支持!"

太好了!看到各位领导如此支持,我很高兴,便伸出一只手来,与三位处长及主编的手一个挨一个地叠在一起,我说:"请记住我们今天的承诺。"

在座的四个人都郑重地点点头。不仅是承诺,而且是对犯罪少年的救赎。

第二天,我同时约见了两位怀揣作家梦的少年。

警察带着两个像穿天杨般挺拔的少年来到我面前,我把昨晚几位处长及主编的态度告诉了他们,两个少年都瞪大眼睛不敢相信似的看着我,眼睛里流露出一种难以描述的惊喜……

我说:"希望你们抓住这难得的机会,不管将来能否成为作家,但是,怀揣一份美好的梦想,将是人生路上一种强大的动力!"

两个少年向我深深地鞠了一躬,并且表示,绝对不会辜负我的期望……

前不久,我接到佟主编打来的电话,告诉我,石帆的稿子写完了,他请《北方文学》资深编辑付德芳对稿子进行了认真修改,准备发表在《北方文学》杂志上。

"噢,太好了!太谢谢您了,太谢谢您了!"我向佟主编一再表示感谢。

我深知这篇稿子对一个饱受校园欺凌,至今仍在未管所服刑的十七岁少年来说意味着什么。对怀揣作家梦的少年来说,又意味着什么。

也许,这真是一个良好的开端。

《回溯》——这篇出自未管所少年之手的中篇纪实作品,发表在《北方文学》2018年第八期杂志上。而且,黑龙江省未成年犯管教所将于2018年9月20日召开该作品的研讨会。这不仅是对一篇作品的首肯,而且是为一个迷途少年的人生点亮一盏灯,相信它照亮的不只是一个迷途少年,还有更多身陷囹圄的心灵。

冲动是魔鬼

人们都说冲动是魔鬼。多少人因冲动而酿成了千古恨,从而毁掉了前程,毁掉了家庭,甚至毁掉了性命。

但是,冲动的魔鬼从未远离我们,它首选的目标往往就是未成年的孩子——易冲动,不计后果,缺少理性。这是未成年孩子的共同特点。

采访中遇到不少孩子,就因一两句话不投机,或因失去一段恋情,就怒火冲天,从而酿成了无法挽回的悲剧。

"我得不到的,别人也休想得到!"当年,一个十五岁少年就是喊着这句话,向他深深爱恋的女友挥起了拳头。

在河北省未管所,我采访了这个叫柳臣(化名)的十八岁少年,从他低沉的声音、微蹙的眉宇间,看得出他心事很重,似乎仍然没能从昔日的痛苦中走出来。

我微笑着,试探着绕开敏感的话题,跟他聊起家常。得知他出生在河北某城市,父亲是公交司机,母亲从农村来到城里打工。父母对他的期望很高,希望他能考上大学,将来出人头地。

他很听话,读书也很好。小学三年级时,不知为什么,父母之间闹起了矛盾,没离婚却开始分居了。他这个曾被父母视为全家希望的独生子,从此便像玻璃球似的在父母之间滚来滚去。在父亲那边住两年,再到母亲这边住两年,父母对他的态度截然不同。母亲对他百般疼爱,他对母亲也有着很深的感情。父亲却很少管他,下班就出去喝酒,很晚才回家,对他不管不问。他也从不跟父亲交流。他在外面挨打受气,没人倾诉,更没人护着,只能靠自己并不强壮的肩膀扛着。没事时,他爱上网,爱打游戏,爱在竞技战中打比赛,最爱打《英雄联盟》,在虚拟的世界里,他以称王称霸来宣泄内心的压抑。但他学习不错,每科考试都在80分以上。

聊着聊着,我们终于聊到了那个绕不开的话题——

那是2014年12月,初中三年级上学期最后一个周六的上午,天阴阴的,空气很污浊,天地间灰蒙蒙的。他像以往周末一样,怀着一周以来最盼望、最快乐的心情,向他心爱的姑娘家里走去,去找她一起补习功课。

她是他的同班同学,也是他心中的女神,美丽、聪慧、学习好。半年来,他们深深地相爱着,享受着人生最美好、最难忘的初恋。每次见面,他们都热烈地拥抱,疯狂地亲吻……

但这次见面他却发现,她情绪低落,脸上写满了厌烦。

他以为是学校公布的一中高中特招的名单里,没有他俩的名字,她心里郁闷呢。俩人见面谈得很不愉快。末了,她说了一句:"咱俩分手吧。整天这么泡在一起,太浪费时间了!"

对他来说,这无异于晴天霹雳。

他生活在父母半离异家庭,把爱情当成自己的全部精神寄托。半年来,她是他情感世界里的唯一,也是他全部的寄托,现在她却突然提出分手……

"你真的要跟我分手?"

"当然是真的,我对这种关系早就厌烦了!以后你不要来找我了!"

刹那间,他觉得他的世界开始下雪了。不!不是下雪,而是结冰,零下四十摄氏度!脑海里一片空白,只有一个可怕的念头占据着他那颗被冲动掏空了的心。瞬间,那句不知被多少人重复过,多少人又因它而丧命的催命咒语,在他脑海里冒出来,成为他心中最后的主宰:"我得不到的,别人也休想得到!"

于是,他像许多爱冲动的少年一样,向他心爱的恋人奔过去,一拳将她击倒在地,一只胳膊死死地勒住了她的脖子……

讲到这里,他沉默了。他低着头,似乎沉浸在深深的自责当中。

我为他,也为那个花季少女感到深深的惋惜。两个人都是十五岁,初三学生,还有半年就步入中考。人生还没有开始,就因冲动而毁灭了,一个死,一个被关进铁窗。

我问他,后来呢?

他说发现她不动了,立刻吓坏了,忙给要好的朋友打电话,说他出事了!打完电话他就往山上逃跑,途中扔掉了手机。跑着跑着,又不想跑了,想自杀,用小刀割腕,但划得浅,没死了。他用小卖店的电话打给了母亲,向母亲哭诉了事情的经过。

母亲说他是过失杀人,让他立刻回家自首!

他刚进家门,警察就来了。

他被判了五年,并向被害人家属赔偿了大笔钱。究竟赔了多少,母亲一直不肯告诉他,怕他心里有负担。

我为他有一个理性的母亲而感到庆幸,否则,他真要潜逃那就更麻烦了。

我问他,你的性格像谁,像母亲还是像父亲?

他说谁都不像,他的性格是自己养成的。小时候,父亲不管他,他在外面挨打受气只能自己扛着,久而久之,就养成了脾气暴躁,爱冲动、爱报复的性格。他不爱打架,也不爱讲话,但谁要惹着他,一旦暴怒起来,同学都怕他,都不敢惹他。他说进来以后,他的性格变化很大,变得理性了。在这里,他开始看书,练书法……学会了克制自己的坏脾气,不像过去那么爱冲动、那么暴躁了。

末了他说,他非常后悔一时冲动,觉得对不起女友,对不起父母,也对不起亲人。如果不出事,他和女友也许正面临高考呢。

是啊,一切都毁在瞬间的冲动之中。

为警察祈祷的命案少年

我相信,好多父母都遇到过这种事,孩子哭哭啼啼地跑回家来,一把鼻涕、一把眼泪地向父母哭诉,说某某同学欺负他了,打他了,以求得到父母的帮助。

此刻,弱小的孩子就像一棵小苗,遇到人生的第一场小暴风雨,渴望父母这棵大树能为自己遮遮风,挡挡雨,渴望得到父母的庇护,给撑撑腰,让孩子有点儿主心骨。

作为父母,面对这种情况,也许不会意识到,你所采取的态度、你所说的话,将决定孩子的一生。

如果父母让孩子一再忍让、沉默、退却,也许会使孩子变得软弱可欺;如果让孩子一味地反抗、强悍,也许会使孩子产生暴力行为,从而引发暴力事件……总之,如何给孩子一个正确解决问题的方式,将是每一位父母都面临的问题,也将是对父母的性格、学识、品质等多方面的考量。

在此,我想讲一个令人痛心的真实事件,希望给年轻的父母们一些启迪。

这是一个非常典型的校园欺凌案,二人死亡,涉案者十人,除一人未满十四周岁之外,其余九名未成年人均被判了实体刑,刑期加起来共八十六年零六个月,主犯被判了十五年。

主犯就坐在我的面前,他出身于怎样的家庭,他的人生到底有着怎样的背景,这该是大家都想探究的。

还是从多年前的一幕说起吧。

在陕西澄城县某村一户普通人家,一个屡受同学欺负的八岁男孩放学回家哭着对奶奶说,某某同学又欺负他了,又把他的书本扔到地上用脚踩了。

奶奶说:"别哭,明天奶奶带你去找老师……"

这时,在一旁喝酒的父亲却带着浓重的陕北口音,气呼呼地吼出一句:"哭甚?他再打你,你就往死里弄他!弄死他有我呢!"

父亲说这句话时,脖子上青筋暴突,极其认真。而孩子却用惊愕的目光看着父亲。

孩子年龄小,懵懂无知,没有判断力,以为父亲说的是真话,真能给自己撑腰呢。岂不知,你弄死了人,哪个父亲有跟法律抗衡的本事?

更何况,父亲本身就是一个家庭暴力者,经常往死里打母亲。这种暴力行为给屡遭欺凌的孩子,无形中起到一种人生"范本"的作用。

此刻,在陕西省未管所,这个从小挨打受气的孩子就坐在我的面前,他再也不是当年那个胆小懦弱、屡遭欺凌的受气包,而是身负两条命案、被判处有期徒刑十五年的重犯。

他叫文琛(化名),十九岁,长得白白净净,戴着一副黑框眼镜。透过眼镜,一丝淡淡的冷漠从他的眼睛里溢出来,给人一种肃杀之感。

我同这个重案在身的少年进行了一番长谈。伴随着他浓重的陕北口音,一个受气包的小小少年身负两条命案的犯罪人生,就浓缩在2017年4月这天下午了。

文琛一家四口,除了父母还有一个哥哥。父亲在铁路某小站当工人,爱酗酒,爱打人,打得最狠的是母亲,抓起板凳、笤把就往死里打。文琛六岁那年,母亲受不了父亲的暴力,提出离婚,文琛被判给了母亲。由于母亲长年在外打工,一两年才能回来一次,他和哥哥只好跟着爷爷奶奶一起生活。

母亲走后,他和哥哥便成了父亲撒酒疯时的下酒菜,经常挨打。一次,他看见父亲头朝下睡着,淘气地挠了一下父亲的脚心,孰料喝醉酒的父亲忽地坐起,一脚踹倒了茶几,操起砖头就向他们哥俩儿砸过来,口里恶狠狠地骂道:"今天咱爷仨一起死,谁也别想活!"哥哥急忙拉着他拼命跑出家门,这才逃过一劫。

在学校里,同学们都知道他父母离异,是没妈的孩子,没有主心骨,他又生性懦弱,有人就经常欺负他。他也从来不敢还手,只是回家哭着告诉奶奶。奶奶带着他去找过打人学生的家长,可是没用,打得更凶了。后来,父亲对他吼出了那句话之后,他便把父亲的这句话当成了靠山,别人再打他就开始还手,像父亲打母亲那样狠狠地还击,而且越打越凶,越打越出名,渐渐成了全校出名的人物,别人再也不敢欺负他了。老师拿他这个顽劣学生也毫无办法。

初中一年级刚开学,新老师第一次见到他,就用异样的眼光瞅瞅他,说了一句"不可救药"!从此,他越发破罐子破摔,闯下的祸端一次比一次可怕。开学不久,他就把初三一名学生砍了两刀。警察把他带到派出所,因其未满十四周岁,罚款两千元,让父亲把他领回家去好好管教。父亲当着警官的面狠狠地暴打他一顿,以示警告。

不久,他就辍学了,变成了一个既无学校管束又无家教的小混混,整天跟着一帮不读书的同龄人在社会上打架斗殴,惹是生非。一帮哥们儿都知道他下手狠,讲义气,肯为朋友两肋插刀,所以大事小事都愿找他帮忙。他则以哥们儿义气自居,最后,为朋友"插刀"进了监狱。

2012年10月,一哥们儿找到文琛,说他的MP3被某同学借去要不回来,让文琛出面给要回来。文琛二话未说,叫了六个人呼呼啦啦地去了一帮,那学生仍不肯交出MP3。文琛下令六个人轮流上,用砖头、玻璃瓶子打,用绳子勒,把那学生活活折磨死了。然后扔进化粪池里,泡了七天,他又下令将尸体捞出来弄到野外焚烧,埋到野地里。

此命案迟迟未破,这使文琛的胆子越发膨胀,更加无法无天。

2013年1月,距离第一起命案仅三个月,又发生了第二起命案,起因又是为朋友两肋插刀。一个朋友被人打了,文琛带人去帮朋友出气,结果将一个学生捅死了。此案很快告破,并连带出前一起命案。

两起命案,参与者共十人,除一人未满十四周岁之外,其余九人分别被判处有期徒刑十五年、十三年、十二年、十二年、十年、八年、八年、七年、一年零六个月。文琛系主犯,被判的刑期最长,十五年,而当时他刚刚十五岁。

讲到这里,文琛低头沉默了。

我的心却在翻江倒海,感慨万端,两条鲜活的生命,九个花季少年的大好青春,就这样被活活地葬送了。九个人的刑期加在一起,八十六年零六个月,难道仅仅就因为为朋友两肋插刀吗?

我觉得也是,也不是,不为朋友插刀,他也会为别的什么插刀。因为他已经走上了打打杀杀、浑浑噩噩、毫无约束的人生道路,既无追求,又无底线,早晚会出事,只是时间问题。

回头看看这个少年的人生,父母离异,父亲酗酒、暴力,母亲常年在外打工,孩子缺少亲情,缺少家教,受欺负时,又缺少家长和老师的正确引导。

我问文琛,你父亲呢,他不是说……

他说他被捕后,父亲就走了,不知去了哪里,根本联系不上他,直到不久前,2017年3月,他在未管所已经服刑四年,父亲才第一次来看他。父子俩隔着厚厚的玻璃,都哭了。父亲给他留下五百元钱,叮嘱他:在里面好好表现,争取早点出去。

我们不知这位父亲是否还记得当年他说过的那句话?他是否意识到那句话对孩子的影响?

我问文琛,你是否反思过自己,为什么会走到今天?

他说:"我反思过自己,主要是我接触的人不好,跟着社会上一帮辍学的少年整天瞎混,上网、看暴力游戏、讲哥们儿义气,不懂法,从不把打打杀杀当成犯罪。结果,我们这帮人全都判了,家里都赔了不少钱。进来以后,通过学习,我明白了很多道理。夜里,我经常梦见被我们打死的那两个人来找我算账,我很害怕,心里总有一种负罪感……"

说到这里,我发现他的眼睛里掠过一丝湿润的歉意。

最后他说:"我很感谢未管所的张副所长,他多次找我谈话,教我如何克制自己烦躁的坏情绪,让我多做善事。心烦时,让我背诵名言警句来克制自己,使我烦躁的心情能平静下来。我想好了,等我出狱以后,我要挣钱去赡养被我杀害的人的父母,以此来弥补我的罪过……"

我无法预知他的承诺是否能兑现,但能说出这样的话,说明他对自己的罪行有了真正的忏悔。

为了进一步了解这个身负命案的少年,我采访了文琛所说的陕西省未管所副所长张力光。

热情、爽朗的张力光副所长,从警三十多年,经验丰富,在追捕监狱逃犯方面,成功率高达百分之百,因此被大家称之为"神捕"。他多次立功,多次被评为全国、省、市司法系统的模范人物,曾获得"全国五一劳动奖章"。

张副所长说,文琛刚进来时,可不是现在这个样子。他说文琛刚进来那天他值班,他像往常值班时一样,把未管所各个房间都转一遍,跟几百名犯罪的孩子都见见面,看看每个人的状态,也让每个孩子都能看见他,发生情况好及时处理。同时也看看他们对伙食有没有什么意见,有意见就向他提出来。

他发现文琛是新来的,便把他叫出来,问他犯的是什么罪。

"杀人!"文琛一副桀骜不驯、飞扬跋扈的样子,丝毫没有悔意。

"杀人?"

"对!杀了两个!"

"判了几年?"

"十五年!"

"你觉得判得重不重?"张副所长知道,杀了两个人判了十五年,是因为他是未成年犯,否则绝不是这个刑期。

"不重,判得太轻了!"

"为什么说判得太轻?"张副所长有些不解,进来的孩子都觉得自己判得重,第一次听说判得轻的。

"受害人家属找法官说情,才给我判得这么轻。"

"受害人家属为什么找法官为你说情?"张副所长越发

不解。

"他们想让我早点出去,好弄死我!"

"不,你错了!不是受害人家属为你求情,而是法律在保护你,因为你是未成年人。如果你是成年人,别说杀了两个,杀一个就是死刑!"张副所长立刻纠正道。

文琛瞪着疑惑而茫然的眼睛,似懂非懂地看着张副所长。

张副所长发现,这个孩子不仅认知有问题,而且对自己的罪行丝毫没有忏悔之意。凭他多年的监狱工作经验,这是一个暴力倾向极其严重的危险少年,必须格外关注,给他以正确引导,否则后果难以预测。

于是,从这天起,张副所长与这个重刑少年结下了深厚的"友谊"。张副所长对这个从小缺少家教、性格暴躁、一身戾气的少年,给以极大的关注,经常找他谈话,给他讲道理,教他看书学习,教他如何做人,如何克制自己的狂躁脾气。

渐渐地,文琛把张副所长当成了知己,把他满肚子的委屈和心里话统统说给张副所长。他告诉张副所长,他从小跟着爷爷奶奶长大,父亲喜怒无常,酗酒成性,性格狂躁,动不动就打人,他永远忘不了父亲往死里打母亲的情景。他说他的性格很像父亲,极度狂躁,争强斗狠,内心充满了暴力情绪。小时候,发现小猫、小狗跟着他,他抓住小猫就扭断它的脖子,拎起小狗的两条腿就把它摔死。他每天上学身上都带着刀,与别人相处稍不顺心,就白刀子进去红刀子出来。在他的人生词典里,没有讲道理、讲法律一说,只有用刀子说话的暴力。

对这样一个既可悲又可恶的少年,张副所长觉得,有家庭和学校的责任,当然也有他自身的原因。他担心文琛在未管所里惹事伤人,又怕别人伤了他,所以一再叮嘱文琛,如何克制内心的狂躁,如何克制内心的攻击性。让他心情狂躁时,就用默诵名言警句来抚平自己的狂躁情绪。他教文琛要学会反思,学会自我调整心态,每天要坚持做好事。

"当你心情不好,觉得苦闷、迷茫时,你要学会以苦为乐,你要告诫自己:这是我犯罪所必须承担的后果。你想想那两个被你们打死的学生,他们像你一样年轻,可他们却没了,而你还活着,你再想想他们的父母是什么心情……"

张副所长每次说到这里,文琛都会默默地低下头去。张副所长极力唤醒着少年的良知,唤起少年灵魂深处的忏悔。只有做到真正忏悔,才能认罪、悔罪,才能得到脱胎换骨的改造。

有一次,文琛在外地当兵的哥哥来看他,哥俩儿商量着要起诉他们的父亲,要告父亲从小对他们虐待。

张副所长劝文琛:"别告了,父亲毕竟给了你们生命。你要学会反思,学会自责。尽管你父亲有过错,但你自身也有问题,不能把你自身的罪过全部推到父亲身上……"

如今,四个年头过去了,这个有着两起命案的少年再也没发生过暴力事件,就在我采访的前一天,张副所长再次找文琛谈话。

文琛对张副所长说:"张所长,你放心,等我父亲老了,我还是要养他。张所长,你对我的帮助太大了,使我明白了好多做人的道理。除了爷爷奶奶,你是我最亲、最敬重的人。现在,我每天晚上都要做一件事,就是为爷爷奶奶祷告,为你祷告,祈祷菩萨保佑你们平安无事!"

张副所长笑了:"我不需要你祷告。"

文琛却认真地说:"我不管你需不需要,这是我的心愿!"

犯人为警察祷告,张副所长还是第一次遇到,他心里很感动,说明这个孩子开始真正忏悔了。

从这个命案少年身上,从他无视生命、暴力成性,到为张副所长祈祷的过程中,我看到一种责任与法治力量在一个暴力少年身上所发挥的巨大作用,看到未管所警官为了改造一个犯罪少年所付出的巨大努力。

孩子与狗狗

在校园欺凌案的采访中,我遇到两个非常令人痛心的孩子,其中一个叫金昌森(化名),十几岁,大额头,洼口脸,一脸茫然的稚气,刚够承担刑事责任年龄,却已身负命案。

一天傍晚,他背着书包,慢腾腾地走在乡间的小路上。邻居一个五岁男孩在前面喊他,让他快点走。金昌森不愿跟他一起走,两人吵了几句,金昌森随手打了男孩儿两下。

男孩儿哭着说了一句气话:"你打我,我回家告诉你爷爷奶奶……喳喳……"

这使金昌森想到爷爷奶奶平时经常打他,用树条抽他,抽得他浑身一道道檩子,像斑马似的。于是,金昌森产生了一个可怕的念头……

金昌森谎称带男孩儿去一个好玩的地方。男孩儿信以为真,抹去泪水,跟着金昌森来到一座废弃的学校空房子,随后发生了不可思议的一幕:金昌森拾起一根木棒,向小男孩儿头上狠狠地打去,一下接一下……

我看着眼前的孩子,惊愕地问他:"你就不怕被警察抓吗?"

他摇摇头:"我不知道啥叫警察……"

我不解:一个小小年纪的孩子,就因为一句话,便向对方下死手。他为什么如此残忍?在孩子的幼年中,到底经历过什么?是家暴还是遗传性的问题?我问他,你小时候喜不喜欢小猫小狗,养没养过猫狗?

他说喜欢狗狗,几年前,他曾经养过一只狗狗,是从舅舅家要来的小狗崽儿。父亲去世了,母亲在浙江打工已经嫁人。他们弟妹三人跟着爷爷奶奶在农村生活。他跟狗狗最亲,跟它一起玩,每当想妈妈了,就搂着狗狗跟它说话,问它想不想妈妈。每天放学回家,狗狗就远远地跑去迎接他,一见到他就又蹦又跳,跟他没完没了地亲热。

有一天,他放学回来没见到狗狗去接他,到家才发现,姥爷他们几个大人把他的狗狗用绳子吊起来,要打死它!他哭喊着跑过去,抱住姥爷的大腿苦苦地哀求,死活不让他们打死狗狗!可是,大人不听他的,他眼瞅着他们把狗狗吊在树上,用一根棒子活活地打死了。那狗狗一直可怜巴巴地看着他,冲着他哀哀地嚎叫,盼着他能去救它,可他却没有能力去救。

说到这里,我发现孩子的眼睛里一扫刚才的茫然,泛起了温湿的泪光。

我问他后来呢？

他说后来他们剥了狗皮，炜了一大锅狗肉，一大家人都围着餐桌吃狗肉，唯独他没有上桌。那天晚上他连饭都没吃，跑到村外没人的地方大哭一场。夜里，他睡不着，一闭上眼睛就看见狗狗被吊在树上，冲着他哀哀地嚎叫。

听到这里，我似乎明白孩子为什么如此残忍了。他曾经目睹过血腥的屠杀，而且被屠杀的是他最亲密的伙伴，因为在一个幼小的孩子眼里，人与狗并没有什么区别。这种虐狗屠杀场面，给他幼小心灵造成一种无形的、无视生命的暗示。所以，当他听到男孩儿要向他爷爷告状时，便抡起了木棒，跟大人打死狗狗的情景一模一样……

他说他进来以后，很想妈妈。妈妈没有来看他，他很想给妈妈打电话，可他不知道妈妈的电话号码。

另一个孩子十七岁，身高只有一米四五。

他始终不肯落座，双手压在裤线上直溜溜地站着，浑身不停地哆嗦，手心里全是汗，怎么安慰都不行。陪同他的警察给他几块糖，拍拍他的肩膀，但仍然无法化解他内心的紧张。

就是这样一个胆小如鼠的孩子，却在他十五岁那年把一个九岁女孩儿打死了。

他结结巴巴地道出了事情经过。

他从小就饱受同学欺凌，他找老师告状，老师说："他打你，你就打他嘛！"可他打不过同学。那天，放学回家的路上，他不小心用砖头把一个九岁女孩的头打破了。女孩子又哭又叫，他很害怕，怕她告诉他父母，于是，就抡起了一块砖头……

他说他很后悔，也很害怕，夜里经常哭醒。

采访中发现，不少案件都因施暴者怕自己的小错误被暴露，就痛下杀手，从而酿成了无法挽回的悲剧。

正确对待孩子的错误，不要让孩子因惧怕暴露错误而毁掉"证据"，从而酿成更大的罪过，这一现象应引起家长和老师的高度重视。

她烧毁的不仅是同学的容颜

这是一起典型的女同学之间发生的校园欺凌案。

女孩子嫉妒心强,长得漂亮,学习成绩好,招男同学追捧,都会成为遭受欺凌的原因。

几年前,在云南某市中学发生一起令人发指的恶性案件。一名初三女学生把另一名女同学骗到操场,从兜里掏出一瓶事先准备好的汽油,突然向女同学脸上泼去,并迅速打着了手中的打火机,只见一串火苗突然向女同学脸上猛扑过去……

女学生瞬间变成了一团火球,在操场上拼命翻滚,凄惨的喊叫声撕裂了校园的宁静,招来好多师生不顾一切地向火球跑去……

火终于被扑灭了。

可是,一个残酷的现实却摆在两个花季少女面前——

一个被120救护车送进医院进行抢救;一个被戴上手铐押上了警车。

一个被严重烧伤,造成终生毁容,从此将在痛苦中度过一生;另一个因故意伤害罪,被法院判处有期徒刑八年零十个月,其家属向被害人赔偿了几十万元。

两个花季少女,就这样把自己推进了悲剧的深渊。

毁容属于重伤害。泼汽油的学生只有十五岁,属于未成年。如果满十八周岁,其刑期就不止这些了。

我在想,两个同龄少女,为什么会发生如此残忍的极端恶性案件?

此刻,泼汽油的女学生就坐在我面前,她不再是当年的花季少女,而是在未管所已服刑六年的二十一岁大姑娘。一身带黄杠的灰绿色囚服,高高的个子,圆脸庞,长着几颗痘痘的脸上挂着微笑,看上去很阳光。与其他未成年女犯不同的是,她没有剪成短发,而是将一头乌黑的长发在脑后绾成一个发髻,看上去多了几分女孩子的媚气。

她叫程晓辉（化名），是云南省未管所艺术团成员，采访之前，我看过他们演出的音乐剧录像《拯救》《走错路的孩子》，演得非常棒，绝不比专业的逊色，她在剧中主演一个失足的少女。

进入正题之前，我请她先唱一首音乐剧中的主题曲《走错路的孩子》。

她微笑着唱起来，既大方又开朗。

"我是一个走错路的孩子，心中的家远隔万水千山。父母的爱已经远在天边，我迷失在人生转弯的地方……"

刚唱了两句，就唱不下去了，哽咽的泪水堵住了她的喉咙，也打湿了我这颗多泪的心。我与她久久地沉默着，一时间只有纸巾的窸窣声。

好一会儿，她才哽咽着把那首主题曲唱完，唱到最后两句："无所谓呀无所谓！很后悔呀，很后悔！我已无路可退，无路可退，无路可退……"她再次泪流满面。

我在想，这样一个阳光开朗的女孩子，为什么会干出那种残忍的事情？她十五岁的人生路上，到底经历了什么？她到底是怎样一个人？

其实，程晓辉与被害女孩子是同学，而且是一对要好的朋友。后来为一个男友闹僵了，被烧伤的女孩子找人打了程晓辉，程晓辉则怀恨在心，于是就发生了这起毁容报复事件。

"孩子，你难道不知道毁容是犯罪，而且是重罪？"我问她。

"知道。"她回答得很坦率，"可我这个人太偏执、太极端，咽不下这口气，宁可自己付出代价，也要报复她。我知道会被判刑，但没想到会判这么重……"

是的，所有被采访的少年几乎都这么说："知道会判刑，但没想到会判那么重，接到判决书才傻眼了。"

"我接到判决书那天，当时就蒙了。天哪，太恐怖了！差两个月九年，我才十五岁呀！等到出狱那天，我已经是二十四岁的成人了！这漫长的九年让我怎么熬啊？我真怕我活不到出狱那天……"

接下来，一个顽劣女孩子的成长史，就像退潮的海边礁石，带着被海浪啄得坑洼不平的疤痕,在一个服刑多年的女犯回忆中,渐渐地裸露在我的面前——

她出生在四川自贡市某县城,一岁多父母就离异了。她不记得母亲是谁,更不记得母亲长什么样子。父亲在云南打工,她从小跟着奶奶长大。奶奶觉得她从小没妈,很宠她、惯她,即使她做了错事也从不说她,而是将过错赖到别的孩子身上,这使她从小养成一种说一不二、骄横跋扈的性格。

她不记得是几岁,只记得被父亲送到县城一个陌生的女人家,说是她继母,让她管那女人叫阿姨。继母带来一个比她大一岁的男孩儿。父亲在云南打工,她跟着继母一起生活。继母对她管教很严,不许她出去玩,怕她学坏。她看到继母搂着男孩儿亲热的样子,第一次产生了羡慕:我要有妈妈该多好!妈妈也会这样亲我、宠我。可她从未见过妈妈,连妈妈长什么样子都不记得。

小学六年级,一天她正上课,老师把她叫了出去,她看见一个陌生女人站在走廊里,心想:这个女人来找我干吗?

"怎么?你不记得了,这是你妈妈呀!"老师见她愣在那里就对她说。

一听"妈妈"二字,一种曾经的渴望瞬间变成了一股无名的怒火。

"对不起,我不认识她,我不需要妈妈!"说完,她转身向教室走去,却被老师叫住了。

"程晓辉,你怎么能这样对待你妈妈?妈妈来看你,你们应该好好亲热亲热,对妈妈说说心里话才对!"

她却不说话,转头望着窗外,对这位陌如路人的母亲,内心充满了反感。

在程晓辉看来,她就像一只小鸟,需要母亲喂食的时候,你这个当妈的又在哪儿呢?需要穿衣保暖的时候,你这个当妈的又在哪里?受到委屈遭人欺负时,你这个当妈的又在哪儿?现在我已经长大了,你来找我干吗?她从小对母爱的渴望,早已变成了对母亲的怨恨。

所以,当迟来的母亲出现在她面前时,她内心对母亲充满了反感与嘲讽,在接下来的接触中,她用尖刻的语言,毫不客气地叮啄着母亲那颗受伤的心。

"我过得好着哪!不用你关心,我是风吹大的,不是你养大的!孩子最重要的是陪伴,我小的时候,你陪伴过我吗?现在,你有什么资格来对我说三道四、指手画脚?对,我就这样,不用你管!"

"不是我爸爸不让我接你电话,是我自己不愿接,请你不要再说我爸爸的坏话!离婚是你们之间的事,你们谁对谁错跟我没关系,我只在乎你们谁对我好,谁疼我、爱我,谁在乎我。我只知道爸爸对我好,他疼我、爱我、养育了我,而你呢?"

她毫不客气地数落着母亲。母亲哑口无言。

程晓辉的真正变化发生在"魔鬼"学年。初二被学生们称为"魔鬼"学年。初中一、二年级,是未成年孩子的叛逆期,好多学生开始到离家较远的学校寄宿。脱离了父母的管教,而学校又监管不到位,孩子们觉得外面的世界很精彩,网吧上网、KTV唱歌、酒吧喝酒……都比在学校里死啃书本有吸引力。孩子天性爱玩,各种诱惑像小鬼勾魂似的,整天勾着他们。于是,开始厌学、逃学、泡网吧、泡KTV、找社会上的混混,不少误入歧途的学生,都是从这时开始的。

程晓辉也是一样。

她上初中到学校住宿,脱离了继母的管教。从小缺少母爱,又缺少家教的她,没有了约束,变成了一匹谁都管不住的小烈马。她带着偏执而极端的个性,在学校里横踢马槽,逃学、打架、成帮结伙,老师拿她毫无办法,只好给她父亲打电话,让他好好管教管教她。

在外打工的父亲只好把她带到云南,可到云南不久,就发生了那起轰动全市的毁容事件。

法庭上见到父亲,程晓辉再也控制不住自己的绝望情绪,哭喊道:"爸爸……我好害怕……我怕死……我怕你不管我……呜呜……"

"孩子,别怕!你不会死的,爸爸绝不会放弃你……赔多少钱爸都认了,爸爸砸锅卖铁也要救你……"

这位靠打工维持生活的父亲,为了这个不省心的女儿,举债几十万赔偿受害人,以求得到受害人的谅解。但父亲始终没有告诉她,到底赔了多少钱。他总是鼓励她,让她好好改造,争取早点儿出去。

程晓辉在这里表现不错,被选为艺术团演员,每天练舞蹈,吹葫芦丝,并在音乐剧中担任女主角。

当我问她对自己的认识和将来的打算时,她说出的一番话很令人深思。

"我所以走到今天,就是性格太任性、太偏执、太极端,报复心太强,不能克制自己,直到现在也有这种毛病,不过懂得克制自己了。这跟我从小的环境有关,没有父母管教,奶奶又很宠我,使我养成一种说一不二的霸道性格。演《走错路的孩子》就像在演我自己一样。将来出去以后,我想读艺术学校,吹葫芦丝来赚钱。我要睁大眼睛找个好老公,他人要老实会过日子,不会欺负我,不会离婚。绝不会让我的孩子像我一样,成为没妈的孩子。我要培养我的孩子阳光、有文化、有知识……"

她能如此理性地认识自己,说明她在未管所的六年没有白过,她懂得了如何克服内心的嫉妒和报复心,明白了一个人的担当与责任。

她人生的路还很长,真心希望她能好好地把握自己,别再跑偏了。

为弟弟报仇的少女

2012年5月29日晚,在广东梅州某中学,一个令人震惊的消息像一枚炸弹,把原本要熄灯就寝的安静校园一下子炸开锅了!

一个十五岁女学生用水果刀,把一个男生捅死了。

此刻,这个女学生就坐在我的面前。她不再是当年那个初中一年级的女学生,而是在未管所度过了五个年头的二十岁大姑娘。她长着一张广东女孩眉骨突出的脸庞,讲起话来慢声细语,温柔文静,每次回答问题,总会微笑着说一句:"是的,是这样。"

很难想象,这样一个柔弱、文静的女孩子居然能拿刀捅死人。

随着她绵绵细雨般的讲述,又一起校园暴力案件带着它所折射出来的灰暗背景,渐渐地浮现在我的面前……

听她的讲述,就像看一场家庭暴力电影。父亲打母亲,打儿子,打女儿;爷爷打孙子,孙子打爷爷,祖孙俩对打……总之,在这个家庭里,人人都充满了暴力,人人都是施暴者或被虐者。

毛新霞(化名),1996年出生在广东梅州某农村,从记事起,她和哥哥、弟弟三人就跟着爷爷一起生活。父母在中山市打工,每月给爷爷寄来五百元钱生活费。

年迈的爷爷脾气暴躁,照管三个孩子心里充满了怨气,经常打她和弟弟来发泄内心的不满。爷爷也打哥哥,但哥哥长得高大,爷爷打不过他。哥哥上初中一年级跟爷爷要钱交学费,爷爷说没钱,哥哥操起棍子就向爷爷打去。爷爷大骂哥哥没教养,骂完哥哥又骂父亲,骂父亲把三个孩子扔给他这个老头子,又不肯拿钱……

因为没钱交学费,哥哥只好辍学了。

只有到了过年,三个孩子才能去父母那里住几天。可是,他们谁都不愿去,跟父母没有感情。再说,父母家里更是充满了暴力,父亲比爷爷年轻,打人比爷爷更狠、更凶。

她十一岁那年,爷爷去世了,三个孩子不得不来到父母身边。

从此,父亲的棍棒就像吸铁石一样,吸在了她和弟弟身上,两天不打三天必打。母亲上来劝阻,就连母亲一起打。母亲一直生活在父亲的棍棒之下。父亲也打哥哥,但哥哥与父亲对打。后来,哥哥干脆离家出走,再也不回这个充满暴力的家了。

父亲是建筑工,没多少文化,爱冲动,爱赌博,天天晚上赌,赌输了回家就拿他们娘儿仨出气。一天晚上,父亲输了一万多元,眼睛都输红了,回来就像疯了似的拼命打她和弟弟。

毛新霞和弟弟上初中那年,父亲觉得中山学费太贵,就带着她俩回到梅州上学,母亲一个人留在中山。回到梅州不久,就出事了。

2012年5月29日傍晚,毛新霞正在教室里扫地,一名同学跑来告诉她,有人在宿舍打你弟弟呢!

一听说弟弟挨打,她扔下扫帚急忙向宿舍跑去。弟弟比她小一岁,跟她同班,都在读初一。弟弟调皮,总爱惹事,姐姐就像母亲一样护着他。

跑到宿舍一看,弟弟果然躺在床上,手脸被打得又红又肿,打人的学生已经跑了。她问弟弟打他的学生是谁,操起弟弟床头的铁棒和水果刀,就去找打人的学生算账。

我问她,为什么弟弟的宿舍里有铁棒之类的东西?学校允许私藏这些东西吗?

她说校园里经常发生打人事件,学生带着刀和铁棒是为了防身,学校也没办法。

她跑到学生宿舍没找到打人者,晚自习结束后的楼梯上,却遇到了打人的学生。她质问对方:"你为什么打我弟?"

"打你弟怎么了?想打架吗?好哇!明天晚自习之后别走,在教室里等我!"对方满脸不屑,居然向她发出了"约架"通牒。

学校里经常发生"约架"事件,有的约来社会上的一帮混混,带着钢管、砍刀等凶器,双方展开一场血拼。好多伤残及命案都是这样发生的。

第二天晚自习结束时,毛新霞用一件衣服盖住了铁棍和刀,悄声对弟弟说去找那家伙算账。

姐俩儿刚要出门,打人的学生带着三个男生已经堵在了教室门口,厉声问她:"想打架吗?"

她冷冷地盯着对方,没有回答。

其实,她并不是一个爱打架的孩子,但此刻,或许受暴力家庭的影响,或许遗传了父亲爱冲动的火爆性格,或许多年前父亲说的一句话在她心里留下了深深的烙印——"他们要打你,你就打他!打伤了我来赔!"

总之,她没有说话,双方就动起手来,对方向她挥拳打过来,她操起藏在衣服下的刀向对方猛刺过去……

之后,她拉着弟弟急忙向楼下跑去,跑去找老师。

不久,姐弟俩同时站在了法庭上,弟弟被判了三年缓刑四年;姐姐因致人死亡,被判处有期徒刑八年,并赔偿对方十二万九千元。姐弟俩在法庭上失声痛哭。一个花季少女的人生,就这样被她自己毁掉了,被她毁掉的还有那个死去的少年。

这起恶性案件所折射出来的背景令人深思,也令人惊怵:毛新霞充满暴力的家庭;学校宿舍里窝藏的铁棒和刀具;动不动就"约架"的校园环境……

这一切并非个案,并非一个家庭,也并非一个学校。这正是校园暴力的关键所在。

每一起校园欺凌案的发生,都不是孤立的。它存在着诸多令人深思的问题。

这些施暴的孩子很多是长期受欺凌者,大多来自离异或打工家庭,从小缺失父母亲情,缺少家教;或者出生在暴力家庭,饱受家暴的欺凌,使他们幼小心灵从小就生活在暴力的压抑之中。当孩子受到欺凌,向家长、老师、警察哭诉求救时,往往又得不到正确的疏导,要么不够法定年龄,要么老师也管不了,要么是家长以暴制暴的愤怒暗示。所以,石帆在法庭上发出了这样的呐喊:"我看到家长、村长、老师、警察谁都管不了他,我不想永远受他欺负,所以,只好自己来解决他了!"

有人提出,我们的相关法律是否滞后了?对未满十四周岁的孩子犯罪,是否应追究其监护人的法律责任?是否让未满十四周岁的犯罪孩子付出一定的代价?否则,他们犯罪的成本太低,不能从中吸取教训,对其本人成长不利,对学校及社会的负面影响太大。

我们的校园暴力,为什么屡禁不止?其病根到底在哪里?这是有关部门亟待解决的问题。

不是亲人，却胜似亲人

在漆黑寒冷的夜晚，一个迷途的孩子伸着小手发出求救的呼喊："妈妈，快救救我……妈妈，快救救我……"

有人停下匆匆的脚步，擦亮一根火柴，给孩子送去一丝微弱的光亮，从而拯救了一个孩子，拯救了一个家庭，也拯救了一个世界。

人生难测，我们的孩子也会有迷路的时候，也需要有人拉他一把。采访未管所里的孩子，必然要写到未管所的警察。

我常常在想：一个家庭有一个熊孩子，就能把这个家搞得天翻地覆，鸡犬不宁，搞得父母焦头烂额的。当成百上千误入歧途的熊孩子，带着各自的家庭背景，带着各种罪行与劣性，全部集中在一起，那将是怎样一种无法想象的场面？

未管所警察每天面对的就是这样一群熊孩子，不准打，不准骂，每天都要绷紧神经，高度紧张地注视着每一个少年，看着他们，不准出事，不许打架斗殴，不许自伤自残，不许违犯监规……而且要教育他们，改造他们，感化他们，救赎一个个迷失的灵魂，匡扶一棵棵歪歪扭扭的小苗，让这些过早凋败的花蕾，重新绽放出生命之花。

想想看，这将是怎样一项艰巨而伟大的工程啊！

但是，未管所的警察却这样自嘲："我们是被世界遗忘的角落，监狱警察被许多影视作品描写成给几个铜板就放行的小吏，各种荣誉头衔从不会落到我们头上。大年三十晚上，媒体向战斗在各条战线的工作人员拜年，从未提到过我们这些警察。其实，那是我们最紧张、最辛苦的时刻，好多警察都不能同家人团聚，而是守在未管所，跟那些无法回家的孩子们一起过除夕。因为大年三十晚上，是他们最想家的时候，也是最容易出事的重要时刻……"

是的，不仅是未管所的警察，也包括全国成年人监狱的广大警察，为了国家的安宁，为了社会的稳定，他们时时刻刻都坚守着这些"火药库",默默无闻地奉献着他们的青春和热血。有的一家三代都是监狱警察,有的不仅夫妻同为监狱警察,子女也同样是监狱警察。他们每天的工作都是高度紧张,绷紧每一根神经,来不得半点疏忽,稍一疏忽,就可能酿成大祸,因为他们面对的是一群罪犯!

但是,未管所的许多少年却这样评价警察:"警官对我们像父母、像老师一样,教我们学文化,教我们遵纪守法,教我们懂得了好多做人的道理,使我这个父母都管不了的调皮蛋,改掉了不少坏毛病。警官让我好好改造,争取早一天出去……"说这话时,少年稚气未脱的脸上常常掠过一丝不易觉察的渴望,不由自主地瞅瞅窗外。窗外是一片自由的天空。

采访中发现,未管所警察对待这些迷途的孩子,不是父母,却胜似父母;不是老师,却胜似老师;不是医生,却在治病救人。

真的,不是一两个警察,也不是一两个未管所,我跑了全国十几个省市的未管所,听到了太多太多令人感叹的故事。这些故事一次次打湿了我的眼帘,深深地震撼着我,完全颠覆了以往对监狱警察的印象。

故事太多,只能择选几位警官的事例奉献给读者。

何爸爸,救救我

首先进入笔端的是一位退休的未管所警官。

当写到这位警官与孩子之间的故事时,不只是感动,而是敬畏,一种从心底升起的崇高敬畏,净化着我的心灵。

在上海未管所,还没有见到这位警官,耳朵却已灌满有关他的故事。

他至今未婚,却有无数个称他为"何爸爸"的孩子。"何爸爸"名叫何全胜,退休前是上海未管所新收犯管区的教导员副管区长。他与未成年犯人之间的故事,绝非"感人"两个字所能涵盖的。他把全部精力都投入到挽救青少年的事业上。

我费尽周折查到几组数据,何警官给在押或出监后经济困难的少年汇款,能查到汇款收据的就有五万三千四百元,查不到汇款收据的就无法统计了。在一本磨损得不成样子的《与少年家长通信登记本》上,记载着他与少年家长的通信记录,1998年9月至2009年9月,十年间,他给少年家长发出三百七十七封信,收到回信二百六十八封。除了通信,还记录着他与孩子家长的通话记录,仅2009年1月8日至2013年8月23日,有记录的电话共计一千五百四十次,之前没有记录的就更多了。

数据也许是最能说明问题的,但是,面对面采访才是纪实作品的生命。

于是,我请接待我的上海未管所办公室陈主任千呼万唤,把已退休的何全胜警官从大连请到了我的面前……

当戴着眼镜、一副知识分子儒雅风度的何警官微笑着出现在我的面前时,我伸出双手,紧紧地握住他那双不知抚摸过多少孩子脑袋的手,满怀敬意地说:"何警官,见到您太高兴了! 我非常敬佩您……"

他却谦和地笑了,说他已经退休,不愿接受采访了。他说他只是像老师对待学生、医生对待病人、父母对待孩子一样,尽自己最大的努力,把未管所的孩子引上正道,把人性中的善与阳光,洒给那些需要温暖的孩子,让更多误入歧途的孩子,重新找到正确的人生道路。

"噢,说得真好!"我说,"您的故事,不仅是我采访的需要,也是家长的需要,孩子的需要。再往深层里说,是社会的需要,是民族未来的需要。"

他再次笑了,说他可没有那么伟大,他只是一名普通的监狱警察,而且已经退休了。

在我的恳求下,他终于接受了我的采访。

伴随着他或低沉或激越的真情叙述,一位监狱警察与许多迷途少年之间所发生的事情,就像一条山涧清泉,缓缓地流进了我的心田,流到了我的笔端……

1961年10月何警官出生在一个离休干部家庭,父亲是早期开垦苏北农场的监狱警察。父母文化程度不高,都是小学,给五个子女留下的最宝贵精神财富就是老实、善良、踏实,淡泊名利。1979年他考入上海师范大学历史系,毕业后被分配到上海司法警官学校,当了十五年教官,1998年调到上海未成年犯管教所新收犯管区,从事新收犯人教育工作,到2013年10月退休,在未管所工作了十五年。他是为了照顾生病的母亲,根据《公务员法》提前退休的。

我问到他不成家的原因,他坦率地说,人的一生总是有取有舍,这是我心甘情愿的选择。干我们这行很辛苦,很累,无暇顾及家庭,所以选择了更适合自己的生活方式。所有进来的孩子都需要帮助,在"新收"管区,责任重大,一个月进来一两批孩子,孩子对警察有戒备心理,以对立的心态来对待管理教育他们的警察。要在短时间内取得他们的信赖,并不是一件容易的事,必须用你真诚的心打动他们,用你的真情去感化他们,取得他们的信任。否则,你无法了解他们,更无法帮助他们。

他说,未成年人犯罪与家庭及社会有关。这些孩子本来是纯洁的,他们就像漂泊在水中的一片树叶,被灰尘污染了。你如何把他们洗涤干净,把人性中的善发扬光大,荡涤污浊,驱散黑暗,给孩子以人性的关怀、真情的慰藉,让孩子打开心扉,去接受温暖的阳光?这就是我们未管所警察所从事的工作。

究竟有多少个未管所的孩子,因何队长的帮助而改变了命运,我无法统计。在这里,我只想讲几个真实的故事。

就从一封特殊的签名贺卡写起吧。

方秋华(化名):

你好!不论多么痛苦,要记住我们,大家都期待你,给你力量与勇气,相信你一定能战胜疾病,早日回到大家中来……我们永远不放弃你,期待你早日回来!祝你振作精神,早日康复!

五分区全体少年
1999年11月6日

这不是一张普通贺卡,而是来自一个特殊的群体——上海未管所五分区一群少年,写给一个身患肾病、已下达病危通知的十六岁少年。

在这张充满真情鼓励与呼唤的背后,隐藏着一个非常感人的故事。

当时,在上海市监狱医院的病房里,一个身患严重肾病,各种药物都毫无效果的少年,鼓着浮肿的脸颊躺在病床上。他拒绝打针、吃药等一切治疗,瞪着一双绝望的眼睛望着装有铁栅栏的窗外,一心等待死神的到来……

他就是方秋华,十六岁,因强奸、抢劫罪被判十六年,刑期跟他的年龄一样长。他白天不敢哭,只能在夜晚蒙上被子偷偷地哭,压抑的哭声在寂静的病房里回荡,发出凄凉而绝望的哀鸣……

他出生在新疆一个下乡插队的知青家庭,父亲是上海知青,母亲是四川人。他五岁那年父母离异。母亲留给他的最后一点记忆是在凄冷的站台上,他哭喊着妈妈迈着小腿拼命追赶着火车,眼看着无情的火车拉着妈妈越开越快,越开越远,最后完全消失在空荡荡的铁轨上,他哭倒在站台上却被父亲狠狠地踢了一脚。

父亲带他回到上海,却从不管他,经常喝酒,打他,骂他,撕碎他的书本。父亲连奶奶都打,何况他这个累赘儿子呢。他十三岁就辍学自己谋生了。奶奶给他点钱,他到码头上批点小黄鱼,在马路边卖,却因无证经营被警察没收了,从此他恨透了警察,认为是警察断了自己的生路。后来,他结识了社会上的一帮混混,因抢劫小学生的钱被判刑,在看守所蹲了一年,父亲没来看过他,出狱时也没去接他。出狱不久,他没有生活来源,又被那帮哥儿们拉拢去,因绑架强奸、抢劫被判了十六年。在看守所期间,他得了严重的肾病,医院向家属下达了病危通知书,父亲却连面都没露。他对父亲又恨又气,觉得自己被世界遗忘了。后来,他被送到了上海未管所。

就在方秋华失眠的夜晚,有一个人也在为他失眠。此人就是警官何全胜。

方秋华进队以后,何警官发现他病得很重,就向上级申请厨房给他单开小灶,淡盐、增加鸡蛋,何警官自己花钱给方秋华买营养品,从警官食堂给他买包子。开始,方秋华恨警察,但他发现何队长对自己生活上的关心很真诚,渐渐产生了信赖。

何警官接连给方秋华父亲发去几封信,希望父亲来看孩子,给孩子一点鼓励,却是泥牛入海。直到有一天,突然来了一个男人,自称是方秋华父亲的小学同学,受方父之托,来看方秋华。何警官破例同意他们见了面。

来人却对方秋华说:"知道你父亲为什么没来看你吗?他因为强奸被抓起来了,关在看守所等待判刑呢!"

听到这一消息,方秋华的精神彻底崩溃了。

他从凳子上瘫倒在地,呜呜大哭,自言自语:"呜呜……我以前总是怪罪爸爸……其实爸爸也挺可怜的,没有老婆,没有工作……看到爸爸苦闷喝老酒的时候,我从来没有想过关心他,只是赶紧跑出去。在法庭上听到判决后,爸爸对我说,等你出去时,爸爸已经六十九岁了。当时我不理解这句话的含义,现在才真正明白了,是我的犯罪让爸爸失去了对生活的希望,是我害了爸爸……呜呜……"

何警官却从孩子痛不欲生的哭诉中,从他瘫倒在地的表现上,看到了孩子未泯的良知,觉得这孩子还是有希望的,决心全力拯救这个不幸的孩子。他扶起孩子,与另一名警察把方秋华搀回到监舍里。

中秋节之前,何警官问方秋华,想不想见到你父亲?

"想!"每逢佳节倍思亲,何况一个身陷绝境的孩子呢。他瞪大眼睛疑惑地看着何队长,"可是……"

可是,一个在未管所,一个在看守所,儿子怎么能见到父亲?

何警官把方秋华叫到办公室,打开录像机,对方秋华说:

"把你对父亲想说的话,对着录像机都说出来,我去看守所放给你父亲看。"

方秋华很是激动,开始还能控制住自己的情绪,后来越说越激动,越说越难过,最后,再也控制不住内心的悲痛,冲着录像机放声大哭:"爸爸,我好想你呀!爸爸,对不起……呜呜……"他对着录像机说出了有生以来从未说过的话。

接下来,在未管所、市司法局、公安局等各个部门的帮助协调下,通过层层审批,在中秋节前夕,何警官赶到上海普陀区看守所,将方秋华的录像放给他父亲看。此情此景,儿子在录像中忏悔哭泣,父亲在录像机前泪流满面,悲痛不已。父亲被判了五年,儿子被判了十六年,为父的怎样一番心情?自责、愧疚、痛心……一切一切,统统化作一捧老泪,千叮咛、万嘱咐,让儿子好好改造,千万别再干坏事了!

中秋节这天下午,何警官把父亲的录像放给方秋华看,方秋华看了两遍之后,提出能不能让他一个人在空房子里待一会儿?不行!必须有警察在场,这是纪律!最后,在只有两个人的小屋里,何警官看到孩子号啕大哭,哭了很久很久。等他哭够了,宣泄完了,何警官过去抚摸着他的头,安慰他,别难过,一切都会好起来的。

可是没过多久,方秋华的病情再次恶化,又住院了。

医生给何警官打来电话,说他拒绝治疗。何警官急忙赶到医院,拉着方秋华的手问他怎么了,为什么拒绝治疗?

方秋华哭着说:"何队长,我的病这么重,真的不知我能不能活着出去……很痛苦,每天坐在窗前,看见楼下的孩子生病时都有爸爸妈妈陪着,都那么幸福。可我呢,父亲在坐牢,母亲不知道在哪里,我连母亲的模样都不记得了。这十六年刑期怎么熬啊?我白天不敢哭,怕人家笑话,晚上蒙在被子里哭。队长,我真的不想活了,还是早点死了算了,呜呜……"

何警官劝他:"孩子,我帮助你,是希望你生,而不是希望你死。我帮助你,是希望你能闯过难关,走出困境,而不是希望你自暴自弃。你是男子汉,应该坚强地面对现实……"

走出病房,何警官的心情很沉重,他叮嘱医生和看守,要多关心这个不幸的孩子,千万别出事。

回到未管所,何警官给方秋华的主治医生写了封信,希望在治疗他身体疾病的同时,也能多开导开导他的心理。然后,何警官又召集全管区少年开会,把方秋华的处境跟大家讲后,又说:

"看看我们大家能为方秋华做点什么？"

他希望通过这件事启发引导大家如何帮助他人，激发孩子人性中的善。没想到，这些身负各种罪行的孩子，群情激奋，纷纷提出要给方秋华打钱，要给他食品，要去看望他，甚至有人提出要捐出一个肾脏来挽救方秋华的生命。

看着这一张张急切的脸庞，看到那一双双流露着真情的眼睛，何警官的眼睛湿润了。孩子心灵深处的善良火种被点燃了，他感到莫大欣慰。

讲到这里，何警官停了一下，对我说："在我眼里，虽然这些少年犯了罪，做了错事，但我从来不认为我们的少年是无可救药的（他说的是"我们的少年"，而不是"这些少年"）。人性是复杂的。我发现，每个孩子的心中都有一份真诚和善良，都有一种美好的情感，就看我们如何把它挖掘出来，如何去引导他们！这些孩子愿意去帮助他人，甚至宁愿自己少花一些，也要帮助那些需要帮助的人。这就是人性中的善！'勿以恶小而为之，勿以善小而不为。'相反，我倒是觉得有些成年人是很难改变的，尤其是孩子的父母。"

于是，五分区全体少年写了一张一百零六人签名的贺卡，还写了一封真情鼓励的信，信上有这样一段话：

"方秋华，如果你放弃生命的话，你对不起的人太多了，特别是何队长，你不是说要报答何队长吗？那就拿出行动来吧！"

第二天，当何警官再次来到市监医院，将五分区全体干警和少年那份沉甸甸的真情捧到方秋华面前时，他非常感动，失声痛哭。他给全体少年写了一封回信，在信中说再也不会放弃治疗，再也不会轻视自己的生命了。他给何警官的信中写道："我一定会战胜一切，重塑自我，用光明的明天来拥抱您，报答您！"

为了安慰这个不幸的孩子，也为了支撑他羸弱的生命，何警官四处寻找方秋华母亲的下落：给他父母原住地新疆阿克苏某镇派出所写信，打电话，查无此人；又给他母亲原工作单位发信，打电话，说她早已下岗；何警官每得到一个线索，就发去一封信，接连发了五封，却始终不见回音。

方秋华的病情很重,医生说,随时可能发生并发症,一旦出现并发症就可能没命了。

为了鼓励方秋华顽强地活下去,春节前,何警官从养老院请来最疼爱他的八十岁的奶奶来看望他,他抱住奶奶呜呜大哭。管区破例让他们祖孙俩一起共进午餐;大年三十晚上,破例让他与奶奶通话,怕他激动,影响身体,还事先给他服了两粒麝香保心丸。当奶奶对他说,她就要过八十岁生日,能不能回去给奶奶过生日时,他再也控制不住满眼的泪水……窗外淫雨霏霏,电话两头泪水凄凄。

一天下午,何警官对方秋华说:"你准备一下,不要激动,你父亲来看你了。"

听到这话,方秋华惊呆了,不敢相信自己的耳朵。

他哪里知道,为了让他们父子见上一面,未管所陈副所长亲自开车跑了三百多公里,专程跑到安徽军天湖监狱,经监狱长同意,把方秋华的父亲从军天湖监狱接到了上海未管所。在车上,方秋华的父亲一言不发地望着窗外,他以为一定是儿子不行了,这是与儿子的最后一面,警察给的面包和水他一口没动。他想起儿子在看守所病危时通知他他都没去,现在专车接他去看儿子,一定是凶多吉少。

然而,当父亲看到午后的阳光下儿子向他缓缓走来时,他不敢相信自己的眼睛,父子俩抱头痛哭,彼此间的怨恨瞬间烟消云散,父子俩双双跪在何警官面前……

何警官却说:"不要谢我,我只是一名队长,在我身后有那么多人在关心你,希望你们父子好好珍惜亲情,别再做违法的事,今后好好生活吧。"

后来,何警官给他父亲写信说:"你以前不是一个好父亲,希望你今后做一位称职的好父亲。"

那天,方秋华父子俩说了好多话,把十几年没说的话都说了。当晚,父子俩一起共进晚餐。第二天,未管所警察又开车把他父亲送回了安徽军天湖监狱。

也许,真是应了那句名言:精诚所至,金石为开。

2000年1月下旬,在何警官发出第五封"寻母"信不久,终于收到了方秋华母亲的回信,她说刚刚见到来信,没想到他们父子俩混成这样。她不是一个称职的母亲,没有给孩子一点儿母爱,心里很愧疚。但她的处境也很糟,无法顾及这个孩子了。

何警官立刻给她回信,详谈了方秋华的病情,说孩子渴望见母亲一面,希望她能来看看孩子,万一孩子有个三长两短,后悔就来不及了,并以个人名义给她寄去一千元旅费。

不久,何警官收到方母的来信,说她丈夫肝癌刚刚去世,她处理完丈夫的后事就来看望儿子。

当何警官把这一消息告诉方秋华时,孩子激动得张大嘴巴,半天说不出话来。他不相信是真的,以为队长在哄他、安慰他。

当何警官把他母亲的来信交到方秋华手里时,他双手颤抖捧着母亲的来信,就像捧着一份沉甸甸的活下去的希望……

方秋华连夜给母亲写了一封长达三页纸的回信。这封信让我们听到了一个离异家庭的孩子,向母亲发出的一声声啼血般的呼唤。

亲爱的妈妈:

您好!当我拿起笔给您写信的时候,我的手在颤抖,我的心在流泪……当何队长把您的信交给我时,我真的不敢相信,我盼了十二年了……妈妈,我多想看看您呀!多想亲口喊您一声妈妈呀!妈妈,这就是我最大的愿望,也是我活下去的勇气和希望……

妈妈,有一首歌,"世上只有妈妈好,没妈的孩子像根草……"世上任何爱都代替不了母爱。妈妈,今天我给您写信,不是要得到您的同情,我要老天还我一份应得的母爱。我要妈妈,我希望自己能像世界上千千万万的孩子一样,有一份应有的母爱。我没有得到父爱,更不要生活在一个没有母爱的世界里。我不要钱,不要财物,只要您的关心和爱护,让我感到妈妈心里还有我这个儿子就够了,真心期盼妈妈能来看看我。我好想您呀!妈妈……

2000年3月14日上午,在上海未管所会见室,发生了一幕令人心酸、不知重复过多少次的悲剧——

门开了,母与子,都瞪大眼睛盯着对方,一个满脸沧桑,一个满脸病态,都迈着踉跄的脚步,向对方奔过去,却觉得对方既相识又陌生……

十二年了,四千三百八十个日夜,漫长的岁月就像一把刀,早已割断了母与子的记忆。

"妈妈——"一声撕心裂肺般的呼喊,瞬间撕开了尘封多年的记忆闸门。

"儿子——"

拥抱,哭泣,诉说,一连七天,母亲极尽关怀,极力弥补着对儿子十二年来的歉疚。

按规定,母亲可以让儿子申请保外就医。但她没钱给孩子治病,只好让孩子继续留在这里。对孩子来说,母亲能来看看他,已经很知足了。

2000年5月的一天,满十八周岁的方秋华,突然接到调到上海提篮桥监狱的通知,他哭了。

何警官摸着他的头,安慰他:"别难过,那里的队长是我当年在警校时的学生,我会让他们照顾你的。"

当时,何警官兜里只有十元钱,他给方秋华买了可乐,让他在路上喝,一直送他上了监狱开来的警车,对他说:"去吧,到那儿好好适应新的环境,别忘了给我写信,我会给你写信的。"

一句承诺,从此成为方秋华度过漫长铁窗生涯的生命支柱。

从2000年5月至2009年7月,方秋华因表现好提前刑满释放。九年间,何警官给方秋华写去五十三封信,收到回信四十二封;给方秋华父亲发去十二封信,收到回信十封。在方秋华服刑期间及出狱后,何警官给他的经济资助,有汇款收据及有记忆的共一万二千九百元。

方秋华父亲出狱后,把原来的房子卖了,用这笔钱到养老院养老去了。方秋华出狱后,十分艰难,没地方住,无法报户口,没人接纳他。他曾到江苏某地大棚种蔬菜,因身体不行回到上海治病,医生说他患心脏病需要马上住院。何警官得知后,立刻赶到医院为他交上住院费,并联系街道综合治理的相关部门,请街道出手帮助他。何警官又在网上给闸北区区长写了一封信,报告了方秋华的情况,希望区长出面帮助方秋华解决实际问题。在区长及街道等多个部门的协助下,方秋华的许多实际问题得到了解决。

如今,方秋华的生活虽然比较拮据,但已结婚,并生有一女。

看到方秋华的人生轨迹,我不禁在想:当今世界,人情淡漠,对一个犯罪的十六岁少年,从他入狱到出狱,十几年的时光,他的亲生父母只是见见面,惭愧惭愧,仅此而已。而一位监狱警官却与少年保持着十几年的友谊,每当少年陷入绝境,他总是第一时间赶到。他们不是父子,却胜过了父子。

这又是一个真实故事:

"这个儿子我不要了!我管不了了,也不想管了!就当我没有这个儿子!"一个父亲在电话里,冲着何警官发出了愤怒的咆哮。

2011年8月,上海未管所新收大队收进来三十一名犯罪少年。

何警官发现,一个叫魏利(化名)的四川籍少年情绪低落,总是低着头,他十七岁,因盗窃抢劫罪被判了七年,是这批新收队员中刑期最长的。何警官知道,新入监的少年最渴望与家人会见。但是,魏利的父母离异,父亲又远在四川,不可能来看他。何警官拨通了魏利父亲的电话,告诉他魏利的情况,希望父亲能给孩子写封信,鼓励孩子好好改造,结果却听到父亲一顿愤怒的咆哮。

这种情况见多了,何警官只好耐心地听下去,听父亲把满腔的愤怒连珠炮似的发泄到自己头上。

"我一个人起早贪黑带着他,为了他不停地换住的地方,不停地换工作,可他一直往网吧里钻!我再换,他再钻!我有什么责任？他的犯罪是他自己造成的,是社会的责任！是黑网吧没人管……"

第一次通话,以魏利父亲的一顿宣泄而告终。

魏利见到何警官,眼神里充满了期待,怯生生地问他:"队长,我爸爸的电话打通了吗？"

"啊,电话暂时无法接通。放心吧,我会再和你爸爸联系的。有时间咱俩聊聊你的父亲好吗？"何警官只好用善意的谎言来欺骗孩子。

十天之后,何警官再次拨通了魏父的电话,开口就说:"这些年你一个人带着孩子,吃尽了苦头,很不容易。孩子却让你很失望,但我们不能光停留在怨恨上,怨恨是不能解决问题的。你说不要儿子了,但真能狠下心不要他吗？俗话说,血浓于水,打断骨头连着筋。现在孩子知道错了,我们正在帮助他,但这毕竟代替不了父亲,要是你能和我一起齐心协力,帮助孩子走上正道,这不正是你所希望的吗？这样吧,我让他给你写信,或者把这里的地址告诉你,你给他写信……"

"不不！不要他给我来信,我会给他写信的！"父亲急忙打断了何警官的话,他怕周围的人看到未管所的地址给自己丢脸。

几天之后,魏利对何警官说:"队长,我爸爸来信了！我原以为爸爸不要我了,我做梦都没想到,爸爸在信里说,还盼着我回去呢！我激动得一夜没睡……"

何警官发现,说这话时,魏利的眼圈红了,父亲的来信触动了孩子内心最柔软的部位。他微笑着,摸摸孩子长出了短短头发楂儿的脑袋,以示安慰。

父亲在信中说,当得知儿子在监狱里时:"我心里的愤怒、绝望、伤心交织在一起,就像刀割一般。虽说我曾多次发誓,不再为你伤心,可是不知为何,你每次跌倒,这种锥心的刺痛都会鬼使神差地随之而来……"整整写了四页 A4 纸,父亲最后写道:"我向你提出五点,你必须做到……你要记住,亲人都在等你归来,都在等你修成正果。我还等着你给我养老呢,不要让我继续失望哦！"

魏利对何警官说,他想给父亲写信,可是父亲没留下地址,不知给父亲的信寄到哪里。

何警官说:"你写吧,我把你的信通过电话读给你爸爸听,以后你写的信,我都会读给你爸爸。等有一天,你父亲来看你了,你把所有写给父亲的信一起交给他,你看好吗?"魏利满眼含泪,连连点头。

2011年9月30日晚,何警官值班,再次拨通了魏利父亲的电话,把魏利写给父亲的信,读给千里之外的他……

这是一份忏悔书,也是一个浪子回头的痛悔心声:"爸爸,对不起,请原谅你这个不懂事的儿子……"

听完儿子的来信,电话那头的父亲久久地泣不成声。

当魏利再次收到父亲的来信时,发现字里行间不再冰冷,而是充满了炽热的父爱,父亲说明年一定来看儿子。

为了一个孩子的新生,为了化解父子间的积怨,一位未管所的警官却是如此煞费苦心,绞尽脑汁。

10月30日,何警官值班,再次把魏利的信读给千里之外的父亲:"亲爱的爸爸,我非常感谢您这些年来的养育之恩,也非常感谢您一次次地原谅我。爸爸,请您相信,我一定用行动来证明自己,儿子将以一个崭新的面貌出现在父亲面前……"

何警官问魏父,现在可不可以把魏父的地址告诉魏利,让魏利不写未管所的地址,直接与父亲通信?父亲说不行,还是他给孩子写信吧。魏父又问,可不可以跟孩子通电话?何警官说,根据未管所规定,目前还不行。

在很长一段时间里,魏利写给父亲的信,都是通过何警官的电话念给父亲的。父子俩心中积怨已久的冰山,在何警官的一再努力下,一点点地融化了,化成一股股热流,温暖着父子俩干涸的心。

魏利见到何警官,眼神不再冷漠,而是充满了感激。何警官总是笑着摸摸他的脑袋,给他一句安慰:"没事。我会给你爸爸打电话的。"

2012年1月,马上就要过年了。魏利却因主动坦白自己的余罪,被松江看守所提走了。何警官很担心他,给他写了几封信,鼓励他要正确面对现实。

半年后,2012年6月1日中午,何警官看见看守所警察带着魏利回来了。当时管区午饭已经结束,何警官急忙跑到警官食堂买了饭菜,把魏利带到管区来吃午饭。

魏利的心情很沉重,他因坦白三起盗窃案,数额三万多元,被加刑两年零六个月,合并执行九年。这出乎很多人的意料,却是无法改变的现实。何警官担心魏利能否平稳地度过这道坎。

第二天,魏利交给何警官一封信,信中说,他很感谢何队长对他的关心和帮助,他会调整好心态,更加努力地去改造,让队长放心。

但是,当何警官把魏利加刑的消息告诉他父亲时,父亲却无论如何也无法接受。何警官只好劝他:"这是法律,孩子要承担他所犯下罪行的法律责任……"

就在魏利逐渐适应了加刑后的生活,从阴影中走出来的时候,7月2日,已满十八周岁的魏利,突然接到被移押到青浦成人监狱的通知,他的脸一下子变得铁青,半天没说一句话。

由于魏利走得突然,何警官没有见到魏利,他担心孩子承受不住突来的变故。

7月3日,魏利到青浦成人监狱第二天,何警官就收到了他的来信,信中写道:"何队长,最可怕的事情还是发生了。我不明白为什么让我走?我已经很努力了,虽然坦白的案子加刑了,可我并没有任何情绪,我告诉自己,这是你自己犯的罪,应该承担的……何队长,我很想念你们,我真的不想走,不想离开那个'家'!今后,我再也遇不到像您一样对我这么好的人了,再也无法感受您那双经常抚摸我脑袋的温暖的大手了。何队长,我现在害怕抬头,总是喜欢低着头走路,我告诉自己很快就会回去的。可是真的还能有那么一天吗?……老天啊,为什么要我承受这么大的打击,要我怎样去面对啊?我想逃避,却发现这一切都无法逃避了。何队长,我好想您……"

从少年的来信中,何警官看到一个内心孤独而绝望的孩子,眼神里充满了无助与渴望,在茫茫黑夜里,伸出双手在向自己求救。于是,他接连给孩子写去好几封信,告诉他要"适应环境,学会生存"。并且让魏利的父亲、大伯及其亲生母亲,分别给魏利写信,让他们以亲情的关怀,帮助孩子度过这段艰难期。

后来,何警官终于收到了魏利的来信,在中秋节那天,还收到一张贺卡。

"何老师,收到您的信,我非常开心。这段时间,我遇到很多困难,在困难面前,我按您所叮嘱的,选择了面对,而不是逃避。我现在已经长大了,请您放心,我会不断学习来充实自己,并希望您能给我寄本《弟子规》。对了,我告诉您,我爸爸、大伯还有亲生母亲,都给我来信了,都让我好好改造……何队长,人家都说,监狱就像一只大染缸,有的人越变越好,有的人越变越坏。请您放心,我不会令您失望的,我对自己的未来充满了信心,请您相信我……"

"何老师,您给我寄来的每一封信,我都珍藏着,经常拿出来看看,对我启发很大……感谢您一直以来的关心,我无以回报,只有深深地记在心里。我在余下的刑期里会把心沉下来,努力学习玉雕,学习一技之长,珍惜机会,不再辜负何老师的期望……"

岁月如梭,一晃五个年头过去了。何警官已经退休三年,魏利仍在狱中服刑,他们一直保持着通信。

这是魏利 2017 年 9 月 28 日写给何队长的信:

"何老师:见信好,今天收到您的回信,非常开心。……最近监区楼下的几棵桂花树开花了,非常香,每年到这个时候我就知道,中秋节快到了。我先祝您国庆、中秋双节快乐……我从十七岁进来,到现在二十四岁了。我是 2011 年 8 月 15 日到的未管所,您是第一个跟我说话的未管所队长,到 2017 年 9 月 28 日,整整六年多了,真没想到,您居然一直在给我写信。您给我写的每一封信我都保留着,比我家里人写的还多,我真的很庆幸能遇到您……何老师,非常感谢您在我最无助的时候给我的帮助,感谢您为了我和家人的关系所操的心,所做出的努力!您让我明白了好多做人的道理,当初年少无知,现在想起来非常后悔……将来,我会靠自己的双手去打拼,绝不会再干违法的事……"

看到这一封封来信,何警官感到很欣慰,觉得自己的心血没有白费,一棵长歪的小树,终于张开伸展的双臂去拥抱阳光了。

2013年春节前夕,何警官接到一个长途电话,是一个出狱两年多的十九岁青年打来的,他叫金卓群(化名)。他告诉何队长,他得了胃癌,住院三个多月了。他最放不下的是孩子,才几个月,妻子没工作,父母年迈……他哽咽的声音里充满了无奈与绝望。

何警官的心头一震,小伙子这么年轻,怎么会得这种病?他记得这个内向、两眼炯炯有神的小伙子,长得很帅,2009年4月因抢劫罪入狱的,刑期三年零三个月,因表现好提前十个月,即2011年4月假释。临走前一天,他对何警官说:"何老师,我出去以后,要遇到问题,我对你说说好吗?"

"当然可以了。"何警官爽快地答应了。

没想到,这个承诺从此成为金卓群的精神支柱。回家不久,十八岁的小伙子就按着父母的意愿结婚,生子。新生活刚刚开始,厄运却突然降临到这个并不富裕的家庭。何警官从金卓群母亲的哭诉中得知,他的确得了胃癌,而且拒绝配合医生治疗。母亲哭着恳求他:"何队长,求你帮帮他吧,他信任你,愿意跟你说心里话,你帮我们劝劝他,让他好好治病吧!"

何警官给金卓群打电话:"癌症并不是那么可怕。为了孩子,为了父母,你可不可以尽自己最大的努力,配合医生治疗,让自己早点好起来?"他鼓励金卓群,要坚强,要积极地面对现实,并用鲁迅的名言鼓励他:"真的猛士敢于直面惨淡的人生,敢于正视淋漓的鲜血。"并且把治疗癌症的相关资料发给金卓群,又到上海农科院买了灵芝破壁孢子粉寄给他,还汇去了一万元钱……

小伙子感动得在电话里泣不成声,并同意接受化疗。

当金卓群第六次化疗最痛苦的时刻,他给何队长发来短信:"我在医院快挺不住了,我实在不想待了……"

何警官回短信:"我知道你很痛苦,我真想握住你的手,把我的力量带给你。千万记住,黎明之前是最黑暗的,坚持几天就好了,相信没有任何力量能打垮你!"

"我感受到了您的力量,我一定咬牙挺过去……"

"好样的,你真棒!我就在你身边和你一起面对,请握住我的手,不要松开!"

"您有一颗金子般的心,我感到特亲切、特温暖,我永远感激您……即使到了九泉之下,也会感激您的。"

不久,金卓群因贫血晕倒在楼梯口,父亲把他背上楼。可他却拒绝去北京治疗,坚决要去上班,全家人谁说都不听,母亲急得直哭。何警官告诉他母亲,用红枣、红皮花生米和红豆炖着喝最能补血,并拨通金卓群的电话,问他为什么不去北京治疗。他说:"我觉得自己好像快走到生命尽头了,不想在医院里待了,想工作,挣点钱贴补家用,孩子还小,看病已经花了不少钱……"

何警官劝他:"人的信念是最重要的,精神垮了,身体也会垮。告诉你,我的母亲最近也查出了肺癌,我每天凌晨三点就起来给她服中药,五点起来做早饭,准备好午饭,晚上要熬中药忙到九点才结束。虽然我们无法抗拒自然规律,无法延长生命,但可以提高生命的厚度。你不要担心经济困难,我可以帮你!"

何警官给金卓群已寄去一万元,后来分两次又寄去一万。

金卓群不肯要,要退回来。何警官却说:"不要把钱当成负担,你就把它当成努力恢复健康的动力吧。就当是朋友借给你的,等你发财那天再说。我最大的愿望就是,能看到你以前那张红扑扑的脸……"

面对这个令人感动得落泪的好人,我不禁在想:一名监狱警察,对一个刑满释放、病入膏肓的青年,却是如此尽心,如此慷慨,究竟为了什么?而且,受他资助的未成年犯绝非一两个,何况他本人又不是富翁。他到底有着怎样的境界?而何警官却说,人这一辈子会遇到很多人,当你看到他人遇到困难时,停下脚步,问候一声,伸手帮一把,拉他一下,不论在精神上还是物质上,给对方以切实的帮助,或许就能帮对方解决一点困难。对这些未成年的孩子来说,就更重要了。他们毕竟年轻,前面的路还很长。再说,你在帮助他人的同时,也在完善和提升自己的境界。如果我们每个人都能帮一下身边需要帮助的人,那我们的世界就会变得更加美好,更加温暖。

我不由得想起了那首歌:"这是心的呼唤,这是爱的奉献,这是人间的春风,这是生命的源泉……只要人人都献出一点爱,世界将变成美好的人间!"

但是,这里不是轻歌曼舞,不是浪漫的小夜曲,而是一个个身陷绝境的弱小生命,在向他最信赖的人发出求救的呼声……

何警官说:"帮助一个孩子,就等于在帮助一个家庭。家庭都和睦了,社会自然和谐了。"

他还说:"用真心真情温暖着本已寒冷的心,消除他们之间的隔阂,重新架起沟通亲情的桥梁,挖掘人性中被尘封的情感,让温暖的情感流进干枯龟裂的心田,唤醒他们对生活的希望。也许我们做的工作,就在于这点点滴滴的平凡小事吧。"

又是一个求救电话——

"何爸爸,我叫何伟(化名),您还记得我吗?……我遇到了难题,我恨死他们了,恨不得把他俩都砍喽!……我不知该怎么办,我渴望得到您的帮助……"

这个带着哽咽的求救声,来自一个从未管所出狱不久的少年。

少年因抢劫罪被判处有期徒刑三年,减刑七个月提前出狱了。母亲早已过世,父亲再婚根本不管他。他出狱后,恳求多位老板给他一份工作的机会,都一次次地遭到冷眼。后来,一位五十多岁的男人帮他说情,终于找到一份工作。他很感谢那人,也十分珍惜这来之不易的机会,拼命工作,一心想证明自己,从打扫卫生的临时工,干到受领导赏识的正式工,而且,从不敢奢望的爱情也悄然降临。他把一颗炽热的心捧给了一个女孩。女孩要手机,他花八千元给她买最好的手机;女孩要电脑,他为她买来八千元的电脑;对女孩儿的要求,他有求必应。由于工作出色,厂领导派他去浙江学习半年,半年后,当他满怀希望地回到厂里时,一声晴天霹雳却把他一下子击垮了。

朋友告诉他,你走后,你女友就跟那个帮你介绍工作的男人开房了,有厂区的监控录像为证……

他气惨了,质问女友:"为什么这样对待我?"

女友毫不掩饰,说她想买车、买房,你没钱,说什么都没用!

那一刻,支撑他信念的支柱轰然垮塌——

他发现,投入全部心血所创建的世界,只是沙滩上盖起的一幢楼阁,瞬间变成了一堆令人作呕的废墟。他觉得,世界上最信赖的人都如此欺骗我,还有什么人可信赖的?干脆拿刀砍了他俩算了!然而,就在绝望烧焦理智的刹那,他突然想到一个人,一个在未管所时对他帮助最大、令他最信赖的人。他想起出狱前,"何爸爸"曾叮嘱他,遇到想不开的事可以找他。于是,他向"何爸爸"发出了紧急呼救……

何警官知道,这种打击是任何人都难以承受的,必须及时疏导,否则后果难测。他拨通了何伟的电话,此时他正一个人喝闷酒呢。

何警官说:"孩子,你靠自己的努力,在工作上取得这么好的成绩,非常棒,我很敬佩你!我很理解你对感情的渴望,以及遭受背叛的心情。但我告诉你,你需要的是一份真情。如果真心付出了,对方却没有真心地对待你,说明她不懂得珍惜,那你有必要为一个不懂得珍惜感情的人,再次做出违法犯罪的事吗?值得吗?"

电话打了半个多小时,何伟的情绪才渐渐平稳下来。接连几天,何警官都打去电话,在一次次的疏导中,何伟终于走出了愤怒……

一个闷热的上午,当一个身材矮小的四川少年手里拿着一沓厚厚的书信,迎着灼人的阳光,走出上海青浦未成年人劳动教养所大门时,第一眼看见迎上来的何警官,他的眼圈瞬间红了,奔过去,像认错的孩子似的低着头,规规矩矩地站在何警官面前,泪珠不断滴落到炎热的地面上。

这孩子曾经在未管所服过刑,出去后又因交友不慎而再次劳教,其间他一直与何警官通信。出狱前,他写信给何警官,希望他出去那天,能第一个见到"何爸爸"——因为他家在四川,父亲在坐牢,母亲改嫁,根本没人管他,只有"何爸爸"是他最亲的人。

何警官亲切地抚摸着少年的头,叮嘱他:"记住,今后无论遇到什么困难,都不要再走错路了。"

少年低头啜泣道:"何爸爸,请您放心,我今后再也不会让您失望了。我再也不会干任何违法犯罪的事了,哪怕饿死都绝不会干了!"

何警官说:"希望你能说到做到,有什么困难尽管跟我说。我会尽最大努力帮助你,希望你今后的路能走稳走好。"

采访结束时,我问何警官:"你这么做,究竟为了什么?"

何警官淡然一笑,他说自己早已退休,名啊、利啊,早都看透了。"我觉得,每个人在人生路上,都会遇到不同的困难,也会遇到不同的人,只要我们心存善念,把温暖和阳光洒给最需要的人,这就是我们应该追求的信念。我不知道这些孩子今后会不会再犯罪,但我用善良、真诚、温暖的心,最大限度地去感化他们,感染他们,以润物细无声的信念,来温暖他们灰暗的心灵,让他们重新燃起生活的信心。他们毕竟还年轻,以后的路还很长,帮他们一把,就是在挽救一个人。相信人性善的多,真正恶的极少。我从他们信中歪歪斜斜但很认真的字里行间,感受到他们对我真诚的感激之心。我觉得自己的付出很值得,我感到无怨无悔!"

后来得知,何全胜警官曾荣获2007年"全国优秀监狱人民警察"称号。

不跟女人说话的孤儿

采访中获悉,在各个省未管所都设有心理咨询师,大多由女警官担任。未管所的孩子称其为"警官妈妈"。这些警官妈妈以女性特有的细心及真诚的母爱,去感化那些从小缺失母爱、缺失亲情的孩子。

在生活中,无数次领略过母爱的伟大,母爱如天,母爱如地,母亲给了孩子整个世界!但在采访中,却听到很多母亲抛夫弃子的事例。

我无法见到这位母亲,她早已消失在十几年前的茫茫人海之中,消失在为生活奔波、为追求幸福的忙碌之中了。但是,却得知她留下的一条生命坐在未管所的教室里,不肯抬头看一眼女警官教师,而是在抄歌词……

在北京未管所采访时,听到这样一个真实故事,当老师给全班少年讲授关于三峡方面的课程时,在课堂上巡视的一位心理咨询师女警官,发现一个少年没有听课,而是趴在桌子上抄着《一封家书》的歌词:"亲爱的爸爸妈妈,你们好吗?现在工作很忙吧?身体好吗……"

女警官走近少年,将一张纸条悄悄地放到他面前,纸条上写着:"我不知你叫什么名字,我不知你是否懂得歌词的内容。我希望你能珍惜特殊日子里的每一节课,来提高和充实自己。"

下课后,少年来到女警官面前,低垂着头,两眼充满了冷漠与敌视,冷冷地说了一句:"我懂,但我再也没有孝敬父母的机会了!"说完,转身离去,留给女警官一个冰冷的背影。

女警官得知这个十六岁少年三岁时父母离异,跟着父亲长大,因入室抢劫,被判了十二年。入监第二年父亲病故,他成了孤儿,没有任何经济来源。女警官想跟他谈谈,却遭到少年的冷言拒绝:"我不跟女人说话,我讨厌女人!"

女警官无法与少年面对面地交流,只好给他写信,从各个方面关心他、疏导他,经常把一些励志的名言警句写在纸条上,传递给他。

半年之后,少年在日记中写道:"半年来,我第一次发现女人还不错,第一次发现有人像母亲一样关心我。我想她不只是警官对犯人,而是出于一种母爱吧?"

一座由仇恨母亲而导致仇恨女人的冰山开始松动了。

终于有一天,少年来到这位女警官面前,向她道出了埋藏在心底多年的积怨。

"我讨厌女人,我三岁时母亲就走了,从此再也没有见过她。这对我的打击太大了,我恨我母亲,也恨所有的女人!我觉得,既然你不肯养我,为什么还要生我?既然你不愿教育我,为什么要把我留在这个世界上,让我一个人活受罪?而你却不尽一个母亲应尽的责任!我的犯罪就是跟母亲失职有关……老师,我从您身上第一次感受到母爱,第一次尝到被人关怀的滋味。请您放心,我会尽最大努力来改造自己,不会让您失望的……"

尘封十几年的冰山,终于开始融化。这番发自孩子肺腑的痛苦心声,像冰山下的涓涓溪流,发出了潺潺的流水声。

警官拉着孩子的手,鼓励他:"我相信你,我相信你一定会走好今后的路……"

从此,这位警官妈妈与一个缺失母爱、缺失家庭的孤儿,开始了长达数年的"母子"情。

警官妈妈看到这孩子踢足球时,又表现出以往的痞劲儿,就写信给他:"如果你克服了痞劲儿,就更像一个男子汉了。"

一次朗诵比赛,这孩子特别卖力,却没有获奖,他很沮丧。警官妈妈买来一支钢笔和笔记本送给他,对他说:"你在我这里已经获奖了。"

他十八岁生日那天,警官妈妈在未管所值班出不去,就打电话让自己儿子买了生日蛋糕送来。当警官妈妈捧着生日蛋糕,带着全队少年唱着生日歌,来到他面前祝他生日快乐时,他顿时惊呆了。

他满眼泪水地说道:"妈妈,我长这么大从未吃过蛋糕,也从未过过生日,这是第一次,而且是在监狱里……"就再也说不下去了。

他在"祝你生日快乐"的歌声中,切完蛋糕,将第一块蛋糕捧到了警官妈妈面前……

从此,他一直表现不错,出狱后,与这位警官妈妈一直保持着联系。

一千个孩子的警察妈妈

闻静(化名)是上海未管所的警官、一级心理咨询师、高级矫治师,已从事心理辅导、咨询工作二十多年。她以女性特有的爱心与情感,从心理矫治入手,挽救了许多存在着各种心理疾病的孩子,一千多名未成年犯因她的心理辅导而走出了迷失,获得了新生。孩子们称她为"妈妈",大家称她是"一千个孩子的警察妈妈"。她多次获得上海司法局"三八红旗手"等荣誉称号。

闻警官坐在我面前,胖乎乎的脸显得很慈祥,讲话细声细语,给人一种慈母般的亲切。

我发现心理辅导老师有一个共同特点:温柔、亲切。上海未管所陪同我采访的心理康复中心主任徐警官,也是这样,脸上永远挂着温柔的微笑,丝毫看不出警官的威严。

闻警官给我讲了几个令她记忆最深的少年故事……

几年前,她发现一个新进所的少年长得瘦弱,总是低着头,眼睛里充满了恐惧。监控发现,这孩子连续多日失眠,情绪到了崩溃的边缘,对他进行 XRX(WXRX)检测,情绪易变性、焦虑、抑郁倾向等多项指标都不好。

闻警官找少年到心理咨询室谈话,他不敢直视警官的眼睛,低着头,大气不敢出的样子,不停地揉搓着自己的衣角。

问他怎么了,他低声道:"我晚上一闭上眼睛,就看到黑压压的楼道,看不到尽头,我无法想象在这里如何度过十四年……我整夜整夜睡不着,睡着了就做噩梦,总是梦见鲜红的血喷到我脸上,热乎乎的,怎么擦都擦不干净……我、我好像要崩溃了。"

他因故意杀人,被判了十四年。

看着他无助的样子,闻警官知道,一个十五岁的孩子,等待他的却是十四年的刑期,那是怎样一种看不到尽头的绝望!而且,她看过少年写的自传,了解他的身世,他所遭遇的坎坷,那是令人难以承受的……她发现少年患有严重的心理疾病,必须想法儿减轻他内心的恐惧与焦虑,把他从梦魇中解救出来,否则,后果难以预测。

闻警官握着少年微微发抖的手,安慰他,让他别怕,鼓励他把自己的经历讲给老师听,让他把内心压抑的事情宣泄出来,从而使焦虑和压抑得以释放。这是一种很好的心理治疗方式。

在闻警官的一再鼓励下,少年多舛的人生,在他小声小气的陈述中,就像一幅黑色的荒诞画,一点点地呈现出来……

他出生在一个多次离婚的家庭。父亲离了三次婚,母亲离了三次。父亲的前两次离婚是在他出生之前,生下一男一女两个孩子,父亲带来一个男孩儿。母亲三次离婚是在他六岁之后,与父亲离婚,先后跟两个男人过不多久又离了。他有过三个"父亲",两个"母亲",却没有一个人肯抚养他,他就像一块破抹布一样,被亲人们甩来甩去。唯一抚养过他的亲生父亲,又在他九岁那年病逝了。父亲死后,他哭着来找母亲,发现母亲又嫁人了,那个男人虎着脸不肯收留他。他只好跟着同父异母的哥哥住在父亲留下的房子里,但已上班的哥哥只让他回家睡觉,却不管他吃饭,也不给他家门钥匙。他只好跑到外婆家,外婆更是看不上他,视他为眼中钉,撵他走,骂他是孽种。一天晚上,已经睡着的他被舅舅揪起来,撵他滚回家去。他哭着又去找母亲,敲开母亲的家门,发现她带着与前一个男人生的男孩儿,又嫁人了。母亲没让他进屋,对他说:"外婆他们不让你住,你就回自己家跟你哥哥一起住好了!"他只好哭着跑回家去。可是,他没有进家门的钥匙,每天放学后只好在街上流浪,要等哥哥下班才能回家,有时一直等到半夜十二点哥哥才回来。中午没处吃饭,母亲允许他去她家吃午饭,但不许在她家住,每次要等母亲打来电话他才敢去母亲家吃饭。要是母亲没来电话,他就只好饿着肚子了。

他在被亲人抛弃、亲属冷眼的困境中,艰难地度着时光,没有学坏,一直在读书,直到十五岁。

那是一个看似平常的下午,几个同学放学后要去吃肯德基,他没钱,就推说有事,蹲下系鞋带。当他抬起头时,发现同学已经跑远了,只留给他几个跑去的背影。他拖着失落的脚步,像往常一样,敲开了一个同学的家门,想把书包放到同学家再出去玩。他每次来这个同学家,同学的奶奶都唠叨他,不给他好脸色看。这次,同学的奶奶又冷着脸子唠叨起来,而且说得很难听,极尽挖苦,说他是有娘养无娘教的孩子,放学不回家,天天跑到别人家来,她不欢迎他,怕他把自己孙子带坏喽!

正是同学奶奶的这番挖苦,激起了他内心多年来的压抑,他突然丧失了理智,跑进厨房操起了水果刀,对她连捅数刀……

从那天起,无论是关进看守所,还是转到未管所,一个无法摆脱的噩梦就像魔鬼附身似的,日夜缠着他,搅得他心神不宁,一闭上眼睛,就看见有一股鲜红的血喷出来,喷到他的脸上,热乎乎的……

清明节,他在日记里写道:"又到清明节了,每年清明,我都会给父亲去上坟,今年不能去了。我感到很难过。我想如果爸爸真的能回来,我宁愿再坐十年牢都没关系。想想自己真可怜,如果我有一个很好的家庭,我绝不会走到这一步。我再努力至少也要吃十年以上的官司,我如何熬过这十年……"

说到这里,他忍不住发出压抑的哭声:"呜呜……"

"孩子,想哭就哭吧,哭出来能好受些。"闻警官抚摸着他的脑袋,一再安慰他。她觉得这孩子饱受亲情的冷漠,居无定所,无法忍受同学奶奶的无端责骂,是一时失去理智,属于激情犯罪,并不是生性顽劣。

她决心全力帮助这个孩子,首先为他做心理疏导,克服他内心的恐惧,用新学的意象技术,让他进入半睡眠的状态。她坐在他身边,像母亲一样,对他发出亲切的呼唤:"孩子,别怕,擦去你脸上的血……孩子,别怕……"

少年在似睡非睡、似醒非醒的状态中,听到一个亲切的声音从遥远的天际飘来,越飘越近,像母亲一样在呼唤他、安慰他,他感到一种从未有过的温暖,一股苦涩的泪水从他迷失的灵魂深处涌出来,凝成大把大把的泪珠涌到脸上……

这种心理治疗持续了几个月,少年心中的恶魔终于被驱走了,他从心里"擦"去了脸上的血迹。从此以后,噩梦消失,能安稳地睡觉了。

闻警官为他安排了长短时间的改造计划,让他从每一天、每一件小事做起,并从感情和生活上关心他,亲近他,使他感到人世间的温暖。

从此,少年一直表现很好,十八岁时转到提篮桥监狱,多次被减刑,服刑十年就被提前释放了。出狱后,他在上海找到一份工作,与闻警官一直保持着联系,每当遇到想不开的事,就会问问闻警官。闻警官成了他的恩师。

闻静警官和监区杨壮(化名)警官都谈到了同一个少年。

2013年,新入监一个叫方博(化名)的十六岁少年,身高一米八〇,长得白白净净,很帅气,很斯文,因谎称父亲乘坐的飞机上有炸弹而获刑,刑期不长,三年,却是令警官最头疼的一个。

这孩子是家里众星捧月长大的独生子,但因父亲赌博输掉了家产,父母离异,他被判给了父亲。父亲很快组成了新的家庭,并生下一对双胞胎女儿。他不愿跟父亲,想跟母亲一起生活,但母亲也组成了新的家庭,男方先前也有一个孩子,无法接纳他,让他去姑妈家住,母亲愿承担他的一切费用。他去姑妈家觉得寄人篱下,没有归属感。他觉得自己被父母抛弃了,每天放学后无处可去,一个人在大街上痛苦地徘徊,细数着脚下的梧桐落叶,感到无比失落。上中学不久,父亲把他送到外地一所武术学校,他觉得武术学校太苦了,逃出来给父亲打电话想回家。父亲说了一句气话:"你逃出来就不要找我,我再也不管你了!"于是,就发生了谎报飞机上有炸弹的事。

入狱后,少年拒绝改造,觉得自己没偷、没抢,跟其他犯人不一样,对所有人都抱有敌对情绪,不听劝导,拒绝会见。他父亲从南京跑到上海未管所来看他,警官安排他们父子见面,他居然抡起凳子砸向父亲,被一旁的警官及时制止了。

对这样一个偏执少年,如何对他进行心理疏导,如何化解他们父子之间水火不容的矛盾,这是摆在警官面前的一大难题。

杨警官说,他们想尽一切办法化解少年与父亲之间的敌对情绪。多次找方博谈话,对他说,你父亲答应给你买房、买车,父亲还说他再也不赌博了。全家人都很关心你,继母带着妹妹来看你,给你带来那么多吃的、用的,你亲生母亲一次次地打来电话……

方博却说:"我什么都不需要,我就想杀了他!"

杨警官说:"你这孩子本质不坏,在外面不偷不抢,没有劣性,跟其他人不一样,只是跟你父亲憋着一口气,转不过劲儿来……"

听到这话,方博哭了。他说他这辈子全让父亲给毁了,一个好端端的家让父亲给赌光了。他恨透了父亲。他拒绝减刑,要求加刑,就是因为他出去就一心想杀了父亲。

闻、杨二位警官又找方博的父亲谈,让父亲向儿子承认错误,承认对儿子关心不够,教他如何化解与儿子之间的矛盾。

父亲痛心疾首地说:"我也是第一次当爸爸,也不知道该怎么当啊!我以为孩子要钱就给,满足他的一切物质要求,就是最大的关怀了!没想到……你告诉方博,我再也不赌了!一个好端端的家全让我给输掉了,以后我得好好赚钱养家了。"

闻警官又找来方博的亲生母亲,对她说:"今天,我们以平等的身份进行一次交谈,我希望你能做到一点,不要在孩子面前说他父亲的坏话。你们离婚了,但父亲永远是孩子的父亲,你说的话会对孩子产生很大的负面影响……"

方博的母亲深感痛心,她没想到会出现这种结果。她表示,今后再也不会在孩子面前说前夫的坏话了。

可是直到出狱,方博还是没有转过弯来,他不想出狱,想重新犯罪加刑,被警官劝说制止了。

出狱那天,当方博看到大门外有三四辆轿车都来接他,父亲、继母带着两个孩子,还有表哥、堂兄一大帮人都来了,都上前来拥抱他,接他回家。他这才找到没有被亲人抛弃的感觉。

出狱后,方博学了一门技术,干得很好。

这是一个很典型的案例,是很多离异家庭的缩影。孩子并不坏,父母也满足孩子的一切物质要求,但父母都各自有了新的家庭,却忽略了孩子,使孩子产生了被冷落、被抛弃的感觉,从而走向犯罪。

说到这里,闻警官微微叹了一口气,说:"嗨!并不是所有的孩子都能改造好的。有的在未管所表现很好,但出去不久又犯罪了。有的成了二进宫、三进宫的监狱常客。最让我感到痛心的一个孩子,刚出去八个月,就因抢劫杀人被判了死刑……"闻警官的声音哽咽了,好一会儿才继续讲下去。

她说,得知这个孩子被处决的消息她哭了,好多带过这个孩子的警官也都哭了。他们都记得这个十七岁的小伙子,身高一米八五,长得很帅,因抢劫罪被判了七年,安排他在未管所犯人食堂烧饭,一直干得很好,减刑八个月,二十四岁时出狱的。出狱前,他还让父母给同厨房的狱友每人买了一双雨鞋。

闻警官记得,少年刚进来时,未管所与华东师大合作,给未管所少年讲授降低攻击性的纠正课,培养少年的自控力,课后,让每人写一篇课后感言。她发现这个少年写完感言,总会画上一把滴血的尖刀,问他为什么画这个,他说这就是我的签名。

少年出生在一个渔民之家,父母没有文化,简单粗暴,动辄棍棒教育。他从小跟着打鱼的父母学,身上总是带着一把尖刀,一看到小鱼就把它弄死,使他从小产生一种对生命的漠视。当他上到第八节课时,老师发现那把滴血的尖刀不见了,年轻的老师高兴得跳起来,从此以后,在少年的作业本上,再也看不见那把滴血的尖刀。

可是,他出狱后又回到父母身边,家庭环境没变,周围的社会环境没变。像过去一样,父母每天出海打鱼,他一个人留在家里无所事事,就拿着父母给他留下的钱去游戏厅打游戏,后来尾随一名女大学生抢钱,结果就酿成了人命案。

他被处决之前,一名法警问他,你还记得未管所的闻老师吗？他哭着说出的最后一句话,令闻警官潸然泪下,非常痛心。

"记得,你告诉闻老师,我并不想杀她呀!我真的不想杀她!呜呜……"

闻警官哭了。她听到了一个孩子在临死前,向自己发出的绝望与忏悔。她曾看着这个帅气少年在这里改造了七年,目送他走出了未管所大门,最后却是这样一个结果,实在令人痛心。

闻警官说,监狱效应就像紧箍咒,对出狱人的制约力只有六个月,过了六个月,很多本性中的东西又会暴露出来,未管所的警察不可能永远跟着他们。因此,孩子回归社会后的安排是非常重要的,要让他们脱离犯罪前的家庭环境,脱离犯罪前接触的哥们儿,帮他们找到生存的出路。这需要社区和家长做大量的工作,所以现在对出狱少年提出了"无缝对接"。

她说,一个问题孩子,大多来自问题家庭。要想改变一个问题家庭,并非易事,要想改变周围的社会环境,就更不容易了。

(选自《妈妈,快拉我一把》,人民文学出版社2018年9月出版)

留守知青,你在他乡还好吗

——纪念知青上山下乡50周年

朱晓军　杨丽萍

知青是共和国史上一桩大事。

1968年12月22日,《人民日报》转引毛泽东的最新指示:"知识青年到农村去,接受贫下中农再教育,很有必要。"这是发出的第三次上山下乡号召,第一次在1955年12月,毛泽东说:"农村是个广阔天地,到那里是可以大有作为的。""文革"前,全国已有129万城市青年上山下乡。

毛泽东的指示下达后,一场轰轰烈烈、史无前例的知识青年上山下乡运动①拉开序幕,且高潮迭起,于是有了"知青"这一称谓。这场上山下乡运动给中国带来巨大、深远的影响。1955年以降,全国有1776万知青②奔向"广阔天地",其中有一大批下乡到北大荒。

何为北大荒?"东北海之外,大荒之中……有山名曰不咸,有肃慎氏之国。"③"大荒"即东北的北部。随着人类社会的发展,"大荒"像冰架不断缩小,至上世纪五六十年代,仅剩黑龙江

---

① 1955年至1961年为第一次上山下乡,1962年至1965年为第二次,1968年至1980年为第三次,1979年,全国仍有24.7万青年上山下乡。(《北京日报》1998年7月26日)
② 《中国青年报》2011年10月26日09版《博物馆里的知青记忆》。
③ 见《山海经·大荒北经》,"大荒"为最荒远之地;"不咸山",即长白山;"肃慎",古代东北民族,现代满族的祖先。

北部的嫩江流域、三江平原与黑龙江中下游,即东经123°至134°,北纬44°至50°,面积5.53万平方公里,相当于台湾的1.5倍,以色列的2.66倍,新加坡的55.3倍。这是世界上一块稀有的黑土地,最珍贵的土壤资源。全球这样的黑土带仅三块,一块在欧洲——第聂伯河畔的乌克兰;一块在美洲——美国密西西比河流域;一块在亚洲——中国的东北角。

20世纪50年代,14万转业官兵开赴"天苍苍,地茫茫,一片衰草枯苇塘","天低昂,雪飞扬,风癫狂"的北大荒[1],为饥饿的共和国"向地球开战,向荒原要粮"。在这些老兵中,荣获"战斗英雄"称号者128人、特等功荣立者408人,立大功者2929人[2],其中有"孤胆机智英雄"、荣立11次大功的李国富,电影《渡江侦察记》原型之一、12次战功荣立者王树功。20世纪60年代,54万北京、上海、天津、浙江等城市的知青踏进衰草寒烟的北大荒,屯垦戍边,保家卫国。北大荒成为黑龙江垦区的代名词。

20世纪70年代末知青大返城前后,95.5%知青重返城市,还有80万[3]知青留了下来,其中有两万来人留在北大荒,被称之为"留守北大荒的知青"。

将军的女儿"在这儿挺好的"

人物简介:

黄丽萍,1950年生,1969年10月3日由宁波下乡到黑龙江省集贤县升昌人民公社友好生产大队,1971年嫁给当地农民,那年年仅21岁,婚后生育一女一子。父亲黄思深是1930年参加革命的老红军,担任过东海舰队航空兵工程部部长(副军职)。1979年,黄丽萍放弃返城,跟家人留在北大荒。

---

[1] 这两句诗来自聂绀弩的《北大荒歌》。
[2] 此为1985年末尚在北大荒的官兵统计数字。
[3] 凤凰网·历史《失落的一代》:至今尚有八十万知青永留农村。

采访手记：

2009年8月20日，在集贤县采访过二九一农场的知青后，我乘车赶往升昌镇友好村采访黄丽萍。

集贤县位于黑龙江省东北部，南倚完达山余脉，称之为"三山半水六分半田"，呈三江平原地貌特征。在北大荒采访20余年，我跑的都是农垦系统，从没深入到农村采访插队知青。黄丽萍似乎是宁波知青联谊会叶小龙向我推荐的，叶小龙好像是黑龙江农垦总局国资处处长陈京培介绍的。每次到北大荒采访都有人提供线索和采访对象，我时常改变原定路线。我跟叶小龙没见过面，仅通过一次电话。

叶小龙在升昌插过队，他说，那边有一批宁波知青没有返城，其中有将军的女儿黄丽萍。

将军把女儿留在北大荒实在是不容易了。在"文革"中，一大批将军被打倒、审查，关进牛棚，他们的子女受牵连下乡到偏远、艰苦的地方。"文革"后期，他们官复原职或把子女送进部队，或办回城市，留在农村的可谓凤毛麟角。

跟农场相比，农村的条件相差得可不是一星半点，公路还是20世纪90年代的沙石路，住房像20世纪60年代那样或砖瓦房，或泥草房，每家每户都有个院子，里边种着辣椒、茄子、豆角、玉米和花草。

在村民的指点下，我顺着泥土小道穿过几排房子，走到黄丽萍家门口。她家的院子挺大，一幢衰败的茅草屋面门而立，屋顶的枯草像滑坡的山上少一块，靠近房檐可能雨水丰沛，长出两丛绿绿的蒿草，有几处似乎漏水，压着砖头和瓦片。草房边上有一幢新建的红砖房，一辆红色胶轮拖拉机停放在院中，七八只母鸡叽叽咕咕地觅食，不时抬起头来伸长脖子望一望，几只小鸭将喙插在水洼里，"呱唧呱唧"捞着什么吃的。

"有人吗？黄丽萍在家吗？"我冲着那幢房子喊了几声。

一位满头白发，梳着两条细细辫子的老人应声从红砖房走了出来，她穿着一件像二三十岁女人穿的粉色暗格短袖衬衫和沾有泥土的黑裤子。她是黄丽萍？看上去似乎有七十来岁，无论如何我都无法将她与宁波知青黄丽萍融为一体。我边跟她进屋边在心里算了一下,黄丽萍已近花甲,步入老年行列。

屋里跟我印象中的北方农家别无二致,一铺贴着像床单似的图案的火炕,一方方图案上印着苹果、葡萄、小猫、小狗,四个上面翻盖的旧木头箱子架在炕上,墙壁还是水泥的,没有粉刷,炕下横躺竖卧着一双女式白带凉鞋,旁边放双白色运动鞋,还有几个红、蓝、白色塑料袋。

黄丽萍侧坐在炕沿上,双手相握放在左腿上,像唠家常似的跟我讲述她留在农村的几十年。"我爸是什么地方人?那个我不知道。我爸死时反正是有遗书的。你想看看?等一下,我拿来给你看看。"

黄丽萍说着爬上炕,掏出一份《黄思深同志简要生平》。

通过这份简介得知,黄丽萍的父亲1930年参加赤卫军,1931年参加红军,参加过二万五千里长征。参加了鄂豫皖革命根据地第三、第四次反"围剿",川陕革命根据地反三路围攻、反六路围攻,红四方面军长征和西路军艰苦作战。1939年毕业于新疆航空队,1942年航空队主要领导投靠国民党,将他投入监狱达4年之久。革命几十年,先后担任过机要员、指导员、华北空军工程部科长、海军航空兵工程部副部长、东海舰队航空兵工程部部长(副军职)等职务,2005年10月5日病逝,享年92岁。

1.

我是1969年来的,已40周年,虚年41。我们刚初中一年级就"文化大革命"了。下乡时才19岁。说到东北去,我们寻思好玩儿啊,那咱们也去吧,我们都是自己报名的。

我弟说你真傻,我去你就别去了,妹妹都还小,你在家还能照顾照顾。我和我弟弟就一块儿来了。我妈那时候上班也忙,顾不了我们了,去就去吧,那怎么办呢?去了就一直没回去。

我爸爸是老红军、长征干部,当过海军工程部部长,是少将。他"文革"受到冲击,打倒啦,要不能下放到这儿来么,要不俺们早就当兵啦!我家我是老大,下边有三个兄弟,两个妹妹,现在宁波有四个。我还有一个弟弟下乡了,他下乡到兵团,杭州建设兵团①,在那儿当卫生员,以后就当医生了。他现在条件不错,老丈人把他整到金华那边去了,在那边搞什么我不知道,也没问他干什么,反正当小领导吧。其他的弟弟和妹妹条件都一般吧,没怎么太高。

讲讲我的故事?来这儿也没什么好说的,反正也没回去。来时也后悔。哎呀,头一次到东北来,一看都是泥草房。哎呀,都破破烂烂的,从来没看到过。哎哟,我们来时友好这疙瘩可穷了,家家都很穷,每家都该②生产队的钱。后悔了,不如不来呢!

那为啥不走?没有。都下放农村的,反正没走。找了个当地的。俺这疙瘩(知青)男的太多了,就两个女的,叶小龙的妹妹和我。我看都是男的,也不方便。

我爱联系人儿,大伙儿都对我挺好的,我对他们也挺好的。那时候我就会织毛衣,她们经常织毛衣不会就来找我,来问怎么织,我就告诉她们。就是你帮我,我帮你。干活我也没有他们那么能干,反正怎么也是比他们农村的差劲。

大伙儿都说,找个对象吧,找个对象就有人照顾你了。我们那掌柜的③那时帮没帮我干过活?也有。

当地农民就给我介绍了一个,也是一个生产队的,他比我大4岁。他家不是坐地户,是1960年来的。那时,不是有一批干部下放吗?他家就来了。他爸到农村后也没干过活,也是小干部吧。他身体不好,到农村一瞅,自己在生产队也干不了啥活儿。干不了啥活儿那就犯愁,这一犯愁两三年就没了。他是1963年走的,那时我们还没来呢。

那时候,我们那掌柜的能吃苦,在生产队当出纳员和记工员,记工分的,后来还当过小队长,干活挺麻利的。

结婚时我也没要彩礼,什么也没要,就这么到他们家去了,

---

① 即浙江生产建设兵团。
② 东北话,即欠的意思。
③ 东北农村称丈夫为"掌柜的"。

白给他的。他们家生活状态也不太好,还该生产队的钱。那时候当地都要彩礼,通常要一块手表,还有二百块钱啊,还有啥啊,我就记不住了。我什么也没要,家里什么也没有。他妈那时候守寡十多年了,咱们心眼也是好呗,什么也没要。他妈对我挺好的。

结婚跟没跟家里商量?没有。1971年我结婚那阵,我爸还关在上海呢。我妈早先也是军人,后来转业到公安局。她在公安局待十来年,我爸爸被打倒了以后,就(把她)给调下来了。我找对象这事儿弟弟没反对,是支持的。他那年回家去了,回去看看。那时候回家不容易,坐火车才80块钱。从这儿到宁波可能要五天吧。五天四宿。坐慢车嘛,那时候没有快车。过了十多年后有快车了,那也就三四天就到了。

哎,年轻时没少挨累,那还都得下地干活儿,不挣工分儿没有吃的。全靠他一个人也不行哪,孩子多。那时,他那两个兄弟还没结婚呢,都很小,还有个老太太。老太太还是寡妇呢。我们年轻哪,年轻多干就多干点儿。她在家给我们哄孩子,我俩下地干活儿。我们俩结婚以后俩人干活一点一点把该生产队的钱都还利落了。

2.

我下乡后头一次回宁波是1973年。为啥下乡四年才回家呢?没有钱啊,那时候坐火车要80块钱。那时候我爸还没平反。俺家还住在小破房。

我是带着丈夫和孩子回去的,看见我们了也没说什么。他官复原职后也没张罗让我们回去。

为啥没回呢?哎哟,孩子太多了。几个?那时候我27岁,孩子就三个了,一个儿子俩姑娘。我21岁结婚,结婚的第二年就有了孩子。我弟弟妹妹也多,他们那时也都住在我爸那儿,我们回去住不下,再说也没有工作。

我爸爸从来不开后门,很正直一个人,从来不攀人家。我们姊妹几个的工作,我爸都不管。弟弟妹妹的工作也都是他们自己找。

最困难的时候?那就是下雹子那年,八几年,也不是七几年,哪年我就记不住了。那年可真困难,没有吃的。返销粮也不够吃,我们就捡那个冻土豆,开春冻得地化了,刨那个土豆,刨出来把皮扒了以后,洗一洗晾干了磨成粉吃。就跟地瓜面儿一样,那么吃。几几年我记不住了,那时候真困难,家家户户都那样。

有一段时间户口迁到镇上了,改吃供应粮,几几年我忘了,反正吃了几年。我们掌柜的一人挣钱不够我们买粮吃的,后来把我们户口都整回来啦。1990年把户口整回来的,孩子的也都整回来了。

怎么迁到镇上去的?我也不知道怎么迁的,好像1978年吧,迁到升昌。他们就给我们一个像职工那样的户口,拿钱领粮。他们那几年说给我安排工作,那时候孩子也小,也没给我安排。他们男青年①都给安排工作了。

宁波青年还有不少呢,男的,十多个呢。他们都在福利②(集贤县)。有的有工作了,有工作的条件就好了。

我没有他们的电话号码,找也找不着。他们过来的时候那号码我也没留下。反正他们有通知的,福利也有一个,张哲。他媳妇是开小卖店的,就卖小食品。他住升昌,是粮库退休的。

反正我经常上升昌了,就去看看他。男的也好几个,都挺好。我们一年聚一次会,10月3号。对,我们就是那天下乡到升昌的。我们是一起来的,是头一批来的。另外一拨儿是别的地方的,不是我们这儿。

还有一个人是跟我一拨来的,她结婚以后就一次都没回过宁波。我那时候回家也少,七八年回去一次。我爸去世后,我回家就多了,两三年一趟,两三年一趟。

她哪年结的婚?她结婚挺早。她比我小两岁,她大儿子可能比我大姑娘小一岁,今年也三十六了。

---

① 北大荒人称知青为"青年"。
② 即福利镇(福利屯),集贤县政府所在地。

她家在升昌住,她本人不在升昌,在福利。她现在给人做饭,也是打工,挣点儿钱。她丈夫在升昌,早先是木工,就是打窗户打门框什么的,现在也不干什么了,也没什么活儿了。

她下乡到大兴,她男的给人家干木匠活,给人盖房子,后来他们就搬到升昌了。我一年到头有事就去她家看看她。她三个儿子,两个结婚了,还有一个没结婚呢。她儿子都有条件,自己做买卖呢。那她还打工干吗?那就不知道了,她乐意打工就打工呗。

她为啥就没回宁波看看呢?我也不知道她什么原因。我说你回家看看,她说我不回家,一回家还得带钱。她爹妈早先是老师吧,现在都90来岁了。

她三十多年没见爸妈了。她那时候也挺困难的,现在好了,孩子都大了。

3.

那时农村可真穷,现在改变多了,家家户户都差不多,都挺好的。有的(家庭)都有拖拉机了。四轮子,这地方叫四轮子,咱们那边儿叫拖拉机。每家差不多都有。年轻人能干的每家都有摩托。反正条件比早先好多了。早先我们这两排全是泥草房,现在都是大砖房了。

俺们早先住那边的泥草房,我看房都要塌了,后来这房是俺老头儿自己盖的。他学的瓦匠,反正自己能干。先暂时盖这样,等以后有钱了再盖好的。没花多少钱,花两万来块钱。现在盖房也太贵了。盖好点得十来万块钱,慢慢来吧。我说。两边儿弄得都挺漂亮的,就我们这儿差点儿,缓几年再盖。

现在没在家,他上外头打工去了,去那个友谊①那边,就是兵团那边。他会瓦工,抹窗台水泥什么的,他都会。他年纪不小

---

① 即友谊农场,号称中国第一农场,位于黑龙江省佳木斯市东南,三江平原大片沼泽地边缘,场西南有七星河环抱,与宝清县为邻,西北有漂筏河、扁石河围绕,与集贤、富锦市接壤,锅盔山余脉零星地坐落在西郊,成为与双鸭山市和集贤县的天然屏障,三江系大片的原始荒原、长期积水的沼泽地遥遥延伸至挠力河谷和乌苏里江畔。

啦,今年六十四啦。

这么大年纪还干活儿?嗯哪。在家里待着也是待着,也没啥活儿,就去了。那你愿意去你就去,想干活儿就干活儿。

我妈妈还在,84岁了,今年。我妈妈见我挺高兴,她跟我大弟弟在一块儿。我妈现在身体也挺好的。我去年回家了,还跟中学的同学见了一次面,四十年没见面了。他们给我弟打电话,叫我弟弟聚会去。我说我弟弟没在家,有什么事儿啊?他们说,他有个姐姐在黑龙江……我说,我就是。第二天他们都来了,来看我来了。哎呀呵,真是,四十年了。(其中)有一个班长,(还)有个挨着我一块儿坐着,早先入团就他一个团员,她来看我了。还有一个男同学,还是我们小学男同学,他也来了。

他们说,你还那样儿,就是头发白了,还梳着两根小辫儿哪!我说,我年轻时候就梳辫子。他们说身体还挺好的?身体还可以,来这地方四十多年没生过大病,小病很少,一年感冒也就一次两次。我身体还挺好的。像跟我这么大岁数的差不多都有病。我还可以。

你问同学都干什么的?没打听,他们来看看我,待了一个钟头他们就走了,人家都在单位上班。他们说下回的吧,再来。我说好吧。我说今年秋天干完活儿以后我还想回去看看妈妈。

我留在北大荒我妈妈放不放心?那她没说。我们姊妹多,两个妹妹在跟前,一个礼拜回去一趟看看她。

我们也没啥,孩子大了以后就好了。那小的初中毕业以后也没考上,就下地干活了。大姑娘也是,高中没考上,也下地干活了,干了几年,二十多岁才出嫁。

现在他们都成家了,最小的姑娘都三十多了。大姑娘离我们最近。他们住在公社那边,离这儿有20多里地,就是升昌那边。她那儿也是农村,都是农村。我们没找城市的,农村还找农村的呗。

在哪儿生活都一样,反正也习惯了。东北也挺好的,东北反正夏天也不怎么太热,冬天冷点儿,冬天冷一般生火墙,屋里炕上热,一点儿也不冷。

宁波话回去也能说几句。反正跟他们能说，没几句，都忘了。

那是一片失恋的疗伤地

人物简介：

裴磊，上海知青，1952年6月19日生，1971年9月26日下乡八五九农场，当过农工、小通讯员、拖拉机手、电影放映员。1979年3月返回上海，两个月后因失恋，不顾父母和返城知青劝阻，毅然决然地重返北大荒。1981年娶当地姑娘为妻，生有一子。农场推行"两自"——"自己给自己开工资，自己掏钱种地"后，电影市场萧条，收入锐减，供不起儿子读普通高校，只得让儿子报考军校。儿子毕业分到东海舰队，转业留在宁波。2012年，裴磊正式退休，如候鸟般往返于北大荒与宁波两地。

采访手记：

八五九农场位于三江平原沿江三角洲亚区，拥有一江、四河、十二山，依山傍水，群山围绕；江是乌苏里江，与俄罗斯隔江相望；山为完达山系的余脉，东边是低地平原，良田辽阔。

1957年，铁道兵8509部队在这里点燃开荒的篝火，为尊重那些老兵对部队的感情，以部队的代号命名了这个农场。

我去过四次八五九农场，第一次去的时间已记不清，不过每次去都要见上海知青裴磊。裴磊是八五九农场的知青联络人，凡跟知青有关的事都要找他，找别人不行。裴磊个子不高，1米7左右，不胖不瘦，精精神神，一看就是知青，跟当地职工不一样，有几分文化人的气质。既没有像居鸿昌那样有着北大荒人的大碗喝酒的豪爽，也没有那像一盆火炭似的热情，不过绝不会让你受到冷落，感到困窘。

第一次，裴磊没接受采访，也许记者和作家见多了，司空见惯了，一句"你先采访他们"就把我给打发了。我想，裴磊也许没什么好讲的，犹如江南的树苗移植北方，水土不服的或病病歪歪活下来,或慢慢死掉了,水土服的则该开花开花,该结果结果,没受什么影响。裴磊也许属于后者。再去八五九,再邀请一下裴磊,又婉拒了,我既不坚持,也不觉得失落,反正留下的知青还有不少,这本书不可能"一网打尽"。我手里有一份《八五九留场知青一览表》,记不得是不是裴磊给的。表上记录的截止日期是1998年8月18日,各城市留在八五九农场的知青共计67人,最多的是佳木斯知青,有20人,其次是哈尔滨知青,19人,再次是上海知青,18人,北京知青有4人,天津知青有3人;年纪最小的是1957年生人,最大的是1943年生人,相差14岁;下乡最早的是1965年,最晚的是1976年,相差11年;有25人在生产队,其他人在农场机关、医院、幼儿园、学校、公司、工厂。

第四次去时,对葛柏林、林莉、居鸿昌和陈桂花等进行过第二次或第三次采访后,我准备第二天一早离开。裴磊到宾馆小坐,我想也许不失礼节,记得一次走时,他特意赶到汽车站送行。似乎车票挺紧张,他还帮忙找的人。我想,这就是上海人的特点,既要跟你保持一段距离,留有腾挪空间,又让你在情理上挑不出什么毛病。

八五九宾馆的条件不错,窗外就是公园,有湖有桥有喷泉,规模和气势不亚于省城哈尔滨的兆麟公园。裴磊就坐在窗前的椅子上,操一口纯正的东北话,语调平稳地讲述了他的故事,爱情、亲情、友情交错,跌宕起伏,即便小说家也难以构思得如此精彩,我渐渐听得入迷,忘记了采访。

2018年3月,对在宁波的裴磊进行了补充采访,他非常配合,通过微信发来了图片。

1.

知青大返城时,我也返城了,在1979年3月份。后来我又返回来,因对象跟工作的原因。

返城前,我有一个对象,是上海的。我1971年来的,她1973年来的;我是杨浦区的,她是闸北区的。

我下乡后,当了两个多月农工就被抽去当通讯员,干了七八个月,又让我开铁牛55。铁牛55是胶轮拖拉机,在当时很吃香。1973年11月份,营部组建电影放映组就把我调去放电影了,我等于找到一份好工作。

好工作咋来的?说来也挺有意思。我师傅下放到9连,我就在那儿当通讯员,负责连队的报纸。我师傅特别爱看《参考消息》。指导员是有话的,《参考消息》一概不让外借。我说拿去看,别让别人知道就行。1973年,各个营组建电影放映组,我师傅是1958年转业官兵,原先是南京军区放映员,让他回二营组建电影组,他第一个要的就是我。

我当初怎么看上她了?我有几个朋友在后勤,我经常上后勤去玩,她也跟着在一起,我觉得这个女的长相可以,挺朴实的,说话和脾性也都挺好,就这么看上她了。没经过别人介绍,我俩属于自己看上的,彼此都有好感,但是第一次是我约的她。

1976年的一天晚上,我借了一个小学的教室,晚上外面没有灯,我叫别人传张纸条。纸条说约你上小学哪一个教室,等你,我想跟你聊聊。她接了纸条以后去了。她要是不想跟我谈她就不去了,是不?我们彼此心里已经有所那个什么。去了以后,我就跟她摊牌了,我说我发现你这个人不错,我想跟你谈对象,不知道你是什么想法?今天就两个人,咱们就开诚布公地说一说,你同意也好,不同意也好,给我一个意见。那时候谈对象都是秘密的、偷偷的,不敢告诉别人。她说对我也挺有好感的,不过这个事儿是大事,她一个人在外做不了主,这个事儿得写信跟家里说一声,把情况介绍一下。我说这可以,必须的,我也得把你的情况跟我父母说,就这样。

过了一个多月以后,她约我,也是通过别人给我一张纸条,说家里不反对,不反对就是同意,说先处着,但不能结婚。家里人想得挺远,将来不知道什么形势。我说行,先处着,谈对象不一定一谈就成,通过谈咱们互相了解,如果谈两天不合适咱们就拉倒了;谈了还不错,就谈下去。我们谈了三年就到了大返城,1978年就开始返城了。

她1979年1月份就回去了,那时候还是冬天。我告诉家里,我母亲马上办退休手续,那时候是带接班的,我母亲退休我可以接班。我是3月份回去的,比她晚了两个月。她接父亲的班,进了国营①企业——上海仪表木壳二厂。我接母亲的班,进了街道小集体②。那时小集体不如大集体③,大集体不如全民④。我跟她差了两个层次,差别一下就大了。

回去以后,第一次见面还可以,第二次见面就有了微妙的变化。感觉出来了,那能感觉不出来吗?她那个妹妹,是同母异父的,要结婚了,那个时候家具要多少条腿,电视要12英寸的,什么三卡一响。那是1979年,"文化大革命"结束没有几年,三中全会以后改革开放,生活水平开始往经济发展这一块走。

我在上海正好待了三个月,形势急转,哈哈哈。我那时候既没有房子,也没有钱,啥也没有。我母亲在街道工厂每月赚30多块钱,我父亲90多块钱,那时候不止90多元了,反正也不高。

在北大荒,我放电影,她在后勤养猪,我俩关系处得不错;到了上海以后,正好反过来,我俩不行了。到了上海选择对象的标准、眼光起变化了,她跟我说这个东西那个东西,给我提了不少要求。我说我啥也没有,咋整?她又说,你不能在那个单位,必须调到全民。

我刚回去,什么办法都没有。那时候不像现在送礼、走后门就可以换一个工作。对我来说从小集体调到大集体,从大集体再调到全民是不太可能,除非我爸当局长、区长也许有这可能,像我们这种普通老百姓——那时候我父亲都不可能把我调到他们单位去。

后来,谈了几次就崩了,我挺来气,心里一股火。一个是觉

---

① 国家的,属于国家政府的,由国家政府经管或提倡的。
② 小集体企业按举办的主体可以分为街道办集体企业(包括劳服企业、五七工厂、家属工厂)和乡镇(社队)办企业。生产资料归集体所有,工资福利由企业负担,自负盈亏。
③ 大集体是县和县以上部门举办的城镇集体所有制企业、事业单位。包括手工业合作工厂,大中城市、区和县属工厂等。这种企事业单位的生产资料和产品归市、县工业局(科)管辖范围内的集体单位所有。
④ 全民即国营。

得自己挺冤的,在北大荒,我的条件比她优越,好多人就得仰慕我,说"他是放电影的,我们去场部看电影找他买票"。那时候,她是后勤排养猪的,我没有嫌弃她。她什么事儿都求我帮忙,回来时带的东西,打的包装箱,都是我给她整的。回城后,她变了。我这个人比较直爽,特别不习惯,看不惯,我觉得真不如北大荒这些人那么质朴。

当时我痛苦有两点:一是她对我感情的背叛,二是我在北大荒没有吃过什么苦,回去以后在街道的一个施工队里盖房子,盖一栋五层楼加地下一层的服装厂,九毛钱一天工资,在外面工作一天补 3 毛钱。

外面非常晒,水泥和沙子全是人工搅拌,拿两轮的手推车拉,哐一捆①,哐一捆,我这个体力哪受得了?现在回想起来,我这个人意志上不太坚强,多少人回去以后跟我一样处境,人家都咬牙挺过来了,我没有咬牙挺过来,当逃兵了。

我家还有谁下乡?我家兄妹 5 个,我下乡到这儿,我下面有一个弟弟,他下乡早,从小就让我母亲给送到山东老家。我弟弟跟我差 1 岁,我 1952 年,他 1953 年。当时,我父亲在上海外贸公司上班,工作比较忙,带不了了,怎么办?爷爷奶奶说你们也看不了,赶紧送一个孙子回来,送谁?送小的,大的毕竟好带一点儿,家里省一点儿心,就把我弟弟送回去了,不知怎么回事户口也落在那儿了。他下乡早,一岁多就下乡了。

跟家里商量了吗?商量了。我是这么说的,我说咱们家 14 个平方②的房子要住 6 个人,我走了能给你们改善一点儿。我下面一个妹妹,两个弟弟,我家那个房子是 14.5 平方,5 户人家用一个厨房、两个卫生间。

他们不同意,我执意要走。这个事情我父亲对我的想法意见挺大的。我母亲说,你要回来我才退的,早知道你要回去我就不退了,现在我又不能再回去做了。我父亲说,你一定要坚持你

---

① 东北话,指从一侧或一端托起重物,有掀的意思。
② 14 平方米。

的想法,有一天你别后悔。我说肯定不后悔,你放心。

我跟农场联系,农场说欢迎。这个地方①当时通信设备很落后,长途可以打到佳木斯,佳木斯转总局,总局转管局②,管局转农场,一级一级转过来很不容易通上的,通上了通话效果也相当差。写信,农场回复说欢迎我回来。那时,知青都走了,一下子把这个地方搁空了,好多岗位都没有人,我回来特别受欢迎。

我到派出所要迁户口,人家愣了。

"你真迁?"办户籍那个人问。

我说:"真迁。"

他说:"我这章盖下去就注销了,你就不是上海人了。"

我说:"不是就不是了,只要有户口就行。我不是上海户口,黑龙江户口还不行?"

我回来才三个月。

"你是不是好好想一想?你别那个什么。"

上海人确实对上海户口相当看重。

我说:"我没什么好想的,你给我办就是了。"

我父亲特别善良,在上海外贸公司当领导那么多年,办事特别通情达理,他说虽然这样我们还是尊重你的意见。没说你要走了我们不乐意你了,这个没有。

以前一个连队的好朋友都来送我。没劝我?哎呀我的妈呀,劝了,那时候也没有手机,人家上完班下班了,骑着自行车到我家,那时候住得比较集中,我们都在杨浦区。他们跟我谈,不让我走。我那时候也怪了,铁了心就要走。

再次离家是什么心情?当时我心里特别放松,我总算是离开上海了,当时我觉得上海的感情、工作对我来说影响太大了。

2.

我跟我媳妇过去就认识,我们是一个营的,她在隔壁的总机

---

① 指八五九农场。
② 过去黑龙江省农垦总局称之为黑龙江省国营农场管理总局,下边的分局称为管理局。管局为管理局的简称。

班,以前办公、住宿在一起。放映组两个人,我是组长,原先跟我搭档的是上海人,我们一起来的,他也返城走了。有的时候我找她打电话联系到连队放电影。我们下去放电影了,冬天不都是烧炉子烧炕吗?我们就把钥匙给她:"晚上你给我们把炉子点上,烧烧炕。"我们回来暖暖和和的,一来二去的就好上了。

谁先提的?还是我。我俩经常在一起,我没事了,她值班了,我俩吃完饭就坐在一起唠嗑。她父亲是1959年山东支边青年,她家在11连。她讲他们连队,我讲上海,互相之间就有了好感,形成了恋爱关系。

我媳妇那人长得挺漂亮,个头跟我差不多,1.69米左右,大眼睛,场部有不少人骑自行车到营部①找她谈对象。好多人哪,场部机关的打电话跟她唠嗑,明显跟她说要谈对象,她最后选择了我。我俩1981年成家,1982年有了孩子。

工作上一帆风顺,直到1985年全面改革,那时候提出"两自四到户",两自就是自己给自己开工资,自己掏钱种地,四到户是什么?地分到户,还有什么我忘了。放映组自己创收,自己挣工资,当时我们有任务,一年一个连队不低于24场,一个月平均两场,好像12个单位乘24,288场。放一场电影多少钱忘了,十几块钱吧,电影机属于农场的固定资产,耗材算农场的,放一场电影交给电影公司8块钱片租。

冬天条件差一点儿,在大食堂放,太冷了,零下二三十度,什么也不烧。换片子的时候就得把羊皮袄脱了,穿羊皮袄不得劲操作。我就得了肩周炎,双肩都是肩周炎。都是放三个片,一个片一个半小时,两个片就得三个小时,有时候加上一个纪录片。冬天3点天黑了,收工比较早,4点就吃完饭,好说话的连队5点多就可以放电影,这帮人炒点瓜子,拿着瓜子就去了,放4个小时到9点。

放完电影,有时候在那儿住,有时候回来。后来,农场要求每个放映组自己配车,配车怎么配?买一个柴油的小三轮,跟现

---

① 即分场场部。

在的电瓶三轮车一样,那时候是柴油机的。小三轮大概三四千块钱、四五千块钱那样,自己掏一半钱,农场贴一半钱,这个车是你放映组的运输工具,油你自己买。

白天没什么事儿,我当组长主要是联系业务,今天7连,明天8连,后天9连。有的连队一给他打电话:"我们不看电影,你们不要到我们连队来放。"连队为了节省开支,不像过去那样欢迎放映组了,只好凭关系求人家:"今天来了一个好片儿,到你那儿放一场,改善改善老百姓的文化生活。"有头脑的买台镭射放映机,一个连队一个连队去放。镭射放映机方便,在你家里就可以放,对放映队形成冲击,我们有了失业的感觉。

很多人问我,你回来后悔不后悔?我那时候嘴挺硬,说我不后悔,其实也有后悔的时候,自己创收后,经济上挺落魄的。后来上海大集体、小集体都没有了,全部重新分配,全是国营,你这个单位小一点,工资待遇往上提一提,返城那些人基本平稳了。一看他们都不错,这时后悔了。

还有两件事儿我后悔:一件是上海有个政策,知青小孩的户口可以落到上海。我回去跟我父母谈我儿子落户口的事儿,我父母特别是我父亲生气,当年你母亲为了让你回来接班提前退了休,没想到你在上海待了3个月,上海户口不要了,又回了东北。当时不让你走,你非要走,现在把儿子户口弄回来干什么?你要不走儿子不是铁定上海户口吗?生气就不同意,父母后来同意了,又有人不同意。谁?我小弟弟跟小弟媳妇。他说我儿子户口一落回来以后怕有房子的问题。我跟他们说,只落户口,别的什么都不牵扯,你以后分房子我们不跟你争。那也不行,说你现在说得好,上海这种情况太多了,说得好好的,这个不要,那个不要,最后这个要,那个也要,为了房产、遗产,打不完的家里官司。

我们想把孩子户口迁回去,让他在上海念高中。上海考学分数低嘛,就我儿子那成绩在上海考复旦、交大绰绰有余,在外省考那太难了。这事我挺生气、挺伤心,上海户口落不上,把儿子耽误了。我媳妇倒没埋怨我,埋怨的是我家里人,说我家里人不通情达理。还行,埋怨归埋怨,毕竟是大儿媳妇,埋怨也是在背后跟我说,没有直接跟我父母说。我想,我当时咬咬牙挺过来,就是不跟她①谈对象最起码在上海,儿子也是上海户口是不是?我说:"儿子,咱们也别埋怨别人了,错在我身上,你这个父亲回来了,当时若在上海结婚有了你,就不至于到今天这步,咱们还是靠自己努力争取吧。"

我儿子学习挺好,挺听话,挺孝顺的,还挺争气。他是2000年毕业的,当年考了560多分,可是我家经济状况不好,当时算了算,要供他上大学大概要8万到10万块钱,哪有钱啊?那时候我在机关,机关不发工资,工资就是到生产队去种地不要地租。我一年多的时候能拿回六七千,低的时候只能拿五千块钱。我媳妇早就下岗了,接线电话改成程控电话,程控又改成无线的,总机取消了。没有地方安排,只能自己找,哪个单位都在精简,后来组建街道办,她在那儿干两年,还是临时的,没有转正。

我儿子报的第一志愿是上海华东理工,第二志愿是上海理工,在杨浦区军工路。他向往上海?对。我说你填一个表,意思是让他报军校,军校不是省钱吗?他不愿意,最后还是填报了,最后被解放军理工大学网络专业录取了。

他到部队两年就入了党,毕业分配时,被分配到东海舰队司令部。

儿子还算争气,分到了宁波。2013年转业,他去了宁波的一个街道办。我说宁波跟上海也不相上下。他现在挺喜欢宁波,宁波整个环境比上海好,别看上海是国际大都市,它只是一个名义,真正生活,宁波比较理想。

儿子现在成家了,有两个小孩。儿媳在一家上市公司做行政,跟我儿子是三江一中②同学,从高中一直谈到结婚。他们在镇海买了个单身公寓,在宁波市中心买了99平方米的房子,我给拿了10万元,东拼西凑把首付交了,剩下的按揭款,他俩的公

---

① 指他上海的女友。
② 即黑龙江省建三江第一中学,系黑龙江省农垦总局重点高中和示范高中。

积金基本够了。

3.

回来后,还有一件事儿,我最后悔——父母有病时,我不在身边,没有伺候他们。

2001年,世贸大厦被炸那一年。家里给我来电话说,医生说我父亲不行了,让我赶紧回去。

8月底,我带我儿子回去的,他那时候已经上大学了。我好几年没有回家,上次回去我父亲还挺好的。我回来以后不到一年的时间,我父亲检查出了肺癌。两年后,转移到脑子。回去看到父亲的时候,我特别难受,哭了。我父亲的个头跟我差不多,挺壮的一个人,没想到躺在床上瘦得跟那什么似的。

他认识我,笑笑,点点头,不会说话,你要是跟他说话,他听懂了就给你点点头或者摇摇头。一看到大孙子来了也是那个表情,挺高兴,也不知道看见我了还是看见大孙子了,精神状态好了。有的时候,我就给他喂喂饭,也吃不了什么,就吃一点水果,拿个匙子扠①。我几乎天天陪我父亲,得尽尽孝。

我假期到了,跟家里人说,你看咋整?探亲假也到了。他们说,你就回去吧。走时告诉我父亲了,他那种感觉挺木讷的,也没有点头摇头,躺在那里望着天棚。我有点忐忑不安的感觉……

我走有半个多月吧,10月20号左右,家里给我来第一个电话,说父亲不行了,你速回;第二个电话说父亲走了,还是速回。我是老大得回去张罗这个事儿,赶紧又请假回去。那次跟我妻子一起回去以后,我请事假又待了一个月。我儿子也去了,他在南京离得近,赶上了我父亲的葬礼。

父亲当兵时才17岁,赶上抗战最后一年,在山东鲁西南游击中队,跟铁道游击队都有来往,他跟我讲过那些故事。父亲对我管教挺严,我对他一直有种敬畏的心情。我写过一篇纪念我

---

① 东北话,有刮的意思。

父亲的文章,我下乡是9月份那一批,上海还挺热,棉袄和大衣都是发的。父亲说想给我买一条围巾,下班骑自行车到商店买,在我临走的前一天才买到,是棕色格子的。我感受到父亲的关爱,这条围巾现在还保存着,原来还有下乡时的乘车证,后来乘车证捐给三江知青纪念馆了。

我母亲得胃癌的消息家里开始没有告诉我。今年① 1月底,正好下了一场大雪,雪后两天还是三天,我弟弟妹妹打电话说老娘不行了。我说,怎么那么快老娘就不行了?你们怎么不告诉我?他们说老娘得了胃癌,住院三年了,告诉你有什么用?你是能来看还是能过来照顾?告诉你心里成了负担了,不告诉你还会以为她一直挺好的。你做好思想准备,我们问过医生了,怎么怎么样。

公路全封了,下完雪后一化全是冰,全封了,完了。我弟弟妹妹说,我们看了天气预报,知道你那儿什么情况,家里的事儿我们先处理了。骨灰在殡仪馆,没有送到公墓。他们说,母亲的骨灰得跟父亲殡在一起,这是最后一步,你必须得回来。我说这个肯定要做到,3月底4月初我就回去了。

父母没了,上海的房子还有个小插曲。六年前,我母亲突然给我打电话,说老大,我跟你商量一个事儿,你看你父亲走了好几年了,房产证还是你父亲的名字,我想过户到我名下来。我说行,我也不太懂这些东西。我母亲说,你要开一个证明人家才能给办。我说需要哪儿的证明?我母亲也说不太清楚。

我打电话问我小弟弟,他说是去公证处开证明。我就去农场的司法科,司法科长给我说:"这个事儿你听明白,你父亲不在了,这个房子有一半是你母亲的,另外50%是包括你母亲和你们兄弟姐妹几个人的。你要是同意了,说明你把你这一份东西就放弃了。"我说,"啊?这怎么回事儿?"给我闹蒙了。他说,你这个要慎重考虑,等于同意把你的给人家了,你想再要房子要钱就没有了。这么大的事儿,我得跟我媳妇说。我媳妇说,你得

---

① 指2015年。

问问清楚,这个房子到底是不是过户给你母亲?真要过户给母亲了,母亲有一天老去,这个房产还是你们兄妹的吗?

我又跟我母亲说,结果我母亲无意当中就说漏了,她说要把房产证改成我小弟弟跟她的。

我就问我妹妹和我上海另一个弟弟。他们说,老娘要把房子给小弟弟。当时我有一种什么感觉?受欺骗了。

过了一段时间,我收到法院一张传票,传票是这么说的,我母亲跟我小弟弟联合起来,把我、我上海的弟弟、上海的妹妹一起告了。我一看收到传票了,这咋整啊?得回去呗,就回去了。回去了以后,我上海大弟弟特别有想法,我父亲是抗日战争离休干部,除了我们住的房子,还分了一套房子,我家就一个女孩,我爸就把第二套房给我妹妹了,那是一室一厅的房子,不到30平方。

我回去以后把全家人召集起来,我母亲说那就按48万分吧。这48万不是到房产公司评估的,是她随口说的。我在我家跟前房产中介看了,跟我们一样的房子最起码应该是60万。我没有计较这些,我说实在要分也没有办法,48万有一半是老娘的,24万。小弟媳妇说,24万6个人,一人4万。我妹妹说,她那4万块钱给我母亲。剩下4人,我对小弟说,你们跟父母住在一起,照顾父母比较多,我也不能要那么多,我就要两万块钱。

我的假期到了,我说你们几个商量,什么时候商量妥了,我再来签字。

这次我母亲去世我回去,没有说这个房子的事儿,当时我们几个跟小弟弟说,房子你先住着,该装修就装修,我们也不打算分这个房子,等你要过户那一天再说。为什么我们这么说?这个房子肯定有我们一份,将来小弟弟有条件给几个,拿着也行;如果我们条件好觉得一分钱不拿,我们不要了这个房子归你也可以。我跟我媳妇那么说,我媳妇挺通情达理的,我们要这三万五万富不到哪里去,没有这三万五万也穷不到哪里去。

我在上海的大弟弟条件特别好,最近买了260多万的房子。现在他不用的东西都给我小弟弟。有时候,他给弟弟打个电话,今天家里做俩菜,你上我这里来吃饭。他姐条件也不错,住得远,在宝山,不方便,有时候到市里也去看看他,给他拿一点东西,他觉得还是自己哥哥、姐姐对他好。

4.

我上海那个对象?有联系,不过是20年后了。

我以前回上海跟知青聚会都打听有谁参加,明确告诉大家她去我就不去了,她听说有我去也就不来了。

1999年过春节的时候,我到一个好朋友那儿聚会,她也去了。我是带着读高二的儿子去的。他们特意安排她坐我边上。她有什么变化?也老了,二十年了。震惊?对,特别震惊。我们两个没有说话,我跟别人聊天,她也跟别人聊天。

"你看方便的话,给我打一个电话。"临走的时候,她跟我说。

她给我一张纸条,我就拿着了。

"你看啊人家主动跟你那什么了,你也别太那什么,该打招呼就打招呼。"过几天,朋友跟我说。

"行。"我说。

我就给她打个电话,问候一下。

"你要有时间,我请几个朋友,上我家聚一聚?"她说。

哎呀,这个时候我就觉得挺尴尬的。我就跟我那个朋友说了,我朋友说,"去,大家都去。"我再三考虑,那就去吧。

她告诉我中午吃饭,让我上午就去。我就领着我儿子去了,她家住在闸北区,不是我跟她谈对象时住的老房子。去了一看就她和她姑娘在家,她姑娘比我儿子还小三四岁。我觉得挺尴尬的,不知道说什么好。后来才知道朋友们都回避了,他们说:"你们做不了夫妻,不还是荒友吗?毕竟都是上海一起下乡的,不至于见了面跟不认识似的。"

她跟她姑娘说:"这个哥哥是从黑龙江来的,你领他去玩玩。"她姑娘挺听话,小孩一见面,说两句话就跟朋友一样了。过一会儿,她姑娘就领着我儿子走了。

家里就剩我俩了,我拿着杯子转啊转,也不知道说什么好。最后还是她先开的口,"那时如果我不这么做就觉得身价低了。你走了以后,我心里挺痛苦,别人给我介绍对象,我全拒绝了。"她母亲说,"你老是沉浸在这样一种情绪里面不好,岁数也大了,还是应该成家。"别人给她介绍一位崇明农场回来的青年,比她大一两岁,也就结婚了。

我也挺同情她的,我觉得她这个人本质上来说不是很差的,可能受上海环境所迫,发生了改变,不是她的本意,我也能原谅。我说事情过去那么多年了,我也不想谈这些事儿,一说起来你也伤心,我也悲痛,没有必要,咱俩做不了夫妻,这次既然有这个缘分和机会,咱们还是朋友,大家谁也别嫌弃谁。

恨过她没?肯定恨过。那次以后,我俩的关系就改变了。我把当年那些事儿跟我儿子说了,我儿子倒挺理解我、挺同情我的。后来,她提出认我家儿子为干儿子,我儿子也认了她干妈,特别亲的那种感觉。

我每次回去,她都叫我上她家去吃饭,把这帮朋友全叫来,一个大圆桌坐十多个人。她家日子过得挺不错,她老公在外资企业,一年连工资带奖金、外捞,那时候就是十几万,家庭的经济状况不错。

2007年,我内退了。1968年老高中那一届下乡的也到了退休年纪,陆续地来回访第二故乡。领导说,我给你一个工作,来知青的时候,你出来接待一下,平时就在机关大楼值班室帮通讯员干一点活儿。

我内退的工资特别低,700多块。他又给我400,相当于增加了50%多一点的工资。后来成立保安大队,我就离开那儿了。我是2010年年初到的这个单位,具体干什么?就是打扫卫生,一个月1000块钱。我不住老房子了,住楼了。本来没有打算住楼,我觉得我的经济条件不够,我媳妇非要住,毛坯房不到10万块钱,装修带买东西花了5万块钱,68平方,够用了。

退休金2400,比上海拿得少一点儿,上海的物价也高,买一斤菜,我们花两块钱,上海得4块5块。我觉得我们这个地方好,不管空气、水、生活环境。有钱了,出去溜达溜达玩玩,两三个月后再回来。

常在一起的上海知青有11个人,加上周围的,有二三十人,除了有一个身体差一点,得了脑梗还是脑出血,剩下的还都可以,没什么大病大灾的,生活很普通,哈哈哈。

八五九建得相当不错,像个花园。今年有一批知青来,说"哎呀,我们都后悔走了"。

就这样还清了别人的债

人物简介:

张春娟,上海知青,1952年12月21日生人,1971年9月23日下乡到61团(即创业农场)17连,1976年嫁给当地人,1984年母亲退休,让她返城顶替。因家庭农场挂账1340元没有走成,后成为种粮大户,当选为全国人大代表。因给生产队职工和外来户担保,负债人跑路,丈夫病逝,她被逼上绝路,轻生时被救下,嫁小自己11岁的男人,夫妻苦干7年替别人还完所有的债。

采访手记:

我去创业采访过四五次。第一次是20世纪90年代中期。春雨蒙蒙,淡烟深锁"换新天"。

我在"换新天"下了火车,站名让我油然想到毛泽东词句"为有牺牲多壮志,敢教日月换新天"。来之前备过课,这地方过去叫"火烧孟"。1968年12月26日,也就是毛泽东的"知识青年到农村去,接受贫下中农的再教育,很有必要"指示发表四天之后,一支由3个农场抽调的441人的队伍开进"火烧孟",伐木建场。那时的"创业"还不称为"创业",叫6师61团。

创业农场位于三江平原中心枢纽地带,南邻七星河、东南接挠力河、北依别拉洪河,湿地湖泊星罗棋布,水资源丰富,土地肥沃,是北大荒为数不多的"两通"农场(通公路和通铁路)。

创业给我的第一印象,这座农场仿佛被岁月遗留在20世纪六七十年代,场部在建场初期的平砖房。两趟房子和两道围墙构成一个院子,办公室的门都冲着院里。两扇像农村公社似的铁栅栏大门冲着一条沙石路。场部附近也都是灰突突的老房子,房龄跟场部不相上下,而且都是小平房,整个农场连一幢楼房都没有。

总场工会主席王长国听说我要采访全国第八届人大代表、上海知青张春娟,一脸歉意地说:"她所在的19队离总场场部20多公里,不通公路,一下雨就什么车都进不去了。"

我望一眼窗外淅淅沥沥下个不停的雨,心里汪起一片水泽,犹如灰蒙蒙的天际处有一个岛,一个登不上去的岛,沮丧像雨雾似的在心里弥漫着。

十几年后,我再到创业,那里已发生天翻地覆的变化,高楼林立,场部已迁到一幢现代化的办公大楼。19队已通公路,即便下七七四十九天雨也不会将我隔到外边进不去了。可是,那几天偏偏没下雨。巧的是在场部遇到张春娟,跟她去了19队,去了她的家。

1.

我怎么没返城?1984年我是有机会回上海的,我妈办了退休,让我回去顶替,调令都开出来了;勤得利(农场)在上海办一个公司也要我过去,结果1340元的欠债把我拽住了。

我是1971年9月下乡的,我爸是上海一家起重安装队的驾驶员,我妈是工厂技术员,我是家中老大,我妹身体不好,下面还有俩弟弟。我说我下乡,让他们留在城市,我就来到创业19连,40多年没动窝。

那年,我和我的丈夫张宪金,和另外7户人家承包土地搞家庭农场,结果赔了钱。1340元,这笔钱在当时算很多了,我的工资才30多元。

张宪金不是知青,他爸是山东移民,他在北大荒出生。当年我嫁给张宪金,我爸妈反对,他们想让我回上海,怕的是嫁给外地人就回不去了。

我个子小,我现在胖了,刚下乡时挺瘦的。上海长大的嘛,到这儿干啥啥不行,割豆子割麦子,人家干到老远了,我落在后头,张宪金开拖拉机过来送饭,让我吃饭,他拿起镰刀帮我往前撵一撵。

后来,我去马号喂马,铡草、烧水,他看了也过来帮一把。我胃不好,食堂的馒头吃了就痛,他一两天回趟家,带点大米回来。他人挺老实,在连队干活干得好,年年都是优秀。以前找对象都找本分的、老实的、不滑头滑脑的,我们俩就谈起来了。

我这人要强,啥事都不落后,第二年就当了班长。下乡时住帐篷,转年我带着班里的8个女知青割草和泥,8天起了一幢房子。

我和张宪金是1976年结婚的。为啥没找上海知青?得找个本地人,能干活,找个知青,两口子净干仗。

我结婚时,家里什么东西都没给。我爸妈反对我嫁给外地人,我爸妈想,我不结婚兴许还有机会回去,跟了他就回不去了。结婚两年多,我们家一封信都没来。后来有了女儿,我舅舅给我和我爸妈往一起拉,他说孩子在哪儿都一样,我爸我妈也就通了,写信叫我回去。

我带着18个月的老大回了家。我妈见到我哭没?哎呀,哭了,哪能不哭吗?下乡两年时回去一次,结婚以后再没回去,几年没见爸妈了。在上海过完年,我就要回来,我妈说你工作比较累,就把孩子放上海吧。老大在上海上了托儿所,我妈天天接送。

再回上海,我已怀了老二,我妈说生完孩子走吧。我在上海待了三个多月,生下了老二。刚坐完月子,张宪金那边来信了,队里着火了,他把胳膊烧了,晚上住院打针,白天到修理厂修车。他是车长啊,车不修,春天怎么干活呀。我就抱着出生32天的老二回来了。从上海坐火车到福利屯,换车到建三江,再到创业,再到连队,那时候走一趟挺困难的。

老二3岁了,我又回上海,张宪金也跟了去。那时,家里还是反对的,他在我家待了不到20天,我妈就撵他走。我妈还是那个想法,他是外地人,跟了他怎么返城呢?我妈心里一直是有火的。她说,虽然有了两个孩子,将来我姑娘还是要返城的。就是这么个想法,我妈说什么也看不上他,他只好自个儿先回来了,我在上海过完年才回来。

我妈让我把老二也扔在上海,她说你赶紧回去干活,我那时在农工班当班长。现在当官的不干活,以前当官的全凭干活,哪有不干活的,你不干活谁听你的,是不是啊?我妈怕我干活累坏了,让我把孩子放她那儿了。

我妈、我爸、俩弟弟都来过北大荒,夏天过来。过来干什么?我的孩子在上海啊,送孩子回来看看,住一个来月,再把孩子带走。我妈觉得北大荒不行,那时候我在连队,刚有电灯,吃的水是挑的,辘轳把儿摇的井水,不习惯。

那么小的孩子扔在上海,想不想?也想,咋不想呢?

1984年,回上海的调令开出来了,我和张宪金都找着了工作,我们家在上海长宁区的老房子那时还没拆迁,六几年盖的。盖房子那会儿,我借个三轮车晚上到处转,把烧水的老炉灶的炉灰渣要回来,打成煤砖。那时的房子都是煤砖垒的。我和我妈天天垒,把房子垒了起来。三层楼,我爸老早有话,你们谁也别想,二楼的房子给你大姐留着,她什么时候回来什么时候住。我们要是返城,家里有30平方米的房间给我们住,返城知青没几个有这条件。

我拿着调令去找管财务的副场长,我说我要回上海。

副场长说:"不行,你还挂着1340元账哪,你要走就是砸锅卖铁也得还上。"

我赌气地说,"哪里的黄土不埋人?不走了!"

2.

第二次要返城就是2002年了,爸妈让我妹妹到北大荒接我,带我回上海。为什么接我走?家里摊上事儿了。

1984年没走,我就跟张宪金说,咱得好好干,争口气。

1985年不联户了,自个儿干,我们没别的能力,就是干,那年我们包了450亩地。他种地,我养猪,养了好几头老母猪,打预防针,看着猪下崽子,全是我自个儿来。那时候哪有时间唠嗑呀,我们俩经常累得坐在那儿就睡着了,好在俩孩子不在身边。

什么时候接回来的?老二是上完六年级回来的,回来上的初中,就留在北大荒了。老大上初中时回来读了一年,后来上面有政策,知青子女可以返城一个,我们就把老大户口办回去了,她也回了上海。

到年底,我们不仅还了1340元的欠债,还成了万元户。那年场部商店进了一台18英寸的大彩电,别人都没有钱买,书记就做我的工作让我买。我就让他们把电视送到我们家来。那时万元户相当了不得了,尤其是像咱这种地的,搁现在种地一年收个几十万都不稀奇,那时算是挺好的了。

1986年我评上劳模,1987年当了连队工会主席、富锦市政协委员。1988年当上黑龙江省总工会委员。1993年当上全国人大代表。

中间吧,上头想把我调到农场的城建局,张宪金没同意。他比较老实,就知道闷头干,他没同意,连里的老百姓也不让我走,他们说在哪儿不一样啊,当时我想也行,哪儿都一样,我就没走。

2002年我摊上什么事儿了?为人担保贷款欠了44万的债,张宪金那一年也走了。

1987年,我在连队当工会主席,连队搞分片包干,一个干部负责包干一片,有些贫困户和外来户包了地,没钱买种子化肥,地种不上。地种不上,负责包干的队长就得下岗,咋能让他下岗呢?我这人心肠热,谁家种地赔了,过年过不去,我就拿出钱帮他们,杀了猪也不忘给他们送点肉;我家猪下崽子,谁家没钱抓崽子,我就赊给他们,猪养大了,卖掉后再把钱还给我。另外,我每年都给学校捐钱。

贫困户和外来户跟人家借钱,人家信不过,说,叫张春娟来,她来,你要多少给多少;她不来,一分钱也拿不走。你说我能不去吗?我去了就痛快地把钱借给了他们。

农场也有人找我说:"我老了,手里有点儿钱,你帮我放出去吧。"

我说行,都是老同志。

我年年给贫困户和外来户担保,借个二十多万三十多万,到年底他们给我送过来,我再挨家挨户登门还钱,你两万,他三万,连本带利一起还上。

2001年春天,我给13户担保借了44万。

7月31号,黑龙江省组织劳模出去疗养,我提出带张宪金,领导同意了。我俩出去玩了一趟。回来后,他说后背疼。我说是不是爬山累着了?后来一直疼,去医院看,怀疑是肾结石,去建三江农垦分局医院拍了CT。结果出来,医生把我叫到一边,说可能长东西了。我就领他去了佳木斯医院,确诊是癌症,肝癌转移成淋巴癌。在佳木斯住了一段,听说上海的医院好,我带他去了上海。

在上海做了手术,拆线后出了院。一天50块钱,在附近租了间房子,白天去医院放疗化疗,半个月后,我把他领回了北大荒。我说回家吧,咱回家养。治病前后花了14万,家里的钱全花光了。

年底稻子还在田里,大雪压下来了,那时候没有机器,都是人工打稻。下的雪白天化了,晚上冻成冰溜子,有冰的稻子不好卖,一块钱4斤、一块钱3斤,就这么卖的。

那一年,农场没一户挣钱,全赔。我家也赔了21万元。

腊月十九那天,张宪金走了。

我妹妹跟我大姑爷从上海过来了,知道我太困难了,要把我接走。

大姑爷说:"妈妈,你回家吧,别在这儿遭罪了。"

想上海的家不?想家,想得掉眼泪,我也不能走。我想,欠着人家钱呢,人家坑我,我不能坑人家啊,我不走,等我把账还清再走。农场有个人欠20来万,跑了。我欠40多万,也该跑是不是?但是咱不能那么做,这样我就没走。

3.

傍晚,我就去了别拉洪河,一步步快走到大桥上了,我寻思怎么个死法,要不跳河,要不上吊。张宪金走了,老大老二都成家了,就剩我自己了,我死了你们怎么找我还账啊?

2002年春天,该种地了,我担保的13户人家,还不起债开始往外跑,有跑江苏的,有跑大连的,就剩下两三家。放款的人收不到钱,就上我家要,住在我家不走。来多少人?多倒是不多,两三个、三四个,那就够烦的了。我说,你们不要逼我,既然我担保了,我会还给你们,一家家慢慢还,保证一分不差,我做人要做到这儿。

我还说,你们等等,别着急,等粮卖了,我给你钱。他们还是天天来,一天一趟,给我烦的,感到没活头了,就想到了死。

种8号地的刘树利感觉不好,从后面追来。刘树利心细,一看我不见了就开着我们家的车到处找我。在桥上找着我了,他把我拉回来。我就哭,恨自己,当时不该管这事,队长下岗就下岗呗。不管么,地种不上,多砢碜?后来,我慢慢冷静下来,细想想,好死不如赖活着,活着吧。

刘树利是外地的稻农,1995年来农场的,老婆跟他离了婚,带着一个10多岁的儿子。他跟张宪金关系很好。张宪金病重时,他围前围后地侍候。张宪金临走时跟他说:"刘啊,我不行了,你帮忙照顾这个家吧,你张姐人不错的。"

他说:"哥,你放心吧,没事儿。"

刘树利的8号地种的是大豆。张宪金走后,刘树利说,我给你地里干活,你家的机器帮我把地耕耕。我说行。

那两年,跟债主说啥也不听,天天跟着我,看着我,怕我跑了。我说,放心吧,我是省劳模,不带干这事儿的。一次,见那黄瓜馋得不行,我跟那看着我的人说,给我几块钱,我买两根黄瓜吃。他说没有,一分钱没给我。我恨死他了,发誓不能穷一辈子。

到了秋天,粮食收下来,他们上地里看着,三轮车就堵在稻堆边,晚上住在地窝棚里,怕我偷着把粮食卖了。我说先让我把公粮交了,剩下的你再拉走。本来收完稻子可以放一放,等价钱往上涨涨,他们等不得,一公斤一块钱就卖了,后来涨到1块6。

刘树利总去地里帮我干活,别人就起哄。后来车坏了,就叫懂车的技术员帮我们修车,技术员是男的,他家里的就闹,那意思我丈夫没了,怎么怎么着。这时,刘树利对我说:"你也别嫌我穷,我也不嫌你岁数大,我们俩一起过得了。"

刚开始我不同意,我1952年生人,他1963年生人,我比他大十来岁呢,后来想想也行,就这样我们俩到一块儿了。

我和刘树利一年到头待在地里,不请零工,所有的活计都自己干。那时实在是太累太累了,张宪金的侄儿原来在我们家帮工,看以前我们家过的日子在连队是一流的,现在没好吃、没好喝的,还那么累,也跑了。

2004年,刘树利领着一帮人在地里插秧,我回家做饭,正做着呢,就听头顶噼里啪啦地响,以前的房子都是拉合辫的,我往房顶瞧,没瞧出什么。我就走了出去,一看,稻草苫着的房顶冒烟了,敢情是烟囱年头久了,着火了。我就往外抢东西。人家刚买的农药放我家了,农药是大事,我就抢农药,插秧的钱有一万多块,放在柜子里,都没抢出来,还有手机、电话啊,统统都烧了……

我打电话给我爸,我爸第二天就让人汇钱来了。我只要有事,跟我爸一说,我爸就汇钱过来。有时候要买柴油了,我给我爸打电话:"爸,没钱买油了。"

我爸说要多少,我说打个几千吧,我爸就打过来。我弟弟妹妹都成家立业了,爸妈的岁数也大了,实在被逼得没办法了,才跟他们张口。我们家的人其实都挺好。

2008年,我和刘树利包了1000多亩地,整个连队就数我包得最多。到年底,40多万欠债全部还清。

我现在过得挺好,连队拆迁,买了两套房子,还买了一个车库。去年买了一辆宝骏汽车,整个下来不到13万。我不会开,都他开,刘树利开。

刘树利的儿子结婚,给他一套100多平方米的房子。这孩子初中毕业后出去干了几年,回来他爸就不让走了,说得找媳妇了,赶紧找,找着了赶紧结婚。

还有一套80多平方米的,我们老两口儿住着。

老大工作?我不打听,也不知道。老大回来读初中那年还行,回来也适应,户口办回去后,她再回去就嫌我这儿不好了,现在条件好了,更嫌这儿不好了,跟我没感情。

后悔不?后悔也没办法,我那时候为了干活。从小没亏了她,没缺她吃,没缺她花。我跟她爸俩人一个月挣60多工资的时候,每个月往家给她寄钱。我妈、我爸都惯着她,到现在40多岁了,啥啥不会干。我们家姑爷行,姑爷到家,洗、涮、做饭,全是他。不过,他很少来北大荒,没时间来,上班呢。

老二在农场成的家,她在学校工作。

我的地有460多亩,前年作价65万,给老二了。我岁数也大了,腿骨质增生,走路都走不动,种不动地了。孩子们愿意种地,叫孩子种去。收入咋样?收入还行,不行她不能种啊。我退休金2700多块,刘树利没有,他是农村的。没病没灾的,够用了,有病有灾就不大够了。

上海的老房子早就动迁了。我大弟弟、小弟弟、我爸妈各分了一套。我爸妈那套81平方米,那时候我妈有病,我妈看病,以及我妈过世的钱都是我拿的。我爸对我弟弟妹妹说,这房子给你大姐留着,你们谁都不能动。我爸想,哪天我兴许就回去了,得给我留个窝。现在那房子值几百万了。我跟他们说,还有个爸呢,咱爸大家管,这房子将来卖了大家分。那时我若在上海,动迁时不也能分一套,是不是?

总的来说还行,反正人在哪儿待习惯了,就觉得哪儿好。在上海,也行;在这儿,也行。这里嘛,肃静点;上海嘛,热闹点,也就这样。你想,我当初要是回了上海,劳模也不一定当得上,全国人大代表也不一定当得上。这个地方小,你有一点成绩别人就看到了。从政治上讲,这里强;经济上嘛,上海也未必强多少,上海跟我们差不多的也不少。

别拉洪河边的"葛员外"

人物简介：

葛柏林，佳木斯知青，1947年9月17日生人，1968年6月18日下乡到八五九农场8连，当过农工、副班长、班长、排长、连队统计、农业技术员、副连长、连长。1985年辞去分场场长，创办家庭农场，先后入选黑龙江省劳动模范、"全国十大种粮标兵"。创办的圈河家庭农场被称为"中国最美家庭农场"，拥有耕地7000亩，湿地1000亩，林地4000亩，林木100余万株，大型农机十余台，配套农机三十余台件，年产商品粮两千余吨。

林莉，北京知青，1949年生人，1969年由北京下乡到八五九农场，1972年与葛柏林恋爱，1975年结婚。先后担任过农工、小学校长、女工部部长，农场工会副主席。放弃三次返城机会，1986年为办家庭农场辞去小学校长。

采访手记：

1994年7月，我第一次到北大荒采访，目标有二：一是饶河农场上海知青周浩妹，她嫁给一位转业到北大荒的军人放弃了返城，1990年丈夫患了尿毒症，她伺候了4年；二是八五九农场医院的护士班，她们数年照料一位双目失明的知青。

那时，我还没写书的打算，只想为所供职的媒体写稿。在饶河农场，我采访了十多人，可写三四篇稿，于是就有了小富即安的想法，也就没有去八五九。那次去的话很可能就采访到葛柏林。从那之后，我的双脚在八五九附近的勤得利、七星、创业、前进、浓江、前哨等农场转悠了十来年，也没转悠到东边的八五九。听说过葛柏林的故事，多次想赶过去，可是不知为什么总是阴差阳错没去成。

进入21世纪，知青下乡了三四十年，已年逾花甲，退出了工作岗位，有的去投奔儿女，有的返回家乡，还有的离开了人世。我有了紧迫感，每到暑假就飞往黑龙江，背着双肩包一个农场一个农场地采访。2008年,我的双脚终于踏进八五九。

到八五九采访的第一位知青就是葛柏林。那时,葛柏林已成为农场的一张名片,采访他也不是件容易的事。农场宣传部的朋友给他拨电话,说浙江有位作家想见他。他很给面子,开20来公里车从他的圈河①农场赶了过来。

葛柏林见面就说,我是诸暨人,听说浙江老家来位作家就跑来了。看来我借了浙江的光,否则他也许不会放下手头的事情从那么远赶过来。他在靠窗的椅子坐下,脸像老农民似的呈赭红色,两鬓没有白发,不过已谢顶,有一张像老农民似的古铜色面庞。穿着不大讲究,一件白圆领T恤,外套黄、蓝、白横杠衬衫,衬衫兜别一支签字笔,米黄色休闲裤有点儿皱皱巴巴。

我们在宣传部聊了一个多小时,作家刘加祥过来后,葛柏林开着他的SUV拉我们去他的圈河农场。加祥是八五九的,采写过葛柏林,他们关系很融洽。

我们一进入圈河农场,葛柏林像变了一个人似的,兴奋像篝火似的燃起来,如数家珍地讲解着他的农场、规划和憧憬。农场还没建成,湖边的房子还没竣工,乌苏里江边的堤坝刚筑起,上边还堆着泥土。水麦草理直气壮蓬蓬勃勃地生长着,堤下江水滔滔流淌,犹如熙熙攘攘、无穷无尽的人流。农场旷阔,树林茂密,葛柏林说,这里许多树都是原始的,有些品种是珍贵的。

9年后,葛柏林的SUV再次把我拉到圈河农场,陪同我的还是加祥。葛柏林变化不大,穿着一件像迷彩服似的两兜衬衫,下身好像还是上次穿的米黄色休闲裤,农场却有了巨大的变化,路铺好了,堤已筑好,一幢幢别墅隐于绿阴之中,处处郁郁葱葱,鸟语花香。在一幢装修高档的别墅里,我见了葛柏林的夫人林莉,对他们夫妇进行采访。

光阴犹如从山上滚下的线团,越滚越快,眨眼就是几年。2018年成书前,我们又对葛柏林和林莉作了补充采访,他们夫

---

① 圈河即别拉洪河,系乌苏里江下游左岸一条支流,位于黑龙江省三江平原的东部。别拉洪河系满语,意为"大水漫地之河"。

妇热情配合,聊得很开心。葛柏林已71岁了。林莉也69岁了,按过去的说法已是古稀之年,说起圈河农场的昨天、今天和明天,他们还那么富有激情。我们不由得想到曹孟德的诗句:"老骥伏枥,志在千里;烈士暮年,壮心不已。"

下乡50年,葛柏林和林莉在亘古荒原上建起了"中国最美家庭农场"、AA级景区,先后荣获"全国粮食生产大户""全国十大种粮标兵"称号,当年毛泽东号召的"广阔天地,大有作为"在他身上得以充分体现。

1.

葛柏林:1985年,我已下乡17年,从10连的统计、生产技术员、副队长、队长,干到了三分场场长。我的势头在往上走,当时农场分场场长年龄在48岁左右,我才38岁,是最年轻的,有十年的年龄优势。总局领导对我父亲说,送小葛上大学,好好培养培养,趁着咱们这些老家伙都在,让他挑挑担子。我父亲"文化大革命"中被打成"走资派",平反后,当时已是总局办公室副主任。

我三次向农场打报告,(要求)下来搞家庭农场。场领导对我挺重视,给我三个选择:上柳河干校或者八一农大学习,回来当农场干部;去水利大队当队长;尊重本人意愿,下去办家庭农场。

我说,官场这个台阶是爬不完的,爬起来也累,我就下去搞家庭农场吧。

我是六六届高中,当时高考志愿都填好了。我的第一志愿北京装甲兵学院,第二志愿大连工学院,第三志愿八一农垦大学。我为什么报考部队院校?一是家里生活困难,我父亲一个人上班,5个孩子,还要给爷爷奶奶、姥姥寄钱,我是老大,军校国家供养,不用交学费;二是我想当装甲兵,我看过《金星英雄》那本书,主人公是装甲兵,从苏联一直打到柏林,作战非常勇敢,被授予"金星英雄",回家后,不论走到哪里都受到热烈欢迎。我觉得当个"金星英雄"挺不错。

离高考10多天,"文化大革命"爆发了。大学考不成了,装甲兵的梦也破了,毛主席发出号召上山下乡,那就下乡吧,起码能减轻家里一点儿负担,就这么着,1968年我跑到北大荒。

那时实在是太苦了,夏天麦子收了,晚上在场院扬场,干活累出一身汗,麦芒粘在身上痒痒的,蚊子一把一把的,叮在脸和脖子上,难受劲儿别提了。吃得也不好,有的连队靠河边,打点鱼改善改善伙食;我们8连都是转业兵,不太会安排,阶级斗争那根弦还绷得很紧,谁多养两只鸡就走资本主义(道路)了,拉出来斗一番,结果搞得吃吃不上,喝喝不上,食堂空空如也,只有点儿冻白菜,几个月才杀一头猪,顿顿酸馒头白菜汤,馒头粘牙,白菜汤没油水。搞得人见死猪崽子都流口水,有时偷偷把它后腿砍下来,煮煮,解解馋。

吃不饱嘛,就搞搞精神会餐。我时常想《金星英雄》的后半截,金星英雄退役回到集体农庄,他老家穷得够呛,生产搞不上去,生活条件很差。苏联的集体农庄和咱们那时的情景差不多,吃大锅饭,上面官僚,下边出工不出力。他带领大伙儿致了富,有一段描写集体农庄会餐:焦黄的大列巴(大面包)装在箩筐里,玫瑰色葡萄酒倒进杯里,还有烤得金黄的烤鹅,大家举杯庆祝丰收。

既然当不成装甲兵就要好好干,过一个好的生活。北大荒资源那么丰富,我们就不能在自己的土地上创造幸福,顿顿鸡鸭鱼肉?就不能一推开门,猪肉梆子一摞摞的,粉条一麻袋一麻袋的,鸡蛋、鸭蛋、鹅蛋一缸一缸的?

有一年过中秋节知青聚会,大伙儿喝了点儿酒就说了点儿掏心窝子的话,有人说想当干部,有人想当老师,有人说想当兵,有人想当官。我说,我就想能有块自己的土地,自己耕、自己种、自己收,过上过去员外的生活就不错了。当时大家都说这不可能,社会主义嘛,哪能允许个人英雄主义和承包主义,那是不可能的,说我是在做梦、说梦话。当时赵五金说要走仕途,大家就叫他"赵举人";我要当财主,他们就叫我"葛员外"。

我就想,自己要是有块地,肯定能经营好,能做到要啥有啥。

2.

林莉：我是1969年下乡的北京知青。我家5个孩子，下乡三个。我老大，我弟弟老二，大的走了，小的才留下。我俩走了，大妹妹分到北京的工厂，再下边一个妹妹去北京郊区插队。

我的同学都上云南了，上西双版纳，橡胶林，我不上那儿去，太热了，还有蛇。一个去我们学校（动员）的当兵的说，北大荒楼上楼下电灯电话，我信了。到北大荒一看，到处是荒草甸子，8月底9月初，正是蚊子多的时候，一把一把的，晚上上外头，往脸上一拍，能打死好几个。可不是楼上楼下？楼上一层铺，楼下一层铺，上下两层大通铺住20个人。

下乡的时候，我正好20岁，分在10连农工排。这儿以后挺苦的，在政治上挺受压抑。领导老觉得我们读过高中的受资本主义教育多，中毒多，是重点改造对象。他们让初中生去当老师，也不让你去。你要去最艰苦的地方，通过劳动把毒洗下去。你别乐，当时真是这么说的。我上高一时就赶上"文化大革命"，以后两年带念带不念的。

我的个性是属于那种比较直爽，说话也比较直的那种。这会不会吃亏？吃亏呀，有些老职工家比较贫困，逢年过节杀猪卖肉，有一次剩4斤（没卖出去），我说过年了，咱们花钱买吧。那时挺便宜，7毛钱一斤。买回来，我借个小锅在宿舍炖了，分给大伙儿吃了。他们吃完了还批判我，为啥批判？说我资产阶级思想严重，自个儿做小锅饭。我说我花自己工资买的肉，大伙儿都吃了，完了还批判我资产阶级严重，那会儿没地方说理去，现在看是个笑话。

说是接受贫下中农再教育，就是干活。那会儿没有工作8小时概念，什么时候需要什么时候干，早晨三四点钟起床，把场院堆的麦子上的草苫子揭了，用木锹划好垄，隔半小时翻一次，要下午四点钟左右收场。晚上把晒干的粮食入囤，没有输送机，都是人扛，三节跳板，背七八十斤粮食一节一节上去，往上头一倒。秋天下地收豆子，豆子太矮了，弯腰割一天，腰都直不起来。

1972年,领导被换掉了,新上来的领导觉得应该让高中生去当老师,他们会比初中生教得好,于是让我去当老师。农工太苦了,能干到老师不容易。

葛柏林:小时候喜欢什么,大了以后自然就对什么有感情。

我在浙江农村长大的,是最早的留守儿童。我父亲在外当兵,把我送回诸暨老家。我跟着爷爷奶奶,他们下地种菜,我去薅薅草帮忙。后来,放学回来挖猪菜、挖笋、挖药材,抓螃蟹、抓泥鳅。石头翻开,螃蟹慌忙窜逃,钻到篓子里。搞一个竹编的笼,放进肉骨头或者饭粒儿,搞根绳子和石头沉到塘底下,过两三个小时笼拽上来,里边有泥鳅,还有小鱼小虾,拿回家给爷爷下下酒,改善一下生活。8岁的时候,我挖了一个大冬笋,卖了5角钱,被奶奶没收了,我哭了一场。挖药材挺不容易,一次挖半斤一斤,到集市上卖几毛钱,买一碗馄饨吃,我奶奶还说我不会过。

我12岁跟着父亲住在合江农垦局,在农垦局院里搞小垦荒,种土豆、茄子、西红柿。总局大院后面是个垃圾堆,垃圾堆旁边是菜窖,挖菜窖挖出来的黄土堆在旁边。过去的垃圾不像现在有塑料袋、玻璃瓶子,除菜叶子就是煤灰,那时玻璃瓶子是好东西,还留着打酱油打醋呢。我拿铁锹平巴平巴,把黄土在上面覆盖一层,种上了倭瓜、苞米、豆角。豆角顺着苞米秆往上爬,家里的菜基本不用花钱。

林莉:我跟土地可没有这感情。我是在北京长大的。那会儿他们都种扎根树,我说我不种,我可不想在这儿待着。结果种树的都走了,我这没种的倒留下了。

3.

葛柏林:离农场场部70余公里的37连有很多荒地。荒草甸子除了野草,什么都没有,人一进去,蚊子轰地炸开来。我想办开发性家庭农场,自己开荒种地。

1983年,已实现《金星英雄》所描写的场面。过去,垦区的体制跟苏联的集体农庄差不多,吃大锅饭,领导瞎指挥,每人每月35.2元工资,干多干少一个样。1974年冬天,零下30多度,10连派出300多人去挖排水沟。天寒地冻,一镐下去,像弹脑瓜崩儿似的,地上一个小坑。早上6点上工,晚上6点钟回来,一个班分一段,结果这个班刨一个小坑,那个班刨一个小坑,一冬天刨了几十个坑,不够现在挖掘机干半个小时。

那时,动不动就零下三十多度,迎着风走一会儿,脸就冻白了,鼻子也白了,没有办法只能用手使劲搓。不干活冻死你,干活吧,一天干12个小时得累死,只能干一干歇一歇,干一干歇一歇。后来,我说,你非得冬天去挖排水沟,夏天挖多好?冬天一天半方土都挖不出来,夏天挖六七方都很轻松,咱们得科学管理。

1979年我当上了连长,冬天全连放假,后来其他连队跟着学了。

四年后,北大荒搞大包干,10连由八九五农场最后进的连队变成全场第一,在全垦区1000多个连队中排名前三,两万亩地赢利100万。豆收和麦收的时候,每天都会餐,干出100亩、150亩就收工上食堂吃饭,食堂摆着12个大菜,好烟好酒,酒是剑南春、泸州老窖,烟是上海牡丹、天津恒大。

我们还隔三岔五分东西,什么都分,小麦收完了,分土麦子;大豆收完,分豆皮子、豆毛子;秋菜分白菜、萝卜;还分西瓜、沙果、葵花子,一家6大麻袋葵花子。张瑞敏的青岛冰箱厂欠两百万债的时候,我们连队分了30万现金,人均3000多,等于我下乡十年的工资。从1968年到1978年,我10年才挣3000多元。那时候有台电视可是不得了,我们10连实现了家家户户有电视。

我们赚的第一个一万块钱给了我妈。为啥?我妈工作一辈子,一直没转正。那时候,我父亲跟我妈说,你干脆就别转正了。我妈听他的了,结果整得我妈工作时间挺长,出勤率还挺高,却没转上正。

林莉:那时,他们俩老打架,我老婆婆在总局缝纫组上班,我老公公是管理科科长,负责职工转正。转正指标有限,他就让我老婆婆让给别人。我老婆婆让完了就有意见了,说你看,跟我一块儿来的都有了退休金,你先让我下来,我连退休金也没,为这事成天吵架。我们说,你们别吵了,我们挣了一万块钱拿给你。那时,银行利息还挺高的,一万块一年有700多,那会儿我们的工资才40,700块等于一个月五六十了。

葛柏林:分奖金的时候,事儿就多了,平时不怎么出力的想争一争,想多拿钱;平时干得不错的,又不好意思争。我发现大包干这种形式还不能实现按劳分配,多劳多得,少劳少得,得另找一种模式。那时,中央电视台在播放美国电视连续剧《草原小屋》,一家人开一辆大篷车,到美国西部开发家庭农场,觉得挺有意思。我们就想自个儿也办个美国式的家庭农场,美国人能干,咱们也能干。

当年我说,想有一块自己的土地,那帮同学都笑我,说你不是做梦吗,社会主义国家哪能让你自己拥有土地,承包土地?终于等到了机会。

林莉:葛柏林一直做这个梦,希望有块地好好种一下,像绣花似的,建个像样的地方,跟美国的家庭农场一样,也是建设美丽中国的意思。

葛柏林:贷款5万元,我购进60推土机、铁牛55拖拉机各两台,大犁、重耙、轻耙、播种机、镇压器各一台,油罐一个。我还在37连承包2000亩次生林,在周围打了防火道。

我们借住的是37连的房子,那房子八面透风,冬天零下20多度,把水缸里的水冻成冰坨。晚上,我和5名农工挤在两米来宽的土炕上,大家开玩笑说,必须喊着号子一起转身。为解决资金,我领着他们打零工,给二道河农场拉沙子。

林莉:农工就是各连队愿意跟我们干的职工,我们雇的,工资比农场职工高一倍。

葛柏林他们用火烧荒,拖拉机翻地,耙三四次才播种。大犁放在那里被人拆走了零件,不能用了,只得从别处弄回一台。他们先开垦几百亩荒地,后来扩成一两千亩地。没有食堂,他们就交伙食费,在37连搭伙。那要连队的职工先吃,剩多少他们再吃,像受气包似的,吃得特别不好。我想,这样时间长了身体就造完了,身体垮了什么都完了,与其那样还不如俩人破釜沉舟一块儿干。再说,家庭农场亏损了,就我那点工资也不顶用。于是,我也就打了报告,辞去小学校长,下来给他们烧水做饭,送水送饭。

什么时候谈的恋爱?1972年,北京缺少师资,来农场招老师那年。知青刚来时不让谈恋爱,谈恋爱就是资产阶级思想,马上斗你,开会整你。有一次领导在会上批评大家,一个知青站起来质问,你闺女多大?你什么时候结的婚?大家一算,敢情18岁就结婚了。知青火了:"你怎么18岁结婚了?我他妈都二十五六了,还不让谈对象!"打那以后就允许了。

让人家扎根又不让人家谈恋爱结婚,那怎么扎根?那时许多知青已经二十六七岁了。

葛柏林是8连的知青,1971年调到了10连,这样我俩就在一个连了。他是统计,我是农工,我们是老职工介绍在一块儿的。

第一印象?我当时觉得他特别土,穿一条带补丁的裤子,补了两个膝盖,平常不爱吱声。不过,我发现他对一些社会现象看得比较透彻,有头脑。下乡那会儿知青大多年纪小,初中毕业的也就十五六岁呗,懂什么?人家一说,他们就相信,人家一撺掇,啥事都干。葛柏林跟他们不一样,他对江青的"文攻武卫"提出不同看法,说他们要文攻武卫,都互相打起来,那就没有文攻了,全变成武卫了,那不乱套了吗?那时谁敢那么说?我听了不敢跟别人说,说了他就是反对江青,就要被打成现行反革命。

人家都挺好奇,说你怎么看上葛柏林呢?还说第一个发现葛柏林优点的人就是我。

葛柏林:我跟林莉谈对象前私下里没有接触,只知道她是北京知青,外号叫"林大浪"。

开始也有点误解,后来一接触这人不错。她体育挺好,在学校100米、200米、铅球、跳远都是第一名。她又泼辣能干,能和男的摽着干。能干就招人嫉妒,尤其她的领导觉得她威胁太大,知青里也钩心斗角,不把你踩下去人家上不去。她性子比较直,有些事情看不过眼儿,就跟领导对着干,领导还不收拾她?那帮女的就贬她,叫她"林大浪"。其实,她是挺正统的一个人。

林莉:"文化大革命"时,给他(葛柏林)爸轰到查哈阳(农场)去了。我第一次去他家,他父母还住在羊圈里呢。

有没有动摇?没有。当时没考虑那么多,咱是觉得这个人不错,也不是跟他们家怎么的。他爸是"走资派",那我爸还是国民党军人呢,都差不多。

我爸是福建长乐人,小时候爷爷走得早,奶奶领着他没法儿过,就给送到饭店当学徒了,后来随着国民党远征军去了缅甸。他级别不高,干技术的,修理装甲车和坦克,沈阳解放时就投诚了。凡是机械的他都懂,人家弹的琴摔坏了,他能修;车坏了,他能修。

葛柏林:"文化大革命"时,全国在查一个叛徒,叫葛清,我爸正好也叫葛清。通缉令发到总局,总局说我们这儿有个葛清,一下子对上号了。正好我爸是1945年参加游击队,打仗时打散了,找不着组织就回家了。后来去上海当了工人,因闹事儿被开除,又跑回浙江老家乡下,中间这两年说不清,叛徒就扣他身上了。后来,查来查去也查不出什么罪状,就把他打成"走资派",下放到查哈阳农场。

刚下去时住一个老贫农家对面炕。他们从佳木斯带两袋面,馒头一揭锅他家六七个小孩就围上来,一人抓一个,一锅馒头就没了。下雨天我妈挑水,刚把缸挑满,他家又喂猪又做饭,一下子缸就见底了。我家从城市下去的,卫生好一点,这边刚收拾完,那边虱子跳蚤就过来了。

这日子没法过了,我爸就跟领导说,哪怕给个猪圈羊圈让我们搬进去住也行。

他是犯错误下放的,不把他当成毛主席革命路线上的人,贫下中农和基层连队都不稀罕管,最后找贫协主席才松口,说给他个羊圈吧。羊圈是间挺矮的小土房,外间15平方米用来做饭,里间15平方当住房,弟弟妹妹睡在一铺炕上,灶坑里烧的是草甸子割的草和地里拉回的苞米秸子。

1975年,她回北京探亲,说哪哪号从北京回来,坐火车到齐齐哈尔,拐到拉哈,让我到拉哈车站接她,去查哈阳看我父母。拉哈车站到查哈阳约60里地,那60里地没有直达车,有时候坐毛驴车,有时候坐小蹦蹦,有时候坐马车,截啥车是啥车,没车走路。我头一次赶到拉哈没接到她,我就有气了,不来拉倒,就回来了。我妈说,可能晚点了,你怎么这么心急就回了?我说,第二天再去接吧。第二天又没接到她,就等,等半天,等到晚上也没等到她,我又回来了。回来后,她就打来电话了,说西安的老舅来了,晚回了几天。第三次去接,我才接到她。

三请诸葛亮,接了三次才接到她。老爷子老太太见林莉圆脸儿,高挑身材,倒是挺高兴。晚上,她就住在大炕上。她住了十多天,回农场我们就领证了。准备了两桌饭菜,老职工和知青们送个茶缸、毛巾、玻璃杯啥的。结婚时,我已二十七八岁了。

4.

葛柏林:家庭农场第一年就赢利了,毛收入11万元,当时一个人工作一辈子才挣4万元多点儿。

有些人就红眼了,说葛柏林的家庭农场沾了连队多少多少光,于是农场就派计财科科长等人来查账。查来查去,农场一分钱没找回去,还给我们找回一万多块钱。当年毛收入变成了12万。连队给我们一亩地摊了20公斤的豆种,谁家撒豆芽呀,一亩地播那么多种子,再说播那么多它也不长,不结豆儿啊。本来我和连队有约定,我们给队里干零活,凡是一千元以下的就不算账了,算义务劳动。连队的森林着火,我们去车去人扑打,拉个大犁,打了一道防火道都没跟他们要钱。

他们说政策变了,把我承包的2000亩次生林收回去了。我来气了,那块地就不要了,给连队了!你不老怀疑我们占便宜吗?我们躲你远远的,找个前不着村、后不着店的大荒草甸子重新开荒,重新种地!

1986年,我们搬到别拉洪河边的荒草甸子。别拉洪河是满语,有大水漫岗,河水一圈圈之意,又叫圈河。

四周的好地,水大淹不着,涝不着的,让连队开垦了,我们开垦的是人家不稀罕开垦的低洼地。没地方住,我就买块帆布,往拖车一搭就是棚子,五六个职工住在拖车上,住不下就搭上下铺。我和林莉也找块破帆布搭个小棚子,猫腰住进去。外头下大雨的时候,我们住的地方下小雨。没地方做饭就外头搭个锅台,林莉光着脚丫子在外面做饭。没有自来水,就把泡子①里的水烧开了喝,那会儿没有那么多污染。

后来,盖一间25平方米的小砖房,林莉有了厨房,不用光着脚站在泥水里做饭了。

1987年,我们新开垦的地里种上大豆,豆苗长势好啊。

为赚外快,我们去二道河农场修路,挣了10万块钱,挺高兴的。回来一看傻眼了,家里2000亩地都涝死了,当年颗粒无收,连工资都发不出来。接下来几年,家庭农场被贬得够呛,有人认为家庭农场挖了社会主义墙脚,雇人是剥削工人的剩余价值。家庭农场的粮食不许随便卖了,必须卖给农场;化肥、农药不给指标了,自己想办法。承受不了政治和经济压力,家庭农场十有八九垮掉了。跟着我们干的技术水平高的职工都走了,又招了一批,没过多久又走了。

1990年,农场只剩我和林莉了。我们吃野菜蘸大酱,喝泡子里的水坚守着。我得了角膜炎,红肿着眼睛行走在齐腰荒草;又挨了雨浇,发起低烧,躺了三个多月不退烧……

农场给我做工作,说赶紧洗脚上岸吧,别陷得太深,别赔得啥也不是,赶紧把地卖了,让我回去当个副场长。

林莉:本来可以不遭这个罪。我有三次返城机会,放弃了。

第一次是1972年。北京中小学教师紧缺,招一批高中知青返城当老师。那机会难得啊,知青大返城前很多人都想走,有的干部子弟门子硬,当兵走了。没关系的豁出去了,工作不要了,

---

① 泡子,通常不和外界的其他河流或湖泊连接,是死水,而且一般不会很大,水也不深。

户口不要了,赖在城里不回来了。他们宁可扫大街,扫大街的活儿也找不着,你是逃兵,没有户口,什么都没有,人家不给你安排工作,只好当无业游民,父母认养了。

负责招考的是我家亲戚,基本定了招我。那机会多难得,可是我和葛柏林谈对象了,没有走。家人埋怨不?反正不高兴是真的。

1977年恢复高考,我本可以复习复习参加高考,离开农场,也放弃了。要考能考上不?我觉得应该能考上,我那会儿当老师,扔得不多,不像他们干农活不接触课本。我小学老师、中学老师都当过,中心校校长也当了好几年。

第三次是1979年,我爸退休,让我回去接班,工资关系都办了,我没走。有孩子了,我走了,他和孩子就扔这儿了。或者各回各地儿,他回佳木斯,我回北京,可是长期分居也不是个事儿。我还是比较注重感情的,所以就选择留在这儿。接班的名额给了我妹妹,她顺当回去了。

葛柏林说,你看知青上山下乡大帮来的,如果随着大帮回去,住房没法解决,工作没法解决,二十多岁三十几岁,回家吃爹的吃妈的,也不是个事儿。再一,上山下乡将近十年,年轻的时候在这里学的是农业,回去了用不上。我回去了或是当老师,或是干别的;他回去进工厂给师傅递扳子、递钳子,伺候师傅,十年的农业底子就白费了。

当时考虑挺多,就没有回去。不过,心里也不好受,一个车皮呼噜呼噜来了,人家都回去了,就剩下我们,总觉得有点儿没着没落的。

我家下乡三个就我没回去。弟弟到延安插队,第二年分到陕西铜川三线农场,在那儿待了一年多就回北京了。我弟弟回去后像我爸一样搞了机修。1986年,我爸走了,那年他66岁。

葛柏林:我也有几次返城机会,佳木斯物资供应站调我,我没去;检察院调我,我也没去;八一农大也没去。

高考一起考?我俩读过高中,考上的概率肯定会高一些。不想考,都30岁了,念书期间没有工资,没有住房,已有了儿子,你说我们怎么办?

5.

葛柏林:在家庭农场最困难的时候,有的家庭农场主把地卖了,洗脚上岸了。有人说,别人都不干了,你怎么还在地里干呢?那时,我还在开荒,规划农田,让它更适合机械化作业。我还在投资种树,挖沟修路。我们那块地是低洼地,要用推土机隔一二百米挖一趟排水沟,涝时好把水排出去。

我高息贷款一百多万,雇人像燕子垒窝似的一点一点将四周垒成坝,个别洼地围堰,用编织袋装土围起来,下大雨水流进沟里,抽出去了庄稼就没事了。有坝围着四周的水就进不来。有一年发大水,四周的水比里头高1米5,要是不围坝的话,庄稼就全军覆没了。

坝有多高?一米六七、一米七八。

有人说我这不是傻吗?我这么干,有两个原因:第一,家庭联产承包制在中国,我认为不可能变,农民再吃大锅饭,只能饿死;第二,农村的个体承包全都取缔的话,国家怎么安排这么多人的生计和工作?我认为家庭农场这个大方向是不会变的。

除农田基本建设之外,我还种树,1990至1991年栽红松300亩;1994年,植树造林2000亩。

种树不赚钱烧钱,那为什么还要种?我从小在浙江,成天在林子里转。我是从林子里出来的,一进林子就像到家似的,感觉非常亲切,非常舒服。

我们开垦的那片荒地原来叫北大林子,地势高的地方是林子,低处是湿地。知青在的时候,林子被砍光了。那些年,一到冬天知青就去林子里砍树,盖房、取暖、做饭,用的烧的都是木头,这片林子砍完了,砍那片林子,挨片儿砍,见林子就砍,争先恐后地砍,等知青走时几乎所有林子都被砍光了。

我们开荒时,那地方一棵树也没有,想找一根搭帐篷的棍子都找不着。生态平衡破坏了,树没了,野生动物都跑了,光剩耗子了。耗子特别多,开荒种地打了点儿粮,堆在仓库里,100个麻袋有 80 个让耗子给嗑个稀巴烂,粮食流一地。

我在那儿建新点后就种树,先建了三亩的苗圃。当年知青砍树把北大荒给祸害够呛,等于还账了,既为自己还,也为那些砍树的战友还。当年砍树是命令,军事化砍伐,你不砍行吗? 可是,树苗存活率很低,有的被杂草吃掉了,有的被耗子嗑一圈儿嗑死了,有的被虫儿咬死了,成活一棵树,得补苗儿好几次。

1997 年,我买入进口大马力 M160,耙地由日 80 亩提高到日 400 亩,中国农民终于可穿白衬衣下地作业。那年秋天遇特大水灾,买了 5 台水泵日夜往围堰外提水排涝,总算免遭灭顶之灾。

对了,1996 年还干了一件傻事,用 200 亩熟地换回湿地中的小开荒。

我们那个开荒点在高岗上,高岗下面是一片湿地,三面环河:一条新河,一条老河,一条废河。我们把湿地的口堵上,确保 5000 亩湿地常年积水,这样一来,里面的泥鳅、鲫瓜子就特别多。给我们盖房子的施工队用抬网抬了一个来回,抬到两大肥料袋的鱼。冬天,十连的一个小子去打鱼,打了几万斤。冬天水一排,只要接一个网兜儿就能抓到鱼,可是我们不抓。为什么不抓? 你把鱼抓走了,鸟儿吃啥? 几万斤鱼都是小鱼小泥鳅,你祸害多少生灵? 不抓。

年头旱湿地就干了,湿地里也有高岗,一条一条的,有人跑进去开荒,结果种一年赔一年,为什么? 年头涝四周都是水,只能颗粒无收。我跟农场领导请示说要建一个湿地,领导挺开明,说行吧,你自建自管。我们就用一块 200 亩的高岗地把湿地里面的开荒地全部换回来,将整个湿地连成一片。

建湿地没有什么效益,围起来得花钱,年年管得花钱。为什么保护? 我们开垦荒地以后,鸟没处下蛋,在草棵子里下蛋,结果一犁地,把鸟蛋都犁碎了,有了湿地,鸟繁衍生息就有了地儿。大雁南迁的时候,可以在湿地落落脚,像驿站一样,喝点水,吃点东西,完了继续南飞。湿地又是地球之肾,补充地下水。

从长远看,把北大荒原始面貌保留下来,子孙后代能看到亘古荒原是什么样,他的前辈是怎么把这么低洼的塔头、草甸、芦苇荡开垦成稻田。湿地开发之后再恢复是不可能的了,破坏容易,恢复很难,保留下来的湿地从价值来讲不可估量。

这是中国农民第一个自费建的1000亩湿地保护区。

林莉:每年种树,十年林子就长成了气候。三十年种了一百多万株吧,也没细数过。现在都挺粗的了,直径得有30厘米了。现在看那片林子可漂亮了,落叶松、樟子松、红松,树阴下一片松针,特漂亮,还有核桃楸、山核桃。林子里长着灰菜、蕨菜,8月下了雨,就可以进去采蘑菇了。

小动物都来了,狍子、黄鼠狼、狐狸、花狸棒子、小松鼠、猫头鹰,还有一种像小雕那样的,咪溜咪溜,飞得特别快。

黄鼠狼挺好的,它光咬耗子,不祸害农场养的鸡鸭鹅,掀开帆布底下一堆一堆的耗子,那是黄鼠狼抓完了冻成一堆,储备起来过冬吃的。我们打的粮挺多,有时候卖不了,快开春才能卖,100个麻袋被耗子嗑不了几个,生态平衡了嘛。

冬天就扔点吃的,天冷,雪大,那狐狸、黄鼠狼别找不到吃的,我们不祸害野生动物。看到狐狸的时候少,它躲着人,有人看到一只大狐狸带着一只小狐狸,在田头翻地鼠。有人上湿地打林蛙,我们买了都放了。有一年地里长了很多地老虎,老嗑豆子根儿,也没打农药,飞来很多乌鸦,把地老虎吃了。

葛柏林:我在全垦区20多万个家庭农场中,从规模、现代化程度、粮食产量、销售收入来看都是拔尖的。2003年,我被评为全国十大种粮标兵。2007年十七届三中全会肯定了家庭农场是现代农业生产模式之一。我们家庭农场现有林地4000亩,湿地1000亩,耕地6000亩,最高的年头打了150吨大豆,要是50吨一个车皮子,整整30节车皮。还有小麦,一千七八百吨两千吨左右的产量。看到那么多粮食,是什么感觉?没什么感觉,年年种,年年卖的,有时候也愁卖。

我们是中国最美的家庭农场,有大湿地、大农田、大农机、大森林、大产区,符合习总书记提出的绿色、可持续发展。在全中国找不出来第二个。

现在到我们家庭农场,门一推开,就像是当初我想的那样,库里满满的,想吃啥就吃啥,池塘里有鱼,圈里有鸡鸭,鸭蛋、鹅蛋一缸一缸的,基本实现了当初的理想。

我们这儿三十多年,走过了美国好几百年的历程,人家的家庭农场有二三百年、三四百年,祖祖辈辈经营,咱们三十年完成了,所以付出的辛苦肯定比人家多,是不是?

林莉:现在有10多个职工,六七个干活的,四五个看点的,冬天有鱼池,扫扫雪什么的。我们俩岁数大了,都七十了,地就承包给别人了,我们就管管林子,收拾收拾鱼池。林子本身没有收入,有时候农场上我们那儿挖树苗,也没跟他们要钱,都是白挖。

空气好着呢,氧吧似的。你要是在城市待惯了,上这儿住一个月放松放松,挺舒服的。那帮知青来了就说,知道农场像现在这样,还不如不走,北京我不愿意回,猪肉这么肥。我回北京从来不吃猪肉,都是机械化生产的,没法吃。那边乌烟瘴气的,在这儿惯了,回去以后他们不觉得,我的后脑勺特别疼,走几里路觉得怎么那么累呢。回来吧,天天溜达也没事。北京买一个厕所赶上咱这儿一栋楼了,有的知青到现在还住在十几平方米的小房里,把房子腾给儿子,自己租个小房的都有。我们在北京有没有房子?有,我妈那房子我买了。

儿子是北京户口,从小在哈尔滨爷爷奶奶身边长大的,大概十六七岁的时候回来跟着我们干。他不愿意待在北京,嫌北京太闹腾。我妹妹的孩子早上六点多就出门,一个多小时在路上,来不及吃饭,就买小包子、灌饼什么的,在公共汽车上吃。这儿的生活节奏比较慢,到点下班,到点吃饭,到点睡觉,挺美的。

我孙女在北京读高中,也是北京户口,想考北京公安大学,成绩还行。

葛柏林:有知青回来,我就说,你们有本事的走了,这才把我们"冒"出来,要不然我们还"冒"不出来。

儿子儿媳妇都在家庭农场干活,给他们发工资,比别人略高一点,也高不了多少。按照我的家庭农场的模式来说,农场主只有我们两口子,儿子、儿媳妇都不是。

人家美国讲金融世家、农业世家,咱们也不能断档啊,既然是从农业发展过来的,那儿孙辈的接着干这个,农民世家,一代代地接下去。

(原载《北京文学》2018年第10期)

漩 涡 里(节选)

1990—2013 我的文化遗产保护史

冯 骥 才

"作家的情怀"

对一个时代文化的自觉,不是别人告诉我们的,是我们渐渐觉察和觉悟到的。虽然文化可以看见,但文化的问题总是隐藏在生活里,文化的转变总是在不知不觉之中。所以,开始时可能只是一种感觉和察觉。出于某种敏感而有所触动,还会情之所至地做出反应。可是如果它是一个新时代注定带来的,你就一定要思考了。只有思考才会产生自觉。

自从20世纪80年代,我便感到了"年"的缺失。有生以来,过年只是我们的一种一年一度自然而然的传统生活。我们不曾把它当作文化。但现在却忽然感受到"年味"的淡薄与失落。千百年来一直年意深浓的春节,怎么会只剩下了一顿光秃秃的年夜饭?人们甚至还在若无其事地随手抛掉仅存无多的剩余年俗。比如20世纪90年代初各大城市一窝蜂学习香港"禁炮"。那时亚洲四小龙的一切都是我们艳羡的楷模。鞭炮成了城市文明的敌人。天津是中国大城市中最富于年味的,天津人最在乎过年,这情景我在《激流中》最后一章写过。当时,天津是唯一年夜可以燃放鞭炮的城市,可是渐渐也卷进"禁炮与否"

的争论中。我立即写了一篇文章叫作《禁炮不如限炮》。我反对禁炮。我的理由是：

> 中国人的年是文化含金量最高的节日。但眼下正在一点点被淡化、被取代、被消除。除夕间饭馆的包桌订座正在代替合家包饺子吃年饭；电话拜年和 FAX 拜年正在代替走亲访友。如果再禁了鞭炮，春晚又不尽如人意，年的本身便真的有名无实了。有人说，可以去旅游呀，去唱卡拉 OK 呀，去滑冰呀，但那样做我们还能找回年的情感吗？年有它专用的不可替代的载体，这便是那些千百年来约定俗成的年俗。
>
> 现在禁炮之声正在蔓延。理由振振有词。倘说鞭炮不文明，西班牙人传统的斗牛岂不更野蛮更危险？倘若说鞭炮伤人，游泳年年淹死人，拳击和赛车更伤人害命，又为何不禁？倘说污染，还有比吸烟污染更严重，并直接进入人的身体，谁又呼吁过"立法"禁烟？最多不过劝人"戒烟"罢了。
>
> 世上的办法很多，为什么非用一个"禁"字？
>
> "禁"是一种消灭。如果灭掉鞭炮，被消灭的绝不仅仅是鞭炮包括污染，而是一种源远流长、深厚迷人、不可替代的文化，以及中国人特有的文化记忆与文化情感。我们不会在文化上这么无知吧。

这是我最早的社会文化批评。

这篇文章在当时影响甚大的《今晚报》上发出来，马上引起了十分热烈的社会呼应，致使当时市人大的一次会议上做出"暂不禁炮"的决定。我闻讯赶紧又写了一篇文章《此举甚妙亦甚好》，称赞政府"体恤民情，顺乎民意"；同时呼吁百姓与政府合作，燃放鞭炮时要有节制，注意安全。我这篇十分"讲究策略"的文章奏了效，使得天津的年夜一直可以听到除旧迎新的炮声。很多禁了炮的北京人除夕那天跑到天津放鞭炮过年瘾。

自20世纪80年代中期,每到腊月二十三左右,我都要往两个地方跑一跑。一是东城外天后宫前的广场,这里是传统的年货市场。这市场不卖食品,全是岁时的用品与饰物。如鲜花、金鱼、吊钱、窗花、福字、香烛、年画、供品、绒花等等,红红火火,都是此地人深爱的"年货"。但十年"文革"中被视作"四旧"遭到禁绝,致使广场成了一片了无人迹的空地,广场中心甚至长出很高的野草。"文革"后百废俱兴,这里又恢复为津地年俗最浓郁的地方,自然是感知年味最好的去处。此外,我还要跑的地方是津西的几个乡镇,杨柳青、独流和静海一带。为了到这些地方的集市里挤一挤,每去之前先要打听好哪一天是集日,我说过"农民过年的劲头是在集市上挤出来的"。我到这些地方还有一个具体的目的,就是寻找地道的农民印绘的粗粝又质朴的木版年画。这些地方全是古老的年画之乡,我对这里农民印绘的乡土版画情有独钟,特别喜爱。"文革"前我从这里收集的许多珍贵的年画,"红八月"时都给烧了。可是到了80年代,再跑到这些年画之乡来,却很难见到手工印制的木版年画了。仅有的年画摊大都销售廉价又光鲜的机印年画。80年代中期,在杨柳青镇西边一个街口还有两三个卖年画的地摊,但品种少得可怜,只能买到老版新印的《灶王》《全神》和《缸鱼》。唯有一个卖家那里能买到一些大幅的贡尖,如《双枪陆文龙》《农家忙》《大年初二迎财神》和纯手绘的《五大仙》,后来这些年画摊被作为不法经营取缔了。有一次,我跑遍杨柳青竟然一个年画摊也没找到,我站在这个徒有其名的"年画重镇"空荡荡的街口,心里一片茫然。

1990年春节将临,央视记者敬一丹约我去杨柳青镇子牙河边一个小小的四合院,做一个过年的节目。媒体的消息比我灵通。他们听说镇上有一家年画老店玉成号——霍氏一家,近日把"文革"期间中断的祖传技艺重新恢复起来。现在这家老少三代齐上阵,"婆领媳做",你印我画一条龙,我看了很感动。这在寂寞太久了的杨柳青镇,如同死灰复燃。我暗暗地想,怎么才能把这些古老的年画技艺保住,用心呵护并让它蓬勃起来?

383

当时,市内的杨柳青画社社长李志强是我的好友。他是画家,酷爱乡土艺术。我俩都痛感到古老的年画自"文革"以来一直没有恢复元气,应该为它做些事,把它振兴一下。当下决定由天津市文联和画社合办一个大规模国际性的年画节,邀请全国各个年画产地参展,举行学术研讨。时间放在当年腊月二十三日至正月十五日,虽然这个时间刚好在我为期两年个人绘画巡展的中间,但我那时不到五十岁,精力充沛,完全可以同时来办这个年画节,并立志要把这个艺术节办得具有文化深度与艺术魅力。天津民间文化资源丰厚,民俗、民艺、工艺、戏剧与曲艺等等,还有一些历史建筑都是顶尖的东西。如果真的将这些资源有声有色地调动起来,就不只是一个年画节和艺术节,而是城市传统的文化节了。

为此,在运用这些传统文化时,我们刻意把一些已经被时间的尘埃埋没的事物和细节,挖掘出来擦拭干净,重新亮闪闪地放在人们面前。在做这些事时,为了让历史的光芒重新照耀今天,我们发挥了许多非常美妙的文化想象。

比如,我请李志强把杨柳青年画"勾、刻、印、画、裱"全过程放在年画作品展中,好让普通民众了解木版年画复杂又精湛的技艺,这在当时的民间艺术展中是从未有过的。再比如我把开幕活动特意放在南门内建筑极华美的广东会馆,请来各道皇会、中幡、风筝魏、捏粉、书春、刘海风葫芦、石头门槛素包、面具刘、桂发祥麻花、栾记糖画、玉丰泰绒纸花等等各种民艺在会馆的院内外列开阵势,全面展示津地传统民艺的精粹。会馆戏台上演的开场戏是古老的《跳加官》,《三岔口》用上了数十年没见过的"砸瓦带血";台口立着写了当场戏码的水牌子。台下有几桌"观众"是由天津人艺话剧院演员扮演的,他们身穿收藏家何志华先生提供的清末民初的老服装,表演昔时人们如何看戏。剧场里还安排一些演员表演老戏园如何沏茶斟水,卖零食香烟,扔热手巾把儿。连看戏的宾客们手里拿着的戏单,都是严格按照老样子,由年画社的老画师刻版印制的。就这样,完完整整呈现出津沽特有的戏园文化。让那些从北京来的文化界人士吴祖光、新凤霞、黄苗子、杨宪益、王世襄、黄宗江、凌子风、于洋等等看得如醉如痴,更叫天津身怀绝技的民间高人们引以为自豪。闭幕式换了地方,设在杨柳青镇出名的石家大院。

那天是元宵节,杨柳青人也要在大批中外贵客前展示自己风情迥异的民俗民艺。"打灯笼走百病"是搁置久远的元宵旧俗,这一天却让它重新回到古镇的生活中,以表达这个岁久年长的年画之乡美好的文化情感。这一来,带动起天津各县纷纷复活自己的年俗节目,炫示自己独有的生活风情。年不就被我们召唤回来了吗?

那天杨柳青石家大院的元宵晚会散了后,我在那满是雕花的门前送走了四面八方的客人。成百上千杨柳青百姓都挤在那里一同笑脸送客。我心里很温暖,折腾了半个多月地域文化的精华,确实得到了一些充实。当然,时代对传统的消泯之势并不可能被我们这一点点努力挡住,然而我高兴的是百姓表现出的对自己地方传统的热爱与自豪。我在为记录这次活动所编写的《津门文化盛会考纪》的序言中说:

> 辛未岁阑,壬申新春,津门一些有志弘扬地方文化之士,倡办杨柳青年画节。以民间年画来办文化艺术节,乃中华大地史来之首创。
>
> 津人尤重过年,故气氛尤为炽烈,中外友人踊跃前来,百姓热情投入,年俗传统一时得以复兴。活动总人数何止数十万,海内外见诸报刊文章竟达二百多篇之多。影响可谓深广,此节可称盛会。

由此我想,我们还应为自己的城市做些什么?

记得一位记者问我:"你做这些文化保护的事,最初的动力来自哪里?"

我想了想说:"一种情怀,应该是一种作家的情怀。"

为什么是作家的情怀?什么是作家的情怀?

情怀是作家天生具备的。作家是理性的,更是感性的。作家的情怀是对事物有血有肉的情感,一种深切的、可以为之付出的爱。我对民间文化的态度不完全是学者式的,首先是作家的。在作家眼里,民间文化不是一种学问,不是学术中的他者,而是人民的美好的精神生活及其情感方式。

因此,作家的情怀往往就是作家的出发点与立场。

可是那时,在我的行动和思考中还是出现了一些超出"情怀"的东西。在此次年画节留下的资料中我发现,在利顺德饭店举办的国际学术研讨会上我说了这样两句话:"当我们对年画的研究进入文化的层面,就会发现它天宽地阔,它是一宗宝。它不仅是无比丰富的艺术遗产,还是无比巨大的精神文化遗产。"

那是20世纪90年代初,我已经说出优秀的民间文化是"文化遗产"这个概念。不知道我当时怎么产生这样的概念与想法,但是它至少可以说明我已经站在时代转型的立场上来关注民间文化了。这应该是我十年后倡导全国"民间文化遗产抢救"的思想的由来了。

甜蜜的1993和1994

每个人的一生都会有几个年头很特别。对于我——1993年和1994年这两年很特别。此前的"新时期文学"是我尽文学责任的十余年,此后的"文化遗产抢救"是我尽文化责任的二十余年。中间短短一段时间,特别是1993年和1994年是非社会责任的两年,是欢度自己艺术"蜜月"的两年,是纯属于我个人的两年。

1992年在中国美术馆办完画展,全国巡展收官,我又回到文学与绘画创作的快乐里。1993年画展开始应邀搬到国外,首站是奥地利的维也纳。在海外办展览反而更简便,将几十幅作品卷成一卷儿带到国外,那里有专业布展人员可以把展陈做得很完美。自己反而有时间各处游赏,结识朋友。我看异国,总是离不开艺术审美和文化比较的角度。奥地利这个充满巴洛克式华美艺术精神的国度让我处处得到享受,也得到启迪,回来便止不住写出许多唯美的文化游记。我喜欢这种生活,最美的生活是精神的欢愉。这才是一种纯粹的艺术家的生活。你敞开心灵,用心灵与使你感动的事物对话,你用笔触的缓疾和色彩的明暗去追寻变幻不定的心绪,用文字的锐度刻画出你清晰的思想……我请一位要好的摄影记者杨飞给我拍了一张照片:我脸上笑嘻嘻,一手握着作画的毛笔,一手拿着写作的钢笔。这并非想炫耀自己能写善画,而是想表达我对此时的生活很惬意。

在多瑙河峡谷瓦豪那个著名的浅蓝色的教堂前,我对妻子说:"趁着咱们现在有劲儿,应该一个一个的国家去跑一跑。"我还说,"'文革'时我不是对你说过,要带着你到各国去游玩?"妻子笑道:"那时怎可能出国——出国是叛逃,你那是骗我。"

我说:"幸福有时需要自己骗自己。没有不切实际的梦想我们能度过那个时代吗?"

新时期以来我们的文学一直为了一种责任一种使命,现在似乎要开始一种个人主义的纯文学和纯艺术的生活了。那一年我顺风顺水。小说在国内外不断获奖,各种语言的新书接连出版。

特别是在1993年秋天里,我一直热切期盼建立绘画工作室的想法有了着落,我用画换来一处房子。这房子在小白楼地区开封道街口。开封道是租界时代美租界的一条小街。美租界是昔时天津九国租界中最小的一个租界区,总共只有两三条窄仄的小街,夹在盛气凌人的英租界和德租界中间。我这房子紧挨着一家西餐厅起士林。对面是一排美式精巧的尖顶小楼,靠最北边的一座小楼的外墙上刻着1904的年号。它们无疑是美租界最早的建筑。可惜这排老房子不久就被拆了。

那是个狂妄无知的视文化历史如粪土的时代。

我这房子并不临街。临街是一个低矮的方形门洞,钻过门洞却有另一番天地。一个长圆形的院子,中间是长长的花池,几株枝叶婆娑而歪斜的老树,周围一圈是三层的公寓楼,它原来是犹太人聚集的居所。记得小时候,开封道是一条商业街,有许多很吸引人的专卖洋货的小店。这院落里的犹太人都很富有,花池里开满红玫瑰,院里总响着从这家或那家传出来的钢琴声。不过现在时过境迁,早成了破烂不堪的大杂院。然而我喜欢这种有历史的英式老楼。房间不多,却都宽大舒服,还有一种神秘感。每个单元里餐室一侧都有一个厚厚的小木门,内藏一条湿漉漉黝黯的暗道,一条生了锈的铁梯通到房顶,铁梯下边可以藏酒。

我得到这房子后便马上动手装修,很快就依照自己的理想建成一个带点浪漫气质的艺术工作室,取名叫作"大树画馆"。为什么称自己的画馆为"大树"?开馆时我写过这样一段介绍性文字:

> 大树画馆乃我理想的艺术天堂的一角。它是我个人的书斋画室,也是以文会友与广结艺缘之沙龙。但求书香融墨香,慧见启哲思,修心亦修行。
>
> 大树画馆之"大树"二字,取意于冯氏先祖汉将冯异,立功为国,但不求利禄功名,每见众将论功,则避于一棵大树之下。因被尊称"大树将军"。
>
> 敬我先祖高风亮节,故以大树为馆名。

我老家慈城人全都知道一副对联"大树将军后,凌云学士家"。我取名"大树画馆"原来还有一种故乡情结。

画馆建好,我请冰心老人为我的画馆题匾。馆内摆上巨大的画案和书架,墙上挂画,四处陈放我珍藏的精美的古代石雕、木刻、彩陶、老瓷器和民俗文物;还请来一位敲键盘如弹琴的年轻人帮我打字。我所期望的诗文书画的艺术家生涯就此开始了。

这样顺风顺水、五颜六色地一路来到1994年,开端就把一组包括七八个短篇的《市井人物》发表出来。这是我在《神鞭》和《三寸金莲》之后,此类小说迈出的新的一步。

为了这一步,我在这一类小说的文本、语言、文字、方法和审美上琢磨了好几年。在当时文坛的多数作家都竞相掉进"宗法洋人"的泥淖时,我依然想从唐宋传奇、笔记小说到《聊斋志异》这条古道上再往下走几步。我不相信古人把路走尽了,我想在这苍老的泥土中开几朵自己的矢车菊。

把一个个独特的人物个性和天津人的文化共性作为文学目的,讲究文字的精简并与方言相融合,将"非常的"细节作为一种"点石成金"的法器,是我为这组小说刻意的设计。我给每一篇小说的任务是真正"立起来"一个人物,再把这些小说放在一起就是一群活生生的各色人物和天津人的集体性格。我至今也没有终止这一系列小说的写作,一直在一篇一篇地写。如果当年不是转入文化遗产抢救,可能早早就写出上百篇了。同时,自20世纪80年代末期以来我还在一篇篇写着《一百个人的十年》,后来也是由于投身到文化保护中,这些渐渐都终止了。所以说,谁也不明白我为文化遗产抢救付出了怎样的自我。

然而,我的人生从来没有抱怨,因为全是自己的选择。当然——除去"文革"。

1994年这一年的历程可以说是我人生历程的缩影——从文学,到绘画,再到文化遗产抢救。

开始是《市井人物》面世,反响热烈。跟着为了《三寸金莲》英文版的出版,我应夏威夷大学出版社之约跑到美国,与翻译家大卫到波士顿出席这本书的发布会。随后汉学家葛浩文与华裔学者刘禾分别约我到科罗拉多大学与旧金山的伯克利大学演讲,讲的全是我所关注的文学与"文革",以及三寸金莲和国民性问题。

从美国回来我被两家海外媒体拉到国外去办画展。一是新加坡报业集团,一是日本的朝日新闻社。

新加坡的几家报社的老总与我很熟。早在20世纪80年代我和谌容去新加坡访问时就与这些媒体结识。当时新加坡人口的76%是华人。他们的诗人淡莹和王润华与我早就结为好友,所以在新加坡不大像在国外。演讲时他们关心的作品也都是中国最新最热的作品,比如贾平凹的《废都》。在当地的书店给读者签名时,一个年轻人推来一小车几十本全是我的书,使我吃了一惊。这种事只有在自己的国家才能碰到。不像在西方演讲时,很多听众脑袋里的中国还是19世纪传教士笔下病病歪歪的"CHINA",所以西方人一直对中国的"病"很关心。这样一来,给我们带来的问题是,我们似乎也只关心我们的"病",不关心自己文化中的"美德"与"美"。

日本人邀请我去办画展,缘自1992年的重庆画展。当时人民日报社邀我出席中日韩联合举办的"展望二十一世纪亚洲国际研讨会",会议的论坛设在从武汉到重庆的长江游轮上。到达重庆的第二天我的画展开幕。与会的各国学者都到展厅看画。四川省省长肖秧在致辞时,在我的名字前故意幽默地念了一大串我身兼各种职务的头衔。我的头衔真不少,其实全是虚衔。我致辞时便开玩笑说:"一个人不能'当官'太多,太多就给别人介绍你时找麻烦。现在我不要这些没用的头衔了,如果非要一个,就叫'人民的'作家和画家吧。"这话逗得来看画的朝日新闻社的社长中江利忠先生大笑。他喜欢我的画,就请我去日本办画展。

赴日的画展选址在东京的中日友好会馆。朝日新闻社将画展做得很精心,不但采用形制与色彩一致的镜框,还精印了画集,并请平山郁夫先生作序。当时我的作品在日本已有多种文学译本,故而演讲时与读者交流的话题颇多。日本是一个崇尚精致和重视视觉美的民族,与他们一起可以把美术的话题谈得很深。中国人的艺术品位也极高,缘何明代以后走向粗鄙?今天,除去少数精英还在坚守自己民族的精粹,大众早已经无视甚至轻视自己的文明了。这种悲哀在我后来进行文化遗产的保护中感受得愈加深切。

为此,在东京美术学院与平山郁夫交谈时,我特别能接受他的一番批评。他说:"中国的历史悠久,但每个朝代都是一次重复。每每改朝换代,只关心易旗帜,换年号,改币制,视前朝故旧为反动,可是一切做法与前朝无异,并无两样。故而历史久,却没有进步,只是原地踏步。这是你们的问题。"

他的批评是学者式的,没有恶意,又很中肯,故而引我深思。

每到海外我都会不自主地启动两种思维:文化比较和自我反思。

自日本归来不多时候已到年底,忽然从媒体传来一个消息:马上就到建城六百周年的天津老城要被彻底拆除,片瓦不留,全部荡平,然后建起一片商业化的新城区。这个消息如五雷轰顶。谁也不会怀疑这个消息的真实性。因为这时一个可怕的口号已经响彻中国:旧城改造!无以数计的"拆"字像雪片一样由天而降,正在撒向中国大大小小所有城市!

谁也没想到这个翻天覆地的城市改造的大潮,忽然来到自己的城市,一下子扑到自己身上!

据说即将拆除的老城区,将由天津和香港的开发商联合建造一座"龙城"。不用去猜龙城什么样,很快我就收到一张彩印的关于龙城未来的广告。广告这样描述他们的"规划":老城南部以摩天轮、室内过山车和4D数码影院为主,城厢地带建高档写字楼、豪华酒店与商务中心。老城东部将建起一片溢彩流光的"铜锣湾广场"。这张广告上还用大字宣称:它是"纯粹香港风情,让人忘了身处天津!"

让所有天津人,身在天津,忘了在天津?

这就是那个疯狂的时代和时代的疯狂。疯狂地改天换地,疯狂地利欲横行,疯狂地文化扫荡。

我感觉自己一下子蹦了起来,从一己的世界蹦了出来。

第一次文化行动

几乎是突然之间,我刚刚建起不久的画馆好像变了性质。进进出出的已不是文人逸士,而是一个个风风火火带来老城各种危情的友人。这些人都是在本土历史文化上与我志趣相投的人,还有本地的一些乡贤与"天津通"。他们一下子都聚到我这儿来,全都神色凝重和紧张。这很自然,毕竟生养了我们的这块土地要被"掘地三尺"了。尤其我的老友张仲先生,天津老城拆除跟刨他的祖坟差不多。在此地的文化人中,再没有一个人比他更深爱天津。城中的一切一切包括生活的气息和气味都深藏在他的心里和情感里。有一天他跑来三次,带来的全是关于老城的"坏消息"。我的画馆有点像战时的小联络站,画案上高高矮矮满是招待客人的茶杯。谁都知道政府对一座城做出的决定是不可逆的。张仲说,我们总不能眼看一座几百年的老城在眼前说没就没了。

他的话使我深受触动。我的大量小说与散文都来自老城,我的人物都是在这块土地上生出来的。作家与他笔下的土地生命攸关。我怎么能接受自己心爱的老城实实在在地毁灭!

我做出一个决定:拍照。用摄影把这座城市的影像"抢"下来,记录下来,保留下来。我们这座老城从来没有一本自己的图册,我要为它做一本。这是我能做和必须做的。

后来我想,这个想法可能与我二十二岁时用一架破相机调查与记录天津的砖刻有关。可是,那一次个人可以独立完成,这一次工作量浩瀚,我需要一个团队;而且由于这纯粹是民间行动,必须全是志愿者。这个团队要由两部分人组成,一部分是精通天津史的专家、建筑师、文化与民俗学者,他们负责调查与选择拍摄内容;还有一部分是摄影家,负责影像记录。我与这两部分人平时多有接触,很快拉起一支关切老城存亡的志愿者队伍。可是,比我们的速度还快的是官方对老城改造的启动。媒体上对"老城改造在即"已大造声势了,每条消息都给我们增加压力。因此,我们这支几十个人的"杂牌军",在没有做好周密研究并制定严谨计划的情况下,就匆匆地入城工作了。何况我们中间多半人并不生活在老城里,对老城一半熟悉一半陌生,只能一边与老城改造抢时间,抓紧拍摄;一边调整与修改工作方式。

最初的方式是"分区划块",即先把老城划分成若干版块与区域,由熟悉老城的专家带领一队队摄影师分别到各个区域工作。可是很快发现大家拍摄的内容杂乱不一,不规范,便在分区的基础上增加分类内容,如城区面貌、街头巷尾、名人故居、历史遗址、商铺店面、院落民居和生活民俗等。先由专家确定重点,再请摄影师去拍摄。每天大家都把拍摄好的胶卷连同文字记录送到画馆,然后冲洗照片、分类整理和编写说明。这种被逼上梁山的事谁也没做过,但凭着大家的诚心诚意和目标一致,如此庞杂的工作进行得还算顺利。工作的一切费用只能由我的画馆担负。我的办法是"从迷楼到贺秘监祠"一路采用的办法——卖画,得款用于买胶卷、照片冲洗、车费和工作餐费等等。那时的志愿者们都非常纯粹,他们常常是自掏腰包,不向画馆报销,让我对他们心生敬意。我最喜欢和一些志同道合的人做这种社会性的纯文化的事情。

我一边工作,一边去找政府相关部门,争取"说服"他们保留下来一些城市重要的历史依据。当时天津距离建城六百周年只差十年(天津建城是明代永乐二年,公元 1404 年)。虽然城墙在 1900 年义和团运动后的《辛丑条约》中,被西方列强胁迫拆除,但城中的原始格局与肌理一动未动。这座中国北方名城的许多珍贵的历史细节依然如故地保存在城中。一座岁久年长、破败拥塞的老城当然需要修缮和改良,但城市的历史不能一扫而光,当成垃圾那样丢弃。像黑格尔说的"倒洗澡水连孩子一起倒掉"。我必须设法劝说政府给城市留下历史。此外,由于我们这么做是民间自发的行为,而城中的一些宅院是公家的单位,若要进去调查和拍照,需要得到政府相关部门的理解、同意与支持。可是,要想得到理解需要费口舌,要想得到同意和支持就困难了。这些管事的人向我要字要画是常有的事。他们都说自己是我书画的爱好者,想收藏我的"墨宝",而且往往一要就是三份:本人一份,秘书一份,司机一份,开口向我要字要画的当然都由秘书出面开口,无法拒绝,只能照办。好像我们做这些事是为了自己。

那些日子我们天天在城里转来转去,因此也获得了大量的文化发现。比如带有年号的老城砖、明代木门与古井、马顺清和刘凤鸣的砖雕、刘杏林的木雕、名家题刻的老牌匾、上马石、义和团坛口、八国联军屠城的弹洞，以及数不清的精美的雕花门楼、檩头、影壁、墙花、门墩、烟囱、窗扇、花罩、滴水等等。式样之多之美，难以详记。虽然我青年时做过天津砖雕的调查，也不清楚此地烟囱的花式竟然如此丰繁。看得愈多，愈觉得老城拆除实在可惜。可是真到了拆除之时，谁会爱惜这些细节，不就一推了之？现在想这些已经没用了，老城已到了说拆就拆的时刻，我们只能尽我们之所能。一方面请摄影家将城中所有重要的街巷都留下一张影像，一方面请天津大学建筑学院的靳其敏教授携学生将那些豪门宅院如徐家大院、益德王大院、卞家大院等做了测绘，多留下一点资料。这可是天津人的老家啊！

历史给我们的时间真是太苛刻，不过一个多月，春节将至，我们得到的信息是，老城过了年就动迁。我灵机一动，请一位记者在除夕之夜爬到城北一座当时最高的酒楼顶上，拍摄城中子午交时燃放鞭炮的景象。可能城中百姓知道这是近六百年老城最后一个春节了，到了这一刻，不约而同全都跑到院内和街头燃放鞭炮。一时烟花升空，万炮轰天。虽然楼顶风大，摄影家却感到了无比的震撼，震耳欲聋的鞭炮似有与生养自己世世代代的老城告别之意。他按下快门，为老城留下了这张中国城市史上最生动的"死面相"。

对老城的抢救行动一直进行到第二年初夏。1995年6月7日老城改造开始动工。媒体接连发出《五百年老城厢今日改造发轫》和《天津龙城建设工程打响》的消息。香港安信集团请来巴马丹国际设计公司将把这一公里半的老城区改造成高楼林立的现代商贸区。我感到这些消息像一块块巨石压在我身上。一方面我要去跟政府的相关部门和领导交谈，把我们此次活动抢救性调查获知的重要的历史文化信息告诉他们，把专家们关于老城保护的意见转呈给他们。一方面加紧整理抢救成果，摘精选粹，编撰一本老城的影像集，尽快出版，好拿着它说服领导，为老城留下一些历史精粹。

我做这种事的身份有些特殊。一方面我们的行为和团队都是纯民间的,是志愿者的自动集合,这在现行社会体制中是很难与官方对话的。可是另一方面我又是文联主席,知名作家,全国政协委员,民主党派,政府部门和相关领导对我比较尊重,我能把一些专家和公众的意见告诉他们。然而,我做的事又是给政府找麻烦的,与官员们追求 GDP 有刚性的冲突。但我不能不做,因为这是一个文化人的文化原则和文化立场。这一来我就陷入一种纠结之中。

这件事能不能做好,就看两个方面了。一是看官员有没有文化眼光,懂不懂文化。如果官员懂文化,事情就有松动的可能。一是看我们自己,是不是执着,智商如何,与官员打这种交道是需要较高的智商的。

应该说,在那个时代有文化眼光的官员虽然不多,但还是有的。比如市长李盛霖,他就希望我"关心老城",介入开发商的改造计划。正是这样,经过大家艰难的努力,总算将鼓楼中心那一块城区和东门内大街原生态地保留下来,还有几个著名的建筑精华杨家大院、徐家大院、卞家大院和仓门口教堂等一些重要的历史建筑免遭拆除。当然,这几个当时费尽心机保住的大院,后来渐渐仍旧被贪婪的商业开发一个个蚕食掉了……

此时,我虽然没有掉进漩涡,一只脚已经踏进来了。

很快,我们为老城编辑的图集——《旧城遗韵》基本编好了。我在序言《甲戌天津老城踏访记》中这样记叙这一空前的文化行动:

> 甲戌岁阑,大年迫近,由媒体中得知天津老城将被彻底改造,老房老屋,拆除净尽,心中忽然升起一种紧迫感。那是一种诀别的情感;这诀别并非面对一个人,而是面对此地所独有的、浓厚的、永不复返的文化。
>
> 天津老城自明代永乐二年建成,于今五百九十余年矣!世上万事,皆有兴衰枯荣,津城亦然,有它初建时的纯朴新

鲜,一如春天般充满生机;有它乾隆盛世的繁茂昌华,仿佛夏天般的绚烂辉煌;有道咸之后屡遭挫伤,宛如秋天般的日益凋敝;更有它如今的空守寂寞,酷似冬天般的宁静与茫然……而城中十余万天津人世世代代繁衍生息于此,渐渐形成其独特的生活方式和文化形态,并留下大量的历史遗存保留至今。这遗存是天津人独自的创造,是他们个性、气息、才智及勤劳凝结而成的历史见证,是他们尊严的象征,也是天津人赖以自信的潜在而坚实的精神支柱。而津城将拆,风物将灭,此间景物,谁予惜之?于是,本地一些文化、博物、民俗、建筑、摄影学界有识之士,情投意合,结伴入城,踏访故旧。一边寻访历史遗迹,一边将所见所闻,所察所获,或笔录于纸,或摄入镜头。此举应是有史以来对老城文化一次规模最大的综合和系统的考察。

我称此举是一次文化行为。

这一文化行为有两个目的,一个是成果,一个是过程。成果是指通过这一行为获得新的文化发现;过程是指通过这一行为所引起世人对文化的关注。应该说,这两个目的——成果与过程——同等的重要。或者说,文化人更注重后者,即过程。因为这过程针对世人,也影响着后人。

应该说,在这一点上我们的目的达到了。一年前刚刚开始对老城抢救性调查和做影像记录时,我们在城里跑来跑去时,人们不知道我们做什么。那时我们经常穿街入巷甚至入户与他们交谈,了解他们对老城改造的态度与想法,了解他们生活的现状与记忆的历史,也讲我们的想法,渐渐得到他们的理解,以致热情的支持。我们想上房拍照时,他们会搬来凳子和梯子。在动迁那些天,老百姓还全家人在屋前、院中与街区合影留念。也有一些住在其他城区的人跑到老城里留影纪念。这表明人们开始在乎自己的老城了——这正是我们想看到的。当这本《旧城遗韵》图集出版后,我们举行几次签售活动,要求签名的队伍排出几十米长。显然他们知道这是生养自己难舍难离的故城、故乡和故土。

于是我开始思考。反思我们的时代到底发生了什么变化，我们遭遇到怎样的困难，国人的精神出现了什么问题，历史文明在当代生活中应该是什么位置，以及文化遗产的本质与价值究竟是什么？我听说《旧城遗韵》出版后，一些小古董贩拿着这本书到老城中按图索骥，寻找图集中的砖雕木雕。我还发现一些本来与此相关的大学、研究所和博物馆却没有人影出现在转瞬即逝的老城中。我们的知识界到底出了什么问题？我们的知识分子跑到哪儿去了？我的笔向来与思考同步，我开始写一些文化批评的文章，表达心里的纠结，也提出自己的一些思考。最早的一组题为"文化忧患"的文章发表在《文汇报》上。第一篇《文化四题》就用"建设性破坏"这一概念，对当时的历史文化破坏进行本质的批评。那组文章中《伪文化之害》《文化眼光》《博物馆是改革开放的盲点》等都直接针对现实的症结。那篇阐发"年的内涵"的文章《年文化》更是忧患于人们日益对年的漠视。这一组文章受到广泛的关注，由此使我找到自己在文化保护上的另一个武器：写文章，动用文化批评这一利器。文章可以深化对社会的思考，还可以与大众直接沟通。因而，文化批评一直伴随着我二十多年来文化遗产的保护。所以我说我的手一直紧握着笔，从来没有放下。

在《旧城遗韵》的序言里我还写了这样一段文字：

此集编成之日，笔者只身又赴老城，于老街老巷中，踽踽独步，感慨万端，长叹不已。那曲折深长的小道小巷，幽黑檐头上风韵犹存的高雅的花饰，无处不见的千差万别的砖刻烟囱和石雕门墩，还有那一座座气势昂然的豪门宅院……将我拥在其间。想到它五百九十余年无比丰富的历史内容，一种独异的文化气息使我深刻地感受到了。跟着，开头所说的那种诀别感，又来袭上心头。忽感自己为这块乡土的文化作为甚少。编制此集虽用尽全力，并得到朋友们的协力，以及政府部门和各界有识者的热情襄助，但终究菲薄有限，仅此而已。文化人的责任在于文化。于是殊觉又有重负压肩,当不得懈怠,倾心倾力再做便是。

我这一段话也是写给自己的,告诫自己,不要背负自己。接下来我们没有懈怠,又对天津老城之外两个重大的历史街区进行同样的考察。一个是老城的北部与东部海河两岸城区的考察,这些地区很重要,包括一些城市的源头,此外还有市郊各县。另一个是旧租界区,天津是一座中国独有的华洋并处的城市,这一地区包括从19世纪末到20世纪40年代九个国家的租界,不仅风情独异,而且蕴藏着极为丰厚的中国近代史的遗产。我们发动这两个城区的调查,是因为20世纪90年代中期以后,中国城市改造已经铺天盖地;天津在老城改造之后,又加速了整个城市的开发。改革似乎也出了问题,好像改造就是改革了。我感觉我们在与时间赛跑。由于我们前一段老城考察影响很大也很积极,这一次考察团队加入了很多志愿者。一天开发区还来了一位公司的老总主动要给予资助。

我出生在租界区,在当年英国人的推广租界五大道地区长大,对租界比较清楚。我知道天津租界无论是建筑还是历史记忆之丰富都无与伦比。可是这次钻进每一条胡同每一座建筑里还是如入异域他乡。我又一次被自己的城市迷住了。

一天,一位主管文教的市委书记找我说,市里有一种想法,想把五大道地区中心的民园体育场(足球场)挪到城市边上。将这个老体育场交给香港一个开发集团建一片高楼,问我有什么意见。我听了就急了。我说这可不行,五大道是天津最美的城区之一。各国各式建筑琳琅满目,历史名宅比比皆是,毛主席说的"天津的小洋楼"就指这里。如果中间盖一片高楼,这片街区就毁了,天津城市的独特性和整体性马上没了。接着我又说了一连串理由。我觉得那天我说得挺充分。这位书记听罢便说,他会把我的意见转达给其他领导。我回到家后心里一直不安,一周之后这位书记忽来电话告诉我,你的意见领导们同意了,民园体育场不动了。我听了满心高兴。直至今天还在感谢这位书记。有一点很重要,这位书记在大学是学中文的,因此他能看重城市的历史与精神,以及城市个性的意义。这也是我后来不断在政协呼吁领导要学习城市的历史文化,要让人文知识分子参与城市发展战略制定的缘故。

对老城外的两个地区的考察,直到编辑出书,工作量很大,前后用了两年时间(1996年—1998年)。两部图集分别名为《小洋楼风情》和《东西南北》。(《东西南北》之名取意于天津人对城外几个古老地区的爱称"河东水西,宫南宫北"。)图书出版之后,我做了一件事,就是将这套图集向市里各位领导和相关部门负责人每人赠送一套。每本书的扉页上都写上一行字:

尊敬的×××同志:这是您心爱的城市天津,冯骥才。

书上的照片都很美,我想以此唤起他们对自己主管城市的关注与热爱。如果他们阅读书中的文字,一定能了解我们的城市观。比如在《小洋楼的风情》的首页,我写了一篇序,我谈的不是小洋楼的历史价值,而是小洋楼的未来价值。我们是为未来而保护历史。

在考察租界的同时,我没有放弃对老城的关切。我在给《读者》的文章《挽住我的老城》里写到一次我跑到老城里所看到的千家万户正在搬迁的景象。到处残垣断壁,成堆的废墟,到处是人们丢弃不要的杂物。一些人家在卖掉无用的东西中,有许多有价值的历史遗物混杂其间。数百年积淀的历史正在被现代大潮摧枯拉朽,场面令人震惊!我在市里一次会上碰到主管城市建设的副市长王德惠。这位市长是学建筑出身的,有文化良知。我对他说:"天津人在这里用了六百年凝聚的历史文化的元气马上就散了。现在各地来了很多古董贩子正在'趁火打劫'。咱们应该建一座博物馆,把属于老城历史有价值的东西放进去。再晚就什么也没有了。"市长说:"我也想到建博物馆了,你说怎么办?"我说:"博物馆的东西不用政府去买,最好号召老城的百姓来捐。咱们可以发动百姓,做一个'捐赠博物馆'。这样做最大的好处是谁捐谁参与,谁参与谁关心。博物馆也有了乡土凝聚力。这事我可以牵头做,建博物馆的事得由您发话。"

第二天,王德惠市长就叫南开区区长赶紧找我研究建老城博物馆的事。这让我很感动。我想起这位市长一次对我低声感慨地说了一句:"将来历史会说我们是有罪的。"他的话让我心一动。他主管城市建设,很多重要的建筑都是他点头才拆的,但不是他非要拆的。在那个疯狂发展、破旧立新的时代,他有政绩压力,有上边领导的压力,有大势所趋的压力,也有老百姓生活贫困的压力。他也在漩涡中间。有时他必须做,有时他不能不做,有时他违心去做;他明白又无奈。但他又是一位少有的、能听进我们的意见的官员。老城博物馆多亏了他。

南开区政府对建老城博物馆很积极,区长带着城建、文化等主管干部一行人到大树画馆找我。很快就把各项工作及推进办法都确定了。我们在老城里调查,发现鼓楼东有一座临街的四进宅院,间量阔大,精致规整,原是南开区环卫局的办公大院,现在空着。用这座建筑做老城博物馆最适合不过。于是马上由南开区报到市里,随即得到批复,不出两个月,院落就修装好,我为天津老城博物馆题写了牌匾,然后就在这房子里举行博物馆成立仪式。那天,我将此前特意从老城买到的几件颇有文化价值的老东西带头捐了。媒体宣传出去,老城百姓热情响应踊跃来捐,大量属于老城历史记忆的珍贵物品便源源不绝地聚拢而来,让人温暖地感到百姓对自己的老城有情有义。我们总算把关乎老城命运的最后一个机会抓住。后来我在文章中说:"由此我知道在当今中国,许多文化的事最终还要通过官员才能做到;我还清楚知道,历史交给我们这一代文化人的事情究竟是什么,就看你做不做。"

这时期,全国各地的城市改造狂潮愈来愈凶猛。我的所作所为传播出去,不但没有让自己的处境有利,反而使自己压力愈来愈大。天天收到全国各地的来信,远不只是文学读者了。各种对城市遗产的报危与告急,日渐其多。在人们眼里似乎我有办法，其实我也只是一介书生，一个个体的作家和知识分子，我也是弱势的。但是，每一份告急的信件对我都是一个压力，如果我回信只是送去一些同情与声援，更给人家增添灰心和无望。有些信只好不回，将一种歉疚不大舒服地放在心里。

这期间，虽然我一直没有停止过文学与绘画，甚至我还受邀去美国旧金山办过一个小品画展，并在《当代》发表了一部实验性的揭示人类的贪婪和警示未来的中篇小说《末日夏娃》。小说发表出来，俄罗斯很快翻译过去，但我们的文学界却没有兴趣。看来，文学对于我已经使不上任何劲儿了。不曾想到，此后二十年我竟再也没有写过中篇以上篇幅的小说。经过这一时期（1994年—1998年）的城市文化抢救，我已经不知不觉从甜蜜的自我中走了出来，一步步走向一个时代的巨大的黑洞般的漩涡。

我说不知不觉，是说人不可能知道——自己现在做的事情对于自己一生的意义。

做一件或几件社会文化的事，可能出自一种情怀。但如果最终变为一种人生的选择，却一定出于一种思想，是思想的必然。所以在这本书中，我一直在寻找我思想的踪迹、脉络以及由来。

敦煌是我的课堂

1996年夏末秋初，一件写作的事进入我的生活。它不是纯文学创作，但它对我的意义特殊，不仅使我终身受益，而且有力地把我向漩涡里推，这就是为敦煌的写作。

为敦煌的写作与我的文化遗产保护有什么直接和必然的关系？当然有，我会渐渐说清楚。

一天，在美国生活了几年又返回北京的李陀来电话说，中央电视台想拍一部大型电视片，全面、深入、历史地呈现敦煌。那时美国时代生活公司的系列纪录片《失落的文明》影响很大，央视想用这种严肃的、非商业的、散文化加上情景再现的方式表现敦煌这样一个重大的中华文明的主题。导演由孙曾田担任。孙曾田是《最后的山神》的作者,此片在当时被公认为中国人类学电视片的代表作。他们想请我写文学剧本,我对这件事抱着很大的兴趣。我还没有去过敦煌,远在西部戈壁滩上的敦煌对于我早就是一个斑斓又神奇的梦。近百年来,中国重要的文化人几乎都与敦煌有过"神交",陈寅恪、王国维、罗振玉、向达、张大千、季羡林等等,直到李泽厚。我读过一些关于敦煌的书,深知敦煌是一座无限高远的文化大山,很难走进去。不少敦煌学者穷其一生,不过找到一条小路跋涉而已。我不想写那种介绍性、观光式的通俗文本,我对自己能否胜任这件事并无把握。当时央视的孙曾田和两位制片邀请了我和我妻子、李陀、作曲家瞿小松,组成一个小组,前往敦煌及周边跑一趟。

我们到达兰州后,便找来一辆面包车,沿着河西走廊一路颠簸向西而行。河西走廊是古代由中原通往西域的必经之地,所以又是丝绸之路、取经之路、佛教和伊斯兰的东渐之路。我们沿途经过武威、张掖、酒泉、嘉峪关一路西行,每遇著名的历史遗址及佛寺,必停下来,考察和观赏一番。我则感到渐渐进入了旷远辽阔的历史时空。

在中国,真正令我震撼并有"五体投地"之感的文化圣地就是敦煌。由于这部电视片由央视与敦煌研究院合作,敦煌研究院向我敞开它的全部——莫高窟、榆林窟、东西千佛洞等所有洞窟与资料。记得当时最著名的洞窟之一220号窟正巧在拍摄高清照片,洞窟里架设许多照明灯。他们为我们把灯打开。画满洞窟的壁画色彩艳丽而独异,形象繁密又神奇,使我眼花缭乱,如在天国一般。我相信古代的画工也不会看到画满壁画的整个洞窟什么样子,因为他们作画时洞窟里是黑的。他们一手举着油灯一手执笔作画,他们画到哪里,哪里才有光亮;而我却亲眼看到了盛唐时代伟大的画工们笔下无比华美的艺术天堂。在这里,面对着四万多平方米的壁画中数不尽的天国景象,佛陀故事,神姿异相,梵山圣水,人间百态,域外珍奇。我心虚了,真不知如何下笔。直到从这里再到戈壁滩、阳关、玉门关、汉长城、丝路古道上跑一跑,几条巨大的历史线索才渐渐出现。这便是中古史,中西文明交流史(丝路史)、佛教东渐史、中国绘画史和西北少数民族史。这时我心里才隐约呈现出这部作品的构架与脉络,心里渐渐涌出一种写作的激情。但是,只有这点激情对于敦煌的写作是远远不够的。

回到天津我就将有关敦煌的各种图书堆满书房,几乎翻散了那些画集与图册。我只有不停地去翻阅这些画册典籍,才能逐渐看清贯穿在敦煌艺术与文化史上大大小小每一条线索每一个细节。比如飞天,从北魏和东魏到隋再到唐,经过初唐中唐盛唐到晚唐,到底这些形象都发生了怎样奇妙的变化,而这些变化说明了什么?我还必须把这些至关重要的形象具体来自哪个洞窟,哪个位置,哪个画面全都标记在文学剧本上,导演才能操作。这个写作对于我来说真是宏大得不能再宏大,繁琐得不能再繁琐了。

然而,细节的新发现,历史的再认知,再加上对这些伟大艺术神往般的欣赏,使这次写作充满无上的快感。这种快感是写小说所没有的。

一年半后,我终于把这部文学剧本写出来了,二十二万字。我在文字上十分精意,并且将叙述语言直接写成文学性的解说词。作品名为《人类的敦煌》。我用"人类"二字,因为敦煌是人类文明交流的伟大见证和最瑰丽的文化遗产与艺术遗产之一。

这个剧本出版后便在北京开了研讨会,得到许多敦煌学者的肯定支持。没有想到,这竟是我写作史上一部非常重要的作品。我在其中放进去太多个人在艺术史和文化史的见解。

然而这次敦煌的写作还有另一层更深刻的内涵与意义,却是来自敦煌之外,即20世纪藏经洞事件中中国文化的遭遇。

20世纪初,在那批举世罕见的自公元2世纪至10世纪的巨量的"敦煌遗书"石破天惊地被发现后,一方面是伯希和与斯坦因的"盗买",王道士的盗卖,各国探险者的盗取,中国官员们的巧取豪夺。一方面是中国有良知的知识分子如王国维、罗振玉、向达、刘半农、姜亮夫等风风火火的抢救行动。他们一边请求官方动用公器,把劫后残余的敦煌遗书运到北京,一边跑到海外将被掠走的文献遗书一页一页一个字一个字地抄写回来,这种亡羊补牢的事也必须做了!还有一些画家如张大千、常书鸿等跑到荒无人烟的敦煌,安身大漠,孤身保护危机四伏的敦煌洞窟!

由于这样一批人,敦煌加倍打动了我。

记得几年后我访问巴黎,住在拉丁区一家古老的小旅店里。当我知道旅店面对着塞纳河,旁边就是卢森堡公园。我想起当年常书鸿先生在巴黎学习美术时,就是在这个卢森堡公园前河边的书摊上看到了伯希和的《敦煌石窟笔记》,从书中敦煌的图片得知自己国家如此伟大的艺术遗产陷入危难,便毅然辞学回国,跑到了人迹罕至的戈壁滩上独守敦煌。那天我在公园门口徘徊长久。

应该说,敦煌给我的,超越了敦煌。

因而,在《人类的敦煌》完成后,我又动手写了一本书:《敦煌痛史》。我在书中说:

> 1996年我应中央电视台之邀,创作大型电视片的文学剧本《人类的敦煌》。在长达一年半的写作中,我一边沉浸在被敦煌与丝绸之路激扬起的浩荡的情感之中,一边经历了一种异样而强烈的写作感受——即对文化的痛惜。那始自1900年灾难性的敦煌百年发现史,其实就是近代中华民族文化命运的浓缩。它戏剧性的坎坎坷坷里,全是历史与时代的重重阴影。我清晰地看到它被紧紧夹在精明的劫夺和无知的践踏之间,难以喘息,无法自拔,充满了无奈。我们谁也帮不上历史的忙!然而,这文化悲剧往往是一个民族文明失落后的必然,而这悲剧还有一种顽固性。如今我们所剩无多的文化遗存,不是依然在被那种"王道士式"的无知所践踏着吗?
>
> 幸好,从世纪初,一代代杰出的知识分子奋力抢救与保护着敦煌。他们虽然不过是一介书生,势单力孤,但是他们

单薄的手臂始终拥抱着那些岌岌可危的文化宝藏。他们置世间的享受于身外,守候在文化的周围。不辞劳苦,耗尽终生。他们那种文化的远见,那文化责任感,那种文化的正气,连同对磨难中文化的痛惜之情,深深地感染着我们!对此我曾在电视文学剧本《人类的敦煌》中激情地写过。我是想通过电视,广泛传布这种虔敬于文化的精神。

可惜这部电视片筹备过程中周折迭出,终未实现,变成虚幻。终于导演告诉我,他们准备放弃这一拍摄计划。我没有对导演过多的责怪。关于敦煌所有的事,全都要有一种献身般的精神。这可不是所有人都具备的。再说,若要从文化上把握敦煌又谈何容易!然而我心不死,由此反倒生出一个念头,即另写一本书——表达我上述的想法。我想做得像房龙那样,面对广大读者,尤其是青年。写一本敦煌藏经洞的通俗史,把历史的真实明明白白告诉给年轻一代。我以为每一代人都有一种责任。那就是把前一代最宝贵的东西传递给后人。对于敦煌的整个历史来说,那就不仅是灿烂的文化本身,还有一百年来中国文化的命运以及知识分子那种神圣的文化情感。

当我把这一代知识分子——中国第一批文化保护者当作精神偶像时,当我感到自己与这些文化先辈血脉相通时,我便自然而然向着时代的"漩涡"再迈进一步。

在这篇文章中,我已经鲜明地写出"每一代文化人都有一种责任,即把前一代宝贵的东西传递给后人"。此后在全国文化遗产抢救的各种演讲,我一次一次地把这句话从心里往外讲。

还应该提到,在我各种关于文学与绘画的出访中,1987年和1997年的两次出访有点特殊。这两次出访都是公派,而且彼此相关,都是关于民间文化,还都和一个组织有关,这个组织叫作联合国教科文国际民间艺术组织(IOV)。中国是这个组织一百四十个会员之一。

远在1987年,中国文联组团,由我和舞蹈家贾作光率团访问欧洲,先到奥地利,然后去波兰和匈牙利,参加这些地方民间的文化与艺术活动。接待单位就是这个国际民间艺术组织,负责人是秘书长法格尔先生。他是奥地利人,据说曾经做过上澳洲共产党的书记,1963年弃政从文,他相信民间艺术交流是人类最纯洁和本色的交流,于是白手起家干起这个纯民间又不盈利的组织。他不惜拿出个人的积蓄甚至卖掉自家的财物来做这件事。他的总部在维也纳附近一个风景优美又深邃的小城巴登城郊的两间小木屋里,屋外全是繁密的花树,房里琳琅满目地摆放着色彩鲜亮的各国民间艺术品和图册,奇特又温馨;工作人员只有他自己和一位雇来的文秘;文秘纯属来帮忙,每天下班后帮他处理一些书信和邮件。这个人不拿工资,只是因为与法格尔志同道合。

法格尔腰板直挺挺,喜欢穿奥地利山地民族服装,干起活来兴致勃勃,凭着他长期不懈的努力,把他的组织由联合国教科文的C级组织干到B级。这种人注定会成为我的朋友。他对我的影响是使我关切如何保持民间文化的活态,并叫我看到了欧洲人怎样热爱自己民间文化的传统。

比如一次在奥地利的克拉根福的一个山村,村民用他们擅长的铜管乐欢迎我们,乐队的成员多半是年轻人。他们开车从山下上来,来到一块开阔的开满野花的草地上,背景是一片飘着白云的蓝色的起伏的山影。他们拿着亮闪闪的乐器站在草地上演奏之前,先把自己的汽车都藏在树林后边,不让现代的东西打扰他们古老传统的纯粹。他们对传统文化历史环境的敬畏,打动了我。在萨尔茨堡的一个乡间音乐舞会上,我问一个姑娘三句话:喜欢不喜欢莫扎特?喜欢不喜欢杰克逊?真喜欢乡土音乐吗?她说,都喜欢,真喜欢。我问为什么都喜欢?她说,莫扎特是他们音乐伟大的经典与高峰;杰克逊可以宣泄他们个人的生活情感;乡土音乐使他们能够亲近自己祖父祖母和故乡。我想,人的感情是丰富的,对文化的需要是多样的,为什么在我们这儿——现代与传统、城市与乡土一定是对立的?只是因为钱,我们非要和传统争饭吃不可?

法格尔使我关注传统文化的另一半。在城市的、经典的、物质的文化遗产之外,还有另一半——广泛的、斑斓的、生命性的民间文化遗产。当然,那时我完全不会想到多年之后,我竟走进民间文化的天地里,并与之完全融为一体。

1997年夏天,IOV在维也纳开会,我代表中国成为该组织的东亚主席。

写到这里我发现,我还一直没有触及这时期个人的生活呢。可能此时的我已经渐渐被社会化,被危困中的文化遗产拉过去了。但是这对于我的文学与绘画是危险的。如果你进入另一个世界,一定要换一种思想方式、感受方式和工作方式。

这期间,我儿子大学毕业,到电视台工作,而且有了相爱的女友,结婚并建立家庭。1997年年底我又有了心爱的孙女,我给她取名叫"倚文",希望她以文相倚。我的妻子一直作为我忠实的后援,打理我一切生活的必需。我是个在精神世界生活的人,在现实中往往一塌糊涂。经常穿错袜子,丢东西,忘记吃药,事事时时需要得到她的关注与提醒,特别是我早在20世纪80年代就患上高血糖,她必须为我时刻守住食品中"禁糖"这道防线。1998年我搬了家。由于太多的人认识我,要找我,而我的住房"众所周知",又在市中心,我好像住在城中的橱窗里,不时就会有不速之客或陌生来客咚咚咚敲门。我妻子在"文革"留下的后遗症就是怕听到突然的砸门声,我便把住房挪到城市边缘一个比较清静的地方。由于我喜欢空间设计和创造环境,妻子曾经从事设计,我们便一起将新居营造得颇有艺术气质。可是我还没来得及享受其中,霸道的反文化时代就来粗野地把我喊了出来。

抢救老街

1999年是20世纪最后一年,这一年可不吉祥。

这年年底由我发起,我所供职的市文联与《今晚报》合作,准备春节后的元宵节在天津最古老的估衣街举办灯会,以促使这个搁置太久、几乎忘却的传统节日重新焕发活力。估衣街保留着一些民国初年的极具特色的商业建筑,门面高大,外装非常华丽又繁复的铁栏,街上风姿别样,元宵之夜挂满花灯会很美。我们当时的兴致极高,筹划着各种节俗事项,如赛灯、踩高跷、走百病和猜灯谜等等。我为灯会设计的纪念章——"龙年灯节,估衣街上"都已经刻制出来了。可是12月9日却猛然听到一个消息:估衣街要拆,而且马上要拆!这感觉如同五年前听说老城要拆时一样:祸从天降,猝不及防。

刚听这消息,我甚至不信。一是因为太突然,二是估衣街对于天津太重要。这条比天津城建城还要早的老街,应在元代已经形成。由于生命对水之必需,再加上水路比陆路便利和省力,平原上的城市大多缘起于一条河,因此城市的雏形基本上都是一条傍水的商业性老街。在天津,这条老街就是背靠南运河的估衣街。所以天津素来有"先有估衣街,后有天津卫"之说。

历经了六七百年,不管不同朝代怎样更换街头的风景,历史的年轮却在这里的街头巷尾有形或无形地留存下来。估衣街最后一次繁荣昌盛是民国初年,所以估衣街有着很浓郁的民国色彩;当20世纪中期天津的商业中心东移到劝业场地区之后,估衣街却依然活着,无数历史遗迹全都依旧可寻,这片街区的住户基本是天津这座城市传承最久的原住民。动了估衣街就是动了天津的根。那些已经列为文保单位的谦祥益和瑞蚨祥也要拆吗?五四运动遗址天津总商会也要扒掉吗?很快我就拿到了拆迁布告,一看就傻了。

这是昨天天津市红桥区大胡同拆迁指挥部刚刚发布的《致红桥区大胡同拆迁居民的公开信》,实际上就是"动迁令"。显然这是很难动摇的"政府行为"了。上边明确地写着:

> 动迁地区:东起金钟桥大街西侧,西至北门外大街东侧,南至北马路北侧,北至南运河。凡坐落在拆除范围内的住宅与非住宅房屋,均予拆除。

估衣街处在这一地区的中心位置,首当其冲,难逃厄运!
最具威胁性的是《公开信》上边写的几句话:

> 动迁时间:动迁分两批,居民住宅由 1999 年 12 月 12 日至 2000 年 1 月 10 日。公建单位由 2000 年 2 月 21 日至 3 月 10 日。为保证现场安全,适时停水、停电、停煤气、停电话通讯、停有线电视。逾期拒绝搬迁的,将依法裁决,直至强制搬迁。

从这张动迁令发布,到居民开始搬迁只给四天时间。连喘口气的时间也不给留,就如同驱赶一般。

据说这张咄咄逼人、最后通牒式的动迁令已经贴满了估衣街一带。人们只能顺从,别无选择,那时政府的动迁令就这么霸道。

我感到事情的严重与紧迫,没有迟疑,马上前往估衣街,并直扑估衣街上最核心的老店谦祥益。到了那里,见《今晚报》副刊部主任姜维群也已闻讯赶来。大家满脸肃然,显然都感到了这件事的严峻与艰难了,而且没想到已列入"市级文物保护单位"的谦祥益居然首当其中。

谦祥益是山东章丘人孟昭斌(字乃全)兴办的绸缎庄。1917 年建成,是一座中西合璧的三层楼宇,飞檐连栋,画壁雕梁,气势恢宏。外墙的下半部分为青水墙,以津地著名的砖刻为饰;上半部分采用华美繁复的铁花护栏,显示了租界的舶来文化对天津本土文化的有力影响,也体现了作为主体的天津码头文化兼收并蓄的包容性。这两部分不协调地"拼接"起来,恰恰又彰显了近百年来外来文化随着西方入侵者的突兀介入,与本土文化相冲突的历史形态——这正是天津独有的"华洋杂处"的历史特征。据这里(现已改为小百货批发公司)的一位负责人说,现在公司的经理赵为国已在此工作三十年,一直坚持保护这座珍贵的古建。不准随意涂抹油漆,不能任意拆改原结构,冬天不准生炉子,以免发生火灾。故此,我们感到室内十分寒冷,犹如在野外寒冬。赵经理原是相声演员,马三立的弟子,由于常常接近文化界人士,深知文物的重要。在他的管理下,该处职工们皆有保护文物意识。这便使历时久远的谦祥益,经历了"文革",却奇迹般风姿依旧地保存至今。那天,赵经理外出办事,未能见面。

我想,从当天到动迁令上指定的强制性搬迁的日期,总共只有三天,火烧眉毛了,用什么办法挽救谦祥益和估衣街?就在我们在谦祥益这会儿,已有三批拆迁人员来谦祥益看房,估算楼中檩柁门窗等等木料的价值。据说有一家要买下这座三千四百平方米建筑的全部木料,出价十五万。这难道就是珍贵的历史文化在现代化改造中的"价值"?我们应该怎么办?于是我和《今晚报》的姜维群商量,眼下只有抓住"文保单位谦祥益不能拆"来发声和发难了。

第二天(12月10日),《今晚报》的头版发表了一篇报道,题为《百年豪华建筑临灭顶之灾》,副标题是"冯骥才昨说这是北方大商埠标志性建筑不亚于戏剧博物馆",还配发一帧谦祥益的大照片。同时,姜维群以笔名"将为"发表一篇专论《留住天津的历史》,言辞鲜明而尖锐。当日这条消息遂成为津门各界人士与百姓关注的焦点。

12月11日我写信给李盛霖市长,并附上加急放大的谦祥益等处的彩色照片十帧,请市长关注此事。我相信李盛霖市长会认真对待。几年前老城改造时,他主动叫我提建议,去年还接受了我的提议,将正在动工建楼的大直沽遗址(即天津城市发源地之一)买下来,不准再开发,并准备建一座"城市遗址博物馆"——这一决定保住了天津的城市胎记。在当时,政府有此眼光在全国也是不多的。我将信件写好火速送到了市政府。尽管这样做了,心里还是没底,我听说拆估衣街是市委书记的决定。这位书记非常强势。

同日,《今晚报》记者驰电追问市拆迁办公室。答复是谦祥益是文保单位,不能拆。于是12月12日《今晚报》又发出消息为《市拆迁办不让拆》。这样一来,一种与估衣街拆迁相悖的社会舆论就出现了。然而,这并不能起到实际的遏制作用。大胡同居民的动迁工作已经开始。如何从这快速启动的列车上抢救下濒死的估衣街?当时看可能性极小。一切似乎都来得太迟,猝不及防。但是,我们不能就这样——在我们目瞪口呆中,听凭历时六七百年的一条古街在野蛮无知的铁锤中粉身碎骨,荡然失去。我们光喊不行,必须行动。

于是,我又像五年前组织抢救老城那样,12月16日在大树画馆召集有志于估衣街保护的有识之士七八个人,研究决定做四方面的工作:

1. 邀请专业摄像师,在估衣街挨门逐户地进行摄像,留下估衣街鲜活的音像资料。
2. 拍摄照片。特别注意把有价值的文化细节留在照相机的底片上。同时拍下正在拆除古街的"罪证",留给后人。
3. 访问估衣街的原住民,用录音机记录下他们的口头记忆。保留估衣街的口述史。
4. 搜集相关文物。必要的文物花钱买,尽可能挽留估衣街有实证性的文化细节。大树画馆出资。

我们的口号是:以救火般的速度和救死般的精神抢救老街!由于这小小团队志同心齐,收效显著。

在做原住民口述实录方面马上见到成果,原住民对估衣街生活极为鲜活的回忆,都是以往的城市史料中不曾见过的,它无疑会给原有的估衣街十分有限的史籍文献增添一份有血有肉的内容。在视觉记录上成绩也很大。我们的几位摄影家十分卖力,几乎是挨门逐户进行拍摄;由于考察得认真细致,许多照片都是珍贵的记录;我们动作迅疾,努力与动迁抢夺时间,因而使原生态的估衣街生活大量地锁定在照相底片和录像带上。我们心里十分明白,这些今天拍下的画面,明天就荡然无存了。今天抢拍下一张,就给明天多留下一个"历史画面"。

此间，我的团队成员不断地从现场打电话给我，告诉我他们新发现的每一组砖刻，每一件石雕，每一块牌匾或每一件传之久远、极有价值的原住民的生活用品。比如从天津总商会七号院抢救下来两件门楣砖雕与托檐石，很罕见。石件巨大，石色青碧，至少二百斤，上有文字图案，十分考究；一组砖雕为博古图案，朴厚凝重，臌亨饱满，具有老商业建筑的审美特征。总商会的前身为当行公所，该房建于嘉庆十七年（1812年），民国初年重修。从风格判断，这些砖雕与谦祥益及瑞蚨祥相同，应是总商会民国初年重修时装饰上去的，为天津砖雕鼎盛期的精品。此外还访得两块嵌墙碑，都在归贾胡同42号居民的户内。一块是《天津鲜货商研究所章程碑》，一块是《天津干鲜果品同业公会会长刘芳圃功德碑》，是十分难得和第一手的天津商业史料；还有一块石碑发现于范店胡同的一间空屋里，房主已经搬走，满地垃圾。这块碑可能为这家居民所藏，因石碑过重，搬迁不便，就丢弃在这里。这石碑长方形，长二尺，宽一尺半，采用罕见的绿石，质地坚硬，虽然雕刻不深，字口却十分清晰。此碑是当年山西会馆和江西会馆之间的界碑。内容为两家会馆共同保证中间通道通畅的约定，字数不多，却显示了估衣街繁华时期寸土寸金的实况。此碑立于清光绪辛卯年（1891年），应是庚子之变（1900年）前估衣街兴隆之见证。

这些事本来都应由政府的相关部门来做，但文化与文物部门都不露面。对于这条古街，数十年来从来没有做过实地考察，拆除之前更不会来做文化调查。这一宗浩大的城市遗产实质上是废置着，却偏偏又挂着一块"文物保护单位"的牌子，如今这牌子就更无意义了。这实在是一个讽刺，也是一种悲哀！于是我请摄影家将这"文物保护单位"牌子拍照下来。世上再没有一块牌子如此地尴尬与无奈。

12月26日谦祥益的经理赵为国打电话告诉我，他们再次接到了拆迁通知。通知上有"到时停电停水，违者依法处置"的词句。威胁再度逼来。

同日,市长李盛霖来到估衣街,并进入老店谦祥益视察。12月29日,副市长王德惠与规划局局长也来视察估衣街。希望之光熠熠又现。

这时,民间流传说法很多。有说拆估衣街是市委书记拍板定的,谁说也没用,照拆不误;有说领导讲了,冯骥才再说保护,就叫他出钱;有说谦祥益、瑞蚨祥等几处不拆,其余全拆;有说规划变了,估衣街不动了。各种说法纷纭杂乱,莫衷一是。关于估衣街存亡之消息,一直有如八月天气,时阴时晴。忽而阴云满天,不见光明,忽见天开一隙,心头照来一点明媚。

我再去谦祥益与赵为国见面,他也如在云里雾中,看不清未来。待谈过话从谦祥益出来,去周边街区查看情形。没想到数日来多已断壁残垣,有些地方寥无人迹,只有瓦砾与垃圾,实不忍睹。六百年的历史倏忽荒芜,看着就要消失了。我感觉自己就像朝着这即将跌入虚无的历史文化,极力伸出一条胳膊去抓,但能抓住什么呢? 一方面,我只能加紧上述四个方面的工作。一方面,还要加强保护的声音与行动。我们还要在这两方面同时再加一把力! 至少将估衣街街面上几座重要的老建筑挽留住。

1月5日我写成一篇长文《老街的意义》,述及估衣街的缘起,沧桑的经历,厚重的积淀与宝藏,在城市史中非凡的意义,以及它的未来价值。1月19日在《今晚报》上刊出。

这实际上是进一步申诉我们保护估衣街的理由。

估衣街的"拆"与"保"渐成国内一个事件。1月20日《光明日报》记者王燕琦来津采访。1月28日《光明日报》第一版刊出王燕琦采访我的报道《天津六百余年老街即将拆除 专家学者呼吁抢救文化遗产》,这是国内主流媒体的首次表态,十分重要。紧跟着,中央电视台第一套节目"新闻要闻"播出该条报道。这一消息,影响津门上下,泛及百姓,毫无疑问对政府构成压力。

但是只要没有实质性的改变,我们就不能停止行动。我开

始策划一套"纪念估衣街"的明信片。一套五枚,我为每一帧明信片书写对联。如:

> 古街更比当年美,老店不减昔日雄。
> 风雨街上过,岁月楼中存。
> 不离不弃斯史永继,莫失莫忘此物恒昌。

后一联,借用《红楼梦》关于宝玉和宝钗二人金锁与玉佩上的词句。

此时已近年尾,拆迁的民工多回家过年,拆迁暂时中止。但是按原计划,公建房(即街两旁的店铺建筑)定于春节后正月十六(2000年2月20日)动迁。我们必须抓紧春节这短短一段时间,再做出最后的努力。我固执地认为,往往一件事的变数出现在它的结束之前。

正月初三(2月7日),在一次活动中,我见到估衣街所在地区——红桥区的区委曹书记。曹书记说:"现在建委的计划有变化,听说谦祥益不拆了。估衣街上的其他建筑按照原来的风格落地重建。我们也不希望拆,但我们必须听建委的。"

这是我第一次听到来自主管估衣街方面的官方消息。我说:"谦祥益不拆太好了,当然也是应该的;其他重要的古建筑也都应该保护。古建筑要保持历史原状,不必落地重建。坏牙可以修补,为什么非要换一口假牙?"

我没有让步。

曹书记说:"希望你们多理解我们。"

我说:"也希望你们多听听专家们的意见,大家论证之后再动。"

这次谈话,使我心里有了一点底数。首先是谦祥益有希望了。估衣街原始的街道形态似乎可以保护下来了,但我们并没因此停止工作,我们还要持续地增加保护估衣街的舆论。

2月8日(正月初四),我主编那套明信片赶印出来,拟定2

月10日上午十时在鞍山道邮局举行签售活动。我的目的是通过公开的签售,向公众宣传老街的价值和必须保护的理念。文化保护应该是全民的事,不能只是几个文化人大喊大叫。可是这时天津的媒体都接到市里的指示,不准发表我的有关估衣街的言论与消息。那么我们签售明信片的消息怎么发布出去?怎么告诉公众?正巧电台请我做一个关于交通安全的直播节目,节目中记者问我最近忙什么,我灵机一动便说,我们制作了一套纪念估衣街的明信片,准备2月10日上午十时在鞍山道签售。

这一来人们全知道了。2月10日那天上午九时半左右我赶到鞍山道时已是人山人海,排出的长长的队伍过了两个路口,占了三条街。那天,正巧牛群从北京来天津看我,我就拉他签名助阵。上午十时,在邮局前的街头我做了一个简短的演讲,我强调估衣街是六七百年来一代代祖先的创造,它在天津的历史财富与人民的情感中有重要的位置,我们深深依恋和热爱它。我用这套明信片表达对我家乡的热爱。我不同意拆除估衣街。

说实话,我当时还是蛮有勇气的。有人对我说,你这话市委书记马上就会听到。我说这也好,我就是说给他听的。

签名活动至十二时半。准备的一千三百套全部签完,仍有大批群众因没有得到这套明信片而怅然若失。在签名中,不少百姓向我打听估衣街的前景,要我接着呼吁,多给天津留一点东西。这些话重重地打在我的心上。是的,我的责任在身,但如何实现,确实很茫然。

此时,我好像一切都在跟着感觉走,不管结果如何,我都要努力再努力。于是,我决定在正月十五日灯节这天再次举行签名活动,将所存五百套全部签掉,发挥它最大的效应。明信片是这次我们进行文化保护宣传的一个载体,必须让它竭尽全力。地点选在估衣街的谦祥益,因为谦祥益是估衣街的中心和人们关注的焦点。事先,我们做了充分的准备——按照邮品的要求,签名签在每套明信片的首枚上。签名者为全体制作人员。上面还要加盖三枚图章:一、估衣街邮局的当日邮戳。据说这个邮局近日就要拆除,此邮戳则是一种"绝唱";二、再请邮局制作一枚"估衣街邮局百年纪念"章。估衣街最早的"邮局",只是1900年在一家锡镴店设立的一个信柜,代理邮政,后来才有了一个小屋,由是至今,正好百年;三、将我们原先筹备元宵灯节而刻制的那枚纪念章也拿出来,图章上有"龙年灯节,估衣街上"八个字,正好派上用场。

此事得到邮局和谦祥益赵经理的支持。我感觉这次签名活动肯定会产生很大的社会效应。可是正月十四日(2月18日)谦祥益赵经理忽然来电说,当地派出所通知他们,考虑估衣街太窄,不安全,不准在谦祥益举行签名活动。当然这只是一个借口,目的还是要阻止我们。我们"穷则思变",临时改在红桥邮局,并在谦祥益大门上贴了告示,声明更改地点。

正月十五日(2月19日)上午十时半,准时签名。第一位排队者竟是凌晨五时到达。签名一个多小时五百套全部售罄。我签名时,头脑热烘烘,激情澎湃;签名后却一阵冰凉,内心寥落虚空,无所依傍。我们虽然为濒临灭绝的估衣街力挽了一些碧绿的枝叶,却无力保护住这株根深叶茂的巨树。就在这天,我听到来自估衣街的消息:北马路前进里的天津总商会——那个风姿绰约的五四运动的遗址,那个著名的学生领袖马骏为阻止商人开市而以头撞柱的地方,那个周恩来和邓颖超进行进步活动的地方——已经拆平!连五四遗址都敢废除,能有比这更大的势力吗?此时此刻,我忽然觉得自己人孤力单,真的像那个与风车作战的堂·吉诃德了。

我不知自己还有什么办法?我有种精疲力竭之感。

然而,正月初六的签名活动的反响之广是没想到的。一些媒体来天津采访,弄得市里很紧张。说实话,那种紧张有一点异样。其实,那时我只是一心为文化的命运焦虑,真不知道政府的"城改"的背后还有"土地财政",政商之间还有种种权钱交易,不知房地产是开发商最能获利的巨大的财源,不知每一座楼盘里边都有许许多多的油水,更不知我们的行动确实"侵犯"了某些人的红利。因而我听到社会上有个"冯骥才加谦祥益，××损失一个亿"的歌谣，听似不祥，有人甚至叫我留点神，别出意外，我却一笑了之。我们心里只有我们挚爱的城市及其历史文化。

一次市委书记来文联考察，在文联三楼展览活动厅开座谈会。文联书记悄悄对我说："今天会上你最好别谈估衣街的事。那天在市里一次会上，他直问我'估衣街归你们文联管吗'？他挺不高兴。你别惹他了。"开始我一直忍着没说话，当座谈会快结束时，市委书记说你们还有什么意见尽管说，我有点忍不住了，便说："我想说一件关于估衣街的事，就是谦祥益属于文物保护单位，全部木结构，现在这条街搞动迁，停水停电，万一着火怎么办？再说老百姓家弄不好也会着火，停水是不行的。请书记关心一下。"我的话立刻让书记不高兴，脸色很难看，一句话没说就散会了。

那个场面的气氛颇有一点紧张。

紧跟着，中央电视台记者到津。我在总商会七号院被拆除后的瓦砾堆上接受采访。

尽管我讲了那么多必须保护的道理和深切的愿望，但自己脚下已然是毁灭了的历史的尸体。我指着那些断垣残壁，述说它光荣的历史时，真的要落泪了！须知它是一个城市早期最珍贵的见证，也是当世仅存的原生态的五四运动的遗址。今日的天津竟如此绝情吗？

2000年2月20日中央电视台晚间新闻播出估衣街拆迁一事，呼吁城改对文物要手下留情。2月21日上午估衣街传出消息，说当地百姓与商家贴出许多条过街横标。如"社情民意不可欺，保留估衣街""商业发祥地，龙脉不可动""保留古迹，不愧天津人民"等，还有一条横标颇具天津人的幽默与嘲讽——"红木家具不能变组合"，这些标语横在街头，气势很壮观，围观者甚多。百姓起来捍卫自己的文化，此在中国当代乃是首次。虽然媒体上没有任何报道，但它的意义却是重大和深远的。它影响的范围远远超出天津地域。这标志着一种文化的觉醒，使我颇觉欣慰。我终于听到来自百姓心里的声音，文化的声音。它让我切实感受到老百姓对自己的历史文化并不麻木，而是有着很深的感情。百姓对自己城市的文化情感不是我们真正的动力吗？

过后近一个月，估衣街没有很大动静。街两旁的民居依旧在一片片地拆除，化为瓦砾；而沿街的铺面却似乎处于一种等待，亦是一种期待。拆或留——两种说法皆在街上传来传去，让人费猜。这期间，《光明日报》发表了一则消息，说国家文物局与建设部准备对估衣街拆迁情况进行调查。一时，这消息的复印件便像传单一样在估衣街商家手中流传开来。但多日过去，不见有人来调查，又觉得这复印的纸片轻飘飘的，没有多大分量。

我在两会的文艺界政协委员与李岚清同志座谈中，做了题为《拯救城市文化刻不容缓》的发言，首都多家报纸刊载了我的观点，天津的《今晚报》也从网上下载了我这次发言的摘要。由于我的"言论"来自政协，市里不好干预。这时，北京一位记者告诉我，建设部得到天津有关方面的文件，表示对估衣街要进行"保护性改造"的措施。这消息，使我感到整个事件有一种交节换气般的转变。

由两会返津不久。3月16日市文化局便通知我，副市长王德惠要主持关于估衣街地区改造方案的专家论证会。建委、规划局、红桥区政府等有关部门也列席参加。我立即有一种"山重水复，柳暗花明"之感。当我听到此方案的名称为"估衣街地区保护性改造方案"，更是放心一半。"保护性改造"的提法已经明显表明了一种态度：它不是与"建设性破坏"针锋相对的一种观念和立场吗？

王德惠市长表示：估衣街动迁引起的社会各界与津门百姓的关切，是一种对故乡的热爱与责任。他诚恳希望专家学者们提出各自的看法。跟着，由承接制定这一改造方案的华汇公司陈述方案内容。这家公司的建筑师表示他们的方案的立足重点是保护,而且把保护的视野放在了整个街区。包括这一古街的位置、街貌、重点古建,以及有价值的历史细节。特别是关于把一些近几十年已被改造得面目全非的古建,要按照历史照片重新修改回来(如瑞蚨祥)的想法。这就相当接近我们的观点了。

我和专家们都表示方案的文化含金量高,有学术依据,借鉴许多发达国家文化保护的措施,不仅保住整体面貌和原有的精华,又给历史街区增加了活力,具有前瞻性。尤其这个方案把时代风格确定为估衣街发展史上第二个高潮——民国初年,十分符合估衣街的历史实情。大家赞同和支持了这个方案。

第二天报纸就刊出报道《估衣街改造方案确定》,副标题是"谦祥益瑞蚨祥山西会馆等延年益寿"。报道中说:

> 市建委有关人士介绍,结合大胡同地区的危陋平房改造,经过市规划、文物、文化等有关部门和众多文化、建筑艺术界知名专家学者深入调查研究,最终确定了估衣街保护性改造方案,并已经市政府批准。该长街三百三十米,市级文物保护单位谦祥益将保留原貌,市级文物保护单位瑞蚨祥及具有代表性建筑山西会馆、青云栈、瑞富祥、瑞昌祥等著名老字号店铺,将保留到恢复原有建筑门面……

没想到估衣街之争会有这样的结果。如果在动迁之前岂不更好?那样五四遗址总商会不就保下来了?

那些天我们全都喜形于色,却不知道竟是在一个骗局里。

不多时候,我应法国巴黎科学院和人文基金会的邀请做为期两个月的访问。到巴黎不久便接到天津朋友的电话说,估衣街那边有人说"趁冯骥才不在的时候赶快拆"。我说:这纯粹是瞎扯,保护方案是政府定的,也上了报纸,怎么可能说了不算?

后来一天我巴黎住所的传真机上嗒嗒响,来了一份传真,一看是估衣街上的许多店家联合写给我的,告诉我这几天大规模的拆除又突然开始!山西会馆、青云栈等建筑已经全拆毁了。

我急了,可是鞭长莫及。我给一些领导的办公室挂电话,却始终通不上话。我甚至想马上飞回去。我那团队的"同志们"在电话里说:"你找领导也没用,领导不同意谁敢拆。你回来也没用,已经拆了,拆完再恢复也没意义了。"那时没手机,没图像,好像是另一个星球发生的事。

过了半个月,我回国后和几个朋友到估衣街。不知哪儿来的几家媒体得到信息赶来了,跟在我们后边。到了估衣街,眼前的景象真像经过了一场大战,被荡平的城区显得分外开阔,到处废墟和瓦砾,几辆大型黄色的推土机和吊车刺眼地停在那里,显然该做的事都已做完了。整整一个街区,一条长长的老街,已经确定保护下来的那几座古建筑全都无影无踪;只有一幢房子孤零零立在中间,便是谦祥益;即便如此,谦祥益的一侧与后边也被"啃"去不少。其实它只是人家给自己留一个"保护"的口实而已!

完了。七百年一直活着的估衣街,干干净净地没了。无论我们怎么努力,终于没有把它留下来。面对这样的景象,我忽然忍不住哭了。我泪流满面。我身边一个女记者掏出手绢给我。

哭是无能的失败者唯一的表达方式。我承认我无能,我是失败者。我们的对手太强大太霸道,我们绝对不是对手。

历史不断表明,文明常常被野蛮打垮。

几天后,《北京青年报》用一整版,刊出一篇长篇报道,题目是《冯骥才哭老街》。从今天来看,这便是二十年前真实的我,也是文化命运的真实——也正为此,我抛开心爱的文学与艺术,走到文化保护的社会漩涡中来。

(节选自《漩涡里:1990—2013 我的文化遗产保护史》,人民文学出版社 2018 年 11 月出版)